后浪们的乌托邦

毕英丽 著

作家出版社

目
录

前　言

在"自由民主人士"叶成功眼里，"独生子女"应该是"妈宝""啃老""自私""巨婴懒""废物"的一代。"独生子女引悲歌，惯养娇生成笨鹅。阴阳两性婚姻少，父母一生心事多。姊妹兄弟不再有，天伦之乐是传说。不敢死，不敢穷，因为爸妈只有我。"

他把"独生子女"归结为五种类型：分别为"独霸型""贪占型""依赖型""怯懦型""逆反型"。由此他认为，"独生子女"对社会的发展不利，甚至有可能导致国家衰败。

女儿叶佳彤说，父亲的话过于偏激，是以偏概全。她说"独生子女"有强烈的归属感跟安全感，他们情绪愉快，性格活泼，朝气蓬勃，容易树立积极向上的心理，有利于激发探索世界的"主动性""积极性"。"独生子女"知识面广，记忆力强，思维活跃。主观努力强，环境影响佳，成才效率高。

叶佳彤为此利用文献资料、数理统计等方法，对奥运会中中国冠军的年龄、家庭背景、训练家庭背景、训练背景、训练基地、教育背景、地域分布进行了分析和总结。结果表明，中国奥运冠军的夺金项目分布在 6 个项目群中，其中技能难的项目中获得的冠军的人数最多，为 13 个。不同项目运动员的年龄在性别上，以及运动员的家庭背景上各有特征。在所有的奥运冠军中有 78.7% 的运动员来自一般或者是较好的家庭，71.4% 的运动员是独生子女，80.85% 的奥运冠军受过高等教育。影响奥运冠军成长及分布的因素主要来自主观努力，以及自己所处的环境影响。

尽管如此，仍不能改变父亲叶成功写作品《后浪》对独生子女个人臆想的认识。叶佳彤说:"您为什么会这么消极地看待我们?难不成在您眼里80后、90后甚至00后如此不堪?"

叶成功:"做事情很难!就算你们有这个能力,父母也不舍得你们去吃苦、去拼搏、去闯荡江湖!"

女儿:"那是您的个人臆想在作怪,真正的80后、90后、00后没您说得那般不堪,信不信我们会拿命捍卫自己的国家?信不信我因为您说的这句话证明您的看法?"

父亲笑:"后浪生逢盛世,且拥有了选择自由的权利。你们心里有火,眼里有光。"

女儿也笑:"用不着讥讽献媚,凡事儿千人千逻辑,万人万看法,所以不用费心费力地把自己的思想强加到别人身上,也用不着像救世主一样地担忧,要知道其实年轻人骨子里都有一种傲慢,他们不仰视西方不代表他们不谦虚。我们需要真正平等意义上的理解和对话,当然我们并不需要你们装作向我们学习,也不需要你们冠冕堂皇地教我们如何做人。我们只需要各自努力,去让这个世界变得美好,这才是对我们最好的态度。"

话越说越激动,越说越高涨,竟然让在文化界有些名气的叶成功无从插嘴!

第1章　闻道有先后

伊甸山是泰山的一个支峰。

登高峰顶，可以看到巍峨的群山重重叠叠，宛如海上起伏的波涛，汹涌澎湃，雄伟壮丽，半山腰朦胧的远山笼罩着一层轻纱，影影绰绰，在缥缈的云烟中忽远忽近，若即若离。

伊甸园山下零星散落着几十个村落，从里面出来的人们如都读过圣贤书，虽然衣着朴素，但却没有一丝贫穷可怜的模样。如你进到里面，就如进了陶渊明笔下的"桃花源"，大有一种让你"春天无事心不空，夏天有事心不乱，秋天大事心不畏，冬天小事心不慢"的感觉。

很多去过伊甸园的人都会被伊甸园雄壮的风采和飘若如仙的境况所陶醉。这里找不到半丝 17 世纪后期、犹太人精心打造的属于本民族容身之所的阴险狡诈、你争我夺后装出的"立正稍息"的假模样。

叶佳彤更有这种感觉。自七八岁时父亲叶成功从"上有天堂，下有苏杭"的苏州带她去伊甸园见到老人、大人、孩子无限幸福感的样貌，那种无忧无虑、精神至上的"田园诗人"心境融入自己小小的心田后，便无所顾忌地喜欢上了这里。

伊甸园的一位老爷爷说，喜欢这里或许是你上辈子在这里生活过。小佳彤坚信会有这样的事儿，也就要求父亲——当时颇有名气的作家叶成功写赞美伊甸园的文章。

叶成功觉得不过读六年级的小孩子不懂事。他说："我带你来是观察伊甸园人的贫穷、落后、愚昧的，你怎么总跟我唱反调？"

小佳彤天真地望着面前的父亲，细眉微蹙："为什么要把好的写成坏的？"

叶成功看看小佳彤，蹲下身子："爸有责任发现这里的不足之处，爸想拯救这里的人，让他们真正懂得自由、平等、民主的含义。"

小佳彤听不懂叶成功在说什么，她说："还会有比这里更好的地方吗？"

叶成功说："伊甸园外有天堂，那里的人可以体面地活着，那边就算是乞丐也比我们的有钱人过得有尊严。"

"伊甸园的人没有尊严吗？"小佳彤望着一对儿幸福的小夫妻在田间地头劳作的情景不由自主看看父亲拧了拧眉。

叶成功："这些人在假装快乐！"

叶佳彤："你真的在体会别人的感受还是有意抹黑这里？我很幻想有一天带您和妈来这里住，对！将男朋友家人也接过去！那样的话我就不用离开您跟妈妈了。"

"天哪！"叶成功听到这话十分不解，"宝贝，你这话着实让我感动，但你知道这话所要付出的代价吗？哦，对了，你现在是青春期，青春是个美好的、喜欢幻想的时期，或许你现在还意识不到责任，还没有见过世面，嗯，是这样的。"他挠了挠头，"这样，嗯，等我把《雍正》那本书的书稿拿回来，我一定带你去欧洲看看，不然的话，很怕你成为'井底之蛙'！"

叶佳彤笑起来，说："爸你说话越来越逗了，你是不知道现在网络有多么发达吗？我看啊，您在戴着有色眼镜看欧洲。"她瘦小的身子在那件肥大的蓝白相间的毛衣的衬托下显得非常单薄。她微仰起脸，黑缎般的长发往后甩了甩，露出了她高傲的倔强，"西方听说过一句话吗？嗯，是这句话，它叫'你把我养大，我陪你变老！'"

"你把我养大，我陪你变老？"这话从女儿嘴里说出来"震"了叶成功一下。

"是！我要学会感恩！在西方人的潜意识里有感恩的词汇吗？哦，或许他们有，但是在对待父母的问题上他们是冷酷的、幼稚的。在西方，孩子跟父母打官司很常见，但我们……"少年佳彤停顿了一下，"我们没有！"

叶成功寻思了一会儿，看看女儿点了点头："说得倒也有理！"

"不是有理，是非常有理！"叶佳彤说，"我喜欢我们学校每周举行这样庄严的升旗仪式！我们肩负着学好文化、报效祖国的责任。"女儿的话触动了叶成功的根根神经。

听着女儿的话，叶成功忽然为自己时而自私的想法感到羞耻，想起明代诗人曹学佺有一副著名的对联"仗义每多屠狗辈，负心多是读书人"。自己这些年在某些方面是否有些习惯于蔑视中国的文化？

自由？什么是自由？难道跪着甚至躺着看待西方的一切就是膜拜自由？韩愈说："闻道有先后，术业有专攻，如是而已。"脑力劳动者应该平视体力劳动者，反之亦然；大学教授应该平视幼儿园小姐姐，反之亦然；做理论研究的应该平视做技术应用的，反之亦然……

电话铃声打断了叶成功的思绪。他拿起客厅的电话"喂"了一声。

是一位作家同行打来的电话。她说："家里的用人真是庸俗，竟然手不洗牙不刷就开始吃饭，以后找保姆要找城里的，学识高的，不能找没有学问的，太俗他们。真的老叶，她动不动在我面前炫耀她儿子上美国哈佛的事儿，真是可笑！她那么低贱的人，儿子凭什么会上哈佛？而我的儿子却要我托关系上当地一所美术学院？这事儿不公啊，老叶，我好歹是位作家，她不过是'聋民'。"

"不要瞧不起任何人嘛。"叶成功辩解说，"刚刚我一直在想这个问题，是的，人没有高低贵贱！我的《后浪》或许要重新改变思路！现在的年轻人或许不是我们想的那样。"

"老叶，你最近是怎么啦？不过去了几趟伊甸园采风怎么跟变了个人一样？小说的核心不能乱动！"作家西沫说。

叶成功没有说话，因为不知道如何接话。

西沫说："算了，本想跟你聊几句心事儿的，既然这样先挂了吧。"话没说完叶成功便听到西沫那边"啪"的一下将电话撂下。

此刻佳彤走过来："这位西沫阿姨天天来电话'巴拉巴拉'不停地讲些别人听不懂的话，说什么国家会毁在我们这代年轻人手里，什么农民没有素养，他们活该受穷，说出的话非常令人生厌！像邻居东宾家那条得了疯病的狗，可怕！爸您以后要少跟这种负能量的人沟通，我觉得您有这样的思想完全是被他们影响的原因。"

叶成功教育小佳彤道："你怎么能如此贬低你西沫阿姨？她可是比你爸还要有名的作家哦，她写的那本《谎言》可是提名诺贝尔的。"

小佳彤不屑父亲的教导，理直气壮地说："什么诺贝尔？不过一桶臭炸药，没什么稀罕的。还有你们作家的奖项真的那么干净吗？这个我想您老人家比我清楚。"

父亲叶成功叹口气："你这孩子越来越不懂事了，是因为青春期吗？如果是这样的话我可以原谅你！"

"什么青春期？难不成她那些话您老听着很受用？"叶佳彤不服气地"切"了一声接着说，"她整个一崇洋媚外的主儿，什么'聋民''脑残''爱国婊'等等，都不知道这些话怎么能从她的嘴里冒出来。爸你见过伊甸园人骂人的吗？他们心里没有仇恨，对国家充满了无限的感激，对周围的人充满着信任，你们为何要破坏这样美好且人人向往的生活？是你们自以为是还是自己愚蠢至死在帮着坏人递刀子？"

叶成功："小孩子家懂得什么，快去屋里学习吧，很快就中考了，还是那句话，既然生活在这里，就要埋头学习，将来也才有出路。"

佳彤笑笑："你又在回避问题！爸，你不觉得你们这代人很可笑吗？觉得年轻人不靠谱，觉得国家会毁在年轻人手里，这到底是臆想还是臆想？你们就那么看不惯伊甸园的强盛进步吗？为什么硬要用西方模式救伊甸园？当然我不反对西方的任何模式，因为有些东西的确值得我们学习，但是一味地赞美应当就是跪舔了吧。"

叶成功没好气地："你是被政治老师洗脑了吗？快去学习吧，马上考初中了。"

"考试难不住我，放心！苏州中学以我的成绩绝对没有问题！别忘了你女儿还要实现'你把我养大我陪你变老'的远大志向呢。所以呢，放心老爸，不要小看后浪，你们这一代还要指着后浪享福呢。"小佳彤说着这些话朝父亲做个鬼脸去她屋里学习了。

叶成功望着叶佳彤瘦弱中带着些坚毅的背影，有些许感动。想想也是，总不能把"后浪"归结为不学无术的"啃老""无望"，他们有"思想"，有"抱负"，有"希望"。想到这里摇摇头哑然失笑了一会儿，觉得无事儿可做，便走进卧室，从衣橱里拿下他的太极服穿上，准备到外面的小树林打几趟太极。可往外走时，电话铃声又响。他只得又停下脚步拿起电话"喂"了一声。

还是那位叫西沫的女作家的电话，她说："刚刚挂电话是因为儿子回来了，不过给了他钱后他又走了。"她跟叶成功在电话中感叹说，"现在的青年真是一代不如一代。不知道你家佳彤是什么情况？反正我的儿子一点儿都不听话，天天张口累，伸手钱，好像我上辈子欠他一样。老叶你也知道现在的稿费越来越难挣，所以我快养不起他了。"

"是啊。"叶成功对此问题也非常无奈，不过他还是自我安慰说，"不过比起那些农民工兄弟来我们还是很幸福的。"

"'聋民'？哎呀，老叶，你什么时候变得这么有同情心了？别忘了，我们可是作家，我们跟他们不是一个层次的人，我们是民主自由人士，我们是有思想的人。"西沫在电话那端喊。

叶成功带有讥讽的样子笑了笑。

西沫显然听出叶成功那端含有蔑视地笑了，当然也是因为她过于敏感，她气急败坏地说："老叶你竟然在笑？是笑我吗？你太过分了！是的，这样不好！别忘了我们写伊甸园是想拯救那些愚蠢脑残的'聋民'，他们太无知了，竟然不知道制度已经将他们锁得牢牢的不得自由，他们是被压迫被剥削的人。"

叶成功淡淡地说："可我去伊甸园采风并没有看到你说的这样。是的，他们过得很幸福，很满足，我们干吗要去破坏他们的幸福跟满足？"

"你今天怎么啦老叶？别忘了你的职责是唤醒年轻人，不是要你将他们推进孔乙己的行列。我们要把那些拿着血馒头当药的愚民唤醒，让他们站到我们的队伍，也算是我们为自由尽了一点微薄之力吧。"西沫自以为是地教导叶成功说。

叶成功："西沫老师。"

西沫："哎呀叶老师，看起来我俩得面对面地交谈一下了。好吧，你找个时间，到湖北来一趟，我亲自带你去看看违建的大别墅，看看那些所谓正能量的事儿是怎么产生的。"

叶成功连忙摆手："不用不用！"刚说到这里郝凤韵走过来，叶成功见此像遇到了救星，忙将话筒递给郝凤韵。

郝凤韵接过电话先是一愣，听到西沫的声音后笑起来："西沫姐啊。"西沫说："韵妹，最近可好？"郝凤韵说："挺好的。"西沫说："你家老叶最近怎么啦？去了几趟伊甸园跟换了个人似的。"郝凤韵说："他就那样，容易被人左右。"

"你说得对妹妹，老叶这人吧，没什么立场，你得管着他点。做人吧，尤其是作家要有思想，别被人笑成'爱国婊'！"

"爱国婊？这词用得有些毒。"

"只是叫叶老师站稳立场，别一味地奉承！这样会误国误民的！"

"放心吧西沫姐。我会时刻提醒他，不让他犯错！"

西沫"嗯"了一声："妹妹你说将来我老了怎么办哟？就这么一个宝贝疙瘩，天天不是名牌的不穿，不是快餐的东西不吃，什么样儿的家庭靠他这样折腾啊？"

"不知道什么时候咱们国内开始的快餐文化，什么都要快，其实那些快餐连点儿营养都没有。所以我不让我们家佳彤吃。"郝凤韵说到这里忽然觉得话说得有些过分，于是"呵呵"笑起来。

西沫也跟着"呵呵"笑了笑说："这快餐文化总也有它的好处的，比如忙得没有时间做饭，或者早上起得晚了，又十分饿的时候，就可以吃快餐充饥，总可以解决温饱问题嘛。"

"谁说不是呢。"郝凤韵抱怨说，"所以现在的孩子也有福气嘛，饿了有快餐，没钱呢我们还不得不拿出来给他们花，因为家家就这么一个宝贝疙瘩嘛。我邻居秀英家前段时间生了孙子，儿子、儿媳竟然带都不带，别人质问，他们就说他们不会带。唉！现在老两口身体还好，以后万一老的不能动了该怎么办哟？！"

西沫听到郝凤韵的话，显然几近绝望："真不知道这些独生子女的心用什么做的？生下孩子原本想以后跟他们沾光，却不知老了老了还得养着他们！就说我的儿子吧，快三十了连个正当职业都没有。唉，难怪啊，才三千多的工资。"

"三千多不错了呢，不要轻信什么年收入百万元之说，那不过是……"她想说"是新闻上胡说的"！想到西沫是码字的，笑了笑。

西沫："当今是不诚实的时代，一切以有钱为荣，而又不给人以好的环境，怎么会让人不讨厌它的虚伪？可恼的是很多人竟然说生活在伊甸园即使挣两千元也比外国挣两万幸福，你说这不是蠢是什么？"

郝凤韵："我大概思想境界太低，所以了解不了您说的这些话。"

西沫冷笑一声："不过在我看来你比你家老叶强多了，起码还懂得这个社会有'妈宝''啃老'这样的'毒瘤'需要铲除，但你们家老叶……"西沫说到这里长长叹了口气。

郝凤韵对西沫保证说："放心吧沫姐，我会时常提醒老叶，叫他以您的指导思想为主，毕竟这活儿是您给他揽的。"

西沫苦笑笑："咱们这代人命最苦，老的小的都要我们养！我不过觉得老叶近期没人约他的稿。"

"我知道沫姐，是他思想出了问题。放心！他不会负您所望！"郝凤韵说。

西沫"嗯"了一声，"前几天在网络上看到一视频，有人大庭广众之下打自己的父母。"

"畜牲！"郝凤韵骂道。"好了，别说了，我不敢听了。"西沫很善良、苍白的声音从话筒里传出来。"不想听也得说啊，这是现实！"郝凤韵说着这恭维逢迎的话自己都觉得砢碜。

"愁人哪！"西沫继续着她的教诲，"所以一定劝老叶照实了写他的《后浪》，社会需要不同的声音，独生子女需要我们时刻敲钟。"

"也不用这么悲观！好孩子还是有的，你比如……"郝凤韵话刚说到这里，便被西沫的话顶了回去，"得了吧凤韵，我看国家迟早葬送在他们手里！"

"天哪！"郝凤韵说，"希望我的孩子以后不要这样！"

"当然不会了！"佳彤从屋里走到客厅，到桌前端起杯子咕咚了几口水，"妈在跟谁聊天呢？"郝凤韵怕女儿说出难听的话，捂住传音筒，然后嘴从指缝传到话筒说："哟，西沫姐，我家'公主'回来了，我准备做饭了。"

"哦哦，好好。那你忙吧，我们改日再聊！"西沫说。

郝凤韵"嗯嗯"了两声将电话扣上。

"独生子女引悲歌，惯养娇生成笨鹅。阴阳两性婚姻少，父母一生心事多。姊妹兄弟不再有，天伦之乐是传说。不敢死，不敢穷，因为爸妈只有我。"叶佳彤的父亲叶成功走过来扶扶眼镜文绉绉地说道。

"胡说什么呢，我家宝贝可不会让我们过那样的日子。"郝凤韵说到这里看看比自己都高的宝贝女儿佳彤，"是不是？"

叶佳彤睨了叶成功一眼，然后转过脸郑重其事地冲着郝凤韵说："放心吧妈，你把我养大，我陪你变老！"

郝凤韵听叶佳彤这样说，欢悦得几乎要从地上蹦起来。

叶成功只得给女儿竖起了大拇指，郝凤韵示意叶成功给女儿来个祝贺，叶成功会意了一下，上前要去抱佳彤。"嗯?！"了一声，憋得满脸通红竟然没有抱动。

叶佳彤笑了，上前一用力，竟然把叶成功抱了起来，接着"咣当"一声放在地下。

"哈哈。"郝凤韵笑起来，看着叶成功累得"呼哧呼哧"的窘样儿，捂着嘴，"果……果真……"

"果真老了！"叶成功边说边"哈哈"着笑起来。

第 2 章　不弃功于寸阴

时光飞逝。

转眼叶佳彤出落成一位"著粉则太白，施朱则太赤"的苏州美女。

她在"不饱食以终日，不弃功于寸阴"的高考结束没多久便收到北京理工大学建筑系的录取通知书。

带着高三（2）班班主任宁老师叮嘱的"十年寒窗，十年磨剑。希望你在今后的日子用自己的一腔热血将另一番彻骨的寒冷洞穿！"的希望，激动地踏进北理工美丽的校园。

映进眼帘的是"北理工"学院内宽阔的操场和高大的教学楼。教学楼下有序地栽种了许多花草树木。校园很干净，就算有人丢垃圾，也会有同学主动弯腰捡起。

叶佳彤很享受这种干净、文明的氛围，宁静得犹如母亲的怀抱，让你感到安稳，舒适。就算忽然接到父亲叶成功发来的激励短信也未能让她有跳跃、激烈的情绪。她对自己说："凡事儿一点一点儿来，不能着急！嗯，就是这样。伊甸园梦想会成功的！不能叫上一代人看我们这代人的笑话。"

"你要结合实际，设计出温馨体贴周到的伊甸园出来！"一位长得帅气中带着或多或少的痞气的男同学甩着长长的头发，右手将头发往后撩了撩，来到叶佳彤跟前颇有自信地说。

叶佳彤上下打量了一下这个打扮另类的同桌没有说话。说实话她有些讨厌这个同桌，因为他话语里时不时会对她带有丝丝的轻蔑，这语气、这神情她以前好像并不陌生。哦，她想起来了，是西沫阿姨电话里的那种语气，那种把爱国人当爱国婊的人的语气。想到这里她朝他冷冷地撇了撇嘴。

查若良没好气地白了她一眼，然后吹着口哨扬长而去。她"喊"的一声回到宿舍，接到母亲郝凤韵打来的电话，语重心长地对她说："有小家才有大家，既然有孝心，毕业了就乖乖地回苏州，别再去想什么伊甸园。"

叶佳彤懒得跟母亲争辩。不知为什么，自从她得知郝凤韵是她的"生母"后，反而跟她疏远了。不明白是怎么回事。或许对郝凤韵有太多的抱怨吧，认为她不应该插足父亲跟那个她认为才是真正的"生母"的事儿。

那个叶佳彤认为是自己真正的"生母"的女人叫黄美娟。这个女人在她记忆里虽已经没有什么印象，但是叶家的"相册"里有这个女人抱着她"百岁"的照片。

照片上的黄美娟很美，会让人想到苏轼《江城子》里的"美人微笑转星眸，月花羞。歌扇萦风，吹散一春愁！"的诗句。

上幼儿园之前，叶佳彤本觉得郝凤韵才是自己的"生母"的。但是后来很多人包括幼儿园的老师都告诉她郝凤韵是她的"继母"，说你"继母"这人为了你连自己的孩子都不要，以后你可得对她好的呀！

她天真地点点头，然后发誓以后对待"继母"一定像对待自己"生母"一样。

但对待"生母"的样子她看到的却是小朋友的"撒泼""耍赖""顽劣""捣蛋"。觉得自己不应该像他们这样，她要努力对"继母"做到俯首帖耳、言听计从、百依百顺，但是一有这样的举动，郝凤韵便心疼得不得了，恨不得给她摘天上的月亮。然后她开始变得顽劣、调皮，以对抗她为乐。

见小佳彤如此不懂事，郝凤韵又开始抱怨了。她说："这孩子怎么回事？我对她这么好？她干吗恩将仇报？这不是《东郭先生》里面的'狼'，《农夫和蛇》里面的'蛇'吗？"

叶佳彤觉得母亲的话极其恶毒，以为亲生母亲没有这样说话的。她想郝凤韵应该不是自己的"亲妈"，不然的话不会这样跟自己说话。嗯，肯定是这样，不然的话，外面的人不会把她是"继母"的事儿说得这么肯定。

奇怪得很这事儿。真的，当她一直想郝凤韵是自己"继母"的事儿时，她反而又变得懂事并知道感恩了。这才明白，很多情结中对母亲付出的爱是不公平的，认为母爱既是伟大的，那也是应该的。

叶佳彤想着走着，走着想着。想起一位哲人说过的话，"一碗米养个恩人，一斗米养个仇人"。忽觉很是羞愧，想对"继母"好好表达内心的孝敬。于是那天放学她准备提早回家，但上小学四年级的同桌孟一涵却来了"大姨妈"，她想正好可以趁机因为担心闺密的"安危"而跟"继母"搭上话题，可以跟郝凤韵好好谈谈心，把她心底的那种"你把我养大，我陪你变老"的感受一古脑儿地倒给她，却不想刚推开门，父母的"争吵声"便从屋里传了出来。

"谈心已不可能！"于是佳彤蹑手蹑脚地打开自己房间的门进去，然后回身将门轻轻带上。

父母吵架总带给孩子危机感。因此脑子乱得根本无法学习，听外面还在吵，忽然想起"闺密"孟一涵给她介绍的一部很火的电视剧《流星花园》。于是坐到电脑桌前打开电脑。

电脑打开却没有网页。知道网络线头已经被郝凤韵拔下，长叹了口气躺到床上，闭上眼睛想眯一会儿眼。郝凤韵尖锐的嗓音传过来："老叶你不要太过分，姓黄的已经死了这么多年了，你为什么还对她念念不忘？别忘了佳彤可是我为你生的，并不是她！"

叶佳彤不由一愣，"骨碌"一下从床上坐起来，双手摁着床喘着粗气发着呆很久。

"不要让孩子听见！"叶成功"嘘"了一声，惊得往外看了看，上前捂住了郝凤韵的嘴。

郝凤韵将叶成功的手拿开，没好气地："她上学还没回来呢。"

"这个……唉！反正这种事儿以后最好少提。"叶成功长舒了口气。

"为什么？难不成她不想我是她的'亲妈'吗？"

"不是不想，而是不好讲，难不成你要我跟她说你是我跟美娟的'小三'吗？"

"为什么我是'小三'？明明是因为她生不出孩子然后你俩合谋将我骗到你身边的嘛。"

"我的姑奶奶，轻点喊！"叶成功说着话打开门往外面看了看，见佳彤屋没有动静，轻轻将门带上。

此刻的佳彤如自己做了错事一般屏住呼吸，生怕爸妈因为听见她的喘息声出来找她。郝凤韵说："还没到放学时间，所以她不会听到！"

"我只想找个合适机会跟佳彤说这件事儿。"叶成功说。

"看起来我这个'继母'的帽子很难摘啊。唉！凭什么是这样？凭什么大家都这么维护你？就因为你是名人吗？名人了不起吗？做的事儿什么都对吗？"郝凤韵说起这事儿明显不明就里，但又无法深究，当然是因为她已经习惯了这样。是的，名人不是常人，起初的她不过是常人，别人跟她客气是因为她嫁给了在文化圈有些名气的叶成功。想到这里摆了摆手，"想想也无所谓的啦，反正一直在孩子身边，说跟不说都差不多！"

"就是嘛！"叶成功说，"反正有你的地方才是家，佳彤总这样说。"

郝凤韵听到这里脸上不由得露出欣慰的笑容，继而又叹了口气："好在她还算懂事，不然真的会感到很委屈。"

叶成功"嗯"了一声，不想跟郝凤韵继续探讨这个问题，看看表，准备去接女儿回家。

郝凤韵说："女儿大了，近段时间她都自己回家。"

叶成功"哦"了一声，坐下来。郝凤韵挺高兴，还没等她开口，外面却传来"咚咚咚"的敲门声。

郝凤韵轻声说："我们的宝贝女儿回来了！"叶成功点点头，过去开门。果真是叶佳彤站在外面。

叶佳彤为什么又去了外面？是的，她是故意悄悄溜出去然后装作没事儿人一样再回家的。一是怕父母知道她在家听到两人的谈话难堪，另外她潜意识里很不想父母将真实情况讲出来。

"这有什么可难堪的？"查若良忽然蹦到她跟前，对她说，"你这人也真是的，干吗考虑无用的事儿那么多？你不累吗？"

"我什么时候考虑些无用的事儿？"叶佳彤朝查若良疑惑地眨巴了一下眼睛，"你……你在说什么？"

查若良仰脸肆无忌惮地大笑了一会儿，停下来看了叶佳彤好大一会儿才趋于稳定，他摆摆手，脸上并不带有十分的内疚："对不起，刚刚我翻看你设计图的时候竟然看了后面你的日记。"

"天哪！"叶佳彤从来没像今天反应得这般剧烈，她望着面前的查若良，想发火又不知道该说什么。

查若良越发笑得离奇："你真的很单纯！如果伯父伯母因为感情而在一起我们应该给叔叔阿姨鼓掌。还有我们做小辈的不能因为上一代的恩怨而忽略他们为我们的付出。"

她看着他很长时间没有说话。不知道回答什么，或许很惊讶于查若良说出的不着边际的话。

他望着她愣怔的样子笑起来："其实你心里根本不在意他们的以前，只不过你知道郝姨是你生母后，觉得她应该养你疼你爱你，于是你也就变得任性不讲理了。"

"任性不讲理？"叶佳彤凝望着查若良很久，像是不明白查若良在说什么。

"孩子在爸妈面前都这样！就如我，不管多大，在父母面前永远是孩子！所以才会出现什么啃老族、巨婴懒、拜金……你不觉得我们在做事做人方面很自私吗？当然我们也有我们的无奈，但有一点大人们说对了，我们这代人大多以自我为中心，讲求物质满足，把父母的爱当成理所当然。唉！细思极恐啊！"查若良站在单杠前边甩着他的大长腿边毫不顾忌地跟叶佳彤说。

"真的是这样吗？"叶佳彤摇摇头，"我会想他们的感受很多，真的。正因为我在乎他们的感受才不想揭露他们的！"她扑闪着迷人的杏眼望着查若良，忽然觉得自己仍没有找到知己。

查若良"哈哈"了两声从单杠上跳到叶佳彤跟前，喘了几口气："知道你在想什么，嗯，是的，你想找个跟你想法都一样的男朋友对不对？"

叶佳彤歪头看着面前的查若良，微微笑了笑："可惜没有啊！"

"你有点贪得无厌叶同学，在这个世上找三观相同的人都有点难，你竟然要求男友是你肚子里的'蛔虫'？"查若良说到这里毫无顾忌地将他长长的头发往后撩了撩，身子往后仰了仰。

叶佳彤望着他不屑一顾的样子，陡然笑了起来。这一笑，叶佳彤忽然觉得以前那个不可一世的大男孩有些可爱了，心也就不自觉地跟他靠近了一些。她问："你崇洋媚外吗？"

查若良："西方有什么可崇尚的？我在国外生活过一段时间，觉得没有某些人宣传得那般神秘。而且他们的阴暗面才是真的多。嗯，是的，有一点是众人所不知的，就是他们一直在神化美化他们，当然这些事很多都是国人的一些所谓的'自由民主人士'在做。"

"是吧？！我就说嘛，西方人不过如此嘛，比如有些同学见你是西边来的，那眼神都透露着羡慕。"叶佳彤说。

"但你没有！你好像对我不屑一顾。能告诉我这是为什么吗？"查若良说着话目光看向叶佳彤。

叶佳彤很久没有说话。

查若良："这是你的自由，你不想说就算了。"

她笑笑："虽然名人把西方宣传得过于神话，但也不是每个人都信，而我就是那不信者之一。"

他听她这样说朝她竖起大拇指："怪不得你能将伊甸园项目继续下去，好！鼓掌！"说到这里双手在胸前鼓起掌来。

叶佳彤也随之鼓掌，说："上个月我去伊甸园见到史老园长，他是位抗美英雄，为了建设伊甸园，被他的孩子误会。"

"是那位史东方爷爷吗？他是抗美援朝的英雄，哦，对了，他还救过我的命。"查若良说。

"是吗？"叶佳彤听查若良这样说两眼放光，然后两个人对视着。

许久，两人都笑起来。继而两人谈得越来越投机，越来越高涨。

"建立人类命运共同体是老人家的心愿，他希望建设伊甸园本着不忘初心、行稳致远的基础上去做！这大概与叶老师提出的'自由民主'的意愿不同甚至是完全相反吧，当然，出于私心，我选择站在你这边儿。"查若良说到这里情不自禁地上前跨了两步。

"出于私心？"叶佳彤抬额仰看查若良。查若良笑，将脸转向一边。她想想也笑起来，"我总认为这些年一直在努力设计绘制伊甸园蓝图不过是为了跟我爸较劲，现在想想大概我内心有对别人形容我们的啃老、拜金、巨婴懒一种不服输的情绪。对！就是这样！我想要他们不要把我们这一代想得这般龌龊，我们在努力，在拼搏，在抗争。"

"你想叶老师改变《后浪》的写法对吗？"查若良听叶佳彤这样说，再一次不自觉地鼓起掌说，"我们就是要像史爷爷说的给那些瞧不上和误解我们的人看看，我们有多努力。我们不光要自己的家长夸，还要社会承认我们存在的价值。"

"有钱能让鬼推磨懂不懂？两位不切实际的幻想家。"此刻一位额阔顶平、唇方口正的男同学走过来。

"哈哈，孙明磊同学，我们是道不同不相为谋！"查若良说着冲叶佳彤挤了挤眼睛，冲着孙明磊说，"史爷爷叫我跟你探讨一下你那民主自由平等人的思想，是不是偶尔有些偏离生活的轨迹？"

孙明磊白眼几乎都翻到脑门子后了，嘴噘得老高，胖手扎煞着去拉叶佳彤的手。叶佳彤严肃地闪开了。但见她朝查若良礼貌地挥了挥手，往教室走时，却被孙明磊胖胖的身体生生地挡在了前面。

"哎呀明磊，你不能这么无赖的！"查若良说着话，人已经插到孙明磊和叶佳彤的中间。他回身朝叶佳彤使了个眼色。叶佳彤会意，急急地离开。

"你们的想法幼稚可笑，别忘了现下人们的心理可没有你们这般强大，你不觉得很多赚到钱的人不但不会感恩上感恩下，反而还在耻笑那些让他们赚钱的人是傻什么吗？"孙明磊用胖手捋了几下他的油头对查若良露出讥讽的笑容。

"伊甸园人不是你想的这样！"查若良说，"他们都有爱园爱家情怀，大家都想拧成一股绳过上好日子。就像史爷爷，一辈子在为人民服务，所以他老人家过得才这么快乐，身体才这么健康！"

"那可不见得！谁知道他在黑暗的夜里是不是流泪？"孙明磊辩解着仰起了他高傲的头，鼻端也不由哼了一声。

"明磊你思想很有问题。"查若良嬉皮笑脸了一会儿，摊了摊双手，表示不再跟孙明磊争辩。

"我思想没有问题！我们只是暂时在三观上有些不合，不过放心，如果叶佳彤愿意，我有可能改变我的想法！"孙明磊说到这里发现叶佳彤已经走远，想去追，被查若良扯住了。"好了，别逼她！"查若良一副盛气凌人的架势，"她是个人见人爱的尤物，你这样做只怕吓坏了她。"

孙明磊哈哈笑起来："正因为她是'尤物'，才激起我的兴趣。"睨了查若良一眼，"在这件事上，希望你少跟我争，不然的话兄弟反目成仇反而不好！"

"看到她才知道原来以前的我很幼稚。嗯，是的，以前那不是爱情。对！就是这样！"查若良说到这里向后抄了下他厚密的头发，眯起他睿智的眼睛，不由得让孙明磊倒退了几步。

"我已经做出了为佳彤牺牲的准备！"查若良一副英雄气概的样子说。

"你……你竟然要……要离开丽娜？"孙明磊拧起眉，牙关不由咬得很紧。

查若良辩解："我跟丽娜那不叫爱情！我们不过是'发小'，是'兄弟'！何况孙姨根本不希望我俩在一起。"

"可是丽娜根本没有忘记你！"孙明磊指着查若良的鼻尖，"我妈看的果真没错！你的确是个花心大萝卜。"

"既然如此，我们还有什么话好说？我希望丽娜在美国过得快乐！"查若良眯起眼睛看了孙明磊一会儿，然后仰脸将长发在后面抖了抖，直起身子，一副爱搭不理的样子。

孙明磊哪里吃得消这个？但见他握起拳头，一个蹿跳到查若良的跟前，朝着查若良的脸上猛烈地打去，被查若良一个反转将他的胖拳抓住："不要动怒嘛明磊，如果你实在觉得有气无处撒的话我约佳彤出来一起吃个饭怎么样？我不跟你争，一切由佳彤来评判！"

"有些道理！"孙明磊自身带有非常强的优越感，"我就不信佳彤会喜欢你这种不伦不类的货色。"

查若良耸耸肩："三观不是由外表来决定的，知道吗？三观是由内心散发的，散发出来的气味会把丑陋的外表都遮盖住。"他说到这里望着孙明磊挑逗般地挤眼。

孙明磊肚皮气得都快爆开，眼珠子瞪得溜圆，指着查若良的鼻尖："你是来跟我作对的是吗？"

查若良朝孙明磊努了努嘴，然后吹着口哨甩着头发一晃三摇地离去。

第3章　梦想引热议

这天晚上，天空上挂着一轮明月，照得大地如同白昼。只是橙子树、青松树、舍利子树的表面如同上了一层白蒙的膜，再加上红的花绿的草，蓝的莓，犹如走进了童话世界。

这是个幽美的晚上。心潮澎湃的孙明磊加叶佳彤微信，竟然没有加上，原因是叶佳彤当初还没有微信。而孙明磊却认为是叶佳彤不想跟他成为好友非常生气，想了一会儿，去找查若良，问他说："你不是说要约叶佳彤一起去外面吃饭吗？"

查若良听说孙明磊是单纯约请吃饭，笑笑说："你动机不纯！她又比较矜持，肯定不会出来。"孙明磊拧了拧眉说："约她出来有这么麻烦吗？"查若良"痞痞"地笑起来，"她不是你妹妹丽娜，喜欢吃喝玩乐。她嘛，应该算是个有思想的女孩，所以追起来有相当的难度。"

孙明磊冷笑一声："什么有思想？不过故作矜持罢了。我就不相信建设伊甸园能离开我孙明磊。"查若良淡淡地说："你不是去过伊甸园吗？按理说去过伊甸园的人都会被那里纯朴的气息感染。是的，我不单单因为史爷爷救过我的命才喜欢那里的。"

"你是因为叶同学的梦想伊甸园才喜欢那里的。忘恩负义的家伙！"孙明磊说这话时嘴都快撇到脑瓜子后头了。

查若良右手从前往后梳理了一下他的长发，头自然地转动了一下，挺直着身子一副满不在乎的样子眯了眯眼，然后睁眼朝孙明磊笑了笑："喜欢不喜欢伊甸园倒没什么，关键如果拴在喜欢的女孩身上会很累，我不喜欢这样的感觉，相信你也不会！我就是喜欢伊甸园那静的感觉，喜欢那里的人们纯朴的笑脸，与世无争的境界。他们人人尽着自己的本分，干着自己所'好'的事儿。那样的地方很是净化自己的心灵。"

"史爷爷的话含着毒素，不喜欢那样的地方。是的，那里只适合穷人，不适合有欲望的人，那里没有豪车，没有美女，没有为所欲为。人挣了钱是为了什么？为了谋福大众吗？"孙明磊抑扬顿挫地说着这些话时，又说，"别扯这些没用的行不行？赶快给叶同学打电话呀。"

查若良拨了叶佳彤的电话，用彬彬有礼且带着磁性的语速不紧不慢地说："今晚有时间吗？有时间的话出来一趟，明磊想跟你谈谈关于伊甸园的事儿。"

叶佳彤听说是要跟她谈论关于伊甸园的事儿当然很高兴，但是跟同室友打招呼出去吃饭时，室友毛馨馨却要叶佳彤当心被男同学侵犯。叶佳彤认为毛馨馨有些多虑，穿上从网上刚购的白兰格衬衣，系了一条黑白相间的丝巾，加上那条洗得发白的自己非常喜欢的浅蓝色牛仔裤，来到学校附近的"和大嫂酒吧"店。

"和大嫂酒吧"店虽在学校附近，叶佳彤却是第一次进来。但见里面的餐桌被一格格的隔断隔开，感觉排列得很是整齐干净，偶尔地上一排排的假"翠竹"让人如置身苏州的小湖泊岸边。

三人在西北角的僻静处坐下，要了雪碧兑红酒，边喝酒边聊天，聊着聊着聊到叶佳彤提出的"你把我养大，我陪你变老！"的问题后孙明磊说这话说得非常好，甚至听着没半点儿毛病，但是我觉得极不靠谱，为什么呢？

"说出来听听！"叶佳彤说。

孙明磊不停地用胖手捏着手里的酒杯，微笑地看着叶佳彤。"你把所有的老人都看得太完美了，我承认你爸妈可以容忍你的缺点，不！应当说跟他们不同的观点，但是我妈不行！如果有一件事不顺着她，她便会冷言相讥，那语气如果你没有金刚不坏之心根本就受不了。"

"不会吧！"叶佳彤疑惑地看看面前的孙明磊，再看向查若良时，查若良说，"别说那么多废话了，这样，我把佳彤的《伊甸园构想图》发到网上，看网友们都怎么说，我想不管自己的父母是什么样儿，都应该彼此忍让，不管是长辈还是我们年轻人都应该有一颗忍让大度的心，世物不能一味地迁就。"

"有道理！"叶佳彤看看孙明磊以商量的口吻说，"我相信一家人总能找到一个平衡点和睦相处的。比如像史爷爷那样的英雄，谁不愿意跟他一起？"

孙明磊摆摆他的胖手："别戴着有色眼镜看人行不？他的苦处你自己知道！"

"人人都有苦处！但是一心向着大众心总能变得坦然，所以史爷爷过得很惬意！"查若良说。

"你懂个屁啊。"孙明磊乜了查若良一眼，"他不过救了你一命，你用不着这样护着！"没好气地又说，"你这是为了讨好叶同学故意站到她那边的对吗？"

"今晚我们可都喝了酒，酒后吐真言这话你应该懂得！"查若良举着酒杯在孙明磊面前晃了晃，皮笑肉不笑地说。

"你……"孙明磊听查若良这样说，拳头都握起来，要揍查若良。叶佳彤见此连忙制止："今晚啥也不说，光喝酒不说话。"

孙明磊、查若良互相看了一眼，各自不服气地"哼"了一声将脸转向一边。

叶佳彤站起来劝两人喝酒，两人这才转过脸继续喝酒。先是说些学校有趣的事儿，接着又回到如何建设伊甸园的问题上，孙明磊不耐烦了，起身离开。

孙明磊离开，叶佳彤跟查若良推杯换盏了一会儿，竟然觉得无趣，再加上酒馆要打烊了，也就回了各自的宿舍。

大概因为酒喝得多，叶佳彤好不容易才被下铺的毛馨馨扶到上铺。躺下身子叶佳彤又觉得燥热，于是将脚丫拉下来。

毛馨馨见此，一下子火了，从床上起身冲着躺在上铺的叶佳彤说："佳彤啊，你还是个学生，怎么就跟男同学一块喝酒到凌晨一两点？你这如果叫'二歪'老师知道了怎么办哟。"

叶佳彤哪里知道毛馨馨在说什么？但见她死猪一样地打起鼾。毛馨馨咬牙切齿了一会儿，没好气地将自己摔倒床上躺下。

早上八点，叶佳彤还在睡觉。毛馨馨一惊一乍地来到她面前喊了一声："佳彤！你惹祸了！"

叶佳彤不由一个激灵条件反射地坐起来："发生什么事儿了？"看到毛馨馨瞪眼扒皮地站到面前时长舒口气，然后使劲摩挲她的胸。

"你真的胆儿大佳彤，你该不是病了吧。"毛馨馨说着话右手摸到叶佳彤的额头上拭了一下。

"什么事儿啊？"叶佳彤拧着眉心慌地看了毛馨馨粗大的眉毛一眼，将毛馨馨胖胖的手拿开。

"哈哈。"毛馨馨的银盆大脸抑制不住地抖动起来。

叶佳彤见此浑身放松下来，但再度要躺下时，却被毛馨馨又拽了起来说："是不是觉得这床很舒服啊我的大小姐。"话锋一转，变得凝重起来，"我可没有开玩笑啊，'二歪'叫你去她办公室一趟。"

"什么？"叶佳彤果真清醒了许多，但见她快速穿戴完毕，便直奔四楼最里面门朝北的那间办公室而去。

理工学院建筑系主任叫任"二歪"，她的外号因两脚走路左歪右歪而得名。此刻的任"二歪"教授大概是刚吃早饭，听到有人敲门，忙将桌上剩的最后一个包子整个塞进嘴里，然后两腮因为包子被撑得鼓鼓的，眼睛朝向闭着的门。

叶佳彤站在外面腿有些瑟瑟发抖，只听里面传出任教授娇嗲嗲的声音："进……进来！"叶佳彤推门走进，看看任"二歪"："任……任教授。"见任"二歪"并没有生气的样子，轻轻用手揩了揩脸上的汗，站到任"二歪"跟前。

任教授嚼了几口包子突然一用力将包子整个咽下去，不想又给噎住，连忙又端起青花瓷的杯子喝水将噎住的劲儿压下去，白瞪了好大一会儿才和缓着摩挲着自己的胸舒心地喘了几口气。任教授冲着叶佳彤说："你……你看过水……《水浒传》吗？那里面的潘……潘……金莲为什么会在感情方面犯下那么严重的错误？还不是因为过于轻……轻佻？"

"任教授？！"叶佳彤疑惑地看了任"二歪"一眼。

任"二歪"意识到自己的失态，看到面前的电脑，触了一下"鼠标"，看到了查若良帮叶佳彤发的《伊甸园构想图》的图样，马上拍拍自己的头，冲叶佳彤说："哦，没想到你的图样在网上会引起这么大的反响，你这种想法不错，是不错！呵呵。"

"谢谢！"叶佳彤朝任"二歪"鞠了个躬问："还有事儿吗任教授？"

任"二歪"想了一会儿摆摆手，示意叶佳彤离开。

叶佳彤浑身轻松下来，但她准备往外走时，任"二歪"又说："先别走啊，一会儿还有两位同学要到。"叶佳彤听到这里拧起眉。

任教授端起杯子喝她的红糖生姜茶水……

"快走啊！"毛馨馨的尖叫声再次出现在叶佳彤耳边。叶佳彤睁开眼睛，这才知道她竟然在毛馨馨站在她床边叫她去办公室时又睡了一觉并还做了一个去见任教授的美梦。她寻思了一会儿，起身下床准备去卫生间洗漱时，人已经被毛馨馨拉着出了宿舍。

"我还没洗脸呢，讨厌的家伙！"她喊着想挣脱开毛馨馨的手，但她哪里是她的对手？但见毛馨馨用力攥着她的手，往系主任任"二歪"的办公室方向小跑。

因为没有毛馨馨的力气大，她只得哀求毛馨馨说："放开我馨馨，我请你吃饭，吃法国大餐，'苏宁'旁边的那家。"

毛馨馨听说吃大餐停留了一下，接着很快便坚定地摇了摇头说："不，不能再吃了，我正在减肥！再说你不是反对西餐吗？你说中国文化源远流长，今天怎么……"看看叶佳彤"哦"了一声"骗我的呀！"更是用力拉叶佳彤往办公室走。

叶佳彤知道毛馨馨已经下定决心将她带到任"二歪"面前，便也显得坦然起来："我马上跟你去，但你得让我把头发稍微整理一下，还有我怎么也得把鞋换了吧。"

　　"这个……"毛馨馨低头看看叶佳彤穿着的露着脚趾的粉色拖鞋，眼珠一转，"好吧。不过你得快点！"

　　叶佳彤手做"OK"状，然后飞快地换洗完毕。

　　毛馨馨带佳彤进任"二歪"教授办公室的时候，孙明磊跟查若良站在里面。他们在墙角背着手站着不看她，也不说什么。想起刚刚的梦似觉非常真实，叶佳彤闭上眼睛抖了抖头，忽然看到孙明磊手被包扎着白色的纱布，且白色纱布还洇出了红红的血，于是关切地看看孙明磊，接着又看看查若良，见查若良身上没有什么伤长舒了口气。

　　"天哪！"此刻坐在办公桌前的任教授夸张般地大喊了一声，指着电脑，"你们看网上，你们看看网上的评论！"用她黄色的英雄牌钢笔指了指电脑里叶佳彤那篇文章说，"点击率已经过万了现在。啊，没想到！真的没想到啊。"

　　叶佳彤、孙明磊、查若良还有毛馨馨互相看了看，这才知道系主任任"二歪"找他们来办公室的真正目的。用力拧了一下自己的手腕，很疼，知道不是梦，叶佳彤心情放松了不少，又想梦是反的，神经又不由得绷起来，往孙明磊跟查若良处看了看。

　　孙明磊受伤的手在毛馨馨旁边比划了几下。毛馨馨吐吐舌头往任教授这边凑。

　　"伊甸园最新模式很智能，而且很符合当代人的居住需求。好，非常好！哈哈，这就所谓的中国文化，中国精神，中国智慧，中国力量，中国胜利……"任教授边说着话边敲打着键盘将自己要说的话输进电脑。

　　"中国文化？中国精神？中国智慧？中国力量？中国胜利？快得了吧，不过是神经病！脑残！白痴！"网友回复说。

　　"现在都讲民主自由了，我认为这是专制主义思想在作怪，不值得提倡！伊甸园人应该是个人人敢讲真话、民主自由平等的地方才行，不然的话你们就是一伙地道的骗子！"另一网友也回复道。

　　"命运共同体是专制主义思想？你脑子进水了吧。一人难负百人心，我承认伊甸园某些观点不会人人喊好，但并不是你们说的霸权专制。再好好看下伊甸园的初衷，'不忘初心，牢记使命！'"查若良在旁边边喊边用手机将他的留言发上去。

"看你的样子是位独生子女吧？是，独生子女都是这种体能，将自己的想法硬加到别人头上，本在做件蠢事儿，却认为自己是爱国者导弹，说白了你是当代社会的累赘，你们没有责任心，啃老，拜金，巨婴懒……"一位网友回复得很恶毒。

"家庭的重负，就如同一座大山，死死地压在每个独生子女的身上，我们是最享福的孩子，但也将是最受苦的大人。等我们人到中年，将成为世界上活得最累的人，所以我选择放弃，我宁愿啃老，拜金，巨婴懒，放弃责任，决定自暴自弃……"

"你们太自以为是了，伊甸园的建设已经不仅仅是建设的问题了，有一点你们可以大可放心，这里的人们有着一颗陶渊明般的心，互帮互助，永远把不忘初心、牢记使命放在前面，他们以人类命运共同体为主导方向，行稳致远，永远向前！"一位"有你真好"的网友跳出来说。

然后跟上来很多呼应的声音，有的说："工业化初始阶段，农业支持工业，为工业提供积累带有普遍性的趋向，工业化达到相当程度以后，工业反哺农业，城市支持农村协调发展，这样非常好，支持！"

有的说："下决心合理调整国民收入分配格局，实行工业反哺农业，城市支持农村的方针，围绕群众增收这一主题，通过一系列强有力的政策措施，直接给百姓以实惠，好！"

赞美的声音一浪高过一浪。任教授坐不住了，但见她激动地站起身，键盘敲得叮当响："谁说独生子女没有责任心？啃老？拜金女？巨婴懒？那是对'独生子女'的一种轻蔑。我的许多学生都不是这样！"任教授激烈地回复着："他们都很有责任心，都不啃老，都不'巨婴懒'，都不自私！他们是一群有理想有抱负的独生子女，他们是我的骄傲，我为有这样思想的学生感到骄傲！"接着她把笔记本合上，看到了身后的查若良跟孙明磊，眼睛放射出无限的光芒。

孙明磊跟查若良不自觉地打了个立正。任教授走到查若良跟前，本想去拍拍他的肩膀，但因为够不着，只得拍拍他结实的胸。看起来任教授并不是把孙明磊跟查若良叫来叱责的。但是叶佳彤又非常想知道孙明磊的伤从何而来？于是往孙明磊跟查若良面前凑了过去，朝查若良看了一眼问孙明磊："怎么回事？"孙明磊告诉叶佳彤那伤是昨晚将叶佳彤送回宿舍，他在操场跟查若良玩空酒瓶时意外伤了的，不过划破了皮，没什么大碍。

叶佳彤"哦"了一声，看看查若良，关切的眼神望过去时，早被孙明磊的胖手挡住了眼睛。毛馨馨巴巴地望着任"二歪"。她认为任教授让她将叶佳彤喊过来是要挨训的，谁知却是叫她们过来看评论的，她不由得叹了口气，再看任教授，早已经再次打开电脑正奋笔疾书般地在回那位"有你真好"网友的评论："你说得真好，说得对！二十一世纪的青年就应该养成吃苦耐劳、自食其力的美德，这不仅仅是二十一世纪新青年们所需要的良好道德素质，也是我们全中国人民，乃至全世界人民都应该共同树立的美德……"

"任教授说得对！也难怪您会培养出那么优秀的学生，多谢那位叶同学，为她点赞，激动中……""有你真好"的回复非常真诚。

"是的，我不会指着孩子们的鼻子要求他们做到何等的完美，当然作为一个青年人，我不可否认你们的身上还有使命……"任教授回复。

"作为一个青年人，我不可否认我们的身上还有使命，我也不是在这里盲目地推卸责任，作为新青年，我们有梦想，有激情，有十足的动力，特别是看了叶同学的《伊甸园构想图》以后。""有你真好"说。

任教授奋手疾书："只要你们树立正确的人生观、世界观、价值观，尊重客观规律和客观条件，充分发挥我们的主观能动性……"她已经忘了还叫毛馨馨请来叶佳彤几个人干什么了。

叶佳彤等人你看看我，我看看你。见任教授根本没心思在意他们几个，也就悄悄地如做了坏事般地离开了办公室。

网名"有你真好"名叫闫平阳。

他是一位刚刚从北京医学院毕业不久分到北京民仁医院骨外科的实习医生。人长得仪表堂堂，伟岸高大，眉宇紧锁，掩不住的忧思与孤寂。虽说身在北京，却一直想致力于家乡建设，特别是关于立足城乡主体统筹，培育新型群众，强化群众主体意识，提升群众综合素质方面的。

闫平阳认为只有这样才能推进伊甸园生产方式和生活方式同步变革，促进伊甸园人心理上、技能上和文明习惯上进城，加快融入城市生产生活，让伊甸园人住进"新农村"，变成"新农民"，进入"大县城"，变成"新市民"。

由于跟任教授谈得欢，所以闫平阳很快便从她手里要到叶佳彤的联系方式。当晚闫平阳便加了叶佳彤的 QQ。"你好！美女。"

"你好！"叶佳彤看到电脑里的头像在动，很快回复了两个字。"我叫闫平阳，是民仁医院的实习医生，我想……我在想我们能不能找个机会见上一面。"

闫平阳鼓足勇气说出这句话时，脸上冒出了汗。

那边没有回复。闫平阳拭了拭脸上的汗，将音量静音。接着他站起来，莫名其妙地在地上转了几圈。转悠了半天他还是想看看叶佳彤有没有回复，真的被他猜中了。是的，叶佳彤没有回复他半个字。

第4章　共同的理想

共同理想体现了个人利益、集体利益和国家利益的统一，集中工人、农民、知识分子和其他劳动者、爱国者的利益和愿意，有着广泛的群众基础，是当初阶段全国人民的奋斗目标和精神动力。

为了实现这个共同理想，一切有利于解放和发展社会生产力的思想道德，一切有利于国家统一、民族团结、社会进步的思想道德，一切有利于追求真善美、抵制假恶丑、弘扬正气的思想道德，一切有利于履行公民权利跟义务、用诚实劳动争取美好生活的思想道德，都应当鼓励和支持，这才能团结一切可以团结的力量，实现建设中国特色伊甸园的宏伟目标。

闫平阳阅读着手机里这段关于"共同理想"的文字，陡然间信心百倍，心想他现在跟叶佳彤不就是有共同理想的战友吗？嗯，的确是！因为她去过伊甸园，跟他一样都想天下人过上充实富足、平易暖人的生活。

可是他虽加了她的QQ，却再没见到她的回复，长叹一口气后，很快便想起在ML公司任职设计助理——聪明智慧、高傲泼辣的姨家表姐柴禾姐。对！表姐也曾是理工大的高才生，近期还被公司重用，说不定她可以帮他的忙！最主要的她在史老园长还有父亲闫爱军的影响下成了建设伊甸园的主要倡导者。

澎湃思绪中，拿起电话给表姐柴禾姐拨了过去。"表姐，有一件事儿想麻烦你帮我一下……""什么事儿？"柴禾姐的说话声在电话里听着爽朗飒利。

"哦，呵呵，是这样的，这几天史爷爷打来电话，让我找你们理工大你的那位学妹叶同学，爷爷说她去过伊甸园多次，也很讨喜咱们伊甸园人的热情，所以我想能不能通过你跟她见一面？"

"你不是有她的联系方式吗？"柴禾妞说。

"我给她发信息她一直不回！我想是不是她见外异性同盟的缘故！"闫平阳跟表姐解释猜测叶佳彤内心的想法时，内心非常希望见到叶佳彤的态度在急迫的声音中很明显地显现出来。

柴禾妞"哦"了一声说："正好昨晚史爷爷也给我打过电话！"她说着话打开网页翻出叶佳彤的资料，"叶佳彤，苏州人，女，姓叶，年龄二十一。"看到这里心先是颤了一下，"姓叶？不会是叶成功的女儿吧？！"拧了拧眉后，嘴角不由得泛起一丝冷笑。

想起曾经跟叶成功的"一夜情"，内心仍隐隐地翻腾。"要不要深入跟这位姓叶的接触一下？为了表弟应该吗？但是这会不会揭出她从前的层层伤疤，以致跟现今男友潘明反目？"她闭上眼睛深思了一会儿，忽然从沙发上直起身子，"为了建设伊甸园，不管那么多了。"接着她仔细地在电脑上浏览了关于叶佳彤的《伊甸园构想图》，联系到了北理工的李校长。

有着儒雅风范的李校长听柴禾妞说 ML 公司有意与《伊甸园构想图》作者见面，非常爽快地将柴禾妞介绍给任教授。任教授没想到叶佳彤的《伊甸园构想图》会引起这么大的反响。为了卖关子，她先跟柴禾妞见了面，确认是伊甸园建设者时，跟柴禾妞说准备毕业典礼之际，将叶佳彤的《伊甸园构想图》推给 ML。

ML 是一家集建筑、设计、施工等在国内虽算不上最大，但规模并不亚于中国建筑的房地产综合企业，它始建于 1992 年，在全球一百多个国家和地区开展业务，目前经营区域主要分布于全球 19 个国家和地区，在国内除台湾省外均有经营业务开展，截至 2001 年，共获得国家科技进步和发明奖 13 项，获得詹天佑土木工程大奖 20 项，获得各类省部级科技奖 136 项，拥有国家级工法 99 项……

任教授希望自己的学生能在这样的公司大展宏图，于是跟柴禾妞提出在毕业典礼之际将叶佳彤的《伊甸园构想图》进行展示。柴禾妞当下点头同意，并跟公司申请了毕业典礼的部分费用，然后她也就理所当然被学校请来做嘉宾。因为还涉及养老方面，她将刚刚退休不久的母亲李新民也请去现场，并还命令自己的助手方非邀请家人前来参加。

方非家里只有父亲跟奶奶，因对叶佳彤的项目不感兴趣，也就不想自己的父亲来京，但柴禾妞说参加会议家长的费用由她来承担。她听后不假思索地答应了，接着打电话给男友苗大伟，希望他做好迎接父亲的准备。

苗大伟对此显得有些不以为然。跟方非谈朋友的这些年让他明白方家是以方非为中心的，所以他并不怕见方父。毕竟方非的"飞扬跋扈"在他以及众人面前是出了名的。

唉！如果不是方非的舅家表哥潘明当初极力撮合的话，他肯定不会要一个这么"强悍"的女人做女友的！但是方非也说她看不上他！认为他像个没爹没娘没教养的孩子，也就是她有"善心"才肯"收留"他。

两人谁也不服谁！一个想当"公主"，一个想当"王子"。但就是这样两个人却在"合合分分，分分合合"中一起度过了"跌宕起伏"的两年光阴。

问方非为何能跟苗大伟坚持到现在？方非说："一直在不断地寻找自己的另一半，但一直找不到合适的！"

"长得要好！钱还要有的男生去哪里找？"柴禾妞调侃方非说，"就算有的话也没你方非的份儿啊，比你贤惠、比你温柔、比你漂亮、比你势力强的女孩何止成千上万？"

方非听她的上司柴禾妞这样说没有生气！当然或许是不敢生气，也或许是此刻默认自己只配跟苗大伟这样的男子吧。她想暂时依附在苗大伟这里，等有一天发达了再将苗大伟狠狠地踹到"九霄云外"。

柴禾妞见方非说话那"横眉冷对"的"熊"样儿，总要忍不住大笑："好了，方设计，安分些好不好？人家苗大伟哪里让你恨成这样了？不过钱挣得少点，情商稍微差点儿，其他都还可以的啦。我觉得他比你表哥潘明强多了。"

"得！"方非说，"别'人在福中不知福'好不好？表哥对你多好啊，那简直就是'含在嘴里怕化了，握在掌心怕碎了'。溺爱得你越发不知道是谁啦。"

"看把你表哥夸成什么样儿了？"柴禾妞讥讽中还带有一丝甜蜜地说。

"表哥很像五六十年代的老人！有点像我爸，愿意老黄牛一般无私地付出。"方非说到这里脸色变得阴沉下来。

柴禾妞"哟哟"了两声笑了笑："你表哥说多要求自己你会更加独立，要求别人太多你会增长失望！男女相处是门很深的学问，可有时候吧……"

"有时候他越是贱，你越讨厌是不是？"方非接过话说。

柴禾妞没有说话，或许她被方非戳中了要害。

沉默了一会儿，她说："别谈这些了，你给你爸打电话了吗？老人家过来吗？"

方非说："打了，明天就过来！柴主任你妈过来吗？"

柴禾妞若有所思地"哦"了一声:"我妈肯定过来!只是……唉,不知道要不要她跟你表哥见个面。"

"我就不明白你妈对我表哥有什么不满意的?他时时处处替你着想,这样的女婿哪儿去找?唉!人啊,挑别人的毛病都是一个顶万啊,就好像自己的孩子多好一样。"方非是个心直口快之人,尽管在自己的"头儿"面前再想装也会把心里话说得这么绝。

"你……"柴禾妞果真受到了伤害,但见她瞪起杏眼,没好气地狠挖了方非一眼。

方非狠打了自己的嘴巴几下,并说:"对不起!对不起!无意中伤害了上司独生子女般娇嫩的心。"话说到这里更加觉得自己没趣,于是朝柴禾妞伸伸舌头。

柴禾妞将方非往一边推了一把:"算了,看在明明的分儿上,饶你不死!"

方非"是"了一声,打了个立正!笑着离开。

第二天一早,两人到北理工校园时,校园已经坐满了黑压压的人。任"二歪"将柴禾妞带到主席台上,安排在李校长的旁边坐下。

柴禾妞看看李校长有些不好意思,站起来要李校长坐她的位置,却被李校长按坐下。柴禾妞无奈只得礼貌地点点头,坐下。她的母亲李新民,方非的父亲方正等都已经落座在台下。

柴禾妞"嗯!哼?"了一声往台下看了看坐正身子。

李校长朝她挥了挥手,叫她起来发言。她摆摆手,示意是学校的毕业典礼不太适合。李校长笑笑对任教授说:"任教授,今天的会还是由你来主持吧。"

任"二歪"点点头,站起来,走到台中朝台下鞠了个躬。站直身子,清了清嗓子,抑扬顿挫地说道:"各位领导、老师们、家长们、朋友们、同学们大家好!"

"哗哗"的掌声。

"我很高兴今天能够同大家相聚,更让我感到荣幸的是,能够把往届的几位家长也请来参加我们这届的关于毕业生分配问题若干意见的会议。当然这主要是因于叶佳彤同学的《伊甸园构想图》引发大家的共鸣,才使得家长们不远千里甚至有的是从国外赶来参加这次典礼。"她说到这里往台下看了看。

孙明磊的母亲史爱香从香港,查若良的父亲查理、母亲尹麦从西班牙也来参加毕业典礼了。两家人很熟悉!原来查若良的父亲曾经是孙氏置业总经理史爱香的会计,而母亲尹麦竟然是史爱香的助理。后来……后来因为一笔巨款意外丢失,史爱香开始不相信查理,尹麦觉得有苦难言,要查理忍耐一下,然后悄没声息地离开香港去了西班牙创业。

当然两家仍然亲密地交往着。原因是查家在伊甸园生活最拮据的时候史爱香接济了他们。所以尽管当初孙丽娜爱上查若良完全是史爱香猜忌，查家也没有怪罪，原因是查若良的母亲已经看出，史爱香是怕查若良是因为看中孙家的钱而喜欢孙明磊的妹妹孙丽娜。

一切的一切尹麦都希望能跟史爱香平安相处，尽管现在两家已经不在一处生活，尽管现在查家已经不再依附于孙家。今天两家的相处完全是为了孩子毕业而来。两家并不是因为叶佳彤的什么梦想伊甸园的事儿，尽管他们出生在伊甸园，可他们却厌恶这片土地。

是真的厌恶吗？史爱香曾经扪心自问过，可是为什么她还将孩子送到北京进修？她明明可以将他们送到美国，送到法国，送到英国的……她明明可以给他们选择世界上最好的学校，还有她本已经随了丈夫的孙姓，但为什么仍然念不忘自己的父姓"史"？她真的很讨厌自己的父亲史东方吗？即使这样为何仍对伊甸园的事儿感兴趣？

尹麦、查理夫妇觉得孙爱香，明确说应该是史爱香他们这些离开伊甸园不管多久的人还是眷恋着这方故土。史爱香听尹麦这样说当然不承认，她说："这方人太虚伪，做作，愚昧，无知到极点。他们总是神化那些管理他们的人，他们觉得管理者应该享受生活，享受人生。"

查理："香姐，事情有时不是你想的这样。是的，史老爷子并没有高高在上，而像个公仆。"

史爱香："查理你如今怎么回事？难道忘记当初的下岗带给你的耻辱吗？你困难的时候谁搭理过你？"

查理想辩白，被旁边的尹麦制止。

尹麦不紧不慢地跟史爱香说："如果香姐实在觉得伊甸园人愚昧的话，我们等孩子毕业了让他们去国外读研，然后妥妥地离开这里，不烦不忧。"

史爱香听尹麦这样说又想替伊甸园人辩护，但寻思了一会儿只是长叹了一口气："算了，不说了。"她如此矛盾的心情让查理非常不解。

尹麦对查理说："香姐生是伊甸园的人，死是伊甸园的鬼，她不过有个小小的心结打不开，打开了自然便好。"查理问："是什么心结？"尹麦笑笑说："过些日子你就知道了。"

三人来到北京理工参加孩子们的毕业典礼。查理发现史爱香其实对孩子的前程问题根本不感兴趣，因为她盯的人跟事儿全是跟伊甸园有关联的，他拧起粗粗的眉，被尹麦看到后只是轻轻握握他的手笑了笑。

一阵热烈的掌声。任教授跟着大会鼓了会儿掌接着说："我知道大家都很关心我们这帮独生子女的父母将来所面临生活以及其他方面的困难。随着收入的增长和观念的更新，为了享受更高的养老水平，一部分老人开始选择伊甸园式的机构。下面我跟大家大致介绍一下关于伊甸园建设的部分。"任教授说到这里看看台下，"近年来，我国的劳动力由农村、中小城市不断向大城市流动。这就意味着当你决定离开家乡，去中心城市打拼的那一刻起，异地养老已经成为一个绕不开的话题。我国的流动性老年人口整体上呈现增长态势，照顾晚辈、养老与就业构成老人流动的三大原因。在老年人口迅速增长和流动的形势下，许多人已经开始面对或者即将面对异地养老的问题。因此，我们的同学设计出了《伊甸园构想图》，希望'老漂族'有保障，希望他们与子女共同居住，既免除对孙辈的担心，同时又可以让儿女尽孝。人口不断老龄化、家庭小型化和人民生活水平日益提高，老百姓对养老日益关注。许多老年人无奈地感叹：养老防老防不了，国家养老保险不完善，老有所养由谁养？对于老人，子女孝敬是人性化的要求，百分之九十以上仍然要靠传统的家庭养老。所以面对一对小夫妻要面对四位甚至更多位老人的现实，伊甸园建设必不可少，实行基础养老金和个人账户养老金相结合的养老待遇，财政全额支付最低标准基础养老金。"

下面开始有打盹睡觉的啦，任教授在台上也听到了鼾声。大家把目光都齐聚到一位穿着深蓝色麻布中山装、头戴"西瓜皮"的中年男子身上。

大概此刻太过于安静了，中年男子醒了。

一阵哄笑，中年男子不好意思地朝台上摆摆手。

任教授笑了笑，突然要求叶佳彤上来发言。叶佳彤根本没有什么准备，扭捏着不想上，被查若良硬硬地拉上台站定，只得咬咬牙镇定了一会儿，然后清了清嗓子，大着声音说了关于伊甸园构想的来历，她说："我是受了父亲写《后浪》小说才有了这种想法的，我希望父亲的《后浪》能写出希望，不是一味地埋怨。父亲说，你们自己不努力你们怪谁？你们没有梦想才不如别人。现实往往是残酷的。网络上宣传的都是大家喜欢听的东西，认真你就输了。每个人的出身不同，有些人就是含着金钥匙出生，但是大部分人都出生在平凡的家庭，只有接受现实才能改变自己，过上想要的生活……"

这话引起下面热烈的掌声，很多人都站起来给她鼓掌。史爱香看看台上的叶佳彤，问旁边的助手大李："她是谁？"大李趴到史爱香耳边轻声说："她就是明磊常跟你提的那个女孩叶佳彤。"他说到这里坐正身子往台上看了看，挠挠自己的头"嘿嘿"了两声说，"明磊的眼光不错！"

史爱香点点头，看见在台下一直用关切的眼神望着叶佳彤的查若良，鼻端不自觉地"哼"了一声，然后看看旁边的尹麦，强力呼出一口浊气，接着站起来。大李见史爱香要离开忙上前扶住一同往外走。

尹麦没有注意到史爱香的举动，她见台上优雅美丽的叶佳彤，内心不由涌出一阵欢喜，也就由不得自己向右看已经上台的儿子，忽然发现史爱香、大李已经不在身边，拉了查理一下。查理看看尹麦，也才发现史爱香早已经离场，跟着尹麦走了出去。

此刻叶佳彤已经发言完毕，但掌声很久没有平息下来。一位帅气英俊的男子上台给她献花，叶佳彤在考虑还有没有漏了的问题，所以根本没注意她跟前送花的男子。查若良见状走过去替叶佳彤接过鲜花，并朝那帅气的男子表示谢意。

这位帅气的男子不是别人，正是柴禾妞的表弟闫平阳。今天他是特意来的，当然是因为梦想中的伊甸园。惊喜于梦想中的家乡被叶佳彤分析得精透，就如她是伊甸园人一样。

叶佳彤接过查若良送她的花，这才发现查若良旁边的闫平阳，朝他礼貌地点着头表示谢意。闫平阳厚厚的嘴唇抑制不住地激动，也就不自觉地再次鼓掌。

任老师走上台，跟几人握了握手。叶佳彤这才意识到已近中午，有些不好意思耽搁大家的时间。

柴禾妞此刻已经站到了台上，因为觉得叶佳彤已经将她要说的都说了，再加上已经过晌，于是她只是简单介绍了一下公司的情况便宣布结束了。

大伙儿看已经过了中午一点，也都起身往学校餐厅而去。

柴禾妞来餐厅本想坐叶佳彤身边聊聊伊甸园构想图，但叶佳彤好像故意躲着她。她每过来，她便离开。她没好气地朝着一直躲着自己正在跟查若良、孙明磊、毛馨馨等同学吃饭仍不忘嬉笑的叶佳彤瞪眼。

坐在她身边的任教授不时给她夹菜，她客气地道着谢，眼睛仍没有离开叶佳彤。她发现叶佳彤这人虽不太说话，但却有很多男同学对她大献殷勤。这让她有些很不舒服！是的，她做梦都想不到，叶佳彤跟查若良的关系会如此亲近。

第 5 章　爱恋的流露

有少部分男女对异性的爱恋是比较朦胧的，受对异性的好奇心驱使。这种自然爱恋的流露，过了少年期应该再也不会出现。柴禾妞对两个男人有过这样的感觉，一个是她上大一时来他们学校讲文学的大师叶成功，一个嘛，想到这里她不自觉地往叶佳彤身边那位有着弯眉毛，清澈透明，阳光帅气，还带着一张痞痞笑脸的男同学查若良望过去。

她觉得对待文学大师叶成功，自己不过是盲目地崇拜，当然这盲目地崇拜让她犯了很多错，但却让她度过了人生最阴暗的低谷，因为她从朦胧地喜欢上叶成功那刻起，便几乎忘了父母因为婚姻的不幸而争吵的事情。

偶尔她在想自己是因为缺少父爱才喜欢上文学大师叶成功的。因为他写的那篇《家的稳定元素》里面介绍了很多解释恐惧家庭的精辟之语，让柴禾妞犹如找到了导师，可惜的是当她幻想跟他成就姻缘时，他狠狠地回绝了她。

为此柴禾妞的心情差到了极点，想着如何结束自己的生命时，意外中遇到了准备来理工大上学的查若良。

记得那是四年前的一个夏天的午后。她因为收拾床底下的箱子而翻出了当初给叶成功写的信后心情自然变得郁闷，刚刚来公司报到的方非走进来，告诉她如果想把以前的情人忘掉，最好的办法就是将他所有的东西全部毁掉。她觉得在理，叫方非给她找火。

方非说你可别在宿舍里烧啊，说到这里看看这栋设计部最好的宿舍："如果你因为烧以前的东西在这里着了火，怪可惜的不说，一问原因是你烧以前情人的物品，肯定全公司很快就会知道，然后……"方非还要接着往下说，柴禾妞打断她说："别在我面前瞎叨叨了，我不烧了，我还要把这些东西留着。"

柴禾妞说着话站起身，把方非推出门外，自己沿着 ML 外面的公园的蜿蜒小路开始遛弯儿。可惜的是她沿着公园转了好几圈，心情也没有平复下来，反而望着一对对的情侣心情变得更差。"他妈的！"她暗暗骂了一句，觉得这里鸟语花香，诗情画意，哪里会适合她这样的单身女人？于是从里面走出来，也不知走了多久，走进一片沟壑里。水很快漫过她的胸，她将眼睛闭上。

醒来时她躺在一张铺着天蓝色床单的床上。一个大男孩在床旁边写字台的电脑上玩着游戏。她看不到他的样子，只看到他挺拔的后背还有充满智慧的后脑勺，虽没站起来，但从他的大长腿可以看出，这个人起码有一米八五的样子。

男孩好像觉察她已经醒来，于是转过头朝柴禾妞非常迷人地笑起来，使得柴禾妞的身子不由得浑身酥动了几下。

跟他硬挺帅气的后背一样，他的相貌十分英俊。不过本认为他的脸是桀骜不驯的，却没想到他突然转回身来那笑容展现在唇如朱齿、面如美玉的脸上让柴禾妞非常着迷，如喝了酒酿一般，血很快涌到她的双腮。

她脸红了。

是闫平阳的到来打乱了柴禾妞遥远懵懂的思绪。闫平阳趴到柴禾妞耳边小声地说她看查若良的样子有些迷乱。"当然！或许表姐看的是叶佳彤！"闫平阳忽然觉得表姐应当是被"沉鱼落雁"的叶佳彤所迷。

"哦，哦。对，对！是佳彤，叶佳彤！"柴禾妞尽量让自己表现得镇静。

闫平阳笑了笑，突然也有些不太自然起来，因为此刻他见叶佳彤朝他温婉地笑着。他被叶佳彤的笑容激得嘴咧了咧，然后故意将目光游离开落回到表姐身上。

柴禾妞说："你好像并不单单因为伊甸园的事儿而来的。是的，她的确是个很有魅力的女孩。"眼睛再看叶佳彤时，竟然看到叶佳彤轻拍了查若良一下，然后他往她嘴里夹了一块白白的鱼肉。

那场面怎么那么让柴禾妞嫉妒？有种想站起来走到叶佳彤跟前扇她两巴掌的冲动，但最终她扭动了几下，坐正了身子装作无所谓的样子，但嘴里却嘟囔着："小样儿吧，先饶你们这遭，如果下次在我面前'虐狗'的话，定有颜色给你们！"想到这里将脸转回到表弟身上，"你这人有一点非常讨厌，为什么明明喜欢别人还要说是为了伊甸园？就算是为了可以得到自己喜欢的人又怎么样？"

闫平阳被表姐莫名其妙的话弄得一愣，接着据理力争："表姐你在说什么？什么喜欢不喜欢的？我不过在想，她为什么那么喜欢伊甸园？难道因为她有亲戚在那里还是怎么？"

柴禾妞"喊"了一声："你是装愣还是卖傻？难道没听她说是为了跟父亲争一口气吗？"

"争一口气？哦哦。"闫平阳忽然想起叶佳彤上午的演讲，使劲点点头，"好事儿好事儿，冲这点儿就很让人敬佩！"说到这里竖起大拇指。

"说实话很不喜欢这个女孩，并且还觉得她讨厌。要不是因为伊甸园，真想退出这个项目。"柴禾妞说。

闫平阳将浓眉拧起来说："表姐你为何会有这样的念头？"继而笑了笑，"物理学有同性相斥，异性相吸原理，看起来很对！"看看柴禾妞，"你不喜欢秋水，你也不太喜欢方设计，所以不喜欢叶佳彤我很能理解！"

"你懂得什么？"柴禾妞耸耸肩，差点儿把叶佳彤是叶成功女儿的话说出来，又觉得闫平阳会把她当小人看，继而很圆滑的样子，"我不过跟你说着玩玩，别介意！"

闫平阳长舒口气，然后很男人气的样子摆了摆手。

"哈哈。放心吧，我会让你的伊甸园之梦实现的。"柴禾妞此刻看到查若良正含情脉脉地注视着叶佳彤有些如查若良看蓝精灵的感觉，心才安稳下来。

"应该说是咱们。"闫平阳纠正了柴禾妞说的话。

"好吧好吧，随便你说吧，知道你死都不会承认内心一些奇怪的想法。心口不一！是的，平阳，你是个心口不一的人。"柴禾妞不知是对自己还是对表弟还是对远在叶佳彤身边的查若良说。

"又来了！"闫平阳被柴禾妞云山雾罩的话逗得笑出声。

"哎呀，算我没说啦！"柴禾妞因为实在看不下去查若良巴结叶佳彤那乖巧的模样，站起身，往外走时，却见一胖胖的男生上前揪住查若良的衣领。她一阵欣喜，双手抱在胸前激动地自言自语："老天保佑！终于有人替我出气了！"

那胖胖的男生是孙明磊。他也因为查若良对叶佳彤殷勤的样子心生妒火，一生气将桌上的菜都扒拉到地上。大家一阵惊呼，查家父母查理跟尹麦，以及孙明磊的母亲史爱香还有她的助手大李都跟着站了起来。

尹麦走到查若良跟前，狠狠地打了查若良的后背一下，接着冲史爱香不住地鞠躬道歉，然后跟查理簇拥着查若良离开。柴禾妞望着查若良渐行渐远的身影离去，长叹口气，转身往校外走去。

闫平阳追出校门，见柴禾妞正打开车门，坐到里面说："看起来那位叶同学还挺牛的哈，竟然在这种场合惹俩男同学打起来。"

"我想说她不是什么好主儿吧，又怕你说我小心眼儿，所以……算了，看在她是为伊甸园服务的分儿上就饶了她吧。"柴禾妞说。

"表姐你的思想有问题。"闫平阳严肃认真的样子，"伊甸园人不应该有如此狭隘的思想。我们应该宽容，大度，自信，无我。"

"好了好了，能别拿伊甸园来压我吗？不想你那么大公无私，还有，你今天犯了哪根神经硬要上台送她花？"柴禾妞愤愤地说。

"表姐你今天是怎么回事儿？我们不过为了让伊甸园人过得更好，让世界都了解命运共同体的重要性，怎么你好像时时处处透着一种不满？"闫平阳说。

"我……"柴禾妞忽然觉得不知要说什么，只得系上安全带，将车发动起来。

"要相信这个世界不是某些人宣传的自由，如果一味地自由，一味地顾及自己的感受，怎么会有更公正、更公平、更先进、更科学的制度？"

"别把自己说得这么完美无缺行不行？你不觉得你在极力完成这件事不过是为了讨好三姨父？"柴禾妞发动起车子忽然说道。

"没有！我发誓没有，不然的话我不可能留在北京工作。"

"留在这里的目的是为了伊甸园？谁信啊。"

闫平阳火了，怒目瞪着面前的柴禾妞："你想怎么说就怎么说吧。停车！"

"嗬，坐我车，还这么大火气啊。平阳，我发现你这人是不懂得感恩。不管怎么说三姨父是你的老爸，他希望你能回伊甸园，但你却硬要跟他老人家对着干留在北京。"柴禾妞说。

"留北京还不是为了把伊甸园建得更好？就他老人家靠一亩三分地种植点果园能养活几个人？"闫平阳没好气地耸了耸肩。

柴禾妞恍然明白，玩笑一般的语气说："原来你在北京是为了伊甸园钓像叶佳彤这样的美女啊。"

闫平阳说："怎么说着说着就往美女俩字上靠啊。表姐，我觉得你心地不纯，我是为伊甸园，为万千大众的幸福！"

柴禾妞觉得闫平阳话说得很逗，哈哈一乐说："顺带个美女不是更好吗？"

"咱以后能不这样说话嘛。已经有两个男人为她打架了，你还嫌不乱啊。"

"我在想那两个人是为伊甸园的理想而斗还是为那个女孩？我觉得应该不是为伊甸园的建设吧。"

"表姐！"

"好吧，算我乱说！唉，人生就像蒲公英，看似自由，却往往身不由己，生活没有如果，只有结果，自己尽力了努力了就好。"柴禾妞说这话不知是对自己还是对闫平阳。

"'放弃'二字十五笔，'坚持'两字十六笔，放弃和坚持只差一笔，差之毫厘，失之千里。"闫平阳说着话将底座放着的一瓶矿泉水打开递给柴禾妞，"这几天你太累了表姐，喝口水。"

柴禾妞接过矿泉水喝了一口："放心吧，为了伊甸园，我会想法让叶佳彤去ML上班，必要的话我亲自带她去伊甸园。"柴禾妞说这话想得更多的根本不是伊甸园，而是将叶佳彤弄到身边折磨。说不上为什么。或许是因为叶成功曾经的拒绝？不不不！她不会这么小气。那么是因为什么？把查若良也引来ML？她承认此刻的她有这种念头，凭她的智商，早已看出查若良的心思根本全在那个姓叶的学妹身上了。想到这里开始咬牙切齿起来，回想那个姓叶的没有比她好到哪儿去，当然除了年龄占点儿优势以外。

一阵急刹车！有一辆车从胡同驶出来，不由出了一身冷汗！"我的妈！我就说开车要专心，开车要专心吧。"闫平阳坐正身子埋怨柴禾妞说。

"不是我的问题行吧。"柴禾妞朝表弟闫平阳翻了下白眼儿，"有本事你来开啊，别光长张臭嘴好不好？"

"好好。人家的问题，不是你的问题行了吧。""本来就是嘛！""喊！""喊什么喊？不是吗？"柴禾妞没好气地将油门踩上，拐弯时冷不丁冒出一句连天都不晓得是什么的话，"姓叶的臭瘪三！"

闫平阳疑惑地望向柴禾妞："臭瘪三？表姐，你在说什么？你说的姓叶的是谁？哎哟我的妈，从今天一见到你我就觉得你不正常，就像谁把你的魂儿取走了一样。"

"哦哦，没什么，刚刚在想伊甸园的事儿了。"柴禾妞瞪眼扒皮地冲闫平阳笑了笑，"到了，下车吧。"

第6章　相识

花阳小区是北京三环里二环外一个普通的老式小区，据长居这里的人说，花阳小区是以前车队的宿舍，盖了有三十几年了，共六层，八栋。当初刚住进来的时候觉得幸福感满满，但随着时间的推移，觉得这房子面积太小，样式陈旧。

顺着小区4号楼二单元的楼梯往上走，到达四层便是柴禾妞跟潘明合租的住处，门牌 401。推门进去，室内装修的虽说简单，但却体现出一种顽皮、热闹的氛围。

客厅墙上面挂着一台 47 英寸的液晶电视。电视的对过是一组组合沙发，沙发的外套是用"喜羊羊"布料做就的，显现出主人心态的年轻犹如小孩一般，却不知柴禾妞实际上已经是三十四五岁的人了。潘明很喜欢柴禾妞这样的心态，他以为这是小女孩最佳心理的体现，所以尽管两人相差多多，但在很多方面潘明认为柴禾妞没有自己成熟。

柴禾妞的母亲李新民已经候在柴禾妞住处很久了，但见此刻她着急地在屋里走来走去，走去走来。

"咚咚咚！咚咚咚！"

李新民转回身疾步上前将门打开，见柴禾妞跟闫平阳站在门口，第一句话便说："你俩磨磨蹭蹭怎么现在才回来？妞妞你这些年一直表现不好，也不知我上辈子得罪谁了，竟然叫你来投胎折磨我！"

"哎哟妈，怎么话一从你嘴里说出来就那么难听？什么折磨不折磨的？我不过想叫你过来听听我们的建议行得通行不通，我没有半点儿恶意，倒是你总是以小人之心来度我。"

"好了表姐，跟二姨少说两句嘛！"闫平阳跟表姐说了这句话又将脸上堆起笑转向李新民，"二姨，你别生气，刚刚我跟表姐聊了点关于伊甸园的事儿。"

"伊甸园的事儿伊甸园的事儿，我看你俩趁早死了这条心，那女孩不过想挣点钱，出点风头，根本不是你俩想的这样。"李新民乜了两人几眼，"就你们这帮自私自利的家伙会去个兔子不拉屎的地方搞什么建设伊甸园大业啊，你们认为这是小孩子过家家啊。"

"二姨你对我们小辈有偏见！"闫平阳听李新民这样说他们很不高兴。

"对！我也这么认为。在你眼里我们永远是长不大的孩子，别忘了，我可都三十岁的人了。"柴禾妞说。

"明确说已经三十四岁还多。"李新民说。

柴禾妞梗着脖子反驳："四舍五入！"

李新民挥挥手："算了，不跟你说这件事了，再说我都想……都不想活了。"

闫平阳听李新民这样说忙上前劝阻："哎呀二姨，表姐不过不想面对自己的实际年龄，其实这事儿并不奇怪。我们还是谈伊甸园吧，我觉得伊甸园的优势是青山绿水，很多人向往青山绿水是不争的事实！"

"青山绿水就是金山银山。"柴禾妞将话接过来。

李新民"喊"的一声，看看两人："你俩真的打算跟你三姨父一样在伊甸园画个圈不再跳出去吗？要继续将梦做下去对吗？哎哟，笑死人了。"

"伊甸园本就是人人向往的地方，只是暂时它的交通、住宅、通信什么的还及不上北京，但我相信随着'一带一路'不断实施，它一定会是神仙也羡慕的地方。"闫平阳话说到这里脸上的青筋都要暴出来，要不是面前是李新民，拳头真有打向对方的可能。

李新民看看闫平阳的拳头，瞪了他一眼，"哟"的一声说："怎么？不高兴呀？要打人呀？"

"哪里哪里。"柴禾妞笑着走到闫平阳身边，将他的拳别到后面，笑起来："平阳这人吧，别人一跟他提起伊甸园来就会有这个习惯。说实话，也怪烦人的哈。"

李新民冲着柴禾妞"去"的一声，锐利的目光"杀"向闫平阳，见闫平阳看自己咧着厚唇在乐，也忍不住"扑哧"一下笑出声。

柴禾妞："伊甸园的项目很吸引我们公司的眼球，这对建设伊甸园是件十分难得的事儿。"

李新民听到这里长叹口气："我还是觉得你们的想法太幼稚，毕竟伊甸园太穷了！不然的话我也不会从那里出来再不想回去！"看看闫平阳，"我在想你也是因为那里太穷的缘故留在北京的吧。"

闫平阳摇头："不是二姨，这些年伊甸园变化太大了，不信的话你可以回去看看。"

"我才不要呢？"李新民说，"虽生在那里，但再怎么说它也比不上青岛好。"

"说的也是！但是这些年伊甸园六十岁以上的人有劳保，原来的坑洼路变成了光滑的水泥砼路面，这里虽留下了老人妇女儿童，打工出去的人也一定回来，并且还希望伊甸园变成大城市，不但可以吸纳人才，更可以让伊甸园变成金山银山。"闫平阳说着话被李新民阻止，"好了好了，还不知道那位叶小姐怎么想的呢，你们倒好。"

闫平阳笑笑："你知道的二姨，这些年我在这里做了很多伊甸园的宣传工作，不然的话那位叶同学真不一定执着于伊甸园的构想图。"

"这么说是你带她去的伊甸园？"柴禾妞眨了两下她精明的丹凤眼，聚焦双眼凝视了一会儿闫平阳。

闫平阳摆摆手："这倒没有，但因为前些年叶佳彤随父亲去伊甸园采风，碰到史爷爷，史爷爷跟叶同学讲过他的经历。"

"就是那段背信弃儿的故事吗？"李新民说。

闫平阳摇头："不是这样的二姨，是史奶奶误会了爷爷，对！一定是这样的！"

"小孩子家家的懂个什么？"李新民撇撇嘴，"他不就是说自己为了救死扶伤导致家人都离开他的吗？扪心想你们不觉得这种人可怕吗？是的，我不希望你们跟这样的人学习，为了'为人民服务'，最终搞得家破人亡，妻离子散的。"

"二姨这话你不该说出口！这会寒了那些一心为公人的心，难道鞠躬尽瘁值得别人说三道四吗？难道为民着想错了吗？我相信人人都想自己的家人过得好，但特殊时候特殊对待，我相信他的家人总有一天会原谅！"闫平阳说。

"话说得有理！"柴禾妞说。

"有理个屁！"李新民冷笑一声转向闫平阳，"既然这样，你在你爸面前干吗不把自己的想法说出来？我相信你如果将刚刚说的这些话讲给他听，他肯定高兴得三天三夜都睡不着。"

"平阳比三姨父的想法更大胆！三姨父不过想完成他的'英雄梦'。只想伊甸园活着的英雄过上好日子。平阳就不同了，他希望将来天下所有的老人都享有天伦之乐！哦，对了，我也是这种想法，省得你天天叨叨我自私自利的。"柴禾妞说到这里耸了耸肩。

"现在的年轻人半点反面意见都听不得，光想听好听的，你们认为建设伊甸园那么容易？建设伊甸园是举手之劳的事儿吗？什么将两家人合在一起？互助互爱，有钱大家花，有乐一起乐，别逗了好不好？你们知道今天的家长都是怎么讽刺那个姓叶的同学吗？他们说她在痴心妄想！做白日梦！对了，今天她妈也来了，我认为她妈会赞同她的观点，却没有。知道吗？"李新民连讽加刺恨不得将心里的话快点儿吐出来要两人接受。

"欲加之罪，何患无辞。"柴禾妞跷了下脚坐到沙发上，乜了李新民一眼，"人家的发言明明得来很多掌声的，你却这样说。"

"那是给她鼓倒掌你看不出来吗？都到了饭点儿，大家都希望她别再啰唆。你认为家长们会愿意跟你们住在一起给你们当老妈子呀？真不知道你们脑子是进水了还是进水了。"李新民没好气地说。

柴禾妞"哎哟"了一声跟母亲李新民说："你能跟谁住到一起啊。算了，不说这个了，对了，平阳，你去看看潘明怎么到现在还没回来？我不是叫他早早回家做饭的吗？他这是去哪儿了？"

"潘明？就是那个你曾经带回青岛的'小矬子'对吗？"李新民说这话时嘴嘟得老高。

"人家有一米七二嘛，怎么成'小矬子'啦？"柴禾妞觉得母亲说话刻薄得不可理喻。

"现在的男人一米八别人看着是姚明，一米七五以下是蓝精灵！看看你们屋这装修的风格我就知道他是什么人了。"李新民说。

"那是我要他这样装修的，怎么啦？"柴禾妞回说。

"我就知道你没长大！得得，我不见！我要走，以后，我再不听你瞎指派了。"李新民说到这里没好气地拿起茶几上的车钥匙，拿起衣服往身上一抢，一抖穿上，往外便走。

闫平阳上前喊了一声："二姨。"脸上堆起笑，"好了，二姨别生气了嘛，好啦好啦，消消气，消消气。"说着上前给李新民捶背，李新民"去"的一声将闫平阳扒拉到一边儿。闫平阳看看表姐，吐吐舌头。

柴禾妞见状一副她爱走不走的模样，并生气地往沙发上一坐。李新民更加生气，回头狠狠瞪了柴禾妞一眼，摔门而出。"二姨，二姨！"闫平阳追出去。

在小区楼下转了几圈的潘明不时往楼上房间的窗户看，想着到底要不要上楼？看看手机，柴禾妞并没有打来电话，紧张得不知如何好。想起第一次跟李新民见面是柴禾妞带他回青岛柴家。怀着激动的心情他用了两个月的薪水买了一箱高级补品送给未来的岳母大人，却还没等进门便被李新民连同补品一起扔出了门外。

不知道李新民对他有何冤仇？应该不会是嫌他比柴禾妞小十来岁吧。李新民应当是见过世面的人，不会把姐弟恋当成稀奇事儿来看的啊。唉！一定是嫌他穷且矮嘛。是，在柴禾妞面前他总能冒出自卑的心理，站在一起吧，妞妞一米八，他才一米七二，仰头看人的滋味不好受，但他爱她！喜欢她冷冷地傲傲地不屑一顾的那种姿态，让他的战略方针时不时会从脑子里蹦出来激励他战斗的欲望。

事与愿违！因为礼品被扔出屋外的情景，那简直是他人生最大的耻辱！别忘了他也是家里的乖乖毛、宝贝蛋啊。哎唷，这事儿定不能跟父母讲，若讲了的话爸妈不知要心疼成什么样儿呢。

为了尊严，发誓不跟柴禾妞见面，但又架不住对柴禾妞绵绵的思念无绝期。让他备感惊讶的是，原本冷傲的柴禾妞脸上对他表现出了一丝歉意，且未来岳母大人越是烦他，她脸上写着的歉意越多。他没有幸灾乐祸，反而觉得亏欠柴家母女的更多，后来他跟柴禾妞说："姐姐，听你妈的话找个她老人家喜欢的人吧，不然的话我会觉得对不起她老人家！"

"如果这样的话你怎么办？"柴禾妞说，"我找别人了你呢？再说不见得年龄大的人心理就成熟啊。"

潘明："这倒是。不过为了你这几句话，我会一辈子单身，因为我心里只有你不会再装着别人。"

这话把柴禾妞感动得哭了大半夜。但表面上她对潘明还是冷冷的样子，不知道为什么，有时想她不喜欢潘明，但离开潘明吧，又觉得失落，会立马打电话召潘明回她身边。

就这样，潘明诚惶诚恐地跟柴禾妞交往着，矛盾着。不知道该不该再次面见李新民。闫平阳说："这事儿你逃不脱，必须去！"表妹方非说："表哥，赶快悬崖勒马，别再受二次侮辱！"苗大伟说："潘明这事儿你得去！你不是说除姐姐不再找别的女人了吗？既然下了这么大的决心，丑媳妇总得见公婆吗？"

天哪！到底要怎么办？是见呢还是不见？摁摁自己的头，疼得厉害！他的手机响起来了，而且一阵紧过一阵。无奈只得硬起头皮往住处走，却不想跟正没好气将门打开的李新民撞个正着。心跳得快从嗓子眼儿里出来了，但见李新民上下打量了他一番，接着头往上一扬，"哼"了一声，扭着有些笨拙的腰身扬长而去。

闫平阳追出去劝李新民回来，却见李新民已经坐上车子，摁开发动机。潘明站在闫平阳身后前也不是，后也不是，纠结绝望了许久。柴禾妞走过来，安抚地拍拍他的肩膀说："没事儿没事儿。"

听柴禾妞这样说，心更难受，趴到柴禾妞肩上说："恨不得找个地缝儿钻下去。"然后泪水稀里哗啦流了柴禾妞半身。

"至于吗？"柴禾妞没好气地将潘明推到一边儿。潘明眨巴了一下眼睛，拭拭泪，尴尬地看着柴禾妞。柴禾妞说："潘明你以后能不能别这样？是的，我很烦你遇到问题六神无主的样儿，很不像个男人，这如果是……"她说到这里看看潘明将话咽了回去。

闫平阳走过来，跟柴禾妞说："二姨已经走了。"柴禾妞回过神冲闫平阳摆摆手说："走了走了吧，反正她这人决定的事儿九头牛也拉不回！"闫平阳看看潘明，上前拍拍他的肩膀，跟两人握手道别。

第7章 相知

毕业典礼叶佳彤是极力要求父亲叶成功来参加的。原因当然是想父亲来听听青年要求真理、向往真正自由平等的呼声，根本与他歇斯底里的"呐喊"不同。当然怕同学有"消极""怠慢"的想法，典礼前她做了同学很多工作。可就在她等着如何说服父亲骄傲心理的时候，接到父亲的电话，说剧组要派他跟西沫等与《后浪》有关的人士去欧洲采风。

叶佳彤说："《后浪》是写中国的事儿跟人，干吗要去欧洲采风？这分明是一场阴谋！"她要求父亲辞掉这份约稿："真的爸，很多知名人士在网上写的文章让我们这帮年轻人非常愤怒，我不知道他们为什么会一说到自己的国家便愤愤不平，而一说到美国英国什么的便眉开眼笑。仿佛他们不在这方热土生存一样。"

叶成功要女儿不要搅乱他的思绪，这本书本来早该完成了的，却因为你的一再干涉到现在还将不出好的思路。

叶佳彤对父亲的话极为不满："难道在你眼中我们个个都是社会的败类？都是小公主小皇帝？你看过我们宿舍的同学利用节假日出外摆摊的情景吗？你看过我们班一个男同学利用业余时间发明的密码解锁吗？你见过我们同学向往的生活吗？就算我，利用了三四年的时间一直在致力伊甸园的研究，我希望的不是我个人的价值，而是大伙儿的共同利益。而你为什么非要把我们写成那样？一个坐在一千平方米别墅，靠自己想象国人的丑陋赢得西方人的赞誉，这不是傻是什么？"她越说越激昂，越说越是心潮澎湃。

叶成功一直在听女儿"叽叽"地讲，却并没有生气。说实话对这样的体裁他跟制作方也提出了很多类似佳彤这样的看法，但是制作方却以换人相要挟，逼他就范。是作协的西沫主席好说歹说才将制作方一个叫吕校长的人怒火压下。他跟女儿叶佳彤说："《后浪》是由吕校长策划并要拍电视剧的，你不懂，所以不要打乱我们的思路。"

"把我们写成不孝、巨婴、啃老就好？爸，我觉得你得小心某些'名人'的险恶用心。'名人'有相当的影响力。因此更要担当起社会的'重责'，给青年树立一个好的形象、目标，不能单单为了迎合某些人的利益而信口雌黄。"叶佳彤非常担心地说着，然后抱怨说，"不明白那些电视剧策划者的真正用意，本就生在中国，干吗要找些莫名的缺点硬安在国人身上？然后让大家这些人照着学？爸，文化是一个国家的灵魂，不知道你们为何要把我们写成那样？能写出些正能量的作品让我们跟你们学习吗？让我们懂得相知是真，相爱是歌，相思是痛的真谛。"

叶成功："你不要再干涉我的思路了，我已经写了大半。相知真是不易，要不是西沫，恐怕我连饭都吃不上了。何谈你伊甸园建设的雄心壮志？"

叶佳彤："一部作品推倒重来很正常！为了你更好地完成作品，希望这次我们的毕业典礼你过来参加，我认为这会对你很有好处。"

叶成功不想跟女儿继续啰唆，女儿毕竟是学建筑的，不懂"文学也是商品"的道理。他说："毕业典礼的事儿叫你妈去吧，我不过是个为文学卖力的，并不是你想的随心所欲。"说着话把电话撂下。

叶佳彤有些郁闷，再打电话，父亲却接都不接。她拿着手机深思了一会儿，没好气地将手机扔到宿舍的床上。

毕业典礼这天，叶佳彤的父亲叶成功已经跟剧组一起去了美国。叶佳彤有些失望，但见到母亲郝凤韵也是一样的高兴。在孙明磊、查若良的帮助下，郝凤韵住在龙昌酒店18层——孙明磊母亲史爱香1868的隔壁1867，而查若良的父母住在龙昌酒店的16层1602。

这样安排当然是孙明磊的意思，听说叶佳彤父亲就是鼎鼎大名的以写自由虚幻爱情主义为业的叶成功，便想母亲史爱香跟他见个面，或许两家会因此彼此亲近了呢。却不知去1867时，叶成功却没来。而因为叶成功没来，叶佳彤竟然还跟母亲吵了起来。

叶佳彤不耐烦地："我爸什么意思？难道我的毕业典礼不重要吗？我到底还是不是他的女儿？违背良心的钱为什么非挣不可？"

郝凤韵："你认为咱家的钱是大风刮来的吗？佳彤，你都二十二岁了，应该懂事了，你爸也不容易，一直不过都做别人的'枪手'，人家叫往东就往东打，人家叫往西就往西打。我、你不是写作者，所以不懂得写作的艰辛，它不是你们的作文，一味地唱高调，买好。要知道他的作品为什么受到人们的欢迎，还不是因为他独到的见解？"

叶佳彤："起初我也这么认为，但是后来我发现他的作品起了很坏的作用，就比如他编剧的《红尘做伴》，明显在教年轻人只要爱情不要家庭。"

"今天我们俩是在探讨你爸的作品吗？他不过没来北京开你的毕业典礼，你却说了这么多。"郝凤韵说到这里看到了推门进来的孙明磊，热情地打招呼说："快进来，快进来！"

孙明磊看看叶佳彤，见叶佳彤本没有让他进来的意思，朝郝凤韵不好意思地摆了摆手，笑笑说："没事儿，我这边儿没什么事儿，你们聊，我出去了。"然后一转身离开1867。

"既然爸跟我较上了劲，那么我更要将建设伊甸园的事儿做好，叫他看看当代青年是不是他写的啃老、巨婴、妈宝、自私？"叶佳彤没有理会孙明磊的到来，也没有理会孙明磊的离去，只自顾自地说。

"对对对！"郝凤韵本想劝女儿的，但因为刚刚孙明磊的离去只得顺了叶佳彤的意。心想反正再有几天她就回苏州了，到时再劝她也不迟。于是冲女儿笑笑说，"什么时候回苏州？"

"不回不回，坚决不回了！"叶佳彤任性地说，"除非父亲停笔！"说着话站起身悻悻地走出去，与正搀扶着母亲史爱香出门吃饭的孙明磊撞了个满怀。

一个嘴啃泥！孙明磊趴到地上，因为没有及时放开史爱香的胳膊，于是史爱香也应声倒地。

叶佳彤没有理会孙明磊，只是蹲到史爱香跟前道着歉："对不起！对不起！"

"这谁这么毛实？"史爱香有失尊严般地叫喊着时，被后面的大李搀扶起身。

孙明磊看看叶佳彤打了个"哏次"，冲叶佳彤瞪了一眼。叶佳彤竟然将目光回敬过来，下楼而去。

史爱香看后不自觉地"欸"了一声说："这就是你看好的女孩啊？"手指点着叶佳彤的背影，"这……这什么东西？"

孙明磊挠挠头"呵呵"笑笑说："兴许她今天遇上了不高兴的事儿。"

史爱香鼻子一"哼"，不过转念一想也没有怎么，毕竟她也曾是伊甸园的人，而刚刚这个女孩为了伊甸园的将来卖了很大的力气。她说："这个女孩有点头脑，虽说得有些不切实际，但想法还是蛮美妙的。"

孙明磊使劲点点头跟母亲说："现在有很多人对此提议有了兴趣，还有些人已经有投资的意向，希望母亲顾全大局考虑一下，积极稳妥地推进伊甸园建设，加快改善人居环境，推动伊甸园建设和文明齐头并进。"

史爱香听着儿子孙明磊梦想伊甸园的初衷乐了，想想刚刚叶佳彤对儿子的态度，知道儿子是迷上了那位叶小姐，摇摇头，世故地说："我觉得那姑娘动机不纯，有想出风头、掠夺咱家财产的嫌疑。"

孙明磊着急地摆摆手替叶佳彤辩解说："不是这样！她的确在替大众谋福利，不想你们这一代人看扁我们。她认为时代发展和构建和谐社会是必然要求。国丰则基础强，没有伊甸园的小康也就没有全社会的小康。没有伊甸园的现代化就没有国家的现代化……"

"好了！"史爱香明显变得不耐烦起来，想起曾经偷偷到过的伊甸园，想起那位姓史的耄耋老人，内心更加烦乱，冲孙明磊摆摆手，"你不能喜欢你那个姓叶的同学，她总会让我想起那个我讨厌的人！是，他不但让我讨厌，还让我觉得恶心！所以我投资完全不是为了讨好，而是为了改造！"

"您的意思是……"孙明磊看看母亲，"您竟然往伊甸园投资了？哎哟我的妈，那您干吗不告诉我？这样我也可以在佳彤面前炫耀一下？还有今天李校长肯定会把您老请到台上。"随后又拍拍自己的头，"知道母亲不过想低调！"说到这里不自觉地打个立正。

史爱香冷笑一声说："那个姓叶的女孩你一定要离她远点！"孙明磊不解地望着面前显得暴躁的母亲："这……""怎么？想以此跟查家闹翻吗？"史爱香翻了翻白眼珠不耐烦地说。

孙明磊这才明白母亲叫他离叶佳彤远点的真正原因，不过是怕得罪查家，他为此非常不解："查家受了我们家那么多恩惠，所以该退出的应该是查若良。"

"闭嘴！"史爱香厉声喝道，"竟然要我为了那个黄毛丫头跟查家闹翻？"狠乜了孙明磊一眼，怒气冲冲地转身被大李扶着回了屋。孙明磊见母亲真的生气了，怨恼了一会儿查若良，又觉得此刻还是先安慰母亲为妙，只得胖腿一蹬，急步走进 1868。

此刻史爱香半躺在酒店的床上长喘着气，大李端了一杯水过来将史爱香半扶起身喝水。孙明磊走到沙发前，站了一会儿，然后坐下。史爱香将杯子推开，从床上坐起来，冲着孙明磊说："你不能跟她一起，那个女孩我看着太矫情。"

"您根本就没真正跟她接触！她是个很好的女孩，她父亲是个作家，对了，就是写《红尘做伴》的那位作家。"孙明磊说。

"《红尘做伴》？是真的吗？"史爱香一骨碌从床上坐起来，望着孙明磊。

孙明磊："是的，不然的话她那样一个普通的女孩怎么会入我的法眼？"

史爱香"嗯"了一声点了点头："不错，不错！这么说的话，她伊甸园的事儿肯定做不下去喽。"

孙明磊嘴巴撇了撇："不会的！她脑子已经将'你把我养大我陪你变老'神经病一样烙印在内心。"

"那是她的见识太浅！"史爱香从床上站起来，"说实话她的事儿没有引起我的兴趣，倒是她爸……"史爱香说到这里有些兴奋，"我相信她爸跟我是一个战壕里的，嗯，照这样说的话，我倒很希望你去追这个女孩子。"说到这里忽然想起宴会上看到叶佳彤跟查若良的亲热儿子吃醋无奈的样子。于是嘴里不由得嘟囔出一句，"若良也真是的，干吗要跟我的儿子抢女朋友？这查家是怎么教子的？我帮了他们这么多，他们竟然恩将仇报！"

什么事儿史爱香都会将自己的"不是"甩得一干二净，一切的一切好像都是别人在触犯她一样。

一副只许自己放火不许别人点灯的架势！这让孙明磊非常高兴，因为没想到事情会反转得如此快，他窃喜地跟了母亲一句"就是！"，然后上前给母亲捏肩，捶背。弄得史爱香更恨不能马上去找尹麦理论。

大李见此，安抚史爱香不要着急，表姐尹麦那儿由他来做工作。

史爱香想想也是，于是跟大李说："虽然我不喜欢那个女孩，但是如果她有那样的父亲，估计调教起来也不会很费事儿，你也知道，明磊很难有入他法眼的女孩，何况若良不是还有丽娜吗？"

大李："是是是！我马上把这事儿跟表姐说，叫若良多跟丽娜联系。"

史爱香"嗯"了一声："将两家合成一家，有苦大家一起吃，有罪大家一起担，这种逻辑不知道怎么能从这个女孩的脑子里想出来。叫尹麦帮着想想主意，如何将这样一个女孩的思维纠正过来。"

大李点点头，转身离开 1868 来到 1602 房。跟尹麦谈到叶佳彤的"有钱人挣的是平民的钱，富人要有宽广的胸怀，要学范公伯三散家财，忠以为国，智以保身，商以致富"的看法时，尹麦说她很欣赏这个女孩的才华，认为她对现今社会的市场分析得透彻，所以非常支持若良追求这样的女孩。

"可是……"大李想跟尹麦说要顾全大局，因为明磊也喜欢上了叶佳彤，看看表姐又觉得难以开口，于是吞吐了一会儿，考虑该不该往下继续说。

尹麦是何等人士，又怎么会不知道他来此的用意？但是她说："这事儿不能过急表弟，毕竟若良不是小孩子了。"大李没想到尹麦如此近人情，不好意思地朝表姐笑了笑。尹麦表示无所谓："其实香姐是个矛盾体，就如她说誓死不再回伊甸园这件事吧，又处处透露着一种关心。想想我们都是伊甸园人，这些年不回还不是因为在外面还没有混到风声水起？放心吧！落叶归根，更希望香姐尽快解开心结。"

大李点点头，双手一抱拳："多谢表姐成全！"尹麦表示自己是个知恩图报的人，何况史叔还救过若良的命？更有她跟查理在最低谷的时候受过香姐的接济？"还有表弟你，要不是香姐，你又怎么会得到这么多人的尊重？放心！伊甸园人都是有良心的人。"说着话拿起电话给儿子打了过去。

查若良还没等母亲尹麦把话说完便果断地说："不行！佳彤不是玩具！再说佳彤也不会同意！"

"若良，妈不会害你，妈也希望你过得幸福！但是……"尹麦话没说完，便被查若良制止："别说了妈，我不想听！"尹麦叹了口气，"既然这样那好吧，我们晚上十点的飞机，你多保重！"查若良一愣，"这就走啊，再玩两天嘛，长城、故宫你们还没去呢。"尹麦说，"如果建设伊甸园顺利的话以后来国内有的是机会。"

尹麦没有跟儿子沟通和叶佳彤的事儿是因为此刻不是时候，当然她相信儿子凡事儿会顾全大局。想到这里，眼圈有些发红，或许她应该怪自己没给儿子一个可以任性率直的环境。不过她没有怨言，因为在世上生存，怎么会一味光想自己？将这样的想法跟查若良的父亲查理说，查理内心虽有些不快，但想到伊甸园人大爱无疆，也就默认了儿子离开叶佳彤的事实。

查若良隐隐觉得父母根本不希望他交往叶佳彤。不然的话，这次他们会提出跟叶佳彤见面的。想到这里不由自主地叹了口气，恋恋不舍中将父母送去机场。回来的路上买了点儿水果准备去看叶佳彤父母，顺便探问下叶伯母对他的感觉。

此刻恰巧接到叶佳彤的电话，他兴奋地刚要询问叶伯母对他的印象，只听佳彤问："酒店的钱是谁付的？你吗？"查若良愣了一会儿非常诚实地说："是明磊！""什么？"叶佳彤大叫，然后将电话挂断。

叶佳彤准备用刚刚申请好的微信给孙明磊转一笔账。郝凤韵走过来说："发生什么事儿了？"叶佳彤摆摆手："不过同学间的小事儿。"

"我看出来了，有两个同学喜欢你！"郝凤韵上前一步，"想不想听听我的意见？"

"这是我个人的事儿，你不要管！"叶佳彤边说着边给孙明磊回着微信，并给他转了一笔钱。

郝凤韵："这种事儿我们不管？是，我倒是不想管，但又怕你吃亏，在恋爱这方面，女孩难免要吃亏。"

叶佳彤："哎哟我的妈，你能少说两句嘛，我正跟我同学聊酒店钱的事儿呢。"

"是谁掏的钱？是你们班那个头发长长帅帅的同学吗？哦哟，说实话那个同学挺可爱的。"郝凤韵说的是查若良。

叶佳彤说："不是他！"

郝凤韵："不是他？哦哦，那是那个白白胖胖的一说话就笑眯眯的同学吗？哦哟佳彤，那个同学也很不错的啦，要记住只要男人在女人身上舍得花钱的话，这个男人肯定不错！"

叶佳彤仍在发着微信："现在你跟爸越来越像了，难道夫妻相处久了会传染吗？"

郝凤韵美滋滋地："你这孩子怎么说话吗？我们观点一致说明两人三观一致，倒是你，怎么不像是我俩生出来的一样？"

叶佳彤："所以你俩应该感到幸运！"

"幸运？是倒霉好不啦。"郝凤韵一生气把她家乡的土话都带了出来，"真不知道你的学是咋上的，怪不得你爸说我们的教育有问题呢，当初我还不信，现在知道了，原来全是教育出来一些跟父母作对的王八蛋呀。"

"妈，你说脏话了。"叶佳彤漫不经心的样子说。

郝凤韵也意识到自己刚刚的话有失分寸，"呸呸"了两声，打了下自己的嘴巴，"还不是让你气得才说出的脏话嘛。"

叶佳彤听母亲这样说，抬头看了母亲一会儿，笑起来："听听，你们当长辈的说话有多么霸道，凡是坏事儿总能往我们身上靠，悲哀，绝对的悲哀啊。"

"嬉皮笑脸！"郝凤韵似喜非喜地瞪了女儿一眼。

叶佳彤："哈哈，好了，我们换个话题。嗯，说说我在典礼上的演讲的事儿如何？很多同学对伊甸园的事儿都很感兴趣，如果有个地方可以解决城乡发展中存在的种种深层次问题，那么他们会义不容辞地搬过去跟父母同享天伦之乐的。"

郝凤韵："很多同学？都谁啊？不就有三两个男同学想讨好你故意献殷勤的嘛。佳彤从今天开始你脑子要清醒，不要被些不切实际的人影响。"

不想说话了，叶佳彤想。因为再说只能延续吵架。

"听大人的话没亏吃佳彤。这世上最不会害你的人只有父母，你要懂这个理儿。父母过的桥比你走的路都多，吃的盐比你吃的面都多……"郝凤韵继续叨叨着她的人生经验，使得叶佳彤几近崩溃。

第8章 相思

时间过得真快，转眼一个月过去，到了酷热的三伏天。

这天早上，闫平阳刚走进民仁医院的大门，便接到表姐柴禾妞的电话。柴禾妞说："叶佳彤今天来 ML 公司报到了，另外我也顺利升任公司设计部的主任。"

闫平阳先是说了声"恭贺！"接着笑笑说："她真的愿意留在你们公司吗？"

"哈哈，你说呢。"柴禾妞说这话时露出狡黠的目光，"说实话很奇怪平阳，这些日子 ML 竟然接连接到几笔巨款。我想是不是因为我硬留叶佳彤来 ML 上班的缘故？"

"我想应该是！"闫平阳说到这里竖起右手的大拇指，"给你们 ML 点一百个赞！"

柴禾妞："为了让那些看不起伊甸园的人重视伊甸园，也为了让那些从伊甸园出去不想回来的人后悔离开，豁出点脸皮也无所谓啦。所以我想这里面应该有我很多的功劳，毕竟我在叶佳彤身上使出了三请诸葛亮的诚意！"

闫平阳："所以这一百个赞起码有你九十九个！史爷爷说得对！前些年我们不过在韬光养晦却竟然被一些人瞧不起！其实我们不缺吃不缺喝，还过得很快乐。只不过我们是有蛋糕大伙儿一块吃，他们是独独的几个人分享。所以伊甸园人在外面并不自卑。他们所看到的'我们的自卑'不过是他们认为的。"

柴禾妞觉得表弟闫平阳说得很有道理，但是正因为这样他们才要再富裕一些，起码让伊甸园人都在中产阶级以上甚至更高。她说："未来是属于伊甸园人的，伊甸园人将会成为地球上最快乐最幸福最富有的人。"

"果园废物沼气池用电需要改进，猪圈改造需要智能，智能楼盘需要逐步升温。"闫平阳说。

柴禾妞"哦"了一声："要发展新产业，培育新伊甸园人，塑造新风貌……"

闫平阳："对对！力图从体制机制入手，逐步解决城乡发展中存在的种种深层次问题，并努力探索出一套'政府主导、农民主体'的工作机制。"

柴禾妞："哎呀，怎么说这话的时候觉得你特别像个领导？平阳我发现你很有当领导的潜质，嗯，要是有可能的话，我劝你回伊甸园接史爷爷的班儿，他老人家毕竟年纪大了。"

"打住吧，我才不要接他老人家的班儿呢。哎哟，我已经到办公室了，我们改天再聊。"闫平阳说。

柴禾妞像是没有听到闫平阳的话："我希望你能把她追到手平阳，毕竟这样才最牢靠。她是伊甸园的重要人物，她的到来可以让那些瞧不起伊甸园的人重塑对伊甸园的印象，所以平阳你要努力！"

"干吗说这样的话？"闫平阳拧起眉，"表姐，今天我可郑重地告诉你啊，叫你把她留在伊甸园我并没有别的意思，只是觉得她是个人才！对！我们伊甸园需要人才，需要扭转外人对伊甸园贫困的印象。"

柴禾妞不管不顾表弟跟她说的话："她有两个同学都非常厉害，一个是孙明磊，因为她拒绝他的爱无奈回家接替孙家的产业了。一个就是查……查同学，他他他……他跟叶佳彤一起应聘到我们设计部来了。"她讲到查若良时，嘴有些不听使唤地顿卡了几下。

闫平阳一愣："查若良？他竟然为了叶同学也应聘到你们公司？"

柴禾妞摁摁自己的头，努力使自己的情绪平稳到正常："对……对啊。"

"太好了！"闫平阳拍拍手，高兴得有些手舞足蹈，"看起来她真的是位漂亮的女孩。"

柴禾妞不屑地："我并没觉得她漂亮！她只不过有些狐媚罢了。"

"呵呵。表姐，你是不是在吃那位叶同学的醋？难道……"闫平阳说到这里笑起来，"开玩笑哈，你怎么会吃她的醋呢。"

"就是！以后说话别这么没大没小的。"柴禾妞说着将桌上的电话放下，疲惫地将头仰到她大气宽敞的老板椅上。闭上眼睛，眼前不自觉地浮现出查若良那痞痞的笑容，睁开眼睛，消失，再闭上，再出现。真的讨厌！她狠劲扇了下自己的脸，从椅子上坐起来，努力摇着头使自己清醒。却忽然叶成功也来到自己身边，接着查若良，叶成功。叶成功，查若良频繁交替出现。

头开始剧烈地疼起来，使劲摁了一会儿自己的头。

方非进来交设计稿，见柴禾妞痛苦不堪的样子，将设计稿悄悄放在她的桌上，然后想悄悄退出去，被柴禾妞喊住："方非！"方非停下脚步："设计稿已经做好了主任，还有事儿吗？"

柴禾妞看了方非一会儿，然后装作满不在乎的样子说："如果一个男孩喜欢你，他会不会用跟另一个女孩好的方式气你？"

方非听柴主任问出这样的问题"扑哧"一下乐了，很久才将自己的笑止住说："这根本不可能！天下没有这般无趣的人，我觉得那个男人大多是不喜欢对方才能做出这般狠心的事儿。"

听方非如此说，心更如戳上一把刀子，冲方非摆摆手，示意她出去。又往窗外看看，见查若良正跟叶佳彤一起商讨图样，他还将自己的大衣脱下来给叶佳彤披上，明显一幅王子疼公主的画面。

再也在座位上坐不住了，抓起桌上的电话跟叶佳彤说："来我办公室一趟！"

电话那端乖巧地答应了一声。很快叶佳彤便来到柴禾妞的办公室门前，推开门，走进。柴禾妞看看叶佳彤朝一旁的沙发努努嘴。

叶佳彤没有落座："柴主任，找我有什么事儿吗？"

"也没什么，就是随便聊一下。"柴禾妞将头靠在椅背上，眼睛的余光乜了叶佳彤一眼，"你还是坐下吧，你这样站着像是在跟我示威，我不太喜欢！"

叶佳彤"哦"了一声却站着没动。

柴禾妞眉头拧了拧，站起身，走到叶佳彤跟前。见她不高不矮，不胖不瘦，嘴角笑的时候带有些许刚毅，冷笑一声后，有些恼怒地瞪了叶佳彤一眼。

看着身高足有一米八，细高挑，剑眉的柴禾妞，叶佳彤被她的气场激荡了那么一下。当然主要是因为她的能力，她不卑不亢的个性，还有她冷若冰霜的相貌。更重要的是她常常在关键时候拿下别人认为做不到的工程。

是的，建设伊甸园，本是件在别人眼里不太靠谱的事儿，但是柴禾妞写给白董一篇万字企划长文足让白楠凯总经理认为这件事非做不可，不然就对不起国家，对不住亲人，更对不起支持 ML 公司的上帝们。

柴禾妞在长文中着重"幼有所教，学有所教，劳有所得，病有所医，老有所养，住有所居，弱有所扶！伊甸园的山有雄壮的风采，伊甸园的人有朴素的品格。山豪迈，人俊秀。奇险是山，逶迤是人。突兀是山，温柔是人……"她将伊甸园说的时而鬼斧神工，时而又平淡无奇，无法挣脱，无比迷恋、无比暖心、幸福……白董看着这篇长文已经按捺不住激动的情绪了，当天便派车吩咐柴禾妞陪他一起去伊甸园考察。

是伊甸园副园长闫爱军接待的白董。白董见闫爱军跟自己年龄相仿，难免谈到将来的养老问题。闫爱军说他有两个孩子，闫秋水和闫平阳。儿子不听话，但女儿秋水很乖，或许以后可以跟女儿沾光呢。

白董说女儿好，可惜他只有一个儿子，正准备去国外深造呢，前些日子跟老伴商量是不是将来跟儿子一同去国外养老，老伴就急了，说儿子不过是去国外深造，又不是居住。

闫爱军："想想也是！千难万难不离国土，再说都这岁数了，又怎好去他乡生根？这些年见过几个去国外回来的，并没觉得他们比咱们高级，反而变得没了人味儿。"

白董点头："是啊，很多人觉得国外的月亮都比国内圆，这完全是个错误！"

闫爱军："谁说不是呢。有时候我觉得啊，真该把喜欢国外的人都赶出去，别再回来！"

白楠凯说："这事儿我赞同！"

闫爱军猛劲地点头："所以我们要努力，早晚有一天要让他们觉得我们比国外好，他们想回来都回不来。"

"对对对！"白楠凯高兴地再次过去跟闫爱军握手，并还顺势上前抱住了闫爱军。你捣他一拳，他捣你一拳，完全没了陌生感，甚至把彼此当成了家人。就这样两人越说越近乎，越说越神往，竟然把吃饭时间都忘了，这时进来一位年逾花甲，但却鹤发童颜的老人。

闫爱军一见这位耄耋老人咧开的嘴更合不拢了。他"嘿嘿"地笑着将老先生拉到跟前，跟白董介绍："这位是我们的老园长，伊甸园人，曾是志愿军15师军医，打美国佬时还化装成护送顾问的韩军，直插敌人心脏，然后指挥小分队冲进白虎团团部，打得敌人措手不及，乱作一团。还有一次，老园长率领……"

"都老黄历了。"史东方打断了闫爱军的话，向白董伸出枯瘦露着青筋的大手。

白董忙伸手过去握先生的手："久仰史老英雄大名，久仰史老英雄大名。"

史东方客气道："哪里哪里。"

"先生就是这么谦虚。"白楠凯话没说完，又走进来几位老军人，史东方跟白楠凯说，"这位是我的老弟董瑞祥，山东临沂人，八十一岁。"再走到一位满脸布满斑块的干瘦的老爷爷面前跟白董说，"这位是我的老哥赵铁鑫老英雄，九十一岁……"

"一个有希望的民族不能没有英雄，一个有前途的国家不能没有先锋。"带着崇敬的心情白董一个个与老英雄们握着手。

闫爱军声情并茂地跟白楠凯介绍着面前的史老园长："抗美援朝结束不久，应该是 1958 年底 1959 年初吧。史老园长便回了伊甸园老家，成了我们伊甸园中心医院的副院长。两年后，史老园长跟我们伊甸园一位漂亮的女人结了婚并有了女儿史爱香。然后又过了三年，有了儿子史晓光。婚后老园长生活得其实挺好的。他是中心医院的副院长，妻子在供销社当售货员，生活虽清贫，但饿不着，冻不着。一家人生活得挺幸福。"

赵铁鑫老英雄接过来说："但有一天，应该是六十年代中期吧。老园长家里来了一位老园长从前的战友过来借钱，那战友说实在是没有办法，家里孩子得了'红斑狼疮'，因为没钱治疗人快不行了。老园长一听二话没说将家里的积蓄、粮食都拿出来交给战友，并跟战友说他一定在最短的时间研究出药方将战友的女儿治好。战友听后千恩万谢，将钱接过感动地流着泪回了河南老家。一年后，战友的孩子死了。老园长很悲痛，因为他致力于'红斑狼疮'的研究快要成功了。"

董瑞祥长叹口气："老园长又将家里的粮票油票全部寄给了战友，希望他不要难过，若生活困难就告诉他。战友说幸亏一年来有你的资助，不然他跟老伴也不会活到现在，他说他跟老伴因为女儿的去世也都一病不起，去医院检查，两人都有类似小脑萎缩的症状，医院要他跟组织提出请求帮助，但是战友说一直没有等到组织的回复。"

闫爱军："老园长叫战友不要灰心，他会在组织没批下对战友抚恤的情况下将医药费生活费都包下来。却不知这一救济就到了两年，战友的抚恤金还没下来，并还瘫在了床上。他只好咬紧牙关，却不知道家里已经揭不开锅。老园长内人赵阿芳劝他放弃对战友的救助，他不听，说他帮人帮到底，不然的话战友一家人就完了。阿芳说如果你继续这样，我们家的人就完蛋了。她说着话撕扯着他的衣服要跟他离婚。老园长觉得不能抛弃自己的战友，因为如果那样战友会怨恨组织，不想这样的情形发生，他对妻子说组织不会不管战友一家，只不过现在组织有难处……"

董瑞祥："不想老园长一味地辩解更引起妻子阿芳的反感，她要他放过他们娘儿俩，马上在离婚书上签字。他生气阿芳不体谅自己的苦衷，赌气说离就离！然后愤然在老婆写的离婚书上签上了自己的名字。做梦都没想到！离婚不到一个月，刚满一岁的儿子晓光便因为痢疾死去。他听说后，后悔莫及，连夜赶到岳母家想将老婆孩子接回家，但岳母说阿芳带小香回来住了一夜就走了……"

史东方一个劲儿地摆手，颤抖着枯柴般的手拭泪："都怪我，竟然没有担起一个男人应有的责任，造成当初的妻离子散。"看看闫爱军，"要是女儿活着的话应该跟你差不多！"

"她比我大两个月。"闫爱军叹了口气接着说，"也不知道爱香姐现在在哪里？我让秋水在网上发了那么多关于你的信息她看到了没有？"

"五十多年了，这五十多年我一直在找她们，但是……唉！其实几十年了，我想或许她们离开人世了吧。"史东方说到这里满脸的悲痛、愧疚。

"不不，不会的！"闫爱军不时地摆着手，"一定不会的！"闫爱军说到这里再也抑制不住号啕大哭起来。

"好了爱军，别哭了，让白董看着笑话。"史东方过去给闫爱军拭泪。

白楠凯早已被当下的情形感染，说："史老爷子您放心！各位英雄们放心！无论如何我都会尽力将伊甸园做到实处。伊甸园在 ML 在，伊甸园亡 ML 亡！"

第 9 章　伊甸园构想

伊甸园构想是以每个人全面而自由发展为基本原则的生活形式，不是简单保障人的衣食住行、吃喝拉撒，它是每个人的自由全面发展，它的生产资料归全体成员共享，主体是劳动者有序自由联合的这样一个联合体。

在伊甸园，每个人的自由发展是一切人自由发展的条件。所以主导以人为本，宗旨是各方面都建设得非常和谐，是一个人人有尊严、自由、平等、公平、正义、和谐、民主的社会。

叶佳彤把大家前几天去伊甸园会议的宗旨以微信的形式发给孙明磊。

孙明磊看后回复说："想人投资还要把人拴在裤腰带上，这种投资谁愿意干？"他认为投资者希望股份形式的自由化，资本归个人私有，希望存在雇佣关系赚取生产要素创造的利润，所以在这个问题上伊甸园使投资者都望而却步，最终导致流产可想而知。有投资者以为伊甸园是个无底洞，只投不收就算是傻瓜也不会干啊。

叶佳彤认为自己可以了解投资者的心理，她会将孙明磊的话传达给她的领导。"但是你的思路完全打破了原有的构想，我认为不会得到上边的认可。"

孙明磊说："伊甸园打着慈善人的旗号，其实不过在集权，你不觉得伊甸园跟 ML 签合同只不过是引诱投资者'飞蛾扑火'吗？他们将有钱人引进去，然后勒住他们的脖子，犹如给马勒上了嚼子。人性是自私的，可望而不可即的思维方法是错误的。因为在历史的社会发展史上，一切的社会形式的形式描述，都是在已经存在的基础上进行的划分，所有的以前，都是人类社会事先已经自然发生的。我认为闫爱军在利用史爷爷们的善良揽权夺利，你应该认识他的儿子闫平阳吧。"

叶佳彤拧拧眉说："好像见过一面，但并不熟悉！"孙明磊说："你没觉得他不过是帮伊甸园揽拉顾客？哦对了，有一个消息不得不跟你说，就是好像伊甸园副园长闫爱军用儿子还是谁的名义在北京三里屯注册了公司，它的作用就是在洗伊甸园的钱。"叶佳彤摇头，并要孙明磊相信群众的眼睛，伊甸园人不会那样做，闫平阳也不会！"是的，明磊，我知道你投资的真正目的，我也大概明白孙氏置业很想投资伊甸园的房产系列，但是西方模式在伊甸园真的行不通。"

孙明磊："三年前，伊甸园搞了个项目，闫爱军问刘冰冰，也就咪尼集团的夫人手里有没有六千万的个人存款。刘冰冰说我是来伊甸园挣钱的，干吗还需要个人存款？闫爱军说我跟你素不相识干吗非要你挣这笔钱？刘冰冰一听就明白了，问他把钱打到哪里？闫爱军便将北京一个公司的账号给了她。"

"这事儿不会发生在伊甸园的。"叶佳彤显然不相信孙明磊的话，"就比如你投资的款项伊甸园并没有直接接收，而是将其直接打到我们公司。"

孙明磊哈哈一笑："所以你太单纯了，竟然稀里糊涂地去 ML 任了职，你知道 ML 是什么吗？"

"ML？ML 怎么啦？"叶佳彤听孙明磊问到 ML 更是不解。

孙明磊说："ML 其实也不过是伊甸园的傀儡，不信你可以偷偷探听一下，是不是很多人暗中都在 ML 中占了股份？当然 ML 不傻，因为进驻伊甸园所有房产都会被他们控制。"

听孙明磊这样说，叶佳彤浑身冒出了冷汗。她说："ML 是甘愿为伊甸园服务的，并不是你想的那样，我听说为了说服 ML 入伙伊甸园，柴主任费了很多劲。"

"快得了吧！"孙明磊不屑地说，"你从来没看过戏吗？演戏的如果不演得真，还会有观众吗？所以我今天要郑重告诉你一件事儿。"

"什么事儿？"叶佳彤问。

"来孙氏置业上班吧，别搞什么伊甸园了，那是个肮脏的地方。说白了孙氏置业才是就业者的天堂。它让富人的归属感更强，你可以在这里为所欲为，放荡不羁都没人管你。"孙明磊得意地说。

"所以才会有你这种不自量力、自以为是的人吗？"叶佳彤义愤填膺地说："你在大陆学的是建筑，它是用中国文化构建的，为什么那样膜拜西方？"

孙明磊颐指气使的语气："膜拜西方有错吗？人家是发达国家，伊甸园算什么？一个不毛之地，很多人都以从那里逃出来为荣，只是这些年靠外贸赚取了那么一点利润，便觉得了不起了，便觉得这个世界盛不下他们了，开始自吹自擂自己多么厉害，开始瞧不起那些跑去外面的人了。"

叶佳彤先是笑了笑，然后轻描淡写地说："有成绩表扬自己一下有什么不行？伊甸园就是比以前发展了，而且它们贫富差异不大，所以没有出现飞扬跋扈的人。"

"不要被它们的外表所迷惑。知道我说不过你，好了，不跟你啰唆了，这样，过几天去北京看你。"孙明磊说到这里给叶佳彤发了个晚安的图样。

叶佳彤退出孙明磊的微信，摇了摇头，将灯关掉，想起刚刚孙明磊的话，对闫平阳竟然有了些担心。如果真像孙明磊说的那样，那么伊甸园需要整治，需要创新，而她也实在犯不着在 ML 效力。

一早，接到查若良的微信语音。语音里查若良说他接到家里的电话，要他速速回西班牙。叶佳彤有意跟查若良一起去西班牙。查若良非常果断地说："现在不行！有机会吧。"她不甘心地说："既然这样，那晚上我请你吃'手擀面'吧，算是给你送行！"

查若良狡黠地笑笑说："好，放心吧佳彤，我知道你请我吃这顿饭的用意，不过是要我不忘初心，牢记使命。"

"算你聪明！不过我真的不光冲老板娘禹大嫂是伊甸园人。而是……"叶佳彤担心查若良离开自己的语气明显流露出来。

"不忘初心，牢记使命！这八个字并没有光在你一个人耳边萦绕，应该也渗进我的五脏六腑里。佳彤我希望你成功，希望你带着成功的喜悦将自己的父母接到伊甸园一起共享余生。"

"你怎么啦若良？干吗说出这样的话？你不是过几天就回来了吗？"叶佳彤

拿着手机从床上坐起来。

查若良"哦哦"了两声说："没什么，只是觉得突然要离开你有些舍不得！"

叶佳彤"扑哧"一下笑出声："放心吧！我跑不了，一会儿我去公司报个到，就去给伯父伯母买点东西带过去。"

"不不，不用了！真的不用了！"查若良说。

"咱俩之间还这么客气？好了，早上时间宝贵，我马上洗漱了。"叶佳彤说着在手机飞了一个吻，摁了断开键。

那端的查若良拿着手机呆立了片刻，最终叹口气，将手机扔到一边，然后又将自己狠狠地摔在床上。是的，他做梦都想不到孙明磊的母亲史爱香竟然就是史东方寻找了五十多年未果的亲生女儿。他问母亲尹麦是不是因为怕史爱香故意编造出来的理由，好叫他心安理得地将叶佳彤让给孙明磊？

尹麦非常真诚地在电话里解释说："不是的若良，你孙阿姨就是曾经救你性命的史爷爷的女儿史爱香，一直没告诉你是因为大家都想不到事情会发展到这步田地。是的，我也搞不明白为什么你俩会喜欢同一个女孩。"她说到这里长长叹了口气。

查若良冷笑一声对母亲说："你认为孙阿姨的父亲曾经救过我的命，我就应该把佳彤让给史爷爷的孙子对吗？"

"不单单这样！孙阿姨还一度把我跟你爸从贫穷的伊甸园解救出来！"尹麦据理力争又带有十分的道理，"我们查家不能做如此负心之人。"

查若良显然被母亲抓住了软肋，说："搞不懂您在说什么。我们对孙家的就只有亏欠吗？"

尹麦："还有什么比救命之恩更难以报答的吗？你明知道明磊喜欢佳彤，你还要夺他之爱，这不残酷？就算是你们结婚了，面对着史爷爷的孙子，你认为你们会过得快乐吗？就算是因为你小，不知道当初你孙姨帮我们家还你爸炒股赔的钱一事儿，你总该记得史爷爷救你的情景吧。还有……"

查若良求母亲不要再往下说，他叫妈放心！一切他会以孙家为重。但是也不能光他后退，孙家也要有所表示。尹麦问儿子要孙家有什么表示？查若良苦笑一声说："既然大家都是伊甸园人，干吗还要兄弟相残？给伊甸园人留口饭吃吧，不要连他们口里的烂菜帮都夺到自己手里！"

尹麦："烂菜帮？干吗将事情说得如此严重？"

查若良："通过这些日子在 ML 工作的实践，忽然发现一个硕大的秘密，那就是很多人打着慈善的外衣，却在干着搜刮民脂民膏的事儿。他们名义上的投资其实不过是霸权，垄断伊甸园的市场。"

尹麦："这很正常，钱生钱才能成为资本，如果单纯的死钱，谁愿意去费这么多脑子？我希望孙家钱越生越多，越来越美好，也许这样的话会将你史阿姨那颗怨恨你史爷爷的心抹平。"

查若良："史爷爷救他的战友理所应当，这史阿姨也太小心眼儿了吧。既然这样她还一个劲儿地在伊甸园凑什么热闹？在香港安稳地待着，不要凡事儿对伊甸园有想法，不就省却了她无数的烦恼丝吗？"

尹麦："树活一张皮，人争一口气！只是你史姨的性格有些偏激，当然或许是这些年争强好胜惯了吧。"

不想再听母亲啰唆了，查若良将电话放下，在网上购到票，想来个不辞而别，但又觉得有许多话要对叶佳彤说。

傍晚，叶佳彤如约来到"禹大嫂面馆"时，查若良已经将两碗热腾腾的面端到桌上。叶佳彤说了声"谢谢！"拿起筷子便吃，然后吃了一半，发现查若良只在痴痴地看着她吃饭的样子，愣愣地说："你干吗不吃？"

查若良另一碗面也推给她说："我不饿，你吃吧！"

"你不是喜欢吃这里的面吗？"叶佳彤嘴里的面条塞得鼓鼓的，嚼了嚼，然后使劲咽下去，"今天的你很严肃啊。"瞪着大眼直愣愣地看着查若良。

查若良也直定定地望着叶佳彤，两人就这么对视着，对视着。许久，查若良望着叶佳彤傻傻的样子又笑起来，用手轻轻拍了下她的头顶："你个无情的家伙，怎么我要走了，你却是这样的感觉？你知道这样多让我伤心？"

叶佳彤"哦哦"了两声点了点头，然后抹抹自己的嘴："说实话我真的很难过，但又有什么办法？《红楼梦》里说天下无有不散之筵席，所以就不要把自己搞得那么伤心。"

"没良心的家伙！"查若良故作生气地狠挖了叶佳彤一眼，继而又笑起来："我还就偏不走了呢今晚。"

"不走了？！"叶佳彤听查若良这样说激动地从座位上站起来，"太好了！"

"不过……"查若良打开手机看看日历，"哦，今天是12月23号，对，明天，明天是24号，我俩两年前第一次约会的时间。嗯，这个时间很有纪念意义，所以我想约在老地方见面，送你个礼物。"

"太好了太好了！"叶佳彤双手拍掌，继而眼珠一转对查若良说，"我也准备送你个珍贵礼物。"

第 10 章　遭遇歹徒

叶佳彤从 ML 回到宿舍已经临近傍晚了。想起刚刚柴禾妞执意留自己在 ML 的暧昧态度，知道孙明磊要自己离开 ML 的事儿已经泄露，嘴角不由自主地微微翘起。正在想着要不要吓唬一下柴禾妞，也恰巧可以改变她飞扬跋扈的样貌时，手机微信的铃声响了起来。

认为是柴禾妞又要跟她啰唆要跟她签订伊甸园工程事项的，滑开手机，不想却是查若良发来的晚上会面的地址，拍拍自己的头，暗想这一天过得昏暗，竟然连最心爱之人约会的事儿都差点儿忘到脑后。

佳彤将手机轻轻地放到桌上，走到床前拿起已经给查若良织好的浅棕色的高领毛衣，抱在胸前温暖迷醉了一会儿，叠好放在一个精美特制的袋子里，小心地将袋子放到自己的背包里。

乘"滴滴"来到查若良指定的"银座"门外。抬腕看看表，见提早了两个小时，自嘲地笑了笑，去"银座"逛了一圈后，时间还是未到，四周看了看，见西门的东角有棵硕大的圣诞树，树旁有很多人围观，她过去看了一会儿，觉得没什么稀罕，就近找了木椅坐下等查若良。

人渐渐地稀了，天开始飘起了雪花。觉得这是个好的兆头，看看从天上飘下的片片如棉花般的雪花，脸上不由得露出了微微的笑容。雪越下越大，查若良还没有到。佳彤开始胡思乱想起来。他是不是出事儿了？对呀，他肯定是给她买礼物去了呢。拿出手机来拨了查若良的号码："您拨打的手机暂时无法接通！"

"搞什么鬼？"叶佳彤没好气地将手机滑上。"对！他的手机可能是没电了！"踮脚往北边看，末班车的公交车上陆续下来了几个人，她跑上前，仔细辨着从车上下来的每一个人。令她失望的是，从车上下来的人里没有查若良。

已是凌晨，电影院都已经散了两拨儿。

呆立在"银座"的门外半晌，最终狠狠地将自己一针一线给查若良织好的毛衣扔进垃圾桶，然后转身往宿舍方向而去。

　　她没有打车的原因是已经没了心思，没了思绪，没了头脑，步履蹒跚地走着，走着。忽然面前四五个醉汉冒出来，其中一个三十多岁胡子拉碴的男人走上前，在叶佳彤面前淫邪地打量了一番，再围着她不怀好意地转了几圈，抿了抿用发胶抹过的已经发硬的凌乱的钢丝头，望着叶佳彤在裸露的晨光中娇美动人的脸，龇出了他的大黄牙说："没想到此时此刻老天爷会让我碰到如此绝佳的美人儿。"淫邪恶心的笑容堆到他瘦削猴般的糙脸上。

　　染蓝头发的年轻人见此走到叶佳彤跟前上下左右仔细打量了一番，讨好的笑容立马对住了"大黄牙"，伸出点赞的拇指："大哥好眼光！来，我这就帮大哥把她带回家。"蓝头发的年轻人说着一撸袖子上前就去拽叶佳彤的胳膊，不想被叶佳彤一闪一下子跌个趔趄。

　　叶佳彤一个闪身，顺手从口袋里掏出手机，向"大黄牙"的头部掷去。手机不偏不倚地砸到"大黄牙"的额头，然后狠狠地落到地上，被"大黄牙"踩住一下子摔个趔趄。

　　"大黄牙"冲其他几个人摆了摆手，穷凶极恶地扑到叶佳彤跟前掐住了她的脖子。她立时有透不过气来的感觉，接着开始口吐白沫，眼珠也胀得几乎从眼睑内掉出来，可"大黄牙"还在用力。生命攸关之时，一声厉喝！一位英武帅气的男子用胳膊肘过来勒住了"大黄牙"的脖子。"大黄牙"将手松开。叶佳彤连咳了好几声，喘声才平息下来。

　　救叶佳彤的男子不是别人，正是民仁医院骨外科实习医生闫平阳。他今晚值班，一早去卫生间方便，却听到外面有人喊"救命"的声音，于是出来观看，发现一帮人正围着一个美女在殴打。

　　闫平阳不由分说跑上前，展开双臂，一个"扫堂腿"将其他几个围上来的不良青年扫翻在地。然后你一招他一式几个人厮打在一起。仗着人多势众，"大黄牙"抽出身，再一次扑到叶佳彤跟前。闫平阳一个漂亮的"扫堂腿"，将身边几个人踢翻在地。跳到"大黄牙"跟前，将叶佳彤拽到身后。

　　恶人们将两人围起来。见"大黄牙"的心思仍在叶佳彤那里，闫平阳于是游走到"大黄牙"身边一个"毒蛇寻穴手"，"大黄牙"来不及躲藏，闫平阳的手一把抓住了"大黄牙"的衣领。

　　此刻天已经完全亮了起来，远处几个巡逻的警察往这边跑来。"灰毛"眼珠一转，冲大伙喊了一声"危险"。闫平阳被"灰毛"说得一激灵，接着一松手。"大

"黄牙"脱手，但见他捂着嘴带头鼠窜逃走。

警察过来，见恶人往东跑去，撒腿便追。闫平阳松了口气，瘸着腿走到躺到地上奄奄一息的叶佳彤跟前，缓缓地蹲下身子拍拍叶佳彤的胳膊："叶设计，叶设计。"

叶佳彤醒了过来，但见她脸色蜡黄，因为此时她手腕的痛比脖颈还要厉害，她不由得发出了呻吟。闫平阳顾不得身上的疼痛，屏住呼吸蹲下将叶佳彤抱起冲进了医院的急诊室，然后命令白护士赶快将叶佳彤送进手术室。叶佳彤躺在手术床上，疼得浑身冒汗，她努力忍着，嘴唇都咬出了血印。

小钱看看躺在手术台上饱受痛苦的叶佳彤，将白护士拉到一边，小声嘀咕说："闫医生实习期可并没有满啊。"白护士无奈地摇摇头："潘医生今天的班，但是听说潘医生回京的火车晚点五个小时。"

"唉，看她疼得那样，真可怜。"小钱护士看看躺在手术床上的叶佳彤叹了口气说。"我觉得闫医生很有把握的样子，不知闫医生刚刚涂在她伤处的药会不会起作用。"白护士这句话说完没多久，再看叶佳彤的脸色，比刚才好了许多。她笑了笑说，"听闫医生的应该不会错！"

小钱也发现叶佳彤痛苦的样子和缓很多，"嗯"了一声从针盒拿出针，利索地将麻药注满。白护士说："用闫医生自制的麻药吧。"她说着拿过一玻璃瓶粉红色的固状蜡体，用手挖了一点儿抹到叶佳彤准备手术的周围。

令小钱感到惊奇的是，不到一袋烟的工夫，叶佳彤便昏睡了过去。小钱冲白护士说："没想到闫医生伊甸园里的偏方如此神效！"

"听说闫医生在伊甸园的高师是位志愿军神医，嗯，苗医生说无论什么不治之症到了老神医手里都有可能活下来！"白护士说着话看了看已经麻醉了的叶佳彤，又看看表，"闫医生咋还不过来？"刚要吩咐小钱去请，闫平阳穿着蓝色的手术服脸色凝重地走进来。

第一次亲临这样的手术很紧张，虽说刚刚跟史老园长打了电话，征求了史老园长一些手术的建议，受到了老人家的鼓励，但看看已然麻醉的叶佳彤，依然紧张。

咬咬牙，暗暗祷告上天保佑自己能够顺利为叶佳彤做完这次手术。这祷告果真很管事儿，心情平复了不少。伸出手接过小钱递过来的手术刀，呼了口气，然后稍弯了弯腰，将手术刀放到叶佳彤的右手腕儿一下子划下去。

第11章　爱是下意识

"啊！……啊。"叶佳彤疼痛的尖叫声从手术室内凄厉地传出来。

手术室外的柴禾妞紧张地从椅子上站了起来。方非也跟着站起来，并弯下身子用手使劲扒着门缝往里看。呵呵，门是硬的，她又如何能扒出缝看到里面？急得方非不时在柴禾妞面前走动着："我说柴主任，你那个表弟能行吗？我听说他可是第一次手术啊。"

柴禾妞将方非猛力地摁在椅子上："好了，你给我安静点儿好不好？我相信表弟，就算不相信表弟是医学院的高才生，你也得相信史老园长，别忘了他老人家还是伊甸园医院老院长兼志愿军神医。好了好了，别紧张！别紧张！"她说这话时不时拍打自己的胸以示安慰。

见柴禾妞这样说，方非忍不住说："我的个妈呀，主任你胆子可真够大的哈，唉！佳彤碰上你这样的领导也算是倒了八辈子血霉了。"

"说什么呢？"柴禾妞杏眼一瞪，"叫你安静你听到没有啊？"

"听到是听到了，可是……"方非说到这里指指手术室内，奇怪的是手术室内叶佳彤的呻吟声停止了。

两人摩挲了会儿自己的胸，长舒口气。

原来此刻叶佳彤脑子已经清醒过来，她见闫平阳正仔细地在给自己缝伤口，有些讨厌自己的任性，于是用力咬着嘴唇，不让自己出声。

用"艺高人胆大"来形容此刻的闫平阳不知道恰不恰当，反正他没有慌张并且还和颜悦色地跟叶佳彤讲起两人跟歹徒搏斗的事。他说："叶设计，你在歹徒面前表现得还真有韧劲，说实话你真的很幸运，竟然跑到我们医院门口，而我恰巧去卫生间……"闫平阳说到这里望着叶佳彤温和地笑了笑。

叶佳彤望着面前为她手术的闫平阳不觉中竟然幻觉查若良在为她疗伤并嘘寒问暖的情景，顿感春风拂面，好像有什么东西慢慢沁入她的内心，荡起阵阵涟漪，飘荡着雨中美好浪漫的回忆。

是的，那是她跟查若良漫步雨中的情景，查若良擎着伞，她倚在他的肩上。

已经感觉不到疼了。因为幻影中她被爱包裹着感到非常幸福，继而她恬静的脸上浮现出迷人的笑容，再然后她眼皮打架，又昏睡了过去。

闫平阳知道这是史爷爷教他的人工催眠已经在叶佳彤身上起了作用，趁机赶快继续为她缝伤口。半个小时后，手术终于完满结束。闫平阳长舒口气，叶佳彤也露出了欣慰的笑容，然后不自觉地闭上眼睛。

小钱给叶佳彤挂上吊针，往手术室外推。方非见状忙上前帮忙。闫平阳从手术室走出来。柴禾妞疾步走上前，冲着闫平阳说："不错啊，平阳。"闫平阳很轻松地冲柴禾妞笑了笑。

"说实话平阳，这两个小时对我来说犹如过了两年一样。你看我这额头，都被我用手指刮冷汗刮得红了。"柴禾妞说着话拿出自己随身带的小镜子照了照。

"还真是！"闫平阳装作若无其事的样子说："不过你这完全是瞎操心！"说到这里朝柴禾妞笑起来。

"你竟然一点儿事没有？"

"怎么会呢，差点儿把手术刀扔掉跑出来呢。"

"啊？"尽管柴禾妞知道叶佳彤已经完好无损地做完了手术，但听闫平阳这样一说，神经还是绷了起来。

"哈哈，骗你呢……"闫平阳突然跳起来，如打了鸡血一般地说："通过这次手术，发现自己很喜欢挑战难关，或许在我身上没有攻不破的堡垒，就如她受伤的每一处我都了如指掌一样。"

柴禾妞劝表弟回去好好休息一下，但闫平阳却不同意，还硬跟柴禾妞一同进了叶佳彤的病房。

病房里，小钱正在给叶佳彤量血压。方非应该是去打热水了没在屋里。闫平阳跟柴禾妞一同走进来。小钱护士对闫平阳说："她血压、体温什么的都很正常。"

闫平阳点点头，往叶佳彤处看了看，见她此刻已然醒来，将她的手腕从被窝里拿出号她的脉搏，然后频频点头。

叶佳彤从闫平阳轻松的表情判断自己伤得并不重，起初的疼痛大概是因为查若良的失约导致她伤口过于疼痛的。想到这里伤口又开始疼痛起来，并没来由地发出阵阵呻吟。

"怎么？很疼吗？"闫平阳将她的手腕放进被窝里，将被子掖好，然后过去轻抚她的额头。她立马心里好受了许多。再过了一会儿，脸色也不那么苍白了。

真的奇怪，不知为什么会有这样的感觉。是因为他救过她的原因？或许是！

反正他站在她跟前让她觉得很踏实。

"平阳！"柴禾妞担心闫平阳手术的问题，于是焦急地上前一步，冲着叶佳彤说，"要不要我去叫其他医生过来看看？"

叶佳彤摆了摆手："不用了，我相信闫医生！"柴禾妞脸上露出欣慰的笑容："好好养病佳彤，放心，我已经派方非去派出所质问那几个歹徒的事儿了。"

"嗯，你放心，那几个歹徒已经在派出所主动认了罪，并把佳彤刚刚的医药费全部交了。"方非说着话推门进来。

"哟嗬，回来得挺快哈。"柴禾妞点头"嗯"了一声，"那几个歹徒到底什么情况？是真的喝醉还是有人故意安排的？"

"应该是真的喝醉了，因为我在他们面前提过几个人的名字，他们好像根本就不认识。"方非说。

柴禾妞"哦"了一声，然后给方非使了个眼色，意思是别当着叶佳彤的面说这种事儿。方非看看躺在病床上的叶佳彤，不好意思地冲叶佳彤笑了笑："我们只是觉得查设计此刻的离开有些怪异，因此想去派出所探一下虚实，不想那几个歹徒根本就不认识查若良。"

闫平阳温和的语气说："你俩也真是的，这事儿怎么会是若良干的？他救佳彤还来不及呢。"

方非眨巴了下她布娃娃般的大眼睛："谁说不是呢？"然后朝柴禾妞使了个眼色。

柴禾妞会意，走出病房。到医院大院的僻静处，方非停下，掏出一沓很厚的信递给了柴禾妞。柴禾妞接过信，不想竟然是查若良写给叶佳彤的，拧起眉。

方非说："我刚刚去了查设计的宿舍，看到这封信，本想直接交给叶设计的，但觉得应该先跟你汇报一下再决定应该怎么处理。"

柴禾妞朝方非点点头："这事儿做得不错。"

"要不要奖励一下？"方非嬉皮笑脸地说。

柴禾妞眼一瞪。方非忙摆手："哎呀，不过开个玩笑嘛！"柴禾妞没好气地"喊"了一声，这才将查若良的信展开。

查若良的信中是这样说的。他说："佳彤对不起！史爷爷是我的救命恩人，这件事儿我以前告诉过你，那是四年前还在香港上学的时候，原认为是普通感冒发烧，却谁知去医院用了各种办法都不见效。爸妈开始着急，孙明磊的母亲史爱香帮我搜集偏方，并提议去伊甸园找神医史老园长。这很让母亲感动，因为大家都知道史老园长跟孙阿姨的过节不是一句两句话能说得清的。只想说当初我已经被香港医院下了死亡通知书。而孙阿姨不计前嫌将我送去伊甸园医院治疗，内心对我充满无尽的爱意。史老院长真是位有责任心的院长，当然或许是他根本不知道女儿恨他，他很快召集结核病专家讨论，最终结论是结核不除外，但抗结核治疗后，病情缓解了不到三个月，就以更加凌厉的方式卷土重来……"

查若良不仅再次发高烧，后腰上也长出来一个肿包，而且越鼓越大，有半个手掌大小，摸上去还有波动，似乎有什么可怕的东西正要争先恐后地涌出皮肤。他被折磨得越发虚弱，通过检查发现，不仅后腰上，还有臀部，甚至脊柱旁边，也都蓄积着脓液。

史老院长见状把三个月前的标本重新看了一遍，发现有一种非常罕见的真菌——马尔尼菲蓝状菌。

马尔尼菲蓝状菌带有一种特征性的玫瑰红色素，可以把培养基或者菌落染成红颜色。所以很容易被误诊为结核。就这样史东方给查若良准备了抗真菌的药物。接着不到一个月，再查 CT，查若良肺里趴着的那层密密麻麻的"水蚁"已经变淡了，没有了。

查若良经过三个月的治疗，终于恢复如初……查若良将史老园长治他病的始末说完后接着说："没有别的意思佳彤，你知道吗？昨天爸妈打电话告诉我，竟然说……竟然说史爷爷的孙子是……"

信写到这里好像写不下去了。柴禾妞拧起眉："史爷爷竟然还有孙子？这么说他老人家的儿子……难道……难道孙爱香会是史爷爷的女儿？"拧眉想了想，自言自语道，"应该不会吧。"

方非点点头："对头对头！查设计说得不会错！不然的话，那孙氏置业为何会紧盯着伊甸园不放？"

"明白了，什么都明白了。"柴禾妞恍然大悟，"原来若良离开佳彤是为了史老园长的外孙孙明磊啊。天，这孙明磊多大的福气才会遇到这么义气的兄弟？"摇了摇头后，竟然眼眶有些湿润，拭了拭泪，很为自己起初查若良离开叶佳彤的得意感到羞愧。是的，她建设伊甸园跟叶成功、西沫的心态有何不同？都不过是个人主义作怪暴虐别人，想到这里异常惭愧地摆了摆手对方非说，"查若良有什么权利要求佳彤跟明磊好？不行不行！查设计这人太不行了，说白了有点自以为是的感觉。"

"谁说不是呢？真是！他认为他谁啊，佳彤的老公啊。我呸！"方非说到这里狠狠地"呸"了一口，然后看看柴禾妞，"这信要不要给佳彤看？"

柴禾妞义愤填膺的样子说："当然要给佳彤看了，不然的话佳彤还把他当成什么好人呢！"

方非"嗯"了一声："我这就马上进去告诉佳彤！"然后从柴禾妞手里拿过信往病房走时，又被柴禾妞喊住了。"还有什么事主任？"方非问。"我觉得这信吧你还是等叶设计病好些了再给她，不然的话……"柴禾妞觉得叶佳彤看到信后会受到伤害，所以要方非迟些拿给叶佳彤看。方非不解，因为她认为如果不赶快拿信给叶佳彤看个明白，会更痛苦。

"等她身体恢复了再给她看不迟吗？"柴禾妞不耐烦地说着话朝方非挥了挥手，"好了，我们回吧，公司还有好多事儿呢。"然后坐上了旁边一辆白色的奇瑞车。方非"喊"的一声，打开车门，坐到了驾驶座座椅上。柴禾妞打电话给闫平阳说她跟方非离开医院，她叫他好好照顾佳彤。闫平阳看看躺在病床上已经睡着的叶佳彤说："放心吧表姐，佳彤已经睡了。"

这一觉叶佳彤一直睡到凌晨两点方才醒来。她认为自己并不是因为疼痛而醒的，是因为"小号"。她歪了歪头看到趴在她身边还在睡觉的闫平阳，一时不知如何是好。

闫平阳被床的"吱嘎"声惊醒。借着月光他看看叶佳彤，马上就明白她要做什么了，于是起身到护士室吩咐白护士搀扶叶佳彤去卫生间小解。这虽说是一件小事，但能看出闫平阳对病人的体贴入微，非常暖心。

"小号"回来，叶佳彤显然不能很快入眠，于是怔怔地望着闫平阳。闫平阳暖暖地朝她笑着："今天我就是你的专职陪床，有什么话需要倾诉就尽管敞开心扉。"她望着异常俊朗而且看起来足够让她信任的闫平阳，没有丝毫犹豫便说："明明约定我们银座见的，可他却放我鸽子，我的心很痛闫医生，疼痛得都不想苟活在这个世上。昨晚我恨不得那些恶人将我打死！"

闫平阳听到这里连忙"嘘"了一口气："千万不要这么胡说八道！叶设计，我想昨晚或许发生了特殊的事情也说不定呢。我觉得他不能背弃你，也绝不会背弃你的，除非他是个傻子。"

叶佳彤自嘲地："可是他真的没来！"

"或许他出了车祸什么的也说不定呢。"闫平阳随口将自己的想法说了出来。

"你是说他或许死了是吗？"叶佳彤话说到这里，便再也坐不住了，但见她摸了摸自己的包，陡然发现她的手机已经不在了。

闫平阳将自己的手机递给叶佳彤："用我的手机吧。"

叶佳彤看了闫平阳一眼，接着长叹口气，幽幽地说："如果他死了的话，用你的手机有什么用？"

"他不会死！刚刚是我胡说的，你想如果一个人死了的话，腾讯什么的早报出来了。"闫平阳安慰叶佳彤说。

"说得是啊。"叶佳彤听到这里心放下大半，"可如果他没死的话为什么没来赴我的约？"

闫平阳着急地："所以你赶紧用我的手机给他打一个电话吧！"

不知是被闫平阳关心的话语感动还是为查若良的违约伤心，叶佳彤眼内的泪水扑簌簌顺着她白皙的脸颊滚落下来。

"不要伤心了嘛，都这样了，就不要急了，不过我想他肯定没有死，或者……"闫平阳本想安慰叶佳彤，但陡然觉得他下面要说出的话更会伤害叶佳彤，于是不自觉地打了下自己的嘴，将话咽了回去。

"我该怎么办闫医生？你说我该怎么办？"叶佳彤眼望着面前的闫平阳露出绝望的神情，"他说过要送我礼物，还要跟我说他跟一个女孩的事，所以他不该失约，不应该失约的呀！"她说到这里已经顾不得疼痛从床上要起来，却不想将胳膊上的石膏碰了一下，肚皮上的伤口也因为浑身的筋动几乎将缝合伤口的线崩断。

闫平阳怕叶佳彤情绪太激动，对恢复伤口不利，于是板起脸来呵斥说："快老实躺床上，别动！不然的话会很危险！"

"我不管！我要去找若良！"叶佳彤说着又要起身。

闫平阳只得狠狠地展开她的双臂摁着她的胳膊，然后冲着外面喊："白护士，白护士。"

白护士见叶佳彤情绪不稳，也怕出事儿，于是用绷带将叶佳彤绑在床上，佳彤用哀求的眼神望着白护士。白护士抱歉地跟她摆摆手，走出去。叶佳彤又将可怜的眼神递给闫平阳，希望他给她松绑。

闫平阳耸耸肩，朝她笑了笑，然后将灯关掉，离开病房。叶佳彤彻底没了招儿，无奈，只好逼迫自己睡觉。

天亮了，闫平阳推门进来，见叶佳彤根本没睡觉不说，脸上还布满了泪痕，非常后悔自己粗暴的行为，急忙将绷带解开。

叶佳彤僵尸一般望着屋顶上的天花板发愣。

闫平阳笨拙地用纸巾给她边拭着脸上的泪，边不住地道着歉："叶设计，对不起！真的对不起！伤口愈合期不能乱动，所以……"

叶佳彤没有去接闫平阳的话，而是跟闫平阳说："麻烦你出外给我买部手机，然后把我的手机号补上。"

闫平阳点点头："医院对面就有家店，一会儿九点我就下去把这事儿给你办了。"

叶佳彤有掏钱的举动，被闫平阳摁住了手："好好休息，想报答我的机会有的是，不在乎这一时半晌的。"叶佳彤想想也是，看了看闫平阳不由得苦笑了下，然后身子如被抽空了真气。

闫平阳傻傻地站在叶佳彤跟前，伸出手，缩回去，再伸出来，再缩。反复了差不多有十多次，才终于过去握住了叶佳彤的手。

叶佳彤觉得闫平阳体内的真气在往她身上传播。她开始变得有力，继而她缓过一口气，象征性地握了握他温暖的大手。他体会到了她的恐惧，更体会到了叶佳彤的无助，另一只手不由自主地过来拍打她的玉手。

三天后，柴禾妞跟方非去医院接叶佳彤回家。一进门，方非见叶佳彤已经将行李收拾妥当，不由"哎哟"了一声说："这么迅速呀！嗯，好！看起来身体恢复得不错。"

"嗯，这就是年轻的好处，身体恢复得快！"柴禾妞望着面前面色变得红润起来的叶佳彤笑笑说。

叶佳彤像是没有听到两人说话，因为此刻她正在回想查若良离开的前前后后，觉得查若良真的要离开她并不需要费这般周折，他可以直接告诉她。她又不是个死乞白赖的人。

柴禾妞像是看出了叶佳彤的心思，她要叶佳彤不要想些额外的："那样太累叶设计，既然事情到这步了，就把以前的事儿抹掉，从现在开始变成更好的自己。让那些离开你的人后悔去吧。"她在跟叶佳彤讲查若良无情地离开北京时有些许的快感，从未有过的一种快感。这是怎么啦？莫不是真像母亲说的她有"独生子女只在意自己"的感受，对身边的人冷漠的毛病？

想想觉得在理！是的，查若良并没有正面招惹她，而且他还救过她的命，但是却因为她"喜欢"他又被他"拒绝"便很希望查若良"倒霉"。真真切切的这种感受！所以听到查若良离开叶佳彤的时候心中莫名地涌出一股窃喜！

可查若良要离开的时候并没有不顾及叶佳彤的感受，而是妥妥地要把她安排到孙明磊身边，他说得简单，是因为要报恩，但实质上他是在帮孙家将叶佳彤从ML挖走。想到这里她又将方非拽出门外，跟她说："你把查设计留给叶设计的信带来了吗？"

"带来了呀，怎么啦？"方非疑惑地看了看柴禾妞。"这封信抓紧时间给叶设计看了吧。"柴禾妞说。"为什么？前几天你不是不让我给她吗？"但还没等方非将话说出来，柴禾妞便眼睛一瞪说，"怎么那么多废话？"

"好吧好吧。"方非摆摆手，"反正反过来你有理，正过来你也有理。"

柴禾妞"嗽"了一声，进屋，看着面前的叶佳彤，脸上立马涌出亲切的笑容。

将叶佳彤送回ML宿舍，方非跟柴禾妞回公司的路上，柴禾妞问方非为何没有把查设计的信拿出来给佳彤？

方非说她怕叶设计会听查设计的话真的投到孙明磊的怀里。如果那样的话，建设伊甸园可是前功尽弃了呀。

"叶设计不是个随便的人！"柴禾妞自信满满地说，"如果是你，你希望大伟把你送去别的男人怀中？"

"这要看那个男子是什么样的啦，如果很帅气的话完全可以！"方非说到这里挠挠头"呵呵"笑了起来。

"我呸！"柴禾妞朝方非狠"呸"了一口，"我们ML怎么能出你这样的设计师？一点儿高风亮节都没有。"

方非连忙摆手示意刚刚是在玩笑，然后一本正经地说："叶设计是我们费了很多劲才挖来的人才，怎么能说被人抢走就抢走呢？"

柴禾妞听方非这样说"哦"了一声点了点头："这还差不多！"接着她看到一辆奔驰GLB开过来，手一指，朝刚刚坐上驾驶座在系安全带的方非说，"孙明磊的车。"

方非定睛往外一看，果真是，于是连忙将安全带一松，要下车，被柴禾妞拦住了："别动！"方非寻思了一会儿，点了点头，"对，我们不下车，叫他们过来找我们！"

孙明磊此刻发现了柴禾妞的车，他命令司机小五停车。小五稳稳地将车停到路边，下车去开车门，却见孙明磊静静地坐在车里，根本没有要下车的意思，只得笑笑将车门带上，然后坐回驾驶座。

就这样，两辆车一辆在马路的右边，一辆在左边，窗也不打，只是这样静静地停在那里足足有五六分钟，然后孙明磊朝小五挥了挥手，小五将车开走了。

柴禾妞见孙明磊根本没下车过来找她谈判叶佳彤的事儿，反而大模大样地开车从她们跟前经过，气不打一处来，跟方非说："给查若良打个电话，不是我们想违他的性子，而是实在不想叶佳彤跳入火坑。"

　　方非"嗯"了一声夸柴禾妞好样儿的，踩上油门："主任你做得对！对待敌人就要像秋风扫落叶一般，叶设计是我们发现的人才，凭什么要供手送给孙氏置业？除非他们真的跟我们公司合伙。"话刚说到这里，柴禾妞手机响起。

　　是白楠凯的电话，他问："叶佳彤伤势怎么样了？有没有大碍？"

　　柴禾妞说："没事儿白董，基本恢复好了，一会儿我回公司，晚上我会派人过去陪她。"

　　白楠凯："你别管太多了，我们公司已经跟孙氏置业签订了合作房地产的合同，嗯，是的，孙氏置业占大股，我们小股。"

　　"什么？"柴禾妞喊。方非听了白董的话"啊?！"了一声，拍拍自己的胸以示安慰："怪不得今天孙明磊一副得意的样子呢。我们要不要回去跟孙明磊谈谈？"

　　柴禾妞不想理会方非，只是一味地喘粗气，最终将头躺到车后靠背上，喃喃地说着："伊甸园完了！伊甸园完了！"

　　宿舍内孙明磊跟右胳膊打着石膏的叶佳彤面对面地站着，看得出孙明磊对叶佳彤的伤势很关心，他看着叶佳彤受伤的右胳膊说："很抱歉刚刚才知道你受伤的事儿。"

　　"客气了。"叶佳彤礼貌地说。

　　"他们这也太狠了点！"孙明磊小心地拿着叶佳彤打着石膏的手异常心疼地说。

　　"没事儿。"佳彤小心地将手从孙明磊手里抽出来。

　　"放心！我会替你报仇的！"孙明磊说着话大拇指跟食指做成个 O 形放在嘴里朝外面吹了声口哨。

　　小五押着"大黄牙"进来，两人的身后跟进了"灰毛"等四五个青年。叶佳彤望着面前被小五撸倒在地跪着的"大黄牙"先是一愣，冲着孙明磊说："明磊，你这是干什么？"

　　"灰毛"等人见状，连忙爬跪到叶佳彤床前磕头如捣蒜一般地："姑奶奶，你大人有大量！我们是喝醉了酒冲撞了您，我们几个兔崽子真的不是故意的！"其他人也跟着说："您大人不计小人过，大人不见小人怪。"

"大黄牙"双手一抱拳:"小人们有眼不识泰山冲撞了您,求您饶了我们吧!""灰毛"头都要磕破了:"都怪那天我灌了迷魂汤,冒犯了姑奶奶。我再也不敢胡作非为了。"

叶佳彤本就是个心软的女人,再加上小五时不时上前踹那几个人几脚,觉得那天受的罪够了,于是冲孙明磊说:"好了,明磊,原谅他们吧,相信他们那天不过喝醉了酒。"

"不行!"孙明磊说着,小五再上前踢打他们。

"好了!"叶佳彤喊。

孙明磊朝小五摆摆手。

小五又踢了"大黄牙"一脚,站到一边儿。

"真的原谅他们了吗?"孙明磊看着叶佳彤说。叶佳彤使劲点点头。"大黄牙"几人磕头如捣蒜:"我们再也不敢冒犯姑奶奶了,再也不敢了!"

孙明磊看看叶佳彤朝"大黄牙"等人摆了摆手:"滚吧!""大黄牙"几人朝叶佳彤再磕了几个头,迅速溜出。小五看看孙明磊,转身退出去。

屋里只剩下孙明磊跟叶佳彤了。孙明磊充满无限自信骄傲的样子对叶佳彤说:"我不喜欢跟查若良争什么,因为他不配!嗯,有些事儿你或许不知道,查若良是个真正的'小人'。说实话当初查家要不是孙家,恐怕连苟活在世上的可能性都没有,而他竟然还想'耍'我妹,真是无耻之极!"

"不要再说了!"叶佳彤眼里含着泪怒视着面前的孙明磊,"是他要你来羞辱我的对吗?如果这样的话你可以离开了!"

"为什么?我可是真心喜欢你的啊,我不会像他那般无耻的,我对你是真心的佳彤,不然我也不可能冒母亲之大不韪死乞白赖地非赖在你身边。嗯,是这样的,母亲是骄傲的,我从懂事起就没见过她跟一个人认过错!你不相信是吗?是!你肯定不会相信,因为你不了解!""你跟我说这些什么意思?""想了解是吗?"

许久,叶佳彤幽幽地看了眼面前的孙明磊说:"他不来赴我的约是因为什么?"

"当然是因为我妹妹丽娜的缘故,你要知道,我妹妹相当漂亮!"孙明磊得意地说。

叶佳彤不想说话,因为再说一句什么都是对自己的污辱。

"来我身边吧!只有这样你才能没有烦恼,才能过上自己想要的生活。我会极大地满足你任何的需要。"

"我为什么要听你的？你认为你是谁？"她乜着孙明磊，带有一丝冷笑地说。

孙明磊倒退几步，继而立直身子摆了摆手："爱是下意识，所以对你我并没有目的，只想你过得更好！真的。"他的目光充满真挚、勇敢和诸多的包容。

"不知为什么，此刻很想你立马在我面前消失！"叶佳彤说着，坐到床边，直视着孙明磊。

冷冷的逐客令，让孙明磊不寒而栗。他何时受过如此冷遇？就算是母亲那般刻薄的人说出来的话也没有此刻叶佳彤的行为毒辣。忽然觉得他所做的一切果真应了母亲说的"出力不讨好"的话。母亲史爱香说："她是一个不懂得什么人值得爱、什么人值得恨的人。你若同这样的人一起生活，会短寿，会被活活气死。"

想想母亲的话不是没有道理，他们孙家有钱，理应得到别人的尊重跟敬仰，就算自己做错了事儿，也应该毕恭毕敬，像奴仆一样递上鞭子叫他们抽打。世上本没有平等，如果平等的话，那些穷酸百姓还不翻了天？

得跟母亲反映不跟 ML 合作的事儿。嗯，必须马上中止，因为柴禾妞、方非等人根本没把孙氏置业当成"救世主"。ML 在违约！他们潜意识里想把叶佳彤紧紧地抱住不放！打电话将这个情况告诉给母亲史爱香时，史爱香出乎意料地回复儿子不要着急。她轻描淡写地说："你不懂得经济。经济是资本，那些天天将死钱当作自己资本的人不懂得经济。"她安抚儿子总有一天叶佳彤会跪爬到你身边跟你求饶的！不过一定要有策略，不然就算你再有钱也没有用。

他没想到母亲对投资的事儿竟然持跟自己相反的看法，照母亲这般说跟 ML 合作孙家还有便宜可占吗？"不问了不问了！再问应该就会受到母亲的呵斥了！是的，还是想想怎么将叶佳彤拉到自己身边比较实惠。"他想。然后他打电话给查若良，查若良却并没有接他的电话。

查若良离开 ML 回西班牙是因为玩弄叶佳彤感情的话很快在全公司传遍了，也传进了叶佳彤的耳朵。她觉得此刻灵魂已经支撑不了自己百八十斤的身体，很想瞬间从地球上消失。

拿出闫平阳给自己买的新手机，打开微信，却上不去，再一看手机根本上不了网。从床上起身，拿着闫平阳给自己买的老年机到手机店换购了一款新的手机。

从手机店出来没多久，父亲的语音电话便打了进来。"佳彤，这段时间发生什么事儿了？电话不接！微信没有回音！你妈都急出心脏病了。要不是因为她住院，我们早去北京找你了。"

"妈住院了?！对不起爸，是我不好！"她喃喃地说着这些话时内心愧疚中夹杂着焦躁不安。

"现在没事了。不过佳彤你那边是不是发生什么事了？不然的话你跟小查……"叶成功想说小查为什么离开北京？你俩之间发生了什么事？又觉得这很刺伤女儿，将话咽了回去。

"别说了爸，这事以后我再告诉你。你告诉妈这几天我手机坏了，前几天一位朋友倒是给我买了手机，但是上不了网，这不，刚去外面换了个新式的。"叶佳彤说着话回到宿舍。

"手机坏了？手机怎么坏了呢，哎呀，佳彤，以后还是小心点比较好，你不能叫家人这样着急的。算了，我想好了，你无论如何不能一个人待在北京了，你必须立刻马上给我回苏州！"叶成功话说得异常决断。

"爸！"叶佳彤还想说什么，但这时又传来叶成功的声音："我已经在你宿舍门口了。"

叶佳彤"啊?！"了一声，忙将手机滑上，快速回转身将门打开。

叶成功大概在外面走了很久了。因为天太冷，他的眉毛以及发梢上已经结了一层霜。叶佳彤望着面前冻人儿似的父亲，内心一热，接着用那只没有受伤的手去接父亲手里的行李。

"你受伤了？"叶成功一下子看到叶佳彤吊着的右胳膊，将行李放到地上，直起身望着面前的叶佳彤，眼泛泪花："果真被你妈说中了。"

"没事的爸，只是一点儿小伤，过几天就好了。"她朝父亲淡淡地笑了笑，想提行李，被叶成功制止了："好了，我来。"叶成功说着提起行李，推门走进。将行李放好，大衣脱下挂到衣架上，然后顺势将围巾和帽子也摘下，冲着叶佳彤说，"哎呀，北京就是比咱们家里冷啊。"

"当然！"叶佳彤跟叶成功解释说，"现在还不能算冷呢，我记得五年前那才叫冷，那时我刚来北京，但却因为没有羽绒服冻得不敢出门。"

"干吗不买一件呢。"叶成功将外套挂到衣架上，带些埋怨的口气。

"买一件？"叶佳彤看看父亲，忍不住睨了父亲一眼，"你知道北京一件羽绒服得多少钱？当初你的稿费要不回来，我……"

"怪我，怪我，都怪我！"叶成功觉得可以趁机劝说女儿迷途知返，赶紧说，"所以我才这么紧地赶出《后浪》书稿，贴补家用。"

"你的书稿出来了？"叶佳彤疑惑地望着儒雅但越来越不俊雅的父亲，眨巴了下眼睛。

"还没呢，只是刚刚交上！"叶成功叹了口气，"现在的形势好像有些紧啊，出本书什么似的，卡得很严啊。"

叶佳彤竟然长舒了口气，对父亲说："卡得严点是好事儿。毕竟文化是国家的灵魂，如果灵魂出了窍，国家怎么可以稳定。"

叶成功摆摆手，不想跟女儿讨论这样的问题："毕竟你不在其职。"叶佳彤"哦"了一声："说实话我也不想跟您讨论这些问题，因为每每讨论，必争得面红耳赤，惹大家不快！"转脸问叶成功，"晚上想吃什么？"

叶成功看到了桌上的盒饭："你桌上不是有吗？"

"哦，这是刚刚方非帮订的盒饭，一人份的，够吃吗？"

"没事儿，晚上我们都少吃点儿，主要说说话。"

叶佳彤看了父亲一眼，点点头。

叶成功将桌上的几个盒菜打开，叶佳彤去厨房拿了两双筷子。叶成功看到叶佳彤吃饭桌上还有三分之一瓶喝剩下的红酒，打开，拿过杯子倒了一点儿。叶佳彤说："我不能喝酒。"

"一点应该没事儿。"叶成功将倒满葡萄酒的酒杯端到女儿跟前。佳彤叹了口气，想跟叶成功说说这几天发生的事儿，又不知道从何说起。叶成功喝了一小口酒，冲女儿摆了摆手："不用说了，我什么都知道了。"

"您知道了？"叶佳彤望着叶成功疑惑地眨巴了一下眼睛。叶成功笑笑："是你一位姓方的同事告诉我的。"叶佳彤问："方非？！"叶成功笑笑。叶佳彤喝了一小口酒，夹了一点儿菜放到嘴里，不自觉地抽搐了一会儿说："他走了！突然觉得天塌下来了一样。"

"还有爸跟妈呢傻丫头。"叶成功安抚女儿说，"不要认为你郝妈不爱你，错了，她是这个世界上最爱你最爱你的人。"

"她是我亲妈当然应该爱我！"叶佳彤淡淡地说着话苦笑了笑，"这事儿我其实早就知道了。嗯，是的，那一年我闺蜜来'大姨妈'，本想回去请教我妈，但却听到你跟妈的争吵。那争吵中谈的是一个叫黄美娟的女人。"

叶成功听女儿这样说并没有惊讶，只是淡淡地说了一句："没想你竟然那么早就知道了这件事儿。"

"哈哈。都说作家的观察力敏锐，我看也不见得，当然或者是您早看出来我的变化，只是没说出来。"

"很庆幸这件事儿没有对你造成伤害，看起来我真的低估了孩子的智商、情商。"

"是的！"叶佳彤讥讽道，"不然的话咱俩怎么产生的矛盾？还不是你高傲的像只公鸡在你女儿面前死都不想承认自己观点的错误？爸你有没有觉得你的意识是有错误的，你有没有发现西沫阿姨们过得很痛苦？他们把自己当救世主，其实不过是在伊甸园的制度里鸡蛋里挑骨头！"

叶成功被女儿的话噎得一口酒差点喷出来，连咳了几声。叶佳彤忙给父亲捶背，"慢点喝爸，没有人跟你抢！"

"咳咳咳！咳咳咳！"终于叶成功的咳嗽声停下来，看着面前已然成熟的女儿陡然想起以前的很多事，有黄美娟，有郝凤韵，还有那个一直写情书的柴禾妞，以及那些以他签名为耀的粉丝。

叶佳彤说："今晚咱爷儿俩谈点别的吧，比如讲讲你以前的故事，或许……或许这会让我们悟出做人的真谛。"

"做人的真谛？"叶成功苦笑笑对女儿说："怎么觉得今晚的你像个老者？因为查若良的离去吗？"

叶佳彤摇头："不是！只是很想从你嘴里听你以前的故事，因为我想知道名人的优越性从哪儿来的？"

听女儿这样说，叶成功满脸的不快，激愤地说："我有什么优越性了？佳彤你的脑子到底是怎么样了？为什么事事处处要跟父亲对着干？我那样写文章讨出钱人的欢心有什么错吗？"

"一个作家没有自己的立场，事事处处听信于钱的话。"叶佳彤说到这里冷笑一声，"如果爷爷奶奶活着的话他们也不会同意你如此甘愿做钱的奴隶，尤其你是堂堂的作家，名人，自由人士，干吗要做这些不切实际的事情？"

"胡说八道些什么呀？"叶成功据理力争，"不切实际的人到底是你还是我？我靠我的稿费养家没半点毛病，倒是你，干吗还要从我手里要可怜的稿费来建设伊甸园？你不觉得你们幼稚、脑残、可怜吗？"

"我的天！"叶佳彤狠打了下自己的脑袋，"都怪我！怪我！干吗总要提这件事儿？不过放心吧爸，以前你抚养我的一切费用我都会连本带息一同还你！"说着话站起来，往自己房间走去。

叶成功看着女儿一步步气势汹汹地往房间走的架势，遥想当初他二十岁的时候因一部《红尘做伴》享誉全国，然后他受到很多女生仰慕的追捧，而后他在南大任教时，遇到了漂亮、温柔、可人、善良的黄美娟，他们很快坠入爱河，并结了婚。

两人一起甜蜜地生活了六年，在这六年里，尽管没有孩子，但夫唱妇随，倒也生活得很幸福。黄美娟觉得没有孩子在婚姻里总是个缺憾，所以暗地里总在帮叶成功物色可以生育的对象。这点让叶成功觉得难以理解。起初认为是黄美娟"做作"，但后来有一天黄美娟果真将郝凤韵领到他身边。

望着面前韵味十足的郝凤韵他起初是拒绝的！但去开门离开时发现黄美娟已经将两人反锁在屋里。在这种情况下，他显得有些无奈，但又因为自己是个名人，有着名望的家庭而觉得应该得到这种风花雪月的待遇，再加上郝凤韵此时表现出非常反常的举动。是啊，在郝凤韵眼里，叶成功是将军后裔，还是位知名作家，如果跟这种人在一起会招来多少令人羡慕跟讨好的眼神啊。虽然她比叶成功小了九岁，也尽管她还是银行的一个有点身份的职员，但因为莫名的崇拜，她表现得非常主动。

郝凤韵跟叶成功提出喝酒。叶成功很快答应了，并将家里积蓄的几瓶上好的白酒拿出来。他将黄美娟临走前炒好的菜端上来，然后两人直喝到晚上掌灯时分。郝凤韵已经酩酊大醉，趴到桌上。叶成功怕出事儿，过去扶郝凤韵。郝凤韵被叶成功扶起来烂泥一样堆到叶成功怀里。

叶成功以为郝凤韵死了，不住地摇晃着她："凤韵，郝凤韵。"郝凤韵被摇得酒一下子灌到头顶，"哇"地吐了叶成功一身。叶成功吓了一跳，这才知道郝凤韵不过酒醉，而酒醉的人是不能摇晃的。他先是给郝凤韵脱光衣服，然后把她领到卫生间洗澡。当然他因为身上也被沾了杂物，也脱光了衣服。

那晚他们都见到了彼此裸露的身体，或许因为酒还没醒，也或者酒能壮胆儿，反正那晚黄美娟想要两人做的事儿两人做了，而且彼此都相当满意。一切都如黄美娟设想的！所以没多久，便传出郝凤韵怀孕的消息。这消息对叶成功来说有些吓人，怕在外面树立的完美霸气的名人形象被破坏，他朝黄美娟投去了求助的表情。

这表情他只有在黄美娟面前才有，其他时候他永远都会将其包藏。黄美娟要叶成功放心！她会以郝凤韵姐姐的身份将她接到家里，直到郝凤韵将孩子生出。

说凭借叶成功外面的声望跟威信，凭借世人对知名人士的盲目崇拜，只要郝凤韵不说出去，这事儿很快就会过去。

郝凤韵在黄美娟的精心安排下，由黄美娟陪伴着去内蒙古的亲戚家住了差不多一年的时间。回到苏州的叶家，郝凤韵待到佳彤一岁时，黄美娟在离叶家不远处找了房子要郝凤韵搬出去住，她却成了佳彤地道的"亲妈"。

这举动让郝凤韵很不高兴，有心将此事说出去吧，又怕污了自己的名声，毕竟以后她不能跟叶成功这么不清不白地生活。她悄悄跟叶成功提结婚，叶成功嘴上应承，却没有要跟黄美娟离婚的半点举动。

郝凤韵忽然觉得自己上了黄美娟的当！想闹！可能吗？毕竟在叶成功面前，或者说在众人面前她的声誉并不好，甚至有些邻居还劝她别住这儿了，这样会影响叶老师跟黄老师的夫妻关系。人家可是将军的后代！

天哪！众人不明真相，以自己的判断作为证据，她无言了！不过她是个聪明的人，也不想女儿过得"惨烈"，于是知趣地收拾包裹，离开叶家。但是她要求节假日、周末什么的可以来看女儿佳彤。

黄美娟爽快地答应了，且每到节假日、周末什么的，总会请郝凤韵到叶家"团聚"，小佳彤管黄美娟叫"妈"，管郝凤韵叫"郝妈"。

这样的日子过了将近两年。一天，黄美娟骑自行车出外买菜，因为车后座的绳子松开，被路过的一辆货车将绳子缠入，黄美娟被缠入其中，轧入车底……

黄美娟死了。叶成功很痛苦。郝凤韵也跟着心痛了一些日子。那时小佳彤还不满三岁，还需要人照顾。

郝凤韵理所当然成了小佳彤的"妈妈"，当然其实郝凤韵本来也是小佳彤真正的妈妈。不过小佳彤时而从邻居嘴里得知黄美娟才是亲妈妈，郝凤韵是她的"继母"，但邻居奶奶告诉她对"继母"要对比"亲妈"好，因为"继母"为了她连自己的孩子都没要。于是在她幼小的心灵里发誓将来一定要做到知恩图报！

长大了，她跟父母说以后一定一家人住在一起，而且要很多人都跟他们的父母住在一起，共同享受美好的生活。

叶成功警告女儿不要"咸吃萝卜淡操心"！认为"各人自扫门前雪，莫管他人瓦上霜"是对父母最大的孝心。

"大风吹倒梧桐树，也要旁人话短长！"这是叶佳彤的态度。郝凤韵不知为什么非常赞同女儿的看法，但又觉得女儿这样跟父亲说话并不好，毕竟叶家不是一般的家庭，更何况叶成功是名人，是时尚的"自由民主人士"。他是高尚而不可侵犯的！如果家人都不维护他的面子，外人怎么崇尚？想到这里她冲女儿说："人不为己，天诛地灭！"

叶佳彤脸红脖子粗地："有福同享，有难同当！"

"你这孩子怎么这么不听话？是不是该打啊？"郝凤韵说到这里伸出手，要打女儿，但手举到半空又下不了手，叶佳彤又说："你不是我亲妈，我亲妈是黄美娟，她比你漂亮比你温柔！"

这话郝凤韵听着心寒，叶成功听着很为郝凤韵鸣不平，于是上前狠扇了佳彤一记响亮的耳光。

叶佳彤捂着被父亲打出血印的脸不干了！怨恨愤怒冰冷的眼神投向他们，然后捂着脸跑到外面的麦田里蹲了一个晚上。

早上郝凤韵找到躺在麦田里睡觉的叶佳彤抱头痛哭，叶佳彤睁眼见到郝凤韵哭得稀里哗啦的样子并没有感动，反而将其推到一边。郝凤韵为此害怕了，左一句"宝贝儿"，右一句"乖乖儿"地哄，还嘴里一个劲儿地说着："对不起！对不起！"女儿才心不甘情不愿地跟着回了家。但从此叶佳彤对他们没有了从前的亲热，还更肆无忌惮地跟两人对抗。

唉！每每这时就会想起小时候的佳彤，乖巧，听话，懂事，还经常会跟她说什么"你把我养大，我会把爸妈养老"的话，这几年怎么啦？

叶成功很明事理地说："女儿到了青春期，你别怪她。"郝凤韵不耐烦地说："可现在都多大了？青春期该过了呀。"叶成功一笑，然后对郝凤韵说，"没有矛盾就没有世界。"郝凤韵摇头，"生一个孩子太少了，这要是两个她就不敢这么任性。再就是我们是不是应该把咱俩的事儿跟孩子公开，现在的孩子接受这种事很快的，你不要有压力。"

"找合适的机会我会告诉她的！"

"佳彤性子很倔，我们很难跟她沟通！"

"现在家家都这样，没有办法！独生子女因为父母寄托了太多的希望，甚或是父母把他们的所有都寄托在孩子身上不得有一点儿闪失。担负着很重的担子，有些人干脆将担子扔掉，抓住父母离开他们便活不了的小辫子，悠然自得地过起了'啃老''巨婴懒'等寄生虫般的日子。幸运的是佳彤没有这些坏毛病。"

"你又被你那群'民主自由人士'洗脑了老叶，难道独生子女就要什么都依随她吗？如果这样的话将来即使跟她在一起我们会快乐吗？跟我的朋友们一样，不过当她的免费保姆，我的命不会这么苦，我不干！"

"佳彤不会的，只是她比咱们的设想更高，梦想更远。将来我们会跟她享福的！"

"少幻想了老叶，你看看你那些朋友，有几个会跟孩子享福的？或许真是十年河东十年河西？想当年你们这些人哪个不是呼风唤雨的主儿？可现在个个都被自己的孩子害了，包括咱们的女儿。说什么她都不听。"

"咱们家佳彤可跟他们不一样！"

"快得了吧！天天叫你转变思想，你也是，干吗就硬要跟她顶着干？唉！"

"孩子不能一味地顺从，不然会无法无天！不信我写本雷锋式的《后浪》，会有人看吗？甭管她！"

"可她执意做她的伊甸园说服你！"

"放心吧！总有一天她会碰得头破血流回来。"

"不见得！我看过佳彤的设计，主要指在全面发展伊甸园生产的基础上，建立增收长效机制，千方百计增加伊甸园人的收入，实现伊甸园共同富裕，努力缩小个人之间的差异。分别有果园种植、废物利用、水果加工、养老机制，以及政治建设、文化建设、社会建设，最终实现幼有所教，老有所养，病有所医的愿望。说实话她的设想对我的触动很大。"

叶成功摆摆手，不想再听郝凤韵说话，但因为家里只有两个人，所以又必须说。

"我们从北京回来快半年了，一直没听到女儿的动静，昨天梦到她跟那个查什么分手了。"

"不会的！"

"哎呀，你这人怎么这样？快再去一趟北京看看她到底要不要回来？"

叶成功见郝凤韵急了连忙点头："好吧好吧。"却不知打叶佳彤的电话竟然无人接，再然后说关机，再然后……

叶成功想到这里长叹口气，一口酒闷到肚里。叶佳彤走过来，对父亲说："刚刚是我的不是，原谅我吧。"

叶成功苦笑一下，拿起酒瓶将自己的空酒杯倒满。

"我跟同学曾经探讨过父亲的事情，他们说……"叶佳彤不紧不慢的话说出来，眼睛悠悠地看向窗外。

"他们说什么？"叶成功赶紧问。

她没有说话，因为刚刚跟父亲说的同学便是查若良。是的，在父亲跟她的问题上，查若良说父亲的作为完全是特权思想的问题在作怪！

第 12 章　特权思想

查若良曾经像个"老者"一般地跟叶佳彤说像叶佳彤的父亲叶成功，以及孙明磊的母亲孙爱香，他们是一些有着特殊身份地位的人，他们本身具有贵族所拥有的特权思想，他们希望能够成为具有特权的新的文化贵族，幻想着能够像欧洲、美国的那些文化启蒙者一样，成为进行资产阶级革命、建立资本主义社会的文化启蒙者。

叶佳彤听查若良如此说看了看查若良，觉得查若良说得有点过了，因为父亲相比之下自身虽有优越感，但时而会表现出悲悯世人的思想，也时而会对伊甸园设想有赞同，不然的话光凭她一时的任性恐怕不一定可以畅快顺利地梦想伊甸园。

查若良懂得叶佳彤不愿别人说家人坏话的心理，痞痞地一笑，然后冲着叶佳彤摆摆手："好吧，既然这样，那我今天跟你探讨的不是伯父，而是所谓的'假民主自由人士'。"

"假民主自由人士？"叶佳彤眨巴了下疑惑的眼睛。

查若良点点头："你没发现这几十年来他们不过打着'民主自由'的旗号任意妄为吗？他们指点别人为所欲为，别人反对他们一丝他们便受不了。是的，他们在思想上总想建立一个类似欧洲中世纪的革命对象，因为只有这样才能体现出他们进行文化启蒙的进步性，建立他们进行文化启蒙的崇高地位。"

"这个……"叶佳彤看看查若良，"你是不是说得有些过？"

"你觉得过吗？"查若良冷笑了一声，"其实我说得不一定过，毕竟我在国外待了这么长时间，我了解国外人并不比国内人优越，只是他们宣传到位，国内的'假自由人士'又极力地帮着吹嘘，恨不得西方人永远将咱们踩到脚下。建设伊甸园的确跟这些人的思想背道而驰。因为那个曾经剥夺祖上特权的社会革命行动，那个让他们这些有着贵族特权思想的文化人感到恐惧的时代，被他们想象成了一个类似中世纪极端反动的黑暗时代，并不断地用他们的笔进行着渲染和描绘。"

叶佳彤眉毛拧成了菊花："你的意思是说……"

"是的，跟你的观点一样，我也希望伯父重审关于《后浪》的问题，你说得对！他不应该那样写我们，所以因此我很佩服你，由衷地佩服你竟然会醒悟到用伊甸园的实例来反驳。"查若良说到这里含情脉脉地望着叶佳彤。

叶佳彤本应该欣喜若狂查若良跟自己相似的观点，但又总认为查若良是在旁敲侧击她的父亲，于是低下头，不说话了。是啊，跟查若良一样的想法，她认为，父亲的那些所谓的"民主自由人士"的朋友是将革命对象炮制出来的，那些想象中的革命对象，并不是真实存在的，而是他们臆想出来的。

这些思想还停留在农业社会、有着贵族特权思想的腐败文人，并不知道人类社会已经进入了快速发展时期。

人们不仅已经深深体验到了新时代的到来，而且已经身处新时代的发展洪流中，感受到了新时代对人们的感染和熏陶，新时代已经开始形成良性互动，新的文化已经在他们心目中和感受中逐渐形成。公有共享意识已经超越传统的自由民主意识，成为新时代的主流意识形态。再模仿欧洲资本主义革命之前的启蒙方式，来对今天的中国百姓进行启蒙，除了表现出他们的保守和反动外，还表现了他们对社会发展进步的无视和无知。

那些经过了新的文化启蒙的中国百姓，那些感受到了社会时代脉搏，体验了资本主义社会保守反动的新的、未来的革命者，不仅要拒绝名人们所谓的启蒙，还要嘲笑他们的启蒙保守和过时了。也就难怪某些名人要把他们的启蒙对象骂成"余孽"、骂成"五毛"、骂成"脑残"，把年轻人和体制内的一些新生权贵结合起来，加以笔伐了。因为他们及其支持者们，实际上并不想成为他们的启蒙对象，他们却还硬要代表年轻人说话，跟他们做臆想中的朋友。却不知他们的思想其实差距何止十万八千里。

当他们意识到年轻人跟他们的差异时，极想利用他们的知名度来改造这些人，让他们进行自己的革命，然后建立一个他们想象中的、使他们享有新的特权思想主义。顽固地坚持，就一定是落后反动，必然要受到人们的揭批。这其实包括他们对"后浪"们的蔑视。以为所谓的"巨婴""自私""妈宝"什么的独生子女是无望的，无救的，可以毁灭的一代。却不知年轻人根本不吃这一套，还跟他们反唇相讥，于是也才有了梦想的伊甸园跟他们对制。

听着查若良头头是道的分析、解剖，叶佳彤不由得倒吸了口热气。是的，就是热气，因为她听查若良分析父亲的心理竟然跟自己有了灵魂的碰撞。

这碰撞何其难能可贵？查若良接着说建设伊甸园是件非常辛苦的事儿，因为很多人会拼命抵制对伊甸园成果进行宣传报道、总结弘扬，用"丧事喜办"进行讽刺挖苦打击，声明在他们心里"没有胜利，只有结束"。更有一些人会抓住伊甸园内出现的问题进行穷追猛打，希望能够把他们在危险中形成的被动局面反转过来。

叶佳彤说应该不会这么难，毕竟孙家以及大多人都支持伊甸园。

查若良以没有远虑、必有近忧的风范道："不要盲目乐观！别忘了伊甸园虽有基础，但其实不过刚刚开始。是的，我很怕一些人利用伊甸园出现的问题进行文化宣传、煽动群众，所以这也是我想要不要孙氏置业投资的根本原因，你听说过资本垄断吗？"

叶佳彤认为查若良想得有点多。的确，年轻人要相信投资者一次又一次更加坚定的信心，有史爷爷这样的英雄在，就会对他们进行反启蒙，建立公有共享的伊甸园。在社会主义市场经济改革中，适应工业社会发展需要、公有共享的正常社会转换中，在马克思主义经典作家没有给我们设计好改革转型方案，只是给我们提供了认识工具，需要我们利用这个认识工具，自己摸着石头过河的前提下，投资者，是一种现象，是一种存在。

查若良说："我们还是要呼吁，要尽快停止伊甸园全面私有，避免给他们提供进行启蒙的依据和实例。因为错误的全面私有化，一定会带来新的腐败和特权，一定会带来一次又一次的危机，使伊甸园市场经济改革偏离方向走向歧途，使伊甸园始终处在一种危机之中，给他们提供投机的可能。"

叶佳彤："明白！该私有的必须开放，伊甸园人都能够接受。而不能私有的，必须保持继续公有的，真的不能再私有了。每私有一部分，就会给我们自己、给伊甸园市场经济树立一个掌握资源无比强大的反对者，造就一个资本主义世界的同盟军，给伊甸园的最终实现建立新的障碍，使我们的伊甸园市场经济变得举步维艰。"

查若良："我们相信，百姓支持的是公有共享的、共同富裕的。全面私有的伊甸园是没有前途和希望的，只能越改危机越多，越改路越窄……"

两人越说越投机，越说话越多，以至于叶佳彤庆幸遇到了今生的"真命天子"，查若良脸虽显忧郁，但也坚定了建设伊甸园的决心。说不上来一种什么，或许为了赌一口气？也或许觉得……

"你在想什么？"叶佳彤望着查若良心里不由得一紧。

查若良痞痞地笑着，她莫名般地又开始愤恨起来。

"佳彤！"叶成功的声音洪亮中透着温柔。

叶佳彤莫名地震了一下，回过神，看看自己的父亲。想起刚刚回忆跟查若良的一幕一幕，蓦地打打自己的脸，却触疼了受伤的手腕，疼得忍不住"啊"地叫出声。

叶成功看看佳彤受伤的手腕不无担忧地说："疼吗？"

叶佳彤咬咬牙，想到查若良的无情离去，看看叶成功缓缓地摇摇头："没事儿了现在。"

"你为什么不告诉我跟你妈你受伤的事儿？"叶成功的话显得异常关切，让叶佳彤内心不由得一热，眼泪不由自主地流下来："对不起爸，是我不懂事，一直在跟你俩较劲儿。"

叶成功忽见女儿变了个人一样，鼻子也不由得一酸，拍拍沙发上的座位要叶佳彤坐到身边。

叶佳彤顺从地到父亲的身边坐下，头歪到父亲的肩膀上，轻声地："爸，原谅我时而骄傲、时而温弱的个性。不管怎么样我们是一家人，一家人应该有互相包容的心。"

"当然！"叶成功温雅的性子此刻显现得特别明显，"不然的话我怎么会来北京？你妈怎么会因为听到你受伤的消息住院？"他说着这般温情的话，不时地拍打着她，让她有温温暖暖的感觉，犹如回到了小时候，她睡在父亲的腿上，听他讲那些动漫搞笑的故事，让她低潮委屈的心变得从容。

"想妈妈吗？"

"想！尤其想吃她做的玫瑰点心。"

"想的话就回苏州吧，省得你妈惦记！"

叶佳彤听父亲这样说叹了口气，然后起身望着父亲由衷地笑起来。

"笑什么？"叶成功问。

"没什么，只是觉得现在放弃伊甸园有点可惜，毕竟那是我跟若良要共同营造的家……"

"看起来你仍是在跟父亲对抗！"

叶佳彤怔怔地看着面前的父亲，忽然内心异常空落。手机铃声在叶佳彤眼前悦耳地响起，叶佳彤见上面显示"柴主任"的字样，看看父亲。

"接吧！"叶成功冲着女儿说了一句。

叶佳彤滑开手机接听键。

"佳彤。"柴禾妞非常惊喜迫切的声音从手机里传出来,"你好些了吗?什么时候来公司上班呀?"

叶佳彤有些生气柴禾妞的不近人情,于是大着声对着话筒说:"我可是刚刚出院啊柴主任。"

"哦哦,你看我这张嘴,好像不近人情一样,但是要方设计完全接替你的活儿难度实在太大,所以……"柴禾妞想说所以你可不要在这种时候离开啊。但因为觉得佳彤伤没好,不好意思说出来。

叶佳彤知道柴禾妞说话的意思,将火向下压了压说:"主任,伤筋动骨可需要一百天的哈。"

"我不是怕你回家你爸妈看你伤成这样担心吗?而住在北京有平阳照顾。"柴禾妞不知道怎么竟然会说出这般不着边际的话,可想咽回,话已经出口。

叶佳彤冷冷地说了句:"不必了!谢谢!"

柴禾妞想弥补刚刚的话,于是说:"刚刚吧我是把你当成家人来说话了。"说到这里意识到自己话说得还是过了,忙打打自己的嘴,停止说话。

叶佳彤意识到柴禾妞话的语无伦次,看看旁边的父亲跟柴禾妞说:"我爸过来了,他已经知道我受伤的事儿了。"

"叶……叶老师来……来了?"柴禾妞忽然话说得更是不着边际,汗也不知不觉从脸颊上滚落下来。

叶佳彤点点头说了一声:"是!"

柴禾妞想放下电话,觉得此刻放电话不妥,于是又说:"叶……叶老师有没有提……提到我?"

叶佳彤一愣:"提你?为什么要提你?"

柴禾妞立马觉得自己又说错了话,狠打了下自己的嘴巴:"真不知道这是谁告诉的叶……叶老师,对!一定是方非,她从来不顾别人的死活,不分青红皂白地乱说。"

"没事的柴主任,我爸现在情绪挺稳定,只是非要我回苏州待两天!"叶佳彤说。

"这个……"沉默了一会儿,柴禾妞说,"那这样,明晚我做东,叶……叶老师、你、我、平阳、潘明、方非、苗大伟咱们一起给叶……叶老师接风。"

叶佳彤摆手说:"不用不用!真的柴主任,我爸肯定不会去。"

"你问问再说吧。"柴禾妞怕丢面子，说道。

叶佳彤见柴禾妞说得坚决，拿着手机看看父亲。

叶成功问："什么事儿？""柴主任想请你吃饭。"

"柴主任？！"叶成功连忙摆手。

叶佳彤觉得父亲这样拒绝让人觉得很不礼貌，而柴禾妞又催得紧，于是冲着话筒说："好吧。"想起闫平阳照顾自己的情景又补充了一句说，"不过一定我做东！"

"不不，听我的，这事儿我来。"柴禾妞果断地说，"就这么定了，明晚六点在'好吃再来'酒店204见。"

叶佳彤刚想跟柴禾妞争辩一下谁请客的事儿，但那边已经挂断电话。叶佳彤只好将电话挂断然后朝叶成功耸耸肩。

叶成功笑笑："看来他们很怕你离开呀！"

"应该是吧。"跟叶成功碰了杯，将最后一小口酒喝下，叶佳彤说，"爸，明晚您也要去，不然人家会认为您耍大牌！"

"我真的不能过去佳彤。"看看表，"明晚我有北京的文友给我接风。"叶成功边收拾碗筷边说。

叶佳彤"哦"了一声。

第二天傍晚，叶佳彤打扮收拾妥当，跟叶成功道了声"再见！"就往"好吃再来"酒店而去。

柴禾妞虽因没见到叶成功而失望，但对叶佳彤却表现出了比往常更加热情的态度："佳彤，来，到我这边儿坐。"说着上前握她的手，一点儿都没有平时在方非面前摆谱儿的样子。

方非白了柴禾妞一眼，然后又嘻嘻哈哈地道："我说主任，叶助理可真不一定看上你表弟哈，虽说你表弟救了人家一命长得也还可以。"

叶佳彤看了方非一眼，意思是："你怎么能这样胡说呢？我跟闫医生不过是医患关系，你这瞎叨叨的什么劲儿啊？"

闫平阳看出叶佳彤不喜欢别人这样开玩笑，也觉得自己受了污辱，于是"嗯哼！"了一声。方非冲着柴禾妞说："看出来了吧，柴主任。两人都你不情我不愿的，所以我觉得你今天的牌打不成。"

苗大伟扒拉了方非一下，意思是方非少说两句。方非根本不管不顾，冲着叶佳彤说："佳彤不用听别人的，自己想怎么样就怎么样，是你找男朋友，又不是他们，谁也不要管，只管自己就行了！"

柴禾妞瞪着面前的方非冷不丁地将筷子一放。潘明碰碰柴禾妞的手，示意她不要生气。闫平阳像是什么事儿都没发生一样，只是一个劲儿地喝酒。

"方非！"苗大伟着急得噌的一下站了起来，将菜夹到方非碗里，没好气地冲方非说，"多吃饭少说话行不？"

方非本欲发作，但看看表哥潘明，见潘明也在瞪自己，只好缩头乌龟一样伸伸舌头。

叶佳彤见除了方非，大家好像有意在撮合她跟闫平阳，站起身，做出欲走的架势。柴禾妞上前拉住叶佳彤的手："你不能走佳彤，我们还要喝酒呢。"

"我……哦，我去付钱！"叶佳彤吞吞吐吐地说。

"一会儿我付！"柴禾妞用力将叶佳彤往自己身边一拉。

叶佳彤见柴禾妞一副不让自己离开的架势，只好耸耸肩坐稳。

"柴主任，你这样做真的不对！有点以权压人了。"方非实在看不下去柴禾妞的所作所为，就不顾苗大伟的极力压制仍然将话说了出来。

"佳彤必须留在 ML！这是命令！"柴禾妞急了，将桌子一拍，"不然的话工作还怎么进行得下去？"

叶佳彤情绪激动地站起来，冲着柴禾妞说："我不过回家休息几天都不行吗？还有……"她看了看闫平阳，本想说，"你们为什么要撮合我俩？"但想起前些日子闫平阳救自己的情景，又生生地将话咽了回去。

闫平阳坐不住了，悄没声地站起身，将大衣一穿，招呼也没打往外走去。"平阳！"柴禾妞朝着闫平阳的背影喊了一声。闫平阳没有理会，越发大踏步往外走去。

大家你看看我，我看看你，谁都没有说话。很长时间，方非说："刚刚我的做法只不过要大家不要激动，毕竟佳彤跟查设计的事还没过去。"

"还没过去？"柴禾妞眉毛早就拧成了疙瘩，"你什么意思？是不是想把佳彤往外人面前推啊，你是想佳彤离开伊甸园对吗？"

"不不不！当然不是的啦。"方非表白着自己的立场，"主任你最近是怎么啦？说话干吗颠三倒四的？"

柴禾妞看看佳彤，也觉得自己刚刚说得非理，压了压心中无名的火焰："我只是想伊甸园留住人才，没有别的意思。"说到这里看看叶佳彤，用和缓乞求的语气说，"留下来佳彤！"

叶佳彤并没有领柴禾妞的情，而是带着一丝高傲站起身，拿起她的粉红色坤包往肩上一背，优雅又不失姿态地离开酒店。

第 13 章　报之以李

马德里是西班牙首都及最大都市，也是马德里自治首府，其位置处于西班牙国土中部，曼萨纳雷斯河贯穿市区。传说马德里有大量熊侵害百姓。一天，一对小朋友在玩捉迷藏，妈妈担心他们的安全故出来找他们，这时一只熊出现在她身后，小朋友大叫：*madre-id, madrd-id*（妈妈快跑，妈妈快跑）而延伸为后来的地名马德里。

马德里是南欧地区的旅游文化中心，历史文化遗迹丰富，也因此少年查若良、孙丽娜还有孙明磊在马德里玩得很开心，他们时常会到离查若良家三四里远的公园玩耍，查若良记得公园里面有荡船、滑冰、游泳、钓鱼。清澈的水流，高低不平的地势，原始森林，常让三个懵懂少年玩得流连忘返。

十二三岁的孙丽娜很任性，经常惹别人生气了还要别人去哄。查若良说孙丽娜那时候很脏，不被人凶着打着是不会洗澡的。孙丽娜承认，说她看着胆大，其实很怕水，总觉得水可以置她于死地。他说你是懒，不要给自己找借口好不好？不过你很泼辣，天生又有不认输的性格，所以跟我们两个比你大一岁的哥哥玩得很畅快。

小丽娜觉得也是，说："妈当初逼我们回香港上学，我极不情愿，要不是你也去，我死也要待在西班牙。若良，等我俩大了就在马德里结婚好不好？"若良非常认真地说"好！"。数数指头，还得四五年才能成人，但两个小孩子却勾起手指拉了钩。

孩子之间玩得开心，两家人很高兴。尤其是孙爱香（史爱香），几次劝说查若良父母回香港不成后执意将少年若良接到香港读书，尹麦觉得若良也舍不得丽娜跟明磊，也就答应了史爱香的盛情邀请。

但是后来三人一起在香港读到高三，就是送若良去伊甸园刚治好病的第二个月，史爱香有一次发现查若良对孙丽娜有不检点行为，并严厉叱责了查若良。声言让他滚回马德里，不许再出现在香港半步。

查若良觉得史爱香不可理喻，他跟母亲尹麦说史爱香胡说八道，他根本没对孙丽娜怎么样。尹麦想起查若良刚刚被史东方老先生治好的肺病，暗想孙爱香（史爱香）大概是怕查若良染病给孙家，也就知趣地带查若良回了马德里。

到了查若良上大学的时候，尹麦因情恋故土，决定若良回大陆。这时候已经是查若良回马德里三个月以后了。

这三个月里，史爱香对自己的所作所为也感到羞愧，毕竟她跟尹麦同是伊甸园的人，而且在她最低谷的时候总有尹麦夫妇站出来帮她，何况他们还是助手大李的表姐、表姐夫。

她对助手大李说出自己的想法时，大李要史爱香不要顾及他的感受，一切以你的想法为主，表姐感你的恩还来不及呢，怎么会因为这点事儿而怨恨呢。

大李越是这样说，史爱香越觉得不应该断了跟尹麦的关系，于是亲自去马德里，对尹麦说："若良跟丽娜恋爱我其实没有意见，只是他们太小，三观还没有真正地确立起来，所以想等他们大了以后再说这事儿。"尹麦宽慰史爱香说："一切听姐姐的，放心！相信若良不会死赖着丽娜不放的！"

"你是因为史东方救了若良一命才如此听命于我的对吗？我不干！我不要你因为他可怜我，不要！坚决不要！你要知道为什么我一直用着孙姓而不是史姓？是因为我对他已经恨到了骨子里，我希望他痛苦！后悔当初抛离我们亲近外人的决定！"史爱香望着面前温文而雅的尹麦歇斯底里地喊着。

"我没有香姐，真的没有，您不要想得太多，你说得对！他们还太小，理性地要俩人分开一段对两家人都好！"尹麦努力让自己表达得更明白更彻底，以消除史爱香对她的疑惑。

她望着她，她也望着她。然后，史爱香近前一步，抱着尹麦忽然"哇哇"地哭了起来。尹麦轻轻拍着史爱香的后背，像个长辈似的。很久，史爱香安稳下来，她对尹麦说，她本欲跟老爷子誓不两立，但很多时候老天又如在故意跟她作对。

尹麦没有说话。因为如果她劝她放下心结，她就会反驳说你根本不懂。"你怎么会懂得眼看着他将母亲和弟弟一刀刀杀死时我的感受？你不懂，绝对不可能懂的！"但是你若顺着她叫她恨自己的父亲吧，她又会声嘶力竭地喊："那是一个老人，你怎么忍心让我对一个老人家这般狠心？"

"唉！"尹麦长长叹了口气。认为从史爱香的行事上可以看出，她的纠结已经连带了自己。觉得史爱香在处理事件上是矛盾的。是的，她今天会将你说"死"的同时，接着第二天就会来个"反转"。

这好像成了史爱香的招牌式菜系。比如今天她发誓跟你决裂，或许第二天又会后悔，当然出于面子她又不会承认。

想起这十几年两家的恩恩怨怨、是是非非，尹麦忽然觉得自己有些过分，因为自始至终她认为两家的关系中史爱香付出的比查家要多，不然的话可以说就没有查家的今天。

查若良从北京回马德里的当天，已经在马德里科技公司工作的孙丽娜早已经在查家等候多时，见到查若良的刹那，顾不得说别的，先质问查若良为何违背当初爱情誓言？查若良痞痞地笑着冲她说："那不过是少年时说过的玩笑话，如何能当真？"

"我不管！反正你是我的！"孙丽娜话说得非常霸道。

查若良看着孙丽娜任性刁蛮的样子火了，拉起她的行李将她塞进车里，然后扬言要打个飞"的"将孙丽娜送回香港。孙丽娜哪里肯听？从车上下来，上前便狠狠地搂住查若良的脖子，任查若良如何用力也没能将她的手从他的脖子处拿开，最终只能如泄了气的皮球望着孙丽娜直喘粗气。

孙丽娜这才松开手，然后望着查若良"奸笑"，让查若良起了一身的"鸡皮疙瘩"，只得狠话放给孙丽娜说："我回马德里并不是因为你而是为了报史爷爷的恩。"

"史爷爷？"孙丽娜操着地道的外国普通话说出"史爷爷"三个字，"为什么是为了史爷爷？你要跟史爷爷一起生活吗？"

"开什么玩笑？史爷爷救过我的命！所以我要听他的话。"

"是他要你离开叶佳彤的是吗？为什么？"孙丽娜眨巴着她的大眼睛，神情越发迷惑。

查若良觉得跟孙丽娜大概解释不清这个问题，因为从孙丽娜的表情来看，根本就不知道史爷爷是她的亲爷爷。是啊，香姨那么仇视自己父亲对家庭的背叛，又怎么能跟孙丽娜讲出实情呢？

既然无法跟孙丽娜解释自己跟叶佳彤分手的真正原因，那总要孙丽娜明白他根本爱的不是她，于是不管吃饭还是做事的时候总是远远地躲着她。不想这更激起了孙丽娜爱情的"斗志"，她上前揪住他的衣袖，咬牙切齿异常野蛮地说："你是我的！我的！"

看着孙丽娜变态狂般的歇斯底里，查若良非常反感，于是在一个风高月黑的夜晚，买上北京的票找寻叶佳彤，却不知走到半路，便被孙丽娜跟父亲的贴身兄弟邱磊截住。

尹麦听说儿子又要回大陆找寻叶佳彤非常着急，将儿子叫到屋里埋怨说："干吗出尔反尔？既然答应了跟她分手再回去合适吗？"

"我根本不爱丽娜！难道就因为曾经被爷爷救过命我就要这样任孙家摆布？这我想不通！"

"爷爷为了伊甸园牺牲那么多，你这点牺牲又算什么？查家要懂得感恩戴德！"

"你这不是要把佳彤往火坑里推吗？你为报恩竟然把佳彤的幸福赔上，你这是自私！"查若良义正词严地说，"既然爷爷是我的救命恩人，你也同样是伊甸园人，就应该知道帮助史爱香等同于跟爷爷作对！别忘了，他是坚决反对伊甸园私有化进程的。"

"但是在你史阿姨面前他会改变。是的，他的女儿还活着，而且现在活得很光鲜，可以说没有孙氏置业就没有伊甸园的今天，爷爷知道此情会感激我们的。"

查若良使劲摇着头："不知道你是在感爷爷的恩还是在惹他老人家生气？"

尹麦："老爷子不会生气！是的若良，你没结婚，不知道父母在孩子身上会做出多大的牺牲，相信老爷子会体谅我的良苦用心，感念我为此做的努力。还有明磊已经在大家面前表示了非叶小姐不娶的决心，他的性子你又不是不知道，如果因你跟叶小姐的事儿惹恼了孙家，你觉得爷爷会高兴吗？"

"这个……"查若良吞吐了一会儿看看尹麦。

尹麦说："孙家在 ML 的协同下已经控制了伊甸园高科技领域，其他的像房地产、食品链、工厂链、土方链孙氏置业也正在着手。"

"为什么会变成这样？"查若良用手抄了一下他长长的头发，拧起粗黑的眉毛，"白董当初不是跟我们发誓只向着伊甸园的利益吗？怎么……"他说到这里长长叹了口气。

尹麦："还不都是金钱惹的祸，就像当初我跟你爸在伊甸园的面粉厂下岗，吃的喝的都快断供时，多亏孙阿姨要你大李表叔过来接济。所以我们查家啊，欠孙家的太多了。"

"我的天！依你老人家的意思我即使这辈子做牛做马也报答不了孙家的恩情，更别提将叶佳彤拱手让给孙明磊，是吗？"查若良愤愤地说，"说实话，孙姨桀骜不驯的性格就是你们这些总想报恩的人给她养成的。实在话，我觉得她培养的孩子都不正常，当然了还有我，因为我也一直笼罩在她的阴影下，很讨厌孙家的气氛，去她那里总有逃避的感觉，但你又总是老好人般地照顾她的感受，然后越发让她看不清自己，更看不清别人。"查若良说到这里看看尹麦："不过有一点我还是很佩服她的，嗯，就是挣钱！她总能不动声色地将别人的钱掏进她的口袋。"

"是啊，然后还会悄没声息地将钱掏空后溜之大吉，最终受伤的却是伊甸园的百姓。"

"细思极恐啊。史爷爷果真是爱香阿姨的父亲吗？为什么三观如此不同？"

"老爷子是众人心中的英雄，却是你孙姨口中最恶毒的父亲。她一次次地插手伊甸园其实是想报复你史爷爷。"

"真没想到父女俩竟然会走到这步田地，怪史爷爷吗？我觉得史爷爷没错啊，听说这些年一直在找她，而爱香姨，我觉得……"

"一家四口原本可以过上衣食无忧的日子，可是那年，你史爷爷为了救别人，倾其家里的所有，因此……因此你爱香姨的弟弟被生生饿死了。"

查若良由不得自己"啊?!"了一声。

"丽娜奶奶因为儿子饿死悲痛过度，含恨离开你史爷爷。"

"突然想到一句话，生命是由遗憾堆累而成的，那些快乐、悲伤、痛苦就算鲜明也占不了十分之一，百分之九十都是遗憾，只要能接受遗憾，你才能得到真正的记忆。说实话很想把这句话送给爱香阿姨。"

"你香姨很固执，这你应该知道，就算是她真的意识到自己错了，也不会承认！"

"唉！却不知做事方式也会遗传，觉得明磊的办事风格很像爱香阿姨，丽娜也是，有自以为是的毛病！好在我情商高啊，不然的话真的早跟他们分道扬镳了。"查若良调皮地说。

"情商高是好事儿，却要比情商低的人多做出一些牺牲。"

"你是因为伊甸园还是为了报恩？"

"两者都有吧！"

"妈，你活得很累。"

"我也想轻松，但想到自己是伊甸园人，觉得不可以！"

"伊甸园人就必须有自我牺牲的精神吗？"

"说得没错儿子。不然的话就不配是伊甸园人。"

"那么香姨她……"

"香姨现象不过是暂时的，我相信她骨子里根本不是她做的样子。"尹麦说到这里过去拍拍查若良的肩膀。

孙丽娜见尹麦跟查若良谈完事儿，推门进来，然后上前环住查若良的腰，在查若良的脖子处热烈地亲吻起来。查若良呆呆地站着，如没了知觉。

第二天一早，查若良一家围坐在餐桌前吃饭，见丽娜不在，尹麦看看查若良，意思是丽娜去哪儿了？查若良没事人似的快速地嚼着嫩嫩的牛肉，一点没理会尹麦。父亲查理用两指叩了下桌子。查若良看看父亲刚要说什么，丽娜推门进来。

尹麦很高兴，朝孙丽娜摆了摆手，要丽娜赶快到查若良身边坐下吃饭。孙丽娜说了声"谢谢"，然后走到查若良跟前，拉起查若良的手便往外走。

"我还没吃完饭呢。"查若良被孙丽娜强拉起来有些不耐烦地说着又坐回到自己的座位上。

孙丽娜好脾气地走到查若良跟前说："哎呀，若良，别吃了行不？我找你有事儿商量。"

尹麦顺水推舟，冲着儿子说："若良，丽娜找你有事你就去嘛，说完再回来吃！"说着给查若良递了个"听话"的眼色。

查若良"喊"了一声，只得将刀叉没好气地往桌上一放随孙丽娜走出去。查理看了尹麦一眼，对尹麦说："这事儿我觉得还是若良自个儿拿主意的好，毕竟这是感情的事儿，我们只是给他指指路，具体怎么走还得看他自己。"

尹麦面露难色，冲着查理说："估计儿子会顾全大局，毕竟儿子格局甚或比你我的格局都大。这从他建设伊甸园的构想中更能体现。"

"你的意思是他会选择丽娜？"

"为了伊甸园，我认为他会！"

"我不希望儿子委屈着生活！"

"我又何尝愿意！可我们是伊甸园人，史老爷子又救过若良的命，我们要学会感恩！华夏儿女都懂得投之以桃，还之以李！"

"……"

"心里不好受吗？"

查理叹口气说："我们完全可以将香姐的内心揭穿，之后或许大家都不会这么累。"说着将碗筷一推，起身往卧室走去。

尹麦寻思了一会儿，摇摇头，站起身，本想出去透透气，却看见孙丽娜正跟查若良坐在院内的长椅上。她见若良起初无论如何不接收丽娜送他的蛋糕，但后来孙丽娜像在逼他。嗯，是在逼他！并且还把儿子的嘴扒开，往里塞蛋糕。尹麦怒了，慌着跑出去解救儿子时，孙丽娜跟查若良却没了踪影。

前后左右的院落查了个遍也没有见到两人，只得反身回屋，这时司机邱磊笑着出来。她问什么事儿这么高兴？邱磊指指屋里，说丽娜准备跟若良一起去香港，今晚的飞机，听说……听说两人决定尽快完婚。

"什么？"尹麦揉了揉眼，疑似做梦，掐掐胳膊上的肉，有些疼。

邱磊说其实若良还是中意丽娜的。尹麦摆摆手："不不！"然后捂着胸。此刻查理出来，见状，上前搀扶起尹麦往屋里走去。

第 14 章　资本的深渊

民仁医院骨外科医生闫平阳跟叶佳彤、柴禾妞等人吃完饭回宿舍后，脑中一直浮现先前方非说的他对叶佳彤痴心妄想的话。起先觉得冤枉，后来想想又觉得十分有理，毕竟他对叶佳彤有相当的好感是谁也瞒不了的。

不过他没有"恶毒"的方非说得那么"卑鄙无耻"。虽然他对叶佳彤示好起初的确是因为更好地发展伊甸园，但后来通过跟她点滴的接触，发现叶佳彤竟然慢慢侵蚀了他的内心。他甚至很喜欢为她做任何事儿，就像以前他省下钱是为了伊甸园，但现在他省下钱有一半的想法，竟然是想给叶佳彤买点儿可心的礼物。

他把这样的想法打电话给妹妹闫秋水说了。他说："虽然我曾经受过她的污辱，伤到我的自尊，但细想想也情有可原，毕竟我们不过刚刚接触，她在跟查若良爱情的漩涡里尚没有结束。"

秋水："你爱上那个叶设计了哥！如果可能的话你可以找适当的机会做她的朋友，对她好点，女孩最脆弱的时候总希望有人呵护，爸妈说得好，女孩子总会被男孩子的执着打动。"闫秋水说这话明显是违心的，但为了顺着哥哥的意愿她仍忍痛继续说，"我挺佩服叶助理身上的犟劲，那应该是来自她这么多年跟父母的抗争，毕竟亲情是最难抵抗的。"

"一石激起千层浪！"想到叶佳彤可能还在用他给她买的那个老年机，灵机一动往手机店走进去，掏出自己的储蓄卡将那最新款的六千多块钱的手机毫不犹豫地买走。

在叶佳彤宿舍等了很久才见她回来，迎上前，也不容叶佳彤说话，就将手里那部价值六千多元的手机贸然放到叶佳彤的包里，然后也不管别人什么反应就急急忙忙地离开了。

叶佳彤拿着闫平阳硬塞在自己手里的手机，愣怔了好大一会儿才缓过神儿，要追上去还给闫平阳。但跑了两步，又觉得太驳人面子，不还吧，她刚买了一部。但她又不喜欢随意接受别人的礼物。在她心里只有自己中意的人才能收礼物，不然的话就会应验了那句"吃人的嘴短，用人的手短！"的话。

她拨了闫平阳的电话，跟他说："谢谢你的礼物，只是我刚刚买了手机，你看这……"

"你如果不喜欢的话就扔了吧。"闫平阳显然是被她伤了自尊，没好气地说。

这话倒真把叶佳彤吓了一跳："你很有钱吗？咱能不能别拿'土财主'的作风行事儿？我觉得你可以把它退掉投到伊甸园。别忘了伊甸园现在正需要资金的时候，我们来不得半点儿浪费。"

"你以后会去伊甸园吗？"闫平阳试探性地问话时又接着说，"哦对了，那天方非的话你不要当真！"

叶佳彤笑笑说："怎么会当真呢？我了解方非，说话总没头没脑的。"

"那么……"闫平阳揩了揩脸上的汗，"所以你不用想很多，给你买手机只是想你能参加到我们伊甸园的队伍中。"

想起查若良，叶佳彤忽然对建设伊甸园的事儿没半点儿劲头，于是说："父亲来北京，他希望我回苏州老家。"

"就因为查设计抛弃了你吗？你是因为他才建设伊甸园的吗？想想'青山绿水''一带一路'，想想……"他语无伦次劝解着让她留下，又觉得根本说不到点子上，"叶老师的事我听说了，所以你不能一味地听他的话！"

不知道说什么，什么也不想说，因为这戳到了她的疼处。她闭上眼睛努力不让自己的泪流下来。

"伊甸园不会有负情的人，所以你不用担心伊甸园会成为忘恩之人！"

"我不懂，真的不懂！不明白若良为什么会将我让给孙明磊，实在搞不懂，也搞不懂父亲，为什么跟父亲沟通起来这么费劲？如果他站在我这边，我想我不会这般痛苦。"

"我们也不能凡事奢求得太多，毕竟对事物的看法各不相同。我们现在只是要保住伊甸园的路线，其他应算次要。"

"所以我才对父亲的态度失望！对若良的出走伤心！他们不过想把我推到另一条路上行走，如果这样的话，应该是违背了爷爷的初衷！"

"你也不要太在意伊甸园人的想法，包括爷爷。虽然你建设伊甸园的决心那么强烈，但是如果……如果如爷爷一般需要跟家人决裂的话，那也大可不必！"

她听他这样说，不说话了，因为自查若良走后，她也一直在考虑这个问题，再加上查若良留给她的那封信，上面竟然提到了史爱香跟爷爷的仇视，不正是此时她跟父亲因为不同的观点的"再版"吗？

他很久没听到她的声音从手机话筒传出来，有些着急，然后从自己的住处出来，到叶佳彤宿舍门前敲门。她本不想给他开，但他把门拍得震天响，她也就只好上前将门打开。

他进门后使劲摩挲了下自己的胸，跟她说："既然这样，我同意你回苏州跟父母将事情解释清楚。是的，伊甸园不想再演变史爷爷跟女儿的故事，伊甸园人希望大家都快乐，决不容许我们的快乐建立在建设者的痛苦之上，如果那样，那伊甸园人就成罪人了。"

叶佳彤听着这话，觉得说到了自己的心里，一股暖流不由得传遍全身，说："或许我很快便会回来！"

他相信她能够回来！因为资本是属于大众的，只有这样它才有可爱之处，陷进资本的深渊很危险，它能消杀你，让众人失去自我，让我们变得冷酷无情，忘恩负义。你不是这样的人，叶老师也不是，孙氏置业的所有人都不是。

她听他这样说笑了，说她明白他的良苦用心，也相信自己可以说服父母伴自己同路。

他抢过她的话说："只是以前群众种了菜在自己家门口卖，现在要到规定的市场，并且每天要交五元钱地摊费，你知道很多人一天都卖不到五块钱吗？但是你看那些收税的却经常下馆子开轿车，这跟我们当初的意愿不符啊。还有大家租住的房子，起先并不交费，现在却地暖、水费、电费通通都得交，伊甸园人的负担越发深重，以至于很多群众连热水都喝不起。"

"还有这等情况？"叶佳彤听闫平阳如此说非常惊讶。

"怎么会没有？所以闫家庄的很多群众又回到村里居住，说住楼房好是好，但是交的费用太多，地暖、物业什么的看着不起眼的钱，但架不住月月交。唉，再加上有个红白喜事什么的，就觉得生活质量根本没有上升啊。"

"如此这般你还会有很好的办法吗？说实话 ML 也是被迫无奈才这样做的，不然的话发展根本不可能继续下去，就算这样，ML 也已经资不抵债了。"

两人说着聊着并没有想出更好的办法，闫平阳说："如果就此放弃伊甸园却已经破坏了它的原貌，新貌呢还未成型。"

她听他这样说，觉察出埋怨的意思，但想到继续孙氏置业的投资，又觉得更是将伊甸园推向资本的深渊。

两人说到这里都陷入了沉思。推入资本的深渊不就彻底中了孙氏置业那一套了吗？到时他们不但没帮了伊甸园，反而将伊甸园置身水深火热之中。到时不但史老园长的位子保不住，恐怕伊甸园所有的资产都要孙家说了算了。

"为什么会出现这种现象？ ML 不是在极力争取吗？怎么从你嘴里说出这样丧气的话？"叶佳彤问。

"不是因为你的离开吗？大家都知道 ML 技术股的重要性，你如果离开，ML 还拿什么保证在伊甸园的地位？"闫平阳极力讨好着面前的叶佳彤说。

她一愣，接着笑起来："我哪有那么重要，不过绘了一张不起眼的图。"

"但这张图却如李自成的藏宝图，有了它伊甸园在，它不在伊甸园何能生存？"他望着她真诚地说。

"这图真的有这么重要？"

"不然的话孙明磊也不可能对你紧追不放！查若良也不可能无奈地因为对孙家的报恩而对你放手。只是我知道若良对待此事是彷徨的，但面对史爷爷的孙子又无法不帮。"

"我觉得你想多了闫医生。知道你是在安慰我，所以谢谢你！放心吧！如果伊甸园设计图真有那么重要的话，到时我会把伊甸园设计图交给柴主任。"

"谁不知道你的伊甸园图样还有很多没有完成的项目？比如我们的智慧城，我们的手机智能软件，我们的自动化军要项目，还有我们的网上银行项目。"闫平阳说到这里激动地往前走了一步。

叶佳彤叹了口气，说她近些日子实在没有心思去想这件事。她要闫平阳放过她，因为她觉得没有这个能力来搞如此宏伟的设计，她不过一时兴起，幼稚地跟父亲赌一口气。

他知道她现在心思太乱，毕竟查若良无情地抛弃了她，或许她现在说的话连她自己都听不懂。"不然就回去待两天放松一下吧。"他说。

她点点头，再次表示了对他救命之恩的感谢。他要她以后不要说这样的话，说任何一个伊甸园人遇到那样的事都会舍命相救。她低下头，踢了踢地上的石子，再抬起头时，对他说希望他以后能去苏州玩，她一定好好招待。

他说他一定会去！也说不准过几天就能去。她一愣。他笑笑说："可能我们医院下周要安排医生去苏州学习一段时间，当然可能没有我，不过……"他挠了挠自己的头，"我会尽力争取的！"

她听他这样说，近前一步，伸出手，同他握手。他知道这是她在下逐客令，礼貌地跟她握了握手，离开。接着他去了表姐那里，跟表姐说叶佳彤要回苏州的事儿，表姐非常惊讶地看了他一会儿说："干吗不留住她？"

他摆手，说她决心已下！潘明摇头说："平阳这就是你的不对了，就因为她决心已下，才需要你强留住她啊。"柴禾妞说："是啊平阳，潘明说得对！你应该强留住她，替 ML、替伊甸园强留住她的呀。"

"没用的！我说了很多好话，都没有动摇她回苏州的决心。"闫平阳叹了口气接着说，"毕竟这事没发生在我们身上，所以现在我渐渐理解史老园长的痛苦了，起初认为坚持自己的信念不动摇就没有痛苦，现在想想我们轻视亲情的观念不同，带给人们的不但是身心的痛，还有精神的。所以我倒希望她回苏州跟爸妈好好谈谈心，或许有意想不到的结局也说不定。"

"你太单纯了！其实这并不是最根本的！重要的是查若良的陡然离去，让她措手不及，让她失去了目标，糊涂了方向。所以她仍需要我们的帮助，费心地挽留。"柴禾妞迫不及待地说。

在叶佳彤此刻是否应该回苏州的问题上闫平阳跟表姐柴禾妞的意见有了分歧。闫平阳认为一切顺其自然，伊甸园不能逼叶佳彤就范任何事儿。是的，他不想史老园长跟女儿的事儿继续上演。一切的一切以融洽、唯美为主，不然的话伊甸园人也不会高兴。

柴禾妞认为凡事儿都有牺牲者，人人赞同的事儿世上没有，也不符合自然规律，所以趁叶佳彤心灵空虚的时候闫平阳出手应当最为合适，或许叶佳彤会因此而感谢我们。

不想继续跟柴禾妞费口舌，更不想阻止叶佳彤回苏州。潘明见表姐弟俩为叶佳彤去留 ML 的事儿争执，便过来解围，说："其实平阳你表姐是为了你好，毕竟查设计已经离开了佳彤，所以此时追求佳彤也并没有错。"

柴禾妞说："言之有理！既然这样那你们医院下周去苏州学习的名额万一没有平阳的话希望你让给平阳如何？"

闫平阳连忙摆手："不不不！千万不可！这次去苏州学习的机会非常难得，潘医生是我的学长，我不能因此坏了潘学长的好事儿。"

柴禾妞看看潘明，潘明起身拍拍自己的胸脯："放心吧！平阳，就算你的这次学习是我特意让出去给你做媒人的吧。"柴禾妞"嗯"了一声，上前用力握了握潘明的手，由衷地说了一声："谢谢他表姐夫！谢谢他表姐夫！"

潘明嘴一撇，傲慢地"哼"了一声说："咱是男子汉大丈夫，顶天立地！"

"顶天立地的男子汉！"柴禾妞自豪地冲潘明竖起大拇指。

潘明越发认为自己了不起了，刚要甩开膀子走路，被柴禾妞一脚踹到地上。

"表姐。"闫平阳瞪了柴禾妞一眼，上前扶潘明。潘明手一甩，意思是不要闫平阳搀。闫平阳就给表姐使眼色。柴禾妞站着没动。潘明就一直坐在地上不起身。闫平阳看看柴禾妞，柴禾妞仍没有要认输的意思。他有些急了，冲着坐在地上的潘明说："地上有虫子！"

潘明听到"虫子"，浑身冒出了凉汗，但见他"噌"的一下从地上蹦起："妈呀"了一声搂着柴禾妞的脖子脚尖离地。闫平阳见状"扑哧"一下乐了，想想潘明为了表姐连前途都不要，非常感动，有心想对潘明说几句感谢的话，又觉得多此一举，于是手一挥，跟两人道了声"再见！"，然后离开。

柴禾妞见表弟离开，才回过神，没好气地掰开潘明的手，将其扔到地上。潘明这次是一个人从地上起来的，他拍了拍屁股对柴禾妞说："你对你表弟比对我好。"

"当然了！"柴禾妞说，"他是我的表弟，我不对他好谁对他好啊。"

"会有女孩子对他好的！"潘明的公鸭嗓子越发高亢地冲着柴禾妞喊。

"去去去！一边儿去！"柴禾妞摆了摆手，准备回自己屋时，手机响起来，她"喂"了一声。手机那端传来闫爱军的声音："你们公司怎么回事？干吗跟王景业家收了三千块的房租？"柴禾妞说："三姨夫我们……"

"别叫我三姨夫！你们 ML 近段时间太过分了，还叫不叫人活了？"闫爱军说着话"嘭"地将电话挂断。

第 15 章　你认为你是谁

一轮青月镶嵌在九龙黑色银幕般的夜空之上，皎洁的月光倾洒人间，黑色的世界披上了一层银色的轻纱。

已是深夜十二点。一辆黑色的奔驰车开着大灯，沿着蜿蜒曲折、峰峦重叠的路，开到一幽静的山林处。一套欧式别墅映入眼帘。奔驰车停下。从车上下来着黑色笔挺便衣穿着的小五，但见他走到后面毕恭毕敬地给孙明磊打开车门。

孙明磊在车上伸了个懒腰，用手向后梳了梳浓密微卷的头发，又用手指敲打了下自己的头，使劲呼出一口浊气将身心平静下来，才缓缓地从车上下来。

昏暗的灯光下，孙家的管家已经将沉重的大门打开。管家驼着背一见到孙明磊身子便神奇般地直立了不少，眼内很快放射出惊喜的目光。紧接着他的腰又弯下，朝着屋里让着，嘴里喊："少爷回来了！少爷回来了！"他的声音洪亮如钟，相信就算出去几里也能听到他那欢愉、急促、巴结的声音。

孙明磊走到门口，大李已经被众人簇拥着出来相迎。孙明磊没有理会众人，也懒得理会。他走进豪华的客厅，走过那喷金的墙壁下铺着的大红的地毯，显得有些心不在焉又慌忙紧张，走到几张柔软的沙发前显现出的紫红色红木门前，停下，大李上前抬手"咚咚咚"敲了三下。

一声厚重夹杂着威严的"进来"声，大李将门推开。映入眼帘的是一张大约五尺见方的红木老板桌，桌上放了三个文件夹柜，柜里盛满了文件，然后老板桌前一张舒适的老板椅。

史爱香半躺在老板椅上闭目养神，见大李跟儿子进来，身子往前倚了倚，椅子自然变成普通的椅子，她的身子也就自然变成稍大于直角的形体。孙明磊看到母亲，不自觉地打了个"立正"，然后微垂下头，等候母亲对自己的训斥。

果真过不多久，史爱香"哗"的一下从椅上站起，然后走到孙明磊跟前，指着他的鼻尖骂道："没出息的东西！竟然连个女人都搞不定！"她说到这里在孙明磊面前来回转悠了几圈，再次站到孙明磊面前时怒气仍旧未消，"若良到底有没有离开她？如果离开了为什么还会这样？"

"若良早就回了西班牙，听丽娜说他们两个人已经住在了一起！"孙明磊接着说，"其实我如果用点硬手腕，或许……"

"你不舍得对她来硬的，对吗？"史爱香问。

不想回答母亲这个幼稚的问题。孙明磊想，我不过想杀杀她的锐气，根本就没有舍得不舍得一说，毕竟他是个大男人，虽然他喜欢叶佳彤，但他不容许自己喜欢的女孩对自己如此大不敬，认为自己受母亲的气已经够了，不想再找个姑奶奶回来受气。

史爱香飞扬跋扈地说："反正叶佳彤那边你一定要搞定，不然的话并购伊甸园将非常困难。"她说到这里看看大李，继续着她的颐指气使，"你们真是一群废物，什么事都要我来操心，难道是我妈跟浩子在天之灵对我的惩罚吗？"

大李听史爱香又拿出故去的人说事儿，低下头不说话了。孙明磊见母亲生气，更是吓得大气不敢喘。史爱香看看两人，不耐烦地摆了摆手，意思让他们退下。怕惹恼史爱香，两人言不由衷地"哦"了一声，退出去。

孙明磊进自己屋没多久，接到妹妹孙丽娜的电话问他的情况现在怎样，那个姓叶的已经跟他在一起了吗？孙明磊没好气地说："为什么你们要管我这么多？我跟谁好不好难道还要你们来安排吗？"

"哎呀哥，你这是怎么啦？当初不是你说非叶佳彤不娶的吗？正因为你的决心我才把若良骗回西班牙的，你说你……唉！简直是不知好歹嘛。"孙丽娜说着将电话扣下。

孙明磊也很生气，"喊"的一声，手机扔到一边，往床上一躺，仰望着天花板，不住地喘着粗气。

手机再一次响起来，不想接，但又觉得会不会是叶佳彤来的电话。于是抓起电话，见显示的是查若良的名字，不自觉地将手机放下。手机仍一个劲儿地响，叹了口气，再拿起电话，不情愿地"喂"了一声。

查若良关切的语气急切地从手机的话筒里传出来，他说："怎么搞的？这么久才接我的电话？"

他一听查若良的口气就火了，"呼"的一下从床上坐起，眼珠子瞪得滴溜圆，冲着话筒喊："你什么意思？难不成一听到你的电话我就得像个太监恭迎皇上那样立马喊'喳'呀？"

"不不不，那倒不是！"查若良非常友好地说，"刚刚我不是怕丽娜真的惹火了你想赶快安慰一下你吗？嗨，你这是想哪儿去了？"

孙明磊听查若良软和的口气，气立马也消了一半，说："这几天心里烦，难免跟人说话时带有情绪，你得理解！"

"可以理解，可以理解！"查若良说，"造成这样的局面我想并不奇怪，你觉得佳彤因为我的一封信而投入你的怀抱，你乐意吗？"

"这话说得有些道理。"孙明磊语气明显和缓下来，"既然你主动来了电话，那就主动请教你个问题吧。"

"你有这样的态度很让我惊讶。"查若良说，"不管在追求女人的问题还是对待朋友，你总是一副你以为你是谁的样子。这对待自己不喜欢的人尚且可以，对待佳彤这样的女孩嘛……"查若良说到这里忽然觉得自己说漏了嘴，马上"呸呸"了两口，"看我这张破嘴。"

"既然你知道自己有一张破嘴就把电话挂了吧，我听不得别人恩赐般的居高临下。你认为你是谁啊？"孙明磊不自觉地又把那句话带了出来。

"哦哦，对不起，sorry！看起来我俩都犯了同样的错误！"查若良还想说，那端已经传出"嘟嘟"的手机忙音，他望着手机，自嘲地笑了笑。

孙丽娜走过来，胳膊妖艳地搭在他结实的肩上，摆弄着染着七彩的手指甲。查若良乜了孙丽娜一眼："富贵病真可怕，就算人家在帮他，他也一副居高临下、应该如此的样子。好在比一些所谓的名人要好些，毕竟不会把坏的说成好的！"

孙丽娜上前拍拍查若良的肩："不要仇富，更不能仇名人，他们是为伊甸园好，别忘了伊甸园是需要不同的声音的。"

"你是真为伊甸园好，还是骨子里根本就瞧不起他们？"

"当然是瞧不起他们！他们不过是一帮脑残，聋民！"

"呵呵。"

"笑什么？"

"没笑什么，只不过认为你们把自己看得太高！别忘了真正的伊甸园人并不吃这一套，你没发现他们的谦虚不过是一种修养？"

"什么修养？他们本来就认为自己不行才表现出来的奴颜婢膝！"

"跟你说这些犹如对牛弹琴！"

"跟那个姓叶的就不是对牛弹琴了吗？难不成你心里仍在想着她？"

"够了！"查若良厉声道，"你再继续胡说就立刻离开！"他说着话直视着孙丽娜一步不让的样子，眼内表露出的怒火如要将孙丽娜吞没。

孙丽娜望着查若良凶神恶煞的样子，不由激灵打了个冷战，想跟查若良以牙还牙，想到查若良已回到她的身边，将火向下压了压，摆摆手："算了，今天不跟你谈这些。"

查若良冷笑着说："那你想谈什么？"

孙丽娜眼珠一转说："很想跟你谈谈要不要把查氏养生堂开到伊甸园的事儿。"

查若良的语气和缓了不少，说："这没什么可谈的！哪有泼出去的水收回的道理？何况这钱是冲着史爷爷投的，别忘了史爷爷是我的救命恩人。"

她望着他停顿了一下，咬牙切齿的样子说："那个老头果然是孙家人的魔咒！"继而摆摆手，"算了，不跟你说了，对了，我明天回香港，你回不回？"

他果断地说："我不回！"

"也好！省得你吃不消妈说的话。放心！等妈气消，你飞过去！"孙丽娜强势地挥舞着自己的手说道。查若良装作什么话也没听见似的拨拉着手机。"跟你说话呢？"孙丽娜喊。

查若良抬起头，瞪着眼："喊什么喊？"

孙丽娜望了查若良一会儿，继而没好气地提起行李箱往外便走。

一早，孙丽娜回到香港，进门后径直去了孙明磊的屋里。孙明磊还在睡觉，见孙丽娜贸然闯进自己屋，有些厌烦，身子往里一转闭上眼睛继续睡。孙丽娜紧走几步上前将孙明磊的被子扯开。孙明磊火了："丽娜，你干什么？"

"听说那个姓叶的根本没把你对她的好当回事儿啊。"孙丽娜冷笑一声咬牙切齿道，"既然这样，干吗不把她绑架来香港宰掉她？你知道她这样做是对你对咱们孙家最大的污辱吗？"

"丽娜你在说什么？"孙明磊没好气地起身，穿上裤子，往卫生间走，被孙丽娜扯住了衣领。"丽娜！"孙明磊眼睛瞪得跟铜铃一般，"放手！"他厉声喝道。孙丽娜将手一松做出一副爱干嘛干嘛的样儿。

从孙明磊屋走出去，孙丽娜下楼来到院外往自己屋走的时候碰到刚刚散步回来的母亲，孙丽娜安慰母亲说："别生哥的气，他就那样，我知道都是那个不知好歹的妖精的错，我一定给你报仇，报她羞辱我们孙家之仇。"

"你觉得怎么样才好？"史爱香听孙丽娜如此说心安不少，脸上的肌肉也顿时松弛下来。

孙丽娜："其实这事儿很简单，暂时叫哥不要对她放手，因为只有这样才能更近距离地折磨她。"

"丽娜？！"史爱香吃惊地看看自己的宝贝女儿，惊讶女儿有这样的想法：

"其实这事儿我觉得与她无关。毕竟她只想努力做好自己的事儿。是的，我在想，在想这件事的不舒服之处不是那个女孩，而是……而是……"

"你觉得是若良吗？哎哟妈，这并不关若良的事儿，我听若良说当初是她死缠硬磨。一切都是她的错，她让我们孙家受了奇耻大辱！好在若良已经从她身边离开，不然的话我恨不得现在就去杀她！"孙丽娜说到这里竟然眼露凶光。

史爱香望着自己的女儿倒吸了一口凉气："丽娜，你的仇从哪儿来的？她跟若良的时候你可是已经跟若良分开了的。"

孙丽娜咬牙切齿地说："就算我跟若良分开了，那也是我的东西，我的东西她是没有权利享用的。"

"你竟然是这样的想法？"史爱香望着妖娆的孙丽娜倒退了两步。

"这样的想法不对吗？"孙丽娜说。

"这个……"史爱香摆了一下她的胖手，"其实我们不过把姓叶的当成孙氏置业的一枚棋子，就我的儿子，找个女孩还不是轻而易举啊。"

孙丽娜："对啊！所以我才更觉得那个姓叶的自不量力嘛。不管怎么说她是孙家的反对派就不行！毕竟伊甸园多一个这样的人就多了一块我们投资伊甸园的绊脚石。而要踢除这块顽石不采用点强有力的措施是不行的！"

对女儿这种偏激的谬论史爱香也不能不去点头，因为此刻还有什么比消灭孙氏置业的反对者最让她畅快？内心甚至还有更恶毒的办法，所以看看自己的宝贝女儿嘴角不由得微微上扬。

下午，十年前一位叫娄玉的玉店的客户约史爱香去咖啡厅喝茶。史爱香本不想去，但听娄玉说她有一"唇若涂抹，睛如点漆，面似玉琼。肤色白皙，五官清秀中带着一抹俊俏，俊俏中又带着一抹温柔"的侄女小涵，马上明白了娄玉约她喝茶的真正目的，联想儿子喜欢的女朋友是被查若良甩过的，莫名其妙的心思再次涌上心头，跟娄玉说："你稍等，我马上到！"

史爱香到咖啡厅刚刚落座。小涵便落落大方地介绍自己说："香姨，我叫娄小涵，刚满二十二，新加坡理工大学生物系刚刚毕业，正准备去美国哈佛继续深造呢。"史爱香再次打量小涵，觉得她除了漂亮，别的也没什么出众之处，于是端起咖啡轻抿了一口放下。

娄玉眉目喜形于色，跟史爱香介绍说："小涵可是我们娄家的宝贝啊，不但人长得好，人品也出众，可算得上人中龙凤啊。哈哈，说实话，也就因为你们家明磊，别的人家啊，恐怕小涵请都不来呢。"

史爱香抿嘴笑笑，问娄玉："小涵爸妈都是干什么工作的？"娄玉非常自豪地跟史爱香说："我哥在新加坡外交部工作，嫂子呢虽是家庭妇女，但却是英国伦敦大学的高才生，翻译过《苟日新》《野有饿莩》等。"她认为史爱香会有羡慕的表情，会马上在她面前点头哈腰着跟娄家"求亲"的态度，却不想史爱香只是面无声色地"哦哦"了两声。

娄玉有些失落，但同时，她又觉得史爱香的儿子孙明磊也还不错，于是叨唠着说些希望两家结为秦晋之好的话。史爱香见娄玉巴不得自己的侄女能进孙家，傲视的灵魂越发明显，看看小涵："你的脾气好吗？你会服侍人吗？你能骂不还口，打不还手吗？对了，你有没有本事追上我的儿子让他忘掉那个女孩？如果能够做到的话，我跟你保证孙家的财产一半是你的。"

娄小涵听史爱香说出这样的话当然极不高兴，说实在话在她心里自己巴不得别人追求呢，凭什么要我去追求一个还没见过面的大老爷们儿？但此刻姑姑却给她使个眼色，说："你知道孙家一半的财产是多少？"

"多少我也不稀罕啊！"娄小涵因为着急竟然将话说了出来。史爱香明显听到了娄小涵说的话，她站起身，提起她的"爱马仕"黑包往外便走。娄玉赶上去，"哎呀，香姐，小孩子家家的说话你别介意，听我说嘛。"说着上前拿着她的包意欲留下。史爱香转过脸，乜着面前的娄玉。

娄玉转过脸，一个劲瞪面前的娄小涵。娄小涵明白姑姑的意思，赔着笑走到史爱香面前说了声，"对不起香姨！刚刚我说的不过是气话，原谅我的愚昧无知！"

"消消气香姐，小孩子家不懂事儿。"娄玉接过侄女小涵的话。史爱香想想自己也有些过分，看看小涵，"扑哧"一笑，用自嘲的语气说："大概真的是更年期了。"

"不不不！"娄小涵使劲摆着手："是我不好，冒犯了香姨。"

"哈哈，我也有不是！既然这样，那行，我马上回去跟我儿子明磊说一声，叫他约小涵见一面。"史爱香说。

娄玉巴结的样子点着头："香姐你可在明磊面前多美言几句啊。"

"那是当然！"史爱香很自然道，"成一门亲，多活十年嘛！"

"对对对！希望香姐尽快安排两个小年轻的见面。""放心吧，回家我就对儿子说。"史爱香抬腕看看表："这样吧，叫明磊带你去海鲜馆吃海鲜。"娄小涵拼命地点头。史爱香笑笑站起来，被大李搀扶着回家，马上便把孙明磊叫到自己屋，对他讲了刚刚面见娄小涵的情况。

孙明磊哪肯答应？他说："都二十一世纪了，怎么还兴相亲？那位小涵姑娘肯定是丑得没人要了吧。"史爱香嘴一撇："你懂个屁呀，丑得没人要的女孩还会入我的法眼？"孙明磊心想也是，依母亲的挑剔劲儿是不可能把"下三烂"的女孩往孙家领的，除非那一阵她发了不正常的"善心"。

史爱香睨着儿子，问儿子："明天晚上的会面去还是不去？"孙明磊想说"不去！"但是史爱香那骇人的目光望过来，不但让他不寒而栗，还让他整个身心有些崩溃，于是只好点头表示一定去约娄小涵。

他故意让自己"蓬头垢面"，故意让自己"流里流气"，却不知他这些"不正常"的举动更让娄小涵喜欢得不得了。但见她双眼着迷般地望着对面孙明磊那张胖胖大大的圆圆的"饼子"脸，不自觉地将自己脖颈上那价值三百万的玉石项链摘下来往孙明磊脖子上戴。孙明磊连忙推脱："不要，不要！我家里本身就是卖玉的怎么会要你的？"

但他越是这样，娄小涵越强行给孙明磊戴上。知道无法拒绝疯狂的女人，只得停止反抗，等娄小涵折腾完，他将翠绿的玉从脖子上摘下来往口袋里一装。

奔驰车到尖沙咀海鲜楼停下。孙明磊下车，没有理会娄小涵径直走进了海鲜楼。娄小涵小跑着跟在孙明磊后面在食物的海洋里遨游，只见鲜红欲滴的大龙虾，晶莹剔透的鱼翅，麻辣鲜香的海鲜麻辣烫，美容养颜的雪梨汤……小涵吃得很带劲，是因为海鲜的确好吃、美味，孙明磊吃的少，原因大概被小涵的吃相吓着了吧。是的，小涵已经觉得她嘴里进去的饭已经到了嗓子眼儿，眼珠都被海鲜撑大了一圈，肚皮更是鼓得滴溜圆。

孙明磊夹了他面前的辣椒香菜吃了一口，然后放下筷子，将玉石项链偷偷地放到桌上，起身往外走。小涵没看到孙明磊放到桌上的玉石项链，也或许是根本不顾及面前这条价值二三百万的项链，而是站起来拖着笨重的身子追上去。孙明磊站在海鲜楼外准备打"的"，娄小涵上前抱住了他，边打着饱嗝边叫他带她一块回家。他哪里能够同意，捂着鼻子使劲掰她抱着他粗腰的手。

娄小涵几乎是哀求的表情："明……明磊，嗝，我……我求你！嗝。求你把我带回家吧！嗝！"然后她深呼了口气，迷醉般地倚在他宽厚的肩膀上靠了一会儿，竟然觉得饱劲过去了，她仰望着他的脸，晃悠着他的身体，说，"不然我带你再去另一家酒店吃饭怎么样？哦，哦，哦，真的明磊，那家的饭很好吃，嗯，嗯，它是鲁菜，伊甸园风味的，是伊甸园一位吕老板在香港开的。"

"什么？"孙明磊听见"伊甸园"三个字，小眼更变得聚光，恰巧出租车过来，他打开车门，冲着娄小涵说："那就上车吧，咱们接着去吃。"娄小涵见孙明磊同意了，高兴地打开车门上车，然后冲的士司机说了声："湾仔吉祥饭庄。"

的士司机踩上油门，不多一会儿便来到湾仔吉祥饭庄门口。两人下来，一位朴实但打扮娇艳的女人走过来将两人迎到楼上。走近前，见一桌上已经摆满了海螺辣黄瓜、生卤菜、生炒花枝、胡椒饼、大蒜炒鲨鱼、肉圆、金钱干贝、栗子莲藕汤等十多个菜。这些菜虽做得色香味俱全，但小涵摸摸肚子却实在盛不下，想不吃，孙明磊已经将菜夹到她碗里。

她第一次被人逼着吃这么多的饭，吃了几口，食物一下子从胃里返出来，忙往卫生间跑去，进到卫生间在里面吐了很久，才将肚子里的食物吐出来。从卫生间出来，孙明磊已经没了踪影，她本想追孙明磊去孙家的，又不知孙家在何处，打电话给姑姑娄玉，娄玉叫她打车回来，明天她打电话问问史爱香什么情况。

小涵要姑姑好好跟史爱香说话，不要因为一时之气得罪了孙家，那样她的富婆梦会瞬间破灭。娄玉说她知道小涵的心情："放心小涵，姑姑就你这么一个侄女，我会想尽办法成全你跟明磊的婚事！"

虽然姑姑说得肯定，但娄小涵仍是不放心，不时按捺不住打姑姑电话，姑姑说："再等等，估计很快便有消息。"娄小涵急不可耐地说："你应该主动打孙姨电话问问情况。"娄玉笑了，"小孩子家家的懂什么？这叫欲擒故纵晓得不？再耐心等等吧。"然后将电话放下。

果真翌日一早，娄玉接到史爱香电话，她问娄玉："小涵今天可不可以来家做客？"娄玉拿着电话只是笑，也不说"去！"也不说"不去！"史爱香有些生气，将电话一搁说："你爱来不来！"

认为娄玉会接着打来电话，谁知等了一周也未接到娄玉的电话，只得将孙明磊喊来眼前问话，孙明磊故作镇定地说我对她照顾得很好啊，但是她不喜欢。所以我觉得她们自不量力，自以为是！这种人孙家不要！史爱香觉得也是，碰上这么点小挫折就给她脸色看，就凭这点儿还想进孙家的门儿？想到这里脸色和缓了不少，冲孙明磊说："你做得对！"

孙明磊长舒口气，暗想这事儿自己做得漂亮。不过此刻他又想起叶佳彤，想到叶佳彤在他面前表现出来的不可一世的样子，心沉下大半。孙丽娜讥笑哥哥说："你不是喜欢叶佳彤！不过觉得她拒绝过你使你受到污辱，所以我劝你要把她骗到跟前，然后对她百般羞辱，这样心里会好受很多。"

他觉得这话有些道理，但面对楚楚动人，天生丽质，粉红齿白，秀外慧中的叶佳彤时，他觉得自己会下不去狠心，便打电话给史爷爷咨询。史爷爷说："佳彤是个好女孩，你要学会珍惜。"他说到这里将捋他花白的胡子笑了笑，说，"世上的男人最怕已经结婚了也体会不到爱一个人的感觉。爱人要比被爱幸福得多，付出怎么啦？那是自信的男人为自己爱的人的付出，是一种幸福！"

"既然这样他们为什么要离开你？"孙明磊想到史爷爷几个月前曾经跟他讲过的为了伊甸园跟家人分离的故事，也不管史爷爷能不能接受他的话便随口问了出来。

史爷爷不假思索地告诉孙明磊说："那是一种误会，一种没有理解的误会！几十年来我一直想告诉他们我心里装着的全是他们，救别人也是为了家人更安心，更快乐！难道你不觉得吗？"

孙明磊有些听不懂爷爷说的话，但有一点他却明白，那就是要坚守自己爱的权利！

"是的，如果能跟自己爱的人一起才是最幸福的事情，哪怕只在她身边待着。这种幸福谁能够体会？你有这种能力体会这样的婚姻，为什么不尝试呢？"史爷爷说。

他点点头！是的，他对叶佳彤的确有那种即使在她面前待着也很幸福的感觉。这曾经让他一度失去了"你认为你是谁"的心理而安稳了许多。

"别包裹自己的爱，那会很累。"史爷爷说到这里对他露出了从未有过的坦然。这坦然让孙明磊一振，甚至有史爷爷就是他亲爷爷的感觉。

放下电话，自嘲地笑了笑。下楼，走进客厅，经过沙发边的一条走廊，推开母亲的屋门说："刚刚跟史爷爷通了电话说到我跟叶佳彤的事儿，觉得很有道理！"

史爱香望着儿子傻傻的样子莫名地浑身发抖，她指着孙明磊的鼻尖骂了句："畜牲！"觉得不过瘾，容不得儿子再往下说便顺手抄起旁边的一根棍子说，"想让我名誉扫地？没门儿，如果你要他风光，我就打死你！"

"为何会说出这样的话？妈你最近是怎么啦？为何总是莫名其妙地发火？！"孙明磊边跑边据理力争。

"后悔不该让你去伊甸园，没想到你这么快就被别人洗了脑？你个脑残！"史爱香将棍子抡起来，朝着孙明磊的头便砸下来。

旁边的大李见状将孙明磊一推，然后一挡，"咣"一下，棍子重重地砸在大李的后背上。"大李！"史爱香叫了一声，将棍子扔到一边："你干吗要替他挡这一棍啊。"

大李望着呆呆发愣的孙明磊笑笑，然后对史爱香说："孩子不懂事，你少生气，免得气坏了身子。"史爱香望着大李，眼泪再也止不住流下来。大李上前给史爱香拭拭眼泪，然后知疼地上前携着史爱香的手往屋里走去。

第 16 章　一念之间

临近傍晚，查若良父母查理跟尹麦从西班牙赶到香港，听了史爱香的哭诉，尹麦说："香姐，别生气！明磊根本没有受史叔的蛊惑，他只是想证明自己跟叶小姐一起有多么重要，所以您不要生气！"

史爱香叹口气，跟尹麦掏心掏肺地语气："妹妹我真的咽不下这口气，妈和弟弟是被他害死的，为什么明磊还要跟他一条心帮助那些人？一想到这些我恨不得……恨不得……"她想说将其碎尸万段，又觉得对待自己的亲生父亲说出这样的话有违常理。

"香姐我觉得你应该告诉明磊真相，不然的话母子俩常在这个问题上纠结实在有些伤脑筋，毕竟明磊根本不知道史叔是他的亲姥爷。所以他才无意中在您面前说了他老人家的名字。"尹麦语重心长地说。

大李在旁边点头。他也觉得这样对孙明磊不公，两个天天谈心的人都不见得猜对方心思那么透，又何况是自己的小辈？

"他不该跟若良去争那个姓叶的女孩的，我因为这个很生他的气。"史爱香虽心里觉得尹麦在处理儿子跟叶佳彤的问题上很合她的心意，但嘴上却还要客气地说出感激的话。

尹麦猜透了她的心理，冲着史爱香笑了笑，违心地说出几句安慰史爱香也是安慰自己的话："若良爱的是丽娜，不是那个姓叶的女孩。"

查理坐在沙发上顺手翻起一本书，装作没听见史爱香说的话，不过听尹麦如此说还是不由自主地"嗯哼？！"了一声。

史爱香像是意识到了查理的情绪，不过她刚想说什么的时候，刘妈进来了。

但见刘妈端着精致如玉的茶盘将已经泡好的茶端进来放到茶几上。大李过去先是一杯茶端给史爱香，接着查理，然后尹麦。

"明磊不懂事儿，他不该去招惹那个女孩儿。"史爱香见刘妈出去，冲尹麦，实则是说给查理听。

"不不，是若良的问题，听他说他不过气丽娜前些年抛弃了他，才跟那个姓叶的好的。"尹麦慌着说这话的时候，碰了旁边的查理一下。

查理笑笑："是的，是的，麦子说得对！说得对！"然后低头开始看书。

"若良真的喜欢丽娜吗？"史爱香疑惑地望着尹麦问。

"是。"尹麦笑了笑，有心无心地说，"若良喜欢而且非常喜欢！"

史爱香看出了尹麦的无奈，"呵呵"笑了笑说："放心，我不会让明磊跟她好的，不过为了你让若良退出姓叶的视线的这份情谊，我十分感谢！"

"不，不，不是这样的香姐，我说的是真话，若良的确很爱丽娜。"尹麦努力让自己满满胶原蛋白的脸堆起笑容。

"既然这样那太好了。"史爱香说，"我正担心若良因为那个女孩的事儿恨明磊呢。"

"怎么会呢？"尹麦故作没事的样子说，"我虽不是你的亲妹妹，但胜似是，尤其在我最难的时候你帮了我。"

史爱香："就知道你是因为感恩才命令若良回丽娜身边的。"

"不，不，不会的！怎么会呢？"尹麦掏出手绢揩了揩脸上的汗。史爱香摆摆手，有气无力地："我要睡了妹妹。"尹麦"哦"了一声站起来。查理将书合上，朝史爱香礼貌地笑了笑，从沙发上站起来，和尹麦一同从史爱香家出来。

大李送查理夫妇出门的时候三人寒暄了一番，尹麦要表弟大李好好保重，认为劝说不了的事儿不要硬说。大李明白表姐的苦心不过怕他惹恼了史爱香，安慰表姐说："没事儿，我有分寸，不到万不得已不会乱说话的！"

尹麦点点头跟查理一同离开。大李回屋，将史爱香搀扶到他屋客厅的沙发上坐下，到冰箱拿出一杯奶酶汁，用加热器加了会儿热倒进精致的如白玉般的水晶杯，放到史爱香跟前。

史爱香端起杯子喝了一小口放下，冲着大李说："希望若良是真的跟丽娜好，这样的话，明磊追求姓叶的我也不会愧疚。"大李宽慰史爱香说："那位叶小姐本就应该跟明磊好的，只是那位娄小姐……"史爱香摆摆手，"让她跟明磊相亲不过想杀杀那姓叶的女孩的锐气，她不过 ML 一个普通的设计师，怎么配得上明磊？"

大李逢迎地点点头："说得是！说得是！除非她执意离开 ML，不然的话找了明磊就是她烧了高香。"

史爱香很满意大李的话，说："希望那位叶小姐识趣，不然的话又得费我一番周折。哦，对了，我近期正在跟 ML 的白董谈判，看起来他根本不想放弃伊甸园的设计股啊。所以我想到底要如何做才真正要姓叶的心甘情愿地跟我们一道？从她的父亲那儿入手吗？"

大李端起刚刚自己的一杯没喝完的茶喝了一口没有说话。"为什么不说话？"史爱香喝了一小口奶酶汁乜了大李一眼。大李笑了笑："可以叫明磊去一趟叶家，听说叶成功写了一本《后浪》的书一直搁置在出版社，据说……据说是叶成功本身不想出书的原因。"

"为什么？"史爱香直视着面前的大李，"他因为什么要中止自己多年的心血？是因为他女儿的反对吗？"

大李说："正是！但这事儿遭到叶小姐母亲的强烈反对，毕竟作家要靠码字挣钱。"

"这家人真是奇怪！"史爱香喃喃地说，"起初我还小瞧了明磊的智慧，现在才明白原来他可能是放长线钓大鱼啊。"

"是是。"大李说，"所以我认为您也不要再给明磊找别的对象，姓叶的姑娘迟早有一天会站到孙氏置业这边。"

"混账！"史爱香莫名地气急败坏起来。吓得大李脸色发白，浑身不由哆嗦起来。史爱香指着大李的鼻尖气焰嚣张，头发都快立起来，"孙家的事儿什么时候轮到你来定论了。"

大李忙不迭地冲史爱香作揖："怪我多嘴！怪我多嘴！"

"凡事儿我想怎么做自有说法！"史爱香喊道。

大李低头看着史爱香，知道此时说话更会加重她发脾气的节奏，只好在她面前默默地站着。

半月后，百无聊赖的史爱香接到了"钻石大亨"熊三的夫人刘冰冰打来的电话，电话中刘冰冰的语气中充满着无限的关切。她说："香姐，近些日子好吗？"

"还好。"史爱香的话显然很违心。

刘冰冰听出来了，只听她"哈哈"了一声："快算了吧，谁不知道你在生闷气啊。唉！也难怪，这事儿如果换成是我的话说不准比你做的事儿还要出格。但是香姐你也不能因此把自己的身体气坏了呀。爱恨不过一念之间，往这想或许仇深似海，往另一方面想或许就是爱意绵绵。"

"我知道！但是这口气我真的咽不下，冰妹，他……他……他把我们一家害得好惨！"史爱香说到这里凄凄惨惨戚戚了起来。

"我过去接你咱们去'迪尼咖啡厅'聊好不好？我们姐俩面对面地聊，你把话说透，或许心里会好很多。"刘冰冰显然很同情史爱香的遭遇，不无怜悯地说。

史爱香寻思了一会儿本想拒绝，但刘冰冰在电话里又说："我已经进车库了，马上便到你那儿。"不到一个小时，她便来到孙家，用她的"路虎"车将史爱香接到"迪尼咖啡厅"。

"迪尼咖啡厅"坐落在九龙的朱雀门里，太阳庙的门，里面有几百个包间用翠竹隔开，进到里面如入幽静的港湾，十分惬意。

两个贵妇人进到里面，面对面落座。史爱香先是听刘冰冰讲了些关于养生方面的问题，比如早餐必须吃，中餐适当吃，晚餐不要吃，然后讲一些咖啡的妙用，以及放在她们身边小碟里那些花生、茶类所含的营养物质对女人的好处。

"还有一定要锻炼身体。"刘冰冰继续唠叨着她的养生经，"不然的话寿命会缩短。对了，锻炼不能过量，尽量不多于7500步，不然适得其反。这样啊，你的心也会分散一些，也就不会整日价如此烦恼了。"

史爱香叹口气说："这谈何容易？起初原本也不想掺和伊甸园这事儿的，但是鬼使神差有一天竟然悄悄回了趟伊甸园，看到他春风满面过着惬意的日子，想起病死的母亲饿死的弟弟……"她说到这里眼圈发红，"冰姐你说他的心为什么这么狠？"

刘冰冰说："香姐，老爷子毕竟是你的亲生父亲，你知道大李、麦姐他们为何一直不敢在你面前多说什么吗？"

"我当然知道！他们觉得他是我的父亲，我会顾及亲情。"史爱香说到这里冷笑一声，"可那得看看什么样的父亲，像他那样的父亲如果我舍命去顾及，老天会饶过我？"

"对对对，说得极对！"刘冰冰说，"有件事我一直想跟你说，但迫于老爷子是你的父亲一直没好意思说。就是吧……"她说到这里望着史爱香"呵呵"笑了笑，"我一直不明白老爷子做好事儿的目的，难道他真的会是为了别人吗？他是不是为了那徒留的虚名？"

"这个……"尽管史爱香心里也是这么想的，但是这话她却很不想从别人嘴里说出来，毕竟她曾经也姓过"史"。想到这里，她看看刘冰冰，脸色阴沉下来。

刘冰冰慌着摆手："对不起哈香姐，刚刚在胡说八道。"

她闷头喝了一口咖啡，抬头看了刘冰冰一眼，苦笑了一下："这有什么可道歉的？你说得本来就对！是的，就是这样，他不过为了自己的虚名而牺牲了家人，这种人算是好人吗？装腔作势罢了。"

"不不不，真的不是，不是的！"刘冰冰觉得刚刚的话有些露骨，想藏住，却已经露得实实在在。

"别安慰我了，我什么都明白。"史爱香看看刘冰冰，"你这次专门约我……"

刘冰冰说："是这样的，前天呢，娄玉去我那里了一趟。"

史爱香听刘冰冰一说娄玉马上便明白了："她什么意思？找你来提亲吗？她侄女不是没看上我们家明磊吗？"

"她不过觉得孙家难进，装装样子罢了。见你不理会又后悔！娄小涵看中了明磊，我觉得这是件好事儿，虽说明磊爱佳彤大家都知道，但是我觉得有钱人来个一夫多妻也并不是坏事儿，而这样呢，恰巧还可以压压姓叶的女孩身上的锐气。"刘冰冰说。

史爱香看着刘冰冰抹搭着双眼很久没有说话，当然她并不是被刘冰冰的话吓倒，而是觉得刘冰冰的话有些道理。

刘冰冰笑起来："天下是有钱人的天下，难不成你想明磊过那种专制专妻的生活？那也太便宜了姓叶的女孩了吧。"

"你的主意比丽娜的还狠！"史爱香说，"是什么原因使大家变成这样的？金钱吗？"

"是自由，大家都想自由地活着！因为这样才去投资伊甸园，还有你不是常说要改变伊甸园人的思维吗？只有改变他们的思维才能让他们过得快活！叶小姐是个可怕的人，是的，跟你一样，很怕她重蹈你父亲的覆辙。"

"说得太好了！"史爱香双手相拍后，给刘冰冰竖起了大拇指，"是的，我们要帮叶佳彤一把，让叶家重返富贵，重返光明。"

"所以说呢……"刘冰冰莞尔一笑，"这事儿你也不用头疼，咱们可以两下攻击，一边跟娄小涵结婚，一边让明磊继续纠缠叶小姐，还有一定要将 ML 的技术股一同搞定。毕竟目前看来，吃掉 ML 便可吃掉伊甸园的百分之七十。"

"白董建设伊甸园的决心很大啊，几次从他那里下手技术股都没有成效，所以我才想明磊从叶黄毛丫头那里下手。"

"放心吧！对了，有件事想跟你商量一下。"

"什么事儿？"

"就是去伊甸园巩固我们投资者地位的事儿啊。"

"巩固地位？"史爱香看看刘冰冰拧起浓黑的眉。

"刚刚我们在谈的不就是你担心在伊甸园没有巩固地位的问题吗？这些天跟熊三也谈到伊甸园的问题，他说我们应该去伊甸园一趟，一是要伊甸园的人们别忽视我们投资者的作用，我们要让他们知道，没有我们哪里来的现代化的伊甸园？没有我们投资人伊甸园不还是屋顶漏天、雨雪交困、遍地饿死鬼吗？我觉得人啊，不识惯，你给他提供了优越的生活环境吧，他们竟然说咱们剥削，掠夺他们的剩余价值。"

"这话你倒是提醒了我。听明磊这次回来说伊甸园这次出现了资金断层，不然的话我们从伊甸园下手？"

"我正要跟你商量此事，你说得对香姐，从伊甸园下手，ML 不过是伊甸园的附属，所以……"

"对对！"

两人一拍即合。

第 17 章　至死靡它

史爱香跟刘冰冰分手后，径直回家，大李扶她进屋小憩了一会儿，醒来。看见金色的床头柜上一张孙浩、她以及一双儿女的合照，老花镜戴上拿到跟前看了一会儿，鼻子不由得发酸。

想起二十二年前一个夏日骄阳下，孙浩去香港的黑玉树林寻找钻玉硬石，碰到史爱香，见史爱香年纪轻轻靠捡垃圾生活，很替她惋惜，于是跟史爱香说："你敢不敢跟我去云南挖宝？"

史爱香说："我都这熊样儿了有什么不敢的？"她本就是命苦的女人，命苦的人能干，有韧劲。再说挖宝很令人向往，因为当今社会只有有钱人才活得有尊严，所以……她跟孙浩说小时候父亲为了帮助别人把她弟弟饿死，母亲一气之下带着她要饭来到香港，天天看人的白眼儿过日子，所以没几年因为一场大病夺去了生命。

她说到这里忍不住流出泪。孙浩从史爱香点滴的叙述中得知史爱香是伊甸园人，她的父亲史东方……

"是叫史东方吗？"他拧起他的浓眉再问了史爱香一句。

史爱香很吃惊孙浩这样问，说："你竟然知道他的名字？"

孙浩听到这里哈哈笑起来："史老爷子那么大的名声哪个不知道谁人不晓啊。"说到这里上前给史爱香擦了擦眼泪，将她往怀里揽了揽说，"没想到老爷子为了救人却伤害了家人。"

她问他在说什么，他笑笑说没什么，只是觉得遇到了老乡更加亲切，高兴得流了泪。说到这里他用硕大粗壮的手擦了擦眼泪。她听说他也是伊甸园人更觉得遇到了亲人，跟他说，她漂亮的母亲去世时她才十岁，因无处安身，被一个捡垃圾的三十几岁的女人菅嬷嬷收留，将她带到一片茂密的树林的小黑屋里安身。

孙浩很同情史爱香的经历，跟她说："我现在虽负债千万，但是因为将手里的钱都投到了瑞丽的矿山，所以并不是游手好闲，无所事事。"他的愿望跟她一样，也是做个有钱人，将来带她风风光光地回伊甸园。

两人一拍即合！孙浩说他在瑞丽包了一座矿，因为缺少开采的硬石在香港探索了几年，在碰上她的钻玉硬石才找到。这大概是老天故意安排的吧。对！她给他带来了幸运，所以答应嫁给他吧。

史爱香听孙浩这样说也觉得两人很有缘，一是两人相差不过四岁。嗯，那年孙浩二十五岁，她二十一岁。那年应该是二十世纪的 1983 年 6 月 6 号吧。史爱香觉得这是个好日子，于是跟菅嬷嬷告别，要跟孙浩去瑞丽。孙浩说："菅嬷嬷不也是咱伊甸园人吗？既然都是伊甸园人那就是一家人，我们一起去云南吧。"

菅嬷嬷听说孙浩还要将她一起带去云南挖宝非常高兴，跟孙浩发誓好好追随，并还当场将自己改为孙姓。叫史爱香也改为孙姓。史爱香觉得可行！但孙浩却不要史爱香改姓。史爱香知道孙浩是念父亲的好，但又实在不想提及"史"字，就偷偷地改了姓，并叫人当面将史姐改称为"香姐"。这样既没有违背孙浩的意愿也避免了史姓。

孙浩明白史爱香是被自己的亲生父亲伤了心，发誓这辈子全身心投给史爱香，温暖史爱香那颗曾经受过重创的心。真是夫妻同心，其利断金！没有两年，在开采的山中挖到了翡翠种的玉石。后来，应该是1988年吧，生下儿子孙明磊，第二年冬月又生下女儿孙丽娜。

"喜事一桩连着一桩！"但缺少钱的日子却极不好过。十二岁的大李因为伊甸园的贫困跟随回来找工人的孙浩来到大理。大李虽刚满十二，但却人小鬼大，他建议带几个兄弟去香港售卖，毕竟那里是有钱人的天堂。史爱香夫妇听取了大李的建议，来香港的九龙租住了两层小楼售卖翡翠。尽管信心满满，但却只有问的，没有买的。

一连四五年，史爱香跟孙明磊都靠大李及身边的几个兄弟接济度日，这让孙浩非常愧疚，发誓将来有一天发达了，一定让这帮兄弟过上吃喝不愁、想干吗干吗的日子。兄弟们拼命地摇头："浩哥咱们是弟兄，弟兄间不能说客气话。"

孙浩知道兄们对自己的情义，也就不再多说。他相信天道酬勤，总有一天他的愿望就会实现。可事情总不尽如人意。尽管他如此拼命销售，仍是找不到真正的货主。

这天，美华一位姓巩的老总找到孙浩，要他帮他找活儿，说如果能帮他揽到可赚钱的活儿的话他会给他两个点的提成。孙浩想为了活口，只要能挣钱，什么都要干。在大李的帮助下几乎所有能得到消息的地方都发布了帮人揽活的信息，果真没多久便收到很多找他的电话。

这几乎让他欣喜若狂，联想很快账上可以进到一笔巨款，心不由怦怦跳了起来。是啊，只要他第一笔资金到账，史爱香跟两个孩子还有他的弟兄们就会跟他过上好日子，他的翡翠之梦也能顺理成章地实现，他便会唾手可得想得到的任何东西。想到这里他谈判的劲头更足。但让他想不到的是前来找他的"开发商"虽多，可不是骗子，就是盗贼。这些骗子跟盗贼常人根本无法辨识，他们装得比真开发商都像。有一天，一位姓施的开发商老总约孙浩去宁波商谈深圳房地产一个项目。因有人要在北京看珠宝，孙浩商谈施经理能否去北京？施经理寻思了一天，要孙浩给他出车票。

孙浩同意并给他买了当天的飞机票。见面寒暄几句，施经理便把他手里所有的资料都拿出来给孙浩看。孙浩觉得毫无破绽，便要带他去见美华的巩总。

施经理不去！理由很简单，开发商怎么能随便跟承包商见面？我是冲着你赶过来的，不是干活方。孙浩问他什么意思最好直说。施经理说："你可以把我给你的资料拍给你的朋友看，他们如果很想干，我才过去。另外我听说你是卖珠宝的，如果可能的话，我想买一对儿上好的翡翠送给我的上司。"

"如果这事儿成交的话，翡翠的事儿好说。我可以从公司挑一对最好的翡翠相送。"

"既然这样我想先看看翡翠，也不用最好的，几百万的就行！若看好的话我把它买走。"施经理显得有些迫不及待。"OK！"孙浩觉得这简直就是天上掉馅饼，于是做了个"好"的手势动作。

翌日一早，孙浩电话告知施经理去他下榻宾馆下面的银行看货。他说："在银行看货吧，看好可直接交易。"施经理说："可以！"然后直到临近中午，施经理才来，并且跟在他后面来看货的人不下十几个，这很让陪孙浩来的大李感到意外。孙浩使个眼色示意大李不要担心。大李往那十几个中间商那边走过去。施经理趁机跟孙浩说那十几个是他翡翠生意的中间商，但真正要货的人他已经找出来。

孙浩恍然明白施经理是想将十几个中间商支走，但见他点点头，往外走去。施经理趁十几人跟大李闲聊的工夫溜出去。

两人坐出租车来到一家不起眼的小酒馆。孙浩将翡翠拿出来给施经理看。施经理见到翡翠犹如饿狼见到美食，眼内不由自主露出贪婪的亮光。

孙浩说："如果你真想要的话三百万就行，你爱卖多少卖多少。"施经理干脆地："你给我二百万，以后我可以多给你介绍几个客户。"孙浩听施经理这样说爽快地点了点头。

原本谈好了价格，翡翠又在面前，马上交易是没有问题的。但施经理此刻接到几个电话，将电话放下。施经理说："对不起孙经理，有三个中间商已经在门外，我们今天不能交易。"

孙浩看看外面，果真有三四个鬼鬼祟祟的人正往里面瞧他们，只好说："那我回家等你的电话吧。"施经理点头应是。可在招待所等了三两天仍没有消息，孙浩只好打电话给施总。施总说见面再聊一下。"是中间商还没有甩干净吗？"孙浩问。

"不！我还想再要几对，你手里还有没有现成的货？"施经理说。"现成的货？有啊。"孙浩说。"我想要将你手里二百万的货都收过来。"施经理大气的样子更让孙浩犹如升空到了九天去揽月了。他大声地说："都收过去吗？"

"对！有多少收多少。"施经理说。

"这个……是这样的，我可以问你个问题吗？"孙浩问。

"你是怕我没那么多钱是吗？哈哈，所以我说咱俩见个面嘛，见面就是为了叫你过来验一下我的资金。"施经理说。

孙浩"哦"了一声："这样啊，好！"

当天，施经理便约好在离孙浩住处较近的地方一家工商银行进去验资，孙浩清晰地记得那天他仔细地数了卡上的钱是四亿七千多。他先是吃了一惊。施经理知道他是害怕他的账是假的，笑着说："不信吗？不信的话，我从里面取五百元给你看看怎么样？"说着话便到柜台取了五百块钱。见此孙浩跟大李对了下眼。

大李确认钱是真的，当晚去瑞丽取过来二十对价值五百万的翡翠。施经理见货已经到达，提出过机验货。孙浩跟施经理达成协议去北京珠宝专卖行过机，验了差不多一天半的时间才将二十一对翡翠验完。

全部达标！孙浩长舒口气。想到钱很快到达公司账号上，激动得一整夜没有睡。下午，大李拿着翡翠跟孙浩兴高采烈准备到银行交易。"这不是前几天见到的那些中间商吗？他们怎么突然来了这里？"大李突然又见到了前几天施经理的那十几个中间商，停下脚满脸疑惑的表情望向施经理。

施经理停下脚，装出惊恐的样子。孙浩也看到了那十几个中间商，他认为施经理又被他们盯梢了，马上打电话给史爱香。史爱香要他换个地点交易："不管哪里都行！一切以施经理的安全为主！"

孙浩机智地将手机合上，然后打了辆出租车，将施经理让进车内。出租车发动，孙浩长舒口气，转身问施经理去哪里交易时，施经理非常无奈地说："去我在北京订的宾馆交易吧。"孙浩觉得也行，便跟出租车司机说："方方招待所。"司机点点头，将车左转弯。但转弯的过程中，大李陡然从后视镜里看到几个中间商也打了车跟在后面。他很吃惊，捣了捣前面的孙浩，孙浩看到了那跟来的出租车，心想："完了完了，翡翠的事儿又做不成了。"

出租车司机继续往前开，后面的几辆出租车紧紧地追赶。孙浩心不由怦怦跟着跳了起来："怎么办？怎么办？"他嘴里喃喃地说着，手心也不由沁出汗。这时，孙浩的手机响了起来。

"浩哥，怎么样啊？"史爱香的声音从手机里传出来。"情况不妙啊爱香，中间人从后面追上来了。"孙浩说。

史爱香听到这里不由"啊?！"了一声，但是很快便平静地说："没事孙浩，这样，你附近有没有派出所？"

孙浩四下看了看点点头："附近应该有派出所。"

"那就赶快去派出所！"史爱香说。

"哦，好。"孙浩说着冲出租车司机说，"去派出所。"

出租车司机"嗯"了一声掉转车头往一条胡同里开进。不想此刻施经理却慌了："还是去我住的宾馆吧。"

"为了你安全还是听我的吧。"孙浩说着话，司机已经将车开到派出所门口。施经理见状想逃已经来不及了，因为此刻大李抱着翡翠已经将他拉进所内。

孙浩将实情跟值班的年轻警察叙述了一遍，年轻警察将实情记录下来。要施经理过来录口供时，他竟然哆嗦得不能自已，尿从裤子里流了下来。年轻警察觉得非常可疑，将施经理上下打量了一下。施经理更加慌了。

大概警察总能给人威严正直的感觉。施经理面对着正义很快说了实话。他说他是个抢劫犯，并不是买翡翠的，更不是什么开发商。刚刚在工商银行外面等他的中间商不过是他的团伙，他们的目的是想抢孙浩手里的翡翠。

原来孙浩早就被这帮抢劫团伙盯上，因见他求财心切，便想出一个故意没把中间人甩掉的点子，交易时将翡翠一抢而光。但因为抢劫方案无法实施，他们便想将大李跟孙浩骗去招待所杀害拿走翡翠。孙浩不由得出了一身冷汗！多亏史爱香，要是他跟大李听从施经理去了宾馆，那伙"中间人"肯定会跟上来，然后"喊里咔嚓"不就要了他俩的小命了吗？想到这里冷汗不由浸透了全身。

他的翡翠发财梦被击得粉碎。老天有眼！就在他绝望透顶之时，接到史爱香的电话。史爱香说刚刚突然接到一个电话要货，你尽快回港到麒麟酒店有人接应！他说是不是又是骗局？史爱香说不管是不是骗局总是去一趟的好，说着将电话挂断。

当晚，他跟大李乘机回港来到麒麟酒店，还没等推开门，一位酒店服务生笑着过来要大李止步，带孙浩一个人进去。

顺着朴素庄重的走廊往里走，再往右拐了一个弯又往前走，再往左走，走到最后一间屋，服务生停下来，然后敲了敲门，一位戴眼镜的丁先生过来将门打开，然后做了个请的姿势。服务生朝孙浩笑了笑鞠了个躬离开。

孙浩被丁先生带进宽敞的房间内。见里面坐着七八个人，有些慌了。这阵势有些强大，他想。还没来得及多想，坐在沙发上一位戴着墨镜的大约三十出头的男子站起来，往他跟前走过来。但见这位先生伟岸高大的个头，鼻梁很高且直。再看身上穿着一件罩住膝盖的军大衣，大衣好像几天没洗过，显得有些皱巴。正想着这人是否真的是钻石王老五时，丁先生走过来跟他说这位就是熊总，你把最好的翡翠带过来了吗？

"您是……您是真的想要吗？"孙浩用狐疑的眼神望着面前这个穿着军大衣的小伙子。

熊三笑起来，冲丁先生说："先打他一百万过去，省得浪费时间。""这个……"孙浩愣了，疑似做梦。

意识到是真的时，给熊三叩了几个响头。熊三看看表，跟孙浩说："明天一早你把货直接送去咪尼集团我的办公室吧。"孙浩点头哈腰地说了句："一定一定！"

话说当时的熊三虽年纪轻轻但却是翡翠界的元老了。他1956年生，十五岁进金铺打杂，二十岁冲进珠宝界，三十岁成为翡翠大亨。他的资产主要是投资翡翠矿和铜矿，据《财富》杂志报道，他已经成为瑞丽当地自然资源开采中最有影响力的一个人物。他发迹于上世纪八十年代，靠向当时的中东皇室富豪们出售大量翡翠而成名。

孙浩因为熊三的光临一夜暴富。天上突然掉下的馅饼，将孙浩几乎砸晕，很快将以前跟史爱香以及弟兄们发过的誓言忘得一干二净。一个月后的深夜，孙浩开着豪车去香港瑰丽酒店跟他的小情人玫瑰约会，不想半路碰到劫匪将他的这辆豪车炸毁，他也便与之殒命。

史爱香听说孙浩被杀，惊得差点儿背过气去，好在有大李过来相助，并发誓跟史爱香同甘共苦，帮史爱香将两个孩子抚养长大。史爱香看看两个年幼的孩子，想想自己不过三十岁的年纪，咬咬牙决定用柔弱的双肩支撑起偌大的孙氏集团。

因为孙浩死得不明不白，史爱香的情绪时好时坏。时时表现出来的怀疑，只有用金钱掩盖。为此大李劝她再嫁，但她说没有人会因为她的人而肯跟她结合，唯有钱。但为此她却更要做个有钱人，像总统那样受万人敬仰。

大李觉得孙浩的死对史爱香打击太大，有这样的想法也属正常，自此他追随史爱香周围，几乎成为她的傀儡，但他觉得可以将其感化，然后回到他们向往的伊甸园，跟老爷子安享晚年，却不知史爱香中了邪一般，根本就把伊甸园的老爷子当成了她的"死对头"！

此刻孙氏翡翠已经在香港小有名气，史爱香在大李的帮助下在香港商业街租赁了两层大厦办公，总经理的位置自然是史爱香，大李任史爱香的司机兼助手。

这天表姐尹麦来电话告诉大李她跟表姐夫下岗了，问大李能不能想办法帮着找个工作？大李有些为难。尹麦说："不过也无所谓，反正我跟你表姐夫还有点下岗赔偿金，一时半会儿生活应该还没什么问题。我相信凭你表姐夫的脑子，应该不会让你表姐受苦。"

大李想想也是，查理是八十年代的理工大学生，一时下岗是因为厂子倒闭，尹麦说："对对，相信会好的，一定会好起来。"但一直等了三年也没有好消息，查理找工作也是屡屡失败，原因很简单，国营单位的人骄傲，懒惰，私营公司用不起也不想用。

这天，大李回伊甸园看望表姐，知道尹麦在卖奶度日，将情况电话告诉了史爱香。史爱香听说后果断要大李带查理夫妇来香港。大李听说后，非常感动，要求表姐、表姐夫收拾行李跟他一起回香港。

让尹麦想不到的是，她跟查理来的那天，史爱香亲自去机场将他们接回家。史爱香说："都是伊甸园人何必这般客气？另外尹麦是个很讨喜的女人，我俩对当下的事儿、未来的走向都出奇地一致，何况我这里也的确需要查理这样有学历诚实能干的人才做内应。"

查理很感动，跟尹麦在史爱香面前发誓跟孙氏置业共存亡。因为大李的关系，两家人相处得很融洽，查理跟尹麦决定将他们的所思所学都用到孙氏置业身上。再加上工作勤奋能干，孙氏置业越来越兴旺了。但是某一天，一位买翡翠的商人看中一对儿翡翠镯子，想买却迟迟不下手。

查理认为此人没有诚意，尹麦要查理别急，然后两人再次约见姓施的商人，一番交心谈判后，尹麦觉得姓施的商人要翡翠的诚意很足，于是跟他说这对儿玉镯我们会一直放在银行等你过来签约。

大概买翡翠的被尹麦的诚意感动，于是跟尹麦说了实情。原来近期他的钱亏空，拿不出那么多钱，他问尹麦可不可以通融一下先交一半钱等他将本钱拿回来再将钱返还？

查理见买翡翠的不像在说假话，当即拍板让商人打个欠条，然后将翡翠镯子交给商人。买翡翠的将翡翠镯子带走后，半年时间没有动静。财务老冯在一次孙家酒宴中将事情原委透露给了史爱香。史爱香听后大怒，厉声叱责查氏夫妇后怀疑另一半钱可能被查氏夫妇贪了。查理据理力争，也没有消除史爱香对两人的怀疑，无奈，查理跟史爱香提出辞职。

史爱香不假思索便在查理夫妇的辞职书上签了字。查理携尹麦跟孩子带着几万港币去了西班牙。

在西班牙两人先是投奔尹麦高中一个女同学跑安利，后来觉得安利这工作不适合两人，辞职又干了些别的。再以后经朋友介绍在一家足疗店做事儿。老板很赏识查理做事认真不落俗套的劲头，出资在西班牙马德里的容里街盘下了一个两百平方米的店要查理夫妇照管。

查理夫妇研究讨论考察了差不多半个月，查氏足疗店便开张了。由于肯吃苦，查氏足疗店很快开始盈利。

一年后的一天早晨，查理突然接到史爱香的电话。电话中说她错怪了两人，查理夫妇能不能原谅她再回孙氏置业？她带着歉意跟查理说："那个买翡翠的商人来了香港，并把欠下的三千八百万港币还给孙氏置业。"

听说那个买翡翠玉镯的商人如此讲诚信，尹麦长舒口气。不过想想"容里街查氏足疗店"，再想想史爱香多疑的性格，夫妇俩决定留在西班牙，跟史爱香说咱们以后就像亲戚一样相处吧，这样彼此有个照应应该更好些。

史爱香认为尹麦还在生她的气，于是亲自去西班牙谢罪。她说咱们毕竟同是伊甸园人，要创业也是在一起比较好啊。查氏夫妇也这样认为，但毕竟在这里待了两年有余，跟这里的许多人也有了感情。尹麦说："谢谢姐姐的盛情，说实话，我跟查理不可能在外面待很久，有机会我们会想办法再回故土。"

见尹麦说得真切，史爱香也没有极力挽留，但她却将儿子孙明磊跟女儿孙丽娜扔在西班牙，直到两人上高中，才将他们接回香港。为了表示更亲密的关系，史爱香又让大李把若良接来香港跟明磊和丽娜一起上高中。

两家人从此不分彼此地帮衬着，当然孙氏置业家大业大帮衬查家的多一些，尹麦也就在史爱香面前表现得很谦恭，查理也是，对史爱香可说是十分尊敬。

新世纪盛夏的某天，尹麦跟查理从西班牙回香港，谈到表弟大李的婚事儿，大李不住地摇头。尹麦要查理跟大李好好谈谈。查理笑笑："这还用谈吗？他不过是喜欢香姐，难道你看不出来吗？"这还真让尹麦焦虑，长舒口气说："多亏是在香港，这要在伊甸园老家，孩子早打酱油了。"

查理说："大李长得一表人才，人又厚道，找个媳妇还不好找啊，只怕……"他想说，"香姐恐怕也是喜欢大李，不信我们可以试着问一下。"尹麦叫查理少说话："既然这样，还是先问问大李比较好。"

果真查理猜得没错！大李说两人三年前就好上了，没有公开是碍于史爱香的面子、浩哥的名声、香姐对孙哥的旧情。查理听到这里"嘎嘎"笑起来说："走自己的路让别人说去吧，我看表弟你是白在香港待了，你可以反过来想想，是你在帮浩哥照顾香姐，这有什么不好？"

尹麦听到这里仍是非常担心，说明理的知道你在保护香姐，不明理的还认为你是图香姐的财产。大李说："是啊，所以一直在顾虑，要不是那天遇到一件棘手的事儿，有可能早离开了。"尹麦问表弟什么事儿。

大李笑笑说因为男女有别，本想辞职去别处的，但去史爱香处辞别时，碰到一个长得"婚欲醉色心难忍，兽性大发如李逵般"的男子闯进史爱香的屋子。但见他抡起他的大刀将手里的一根粗绳砍断，不费吹灰之力便将史爱香捆了个结结实实，然后像扔白菜一样将史爱香往床上一扔。接着"李逵"掏出一个大布袋，将孙家所有值钱的东西一下子划拉进袋中，其中有刚刚制成的祖母绿的翡翠玉镯将近三十对儿。金银财宝无数。这样还不罢休，他竟然明目张胆要香姐去冒顶山做他的压寨夫人。

"竟然有这等事儿？"尹麦眨巴一下双眼。大李接着说："那天，眼看香姐被'李逵'非礼时，我跳出来，三下五除二将'李逵'制伏。金银财富如数归还孙家不说，'李逵'还被我收服，成了孙氏翡翠保卫处处长。"

查理"哦"了一声："你说的是李黑子是吗？"大李说："是！"

"所以这件事以后，香姐对你更是越来越器重并依赖了吗？"尹麦问。

大李点点头说："当然我更怕香姐再受人侵扰，发誓不再离开她半步。"

尹麦得知真情后，知道两人真心相爱相依，也就不再干扰。在大李全力帮助下，孙氏翡翠越做越大，且在国内外都有了分公司，2008 年，孙氏翡翠改名孙氏置业，并在那一年向汶川捐赠了 2678 万元款项。

有媒体要报道孙氏置业，被史爱香拒绝，原因怕父亲史东方找上门。事业的成功、爱情的滋润让史爱香享受到了世界最顶尖的幸福！她想忘却从前的烦恼，跟大李好好享受生活。但是这天，她在一张报纸上发现了一则关于父亲捐款汶川地震款项的后面登了寻找母亲跟她的消息。

起初是惊且喜，惊的是父亲果真还活在世上！喜的是父亲没有忘记并还在惦记着这对儿可怜的曾经被他抛弃的母女，而后转喜为悲，号啕痛哭。继而又转悲为恨，发誓这辈子不会与他相见。如果有机会相见也会叫他痛不欲生，后悔当初的做法。

她相信身在九泉之下的母亲跟她是一样的想法！

第18章 第一生产力

一早，床头柜上的电话铃声将叶佳彤吵醒。想到卧室的电话只有几个特别要好的朋友知道，一侧身将电话拿起来。是柴禾妞打来的电话，她说："叶助理你到底怎么回事儿？都回去一个月了，你还回不回来了？"

叶佳彤不想说话，一是她还睡意未醒，另外她实在没想方非的嘴那么快，竟然会将她家里的电话轻易告诉柴禾妞。

柴禾妞激将叶佳彤说："我知道你不过想听查若良的话嫁给孙明磊。"又冷笑一声，"都说你不图人钱财，都说查若良是为了报恩，放屁！你们两个道貌岸然的家伙，你们不配做伊甸园的人！"

叶佳彤努力往外呼着浊气，压抑着内心的怒火。柴禾妞继续发着她的牢骚："史爱香25号就到伊甸园了，到时你设想的智慧城就会成为孙家的了，天哪，你果真是为你的将来考虑，没想到，没想到啊。"

"你说什么？"叶佳彤听到这里"腾"的一下从床上坐起来，"你是说智慧城孙氏置业也占有股份吗？我不是说这项目无论如何伊甸园自己来做吗？"

"你这都在家待了一个月了，还想了算呀，别忘了智慧城的项目可是你跟查设计的共同签名。"柴禾妞说。

叶佳彤说："对啊，所以现在怎么可能到了孙氏置业那里？你的意思是若良将设计图样给了孙氏置业是吗？"

"是他给的图样还是你给的？我可打电话给查设计了，他说他根本不知道有这么回事儿。"柴禾妞以不无讥讽的语气接着说，"你果真那么听查设计的话，他叫你跟孙明磊你就真的跟孙明磊好啊。"

叶佳彤听柴禾妞这样说，抑制不住了："我在苏州过得清闲自在，干吗要听谁的摆布？天哪，这都是些什么人？干吗想清静一下都不能？"

"那你就回来嘛，省得别人诬陷人也不知道！"叶佳彤听柴禾妞如此说，忽然觉得是不是柴禾妞在激将自己？将气使劲压了压，心情平复了一些，然后拿着手机不再说话。

"25 号咪尼集团的刘总跟孙氏置业的孙董要去伊甸园，我觉得他们一定又是过去找碴儿的，我就真不明白了，听说他们就是伊甸园的人，为何屁股却总是撅到外面？对了，你还要跟明磊协商一下，叫他好好跟两位老太太谈谈，听到没有？欸，叶助理，你干吗不说话？"柴禾妞见话筒一直没有回音，觉得自己是在对牛弹琴，"我在这儿啵啵了这么长时间你怎么连个屁都不放？想鬼呢。"说着话"嘭"的一下将手机关掉。

叶佳彤本就一肚子火，又受了柴禾妞一顿莫名的牢骚，将电话一摔，躺到床上想继续睡，却怎么也睡不踏实，因为一会儿梦见查若良跟一个女人裸体在她床上亲热，一会儿是孙明磊来她面前调戏，然后闫平阳出现了，跟孙明磊打得不可开交，双方都受了伤。她站到两人跟前，不知该如何劝说，想走又走不掉，因为两人像是为她而战。

然后一个妖艳的女子过来狠狠地扇了她一巴掌，她疼得从梦中惊醒，睁开眼睛，衣服头发都被冷汗打湿。这时母亲进来，问发生了什么事儿。她懒懒地摆摆手，说没什么，只不过做了个噩梦。

郝凤韵说："大概是闲得久的缘故，不行的话我找找人你还是去银行上班吧。"叶佳彤没有说话，去了趟卫生间回来，郝凤韵已经不在，又坐回到床上，此时床头柜上的电话再次响起。

没心情去接，因为预感到还是柴禾妞打来劝她回 ML 的。望着叫嚣的电话发了一会儿呆，联想为何不愿意继续留在伊甸园的事儿，真的不过是因为若良离开自己而失去活下去的勇气吗？

应该就是这么回事儿，她认为。是的，若良的信中不是明摆着被金钱跟感恩打倒了吗？查家欠孙家的，所以他便允许孙家哪怕是骑到他头顶上拉屎，不是吗？史爷爷救过查若良的命，他便认为自己应该为孙家奉献一切，包括自己所爱的人也可以施舍。

多么可笑幼稚悲催的想法？难道受人恩惠到没了自我是一种该提倡的精神？这难道不是无知？难道受人恩惠就不能在恩人面前坚持自己的观点？我被闫平阳救过，难不成现在他让我去死我也要遵循？

什么破逻辑！她认为受人恩惠是该报恩，但对方也应该拿出一种无为的态度，不然的话会牵扯到人的行为，远远地躲开。对！就像查若良这样，远远地躲开，连自己的爱情都要抛弃。同时她又讨厌查若良的软弱。为什么要被这些世俗所羁绊？

电话再响的时候，她有些烦了，拿起电话，还没等吼，柴禾妞就说话了。她说："你刚刚在干吗？为何不接我的电话？"

"不想接！"她说。

柴禾妞生气了："我们这边都忙得团团转了，你怎么在家里待得住？"

无语。很长时间叶佳彤将电话挂断。柴禾妞坐在办公室望着被叶佳彤挂断的电话，突然间将电话拨给了正在修改伊甸园方案的方非，心急火燎地说："方设计，来我办公室一趟！"

方非将手中的笔放下，来到柴禾妞办公室，得知主任要她想办法将叶佳彤"请回"的消息感到非常可乐。可还没等她说话，柴禾妞便摆了摆手："今天就走！立刻快点马上！"柴禾妞的话说得非常干脆，容不得方非有半点辩解的机会。

对柴禾妞这种处事的方法，方非表现出了相当的不满，但又不能违背领导的意愿，她了解领导的个性，风风火火的很像《水浒传》里的"孙二娘"，当然这不过是方非对柴禾妞片面的认识。比如在潘明眼里，柴禾妞就是"金玉足，冰雪洁"的美女。

每次方非跟表哥潘明牢骚柴禾妞的事儿，潘明总会给柴禾妞添不少好话："我觉得你表嫂做得对！何况建设伊甸园是服务大众，使大众有更优质的生活。"

"我觉得她不过是出风头，真的，你不觉得吗表哥？她凡事儿都希望被人关注，一不被人关注，她就会失落，或者想很多办法引起别人关注。"方非说。

"你说话真的越来越让我听不懂了。"潘明拧眉看了看方非，"这话说的是你吧。"

"我相信她是这样，你看哈，自她提案伊甸园后，是不是出风头的事儿她都在做？"方非看着表哥潘明一脸的迷茫，"怎么？还不信？表哥我跟你说你根本不了解柴大妞。她跟那些所谓的投资者一个心理，不过人家是有钱的霸道，她呢，只好在权上耍耍她的威风。"

"胡说什么呢。"潘明当然不服气，跟方非说，在他心里姐姐是完美的。"每个人对人或事儿的看法都会不同，所以伊甸园允许有不同的声音。"

不想去想潘明对柴禾妞的看法，方非在考虑着如何应付柴禾妞对自己轻视的问题。

柴禾妞推门走进来，对她说："叶助理无论如何不能离开伊甸园，如果离开的话 ML 将损失惨重。"

方非眼睛瞪得滴溜圆，嘴一撇说道："什么鬼？难不成我们几个是你手中的玩物？想放就放？想捏就要捏死在你手里吗？"

"哈哈。"柴禾妞笑起来，"我并没这么说啊？"

"如果这样就不要请她回来，实在不行的话我可以代替佳彤。"

"你？就你，别逗了好不好？"

"我跟你说正经的呢，柴主任。"

"这样，你去请佳彤回来的话给你晋升一级工资。"

"一级工资？"方非寻思了好久才回过神，跟柴禾妞提出开辆豪车才去苏州接叶佳彤回来的事儿。

"开辆豪车？用得着吗？"柴禾妞疑惑地眨巴着炯炯锐利的眼睛十分不解地说。

"主任我觉得你很过分哎，你明明非常重视叶设计竟然还不拿出'刘备三请诸葛亮'的架势，那……如果这样的话那可就不好说了呀。"方非说着话要往外走。

"你去哪儿？"柴禾妞问。

"去工地看施工情况呀。"方非说。

"等等！"柴禾妞望着方非双眼温暖如春，流露着丰富的通达人情的大眼睛说，"这样吧，我可以跟徐副总申请一下给你辆豪车，但有一条你必须做到！"

方非"呵呵"了一声："别太过分了啊，不然的话我可以拒绝！"

"哟嗬！"柴禾妞点了点头，"那你必须说服叶佳彤回公司上班，不然的话豪车的事儿你休想。"

"威胁！"方非眼珠一转笑了起来，"不过用这辆豪车可以办成我一件私事儿倒也值得。"

"你想干什么？"柴禾妞紧盯着方非想猜透她的用意。

方非摆摆手："哎呀，没什么啦，不过去见一下一位重要的客户，别忘了这客户是往伊甸园投资的，他想看看咱公司的实力！"

"我就说嘛，怎么要请佳彤还要用辆豪车？"柴禾妞说。

方非笑笑，接着又摇了摇头："说实话我对佳彤回公司根本没有把握，除非吧，你叫你表弟想点歪招将她'抢'进伊甸园。"

"你说什么？"柴禾妞拧拧眉说，"方非刚刚你在说什么？"

方非笑笑，摆了摆手："好了，我会想法将佳彤请回伊甸园的。不然的话呀，我也是怕自己辛辛苦苦在 ML 的功劳付之东流啊。"

"放心！事成之后，一定给你奖励！"柴禾妞说。

"真的？！"

"我什么时候说过假话？只要将叶佳彤留下，伊甸园就不会被财富掠夺，才有穷人的好日子。"

"所以说嘛，不拿出点三请孔明的样子怎么行？"方非打了个响指，"迅速立刻马上给准备车，我马上动身！"

柴禾妞一拍桌子："好！"

就这样，方非自驾车来到苏州，并飞快地将叶佳彤约出来见面。

"突然来我家什么意思？"叶佳彤问变魔术般跳到自己身边的方非说。

方非上下打量了叶佳彤几眼，"嗯"了一声，非常礼貌地打开奔驰 500 车门："叶助理请上车。"

叶佳彤歪头看看方非。

方非忽地上前，将叶佳彤拉到车前，摁到座位上，然后上了驾驶座，将车门一锁。

"你要干什么？"叶佳彤说。

方非也不说话，使劲踩着油门火速驶往高速路口。

"停下！"叶佳彤喊。

方非不听！一个劲儿地往前开："不想跟你啰唆，所以才想了这个办法。说实话主任是铁定你不能辞职才出此下策的！"

叶佳彤没好气地"喊"了一声。

"也难怪，谁让你生得美貌如仙呢，据说只有这样伊甸园的事儿才能顺利发展，我跟大伟的婚礼钱也能省去不少。"

叶佳彤冷笑着"哈哈"了一声。

"瞎乐！"

"呵呵。"

"喊！"方非开着豪车疾速往前行驶。

一排排的葱郁的树木从眼前掠过。

不一会儿，叶佳彤的手机响起来。叶佳彤回过神，见是母亲郝凤韵打来的，想接，又不知道要说什么，想想只好将手机关掉。

方非开了一天一夜的路程后到达深山幽谷的伊甸园。刚将车停好，柴禾妞已经急不可耐地上前打开车门，冲着叶佳彤喊："快下车！"叶佳彤躺在豪车的后座上慵懒地睁开眼睛。

柴禾妞将叶佳彤拉起来，拽到车下，然后冲着方非说："你去招待所休息吧，我跟佳彤过去就行！"方非喊的一声："卸磨杀驴！"柴禾妞没有理会方非，只是拉着叶佳彤急急地一边往前走一边说："一会儿你可别给我这样的表情啊。"

"我怎么啦？"叶佳彤摸摸自己的脸。

"你一副要放弃伊甸园的样子非常讨厌！"柴禾妞说。

"我有吗？"叶佳彤问。

"用我拿出镜子来给你照照吗？"柴禾妞说着要从自己的蓝包里掏镜子。

叶佳彤笑起来。

柴禾妞也笑，接着说："你知道今天都谁来了伊甸园？"

叶佳彤说在车上听方非说了，是咪尼集团熊董的夫人刘冰冰跟孙氏置业的孙董事。

柴禾妞警告叶佳彤："要应付这么难斗的人要打起精神，一副愁眉苦脸的模样还行啊？"

叶佳彤想说："我心烦，不想搭理你！"但看柴禾妞急急火火的样子将脸转向一边。

"因为若良对吗？若良的离开对你的打击很大。"柴禾妞认为自己是故意提起查若良刺激叶佳彤的，因为这样她有种快感，莫名的快感。

叶佳彤努力让自己保持镇静。

"你近段时间很消极，我知道，若良在的时候你觉得很有干劲儿，你一直在想着将查家人和叶家人合在一起是件非常快乐的事儿，现在你没有了这个幻想也就不想做这件事了。"

叶佳彤不知道柴禾妞说得对不对，看看她，没有说话。

"佳彤，世界上也不光查若良一个男人，还有其他比他更适合你的男人。"柴禾妞说。

"不要跟我提这个行不行？"叶佳彤回敬说，"你找我来是羞辱我的是吗？"

"没有啊。"柴禾妞非常无辜的样子说，"好吧，那我不提他了，但你要调整一下自己的情绪亲爱的！"

叶佳彤努力让自己脸上的肌肉放松。

"你是人才，人才是第一生产力，特别是在伊甸园这么匮乏人才的地方。"柴禾妞尽力转移话题，但叶佳彤还是不想听。无奈柴禾妞走到叶佳彤身边，再次拉起她的手，往伊甸山内走进。

第19章　抢占先机

闫爱军是闫平阳的父亲，虽已经退伍二十多年，但一直不忘初心，将改变伊甸园放在重中之重，不但将荒田变良田，土房草房变瓦房，蔬菜变棚田，水果演变水果酒等，还有了医疗合作、机械合作，大力倡导人类命运共同体。

在史东方的影响下，在伊甸园人的大力支持下，闫爱军还做了一件大快人心的事儿，那就是将一些不管是不是伊甸园人的退伍失联病残的军人都请到伊甸园无偿地赡养。这些军人不分职位高低，不论年龄大小，只要失去生活自理能力，只要身边没有亲人都可以到伊甸园享受最高规格的养老。

叶佳彤多次听柴禾妞介绍过闫爱军的事迹，在她的印象中，闫爱军解甲归田金钢山，惊天动地报国家，千山因你亿家顺，军装叠好泪沾襟。但面见了闫爱军，叶佳彤却对闫爱军的感觉并不好。

柴禾妞冲叶佳彤说："伊甸园分管技术股的副园长是我三姨父，他是平阳的父亲！你可以叫他老人家闫叔或者闫副园长。"

叶佳彤"哦"了一声，向这位闫爱军看过去，觉得闫平阳跟他还真有几分神似。

闫平阳相貌清奇，悦耳怡神，一身肌肉腱。闫爱军的一字眉，双眼赤丝乱系中露出的一股率直忠诚跟闫平阳神似百倍。哦，还有一个地方极像，那就是鼻子，两人的鼻子都很尖削，像箭头般突出，硬挺。

叶佳彤看呆了，被柴禾妞碰了一下，不由自主地朝闫爱军笑了笑，然后礼貌地叫了一声"闫副园长"。

"听妞妞说你认识我儿子啊，呵呵，那你也好不到哪儿去。"闫爱军望着面前瘦削俊俏、脸显得有些苍白的叶佳彤，嘴撇到了脑门儿，乜着的眼睛也露出了不屑。

"姨父！"柴禾妞觉得闫爱军的话说得过分，"叶助理不管怎么说也是伊甸园的主力，你说话不能这样。"转向叶佳彤，不好意思地，"姨父说话就是这个样子，你听他说话要反着听！反着听的意思呢就是他很喜欢你。希望你呢冲着伊甸园人的热情多跟投资者们美言伊甸园的优势。"

叶佳彤心想柴主任你也太能白话儿了，有这样听话的吗？闫爱军明摆着一副唯我独尊、瞧不起她的架势。摇摇头，哀叹柴禾妞的良苦用心。

闫爱军说话嗓门很大，眼眶凸得老高，举手投足间有别人都欠他钱一般的感觉。

叶佳彤跟他交谈了一会儿，他仍是满脸瞧不起她的样子。但见他乜了叶佳彤半秒的工夫说："叶助理啊，有幸做伊甸园的事儿可是你的福气啊。"叶佳彤不屑于理会闫爱军说话的口气，想苏州比这里更好呢，但只是看看闫爱军，没有将话说出来。

"我们这里可是藏龙卧虎之地啊，你小孩子家家的可能不知道，这里出过孔子、孟子、诸葛亮、史老神医……所以我们这里的人就算没念过书，也懂得很多道理。"闫爱军骄傲地说。

叶佳彤笑笑："但是有很多人并不向往这里，比如我的父亲。"

"你父亲？"闫爱军差一点儿说出你的父亲算什么东西的话，话未出口已被柴禾妞推到一边儿，冲叶佳彤笑笑说，"对了，叶助理，今天我还得跟你说个事儿。"

"什么事儿？"叶佳彤问。

柴禾妞说："不知道你最近有没有读过一本叫《伊甸园笑话》的书。书里把智慧伊甸园说成是投机商乐园，在动荡的时代做不动荡的自己，伊甸园有些企业家干一些能捞一把就捞一把的事儿。伊甸园的科技应用水平不低，但多数用的是伊甸园人的低级趣味，利用互相买卖互相八卦的优势赚低级趣味的钱。这样的不争气很让人难受，高科技集团才有出路，工业用软件才有出路，基础性的软件没有……"柴禾妞话说得俏皮，让叶佳彤想起父亲写的《后浪》，书里不正点明伊甸园人正在步入资本的深渊吗？他们是外星人，他们不是伟大的企业家，如果这股恶浪进来，伊甸园就会成为资本的奴隶，遍地都是投机商，如此这般如何实现双赢，如何实现行稳致远，如何提升伊甸园人的生活质量，幸福指数？

跟柴禾妞谈这样的问题忽然想到闫平阳，也不知他最近在干什么？为什么今天没有出现在伊甸园？刚想到这里，三辆黑色奥迪车排列有序一辆一辆停过来。

闫爱军疾步上前，打开第一辆奥迪车门。柴禾妞到了第二辆奥迪前，将车门打开。叶佳彤见此到第三辆奥迪车前将车门打开。

刘冰冰、史爱香、赵县长分别从车上下来。但见刘冰冰一下车，便迫不及待地说："史老爷子来了吗？史老爷子来了吗？"

柴禾妞冲面前的刘冰冰笑笑说："史老园长在食堂，本来他也要来的，怕他年纪大了身体吃不消。"

刘冰冰"哦"了一声："看我，光想自己了，竟然没想到老人家是耄耋之年了。"

史爱香从车上下来，看看刚刚给自己开车门的叶佳彤，冷冷地乜了叶佳彤一眼。

"孙董好！"叶佳彤有礼貌地叫了史爱香一声。

史爱香没有吭声，高傲地就当叶佳彤不存在一般往刘冰冰这边儿走过来。

叶佳彤异常尴尬地耸了耸肩。

史爱香虽没看到叶佳彤的表情，但她感觉到她的尴尬了，觉得很高兴，莫名的那种。

叶佳彤倒也无所谓，不过她并没有想史爱香是因为她对明磊的冷淡对她进行的实时性报复，认为史爱香对谁都这样，除了对自己有利的人以外。想到这里，紧赶了几步。

赵县长走过来，跟刘冰冰和史爱香说："今天中午叫闫园长带咱们尝尝伊甸园地道的农家菜，不但便宜、美味，还透着浓浓的情意，让人暖心。"

"本可以开车再往里走一段，但想请赵县长和两位老总看看伊甸园的美景，所以……"柴禾妞说。

刘冰冰说："好，这样好，看看伊甸园优美的风光还真跟香港不一样。"

"香港以多姿多态著称，既有热闹喧嚣的一面，也有轻快、恬静的一面。"叶佳彤走到众人面前轻轻地说。

刘冰冰回过身朝叶佳彤看了看，点点头："这位美女就是那位网红的叶美女吧。"上下打量了一番，露出欣慰的笑容，"难怪呢，不错，点赞！"

"过奖过奖！"叶佳彤微笑笑，非常谦虚地，"不过大家抬举！"

"哎呀，别这么说。"刘冰冰上前拉起叶佳彤的手，一副无限怜爱的样子。

柴禾妞趁机说："这位叶美女是伊甸园总体设计师，她很小就在勾勒心中理想的伊甸园蓝图，她的设计是在不破坏原有的基础上改造，沼气用地、水果蔬菜粮食废物利用、生活垃圾加工处理、伊甸园环保再利用等都出自她手。"

"哦哦，哦，厉害。"刘冰冰再次朝叶佳彤竖起了大拇指。

史爱香听到这里也不由得向叶佳彤投去欣赏的一瞥，心想也难怪儿子对她念念不忘呢，的确有招人爱的地方。"嗯，是的，我不能对她板着一张面孔，毕竟技术股这项重要的环节在她手里把控。"但脸又一时拉不开，于是"嗯哼"了两声，继续往前走。

闫爱军紧赶几步走到前头，带着大家顺着溪水中间的木板路咯吱咯吱往前走，走在青石铺就的路上，映在大家眼前近千棵的桃花树，分外妖娆。

几人顺着桃园往前走，望见零零星星的院落，其中大一些的院落占地足有上千平方米，推门走进去里面分别设有简易的卫生间、蔬菜区、杏梅园、葡萄园、苹果园、樱桃园，等等。

再往里走，一排排整齐的屋舍。有肥沃的田地、美丽的沼池、桑树竹林，田间小路交错相遇，鸡鸣狗叫到处可以听到，人们在田野里来来往往耕种劳作。顺着蜿蜒的小路继续往前走，在林子的尽头可以看到"伊甸园食堂"几个大字。闫爱军推开门，将刘冰冰、史爱香、赵县长迎进门。

叶佳彤和柴禾妞跟在几人后面，几人有先有后走到走廊的尽头闫爱军上前推门，然后往边上一闪，刘冰冰、史爱香、赵县长进去。等到了柴禾妞这里，闫爱军进去，柴禾妞叶佳彤随后。

食堂的这个房间比普通的单间大，放了八张桌子。其中五张桌子已经坐满了人。他们大多是为伊甸园做过贡献的嘉宾。另一桌上只坐了三个人，一个是八十多岁的史爷爷，还有两位，一个是董瑞祥，一个叫赵铁鑫，三位老英雄见闫爱军陪着赵县长、刘冰冰、史爱香、柴禾妞、叶佳彤几个进来，史东方一个起立，全部人都站了起来。

史东方喊了声"敬礼！"三位老英雄一同给众人施军礼。闫爱军连忙还了军礼。刘冰冰、柴禾妞、叶佳彤等人都很激动，不约而同跟老英雄们行起不标准的军礼。只有史爱香将脸转向一边，像是不屑跟这些人一起。身边的刘冰冰轻轻碰了她一下，趴在她耳边小声地说："你怎么啦？"

史爱香"哦"了一声，冲其中两位老英雄勉强露出笑容。但走到史东方跟前时，她脸上的肌肉不由自主地抖动了一下。

史东方仔细凝视了一下史爱香，想起刘冰冰曾经问过孙氏置业的孙爱香是否自己亲生女儿的事儿，联想曾经跟孙爱香的会面被面前富态的女人一番否定："我不姓史，姓孙，姓孙！"也就不再询问，只是朝史爱香慈祥地笑了笑。

史爱香努力让脸上的肌肉松弛下来，然后极力对史老爷子抱以善意的笑容。

史东方看到了她的微笑，感到异常温暖，内心也阵阵骚动。大概两人敌视的磁场消失了，屋内的气氛瞬间融洽和煦了许多。

刘冰冰很有修养地指着旁边年逾耄耋的史东方对史爱香说："香姐，这位史老英雄我不用介绍了，我们六年前见过。哦，有一点我得跟你说一下，他老人家几十年如一日救助贫困山区的娃儿，嗯，伊甸园希望小学的初框就是史爷爷捐的款。"

史爱香看看史东方点点头，但没有像人想的那样激动地上前握手，仍然一副心不在焉的样子，在想冰妹你到底是和谁一伙的？你不是嘱咐我来说服这帮人将技术股也买掉的吗？想到这里连忙给刘冰冰使眼色，刘冰冰却如未见一般，只顾着跟史东方聊天。此刻史东方大概觉出冷落了史爱香，于是笑笑请史爱香坐。史爱香想转身走，被刘冰冰拽住了，只得停下脚步。

闫爱军看到史爱香对史东方不恭敬的样子，火了，眼珠子瞪得溜圆，站起来要发作，被旁边的赵县长拽住了衣袖。他将闫爱军拉着坐下，然后冲着刘冰冰说："刘总、孙董，咱们边吃边说怎样？"

刘冰冰说："好。"冲史东方笑着点了点头。然后趴到史爱香耳朵旁小声说，"你今天表现不好香姐，你不能这样！"史爱香想说："冰冰你是不是神经了？到底我们是来干什么？"当着许多人的面又不好说，只得佯装高兴的样子举杯喝酒。

"哎呀老爷子，你说你这么大年纪了，还在为人民谋福利，一见你这样，就觉得……"刘冰冰说到这里被史爱香狠狠踩了一脚，不由"嗷"的一声。刘冰冰冲着史爱香说："香姐，你怎么回事？"

大家的目光都往史爱香这边看过来。史爱香看看史东方，后悔不该跟刘冰冰一起来伊甸园，因为她应该知道刘冰冰就是《三国演义》里的鲁肃，本来说得很好的事儿往往适得其反，使劲摇摇头，不知熊三这些年是怎么跟她共事儿的？真的受不了。想到这里她站起来，冲刘冰冰说："我出去透透气。"然后也不管刘冰冰什么反应便往外走去。

柴禾妞给叶佳彤使了个眼色，意思叫她趁机出去劝说。叶佳彤本不想，但又不喜欢这喝酒的场面，于是站起身，跟史爱香一同走出去。屋内并没有因两人的出走而显得尴尬，何况闫爱军本就对史爱香有些意见，见此朝刘冰冰"嘿嘿"笑了笑，爽快地说："刘总咱们吃吧。"刘冰冰点点头，跟闫爱军碰杯。

席间闫爱军坐在几位老英雄面前像是很怕他们，一点儿也没有刚刚在外面的样子，这令刘冰冰感到非常奇怪。

"这就叫一物降一物，没有什么可奇怪的。"赵县长说，"闫副园长就是这样，大概是当过兵的原因，除了崇拜英雄以外，几乎什么人都瞧不上。"

"真的呀?!"刘冰冰翘起比花瓣露珠还要晶莹的嘴唇笑着说。"还会有假吗?"赵县长看看闫爱军哈哈笑起来。

刘冰冰望向窗外，看见刚刚冒出新芽的绿色植被说："这里环境不错，只是跟你们描述的好像有很多不同。"

"是啊。"柴禾妞说，"叶设计来这里体验过多年生活，然后她为这里画了一幅画。接着她按照自己的构想开始绘制。"

刘冰冰"哦"了一声，点点头。大概想跟旁边的史爱香说什么，见人不在，将话咽了下去。

此时叶佳彤急匆匆跑进来，看看众人放缓了脚步，然后猫腰到柴禾妞耳旁悄悄嘀咕了几句。

柴禾妞脸色已经发白，看看刘冰冰。

刘冰冰眼睛眨巴了几下，意思是："怎么啦?"

叶佳彤走到刘冰冰跟前，附到耳边说："孙董一个人回香港了。"

"什么? 她回香港了?"刘冰冰惊愕地望着面前的叶佳彤，将声音说得很大，几乎全场人都听到了，眼光齐刷刷地投向刘冰冰。

"她走就走呗。"闫爱军说，"一看她就不是个善碴儿，这种人伊甸园不需要!"

"别乱说!"史东方大概预感到了什么厉声喝道。是的，他从前些年见到史爱香的一霎，便认为或许她就是自己的亲生女儿，但史爱香一副冷冰冰的样子又让他觉得自己在痴心妄想。嗯，在他心里，认为自己的血脉不会反对他帮助人爱护人的，或许她比他为人民服务的决心还坚决。

赵县长听说史爱香执意离开伊甸园，准备去追，被刘冰冰拦住："算了，叫她回吧。没事儿，我回去会找她算账，来，咱们继续、继续。"

大家认为出现这种事儿也正常，于是很快便忘记史爱香离去的事儿，只有史爷爷，胸口似有阵阵疼痛，他摁住胸，豆大的汗珠从脸上流了下来。闫爱军打电话给网格室，秋水跟二丫进来将史爷爷搀扶着离开。

秋水此刻是伊甸园网格总长，她是划分网格、明确网格的责任人。自然伊甸园根据每个区域的特点，按照方便管理、界定清晰的原则，划分区域管理网格，原则上按 100—300 户为一网格。

对每一网格确定一名区域负责人，责任划分，做到区域网格化管理人员、职责、任务三落实，制定网格划分的网络图，各网格制作公示牌。二丫被分在一网格，也就是英雄基地的区域，那里面有大约二百多个退伍军人以及孤寡老人。今天史老园长病了，闫爱军自然打电话给秋水和二丫。

秋水跟二丫将史爷爷扶进简易的屋里躺下。史老园长冲二人笑笑说："没事儿，刚刚喝了酒有些上头。"二丫给史园长量了下血压，觉得没有大碍，跟秋水出门，碰到叶佳彤正在回招待所的路上，走上前跟她打了招呼。二丫说："叶助理，谢谢你帮伊甸园留下技术股。伊甸园人会记住你的大恩的。对了，你家里人都好吗？"

一句话一下子提醒了叶佳彤，她慌忙掏出手机摁开，见里面显示出了"家"的三十多个未接电话。想起父母还不知道自己来了伊甸园，忙将电话拨出去。叶成功已经将电话打进来了。

"对不起爸，我没跟您和妈禀告就来了伊甸园。"叶佳彤说。叶成功淡淡地回了一句："没事的佳彤，只是……只是你妈她……她又住院了。"叶成功吞吞吐吐地说。

"我妈又住院？哦，我知道了，我马上回去，我立马就回去！"叶佳彤说着将手机滑上，跑出去。

秋水着急地追上来说："叶助理你不是还要在伊甸园待几天吗？"

叶佳彤说："我妈住院了，我得回去看看，不行吗？"

"那你……"秋水想问叶佳彤，"你还回来吗？"话还没等出口，叶佳彤已经上了的士。

第 20 章　为人民服务

叶佳彤回苏州，郝凤韵还在医院抢救。叶成功告诉女儿说："可怜天下父母心啊，每每你遇上什么事儿，你妈像是有预见一样心脏病发作，唉！你们这些年轻人啊，什么时候才知道体谅父母的良苦用心啊。"

无法在此时跟父亲说出自己想重回伊甸园的想法，毕竟两个月来，他们有的只是对抗，别无其他。就算过年那天她也在对父母施加冷暴力。想到这里，对母亲住院的事儿更是内疚，于是只有将内疚化作行动，尽心服侍母亲。

叶成功对女儿的表现很是欣慰，说："为什么大家不能坐下来好好谈问题？为什么动不动就要指责控诉反对者？"

看到女儿安然无恙来到面前，郝凤韵的病好了一大半儿，于是没多久，便出院。叶佳彤如变了个人似的顺着母亲的想法。但是这天，又接到柴禾妞要她回ML的电话，她试着跟母亲说："我的假期已过，准备回去上班。"

郝凤韵死活不依："你这孩子怎么回事儿？干吗要跟家长对着干？有道是，天下无不是的父母，我们所做的一切可都是为了你好！别一根筋地跟你爸较劲儿了行吗？"

叶佳彤非常好脾气地跟母亲解释说："为什么服务于大众是跟你们对着干？建设伊甸园不过是我们的理想，我们并没有跟你们对着干的意思。若良有句话说得对，像父亲，以及孙明磊的母亲，你们是一些有着特殊身份地位的人，你们本身具有贵族所拥有的特权思想，希望能够成为具有特权的新的文化贵族，幻想着能够像欧洲和美国的那些文化启蒙者一样，成为进行资产阶级革命，建立资本主义社会的文化启蒙者。"

"胡说什么呢？"叶成功严肃地说并狠狠地瞪了女儿一眼，"你觉得一个玩弄你感情的男孩说出来的话会有道理？"

"是啊佳彤，我就知道你这些年在外面被有些人蛊惑了，也难怪，跟什么人学什么样儿，所以这次无论如何你也不能离开！"郝凤韵说。

"不行！"叶佳彤回答得很果断，"我不可能将这十多年的心血白白被人糟践！闫医生说伊甸园有些人一天连五元钱都挣不了，却还要将挣到的钱上交，这是血淋淋的吃里爬外、捞钱骂娘的行为，必须得到整顿，以净化我们的队伍。而我的父亲更要提升思想觉悟，端正作家的世界观和人生观。"

郝凤韵火了："你是要置我们于死地吗？如果真是这样的话，我立马就死给你看。"说完做出朝门框撞过去的架势。

叶佳彤慌了，忙上前拦住："好了妈，听你的，我听你俩的还不行吗？"说到这里哀怨的泪水流出来，然后打开自己屋的门，躺在床上，努力捋着纷乱的思绪。

叶成功知道郝凤韵这招儿见了效，不由得朝郝凤韵竖了竖大拇指。郝凤韵说："现在的年轻人真的惯坏了，什么都不想听父母的，也不知我们上辈子到底做了什么孽？"叶成功说："我们什么孽也没做，只是想说句真话，却遭到孩子这么大的反对。"

郝凤韵叹口气："说实话如果佳彤真的留在咱们身边的话，搞设计这方面的工作我还真给她找不上。"

"当初我们就应该阻止她选择这样的专业，唉！一失足成千古恨啊。"

"你的意思是……"

"我的意思叫她干些与伊甸园无关的事儿。"

"那么……"郝凤韵眼珠一转，很快便明白了叶成功话的意思。

不久，叶成功通过关系将叶佳彤安排到中国银行苏州分行上班。这原本对有些人来说是份较为体面的工作，但叶佳彤面对天天走不完的账内心却有排斥感、厌烦感、无聊感。

的确，她面对数字犹如裹脚老太太面对阿拉伯人，尴尬，无力，灰心，最终丧气。认为再继续这样下去她就疯了，并敢断定这疯并不是一时的，而是一世的，不可能有人拯救，也无法拯救！

精神病院？也没招儿！

保佑老天让父母理解自己，变成太阳公公过来拯救她。但是可能吗？因为父亲整个一资本的走狗，他对年轻人的失望仍没有断念，甚或因为她的不听话更加绝望。

"后浪"跟"前浪"之间真的有"代沟"还是"前浪"故意做出一派对年轻人绝望的架势？他们先是将他们的孩子母鸡保护小鸡一样地保护起来，然后当你依赖他们了便开始进行羞辱、谩骂。

很多有志青年因为辩不过父母而对他们采取不理不睬的态度，但她梦想的伊甸园人要知道感恩，因为听到父母恶毒的指责不能有一丝反抗。比如她现在的工作，明明她非常不愿意干，但每提出辞职，他们就会大惊小怪地说："现在的年轻人这是怎么啦？这个社会还有救吗？干这个这个够！干那个那个够！"

听上一代这样说时，她恨不得辩驳，但又无力，原因很简单。母亲郝凤韵说："无论如何此刻你在依赖我们生存。"

"怎么办？到底应该怎么办？"她来回踱着步，脑中反复纠结伊甸园的走向，甚至考虑查若良当初将她推到孙明磊跟前的心理，还有闫平阳最近在干什么？以及柴禾妞、方非、ML 的同事，她小学、中学、大学的同学都在干什么？是否跟她一样在做着自己感到无趣的事儿？

又到了上班的时间。这天，她给一顾客取完钱在验钞机上点完钱后，便摁上了叫 069 号顾客的号码。068 号本来已经走了，可又突然觉得没有看见点钞机上的数字，于是返回来要叶佳彤给他点一遍。

叶佳彤原本不想理会，但又想还是少惹是非，帮 068 数一遍吧。原本觉得自己在做件好事，却不想 069 顾客不高兴了，大声嚷嚷着叶佳彤不按规矩出牌，叶佳彤没有理会，069 为此更不高兴了，别找大堂经理反映情况。

大堂经理见此先是安慰了 069 一番，接着冲叶佳彤吼了一声："叶佳彤！休息时间来我办公室！"

叶佳彤没好气地"喊"了一声。069 指着叶佳彤的鼻尖说："她竟然这种态度，你看！"

"你想干什么叶佳彤？！"大堂经理气得青筋暴出脸面，鼻子嗡得高高的对叶佳彤说，"不想干可以明说，要在我面前耍这副态度！"

"现在的年轻人这是怎么啦？真是，连点儿规矩都不懂！"069 也附和着喊了起来。

叶佳彤先是愣了一会儿，接着将手里的工本往桌上一放，工作服一脱扬长离开了银行。

走出银行门口，突然有些后悔自己的所作所为了。虽说她非常讨厌这个天天数钱的日子，但是她这样不打招呼便私自离开工作岗位的行为真的不对。"既出来就安之！"这样安慰着自己时，不觉有些饿了。

往一家自己偏爱吃的"豆腐蜜汁店"走进去，然后冲着六十多岁的慈祥阿姨说："来一份豆腐蜜汁！"

"嗯，我也来一份！"一个好听的男中音的声音传到叶佳彤耳朵里显得那么熟悉而又温暖。

顺着声音叶佳彤朝这人望过去，不由惊愕住了："你……你……"

闫平阳点点头："就是我！闫平阳！"闫平阳说着伸出了手，"很高兴见到你！"

叶佳彤莞尔一笑，接着也落落大方地伸出手说："见到你很意外！"

闫平阳欣喜中夹杂着故意的逗乐："不高兴？"

她笑起来，露出洁白的牙齿，"嘻嘻"了一声。

"我也很意外！"闫平阳觉得叶佳彤的"嘻嘻"好像看透了他是故意来找她的一样，说，"没想到会在这里碰到你！"

叶佳彤没接他的话，只是轻瞄了他一眼说："觉得你比以前成熟了。"

闫平阳"哦"了一声："是的。"

叶佳彤点点头："你应该来苏州有半年多的时间了对吗？"

闫平阳说："是！具体应该是九个月零六天，这不，今天是我返回伊甸园的日子。"

"伊甸园？不是北京吗？"叶佳彤问。

闫平阳果断地："不是！"

叶佳彤拧拧眉："你们医院也在伊甸园建了分部？"

"是。"

"天哪，我不过才离开半年多的样子嘛。"

他"嗯"了一声。

"这个……"叶佳彤想想自己的工作状态，内心非常失落。

"跟我一块回伊甸园吧。"闫平阳用异常真诚的态度跟她说。她没有回答他的问题，只是愣愣地看着他。

"什么时候跟我回去？"他干脆跟她要回去的时间。

"回去？开什么玩笑？"叶佳彤说。

他清了清嗓子，使劲呼了口气然后说："你知道我为什么绕道从这边走吗？"

叶佳彤拧了拧眉："你刚刚不是说是碰巧吗？"

他坦然地说："哪有那么多的碰巧？不过男人的自尊顺便说出的一句话。"偷眼瞄了一下叶佳彤，见她得意的样子，脸不由得红得像红布。但又觉得话已出口，于是说："其实前些日子就想过来，又怕讨你爸妈嫌弃。"

"嫌弃？"叶佳彤抬眼看看闫平阳笑起来。

"不会吗？"闫平阳看看叶佳彤也笑起来。

叶佳彤一本正经地看向闫平阳，似有很多话想跟他说，但又不知从何说起。

"跟我回伊甸园吧。"闫平阳又说。

"我干吗要跟你回伊甸园？"叶佳彤不屑地望着面前的闫平阳。

"凭你还欠我一条命啊。"闫平阳用尽气力说出这句根本不想说出的话后，怯怯而又努力鼓足勇气说："不是吗？"

"我说过要还你钱的！"

"我不要！"

"要知道有一天被你这样要挟着，真的不如当初死掉算了。"

"既然这样那就赶快跟我回去，对！现在就走。"闫平阳将伸出的手递给叶佳彤。

"跟你逃走？"她见闫平阳死乞白赖也拿出了破罐子破摔的样儿，"好吧，那你告诉我去伊甸园住哪里？生活有保障吗？"

"这些你都不用管，一切由我来处理。"闫平阳一副很男人的样子。

"在伊甸园如果没有饭吃，你会养我吗？"叶佳彤趁机将了闫平阳一军。

"别狗眼看人低，那是必须的！"闫平阳说。

叶佳彤愣住了，闫平阳也为自己刚刚的举动感到唐突。

无语。半晌，闫平阳揩揩脸上的汗说："伊甸园人天天都在唱歌！"

"但我却听说史爷爷一直在寻找他的女儿。"

"会找到的！而且我相信他们会面的场面会很感人。"

"你太天真了。"

他好脾气地"呵呵"笑了笑："起初放你走认为你会说服你的爸妈一起去伊甸园，谁知在这方面你很无能。"

"我无能？"她捂着嘴仰脸乐起来，"你知道当初我爸写《后浪》的时候为什么去伊甸园采风吗？"

"是因为伊甸园风光无限好呗！是被伊甸园人为人民服务的精神感动了呗！可惜啊，叶老师没有领会伊甸园的精髓，只是一味地按照自己的想法。"

"别贫了！"叶佳彤说，"是因为伊甸园太穷了，他觉得穷人就是穷人，很难翻身。"

"真能瞎掰！"闫平阳说，"说实话我很看不惯那些自以为自己了不起的人，瞧不起老百姓，没有老百姓他们能过上如此放肆的日子？"看看叶佳彤，忽然意识到自己话说得过了，连忙摆手说，"对不起！对不起！"

"没事儿！"

"史老园长说得对！随着伊甸园的发展，哲学的指导思维来看，纵然有各种各样外界的干扰和压力，我们也不应该遇到一点儿困难就见风使舵或停滞不前，要有坚定的为人民服务的信念。"

"为人民服务的信念？"叶佳彤眨了一下她迷人的眼睛看着闫平阳。

"当然！并且有为了实现这一崇高的目标奉献自己青春和力量的决心。作为一名伊甸园人，我们可以明确地体会到现今的科学技术和生活水平跟发达地区仍有差距。然而在历史的长河中，哪一次的成果是唾手可得的呢？要想实现伊甸园这一神圣的目标，就要在平时的学习生活中坚定信念，磨砺意志，克服重重困难，加强信仰的修养，相信在可以预见的未来，一定可以实现美好的家园这一伟大目标。"闫平阳说。

叶佳彤不由热血沸腾，抬眼看了闫平阳一会儿点了点头："那既然这样我回家一趟，收拾下行李，然后跟爸妈告知一声。儿行千里母担忧，上次因为我的不辞而别妈急得住了院。"

"既然这样回家一定好好跟父母讲！"闫平阳温情地说。

"我知道！"她说。

"我在这儿等你！"他轻轻的话语抚过她的脸颊点点地涌入她的耳畔，犹如一道清风拂面，痒且舒服，如遁入仙境。很快伊甸园画卷便跳进她的眼帘，闭上眼睛，顿时浑身有千斤力一般。

第21章　不被改变

叶佳彤回家，见父母坐在沙发上长吁短叹的样子，知道父母已经知道了她在银行发生的不愉快的事儿。她眼珠一转，将自己的行李收拾了一下拉着便往外走。

"你这是要去哪儿？"郝凤韵从沙发上站起来走到叶佳彤跟前狐疑地上下打量着叶佳彤，"是不是又要跟我玩失踪？"撮了撮自己"爆炸"的头发，"天哪，你这个毛病改不了吗？难不成真要像你西沫阿姨的儿子一样，把老人活活气死不成？"

"我的恩人来了，他要我跟他一起去伊甸园！我不能违抗，不然便成了恩将仇报的小人！"叶佳彤说。

"我早跟你讲过，我们可以用金钱去报答他救命之恩的，佳彤，不用把自己搞得像个玩偶一样的唯命是从。需要感恩的人很多，难道都要舍身去报吗？如果这样的话那你对我呢？我养了你这么大你又应该怎么样去做？"郝凤韵怒发冲冠的卷着的头发都恨不得立起来。

"父母养育儿女天经地义，干吗还要把报恩这样的话挂在嘴边？这太伤感情。"

"网上现在流传一碗面的故事你听过没有？"

"这段子已经让年轻人很反感了，你们不要动不动一副居高临下恩赐般的语气好不好？大家都懂得感恩，这样才能抱成一团取暖。"

"我不赞同你说的抱团，不管怎么说人还是要分出等级，比如你爸他就是跟别人不一样。"

"有什么不一样的？他也不过是普通老百姓，只是这些年他把自己看高了，看大了，然后开始飘然起来。"

"你竟然这样看你爸？看起来你回苏州这半年并不是跟你爸服软了对吗？"郝凤韵说到这里使劲摇了摇头，"你这孩子跟你爸书里说的不知好歹的'后浪'有什么区别？"郝凤韵越说越气，越气越觉得养这样的孩子如养了白眼儿狼。

"有学问值得人尊重，但不要觉得有人尊重你自己便真成了导师，成了救世主，那样的话会很累。"

"你这个没良心的！"郝凤韵话没说完，叶成功从书房走出来，对叶佳彤说："你这是听谁的话了，天天揪着你爸不依不饶？我哪里做错了到底？值得你如此切齿地痛恨？"

叶佳彤："我谁的话也没听！我只是很不想待在银行，那工作太招人烦，我知道你们是想我在你们身边，但我天天不快乐，难道你们心里就会好受？"

叶成功："银行的工作很体面的，佳彤，你不觉得吗？"

叶佳彤头一歪，眼也向父亲反驳道："你爱好码字，如果叫你去炒股你愿意吗？"

"这个……"叶成功望着面前恼怒的叶佳彤愣怔了一下。

"天哪，你怎么好意思说出这样的话？我们费事巴拉地给你找个工作，你说不干就不干了。"郝凤韵不无埋怨的语气说。

"我不想干这份工作，天天跟个机器人一样，没有一点儿乐趣。"叶佳彤辩解道。

"佳彤。"叶成功冲叶佳彤喊了一声。

"我说的是实话，我不要这样的工作，如果真的在这样的环境下生存，我宁可去死！"

"天哪，既然这样，那我还是马上跟你们脱离关系的好！对，就应该这样。"郝凤韵说着往屋里走。

叶成功见此急了："凤韵，别这样。"推开了门走进去劝解妻子。郝凤韵气得坐在床上呼哧呼哧喘着气。叶成功赔着笑走进来，"哎呀，好了，别生气了嘛。""能不生气吗？"郝凤韵说，"我好不容易把她拉扯大，她竟然这样对我。"

"不希望你生气！真的凤韵，跟孩子这样生气犯不着，都怪我俩太宠她才让她变成这样。唉！知道这样，当初就不该带她去什么伊甸园！我们也不该当初顺着她搞什么伊甸园构想。"

"西沫姐说得对！现在的年轻人除了折腾自己的父母没什么别的本事，建设伊甸园帮助穷人致富，简直一派胡言！"郝凤韵挥舞着手，大有将女儿一竿子打到底的心理。

"我们要想办法给她制造一些困难，让她知难而退！"叶成功说到这里眉毛几乎蹙到了一起。

"你看她那一根筋的样儿能听咱们的吗？真不明白她是中了谁的套？那个姓柴的吗？她为什么至今阴魂不散？难道她想置你于死地吗？"郝凤韵气急败坏地说。

"这个……"叶成功说到这里陷入了沉思，"难道真的是她？不应该呀？都过去这些年了。"忽然有想将他跟柴禾妞的真情告诉女儿的冲动，但想来想去觉得很不适合。因为从女儿执着伊甸园的劲头看，柴禾妞好像在有意报复。对！这应该不是他的敏感，而是确实存在。那么照这么说她已经知道叶佳彤是她的亲生女儿？想到这里心有些发慌，更加想尽办法留住女儿。但是他了解自己的女儿，不过表面温顺实则非常有主见，"要是来硬的，恐怕……"

"反正我不要女儿离开！"郝凤韵说，"如果女儿……女儿离开的话那……那……那我也不活了！"她说到这里"扑腾"一下坐到床上，拍打着自己的腿号啕起来，"我的……"

叶成功被郝凤韵的哭喊声搞得心更加焦烂，想发火又怕闹出更大的事儿。喘着粗气，努力使体内的气息平稳。叶佳彤坐在客厅的沙发上，头埋在修长的大腿上。听着卧室里父母的长吁短叹，一时没了主意。

三个小时后，郝凤韵丧着脸从卧室走出来，来到客厅的饮水机旁准备接水，忽然看到抱头坐在沙发上的叶佳彤，吃了一惊："你竟没走？"

叶佳彤头抬起来，看看郝凤韵，嘴巴嗫嚅了一阵，没有说话。郝凤韵喝了口水，将杯子放到饮水机旁边的杯桌上，乜着叶佳彤难免有些小小的激动。

"想想刚刚跟妈吵的话毫无道理！史爷爷说得对！不被改变是一种成功。纵然有各种各样外界的干扰和压力，我们也不应该遇到一点困难就见风使舵或停滞不前。"

"你被他们洗脑了。"郝凤韵本认为叶佳彤改变了主意，没想到却听她说出这样的话，很失望。

"银行的工作我的确很不喜欢！"

"我们可以换别的工作，只要你留在我们身边！"

"除了伊甸园，我哪个工作都不需要！"

"就算我放弃了以后的写作，你也不想留在我们身边吗？"叶成功此时走出来，接过女儿的话非常严肃地说道。

"爸真的很不了解我们这一代人！不过我并不希望你不写作，只是认为文学是为人民服务的，以人民为中心是文学发展的根本方向。纵观这些年您的文学作品有多少是歌颂祖国歌颂党，歌颂人民的，我看到的您的作品都是一些小资形的，毫无生机可言，更无光明可言。这样长期发展下去，文学艺术不垮才怪。所以我希望我们的谈话不是彼此妥协，那也不是真心！"叶佳彤说。

"对对！"郝凤韵听女儿说的话由衷地点着头，"这说明你俩谁都不服谁，不是吗？我倒有个办法。"

"什么办法？"叶成功跟叶佳彤几乎异口同声地问，眼睛同时转向郝凤韵。

郝凤韵说："我想见见佳彤那位恩人，一呢想对他表示感激，另外呢我想听听他对建设伊甸园的一些想法。"

叶佳彤"嗯?！"了一声，疑惑地眼神望向郝凤韵。叶成功也是一愣："为什么要跟他见面？不见！"郝凤韵摆摆手："这事儿你得听我的老叶！"给叶成功使了个眼色。

叶成功看看郝凤韵，也不知道她葫芦里卖的什么药。叶佳彤摊摊手，看看表，意思恐怕闫平阳已经踏上了去伊甸园的火车。郝凤韵冷冷一笑："你出去看看，说不定会有意外。"

叶佳彤疑惑地看了郝凤韵一眼，往外走去。路经院内的花园向右一拐，推开黑漆铁网幽重的门出来，失望地笑了笑，准备往回走时，陡然发现闫平阳竟然正坐在叶家门右边的墙边。

闫平阳明显很疲惫的样子。叶佳彤看了他睡着的姿态往前近了几步。闫平阳机警地睁开眼睛，并顺势从地上跳起来到叶佳彤跟前说："你爸妈同意你跟我回伊甸园了是吗？"

"你觉得可能吗？"叶佳彤耸耸肩，看看面前的闫平阳讥笑他情商的低劣。

闫平阳憨憨一笑："凡事儿皆有可能！毕竟你有一张八哥巧嘴，且南方父母大都宠爱自己的孩子。"

叶佳彤"嘀"了一声："你竟然用父母的无奈来克制，这未免让我瞧不起！既然这样你还是别见他们了。"

"你的意思是怕我给你丢脸？哈哈，不会的！真的，现在的伊甸园人信息广，知识强，所以自卑心在逐渐消退，你不用担心我像个'土老帽'，'土八路'的时代都能消灭江浙财阀，何况我们新世纪的青年？"闫平阳作为一个伊甸园人非常自豪地说。

叶佳彤笑笑，并朝闫平阳竖起大拇指，为闫平阳的无畏点赞。闫平阳挺高兴，但随叶佳彤进屋的刹那，忽然感到一种莫名的压抑。是的，叶成功脸上的笑容是暖的，郝凤韵也没有对他横挑鼻子竖挑眼，不知怎么让坐在沙发上的他感到极不自在。

叶成功说："谢谢你那天救了佳彤，这让我跟你阿姨感激不尽，但是想问你个问题，你觉得伊甸园思路正确吗？"

闫平阳寻思了一会儿，刚正不阿地说："完全正确！因为伊甸园足够强大，伊甸园人足够自信！一个强大的伊甸园不会因为别人的反对就放弃掉，自信的伊甸园不会因为暂时的困难无端被指责。"他说这话时浑身充满了力量，浑身的压抑感也荡然无存了。"以人为本，命运共同体是伊甸园人所主要倡导的！"闫平阳接着说，"每个人都有遇到危险的时候，如果这时候大家来帮他，他会安稳，幸福，如果他遇到危险却遭到自己家人的无端指责，那会让他多么绝望。当然我们不是反对批评的声音，相反我们更加欢迎不同的声音出现，只是关键时候我们希望能够抱成一团。"

听闫平阳这样说，郝凤韵竟然不自觉地点了下头，暗想年轻人的思维或许真的不容小觑。但叶成功的脸色却极其难看，于是将叶佳彤拉到一边儿，在她耳边耳语说："这小子的胆儿有点大啊，你给他的吗？"

叶佳彤笑笑摇头。闫平阳说："希望叶老师可以重返伊甸园，伊甸园人肯定欢迎。或许你的思想会转变，态度会明朗。"

郝凤韵说："伊甸园人是猥琐的，叶老师已经去过多次。已经对伊甸园人了解得很透，他们表面随和，内心阴险，表面聪明，内心愚蠢。"

"伊甸园人从来没有猥琐的，他们不阴险，更不愚蠢，他们虽然贫穷，但人穷志不短，而且他们每个人都很有学识，并且热情好客，不然的话不会吸引那么多人留下来！"闫平阳非常真挚地说。

"这点儿我可以作证！"叶佳彤举起右手，郑重其事的样子，"我去过伊甸园多次，应该说建设伊甸园的构想图与伊甸园人有很大关系呢。"

"好了！"郝凤韵看了叶佳彤一眼吼道，"你怎么就那么信这个人说的？"

"那个地方真的很美伯父伯母。是的，你们不能以偏概全，将微小的不切实际的角落放到无限大。"闫平阳说着打开自己的手机，将在伊甸园拍的照片翻出来给郝凤韵看。

郝凤韵哪里肯看？将闫平阳的手机一扒拉，刚要发火，叶成功一步过来，竟然将郝凤韵拉到一边。然后回头冲着闫平阳说："知道你是佳彤的救命恩人，所以我们感谢！但是你不能用这几张破烂照片将我们佳彤骗走！"

闫平阳忙摆手："伯父你误会了，我真的没有骗谁。"

"既然这样干吗赖在我们家不走？你这不是要挟是什么？非要逼她去伊甸园？"郝凤韵说。

"伊甸园是我想去的，与闫医生无关！"叶佳彤说。

"你……"郝凤韵瞪了一眼面前的叶佳彤。

叶佳彤没有理会，眼睛看向闫平阳，"谢谢你过来看我！你走吧！回去告诉史爷爷我无缘伊甸园。"

"叶助理！"闫平阳看着叶佳彤面露深深的遗憾。

"再见了！"叶佳彤做出要闫平阳离开的架势。

闫平阳看着叶佳彤，再看看叶成功，郝凤韵身子竟然没有动。叶佳彤过去打开门。闫平阳觉得无望了，说了声"再见"！走到门口时，却突然听到叶成功喊："等等！"闫平阳停下脚步。

几个人都将目光看向叶成功。叶成功在客厅踱了几步来到闫平阳跟前，上下打量了闫平阳几眼后，看看叶佳彤，朝叶佳彤摆了摆手。叶佳彤知道叶成功是找她有事谈，也就往自己房间走。叶成功跟进去，将门带上。叶佳彤问父亲什么事？叶成功嘴朝外努了努："你是不是看上他了？"

"看上他？"叶佳彤笑起来，"胡想什么呢爸？写小说写迷糊了吧。你女儿就这眼光啊。太小看你女儿了吧。我看上谁也不可能看上他啊，就他？身高没超过一米八，样子还有些土。"

"小点儿声！"叶成功极力压低自己的声音。叶佳彤踮脚趴到叶成功耳朵旁："你还不知道我啊，我不喜欢这种类型的男孩。"叶成功站直身子狐疑地乜了叶佳彤一眼，"算你聪明！记住，找男朋友要找家里有钱的，要么有身份有地位的！这样的嘛，脑子里全是以人为本，很可怕，懂吗？"

"知道了！"叶佳彤不耐烦地说。

"既然这样，那咱留他吃顿饭，也算是对他救你的答谢！"叶成功说。

"这还差不多！"叶佳彤望着板着脸的父亲忽然间觉得非常可笑，心想不管父亲是不是缓兵之计，只要软下来就有希望，想到这里，忍不住"扑哧"一下笑出声。

"俩人在嘀咕什么呢？"郝凤韵推门走进来，"我见那人一直不走，已经在'众满楼'订了酒宴。"

"做得很好！"叶成功夸赞郝凤韵说，"我正想跟他们年轻人签份协议。"

"协议？什么协议？"郝凤韵问。

"还能什么协议？就是打赌他们年轻人能否做成伊甸园的协议呗！"叶成功说。

叶佳彤朝父亲笑了笑，"嗯"了一声："我觉得这事儿挺好！省得你们这代人看不起我们！"

"天哪！"郝凤韵喊着话看向叶成功，"值得这样做吗？"

叶成功："值得！当然值得！如果佳彤因为伊甸园迷途知返，真正醒悟，那才真是叶家的福气。"

"这个……"郝凤韵看看叶佳彤。

叶佳彤点点头："给我三年时间，如果三年时间伊甸园还没有起色的话，我会乖乖地回到父母身边。"

"真的？"郝凤韵望向叶佳彤，眼内泛着希望叶佳彤回归的光芒。

"当然是真的！"叶佳彤恬淡中带有自信的语气说。

"一言为定！"郝凤韵举起双手。

叶佳彤、叶成功缓缓地走过来。三双手掌将彼此连接成一个圆，一个大大的圆。

第 22 章　景随情迁

叶佳彤跟闫平阳一起来到苏州车站，已是凌晨。闫平阳从售票口买票出来跑到候车室叶佳彤的身旁说："还有十分钟就检票了，我们马上走吧。"叶佳彤寻思了一会儿点了点头，随着闫平阳进站上车。

他见她幽怨的样子，跟她说："动车速度很快，也就七八个小时就可以到伊甸园。"

她心想："这还用你说啊，经常坐车的人，应该都知道。"这样想着眼睛不自觉地乜了闫平阳一眼。

他没有在意自己的话，只是心急地掏出电话，摁上了潘明的电话说："明天一早九点去伊甸园车站接叶助理跟我。"

潘明正跟柴禾妞在伊甸园新分配的房子吃夜宵，听到这里差点儿没把饭喷到柴禾妞脸上。

柴禾妞"哎呀"了一声，杏眼一瞪，娇滴滴的声音喷到潘明耳边："能好好吃饭吗？"摘下眼镜从桌上的纸巾盒里抽出一张纸巾擦了擦被潘明喷到脸上的唾沫星子。

潘明摆摆手说："不好意思！"然后将手机滑上，拿纸巾擦擦自己的嘴，"平阳刚刚说要跟佳彤一起回伊甸园。"

"真的？！"柴禾妞看潘明的表情脸上微泛着神采的光，"这样，你给大伟打电话，明天中午咱俩做东为表弟跟叶助理回伊甸园接风！"

潘明不无担心地："用不用再确认一下？"

"不用！"柴禾妞不耐烦地说着话，然后迫不及待地电话告知方非说，"明天中午一起为表弟跟叶佳彤回伊甸园接风！"

"接风？为谁俩接风？"方非尽管听到了叶佳彤的名字，但仍不相信地问。

"废什么话？"柴禾妞"嘭"的一下将电话挂断。

方非"喊"的一声。想起自己草率便跟表哥潘明的同事苗大伟结婚，突然替叶佳彤捏了一把汗。是的，近些日子，特别是她结婚以来，跟苗大伟的关系越来越让她觉得难以忍受。

潘明是位清纯得几乎像极了女人的男人，他跟表妹方非同岁，但因为生日大几个月理所当然是方非的表哥。他比有着西域长相的苗大伟小了三岁，但看起来苗大伟却比潘明大了十多岁的样子，比同居的女友柴禾妞小了将近十一岁。

这差距对一些年轻人来说无所谓，但是对双方的家长总有那么些不可思议，认为女大不能过三，不然男少女老将来天会崩地会裂。潘明可不管这一套，他认为只要两人有感情，什么你大我小，你小我大？三观一致是关键！劲儿往一处使更是两人相处的重中之重。所以尽管柴禾妞有过多的忧虑，但见到潘明清纯干净的长相，话又总说得悦耳动听的大男孩，再加上对她细致入微的照顾，就算是看到苗大伟欺负表妹到了忍无可忍的地步，他脸上的微笑也不能失去，并还带有几分的修养。

这样的潘明正是柴禾妞想要的，虽说他有时对表妹方非的护短显得无理，但却正显示出他对家人的呵护。

苗大伟和方非来到柴禾妞安排的酒店时，刚从苏州回伊甸园的叶佳彤、闫平阳以及柴禾妞跟潘明坐在酒桌前已经等了一会儿了。

方非见状忙不迭地将叶佳彤拽到一边并质问她为何跟闫平阳一起回来？"佳彤，你这是怎么啦？真被查设计的离心离德伤透心了吗？"

叶佳彤解释说："这跟查设计的去留没半毛钱关系，只是想改变父母对咱们独生子女的一些不好的看法。"

方非听叶佳彤如此说望着她使劲地摇着头："你真的被他洗脑了是吗？这真的很可怕！是的，他为了伊甸园看起来动了不少歪脑筋！想想这群人真的可怕，说狠了都可以被钉在耻辱柱上。"

叶佳彤看看闫平阳，见他正友善地朝她微笑着，一股暖流顿时涌遍全身，于是将头转向方非，笑笑说："同志，话说得不要越来越离谱哈。"

"有没有脑子啊。"方非手指放脑门儿处点了点，"使劲调动起你的脑细胞想想。"

"我已经调动起所有的脑细胞了，放心吧！"叶佳彤倔强且自信地说。

"看得出你一点儿没听进我说的话。"方非说。

"我觉得你应该跟史爷爷这样的人多待在一起才好，真的方非，跟史爷爷一起你会觉得活着非常有意义。"

"我觉得世上最有意义的事儿就是有钱，想干啥干啥。"

"No！"叶佳彤伸出食指在方非面前摇了摇。

"别忘了忠言逆耳但利于行！算了，随你便吧。"方非将叶佳彤拨拉到一边，径直往饭桌前走去。

叶佳彤笑笑跟在方非身后走到饭桌前，被柴禾妞安排坐到闫平阳身边。

饭局开始得很自然。因为全都是熟悉的朋友，也没有讲究那么多的饭桌文化，只是一对对儿的坐在一起。潘明跟柴禾妞，方非跟苗大伟，叶佳彤跟闫平阳。

那天闫平阳对叶佳彤极尽温柔，一会儿给叶佳彤布菜，一会儿给叶佳彤拿包，一切的一切，竟然让叶佳彤有浮想联翩的感觉。

在想有一天伊甸园建设成功了，查若良孙明磊会乖乖地过来跟她道贺，尤其是父亲，他的写作风格会不会就此大变？想到这里内心不自觉地愉悦振奋起来，脸颊也变得绯红。

母亲郝凤韵说她有跟人较劲的冲动，比如人说她好，她会不以为然，你说她不好，她会冲动地做件事证明别人的错误。母亲曾经很唯物地说其实世上没有绝对，好中必有坏，坏中也有好！

叶佳彤认为母亲虽说得对！但有些事儿是这个时代赋予你的责任，所以在这个时期就是对的！想起在火车上闫平阳跟她说的话，想想虽处在建设中但依然干劲十足的伊甸园人，内心踏实了不少。

闫平阳说："我是个集体主义者。集体主义就是一个都不能少主义；是要好大家都好主义；是不能只少部分人挥金如土多数人落魄不堪主义；是大河有水河不干主义；是皮之不存毛将焉附主义，是个体与个体之间相互依存主义；是集体利益高于个人利益主义；是个人利益服从绝大多数人的利益主义；是眼前利益服从长远利益主义；是制度和理念在道德方面提出具体要求的主义。它并非否定个人利益主义，只是为个人利益提供本质保障的主义，是尊重劳动者个人才能的主义。伊甸园初建离不开集体主义，离开了就不是伊甸园了，离开了集体主义的伊甸园，不是伊甸园，离开了集体主义的伊甸园是达尔文主义。"他说得慷慨激昂，以至让坐在动车上半睡的叶佳彤不得不从座位上起身给他倒水润喉。他端起杯，不好意思地朝她笑笑说，"这些话我是从史老园长也是我的师傅的谈话中提取的，说得不对的地方，请原谅！"

叶佳彤说："这话你应该讲给我父亲听，他最近在写一篇关于集体主义优劣性的文章。"

闫平阳"嗯"了一声："有机会一定多跟叶老师探讨这方面的问题，我脑子有太多这样的事例，比如二十年前在伊甸园曾经遇到一次大的瘟疫，哦，就是一种小儿麻痹症的传染病，当时伊甸园有几个人得了这样的病，我的父亲就是那个你看过的凶巴巴的闫爱军在史爷爷的指挥下让伊甸园人集体隔离，这才没有造成小孩子普遍染病。"

"当初你也在这群小孩子当中对吗？"叶佳彤问。

闫平阳点点头。

"史爷爷真是个了不起的英雄，不但事做得好，医术也相当厉害，既然有史爷爷这样的神医你干吗还要去苏州学习？让我说民仁医院以后可以直接去史爷爷那边学习，那才真的高明。"

闫平阳朝叶佳彤怪怪地笑了笑。

叶佳彤拧了拧眉，没有猜透闫平阳下面要说什么。闫平阳想跟叶佳彤说："是因为你！"但觉得话说出来会让叶佳彤笑话，便没有说。

几个人吃完饭，柴禾妞将叶佳彤安排到伊甸园临时住房的宿舍里。

叶佳彤见屋内布置虽简朴，但很干净，去开开水管，完好，电表也充了电，知道柴主任因为她的归来下了不少功夫，伸出手，朝她热烈地握了握手，表达着内心的感激之情。

柴禾妞挥了挥手："一切都是我应该做的！"然后从佳彤住处出来，将闫平阳叫到一边儿，跟他说："抓点紧哈！不然的话明天就不知道成谁的囊中之物了呢。"

潘明点头："妞妞说得对！佳彤现在是众人眼中的香饽饽，恐怕你这一松手，兴许就被别人挖走了呢。"

闫平阳不以为然地笑笑。

柴禾妞认为潘明说得对。"我听说孙氏置业正有意将叶佳彤挖走，所以才急赤白脸赶快要你行动。可你，竟然去了半年苏州根本没去找她，你这什么意思？"

闫平阳极目四望，长舒口气说："伊甸园有我的童年梦想，这里是我的根，我的命。你看眼前这个杂草丛生、竹林幽深、水果遍野、效马效羊效犬者老去山林、幸福鼓舞清闲不忍离去的地方不正是很多人向往的生活环境吗？相信不用多说叶佳彤便会喜欢这里，因为她曾经给我讲过她向往的生活，说喜欢伊甸园的惬意，来这里的人们都过着快乐清闲的慢节奏生活，不为钱累，不为病愁，上上下下一片安逸美妙。更何况她还跟叶老师签了一份协议。我觉得叶设计是执着事业的人，所以不会轻易放弃自己的诺言。"

"但向往的生活前奏需要付出。不然史老园长也不会带领他的伊甸园班子风风火火天天跑东跑西筹集钱款了。三个月前孙董跟刘总过来，她们明显有独占伊甸园的想法，好在刘冰冰在争取地盘优势时帮了我们一个大忙。"柴禾妞得意地跟众人说。

闫平阳"哦"了一声："是吗？"

柴禾妞点点头："人活一世，不能各顾各的口粮袋，那活得毫无意义！这是史老园长经常说的话。所以我不希望孙氏置业打着自由平等的旗号过来统一伊甸园。"

是啊，闫平阳起初排斥师傅的想法，觉得先有小家才有大家。但是走着走着，像是被师傅传染了一样步他的后尘了。特别是看了叶佳彤网上的那篇《异地养老》的绘构图，更激起了他热爱家乡的冲动。

只要能让自己的家乡变得美丽，变得他在任何人面前都能自豪地说："这就是我的家乡，一个民有享乐，兽有茂草，各有余处，贺平声，可免祸的居有所住的地方！"他觉得在众人面前说出这样的话心情应该是愉悦的、自尊的、美妙的。

为此他应该感谢老园长以及他的父亲这样的老伊甸园人，要不是他们带领全伊甸园人自力更生，开盘山修路，养地种植改变这里的环境，就不会有越来越多的人喜欢这里。

他看过叶佳彤的设计图，大多是在老园长构想英雄基地的基础上形成的。佩服老园长，也佩服父亲紧跟史老园长为人民服务、心中只有他人的步伐。只是听父亲说史爷爷的家人就是因为这个才使得他成为孤家寡人的，难免长叹了口气。

希望自己不会步他们后尘，因为他要的不但是大家还有小家。扪心自问跟父亲的争吵，是没有达到史爷爷那般的境界！对！就是这样，可为什么就算他跟父亲意见一致的时候他们也会吵起来？

搞不懂什么原因。有一次妹妹闫秋水说："爸说话口气硬已经成了习惯，希望你不要介意，我知道哥不喜欢命令式的语气，但爸半辈子都这样了。"

一句话道破了问题的重点，闫平阳于是开始理解父亲的口气，却不知面对父亲无遮拦的训诫做到心平气和非常艰难。真的，每每父亲说出伤人的话，他便觉得自尊心受到了极其严重的伤害，不掉一句会憋出病的感觉。如此这般，两人只要一见面便就有一番唇枪舌剑，分开就觉得不该说那样刻薄的话，开始自责、自悔，但一见面尖刀般的话又会顺嘴流出来。

闫平阳不想将叶佳彤请到伊甸园的事儿告诉父亲，预料父亲会说出非常难听的话。是的，父亲的话除了母亲跟秋水其他人都难以接受。所以他很能体谅史爱香半路离席的原因。

柴禾妞要闫平阳少埋怨三姨父，她说："那天三姨夫说的并不多，不过……"说到这里突然觉得闫平阳讲的有些道理，于是又说，"佳彤来伊甸园也暂时不要告诉秋水，不然依她对三姨父的忠诚劲儿，恐怕这事儿保密不了。"

闫平阳说："秋水早知道叶佳彤来伊甸园了，还把她刚刚体育彩票中奖的一万元也拿出来作为伊甸园的设计费用。"

"是吗？"柴禾妞看了闫平阳一眼，掏出电话给秋水打过去，"水，这些日子这边的事儿让你费心了，不过有件事儿我还是要跟你说。"

"什么事儿？"秋水问。

"先不要跟三姨父说叶助理已经来伊甸园的事儿。"柴禾姐叮嘱道。

知道表姐嘱咐她是怕养父闫爱军疑心叶佳彤跟哥的关系，也就更明白了表姐有意表哥跟叶助理的事儿。她想到这里，内心很不好受，但还是强颜欢笑说："放心吧表姐，我会保密这件事儿的。"

"ML 永远会为伊甸园服务，放心！"柴禾姐说，"我一定让叶助理快马加鞭赶出沼池原理设计图。"

秋水勉强"嗯！"了一声。

"没事儿常联系。谢谢把你中奖的钱捐给我们设计部。"柴禾姐说。

"不用客气！只要伊甸园需要的都是我应该做的。叫平阳哥好好照顾自己，也把那位叶助理照顾好，有时间我一定过去看大伙。""好好。放心吧，叶助理这边儿的事儿你就放心吧。"

正是初秋，伊甸园的果子正在树上孕育出成熟的黄色。群众集股建的水泥村道从公路向田间房舍延伸，伊甸园社区已经初具规模，往外走去，曲径通幽之处，正是伊甸园准备待建的文化广场。

是啊，建设伊甸园，发展新产业，塑造新风貌，逐步解决伊甸园发展中存在的种种深层次问题，强化伊甸园人的主体意识，提升综合素质，以此推进伊甸园生产方式和生活方式同步变革，促进伊甸园人在心理上、技能上和文明习惯上就应当引进像叶佳彤这类有着城市生产生活的人，只有接受新鲜的事物，才会让伊甸园人变得更文明，更有素质，更鼓舞人心。

秋水这样想着走着，不自觉地走到闫家门前，抬手要叩门时，忽然想起表姐跟她说的先不要跟养父母说叶佳彤来伊甸园的事儿，将手放下，叹口气，转身往英雄基地的方向而去。

第 23 章　匪夷所思

刘冰冰回港后，本想打电话给史爱香质问她为何突然离席伊甸园的事儿，却接到咪尼集团办公室秘书小何的电话。他说公司出现一例肺炎患者，问刘总有没有跟她接触过，如果有接触的话，不好意思，需要隔离几天。

想到一周前，曾经找这位肺炎患者面谈过去迪拜销售翡翠若干问题，忙电话给闫爱军，说非常不好意思，她在去伊甸园前曾经跟公司一名肺炎患者接触过。

闫爱军一听非常紧张，因为刘冰冰这次来伊甸园不但跟赵县长，还跟伊甸园很多老英雄都接触过，他们年龄大，抵抗力低。"我的天！"他额头上顿时冒出了冷汗。

将电话放下，闫爱军来到史老园长简易的住处，将刘冰冰刚刚打来电话的情况说了一遍，史老园长要闫爱军告诉刘冰冰不要害怕，因为那天的饭食里有很多菜时都加了"苍耳子"，它有强烈的消炎抑菌作用，所以根本不用担心。

"老天有眼！"刘冰冰说，"多谢老爷子想得这般周到！"然后她跟熊三说，"不然的话我们不再侵蚀伊甸园那片乐土了吧，这次如果没有史老爷子，恐怕我命丧于此也说不定呢。"

"做投资商不该有你这样的善心，不然的话怎么从别人口袋里掏钱？还有……"熊三麻瞪着自己的小眼质问刘冰冰，"为什么没按我的要求去做？另外听史爱香说你这人根本不配合工作，竟然跟他们说到一处去了。我问你，你到底是伊甸园人还是我的人？"

刘冰冰沉默了，看看熊三，嗫嚅着说："你说我们……我们是不是应该好好撮合一下史爱香跟她父亲史老园长的事儿？嗯，是的，我觉得这事爱香做得太过分了。"

熊三笑笑说："你是这段时间戏演少了想做编剧了吧，史爱香怎么会是史老园长的女儿？如果那样的话她不可能硬要将伊甸园占为己有。"

"可她真的是老爷子的孩子！真的！她不过觉得是老爷子害死自己的母亲跟弟弟。"刘冰冰看看熊三悠悠地说，"可老爷子救过很多人的命，他像个菩萨。"说到这里，从浅灰牛皮沙发上站起来，去卧室的写字台前打开抽屉，拿出很大很厚的相册，翻到中间一页，从里面拿出一张旧的发黄的相片。

她走到客厅，将照片放在熊三面前，说："你看看这张照片。"

熊三站在客厅，正在整着自己的衣领："去换衣服吧，有个很重要的客户需要谈。"

"我也去？"刘冰冰问。

熊三极不情愿地"嗯"了一声。

"好吧，那等我十分钟！"刘冰冰说着话将相册往桌上一放去屋里换衣服了。

由于事物杂事太多，再加上几乎没有时间跟熊三商量伊甸园是否按照原计划进行的问题，所以以后的几天刘冰冰几乎将要说服史爱香放弃吃掉伊甸园这件事忘了。直至有一天，李姐忽然敲响她的房门，跟她说前几天收拾客厅时看到了一本影集，因为她天天应酬到很晚也没有将相册交给她。

刘冰冰恍然想起将相册丢到客厅桌子上的事儿，跟李姐道了声谢，往抽屉放时，忽然想知道史爱香最近在忙什么，但拾起电话打过去，那边儿却没人接。她认为她忙，过一会儿应该能回她电话，但却过了好几天也没有接到她的电话，只好再打电话给史爱香。

响了很长时间，终于接通了电话，刘冰冰很高兴，笑着说："这些日子你怎么啦？打你电话也不接，是在生我的气吗？"

"哪儿敢啊。"史爱香说，"是因为近段时间太忙了。"

"好吧，容我再相信你一次。"刘冰冰说。

"明磊有女朋友了，现在她在我们家。"史爱香停顿了一会儿说。

"是那位姓叶的女生吗？"刘冰冰说，"明磊真厉害！竟然把那个小美女搞定了。"

"不不，你误会了！是娄小涵。对了你还记得娄玉吗？嗯，是的，她的侄女。新加坡理工大学刚毕业。"史爱香解释道。

"天哪，是你逼明磊的对吗？"刘冰冰极度夸张的语气，"我虽然提倡男女过早结婚，但却不提倡没有爱情的婚姻。"

"男女之间哪有那么多感情可言？只要进来的人把孙家当她的家，一心为家而不是一心向外，慢慢就会变得有感情。如果像伊甸园人拿自家人当仇人，你的儿子敢娶回家吗？"

"一心向外？你的意思是伊甸园的人是一心向外吗？孙董，我觉得你是以偏概全，伊甸园人不是你想的这样。"

史爱香冷笑一声，心想要不是冲着孙氏置业还需要咪尼集团支撑，早挂你电话了。

刘冰冰好像觉察到了史爱香对她话语的不屑，叹口气，跟史爱香说："既然你决定明磊跟小涵一起，那我祝贺。"

史爱香心不在焉、敷衍了事地说了声："谢谢！"将电话摞下。

夜色披肩，影洒窗前。

史爱香走出室内，顺着半米宽的卵石路百无聊赖地走出大门。走着走着，来到当年跟孙浩刚来香港住的公寓。那公寓坐落在旧时香港的中心街，看那土的街和被熏黑的楼，还有尚未拆的影院已经感觉不到当初的繁华了。

想到当初跟孙浩来港创业的一幕幕，两人因为没人光顾店门常到外面摆地推，但又因卖不出去常常饿肚子。那是段什么样的日子啊？不过史爱香不怕，她跟孙浩说："实在不行我们可以去外面要饭。"话刚出口被孙浩臭骂了一顿，说："你是我老婆，我不容许我老婆受苦，我要她做人上人，起码有万人呼唤，万人服侍。"

她虽觉得他话说得有些大，但却很为他对她的爱感动。认为来到这个世界，除了菅嬷嬷，应该孙浩对自己最好，虽然他最终也背叛了自己，但是……但是他却将大李留在她身边照顾她。

往里走，发现一个长相酷似叶佳彤的女孩迎面给她递来一张酒厂的宣传单，她接过宣传单，上下打量了女孩一眼。

这女孩一看就已经好几天没吃饭了，但见她瘦削的脸颊干瘪得发皱，眼睛也因为饥饿变得无神。她有些高兴，因为面前的女孩让她想到落魄的、那个让自己儿子尊严尽失的叶佳彤。对！就是她让她尊严尽失的！不怪刘冰冰，她本身就那个德行，一见人说点好听的，腿肚子就朝前。而叶佳彤为什么敢跟她对着干？什么若良已经将她让给了明磊，很明显她那天的出现是跟伊甸园的穷人站到一起的。

说到穷人又想起上个月她跟娄玉的对话，因为她听娄玉有心去伊甸园的事儿，很不以为然地说："既然哥哥嫂子都在新加坡，干吗不留新加坡而硬要回伊甸园？"娄玉说："当初自己一失足成千古恨。是的，当初我为了追逐心灵的自由，来到新加坡，甚至还想去更多、更遥远的国度。认为只有外面才有灿烂的文明，才是人的天堂。因此，觉得伊甸园无疑对心灵约束和扼制较多，使人的心智迟钝。特别是像我这样会画点画的艺术家更不需要心灵翱翔于混浊的泥淖之中。但是离开祖国，有些怅惘，走向世界，有些高兴，尤其近三年在域外沉寂而孤独的生活，使我知道一旦远离幅员无垠的神州大地山河，离开博大精深的东方文化的土壤，只能有'归程应识天无际，寄寓翻知海有涯'，和'雨冷丁香，忍识他乡是故乡'的嗟叹。从而使我悟到人不能囿于因一时一际困惑而追求的小自由和小解脱，这就可能重陷另一种心灵的桎梏。唯有与伊甸园同在，才应是我永恒的、不朽的追逐，才是我心灵的大自由、大解脱。"

史爱香认为娄玉不应该去伊甸园洗涤清醒的大脑，原始是愚蠢，回归刚出园的冲动才是真理。

娄玉说："看到二十世纪末世界经济萧瑟，而伊甸园一枝独秀这不争的事实时，我为伟大的伊甸园所蕴含的自我调节力而自豪。向前看是一片横无际涯的浩荡景象。我的心境已非昨昔，往日所执着，俯仰之间已为陈迹，一切都在变化，一切都情随事迁。我深知没有伊甸园的富强和人民的福祉，一切都徒托空言。"

史爱香搞不明白这诸多的"富人"如此变化多端，于是望着面前孱弱的类似叶佳彤的女孩，忽然间变得兴奋骚动起来。就如觉得叶佳彤遭到了报应一样，当然很快她又后悔了，因为她同情弱者的神经陡然打开了。不知为什么近些日子总是这样，尤其从伊甸园回来以后。这感觉很难受，立马双手合十念叨了一会儿，然后走到女孩跟前对她说："你叫什么名字？"

女孩见到她立马两眼放光："香姨？！"

史爱香上下打量了她几眼，"你……你是……"

小涵听到这里"扑通"一下就给史爱香跪下了。她说："香姨，我是小涵啊，娄小涵，我的爸妈一个月前陡然暴病而亡，我……我姑姑娄玉听说回了伊甸园，我呢，因为电话费交不起，已经被停机，这不，今天我出来发广告挣点钱糊口。"

"天哪，真是世事难料。"史爱香过去将娄小涵搀起，对她说，"去家里洗个澡，然后呢，跟你讲点事。"

这事做得连史爱香自己都感到匪夷所思。是的，自从跟父亲谋过面后，做起事来很不靠谱，说不上为什么。对！当贫困潦倒的娄小涵出现在她面前时，她不假思索地跟娄小涵说："你去儿子的房间做他的'下人'吧。"那种感觉像是做给父亲看的，像是要他知道她过得很悠闲，很高傲，很潇洒。

娄小涵不住地点头，说："只要能吃饱饭叫我做什么都行。只是……"

史爱香说："我马上叫大李去外面给你买部新手机，然后呢，你跟你姑姑联系上，叫她快从伊甸园回来。"

"为什么？"娄小涵问，见史爱香的脸色不好，立马明白了怎么回事儿，她点点头，"放心吧香姨，冲你收留我的这份好心，以后叫我做什么都愿意。"

史爱香说："没有什么，只要你能让我儿子忘了那个姓叶的女孩我可以给你一笔资金。"她跟娄小涵说这个，明显也是虚荣心在作怪，在她心中尤其在面对外人时，总喜欢把所有的优越都表现出来。

娄小涵犹豫了，是的，她虽长得漂亮，但要将孙家少爷迷住，那应该是极有难度。

史爱香说："只要你听我的，应该没有问题。"她带娄小涵去买包包，买新衣，直到把小涵打扮成刚从校园出来的清纯女生。

迎面风中青丝翻动，额前的刘海下闪烁着夜中星光一样的眼神。娄小涵一身白袭的连衣裙，身材匀称，是婀娜与俏丽的。还有她那纤细肌肉的双臂，高高举起的时候，让孙明磊浮想联翩了很久。

另一种风格穿着的娄小涵，某些地方很有叶佳彤的影子。孙明磊想，或许她应该就是叶佳彤吧。

孙明磊被纷乱的思绪打乱了头脑，竟然忘记问询娄小涵为何再次出现在他面前了，何况他本也对叶佳彤的倔强产生了厌恶。是的，他们虽有通电话，但是叶佳彤回答他的话总是很干脆。

叶佳彤曾经恶毒地对他说："即使天下的男人都死绝了只剩下你一个男人我也不会选择你做男朋友。"

这话激起了他更多的妒恨，甚至是报复！发誓有一天要让叶佳彤乖乖地到他跟前向他赔礼，跪爬到他跟前跟他认错！想到这里很有撕裂面前这个女孩的心理。

史爱香此刻将娄小涵的简历呈现在孙明磊面前。

娄小涵，女，二十二岁，4月3日生人。新加坡理工大学毕业。学习期间表现非常优秀，完成了机械设计、机械制造技术基础、理念力学、材料力学、结构力学、金属结构、液压与气压推动、机械工程控制基础、画法几何与机械制图等专业学科的学习，通过了英语四级、计算机 C 语言二级、全球计算机辅助技术应用工程师考试并获得相关证书等。

孙明磊根本不在意这些，只是呆呆地望着面前的娄小涵。史爱香见儿子竟然没有拒绝跟娄小涵交往的样子，很高兴。借着酒劲儿说出要儿子娶小涵这么冒失的话。想到三年前情人节的晚上查若良忽然失踪，叶佳彤仍在痴痴地等待查若良的情景，孙明磊也犯了神经一般，竟然点头同意遵照母亲的意愿娶娄小涵。

突然从天上掉下来的馅饼差点儿将娄小涵砸晕，为此她更加小心地伺候孙明磊，接着不到一个月的时间，两人便在孙家别墅楼里举行了简单的婚礼。但是孙明磊竟然没跟新婚的妻子娄小涵同床，他不过将此事演给叶佳彤看，叫她明白自己并不是爱慕她一个人。

想象得出叶佳彤知道这个消息会有多么失望、痛恨还有醋意，想到这里孙明磊神经质地露出得意的神情，被娄小涵看到后扎心般地难受了很久。

几个匪夷所思的人碰到一起总能做出更加匪夷所思的事儿。娄小涵并没意识到自己的反常，反而通过 ML 的朋友肥肥要来了叶佳彤的资料、照片、视频，极力模仿。

功夫不负有心人！终于有一天，孙明磊对娄小涵露出了一丝笑容。娄小涵望着孙明磊激动得差点儿失声。然后她将孙明磊这些日子的变化对发小杨向前说了。

杨向前说："娄小涵你应该醒醒，孙明磊不过见你像叶佳彤才对你露出笑脸的，并不是为你。"

"我不管！只要我能留在孙家，我就是富婆！"娄小涵说。

杨向前叹了口气，自言自语着："这样到底做得对不对呢？"

"只要是在付出就是对的，我为了自己过上幸福的生活，为了不饱受父母离世带给我的贫穷，这样做有什么不对？"

"可是你这样太委屈自己。"

"那不要紧。只要能过上吃穿不愁的生活，就很满足。"

杨向前听后长叹口气，想想有的人整年不过才吃上一口肉，再看看"朱门酒肉臭"的孙家，最终决定支持娄小涵。得到杨向前力挺的娄小涵在孙明磊面前极尽女人所有之能事仍是没有打动孙明磊。

有一天，孙明磊喝得大醉，她假扮叶佳彤来到他面前给他宽衣，接着孙明磊便将她一把拉到怀里，对她亲吻，但是还没亲热，孙明磊浑身便软了下来，接着便有一大摊白色的液体从他体内涌了出来。

怀孕的事儿没成不说，孙明磊醒悟过来后竟然把她劈头盖脸地教训了一通。大骂："你快滚！别弄脏了我的房间！"将她重重地推出门外。

以后孙明磊每晚都会将自己的房间反锁。娄小涵不想失去这大好时机。这晚趁孙明磊出去的空当，去刘妈屋里偷了孙明磊屋门的钥匙。后半夜，偷偷打开了孙明磊屋的门儿，不过还没等她进屋，便被刘妈抓住。

娄小涵因为犯了错更被孙明磊嫌弃，史爱香听说后决定将娄小涵送去小黑屋受罚。不想此时，大李突然接到闫爱军从伊甸园打来的电话，电话中除了伊甸园所有人对孙氏置业的投资表示感谢外，他还发来了一张伊甸园所有人捐款的表格。

里面一份关于介绍史东方的简历引起了史爱香的注意。"史东方,伊甸园人。中国人民志愿军 15 师军医,打美国佬时化装成护送顾问的韩军,直插敌人心脏,然后指挥小分队冲进白虎团团部,打得敌人措手不及,乱作一团。还有一次,他率领……"史爱香看到这里抖索着手从椅子上站起来,走到窗子前。

大李过去将窗户打开。史爱香长叹一口气,眼泪不自觉地从脸上流下来。此刻娄小涵正被李黑子押送在去小黑屋的路上。史爱香摆摆手,吩咐大李要李黑子将娄小涵押送回来。

李黑子得到命令将娄小涵押送到史爱香跟前。史爱香寻思了半晌,冲娄小涵摆了摆手说:"你走吧!"

"不!"娄小涵不住地摇头,"我以后再不敢这样了,以后我什么都听明磊的,妈求求你留下我吧!只要您肯留我在他身边,叫我做牛做马都行!"娄小涵跪爬到史爱香身边哀求道。

史爱香朝大李使个眼色,大李将一份合同交到她手上。娄小涵见是孙家补偿她的损失费,知道史爱香已拿定主意,也就不再哀求。

第 24 章　年轻没有失败

临近年关,ML 放假前的一天,伊甸园下了一场三十七年来罕见的大雪。这让伊甸山的景色壮丽无比!天地之间浑然一色,只能看见一片银色,好像整个伊甸园都是用银子装饰而成的。

无所谓天,无所谓树,也无所谓高山峡谷,有些地方影影绰绰,有如笼罩着轻纱,有些地方云雾停留在山腰,汇成一片茫茫的云海。雪白的山峰有如座座小岛,有些地方云雾只飘浮在上面,挡住山顶,犹如银峦直插云霄。

叶佳彤用她刚买的华为手机拍图传给父母,告诉他们伊甸园区别于苏州隆冬的景象,说这里地面上铺着一层厚厚的积雪,四周一股股寒气直往骨头缝里钻。现在空中仍飘着雪花,小小的白羽毛,像吹落的梨花瓣,零零落落。

叶成功听女儿这样说虽有想去伊甸园的冲动,但嘴上仍不失讥讽地说:"那里再好也没有苏州好，那里再发展也发展不成苏州的样子。"

叶佳彤知道父亲是不到黄河心不死的心态，笑笑："伊甸园跟苏州比就如北方跟南方，没可比性，总之我胜利了，因为我在这儿已经生活了近半年，虽说苦，但我却过得很充实。"

"你真的是跟爸妈杠上了是吗？"叶成功说这话时神情非常颓丧。

"一家人说什么杠不杠的？只是年轻没有失败，如果我们失败了，国家还有希望吗？"

"……"

"爸！"

"哦，那你过年不回苏州是吗？"

叶佳彤"嗯"了一声："告诉爸个好消息，我已经从设计助理升为设计部主任，柴禾妞嘛，哈哈，已经升任副总。知道为什么那样吗？我想你应该猜到了，是的，是因为我那张构想图在伊甸园发挥了作用，让很多投资者无法揽权。"

"恭喜了。"叶成功以似是而非般的口气说着话，觉得叶佳彤的困难或许刚刚开始。

"好像不太心诚的样子。"叶佳彤说。

"好吧！那雪后一定带你妈一起过去道贺！只是这个年我们会过得……唉！我跟你妈只你这么一个孩子又不在家！"叶成功颓废的口气说。

"哎呀，大名鼎鼎的作家竟然被世俗束缚住了观念？别忘了我们现在有视频，没事儿，打开视频就跟我在家里一样。"叶佳彤的微笑中不失一种坚强。

女儿温馨的笑声竟然会让叶成功不寒而栗，便更想抓住伊甸园的不利劝说叶佳彤回家："听你同事说你们半年多没开饷了。所以我觉得你们那样针对孙氏置业是完全错误！是的，佳彤，你不要被伊甸园的假象迷惑，他们是伊甸园人，所以不要上他们的当，充当他们的工具！"

"你不过来了几趟伊甸园，所以说出这样的话并不稀奇，但是孙氏置业的史董是伊甸园人却为什么像是对这里恨之入骨？恨不得将这里消灭？"叶佳彤拧眉后虔诚地请教父亲。

叶成功说："她是真的了解伊甸园才有如此仇恨的，你不觉得伊甸园活得很虚假吗？而且那里的人搞个人崇拜。"

"但这里的人并没有打着民主自由的旗号。"叶佳彤说，"史老园长、闫副园长他们是真心为人民服务，他们付出的比常人要多得多，在他们那里几乎没有白天黑夜，他们的一切精力都放在人民身上，这有错吗？"

"史爱香们投资了伊甸园，是他们把伊甸园的建设搞上去的。"叶成功说着这样的话，就想跟女儿争个你白我黑。

叶佳彤知道父亲的思想一时半会儿无法根除掉，笑笑："好了，我们不谈这个问题了，在那儿等着哈，美丽的雪景马上给你发过去！"将手机滑上，然后认真地不停地在伊甸园各处拍着照，发着照，几乎忘了冷，忘了情，忘了一切。

方非打来电话，说她今年不能回湖北了，因为怀孕了。

叶佳彤说辛苦你了方非，好在伊甸园有史爷爷还有大伟潘明闫医生这样负责任的医生。

"好了，别安慰我了，伊甸园很冷，别忘了加件衣裳。"方非关心的语气十足。

叶佳彤由衷地说了声"谢谢！"然后又轻声地对方非说："怀孕了你就是两个人了，所以照顾好自己就是照顾肚子里的孩子，班上没事儿就回家，别到处乱跑。"

方非点着头，眼内竟含着热泪。是啊，互相关心，互相爱护，互相帮助，互相贴心，这让伊甸园的生活更增添了无尽的色彩。

叶佳彤岂不是觉得这样？自跟查若良离开后，她经历了许多，最后落脚伊甸园让她觉得踏实、温馨、美妙。

临近傍晚，推开房屋的门，感觉里面比外面暖和不了多少，走到电暖器前打开开关，却发现电暖器坏了。只好到炉火前生火，却因为木柴返潮，火半天没点着。

有些恼火的寒冷带给人的霉运，为何连起码的供暖设备都会坏？再点火，屋内越发乌烟瘴气，只好将床上的被子裹到身上，然后坐到桌前打开手机的图片照样绘制伊甸园酒店跟医院的图样。

半夜，她的身子越来越冷，以致最终身子冷得抖动起来，接着一阵晕厥，"扑通"一声倒在冰冷的宿舍地上。她竟然没有爬起来，于是将床上的被子拽下来裹在身上。

闫平阳下班回宿舍，见自己屋内的炉火烧得正旺，联想叶佳彤连炉子都不会生，又突然看到床上秋水刚刚送来的两床新被子，不由自主抱起一床，推开门，往叶佳彤屋走去，见叶佳彤居然萎缩着身子在地上，忙将被子放到一边，过去将叶佳彤抱将起来，放到床上。

两个小时后叶佳彤醒过来，见闫平阳紧紧地抱着自己，用力一蹬腿。

闫平阳将其松开，笑笑说："你刚刚昏倒的样子非常可怕，嘴唇发紫，脸色发白。嗯，要不是我有经验你真的完蛋了。"

叶佳彤说："都是天冷惹的祸，没想到这里比北京的冬天还冷。"看看炉子，问闫平阳，"你生的火？"

闫平阳好意埋怨说："不生火的话再加上十床被子也暖不过来呀。唉！算了，以后我每天过来给你生好火，加煤的时候我过来帮你加。"

"这样太麻烦了！实在不行的话我还是买个电暖器！"叶佳彤说。

"大过年的去哪儿买啊？！对，我把我屋里的电暖器先拿来你用。"他说着话从床上站起来。

"不用，真的不用了！"叶佳彤说着话，闫平阳人已经走出去，然后没多久，他便搬进来一台立式电暖器。

"谢谢！"叶佳彤由衷地说。

闫平阳说："应该的！对了叶主任，刚刚你晕倒时给你试了脉搏，可能你低血糖很厉害。"话说到这里，柴禾妞、潘明两人走了进来。闫平阳说，"已经没事了，刚刚佳彤犯了低血糖，我已经喂了她白糖水，她已经缓过来了。"

叶佳彤对闫平阳再次表示感谢。

潘明不无担忧地说："我觉得佳彤一个人住不是个事儿，一是她没有独立生活的能力，另外身体还不是很好，我有个办法，不知道大家想不想听？"

"什么办法？"柴禾妞问。

潘明指指柴禾妞，再指指自己的胸说："就像我跟你这样，还没有结婚，但却可以合租到一起。"

"你是说我跟佳彤吗？不行不行！"闫平阳极力地挥着手。

叶佳彤也在使劲摇头。

柴禾妞将潘明拉出门外，对潘明没好气地吼了一句说："你捣什么乱啊这是？"

潘明对自己的好意柴禾妞没有领悟非常委屈，说："妞妞你怎么啦？你不是说要平阳无论如何把佳彤娶回家吗？说什么无论如何不能让孙家抢走叶佳彤，如果抢走佳彤伊甸园不堪设想，怎么现在……"

"佳彤跟咱们的三观一致，所以我坚信她不会跟孙明磊走到一起，不然的话……"柴禾妞十分有把握叶佳彤不会跟孙明磊一起。

"你觉得孙明磊会放弃对佳彤的追求吗？你没看见孙家这半年不过装聋卖

傻？你没看到孙家庄园已经矗立在伊甸园很久了吗？"潘明说到这里越发语重心长，"投资者总会将甜蜜的魔爪悄悄伸向大众，他们是神不知鬼不觉地掏你的钱包，而不是像我们这样打着鼓敲着锣去搞。"然后他使劲摇摇头又说，"你跟佳彤都是感性的，对事物的发展或许没有我们敏感，你们看的是表面，不是实质。"

柴禾妞听潘明如此说不由得倒吸口凉气，望着潘明，发了一会儿愣："那你的意思……"

"我只是觉得秋水不过平阳的妹妹，他怎么会跟自己的妹妹结婚？"潘明说，"所以我在想是不是可以撮合平阳跟佳彤？"

"那秋水怎么办？"柴禾妞话未完全说完，闫平阳从里面走出来，跟柴禾妞说："我跟秋水不可能的！"

"是啊，再说好像咱们崔院长的儿子光北也在追求秋水。"潘明说。

"什么？秋水跟那个不男不女的崔光北？"柴禾妞的表情显现出了极度的夸张，不过很快她便点点头，"也难怪三姨父要立马让你跟秋水定亲了。"

"可是这件事……"潘明看看柴禾妞再看看闫平阳，一时不知怎么回答。

闫平阳拧紧了眉头，然后咬咬牙："这都是些什么事儿啊。"说着话的工夫踩着厚厚的雪到伊甸园餐厅，找到正在餐厅帮忙择鸡毛的闫秋水问光北真来了伊甸园？为什么没去医院报到？

秋水觉得哥哥是误会了她跟崔光北的关系，小心地看了哥哥一眼，说："他现在英雄基地的诊室，是我的同事。"

"他跟你是来真的吗？一定是的！不然的话，他不会放弃民仁医院副院长的位子不坐，非要来伊甸园做你的下属！"

"为什么伊甸园就不能吸引他过来？你口口声声要四个自信，可到真格的时候你的自卑感很快显示出来。"

"是吗？"

"是！"

"既然这样那就是我的不是了！对了，爸呢？刚刚去家里爸妈都不在，认为俩人来食堂了，好像也没在。"

秋水"嗯"了一声说："爸今天带着大伙去果园挂彩球去了，说是今年很多年轻人都在这里过年，得好好热闹热闹。你找爸有要紧的事儿？"

闫平阳漫不经心地"哦"了一声："想跟爸妈商量一件事！"

"什么事儿？"

"你别管了！"说着话往伊甸园果园的方向走去。

天气的寒冷，让年味更加充足。树梢上的红气球，屋檐下的红灯笼，地面上火红的鞭炮屑，还有家家门口贴的红春联，以及小孩子手里拿着的红包，火红的"假"桃花，雪白的"假"梨花，楚楚动人的"塑料"樱桃花映得季节分外动人。

闫平阳走进樱桃园，一帮伊甸园人正在挂着火红的灯笼，史老园长先看到了他，冲着他喊了一声："平阳！"闫平阳走到史老园长面前恭恭敬敬地叫了声"师傅"，然后冲身边的老英雄们叫着，"禹爷爷、马爷爷、刘爷爷……"

几位年长的人点着头，然后朝正在远处剪枝的闫爱军指了指："你爸在桃园那边儿剪枝呢。"

闫平阳往闫爱军那儿看了看，接着帮着挂了一会儿火红的灯笼，才跟几位老人道别，往闫爱军那边走过去。

闫爱军在剪多余的桃枝。

闫平阳上前拿起一把剪刀也开始剪起来。

"有什么事儿说吧，别给我剪坏了树枝。"

"不会！"

"怎么不会？你看你看。"闫爱军说着话走过来，"这里不能剪的嘛，这是什么季节？你以为这是砍枯树呢，它还没死呢，一开春，马上芽就出来了。"说着话没好气地将闫平阳手里的剪刀夺过去。

"你……"

"你什么你？有什么事儿快说！不说就赶快给我走人，省得我看着你生气！"

闫平阳听父亲这样说，掉头往后山而去。

闫爱军拿着剪刀义愤填膺指划着闫平阳的后背："就知道你过来没有什么好事儿！"没好气地剪着桃枝，像是在剪儿子的头发，一下一下很是解气。

李新梅跟秋水从食堂方向一前一后气喘吁吁地跑过来，与闫平阳打了个照面。李新梅摁着两个膝盖喘了几口气，直起身子。

"妈?！"闫平阳冲着李新梅喊了一声。

"就知道你俩在一起又得吵。"李新梅说，"大过年的，你这要去哪儿？"

"回宿舍！"闫平阳没好气地说。

"不行！"李新梅说，"大过年的只能待在一起，哪儿也不许去！"

"叶主任她病了，我得回去照顾她！"

"妞妞不是在她那儿吗？秋水还说一会儿布置完了，二丫她们几个一块儿过去！"

"可是……"闫平阳回头看了还在剪枝的闫爱军一眼，意思是看我爸那样儿，容得下我吗？

李新梅是聪明人，见状朝闫爱军喊了一声："他爸！"

闫爱军听李新梅的埋怨声，停顿了一下手中的剪刀，白了闫平阳一眼又没好气地剪起来。

李新梅叹了口气，冲着闫平阳说："你爸的脾气你又不是不知道！"

秋水说："是啊哥，爸就是刀子嘴豆腐心，你得让着点儿。"

闫平阳还是不说话，显然很不服气。李新梅扯扯闫平阳的衣袖，然后招呼了一下秋水。闫平阳会意，跟着母亲和秋水不情愿地来到闫爱军身边。闫爱军带着气剪余外的树枝。

李新梅将闫爱军手里的剪刀拿过来，放到篓里："好了，老头子，大过年的，人家都在忙年了已经。"

"是啊，爸，你看老园长都带着爷爷们挂彩结束回食堂了。咱们也去吧。"秋水意会养母李新梅的意思，顺着她的意思往下说。

"现在去食堂，你们就不怕别人看着我跟他闹别扭笑话？回家！将事儿解决完了再去食堂。"闫爱军说着话将剪刀往腰中的皮带链上一挂，往家的方向走去。

三人互相看看，李新梅冲着秋水跟闫平阳一使眼色说："回家吧！"

回到家的正屋，见桌上已经泡好一壶茶，闫爱军试试还有热乎气，坐下咕咚咕咚连续喝了几碗。李新梅来到闫爱军旁边坐下。

秋水跟闫平阳坐到两老的对过。秋水给茶壶续上水，沉闷了半天，闫平阳说："对了，想跟爸妈说件事儿，嗯，我跟秋水不过是兄妹，所以我们不可能在一起！"

"你说什么？"闫爱军将手里端着的碗狠狠往桌上一放，瞪着面前的闫平阳，"你把刚才的话再说一遍！"

"儿子？！"李新梅也惊讶闫平阳说出这样的话。

"秋水是我妹妹，我俩不可能在一起的！"闫平阳说。

李新梅一下子愣了。秋水坐在板凳上双手叠掌放在两膝盖间低下头，手在地上划拉着字。闫爱军瞪着大眼珠子望着面前的闫平阳，身子不由自主地抖动起来，拳狠狠地握了起来。闫平阳没有害怕，回敬闫爱军同样的眼神。

闫爱军实在忍不住了，忽地脱下脚上的鞋，隔着桌子朝着闫平阳的头扔去。

闫平阳一闪身，鞋打在闫平阳后面的墙上弹回来打到桌沿边儿上。长条桌上的碗被震得掉落到地上，没有碎，但却横七竖八地倒在地上。

水洒满了地。闫平阳生气了，怒目瞪了父亲一会儿，大踏步地往外走去。这是秋水万万没有想到的！痛苦、失落、彷徨，一时间屋内如被雾霾笼罩。一种难以言语、沮丧的心情涌进秋水落寞的身体里，全身透骨地冰凉。她努力让自己回过神，然后死撑着压住自己的魂魄，终于支撑不住，从板凳上滚落到地上。

"秋水，秋水！"李新梅呼喊着上前拉秋水。

很久，秋水方睁开眼睛，见李新梅扶着自己，忙坐起身，从地上起来。

"水，水。"闫爱军走到秋水跟前，"这个家我说了算，别怕！"

"不用了！"秋水说，"您老歇着，我去食堂看看还有没有要干的活儿。"头一低，走出屋门。

闫爱军跺了跺脚，指着面前的李新梅："都是你把他惯的！"李新梅不住地拍打自己的胸，"老天爷，这到底是作了什么孽哟！"

闫平阳回宿舍没多久，柴禾妞找上门，见闫平阳脸色不好，也没有多说什么。要离开时潘明上前将柴禾妞拉到一边问："应该怎么办？很快就要吃年夜饭了，秋水跟平阳却都不在餐厅。"

柴禾妞说："你打电话给三姨，就说叶主任病得很重，平阳离不开。"

"这样说的话恐怕会有很多人过来探望。"潘明显然不同意柴禾妞的主意。

"起码免去很多尴尬。"柴禾妞说。

潘明"哦"了一声，打电话给李新梅说："三姨，叶主任身体不大好，我跟姐姐方非还有大伟平阳几个就不去食堂吃饭了。三姨你在三姨父面前帮着多说两句好话。"

李新梅说："也好，反正餐厅的桌子也不一定够！"

"提前问三姨过年好！明天一早我们会过去拜年。"潘明说。

李新梅"嗯"了一声："那你们好好照顾叶主任吧，一个人在外面过年怪冷清的。"

潘明跟李新梅道了声"拜拜"，将手机滑上，看看柴禾妞。

"孙明磊来了电话，要我不要让别的男人动叶佳彤一根汗毛。"柴禾妞突然说。

"他不是跟一位叫小涵的女孩结婚了吗？这件事佳彤也知道，还送了他贺礼呢。"潘明说。

"所以我也觉得他这个人很奇怪，明明不喜欢人家干吗还要跟人家结婚？既然结婚就好好跟人家过日子嘛，干吗又要别人不动叶主任一根汗毛？真的是岂有此理！"柴禾妞说。

潘明："其实也没有什么大惊小怪的，这些年百姓跟政府娇惯了有钱人，也娇惯了一些所谓的名人，所以使得他们做事过于自以为是。"

柴禾妞说："喜欢你就是因为咱俩的三观很接近，你知道我为什么极力挽留佳彤在伊甸园吗？"

"因为你希望叶老师写一部鸿篇巨著，希望他手下留情将他的《后浪》写得励志！"潘明说。

柴禾妞笑笑说："这不过对了一部分，还有……"看看潘明，"算了，有时间再说吧。总之很不服气网上评论独生子女那些恶毒的话，甚或有人骂我们给时代丢了脸、是时代的脓疮，简直胡说八道！"

"是啊，上辈人给我们的偏见，时而是他们塑造的，时而也是他们想象的。所以我有时讨厌他们，但又无奈于他们。"

"不能惯着他们！过完年，我去把临时伊甸园小区的套二房收拾出一栋，然后你派人把佳彤和平阳的行李收拾过去。"

"这样做合适吗？"

"有什么不合适的？你想佳彤再晕倒一次啊。"

"当然不想啊！既然平阳不能跟秋水，孙总也已经结了婚，佳彤跟平阳不正好一对儿吗？"

"噢了！"柴禾妞激情且冲动的样子说，"希望伊甸园智慧城快点建成，然后把你爸妈接来。"

"你妈也要接来！"潘明柔情蜜意地冲柴禾妞道。

第 25 章　合租

雪落红梅，日出山花。

正月初六这天，叶佳彤跟闫平阳的行李被柴禾妞派人强行搬到一处。

闫平阳没想到表姐柴禾妞会如此急性子。大概急性子的人都有违背原则做事的毛病。说得不好听点其实是不尊重人，但自己还认为帮别人忙。

想到叶佳彤虽聪明美貌，娇娇弱弱，但内心对尊严、个性把握得极其有度。再鉴于他与她几次会面交锋，认为叶佳彤不会接受柴禾妞不经她同意的安排，当然迫于面子，或许她会接受。但这种勉强跟叶佳彤同居会让他很没有面子。

"别不知好歹行吗？"柴禾妞接到闫平阳的电话回了在闫平阳听来极有分量的一句话。

果真，当叶佳彤接到柴禾妞自己必须跟闫平阳合租的命令时，很快便对柴禾妞这种"独断"做出了反击："合租？开什么国际玩笑？"她冷笑着望了面前愣愣的还有一丝等她表扬的柴禾妞一眼，高傲的一个转身往宿舍走去。

"干吗这么倔强？有个人照顾你不好吗？你是没看上我表弟对吗？如此推断你心里是有孙总的对吗？"柴禾妞看着叶佳彤的背影，一连串的问号从嘴里说出来。

叶佳彤头也不回地往前走，不想反驳，认为柴禾妞的话是无中生有。她缓缓走到宿舍门口，发现竟然换了新的室友。

那女孩叫肥肥，长得如坚果墙，站在门口，挡住了屋里的视线。"叶主任好！"她很礼貌地跟叶佳彤打了声招呼。

叶佳彤一愣，继而恼羞成怒地在肥肥门前来回走了两趟，然后说："肥肥，你什么时候来的伊甸园？"

"刚到！"肥肥朝叶佳彤"嘿嘿"一乐，"主任，你恼羞成怒的样子都显得那么优雅，并且比平静的样子还更动人。尽管在我面前上蹿下跳了一会儿，也没能影响你沉鱼落雁的形象。或许这就是美女跟常人的区别，无论动或静都透着自身的魅力。羡慕啊！"肥肥两只胖拳抱在胸前由衷地说。

叶佳彤没有跟肥肥费口舌，觉得没用，因为这事儿跟肥肥无关。想去跟柴禾妞理论吧，一她是她的领导，二是柴禾妞的三寸不烂之舌是出了名的，迎刃而上只有死路一条！算了，知难而退吧。毕竟自己现在这里的势力不够，有的只是服从！服从！想到这里，觉得应该拿上行李回苏州老家。对！这个办法最明智！因为隐隐地觉得柴副总也很不赞同父亲的某些话语。嗯，应该就是！不然的话她跟柴禾妞也不会个性、处境不同却能在伊甸园生活得时而和谐，还不是因为有共同的敌人叶成功？

想到这里心坦然了不少，心想如果你想留我就尊重我的想法，不是一味地命令！命令！讨厌被别人命令着办事！见宿舍无法容身，眼珠一转，急急来到跟闫平阳合租的住处，见自己的行李箱还没有打开，走上前，拉起便往外走。

闫平阳见状并没有阻拦而是给柴禾姐打了电话，说："叶设计回苏州了！"

"什么？"柴禾姐简直不相信自己的耳朵，将电话放下，便给方非打去了电话，"你跟肥肥马上把叶佳彤给我追回来，不然这个月的工资就别想拿回去！"

方非想反驳柴禾姐，被肥肥扯住！肥肥说："就得把叶主任请回来方助理，因为我也觉得叶主任很有魅力，说实话她走了伊甸园都没有光彩了。"

"胡说什么呢？"方非白了一眼肥肥没好气地说。

肥肥看看方非的肚子："哎呀非姐，别吃醋嘛，叶主任就是比咱俩有魅力，这你不信？再说了，你怀孕了要经常休班，所以钱嘛挣得明显比原来少，要是继续留在伊甸园倒也罢了，如果去别的地方都不一定生得起。"

这话倒是说到了方非的心坎儿。说实话，她偶尔梦想京城的繁华，偶尔又被伊甸园这片辽阔丰足的土地打败。她心酸地对自己说："我窝在伊甸园是不是屈才了？因为这里太小，施展不开我的才华。而且到哪儿混升迁这样的事儿也要靠关系，唉！都怪我没出身豪门，又没有嫁个好人家！"

"我觉得叶主任并不是靠关系升迁的吧，真的非姐，说句实在话，你别生气啊。我认为你虽比叶主任年长吧，但业务水平的确没她强！"肥肥嘴里继续夸着叶佳彤。

"你这伶牙俐齿的嘴跟谁学的呀！"方非伴瞪了肥肥一眼，生气地说。

肥肥吐吐舌头冲方非笑："还不是跟师傅你学的啊，有什么说什么！刀子嘴豆腐心！就说前天我刚来的时候吧，看到一小女孩，背了一大筐萝卜，顺着山走啊走啊走不动了，想放下歇歇，我见状过去帮忙将她的筐子放到地上，你不知道啊非姐，这筐实在是太沉了。我顿时我就……"

"好了好了。你说这些不就是想说你很想留在伊甸园解救穷苦大众吗？"方非说。

肥肥："我哪有那本事儿，也只有叶主任那样的人才有，因为她手里攥着几个有钱人的牌啊。"

方非："这绕来绕去不就是你想请叶主任回来吗？"

肥肥："还是非姐了解我！说实话我有很多问题想问她，比如……"

"好了好了，满足你这个愿望！"方非将头歪了歪，"走吧！"

"得嘞！"肥肥答应了一声，坐到前面将车发动起来。

两人来到车站已近傍晚，一进候车室，肥肥看到叶佳彤静静地候在那里，冲方非使了个眼色说："咱俩绑她回去吧。"

方非指指自己的肚子："你还是自己过去'绑'吧。"

肥肥看了距她足有十米远的叶佳彤一眼，转脸对方非说："我哪儿敢和自己的偶像对抗啊？"她说到这里眼望候车室顶，露出花痴般的笑容。

方非没好气地打了她的小胖手一下："叫你来请叶主任回去的！"

肥肥醒过神，"扑哧"一笑，扭捏着身子娇声道："知道了啦。"往叶佳彤那边走过去，走到半路又折回身拉方非的手起身。

"拉我干吗？"方非指指自己的肚子说，"想谋杀你亲领导的孩子啊。"

"哪敢啊！"肥肥说着话趴到方非耳边嘀咕了一阵。

方非半信半疑地跟着肥肥来到叶佳彤跟前。但见肥肥指着方非的肚子跟叶佳彤说："叶……叶主任，非姐可是怀孕之身啊。你知道的，柴副总不懂得体谅人，如果你再……"肥肥说到这里故作无奈般地叹了口气。

叶佳彤当然明白肥肥下面话的意思是说"怀孕的女子伤不得，气不得，更惹不得，所以赶快回去吧"。再转念一想，如果此刻真的灰溜溜地回去了，父亲肯定会用轻蔑的语气跟她说："怎么样？听爸妈的没错吧，你们现在这些年轻人做事就是没有毅力！有始无终嘛！"想到这里她"腾"的一下站起来，跟方非和肥肥回到柴禾妞给她找好的住处。

看着从车站归来的叶佳彤，柴禾妞捂着嘴乐了很久。方非说："柴副总，你现在看佳彤的样子很有同性恋倾向。"

"胡说什么呢？"柴禾妞说，"我喜欢的是异性。"

"对不起，刚刚是我不好！"叶佳彤将行李放好，看看已经有身孕的方非冲着还没回过神来的柴禾妞说。

柴禾妞爽朗的笑声马上就响了起来："没事没事！对了，里面我吩咐人都收拾得差不多了，你再稍微整理一下就行了。"

"谢谢！"叶佳彤由衷地说了一句，"有时间我们一起坐坐。"

"嗯好。"柴禾妞说，"就在你这儿，平阳做饭，叫上方非、大伟、肥肥一起过来烧烧。"

"烧烧"是青岛的习俗，指搬进新家直接睡人的话湿气伤人，或怕有外邪侵入，要烧一下驱邪，然后再睡人就不伤人。

叶佳彤知道柴禾妞说的"烧烧"是什么意思，心想借此大家伙凑起来热闹一下也不错。

方非的手机响了起来。是苗大伟打来的电话，电话中苗大伟问方非在哪儿？身体有没有什么不舒服？要不要我过去接你？方非被苗大伟几句简单的话感动得泪水在眼眶里打了好几个圈，哽咽道："你……你在家吗？若在……在家的话就做几个好吃的菜，我……我跟柴副总还有佳彤、肥肥一起过去吃。"

"我做了'红烧鲤鱼'，跟她们一起过来吃吧。"苗大伟说。

"那好！"方非将手机合上，第一次在人面前秀自己的老公，"走吧，去我家吃饭，大伟已经做好了饭。"

"我今天还有事儿。佳彤你跟肥肥去吧。"柴禾妞说。

叶佳彤摇头。肥肥也摇头，她说我准备减肥不吃了。

"你仨都不去？"方非说，"你仨这是不让我秀一回恩爱啊。"

叶佳彤点点头，朝方非摆了摆手："快回家吧，有时间咱们再聊！"

柴禾妞"嗯"了一声，冲方非说："我们怕你在我们面前打起来！"

"说什么呢柴副总？你这是官大了看人低！"方非急赤白脸的样子。

"好好，那祝你跟大伟恩恩爱爱白头到老！"柴禾妞说着话冲仨人拱了拱手，急急地离开。

正月初八，柴禾妞上班前去看望合租在一起的叶佳彤跟闫平阳，见两人眉头没蹙，眼睛没斜，嘴巴没嘟，长舒了口气，不过临出门前还是回过头对闫平阳嘱咐道："好好待佳彤，听到没有？"

"放心吧！不会发生任何事儿的。"闫平阳吧嗒着他两片微厚的嘴唇憨憨地说。

柴禾妞想说："你也不能太老实了呀？！"但话到嘴边又说成，"算你聪明！"然后笑着将脸转向叶佳彤，"他要是欺负你的话告诉我！我一定替你出气！"

叶佳彤狭长如狐狸般的眼睛在眼尾眯了眯，越发让人觉得有魅惑感，清新迷人。

"你这神情让我一个女人看着都有酥软的感觉。不过放心，平阳是个正直、孝忠、讲义气的男人，不会为美色所折服，毕竟他饱读诗书，又是史爷爷的高徒，他做人的原则是顾全大局，珍重情义，与人为善，不谋私利，希望将来众望所归。"柴禾妞说这些像是在替闫平阳做广告。

闫平阳的这些特点叶佳彤感觉到了。她是很感性的人，情商又极高，所以很快明白他是一个懂得尊重女性的男人。

的确，你不愿意让他做的事儿，他不会去讨嫌！何况伊甸园需要一种氛围，是《桃花源记》里有的，你顾着我，我顾着你。他们平等、自由、安稳、和谐，偶尔有的顾虑是替别人想的多，替自己想的少。当然前提是在不违背原则的情况下。所以她坚信闫平阳跟她的合租不但不会有什么危险，还会带来愉悦、温馨、安逸、互助。

如此这般，以后柴禾妞的探视也就显得多余了，不过柴禾妞有她的想法，毕竟两人相处在一起的温度太恒定，如她的体温，总保持在 36.5 摄氏度左右，浮动超不过零点二。

想尽力让两人"感冒"提温，不然的话想走到一起恐怕很难。

潘明对柴禾妞时而急于叶佳彤跟闫平阳好，时而又要闫平阳听父母的话跟秋水结婚很不解。

柴禾妞望着他半晌没有说话，继而耸耸肩跟他说："以后你会明白的！"

潘明隐隐地知道柴禾妞瞒了他一些事儿，这些事儿是什么有时很想知道，但又知道那是她个人的秘密。他允许女人有秘密，毕竟他是个男人，男人要宽宏大量。这是史老英雄常跟他几个徒弟说的话。

傍晚，叶佳彤接到孙明磊的电话："佳彤你好！最近怎么样？心情好吗？过得怎么样？没有我在你身边是不是有人欺负？对了，你提任设计部主任的事儿兑现了吗？"

叶佳彤拿着手机，孙明磊一连串的问号她只是愣愣地听着，一点儿也不知道要回答什么，尤其是最后那句更是弄得她一脸懵懂。

"设计部主任？"她说，"明磊你打来这个电话什么意思？难道我的升迁是跟你有关？"

"你认为呢？"孙明磊说，"柴副总的升迁是因为她有利于孙氏置业投资的发展，而你……哈哈，为了你孙家退了万步，但却换不来你的感激。"

"为了我？"叶佳彤听孙明磊这样说更糊涂了。

孙明磊冷笑一声："半年前，对，就是那次我妈跟刘姨被赵县长请去伊甸园参观的半年后，赵县长约谈伊甸园集团的实际控制人咪尼集团的董事长熊三、我妈，以及诸多董事，释放明确的监管信号，不仅仅是向几位重要的投资者释放，更是向整个伊甸园，整个市场释放，明确伊甸园监管的决心和意志，所以那次约谈是做投资集团思想工作，也是对整个伊甸园市场做思想工作。"

这事儿叶佳彤听人说过，但是却没有孙明磊说得这般详细，她只知道赵县长跟投资者协商机制的问题。

孙明磊说:"第二次约谈是三个月前,谈话的对象增加至所有的投资者,找投资者们谈话也低到各个单位的部门。比如当时你们 ML 设计部门的柴禾妞也参加了。约谈我的是 ML 设计部门的柴禾妞,谈话以事为主,即针对具体需要监管、整改的事情进行约谈。你知道什么是融入伊甸园发展中的大局吗?佳彤。"孙明磊问。

叶佳彤没有说话,因为她听出了孙明磊内心的抱怨。

"什么大变局?什么伊甸园战略全局?嘴上说得好听,不过独裁主义、霸权主义。"孙明磊恶狠狠地说。

叶佳彤笑了,说:"伊甸园上下无论任何组织、任何人都应该认识到这一点,并且团结在以史老园长为核心的周围,为伊甸园在这一大局中把握战略机遇出工出力。"

"你在故意气我对吗?你是因为我跟小涵结婚的事儿吗?"孙明磊说,"你真的就非站在他们一边儿?难道你被他们利用了也心甘情愿?你宁肯违背若良的好意也在所不辞?哦哦,对了,一定是你被若良伤了心在报复他是吗?如果这样的话对不起,那不过是因为你太优秀,就像我娶小涵,我只是觉得你谈过很多次恋爱,而我却一次都没有。还有一件事儿我要告诉你,我跟小涵只是名义上的夫妻并无夫妻之实。真的!我可以对天发誓!"

不知道孙明磊是不是在胡言乱语,不想去深入了解,毕竟她对他除了同学情谊,再无其他,不想再搅入感情的旋涡,那样太累。想到这里,她拿着电话只是莫名地站着,摇晃着瘦削挺直唯美的身子。

孙明磊继续说他对她的感受:"你要知道佳彤,一切的一切都是因为你,我是个没出息的人,为了你我竟然做了很多莫名其妙的事儿,比如他们找我约谈我不喜欢的事儿时,我会想到你,而且会义不容辞地跟他们提出保护你的条件。所以佳彤你为什么不懂我的心?我爱你,因为你,我在人前都几乎没了自尊。"

真的无言以对!叶佳彤想。

孙明磊说:"我跟所有人都会说我爱你,即使他们露出鄙夷的神情我也不在乎,我只要你有自尊,我不希望人在我面前笑话你是个白痴,脑残。不知道你跟叶伯父争的什么?为什么而争,你为什么就不能跟叶伯父站在同一战壕。"

他说着说着提到了她的作家父亲,竟然搞得她浑身一紧,接着莫名地难过起来。是的,她跟父母发誓让他们过上好日子,但是伊甸园建设并不顺利,她看起来三年之内将两位老人接来的愿望应该实现不了了。因为她现在住的地方并没有赶上苏州的别墅，她为了建设伊甸园可以忍受饥寒交迫的日子，父母能吗？就算他们能的话，她能忍心父母过来跟自己受苦吗？

她长长地叹了一口气，跟孙明磊说："你还有事儿吗？没事儿的话把电话挂了吧。"

"认输吧佳彤。"孙明磊说，"你一说出这句话我马上就可以过去将你接到香港。"

叶佳彤摇头。

"那么你将你的技术股卖给孙氏置业，我可以保证孙氏置业百分之三十的股份给你。"孙明磊说。

"不要乱来行不行，明磊！好好跟小涵过日子，要在伊甸园投资，就多替伊甸园的人想想。"叶佳彤还是坚持自己的观点。

孙明磊十分不解叶佳彤的想法，继而笑起来："放心佳彤，我会跟小涵离婚的，我可以跟你发誓！"

"好了明磊，不要再开玩笑了。"叶佳彤说着话将手机滑上。

吃过晚饭，柴禾妞跟潘明去闫平阳跟叶佳彤的住处，见闫平阳规矩地躺在房间的床上，柴禾妞冲着慵懒着全身在看手机的闫平阳说："你天天就这样啊？"

"怎么啦？"闫平阳将手机放到一边连忙坐起身，"我在查一些关于类风湿治疗方面的资料。"

柴禾妞朝叶佳彤那屋努了努嘴，意思是你就不能多跟叶佳彤交流交流啊。

"她那么忙，我怕影响她工作！再说我这边……"闫平阳腼腆地笑了笑。

"你可以做顿可口的饭菜给佳彤吃啊。要不然何苦要跟佳彤住一起呢？"潘明说。

"犯得着这样吗？"闫平阳从床上一个跃身站到表姐跟前。

柴禾妞看了看表："佳彤一定还没吃饭吧今晚？"

闫平阳摇摇头，意思是"不知道"。

柴禾妞不耐烦地摆了摆手："那快去厨房做饭啊。"

闫平阳停顿了一下，心说："这个家的家务活我可做得不少了哈。"

"怎么这样啊？快点儿！"柴禾妞也睐了闫平阳一眼。

闫平阳看看潘明。

潘明挑挑眉毛，意思叫闫平阳赶快表现。闫平阳从床上下来，不情愿地往厨房走去。

在潘明的帮助下，闫平阳终于笨手笨脚地做了一个西红柿炒蛋。潘明让闫平阳给叶佳彤端到房间。

闫平阳寻思了一会儿，觉得这会让叶佳彤笑话他，因为自两人住一起后，反而彼此间疏远了。

"你总不能叫我帮你端过去这碗面吧，也不能叫你表姐。"潘明说。

"反正我不会端，不然的话你叫她来餐厅吃饭吧。"闫平阳说。

潘明想大声又不敢大声地朝闫平阳挥舞着右拳，恨铁不成钢的样子说："你去叫啊。"

闫平阳说："你去！"

潘明没好气地"嗨！"了一声。

"嗨什么嗨？反正我不去！"闫平阳没好气地从饭桌里拖出一把长椅坐下。

潘明无奈，只得去跑这趟腿，跟叶佳彤说："佳彤，刚刚平阳给你做了碗西红柿鸡蛋面，你抓紧时间过去吃了，不然凉了不好吃！"

叶佳彤听说闫平阳为她做饭，非常感激，嘴角不由微微扬了扬，冲着潘明跟柴禾妞说："一起过去吃吧。"

柴禾妞摆摆手："你去吃，我看看你刚刚完成的希望酒店模型。"柴禾妞说着话坐到椅子上，望着桌上酒店模型的图样仔细看起来。

潘明来到柴禾妞身旁也仔细看着并不时点着头。闫平阳将面条端到桌上，就进了自己的屋。叶佳彤耸耸肩，没有理会，坐到椅子上慢条斯理地吃起来。

想到查若良虽在事业上帮助她很多，长得也帅，但人已经离她而去，不应该再留恋虚幻的日子！不然的话只能徒增无尽的烦恼。想想闫平阳，俊美的脸庞不失阳刚，刚毅的身躯不失温暖。

退而求其次吧，虽说查若良在她眼里几近完美，闫平阳不过中下之选，但吃着他给自己做的饭觉得很踏实。

一早，叶佳彤准备去伊甸园的水库采风，希望闫平阳陪她一起，不想闫平阳说要趁休息日整理些关于医院病历的资料。她很扫兴，独自一个人往外走时，闫平阳又突然出现在她面前说："本不想去的，但想起表姐要我保护你的话，只好舍命陪美女了。"

她笑了，望着他轮廓分明的脸庞非常有修养地在他面前点点头。他说其实他本没有什么事儿，但他又希望先给她失望然后再给她希望。

不明白为什么总要把事情搞成这样，不过想想有些刺激，有"过山车"的感觉，先让你呕吐，头晕，脚软……接着即使恢复过来，心也有余悸。

哈哈。这不过是他自己认为的，叶佳彤并没觉得什么。不过叶佳彤将闫平阳反复无常的行为讲给方非听时，方非说他已经爱上你了佳彤。

"爱上我？怎么可能？"叶佳彤头摇成了"拨浪鼓"。

方非一笑："不信拉倒！他只不过怕自尊心受到伤害，唉！我可不想你将来跟纯伊甸园人一起生活。听说他们骨子里很传统，中国文化根源太深，让女人有负重感。"

"这个……"叶佳彤停顿了一会儿。

"你也已经爱上他了对不对？"方非问。

"不不不，没有没有。"叶佳彤极力地摇着头。

方非挺个大肚子也摇头，跟她说好好想想情人节那晚你碰上歹徒的事儿，会不会是闫平阳安排的？如果真是这样的话，那伊甸园人真的太可怕了，他们装着天真无邪的样子，其实内心阴暗晦涩。

叶佳彤被方非逗得乐了，说："方助理，电视剧看太多了吧。"

方非看了叶佳彤一眼倒吸口凉气："妈呀，难道你不觉得自己现在的状态很危险吗？我不希望你爱上他！我知道你是因为跟叶老师赌气才变成这样的。清醒！清醒！"

"能不能别小题大做？不过合租在一起，至于惹得你这样嘛。"叶佳彤说。

"你这人就是不听好人劝！"方非说，"人生中最可怕的事儿就是被身边的人欺骗，这也是我一直主张表哥离开柴副总的主要原因，但他又极没出息。"

"我觉得你这是瞎操心！"叶佳彤说。

方非朝叶佳彤耸了耸肩，摊了摊手，随着叶佳彤对她殷勤的照顾中潇洒地往设计部临时办公室走去。

叶佳彤走进设计部，里面立时安静下来。微信铃声响起，她翻开手机，里面一张孙明磊发来的跟小涵亲热的照片，她看了会儿，将手机扔在一边儿，开始处理桌上的文件，有伊甸园振兴战略的图样、伊甸园根本福祉的图样、宜居伊甸园、文明和谐图、伊甸园特色图、散居变聚居图，等等。叶佳彤忙活了好久，觉得眼睛有些模糊，揉了揉眼睛，忽然想起早上方非的话，内心很不舒服莫名地郁闷起来，很久情绪才平静下来，于是打电话给肥肥去果园的沼池地考察。

肥肥驱车带叶佳彤去伊甸园后面的沼池地，见沼池植物的地上部分都不发达，吩咐肥肥上前将泥炭堆积，致使沼泽地更加缺气，加水，使有机物半分解状态。

两人忙活了一下午。

傍晚，叶佳彤准备回家，肥肥说："今天如此辛苦，我们去酒馆喝一杯怎么样？我有很多问题想请教您！"

叶佳彤谦虚地摆了摆手："都是同事，谈什么请教不请教？不过互相学习！"说着话上车到副驾驶坐下。

肥肥坐驾驶座上，将车发动起来，跟叶佳彤说："其实我觉得你真没必要绑到闫医生身边，我听说伊甸园人很守旧，所以如果你跟他一起的话会受苦的。"

"受苦？谁说我要跟他一起了？我们不过合租。好了，回家吧，别想太多！"叶佳彤漫不经心的样子说。

"既然您没这个心就更不要跟他待在一屋了，或许你不觉得什么，但是伊甸园人会说闲话的！"肥肥说。

"说什么闲话？"这个问题叶佳彤倒是没想，今天听肥肥一说，不由得倒吸了一口冷气。

"我知道你俩根本没有什么，但你有没有考虑过秋水？"肥肥说。

"秋水？"叶佳彤拧起眉。

"是，就是闫医生的妹妹，其实不过闫家的养女。"肥肥边开车边说。

提到秋水，她有些烦乱的样子，思绪也有些混乱，双手交叉着放到胸前，闭目，装作对此不感兴趣的样子半躺到座背上。

肥肥开着车，往叶佳彤住处拐弯时，叶佳彤从座椅上坐正身子，冲着肥肥说："不然去你宿舍吧！但我们不要喝酒。"肥肥点头说："行！"掉转车头往东而去。

回到肥肥宿舍。叶佳彤先是看了一下肥肥绘制的儿童乐园制图，接着坐下来帮她修改了一下，准备离开时却见肥肥的餐桌上已经备好了几个可口的小菜。

叶佳彤摸摸自己的肚子拧了拧眉。肥肥笑起来："主任你放心，我不会问你太出格的事儿。"

"知道北方人都重义气！"叶佳彤对肥肥笑了笑，露出她性感的牙齿说。

"当然！"肥肥说着话打开桌上一瓶红酒。

叶佳彤摆摆手："我不能喝酒！"

肥肥开玩笑的语气说："喝点嘛，我又不是个男的你怕啥？"说着话还冲叶佳彤抛了个媚眼儿。

叶佳彤见状笑了笑，然后故作姿态地扭捏了一下身子说："就算你是个男的，又有什么可怕的？你还能吃了我呀！"说着话落落大方地将外衣脱掉挂到衣架上，将袖子往上撸了撸，拿出大吃一顿的架势。

"哎呀，彤姐就是有范儿，也难怪那些男人都喜欢你。您今天过来我这小屋蓬荜生辉啊。"肥肥边给叶佳彤倒着酒，边不失时机地赞美着自己的偶像。

"有什么话说吧。"叶佳彤把红酒端起来，很优雅地在眼前摇了摇，然后放下。

"真的呀？我的美女领导，你说得我越来越喜欢和崇拜你了！"肥肥说到这里拍拍自己的胸脯，"美女主任，你放心吧，从今天开始你让我干什么我就干什么。不过你得告诉我如何吸引男人。我都二十四了，但我至今一个男朋友也没谈，我想知道主任如何吸引男性，为什么男人都喜欢跟你交往？"肥肥言语中明显带有崇拜的口吻。

叶佳彤看看肥肥，若有所思地夹了一口菜抿到嘴里。肥肥也学着叶佳彤的样子，夹了口菜往嘴里搁进去。叶佳彤被肥肥逗得捂着嘴乐了起来。肥肥也捂着嘴笑。

"为什么女孩身边非要有男孩追？没有多自由啊？"叶佳彤努力抑制住自己的笑。

"当然不行！"肥肥说，"没有男人的日子女孩活得多没意思？"

"其实抉择的时候最痛苦！因为如果选择了跟谁在一起，就要对对方负责任，不管男女！"叶佳彤想起自己的处境脸色变得凝重起来。

"责任？"

"是啊！一个人过的时候要对自己负责，两个人要对对方负责！一家人要对家人负责，两家人……"叶佳彤看看肥肥，"所以凡事儿不能随便！"

"知道了！"肥肥说，"各人有各人的烦恼，人人有本难念的经，一直以来总认为你过得快乐，看起来不是，对吗？"

"当然不是！"叶佳彤淡淡地说。

这真真是肥肥没有想到的，她一仰脖喝了一口红酒，放下。看看叶佳彤笑起来，露出她好看的虎牙："既然要对这么多人负责任，那为什么人人不选择单身？这样多好？对不对？"

"人是群居动物！这也是你为什么独身觉得苦恼的根本原因！"叶佳彤抿了口酒。

"说得有道理！所以才想问你怎么才能吸引男人？"肥肥说。

"我没觉得自己在吸引男人啊？"叶佳彤将酒杯轻轻地放在茶几上。

肥肥竖起大指指："高！"一仰脖子将杯中的红酒全部喝干。

叶佳彤见此也来了酒兴，学着肥肥的样子将杯子里的红酒倒进肚里。

肥肥激动地说："没想到主任喝酒也这么豪爽，以前总以为主任是位非常严谨的人。"

叶佳彤说偶尔也得放松一下，不然活得太累。

肥肥点点头，劝叶佳彤继续喝酒。两人你一杯我一杯喝了两瓶。不多一会儿，叶佳彤醉了，趴到桌上。肥肥眼睛眨巴了几下，接着摇了摇头说："酒……酒量有……有限！"站起身，走到叶佳彤跟前，一蹲身将叶佳彤抱起来，然后跟跟跄跄走到床前，将叶佳彤"咕咚"一下扔到床上。

叶佳彤知道自己已经躺在床上，想起身却懒得动，再一迷糊，竟然睡了过去。

凌晨四点，闫平阳起来小便，推开门见叶佳彤并不在屋，胡思乱想起来。他一会儿觉得叶佳彤被坏人带坏了，一会儿又觉得是不是被坏人劫走了？再然后越想越后怕，便给柴禾妞打去电话。

柴禾妞听说叶佳彤一夜不归，打电话给叶佳彤。叶佳彤手机关机。柴禾妞慌了神，急不可待地将电话打到方非处，这才知道叶佳彤跟同事肥肥住在一起，长舒了口气，告诉了闫平阳，闫平阳很不高兴，他说应当好好警告一下她这种目中无人的合租态度，不然的话，她就不知道合租在一起所尽的责任。

这话被柴禾妞传给叶佳彤，让叶佳彤很反感，为了表示内心的某种态度，傍晚下班，竟然又去了肥肥宿舍，却被柴禾妞追上来，怒发冲冠般地冲她说："平阳都快急死了昨晚，现在正巴巴地在家做饭等你回去吃呢。"

"我不能回去！"叶佳彤说，"不想跟他合租！我有单位，既然肥肥什么的都可以单独住宿舍，我为什么不能？"

"你当然不能！"柴禾妞样子异常霸道。

"为什么不能？"叶佳彤瞪着面前的柴禾妞一副不服气的态度。

柴禾妞看着叶佳彤。叶佳彤将脸转向一边儿。

柴禾妞耸了耸肩，忽然朝叶佳彤"哈哈"了一声说："是不是听别人胡说什么了？"

叶佳彤没有说话，心想什么胡说？不是明摆着的事儿嘛。

"你真的认为平阳会跟秋水？如果你在意这事儿的话说明你对平阳已经动了

心。"柴禾妞忽然间变得像个八卦婆。

"真能瞎掰！"

"我会看相的！"

"喊！"

"喊什么喊？就你这点能耐还能瞒得过我？好了，别闹了，平阳不会和秋水好的！他们虽不是兄妹胜似兄妹。两人太熟悉不过了便不会有激情，一潭死水会让生命没有活力。"

"为何非要逼我跟他在一起？这不应该是你关心的范畴我认为，现在父母都不干涉儿女的婚事儿。"

"我不想别人干扰你的感情生活，鞋合不合适只有脚知道，你明知道你爱的是平阳干吗还畏首畏尾？"

"我爱他？"叶佳彤冷笑一声，"干吗话说得这么干脆？你是在逼婚吗？"

"回去吧！"柴禾妞看着拐进卫生间的肥肥，上前拉起叶佳彤的手，"不要误会我的意思，只是担心你！如果……如果你不喜欢平阳的话也不要紧，但是真的为你感到不值，孙明磊跟小涵结婚了，若良又……"

"好了，别说了！"叶佳彤做了个暂停的手势，"我跟你回去！因为我无路可走！"说着话包往肩上一背，从肥肥家出来。

柴禾妞追出去。

叶佳彤回到住处，根本没看刚刚从厨房跑出来站在一边的闫平阳，推门进了自己屋。闫平阳见叶佳彤冷冰冰的样子，自尊心受到极大的伤害，解下身上的围裙往沙发上一摔，往自己屋走去。

柴禾妞"哎"了一声："平阳，你干什么？"闫平阳站住，停了一下，又回过身，到沙发上拿起围裙往身上一系，跟柴禾妞说："就是气她太任性，你知道她这一整晚不在家我有多担心？"

口气虽不温柔但字字句句透着十足的关心。这让刚进自己屋的叶佳彤有些羞愧难当，她将包放下，走出来，看看两人，冲闫平阳深鞠了一躬，然后说了声："对不起！"

柴禾妞笑起来，看看闫平阳，希望表弟能说点好听的话。闫平阳眨下眼，说了句："我做饭去了！"进了厨房。

"丁零零！"手机铃声响起，柴禾妞看了看说，"我得走了，潘明来电话叫我回去吃饭。"

叶佳彤"哦"了一声，将柴禾妞送到门口撤身走到厨房门口推开门。

闫平阳见叶佳彤进来，忙不迭地说："你忙你的，我马上就好。"

叶佳彤站在那儿没动。

很快，闫平阳将饭做好，叶佳彤望着闫平阳精心为她做的四菜一汤，抿嘴看了他一眼，接过他递过来的筷子吃起来。

"你如果嫌我的话，我可以离开去医院宿舍住！"闫平阳说。

"不不不！"叶佳彤连忙说，"我没有要你离开的意思，真的，你不要误会。"

"是你的真心话吗？"闫平阳说。

叶佳彤看看一桌子的菜，没有说话。

"秋水是我的妹妹！"他使劲强调着这句话。

"我们不说这个！"叶佳彤虽然脸色没表现出什么，但明显有跟闫平阳道歉的意思，却又不好意思说出来，便转换话题以开玩笑的语气说，"你很像你的父亲，特别是板着一张臭脸的时候。"

他瞪着她，抬头纹都出来了，表示并不喜欢她说的话。

叶佳彤打打自己的嘴："但是你父亲看起来很凶，你却表面像个温文尔雅的儒公子。哈哈。"

气氛一下子变得很温馨。

第 26 章　产前产后

伊甸园 1 小区是伊甸园人自力更生在森林中间砍掉一大片树后建成的。这里每天早上会听见很多小鸟在唱歌，有各种各样的花草，有滑梯、荡秋千，还可以玩猴杠，因为小区在山上，所以什么时候想去爬山都行。

小区房子的外墙间隔使用深色和浅色的材料，看起来非常美观，每个房子都有一个阳台，站在阳台上可以看到很远很远的地方……

方非跟苗大伟的新居是 1 小区的 6 号楼 4 单元 404 室，室内套四房，二卫，双客厅，一厨房。原意将来苗家父母一间，方家父亲和奶奶一间，孩子一间，苗大伟、方非一间。

刚搬进来时方非兴奋了不到十几秒的工夫，便皱起了眉头，说："我担心以后两家搬到一起无法跟那么多人相处。说实话自己的爸妈相处起来都困难，何况是婆婆公公？"

这话噎得叶佳彤一时没了话说，一是她没有结婚，没有婆媳相处的经验，另外觉得方非说得也没错！

傍晚，方非下班回家跟苗大伟在偌大的、简易的、物件基本齐全的餐厅吃饭。方非说："柴副总的表弟都有了秋水，干吗还要惦记我们叶主任嘛，唉！叶主任也是，总是没个定性，最终啊，好男人都离开了。"

"好好吃你的饭吧！"苗大伟说，"别一天到晚瞎寻思行不行啊，你不怕肚子里的孩子受到伤害我还怕呢。"

"我是佳彤的朋友，她现在处在水深火热当中我还不能关心一下啊。"方非没好气地说。

"人家怎么就水深火热了？我看啊，如果平阳跟她真好的话也未尝不可！"苗大伟说。

"天哪，你这人怎么这样？"方非瞪着面前的大伟将筷子没好气地往桌上一搁。

"我哪样儿了？"苗大伟也瞪起滚圆的眼珠子问。

"真怕佳彤重蹈我的覆辙啊！"方非摸着自己的大肚子冷笑一声。

"蹈你的覆辙？"苗大伟不解地拧起浓密的眉。

"难道你不觉得我跟你一起过日子憋屈得慌吗？"方非见苗大伟瞪着大眼，也想使劲瞪，但却怎么瞪眼珠子也没有那么大，便眨巴着眼睛，用锐利的余光斜眼看他。

"憋屈？天哪！"苗大伟拍拍自己的脑门儿，"你还想要怎样的生活？这里住的吃的应该可以了呀。"

"你竟然就这么没有理想？你就真的希望我跟孩子跟你一辈子蹲在这里不走了？"方非说着话手"啪"的一下拍到桌上，然后手被拍疼了，又怨恨地认为是苗大伟惹她拍桌子才疼的。

"真的很不讲道理！"苗大伟说，"怎么世界上会有你这样的女人？"

方非一听更火了，"噌"的一下站起来，指着苗大伟的鼻尖："你再给我说一遍！"

"这里会变得越来越好！只要大家齐心努力，没有过不去的火焰山！"苗大伟先是朝方非瞪了一眼，接着朝方非"嘿嘿"一乐："不要生气，要不孩子会不好受。"

说到孩子，方非"嗽"的一声，做了个练气功的姿势，用力从体内呼出一口浊气，尽力平缓地坐下。看看带着笑颜的苗大伟，语气比刚刚平静了不少："说吧，这个孩子准备在哪儿生？"

"当然在这儿生啊。"苗大伟说这里有很多像史爷爷这样的名医，你还想跑哪儿生？

"你们不过一群蒙古大夫，还名医，少在我面前说大话！"

"蒙古大夫？天！这话怎么说得出来呢，别忘了史老园长可是有名的活神仙！"

"少在我面前吹好不好？"方非说到这里端起桌上的米饭狠扒了一口。

"你的事儿真多！"苗大伟说，"生个孩子跟要做三篇文章一样。"

"你竟然把生孩子想得这么简单？"

"哎哟，不就生个孩子嘛，有什么大惊小怪的？"

"天哪！"方非看着苗大伟话说得轻描淡写的样子，不由得倒吸一口冷气，"你还是个人吗？怎么看着像魔鬼。"

苗大伟咧开阔嘴笑起来："哪有我这么善良的魔鬼？放心，我会把我妈叫过来给你伺候月子的。"

"我不要她来伺候！"

"不要她老人家来要谁来？总不能叫你爸和奶奶过来伺候吧。"苗大伟说。

"真的还不如我爸过来，我想做什么还随意一些，你妈在这儿，我太矫情了她烦，不矫情我会受委屈。"

"你的毛病不是一般的多！"苗大伟听着方非说出的话明显很不高兴。

"你这人怎么能这样呢？你就不能多体谅点我的心情啊？"方非说。

苗大伟说："我觉得你在无理取闹。"

"谁无理取闹了？"方非怒目圆睁看着面前的苗大伟，头发几乎要立起来。

苗大伟觉得方非生气简直是莫名其妙，使劲将气往下压了压："这到底怎么回事？为什么我俩一见面就要吵架？"

"怪我当初瞎了眼呗！"方非说到这里将手里的碗重重地往桌上一放。

苗大伟望着那碗被方非重重放在桌上的在重力作用下飞出来的大米饭，不由得抖动着肩膀笑起来。

那笑是苦笑，无奈的笑，自嘲的笑，傻笑……

"神经病！"方非乜了苗大伟一眼，站起身端起杯子往屋里走，意欲尽快离开苗大伟的视线。

苗大伟也不想再理会方非，但想到方非肚子里的孩子很快就要出生，也不由得有些担心，于是打电话给闫平阳说："女人真是个很麻烦的物种，特别像方非这样的独生女，任性得让人难以把控。"

"所以嘛，你就顺着她的意思嘛。"闫平阳说，"你总不能在这时候还硬要跟她对着干吧。"

苗大伟认为闫平阳说得也在理，但这时他接到母亲的电话，电话里说她不能去伊甸园伺候方非的月子了，因为最近父亲身体不太好，要时常去当地医院检查。苗大伟一听急了，问父亲要不要紧？他是不是要回去看看？

母亲说："现在你只要照顾好方非就行了，别的不用担心，你爸这边儿有我，你就放心好了。"

苗大伟听母亲安慰的话，心放下了大半。他没有告诉方非，觉得方非也不会有什么好话说，还说不定为此一顿唇枪舌剑。他寻思了许久，最终决定给方非家住湖北的爸爸和奶奶买伊甸园的车票以防自己太忙顾不上照顾方非。

原认为这是件好事，但当他把买车票的事告诉方非时，方非说："你就光疼你爸妈了是不？连侍候月子这样的事儿都得辛苦我爸？他可是个男人啊，还得伺候奶奶。唉！你的心怎么这么狠啊！"

"你不是觉得我爸妈过来没你爸爸奶奶过来随便吗？怎么又怪到我头上了？哦，你放心！将你爸爸奶奶接过来不单是伺候月子，你月子的事儿可以由我来伺候，你爸爸奶奶过来不过是相互照顾起来方便些，毕竟我还得上班。"苗大伟说。

方非想问婆婆公公怎么不来？但想想他们来了会很烦，也就没再说什么。

苗大伟长叹口气，觉得女人真的很麻烦，你顺着她不是，不顺着她吧更不是，头疼得要死，早知道这样就不应该结婚。但见他气冲冲来到潘明跟前，冲着他吼道："不是我说你表妹，她怎么就那么任性，啊？到底我要怎么做她才高兴？"

"你俩又怎么啦？"潘明边做着哑铃边说。

"她要生孩子，我想叫我妈过来伺候她，她说我妈过来不如叫她爸爸和奶奶过来。我听她这样说就给方爸爸和方奶奶订票了，但她更不高兴了，说你是怕你妈受苦不舍得他们来呀？"苗大伟边说边摇着头叹着气。

潘明听苗大伟说到这里，哑铃竟然无法上举，只见他呼出口气，将哑铃拿在手里，然后一用力朝苗大伟打过去。

苗大伟"唉"了一声："潘多多，你要干什么？谋杀呀？！"

潘明努力让自己的情绪平稳，呼了几口气，缓缓地将哑铃放下。

"你俩不愧是表兄妹，天哪，害起人来差不多一个风格。"苗大伟抖抖身子没好气地要往外走。

潘明上前拉住苗大伟。

"你要干什么？"苗大伟回过头来蔑视着比他矮半头的潘明。

"你说话的方式要改改！"潘明此刻已经恢复了平静。

"改改？怎么改？"苗大伟黑塔似的身躯直了直。

潘明直视了苗大伟十几秒的工夫，最终摆了摆手："算了，我还是去说说表妹吧。"说到这里拿起外套穿上。

"这还差不多！"苗大伟"嘿嘿"了两声。

潘明跟苗大伟一同从自己住处出来找到方非，先问了下她身体的状况，然后说："以后你也自己多劝着点儿自己，大伟的性格你又不是不知道，心眼儿直，不拐弯儿，所以不要什么都跟他计较。"

"我知道，但是实在忍不住想冲他发火！"方非说。

"这样不好，尤其大伟这样的人，时间久了他定会烦恼，然后跟你离婚。"潘明说。

"离就离！我巴不得离！"方非嘴犟得很，或许自己也过够了这样的日子，再说她现在产前，苗大伟有什么可以跟她计较的，想到这里越发有气。

"多想一下肚子里的孩子行不行？你可以没有丈夫，孩子怎么可以没有爸爸？"潘明努力劝说着方非，意欲她将心放宽。

方非说："这样的爸爸要着有什么用？气我啊，想想还是以前单身的日子好过，想怎么样就怎么样，现在呢？"说到这里长叹口气。

"说什么呢？"潘明没好气地白了方非一眼。

方非气得鼻孔都放大了好几倍，说："我说的是实话！"

"唉！或许孩子生下来你俩就不会这样了吧。"潘明冲着方非，其实也在自我安慰着。

"不可能！"方非说。

"你俩怎么都这么难说话？"潘明眼睛也瞪起来。

"不知道！"

"包容是两个人一起必须要做的事儿。"

"别这样说，一说起这个来我就想从伊甸园逃走，看着伊甸园一天天好起来，我越发害怕。"

"害怕？为什么？"潘明非常不解。

"两个人一起都吵得天翻地覆，那要是两家人一起呢？全伊甸园人的心怎么会融到一起？这不是找事儿吗？"方非说，"也难怪有人反对联营模式，这的确很招人烦！个人的自由几乎被人剥夺得精光。"

"你为什么会这么想？难不成你想找个地方隐居不成？别忘了以人为本。人适合群居，不适合独居。你这是怎么啦？一个人吃独食惯了吗？我的非，真的没想到！"潘明不无担忧地看着方非说。

"我也知道这样不好，但我做不到迁就别人，如果那样的话，我宁可死了。"

"以前还真没发现你有这些臭毛病！"

"我也是刚刚发现。"

"或许有孩子就会好了，是的，其实你现在还没长大，生了孩子自己就长大了。"

"你干吗不说说他？有他这样对待孕妇的吗？"方非说到这里指指潘明后面刚刚进门儿的苗大伟。

苗大伟"嗯哼"了两声，仰脸看着屋顶。

潘明说："你俩我都要说，表妹……"

方非摆摆手："好了表哥，你走吧，我要休息了。"说着她躺到床上，闭上眼睛……

潘明转过身子看看苗大伟。

苗大伟朝潘明耸耸肩，意思是怎么样？是不是跟你表妹沟通很难啊？

潘明朝苗大伟翻了翻白眼儿，往方非屋子看了看，转身离开。

方非的预产期已经超了十天。苗大伟害怕方非肚子里的孩子缺羊水，所以这天傍晚，在柴禾姐、闫平阳、潘明、叶佳彤等人亲切的关怀声中将方非送去刚刚建起的伊甸园医院妇产科。

伊甸园医院大门虽以桑枝为门，木条为枢，但从门庭若市的人可以觉出这里的医生绝对是超一流，因为不单单有伊甸园的患者，还有别的地方的，比如刚刚开进大院的一辆车就是辽宁车牌。

医院原先像是果园，不然的话不会有一棵棵的果树罗列院内，几棵杏树显然是刚栽上的，碗口那么粗大，桃树、李树、樱桃树、苹果树显然是以前就有的。

顺着果园的路径往前走，右拐进到大厅，里面坐着许多看病的人，往前走，左拐是电梯，苗大伟搀着方非走进电梯，到医院的六楼停下，出来，见走廊出来的都是对对怀抱婴儿笑逐颜开的夫妇，方非沉下的心立马放下了大半，也就乖乖跟苗大伟进了简陋的木板军床的病房。

病房内收拾得十分整洁，墙角边放一张简单的床铺，一头是棋盘格花纹的壁纸，另一头是粉刷的墙壁，地上铺着泥砖，一尘不染。床上的床单干净得让你躺下不忍离去，虽有消毒水的味道，但被窗台上温馨的花束将这平日刺鼻的气味掩盖掉了。

在方非印象中伊甸园医院的人和物会脏乱不堪，面目全非，不堪入目，乌烟瘴气的。却不想这里一尘不染，窗明几净，井然有序，所有物品摆放得井井有条，给人舒适的感觉。

她会很快喜欢上这里的，她认为，没有理由再继续胡闹了，冲着陪自己来医院的苗大伟莞尔一笑。

苗大伟长舒口气，给潘明打电话报告方非来伊甸园的态度。潘明很高兴，跟苗大伟说："放心吧，生下孩子的她会变成另外一个她！"

"会吗？"苗大伟对潘明的安慰显然很不相信。

"当然会！"潘明说，"伊甸园是大伙儿一点一滴、一砖一瓦建立起来的，所以大家应该珍惜这份来之不易的成果。"

"说的是啊！"苗大伟说，"近期有很多人反对我们这些建设者，把我们当白痴，当伊甸园婊，当……"

"还有些人竟然骂我们极左，竟然有一个叫马什么的还说要跟左派谈谈心，说白了我都不知道什么是极左。"潘明说。

"我也不知道啊，这帮王八羔子，一天到晚地胡说八道。"苗大伟骂骂咧咧道。

"骂人总归不好！所以你得跟方非讲道理，另外叫她多接触一下实质应该更有说服力。好了，别再说了，去医院好好照顾方非吧。"潘明说。

第三天上午十点左右，方非在简陋的伊甸园医院产下一女婴，苗大伟给女婴取名"贝贝"。

大家得知方非生下"千金"后，纷纷过来祝贺，苗大伟高兴之余打电话给母亲希望她能跟父亲一起过来帮方爸爸侍候方非的"月子"，却不知苗母祝贺完儿子喜得"千金"后说："伟，对不起！告诉非非别生我们的气。"

"怎么啦？妈？发生什么事儿了吗？"

"伟，对不起！"

"难道我爸他……"苗大伟说到这里不敢往下说了。

"你爸怕你担心，不让我说。"说到这里哽咽起来。

"哎呀妈……"苗大伟急得跺着脚恨不得将电话撂了。

"没事大伟，你现在照顾好非非跟你女儿就行了，你爸这边你别担心。"苗母流着泪说道。

一向"善事父母，子爱利亲"的苗大伟遇到这种事会怎么样可想而知。

孝适合于全天下人，但有一点苗大伟却错了，那就是此时还要顾及方非的感受，毕竟她尚在"月子"里。"月子"里的女人是弱者，说的温暖些属于病人的范畴，所以也需要照顾、需要安慰。

当然谁处在苗大伟这样的境地都会犯难，舍谁都会遭到不同观点的人的唾骂。

怕跟方非商量不通，更怕方非生气，苗大伟将刚被潘明接来伊甸园的岳父叫到一边说："方爸，我想回西安一趟。我爸可能……"苗大伟说到这里眼圈有些发红。

方父见状忙说："快回快回，非非这里有我来管！"

潘明说："没事的大伟，表妹这边儿还有我们呢。"

苗大伟也顾不得再啰唆什么了，租了辆"三轮车"便去了伊甸园车站。

列车大概走了二十个小时才到达西安。苗大伟急急火火下车往西安中心医院赶，可推开病房门时，喉癌晚期的父亲不过剩了最后一口气。

看着父亲身上插满大大小小的管子，苗大伟痛哭得不能自已，狠狠捶打自己的胸也不能解除内心的愧疚，但这又能怨谁？怨方非吗？不能！怨他吗？对！应该怨他，怨他没有能力将伊甸园早建好，将父母接过去享受天伦之乐。

父亲还不到六十岁，平日身体健康得很，怎么忽然得了喉癌了呢？母亲说父亲得病前后不过三个多月。

是啊，苗大伟记得三个月前他回来一趟，父亲还亲自下厨给他做了他爱吃的肉夹馍。

母亲说其实以前他说嗓子有些"拉"人，但却没在意，直到那天他说要喝口酒却辣得不敢咽。"你爸或许早就知道了病情只是忍着不说，他怕给你们添乱……"她说到这里泪已经流满脸，掏出手绢，不停地擦。

苗大伟跪到父亲面前哭得几次都昏过去。他说："爸，儿子不孝，儿子无能，儿子让你操心了。都怪我光顾她们母子了，当然怪你儿子没有本事，没有早早把您老接过去享几天福……"

父亲望着痛苦着的苗大伟越发着急，竟然一口气没上来，永远地离开了人世。

苗大伟哭得更凶了，认为父亲是被他害死的。是的，他老人家是个病人，进来时医生嘱咐他不要让病人激动，但是他……他见到父亲仍任由自己情绪的发泄。他算是个大人吗？他长大了吗？为什么父亲病重的时候他仍没能替他着想？想到这里越发讨厌自己，狠抽着自己的脸。

"儿子没事，没事，只要贝贝好，你爸在天之灵也会高兴。"母亲含着泪，上前抱住儿子不时地拍打着他结实的后背。

说起贝贝苗大伟止住了哭声，抬头望向母亲，任由她擦着脸上的泪却怎么也擦不净。

母亲见状也越发难受之极，边拭着脸上的泪，边颤抖着声音跟儿子说："你爸已经死了，也就不用受那么多罪了，以后他会在天上看着我们娘几个的，所以一定要对非非好，对贝贝好，对亲家好。"话越说越难过，母子俩也就忍不住抱头痛哭。

很久，母子俩才止住悲伤，接着亲戚、朋友都来了。苗母指派苗大伟给父亲办理后事儿。

末七后，苗大伟要带母亲一块回伊甸园。要走时，潘明来电话说方非得了产后抑郁症，时不时觉得苗大伟对她不忠什么的。苗母听说后要苗大伟先回，她说不想这么早离开西安，毕竟你爸尸骨未寒。苗大伟叹了口气，跟母亲道声"珍重"，只身回了伊甸园。

看到瘦得不成样子的女儿贝贝和身患抑郁症的方非，苗大伟生就了很多愧疚，但并没有显现出来，只是说："非，你要原谅我，体谅我！我爸死了，相信你跟我一样悲痛。"

方非摇着头，说她无法原谅自己的老公在"月子"里将她抛弃，"月子"里的她非常绝望，有好几次都恨不得离开这个世界。

"至于吗？"苗大伟说，"我快崩溃了方非，不要再逼我了！"

"谁逼你了？我根本没逼你，是你心里没有我！"她说着话抱起孩子就要往地下摔。

苗大伟连忙上前接孩子，见方非举着孩子在半空没动，将孩子抢过来，喘息了好久才让自己的呼吸平稳。

潘明上前抱住方非："我的姑奶奶，你这是要干什么呀？"

关键时刻史东方走进来。苗大伟叫了声"师傅"，不再说话。史东方说："我已经给她调理了一段时间，但是这种病需要你对她的细心照顾。"他说着话过去拍拍苗大伟的肩。

"对啊！"苗大伟拍拍自己的脑袋，想起方非产前史师傅曾经给方非开过一个安胎的处方，他竟然没把它当回事，望着师傅不好意思"嘿嘿"笑起来，"师傅……"

史东方笑笑："是不是把我以前给方助理的药方给弄丢了？"

苗大伟点头："我爸病了我脑子很乱。"说到这里眼圈发红。

"没事没事！"史东方安慰着苗大伟，"相信小方病好后就不会怪你了！"

苗大伟哭着点头："放心吧师傅，我一定好好照顾方非！"

史东方慈祥地望着苗大伟，进病房看了看方非，试了试她的脉搏，然后写下药方叫苗大伟去拿药。

苗大伟很快去药房拿来已经熬制好的中药喂方非吃了。

一天，两天……十天后，方非病情好了许多，这天史东方过来跟苗大伟说："她可以出院了。"苗大伟感激地上前握着史东方爷爷的手夸张地说着："谢谢，谢谢师傅。"

潘明笑了："大伟，师傅年岁大了，轻点儿。"史东方笑笑说："谁说我年岁大了？我是80后。"说着还打拳击的样子在人前比划了一阵。冲着大伟说，"不服气啊，来，咱俩比划一下。"

苗大伟连忙摆手，抱拳："不敢不敢！师傅正当年！"潘明点点头："对对！"闫平阳进来，见状不由得给师傅竖起大拇指。

一辆浅蓝色"沃尔沃"车开到医院门口。叶佳彤从车上下来，一抬头，见方非蒙着头甩着膀子从医院门口出来，苗大伟抱着孩子跟在后面。再往后看，闫平阳拿着暖瓶行李箱什么的跟在苗大伟身后。

叶佳彤看着"搬家"大军，不由得朝眯着眼睛头前走过来的方非笑起来。方非走过来，冲着叶佳彤不客气地："给本尊打开车门！"

"好嘞！"叶佳彤忙上前打开后车门冲着方非做了个"请"的姿势说，"公主上车！"

方非"嗯哼"了一声，煞有介事地坐到车后座。接着苗大伟抱着孩子走过来，方非往里坐了坐，苗大伟大长腿一撇坐进去。

叶佳彤趴到苗大伟抱着的正在睡觉的孩子脸颊上亲了一下，直起腰朝两人笑了笑将车门带上。闫平阳提着大包小包物品走到车后面，叶佳彤打开后备厢，闫平阳一股脑儿将东西放进去，然后头发一甩坐上了驾驶座。

叶佳彤见状笑笑，坐到副驾驶位置。闫平阳见大家都准备好了，踩上油门吹起口哨启动起发动机。"沃尔沃"平稳地并很快抵达伊甸园1小区停车场。

柴禾妞过来，跟叶佳彤说："你一天到晚别光待在设计部，还要时不时下去看看。"叶佳彤心想你这是叫我一刻也不要闲着啊，嘴上却"哦"了一声。

"表姐，佳彤她已经够累的了，你又不是不知道，她昨晚刚设计完利用废弃酒糟变废为宝的清洁能源聚合物离子动力研发生产基地的初稿，这休息了一小会儿又去接方姐出院，你又……"闫平阳的语气明显在抱怨表姐。

柴禾妞叹了口气："没办法啊，公司不是缺人嘛。"

"没事没事，我能撑得住！"叶佳彤钢铁战士般地说。

闫平阳望着叶佳彤挠了下自己的头："娄小涵一直想在伊甸园找份固定的工作，我看可以先把她调到 ML 协助一下佳彤的工作。"

"你说的可是明磊的那位长得有些像佳彤的老婆小涵？"柴禾妞问。

闫平阳点点头："就是她！"

"她能帮佳彤干什么？"柴禾妞问。

"这个女孩我们不能小觑的，真的，她思想很前卫，比如她提出的《水果技术鉴定报告》，以及《水果酒厂技术鉴定》，还有她说的垃圾分类、加强应急教育这些东西都是以前我们没有想到的。"闫平阳说。

叶佳彤点点头："她的确是个有思想的女人，起初我也有些小瞧她了。直到她提供了我一些酒糟样品的数据。"

"听你们这样说当真应对她刮目相看了！"柴禾妞说。

方非说："你们就不怕她来公司是偷学技术跟伊甸园抢饭碗吗？"

大家听方非这样说，面面相觑了一会儿。叶佳彤说要坚信伊甸园人有不可动摇的思想，也没有拿来主义的品质，她相信小涵的到来会给伊甸园注入新的血液。柴禾妞说："有你这句话我们还怕什么？好吧，明天就让她进 ML 协助你负责监督外部工地的质量问题。"

光阴似箭，转眼半年过去了。这天方非来 ML 正式报到，见到叶佳彤没有表示问候，只是淡淡地说："离开闫医生吧叶主任，他不适合你！"

叶佳彤怀疑方非的抑郁症是否被史老园长治好了，摇了摇头，暗骂自己怎么能怀疑史老园长的医术？冲方非笑笑说："祝贺你产假结束！"

方非阴阳怪气地说："产假结束有什么可值得庆贺的？我在跟你说你跟闫医生的事儿呢，干吗不正面回答我？"

叶佳彤"哦"了一声，"我跟闫医生会有什么事儿？只是合租在一起而已。"她淡淡地回答方非。

方非当然对叶佳彤如此回答不满意，说："不要结婚佳彤，女人最好的时候就是婚前，听我的话。"

叶佳彤微蹙起弯弯的眉，左手随便捏着粉红的下唇，看着面前的方非。方非说："你为什么不听好人言？我可是把你当亲姐们儿才这样跟你说的。"叶佳彤说："最近我们公司是怎么啦？一个娄小涵，来工作后天天叨叨着什么谁是你的敌人谁是你的朋友的话，说什么找男朋友要找自己的朋友，不能找自己的敌人；而你呢，又天天叨叨着要我不要结婚。"

"我是因为跟大伟生活得不愉快，又把你当成我的知心好友才如此这般三番五次对你相劝的。"方非望着叶佳彤使劲地摇着头，"真不知道你是怎么想的。我问你，如果你找的男朋友跟苗大伟一个德行你怎么办？"

叶佳彤说："这是我的事儿方助理，用不着你来管。再说一遍！我跟闫副园不过是合租，其他一点儿什么都没有，OK？"

"你如果这样执迷于婚姻，那还不如跟孙明磊一起呢，起码如果你跟他离婚的话还可以分到一大笔钱，但是跟闫平阳呢？他跟你离婚的话会让你一分不剩地吐给伊甸园。"方非说。

"不要乱说话方助理！别忘了娄小涵现在还是孙明磊的妻子。"叶佳彤说。

方非冷笑一声："什么孙明磊的妻子，两个人根本就没在一起这谁不知道。真替明磊叫屈，干吗非要在你这棵树上吊死？难道你不觉得他是很有善心的一个人吗？他不过想帮助我们渡过难关！说实话小涵对他很迷恋，但他却执着于自己的爱情硬要跟你好。"

"我倒觉得他跟小涵一起很好！他不应该在我身上浪费时间！"叶佳彤说，"尽管他为了我委屈了自己，但我还是无法跟他苟同。我没有多疑，也没有为了报复查若良的行径故意跟他对着干，我俩对问题的看法的确非常不同，我很看不惯他一些公子哥儿的行为。"

"你是铁定了心要跟闫医生一起对吗？"方非忽地明白了什么一般，"哦，对了，你身上有贱激素啊，不然的话你怎么会这般不听劝？"

"你到底想说什么方助理？"叶佳彤变得不耐烦起来，"再跟你说一遍！我的事儿用不着你管！"非常严厉地冲着方非，"快去好好上班！"说着鼠标往旁边一扔，没好气地将转椅转了半圈儿不想再面对方非。

"你如果继续一意孤行的话，我会劝我的朋友不要加入伊甸园团队了。真的，你所谓的伊甸园是了无生气的，想想吧，一个金钱平等的伊甸园还会有什么竞争力？"方非说。

叶佳彤腾地将转椅转回："我们不要说赌气的话方助理。真的，不要这样，伊甸园的事儿很多、很杂，我很累！"说到这里浑身显现疲惫的样子。

方非竟然一丝也没有体谅叶佳彤的苦处，反而变本加厉："看起来孙明磊说得对！是的，你好赖不分！"

"我好赖不分还是你们逼我太甚？"叶佳彤说到这里一拍桌子站起来，冲着方非吼道，"别忘了父母都干涉不了我的婚姻！"意思很明显，你还是我的下属凭什么在这儿胡乱干涉？

"这个……"方非停顿了好长时间，大概也意识到了今天话语的冲动，是啊，叶主任已经够好脾气的了，这要是柴副总，如果今天这样进来"叽叽"个不停，还不把她开了呀。想到这里，方非声音低缓小心了不少，"你觉得闫副园长爱你吗？如果真的爱你的话为什么至今还不跟家里提你跟他的事儿？"

"是我不让他提的！"叶佳彤说，"我们不过合租在一起省伊甸园的费用，没有别的用意。"

"是吗？"方非冷笑一声，"即使你俩喜欢这样，但他们的家人能任由你们这样吗？他的父亲、伊甸园管民政以及果园种植方面的副园长会认可你跟他的儿子合租吗？"

方非冷漠阴郁的话，让叶佳彤想起这些日子闫爱军偶尔过来参观她设计的废物利用技术，闫爱军看她那不屑的样子，心不由凉了半截。

叶佳彤闭上眼睛，鼻子竟然有些发酸。是啊，她来伊甸园的目的到底是什么？单单为了跟父亲决斗"后浪"的好坏吗？想想这个问题有些冷酷，毕竟他是养育她的父亲。

"你果然很天真！"方非说，"难怪你爸妈一直担心你呢。"

"别说了！"叶佳彤摆摆手，双手握拳，一副乞求方非停止谈话的神情。

"不要相信伊甸园的什么红色政权，什么只有伊甸园人才能完全实现'三大线'的愿望。"方非说。

"你说的话我听不懂！"叶佳彤故作糊涂状，然后背包要往外走时，小涵推门进来挡住了她的去路。

"你想干什么？"叶佳彤见到娄小涵突然进来瞪起警惕的眼睛。心想都是当初听了平阳的话将小涵引进来，不然的话哪有今天这出方非的闹剧？当然更怨恨自己没有柴禾妞那般风风火火的干劲，以及像她那样雷厉风行的领导才能。

是啊，自己不过是个干技术的，哪有治像娄小涵这般气焰嚣张的手下人的能力？何况小涵代表的是孙氏置业。的确，她进自己的办公室犹如自己家一般，就算她指着外面命令她出去，她也会嬉皮笑脸地将她的手摁下去，然后再对其进行说教。不知道是因为什么？小涵说："是因为你情丝缠绕的太多，当然正是因为你无数的烦恼丝才招致很多男人对你的保护欲，这大概也是史老园长常讲的柔能克刚的道理吧。但你克我们这些柔中带刚、刚中带柔的女性却很不容易，因为我们可以没脸没皮，没心没肺，所以像你这种人啊还是果断地选择最能保护你的强人为最好，比如明磊。"

叶佳彤眼瞪着面前的小涵，能做到的只有默不作声，然后倔强地将头看向门外，做出一副要走的架势。

小涵笑起来："惊讶于你对明磊的不了解。嗯，你的确对他了解得太少，你不过气若良的不辞而别，气他将你推给明磊，其实，若良的确是好意，他离开你完全有不得已的苦衷。哦，对了，若良过几天可能会来伊甸园考察。"小涵忽然说道。

叶佳彤一愣，不由自主地转回头看向小涵。

小涵说："这你也不用惊讶，的确是这么回事，所有的事儿应当都与明磊有关，他吩咐若良跟丽娜一起来伊甸园考察关于'小三通'的事儿，说如果能够顺利的话希望查氏养生堂也迁过来分店，当然这不是主要问题，重要的明磊希望

'一带一路'在伊甸园快点实施，然后他将伊甸园的酒类还有杏梅蛋白粉引出到国外。"

"你说的是真的？"叶佳彤听小涵这样说很吃惊，继而耸耸肩，"这实在有些不可思议！是的，很不可思议！但是不管你怎么说，我都不可能把技术股卖给孙氏置业，小涵你不是很希望伊甸园的集体主义，而不是个人主义吗？"

小涵拧拧眉，摊摊手，跟她说："我是因为受了孙家的恩惠，你也是！难道你不觉得没有孙家就没有现在的伊甸园吗？"刚说到这里，方非疯了一般地冲过来，上前揪住叶佳彤的衣袖说："我不要在这里住了，我要跟大伟分开，我要过我想要的日子，我要自由，自由……"方非歇斯底里的喊叫惊动了办公室很多人。

大家齐刷刷地将目光转向方非。小涵朝大伙儿瞪了两眼，将叶佳彤办公室的门带上。

"别这样方非，真的别这样！相信我！相信公司！相信伊甸园会让每个人都过上幸福的日子！"叶佳彤边说边想掰开方非的手。

"佳彤你该醒醒了，听你爸妈的话，回苏州！嗯，一定要离开伊甸园才能找到金龟婿，然后结婚生子，别像我这样过着人不人鬼不鬼的日子好不好？伊甸园不会成功的！听我的话，不要把时间浪费在这上面。"方非的叫喊非常恐怖。

"大家都在极力地改变这种现状，你应该更有信心！毕竟你是伊甸园的受益者，别因为抱怨而对伊甸园产生消极情绪。相信大家住到一起定能安享天伦之乐，OK？"叶佳彤极力让自己的语气和缓、平静。

"如果闫医生对你无情呢？如果他很冷酷呢？如果他不过是在利用你呢？"方非再喊。

叶佳彤使劲摇头，且用力地摆着手，嘴里喃喃着："别这样说，别这样！"

"你真的不可救药了！是的，你已经不可救药了叶主任！不要再被他迷惑了好不好？"方非的劲好像比先前小了许多。

"我没有！"叶佳彤小声而小心地应付着疯狂的方非。

"呵呵。今天通过小涵跟你的对话我知道了，也明白了！你已经陷进去了佳彤，你完蛋了。都怪我，怪我！"方非说着狠扇自己一巴掌，继而松开了揪着叶佳彤的手。

"没有，也不会，真的，不会的。"叶佳彤听方非这样说无力地往后倒退着，倒退着……

"爱上这样的男人是非常可怕的……"方非一步步往叶佳彤身边逼,"他跟你说跟秋水不过是兄妹,有要定亲的兄妹吗?男人都一个德行!没结婚时恨不得把全世界的谎言大全都拿出来哄你,但是结婚后他们就没有这些闲心了,狠话一个胜过一个,恨不得用话来杀死你!"

"不……不要把男人说……说得这么可怕!"叶佳彤像是被方非说中了要害。

方非"哈哈"了一声:"幼稚!"

叶佳彤用力地摇头。

"我现在连跟大伟说句话都感到恶心,我决定跟他离婚!"方非咬牙切齿道。

"别说气话方非,告诉我今天遇上什么不开心的事儿了?"叶佳彤问。

"我没有遇上什么不开心的事儿,我不过实话实说,离开他!立即!立刻!马上!"方非像个威武的将军命令着叶佳彤。

"快松手方助理,松手!"小涵突然冲上前掰方非的手,要把方非揪着叶佳彤衣领的手拿开。小涵边掰方非的手边说,"你病了方助理。是的,你今天做的事、说的话着实有些可怕!"

"我身体很健康,脑子也很清醒,尤其是生完孩子后,我变得比以前聪明多了。"方非忽地将矛头对准劝解自己放手的小涵。叶佳彤终于松了口气,继而连咳了很久才止住。

"不是这样的方非,我知道你刚刚跟苗医生吵了架,我还知道你是因为苗大妈来伊甸园生的气,方助理,你要学着体谅对方,不能这么任意妄为,别忘了我们也有老的时候。"小涵苦口婆心地说。

"别跟我提这个我跟你说。"方非指着小涵的鼻尖喊,"你容忍得了一个在你非常需要照顾的时候离你而去的人吗?"方非说到这里脸已经涨得通红,青筋都从额头上暴出来。

叶佳彤喘了几口气,气息终于平和,本想打电话叫保安进来将两人赶走的,但看到方非委屈绝望的样子,将拿起的电话又放了回去。

"你并不高尚!"方非疯了一般拨拉开小涵牵扯自己的手,冲着叶佳彤说,"你不过在装腔作势,这个世界烦心事儿很多,所以我不想忍,我不要用我的忍来满足他的虚荣跟快乐,这是我生完孩子后一次彻底的蜕变!"

"别这样方非,让我们联起手来一起去做努力,苗伯母来惹你生气了,但别忘了她可是贝贝的奶奶,你没理由将她赶走!"叶佳彤努力让自己保持平静。

方非如不认识叶佳彤一般怔怔地看了她好久,然后像是对叶佳彤又像是对自己说："你完蛋了佳彤，你近段时间一定是被爱情魔怔了。"

"说的都是些什么呀？"小涵仍扯着方非的衣袖，怕她情绪高涨伤害到叶佳彤。

方非没理会小涵，继续冲着叶佳彤说："对！肯定这样！一定是这样的！突然发现你连讲话的样子都跟柴副总的表弟一模一样了！"

"开什么玩笑？"叶佳彤往旁边的镜子看了一眼，摸摸自己的脸，想从某些地方找出跟闫平阳的共同处，然后回转头，朝方非笑起来。

气氛缓解了不少，小涵看方非，见方非的脸松散了不少于是长舒了口气。

方非"喊"的一声，仍是一脸的严肃："自从你跟他一起合租后整个人就变了，佳彤你是个美丽有修养的女人，你不会也不应该喜欢我表嫂的表弟知道吗？"

叶佳彤不由自主地"哈哈"了两声。

"哈哈什么哈哈？"方非拍拍自己的胸脯，突然透着一股哀求的语气，"看看我你也不应该跟他在一起，真的，男人没一个好的，特别是将双方家庭合在一起更不会好！我现在过得很悲壮你懂吗叶主任？真的，我看不惯那个老太太表现出来的一切，容不得她抱我的贝贝，有时甚至有想把她掐死的念头！"方非拍打着自己的胸掏心换肺的样子说。

"你的病还没好方非，要不然的话就是你天天无事儿可做闲得慌！"叶佳彤说，"我会马上安排人送你去医院再诊断一下！"

"你说什么？我是为了你好，你竟然还这样？明摆着是把我的好心当驴肝肺了呀。"方非说。

"伊甸园要团结每一个人的力量，非姐，如果都光想着自己，那就没有建它的价值了。"叶佳彤说。

方非冲着叶佳彤说："你小心翼翼地对每个有利于伊甸园的分子讨好着，生怕有一天他们的离去而让你的伊甸园之梦轰然倒塌。两个人在一起都矛盾重重，何况众多的伊甸园人？对！要么你改变思路逍遥自在地生活，想干吗干吗，不要用绳索捆绑着你我。我受够了，我要死了。"

"好了非姐，你别再跺脚了，我怀疑楼底下的人认为这里地震了呢。"小涵使劲在方非面前摆着手。

"我要说！"方非走到叶佳彤跟前，拎着她的衣襟，"不要继续堕落佳彤，过你自己想过的日子，离开这里！什么每个人的发展是人的自由的全面发展，什么每个人的自由发展是一切人自由发展的条件……"她说着话脸上露出狰狞的面目，上前掐住了叶佳彤的脖子。

被方非掐住了脖子的叶佳彤脸憋得通红，起初她尚能咳嗽几声，后来连咳嗽声都没有了。小涵见方非疯了一般掐着叶佳彤的脖子，大叫一声："方助理，松手！松手！"去掰方非的手，不想方非的手此刻如铁钳一般。

设计部有几个男生冲进来想拉开方非，竟然也没有拉动。柴禾妞闻讯过来，见状走到方非跟前，挠了方非腋下一把。这一招儿果真见效，方非瞬间松开了双手。

小涵等人上前将方非拉到一边。叶佳彤大喘了口气，接着身子一软倒在了小涵怀里。同事孙力拨打了120。

叶佳彤被送往医院抢救，抢救的过程闫平阳竟然没有出现。这让叶佳彤想起方非的闹剧，于是心口更加疼痛。

一周后，叶佳彤出院。方非上班，被柴禾妞以刚生完孩子为由调到采购部，专门分管各部门的一些杂事小事。比如要认真仔细下好采购订单，及时给到上级领导签字，并传真，然后采购物料及时下达接着购买回来。还有会计给来的送货单子附齐签好的订单，都要及时附好订单给到会计做采购发票。还有……还有……她为此天天忙得团团转，哪还有心思再去管叶佳彤的闲事？

柴禾妞听潘明说起方非犯产后抑郁症的事儿，暗笑不过闲出来的独生子女娇惯病罢了。叶佳彤听后觉得有些道理，心里对方非也就少了些许愧疚。

第27章　感情是一张没有答案的问卷

晚上八点，叶佳彤将办公桌上的电脑关闭，收拾了下桌子上的东西。看看窗外，有闪烁的迷离的灯光，便很想闫平阳过来接她回家。继而她自嘲地笑了笑，认为自己太痴心妄想了。毕竟她因住院有好几天没回家，而在医院的这几天闫平阳连个人影儿都没见。

不知道最近他在干什么？是有了新欢还是根本就不在意她的死活？或者是跟秋水回家结婚了？想到这里胃忽然有些疼，摁了摁，竟然从脸上淌下虚汗。心更加慌张，于是从包里拿出手机，抖索着手滑开，调出闫平阳的手机号拨了出去。

"丁零零……"铃声响了很长时间也没有人接。

再打一遍！对方却将她的手机挂断。叶佳彤的心一下子跌入冰窖中。不过不甘心！于是再次将闫平阳的手机拨了出去，对方仍是将她的手机挂断。坐在电脑椅上，呆呆地望着手机，竟然觉得手机很沉，于是将其放到桌上。

很久以后长舒口气，觉得缓过点儿劲，心却扑通扑通跳个不停。在想她什么地方得罪了他？不自觉地双手放在胸前，暗祷着，希望他尽快出现在她跟前。大概是她的祷告感动了神灵，很快便收到了闫平阳的一条短信，说他正在开会，一会儿便会给她打回去。

看到这条短信，心放下来。但是她等了半个小时，还没有接到他的电话，于是她再次将电话拨过去，电话又被无情地挂断。叶佳彤急了，将手机滑上，急急地跑了出去。

她跑了很久才到了伊甸园居民委员会办公楼。来到电梯前摁开电梯，进去，到第五层出来，往左第三个门伊甸园会议室门前站住，敲敲门没有动静，推推门，方知上了锁。

失望得犹如浑身灌满了铅，背无力地倚靠在坚硬冰凉的墙体上，泪不由自主地顺着腮帮子流了下来。此时崔光北从会议室旁边的另一间屋走出来，见到叶佳彤不由一愣，"叶主任？！"叶佳彤看看面前的崔光北，背离开墙直起身子："你什么时候也来居委会了？"

崔光北笑笑："说实话这本来是秋水的差事儿，但近些日子也不知秋水怎么啦，竟然很怕跟闫副园见面，因此死也不过来办公。我觉得这样也好，她本来就是很有个性的一个人，怎么能对闫副园的话唯命是从呢。你说是不是叶主任？"

叶佳彤一时被崔光北的话激得语塞，心里明白，崔光北这话是说给她听的，于是直起身子，打了声招呼，便往外走。

"闫副园应该回家了。"崔光北望着叶佳彤的背影说。

"刚刚……刚刚他……他不是在开会吗？"叶佳彤停下脚步，还是问出了想说的话。崔光北"呵呵"了两声，没有说话。

叶佳彤好像听出崔光北为秋水抱不平的冷笑了。不再说什么，低头往回走。不知道怎么回的家，反正她觉得走了很长时间的路。对！类似于步行了二万五千里长征那么艰辛。

抖索着双手好不容易将住处的门打开，一抬头，闫平阳竟然笑盈盈地出现在她的跟前，还从背后拿出一束鲜花捧到她面前。疑似做梦，但意识到是真的时，一股怨气一下子冲到头顶，接着一阵晕眩头不由自主地往地上栽去。

闫平阳花一扔将叶佳彤扶住，嘴里喊着："佳彤，佳彤……"

她没有听见，或许听见了，但是却无力答应。

闫平阳望着面色苍白的叶佳彤用力地呼喊着"佳彤，佳彤"，然后将她抱到床上躺下。

很久，躺在床上的叶佳彤才苏醒过来。

"你吓死我了佳彤，你以后能不能不这样？"他说到这里眼泪都流了出来，"对不起，都是我不好。我不该这些天故意不跟你联系，对不起，对不起！……"他说了无数个"对不起"，满脸愧疚得不能自已。

叶佳彤忽地睁开眼睛，躺在床上望着闫平阳"哈哈"乐起来。

"天哪，你刚刚竟然是装的？你演技真的越来越高了，连我这个曾经的医生都被你骗了！"闫平阳说到这里非常生气，没好气地推了叶佳彤一把，起身便走。

叶佳彤从床上坐起来，冲着闫平阳的后背："既然你连这样的玩笑都开不起，那么这些天你并不是故意不见我的吗？"

他转回身，望着她的眼神忽而变得无助！紧跟着心颤动了一下。是的，她已经把他当成了她的靠山，而他总是借故不跟她见面，到底是因为什么？

因为秋水？不不！他已经铁定心不跟秋水一起。秋水也已经跟他表了态，永远以他的想法为中心！

可他的真实想法是一定要跟叶佳彤一起生活吗？既然这样，为什么接到孙明磊要他离开叶佳彤的电话，就躲得她远远的？尤其听说查若良也要过来跟他商量伊甸园今后发展动向的时候，跟他提出离开叶佳彤的条件，他竟然说考虑一下？

面对伊甸园的生死，他想自己先顾及的应当是伊甸园。至于感情，他冥思苦想了一会儿，觉得伊甸园的生死比自己的感情要重要得多。

不是吗？伊甸园加上本地的伊甸园人得有十几万人了吧，他如果因为感情而让伊甸园资金断链那他就成了伊甸园的千古罪人。但是面对叶佳彤那痴迷的眼神，他的心竟然很疼，恨不得马上将叶佳彤的身子搂过来，抱进怀里。

叶佳彤已经从床上下来走到他面前，她将他健硕的身子掰过来，含泪跟他说已经把查若良忘了，以前偶尔对闫平阳的任性，或许不过是因为查若良还徘徊甚至左右在她的心里。

他将脸转向一边，不敢看她。

"告诉我是因为秋水吗？"叶佳彤觉察到他内心的挣扎用低低的声音问。

他没有说话，只是缓缓地将脸转过来，低头望着乞求给她答案的叶佳彤。

她眼内竟然有泪水，那泪水如珍珠般大，"吧嗒吧嗒"掉到地上，砸到地面上如能迸溅到他脚上一般，连着的心生疼。

他看她的眼神开始发生变化。她敏感的神经感觉到了，问他："想不想吃点什么？"他笑笑，用并不是带有玩笑的语气说："想吃你，只怕你不让。"

叶佳彤先是一愣，继而也朝他笑起来："没想到能从你嘴里说出这么不正经的话。"

"忽然觉得应该把自己内心的想法说出来。"他说。

她听他如此说迟疑了一会儿。

"你住院的这段日子并不是我不想陪在你身边，而是因为我四奶奶肠癌晚期……"闫平阳明显想跟叶佳彤解释这几天在他身上所发生的故事，以争取叶佳彤对自己足够的信任。

"你说前几日你不在家是去看闫四奶奶了吗？"她一听便明白了他这些日子对自己的冷淡并不是因为心仪秋水或者故意躲避自己，冲他不好意思地笑了笑。

他点点头："估计她老人家撑不了多久了。"

"这个……哦，对不起！"她听到这样的消息忽然对前几日的猜测感到内疚，面显愧疚，并不时地跟他道着歉。

叶佳彤跟自己道歉的神态让他有负罪感，于是挥挥手说："好了，不说了，该睡觉了。"闫平阳说着站起身要往外走。

"没事，说吧，我想听。"叶佳彤拉住了闫平阳的手不忍他此刻离开。

闫平阳寻思了一会儿："那好，不过，你可以去你床上躺下，这样听我讲会比较舒服。"

叶佳彤顺从地点点头，在她房间的床上躺下。

他就势坐到她床的旁边。她很高兴并伸出极有温度的手去握那近在咫尺却不轻易跟她触摸的大手时，接到了他愉悦的信号，不自觉地朝他投了个甜蜜的笑容。他心有灵犀地蜜意般地跟她对视了一会儿后用极尽温柔的语气说："要不是四奶奶要强，我真想过几天带你回去见见她老人家。知道你有多好吗？嗯，是的，她老人家要是看到你，肯定开心得不成样子。"

"你告诉她老人家我们的事儿了吗？"她说着话，越发攥紧了他青筋暴露的大手。毕竟听说闫家的奶奶辈里只有四奶奶尚在人间，且听说闫爱军对这位闫四奶奶很孝敬，一是闫爱军的父亲去得早，闫爱军小时曾经受过四奶奶的照顾，另外伊甸园又提倡孝字当先。

听着她潺潺的话语，他的语气更加柔和："告诉她老人家了。"用他的另一只大手轻拍她的手背，"她老人家听说我在跟你谈对象非常高兴，要我好好待你，不要欺负你。"

"是吗？她老人家真的这么说？"她因为微笑面容变得比平常大了一些，身子不由得跟着动了动，眼睛散发出无限灿烂的光芒。

他双手轻握着她的手，真挚得无法形容的目光"嗯"了一声。

竟然有人肯定两人的爱情，她激动地从床上坐起来，恨不得立马去见闫奶奶。"我想现在去看她老人家！"她说。

记得曾经在填沼气时见过满面慈祥的闫四奶奶，但只是打了个招呼。现在想想有些后悔自己这不爱说话的臭毛病。

"奶奶很要强，她不想最丑陋的时候见人！就算我是她的孙子她都不想见。"他长长叹了口气，"这或许就是伊甸园人的自尊吧，偌大的年纪也很顾及自己的形象，不喜别人看自己丑陋的面目。"闫平阳说到这里拭拭脸上的泪，然后从口袋里掏出手机，滑出一张照了有些年岁的照片，对叶佳彤说，"这是我爸爸、妈妈、秋水，我大爹大妈、二爹二妈、四爹四妈还有我跟她老人家照的照片，看，中间这个就是四奶奶。"

叶佳彤看了看，"嗯"了一声，"奶奶看起来很慈祥很富态也很幸福。记得沼池地施工图她还算是我的师傅呢。因为她给我提供了很多施工图的实践经验。"

"是的，可是……"他拧起眉，"可是现在的她瘦得不成样子，完全脱了相，你见过很老很老的老人吗？"

"见过啊，我姥姥已经八十九了，应该算是老人吧？我也见过史爷爷，还有基地的一些老人。"

"你姥姥肯定保养得很好。史爷爷身体一直很棒，虽然都八十多岁了，但像是五六十岁的样子。"

"说得对！史爷爷看起来一点儿都不像八十多岁的老人，这大概应该是中医的神奇吧！"

"所以将来谁嫁给中医便是谁的福气！"他得意地望着她说。

"是吗？"她转过脸，朝他笑起来。他也笑。

她打开手机的图库，拨拉了一会儿停下，指着里面花白着头发却很富态慈祥的老太太说："这是我姥姥。"

他拿过她的手机仔细看了看，"嗯"了一声说："还别说，你跟姥姥长得挺像。"

"是吗？"她看着手机里姥姥的照片，眼角笑出了鱼尾纹。

"姥姥八十九了，身体还这么好，真好！可是我奶奶病了，病着的人快死的时候样子会变的……"他说到这里眼圈发红。

"比一百零二岁的林爷爷还要枯瘦吗？我不怕，不会怕！生老病死很正常的！"她见他如此难过极力地安慰道。

"奶奶是个要好要强的女人！她只想把她最好的一面展现给外人。"他努力抑制自己的眼泪不让它流下来。

"所以她并不是不想见我是吗？"她像是非常能体谅闫四奶奶的心情。

"是的。"他说。

她说："我尊重老人家的意见！"

他说了"谢谢！"然后凝望着她不再说话。

她低了一会儿头，然后抬头告诉他说："前几天你没到医院看我，我还认为是你冷落我呢，我错怪了你，对不起！我……我不该胡思乱想。"

"你这样说可就见外了，佳彤，这事儿该怪我，我不该不告诉你奶奶生病的事儿。当然还是那个原因佳彤。我……我在你面前一直并不自信！"他非常不好意思地说。

"真的？"她望着陡然脸红的他，眼睛笑得犹如一轮弯月。

"你喜欢脸皮薄的异性吗？"他翻转身望着面前的她很认真地问道。

她轻摇着头："不喜欢！尤其是对自己喜欢的异性，总希望他主动一些。不然的话太累！"

"这个……"他挠了下自己的后脑勺，望着她秀雅绝俗、肌肤胜雪的脸庞，额头上的抬头纹都出来了好几道。

"我说的是实话。"她幸福的笑容溢于言表。

"既然这样，我改。"他的话异常坚决。

"真的能改？"她高兴他说出这般入她心肺的话，嘴微微地抿着，越发地沁人心脾。

"当然！"他说，"不过，你要答应我，将我们的伊甸园之梦实现，让多一些老人趁他们身体健康时不感到孤独，享受天伦之乐。"

"我会努力的平阳，他们把我们养大……"她说。

201

"我们陪他们变老！"他接过她的话，然后伸出他硕大的手。

她不自觉地将手插到他的指缝，用力，用力。恨不得两人合并到一处，不再分离。但是没多久，他的电话响了，那端冲着他喊："闫副园，快，奶奶不行了！"

第28章　真假民主

闫平阳接到四奶奶病危的电话，慌不可言地跟叶佳彤道别，叶佳彤执意要跟他一起去！情急的他生气了，跟她说："别胡闹！在家好好休息等我的消息。"然后穿上外套，急急地赶往医院。

尽管有史老园长在，但四奶奶因阳气耗尽，无力回天而撒手人寰。他痛哭不已，以至到了怨恨叶佳彤拖他的后腿没能跟奶奶见最后一面。

秋水觉得哥哥说出这样的话有些过分，但也能原谅他的口无遮拦，毕竟自小四奶奶便是哥哥的保护伞，只要遇到挨打、干了坏事儿的时候都会不自觉地跑去四奶奶家的破屋躲避。当然哥哥是因为养父很怕这个曾经对他有过几年养育之恩的类似亲娘的四奶奶。而平阳又很怕父亲，哈哈。这就是伊甸园人，外国人认为的封建管教、限制礼仪，但在伊甸园人这里却是根深蒂固、无法更改的传统文化。

闫平阳离开后，叶佳彤因为一直担心闫四奶奶的情况，并没有睡着。三个小时后，叶佳彤打闫平阳手机关机，只好打潘明电话。

潘明说他在去医院的路上。叶佳彤问："柴副总跟你一起吗？如果这样的话，你能不能过来捎我过去？刚刚下楼开我的车竟然打不着火了。"潘明迟疑了一下儿，叫叶佳彤在小区门口等他们，他们马上过去。

叶佳彤跑去楼下，在凛冽的寒风中等了差不多半个多小时，潘明的车才过来，却不想下来的人是方非。叶佳彤一愣。方非笑笑说："柴副总跟表哥叫我来接你！哦，对了，因为人手不够，我现在从采购部又重新调到设计部了。"叶佳彤想说什么，方非一摆手，"快上车吧，一会儿你就知道了！"说着将车门边的锁摁了一下。叶佳彤打开车门上车。

方非的车在路上开过几个路口，突然一个急转掉头，叶佳彤在车上被闪了一下，差点儿歪倒在车里。方非"哈哈"一乐："对不住了哈。"

叶佳彤正正身子没好气地"喊"了一声说："干吗又往回走？"方非没有理会叶佳彤，表情严肃地继续往前开。叶佳彤想打开车锁开门跳下去。

方非一急："你干什么？"忙将车门全部锁死。

叶佳彤说："你不是又回到设计部了吗？那么我现在是你的领导！快掉头去闫四奶奶家。"

方非"哈哈"了一声说："我得明天才过去报到。再说这事儿我在替你考虑，你说你现在跟闫副园又没有公开，过去干什么？"

"这是谁派你来的？"叶佳彤一个劲地开车门，"是柴副总吗？她吩咐你做的吗？"

"是闫副园！"方非说。

"你说什么？"叶佳彤想起昨晚跟闫平阳温馨的一幕，哪里能相信方非说出的话？

"你被闫园长骗了！"方非说，"如果他希望你过去的话根本就可以跟你一起过去啊。"

叶佳彤先是一愣，接着又说："我不管！快，掉头！"

方非说："奶奶去世了，秋水还有闫医生的爸妈可都在那儿，这时候你去干什么？不是给人添堵吗？闫家看样子根本不想你做他们的儿媳妇，所以此刻去很不妥当。"

"有什么不妥当的？我是平阳的女朋友，何况奶奶在技术方面还指导过我。所以我过去应该没错！"叶佳彤说。

"但是此刻一切传达给我的信息是，你不要过去！"方非见叶佳彤不听劝，只好将狠话说出来。

"这个……"叶佳彤停止摇晃的身子，凝眼望向方非。

"不要这个那个的了，新人相见要在一个山有情，水有情，蓝天驻足有彩云，人在画中行的场合下进行。如果泪眼问花花不语、幽怨乱红哀如水、飞过秋千哀如山的时候，就算再美好的事儿也会冲淡。"方非体会到了叶佳彤的痛苦，又轻声安慰了一句。

"我……"

"好了，别你呀我的了，回家睡觉吧！"方非说着话车已经拐进伊甸园1小区的停车场将车停下。

叶佳彤坐在车上没动。

"下车吧。"方非回过头冲叶佳彤说着话,解开安全带要下车。

叶佳彤无奈地也解开安全带准备下车。但此时她的手机铃声响了起来。

是肥肥打来的电话。她说:"叶主任,徐总要你速回公司跟客户洽谈伊甸园投资事项。"

她"哦"了一声,要肥肥把客户安顿一下马上就到。

方非一听连忙又系上安全带,发动车子,把叶佳彤送去公司。

叶佳彤推门走进 ML 大厅,肥肥刚巧从电梯出来。肥肥见到叶佳彤长舒了口气,接着迫不及待地将她拉入电梯,上了十一楼。

做梦都没想到在 ML 会客厅等她的会是孙明磊,更没想到小心翼翼陪同他的会是刚刚升任市委常委的赵副市长。

"赵副市长竟然过来陪同他?怎么回事儿?"叶佳彤自言自语着,疑惑的眼神望向赵副市长。但见赵副市长一向严峻的脸庞此刻如春风拂过,将其脸上的冰冻解开,然后化在孙明磊的脸上,使叶佳彤浑身不由自主地哆嗦了几下。

退已经退不出来了,因为她的手腕被肥肥紧紧攥着,动都动不了。她使劲挣脱了一下,却没用,只好松了一口气。心想,既来之则安之吧。

第六感告诉她孙明磊的到来是给已经断粮的伊甸园输血的,不然依赵副市长的处事风格是不会轻易光临的。想到孙明磊在看她脸色行事,几位董事看她的目光会越发显得亲切、友好且透着几分讨好的样子。

"女孩若是有'惊鸿一现飘若仙,一度容颜惊世美!'的魔力,那天上的馅饼往往时而会砸到她的头顶。"肥肥看着孙明磊欠叶佳彤八百吊钱似的眼神,带着无比羡慕的神情自言自语地说道。

叶佳彤没听到肥肥在嘟囔什么,因为此刻她的注意力太散,一会儿孙明磊,一会儿赵副市长,一会儿熊总,一会儿白董,一会儿施总,哪里能再听进肥肥的话。

"叶主任,我走了。"肥肥朝叶佳彤挥了挥手,"有事儿你打我电话,我跟方助理喝茶去。"

叶佳彤点点头,并朝肥肥摆了摆手。孙明磊站起来,拉她到他身边。她没有拒绝的主要原因是已经看出了今晚他的光环。

没多久,赵副市长就开口说话了。但见他声情并茂地对孙明磊说:"伊甸园在孙氏置业以及咪尼集团等财团的支持下,在伊甸园人的努力下虽初具规模,但孙总你应该知道那还不足设想的十分之一……"

孙明磊点点头，说他知道，只是……他说到这里看看坐他旁边的叶佳彤。

赵副市长马上明白是怎么回事，朝孙明磊笑笑说："所以从今天开始委任几位副园长。"他说到这里看看孙明磊。

孙明磊清了清嗓子说："ML白董为伊甸园技术创新副园长，民仁医院崔院长为技术鉴定副园长，吕氏烤鸡店吕总为食品安全副园长，咪尼集团刘冰冰为伊甸园娱乐大使，孙氏置业孙明磊为建筑规划方面总经理。从今往后伊甸园一切用地、技术建设方面归孙氏置业所有，有不同建议另议。"

从孙明磊果敢的话语里叶佳彤得知他近段时间已经不止一两次去市里跟领导们沟通了。原来他跟自己说跟她一起建设伊甸园并不是因为要坚持伊甸园的规定，而是釜底抽薪让伊甸园来个大反转。天哪，她乜了正得意着的孙明磊一眼，倒吸了一口凉气。

孙明磊一个飞眼抛过去。她装作没有看见般玩弄着手里的笔，汗莫名地将头发浸透。

赵副市长说技术建设方面的担子很重，因为伊甸园现在不过是初具规模，在利用原本的旧舍基础上，加上众人拾柴火焰高的干劲，才有了现在的样子，希望我们拿出伊甸园人对伊甸园的热情，将伊甸园更快更好地发展起来。孙明磊听到这里频频点头，目光不时地望向叶佳彤。

叶佳彤是个聪明人！她体会到了孙明磊的眼神，但想起闫平阳，突然有种深深地不安。这不安让她变得焦躁起来，但又不敢冲谁发作，不由得拭拭额头的汗。

深夜，赵副市长准备邀请几位从省里来的领导陪孙明磊吃饭，竟然被孙明磊拒绝了。孙明磊直截了当地说想单独跟叶佳彤两人用餐，谈点私人话题。

叶佳彤本想拒绝，但赵副市长说："这事儿由管技术的叶副总出面最好。"看看表，跟省里来的几位领导说，"那我们一行去吃点夜宵吧！"

领导们竟然摇头说太困了，各自回去吧，然后自行散去。

厅里只剩下孙明磊跟叶佳彤。孙明磊看看叶佳彤，笑笑："说吧，想去哪儿？今晚我请客！"

"我夜里没有吃东西的习惯！"叶佳彤说，"吃了胃会难受。"说到这里抬头，"刚刚我好像听赵副市长喊我副……副总？"

孙明磊笑起来："是管技术方面的副总，我的傻大姐，别忘了我可是带着三十多亿过来的呢，所以嘛……这技术股的事儿非孙氏置业莫属了。"

"不行！"叶佳彤的清高仍是不自觉地表现出来，"技术股无论如何我都不会卖给孙氏置业！"

孙明磊胖胖的脸微笑了笑，然后冲黑色奔驰车摆了摆手。奔驰车很快停到叶佳彤跟前，孙明磊上前给叶佳彤打开车门。

叶佳彤倔强地往一边闪。孙明磊说："好了，今晚不跟你谈技术股。"然后将叶佳彤推上车，将车门带上，自己从另一侧车门上去，坐到叶佳彤旁边。

小五踩上油门儿，不一会儿便出了伊甸园，来到离伊甸园近一百公里处的"鑫鑫"酒店的"明珠"间。

推开门，明珠房间的阵势有些不亚于伊甸园龙凤酒店的朴素样儿。但见竹笾木豆排列得整整齐齐，笾豆里的食品非常精致。酒是醇厚而甜美的，不是红酒，也不是 XO，像是二锅头藏品，也像是三十年陈酿的"五粮液"。

叶佳彤四下看看，陡然心中来了灵感。

孙明磊笑起来："让你来的目的就是想对伊甸园增添些异样。不是谈技术股，所以你不用担心。"

叶佳彤先是疑惑地看看孙明磊，见孙明磊没有要逼她的意思，点点头，对孙明磊表示了谢意，起身将房间的角角边边拍了个遍，然后坐下。

他果真没有失约刚刚谈技术股的话，但是说他母亲很喜欢叶佳彤那篇《浅谈伊甸园生态智能养老基地设计理念》的论文，也希望以后能过上那种常人认为的天伦之乐的日子，不过这需要大家付出爱心对她礼让，不然的话……他说到这里看看叶佳彤，胖脸堆出了笑容，"你以为很不可思议对吗？那你的情商的确没小涵的高，竟然连这么简单的问题都想不明白。"

"提到小涵，我觉得孙家处理问题的方式有些奇怪。当然也许是我太过幼稚。"叶佳彤说。

孙明磊说："你不幼稚，也很聪明！不过你听过'有钱可以任性'这句话吗？"她说她听过。既然听过那他就不多说了，总之他认为有钱人任性到杂乱无章都无所谓。

的确无法再沟通下去了，她想。低下头，任凭他还在"啵啵"地说着话。她却什么都听不进去，只是看着桌上的美食，没有一丝食欲。"我们回家吧！"她说。

"我们……你说的是我们？"孙明磊将筷子放下，脸色露出惊喜的样子。然后微仰着头，眼神不怀好意地睨着对过站着的叶佳彤，额头上的皱纹因为看叶佳彤变得像个饱经风霜的老人一样。

叶佳彤不想直视孙明磊的眼神，转身，将白色柔软的包往肩上一挎，冲着孙明磊说："我要走了！"说着话人已经站起来。

他先是愤怒，继而平静下来，然后脸上露出自信的笑容，朝她摆了摆手。

叶佳彤回家，打电话给闫平阳，闫平阳说奶奶的后事儿还没有处理完。直到第四天才回到他和叶佳彤的住处，跟叶佳彤说："一会儿一位要来伊甸园开民俗的朋友过来找我，所以这些天不能陪你。"

"我到底是你的什么人？"叶佳彤瞪眼望着面前的闫平阳很久，起身将他推出门外，接着纷乱地躺到床上，内心却无法平静。忽然想起跟孙明磊去过的鑫鑫酒店"明珠"间的设计，滑开手机端详着里面的照片，然后一骨碌坐起身，找了张纸开始在上面绘制。

手机铃响，她没有管，只顾用铅笔在纸上涂抹。敲门声响起。想想他回来会跟她花言巧语还是不愿意开门，但是敲门声越来越响，只得停下手中的笔，上前开门。

门外站着的竟是一个陌生娇艳霸气的女子。她拧起眉上下打量那女子一番，"请问……"

门外的女子双臂交叉放在胸前，一副不可一世的样子说："我是孙丽娜，孙明磊的妹妹。"

叶佳彤"哦？"了一声说："你有什么事儿吗？"

"没什么事儿。"孙丽娜将叶佳彤往屋里一推，大摇大摆地走进去，四下察看了一下，"嗯？！"了一声说，"果真一派'聋民'的寒酸。"转过脸来盯着叶佳彤，近前，将叶佳彤的衣领揪住，提起来。

叶佳彤想挣脱，却不能，只得大声说："放开！"

孙丽娜瞪着她咬牙切齿了好大一会儿，突然一松手，将叶佳彤扔到地上。

叶佳彤被孙丽娜扔到坚硬的地板上，摔得屁股生疼。叶佳彤起身，拍拍自己的屁股，"你是来打架的吗？如果这样的话我报警了。"说着掏出手机要打电话。被孙丽娜上前摁住，对她说，"知道我为什么找到你门上吗？"

"我……我……"叶佳彤被孙丽娜摁住了脖子，哪里还说得出话。

孙丽娜将手一松，拍了拍手："过来只是警告你识相点，不要等将你肢解的时候才发现手里的东东根本没有用！"

叶佳彤从地上爬起来，连咳了几声，想说什么，却见孙丽娜已然摔门离开。

第 29 章　走自己的路

肥肥听说孙明磊、闫平阳同时在追求叶佳彤，还惊动了刚从西班牙过来考察的孙丽娜，羡慕、嫉妒没有恨的同时要跟叶佳彤请教如何吸引异性。

方非没好气地说："你就别犯痴心妄想症了好不好？如果实在想男人的话先减一下自己的体重再说。"

"叶副总是靠气质不是外貌！"肥肥果断地说，"对！应该是这样，我觉得她长得并不美！"她很生气方非跟自己这样说话。很多书上都说女人吸引异性有技巧，所以更自认为自己在漂亮、婀娜方面甚至还高叶佳彤一筹。

"你可别认为咱们叶副总还没有你美啊。"方非将一张表格递给肥肥，"把精力多用在工作上是有利减肥的。好了，忙事儿去吧。"说着朝肥肥摆了摆手。

肥肥鼻子一嗤："工作会有利于减肥？非姐你这听谁说的？"嘴巴一噘，"你当我'脑残'啊。"

"脑不脑残的我不知道，反正在你没成为富婆或者骨干女之前少做白日梦。不然会伤筋动骨成老年人的。"方非像在好意相劝，又像在埋怨。

"老年人？你才老年人呢。"肥肥听方非这样说话火了，瞪着面前的方非。

"竟敢跟你的领导犟嘴？是不是欠打了！"方非抬起手，做出要打肥肥的架势。肥肥忙摆手："不犟了不犟了。"

"喊！"方非嘴一撇。

肥肥将表格往旁边一放，趴在方非的办公桌前，眼望着方非"嘿嘿"一乐，眼睛抹瞪了几下："认识你表哥，觉得他这人吧其实长得挺正常的，但有一件事儿让我十分不解，就是他为什么会跟一个比她大十来岁的柴副总待在一起？他有恋母癖还是他曾经被曾经的女孩伤得太重？"

"脑洞大开啊你这是？就我表哥那没心没肺、让家人包围爱心的傻帽还会被谁伤害？不过说实话我搞不清楚他是怎么啦，原认为他是被柴副总的权势财富逼迫，但又不像！"方非说到这里朝肥肥拧了拧眉。

"或许真有上辈子，不然的话怎么会出现法国总统硬要喜欢比他大二十多岁女人这类的怪事儿？"肥肥说到这里长长叹了口气，"不过怎么说我也不可能找比我小的，就算小一岁我都不会接受。太没安全感了我跟你说非姐。"

"你不是柴副总，所以没有资本接受如此落差的婚姻的，充其量会找比你大二十的。"方非说到这里望着面前的肥肥得意地笑起来。

"你……"肥肥被方非刺激得脸煞白。

"哈哈，开玩笑的，别当真！"方非见肥肥真的生气了，身子越发抖了几抖。然后朝肥肥瞎乐。

停留了一会儿，肥肥摆了摆手，学着评书《三国演义》的讲书人的语气说："罢了罢了，不跟你一般见识，不过我很想跟你打个赌……"

"打赌？什么赌？"一说打赌倒引起了方非的兴趣。

"我觉得你表哥不可能跟柴副总结婚，嗯，我说得没错，柴副总绝对不敢跟你表哥成亲。"肥肥坚决地说。

方非拧拧眉，接着点点头："希望如此！说实话内心极不希望表哥将柴副总娶回家，因为据我看来，柴副总并不会因为亲戚的关系对我照顾，相反她会对我要求得更严，不然的话不可能像我这样的老员工即使主任的职位空缺了这么长时间也不找我谈话。"

肥肥说："已经可以了，我都干了四五年了不过还是个小小设计师。我听说好像这次提拔的是……是孙力，对！他曾经救过叶副总。"

"算了算了，不说了。越说心里越烦。"方非摆摆手。

"那就别说了方助理。"肥肥说，"不过我觉得您老人家不能跟叶副总比，不然会越比越烦。"

"不比不比，我啥都不比。我跟你说肥肥，现在我一心就想把自己的孩子带好，其他我什么都不想。"方非说着打了潘明电话说，"表哥，今晚我要去你那儿吃饭。"

潘明说："带着贝贝过来吧，今晚我跟妞妞要涮火锅。你表嫂从网上买了火锅。"

方非说："她发财了吗这是？"

潘明："废什么话？快过来吧，最好跟大伟、贝贝一块。"

方非非常干脆地："我一个人就行，想跟你俩谈点事儿。"说到这里看看肥肥。肥肥见此伸了伸舌头，然后抱拳示意方助理手下留情。方非说："以后多听我的话就错待不了你。"肥肥说："有事儿您吩咐！一心做方助理的忠实走狗。"

"哈哈。"肥肥的话把方非说得乐了。她站起来走到肥肥跟前，拍拍她软绵的肩膀说，"放心吧，我不是叶副总，也不是柴副总，我这人向来对下属大度，当然我的下属也得听我的话，不然的话……"

肥肥一个立正："放心！我决不会辜负方助理的栽培！"

方非"嗯"了一声："不错不错！"然后，趴到肥肥的耳朵根上小声说，"过几天我们约叶副总吃饭，顺便给她指引条爱情的明路。"

肥肥蹙了蹙浓眉："方助理的意思？"

方非："你觉得叶副总最终会选谁？"

肥肥沉思了一会儿："我觉得叶副总会选择闫副园，嗯，闫副园长得帅，又是伊甸园本地人！"

方非摇头："长得帅没有钱有个屁用。你不觉得现在伊甸园的资产基本已经掌握在孙氏置业手里了吗？"

"这个……"肥肥听方非这样说点了点头，"好像我也感觉到了，名义上孙氏置业在建设伊甸园，实质上在吞噬伊甸园。"

"你很聪明！"方非说，然后她手机的铃声再次响起来。是潘明的声音，他说："方非你什么时候过来吃饭？我都准备好了。"方非说，"马上过去，马上过去！"

如约来到柴禾妞和潘明住处吃火锅的方非，还没等开吃就质问表哥跟柴禾妞什么时候结婚？她说："如果你们持续这样下去的话，恐怕在伊甸园要站不住脚的。"

"站不住脚？"柴禾妞笑笑，"有那么严重吗？"

方非说："你可别不信这碴儿柴副总，这里你比我更熟悉，你难道没发现这里的人跟大城市的人相比有些异样吗？嗯，对！看人用自己的尺度，多一点儿少一寸都不行！比如你表弟，为什么迟迟不敢公开跟佳彤的关系？"

潘明点点头："这话方非说得对！这边儿的人有个共性，就是被约束的东西太多，比如我跟妞妞这样的情况，经常会见到异样的眼神。还有佳彤跟平阳，他们觉得平阳应该跟秋水一起的时候就不能跟佳彤哪怕连朋友都不能做。"

"家有家风，国有国情，这有什么值得评说的？"柴禾妞说。

潘明不说话了。方非说："你的心真大柴副总，难不成非要人家说到你跟前你才有反应？"

"别人说我什么？"柴禾妞倔强地扬起嘴唇问道。

"说你根本不想跟我表哥结婚，只不过做做样子。因为你有婚姻恐惧症！"方非说完这几句话呼着嘴往外大喘着气。

"笑话！"柴禾妞说，"婚姻恐惧症？放什么屁啊。"

"骂人了哈柴副总，骂人罚单这可是你定下的规矩。"方非说。

"去！"

"嘻嘻。"

潘明说："这事儿你别管了方非，我跟姐姐什么时候结婚是我俩的事儿。"

"柴副总可是伊甸园分管生活方面的副园长，如果她在这方面不循规蹈矩的话没有说服力啊。"方非将已经准备好的羊肉放进刚刚烧开的火锅内嘟着嘴说道。

"好好做你的事儿就行！"潘明变得不耐烦起来。

"我跟你表哥明天回四川领证。"柴禾妞将调好的麻汁搅了搅说道。

"真的？"方非眼睛瞪起来。

"当然！"柴禾妞说。

潘明愣了一下。方非看看表哥"嘿嘿"笑起来。

"这几天我正想跟你表哥商议去哪儿登记的事儿呢。你今天一说我也就趁机说了吧。"柴禾妞说到这里将脸转向潘明，"我们是回青岛登记还是邛崃啊？"

潘明说："一切随你！"柴禾妞说："好！那就去邛崃。"方非往嘴里放了一口肉嚼完，不由得伸出大拇指，朝柴禾妞点了一个大大的赞："好好。"

"是羊肉好还是你表嫂好啊？"潘明问。

"当然是表嫂好啊。"方非故作没好气的样子说。

哈哈。

当晚，潘明跟柴禾妞坐上了去成都的动车，到达成都转站到邛崃车站，打了辆小三轮回了家。

潘明爸妈对柴禾妞出奇地热情，这让柴禾妞备感奇怪，因为从方非嘴里说潘家父母肯定不会接受她，一是两人相差十多岁的年龄，另外接受不了将来留伊甸园结婚的条件。

这很让柴禾妞惊奇，潘明说不要把山里人都看得那么死性，何况父母几十年一直在外面开饭店，属于见过世面的人，所以对这种事儿根本也是司空见惯。

潘母笑笑说："是！我跟你爸这几年一直在外面开饭店，也开过酒店，听明明说你们将来要接我们去伊甸园，我跟你爸把家产已经处理完毕，就等着你们一声令下了。"

柴禾妞听潘母这样说很感动，发誓将来一定好好孝敬二老，她说："不然的话可以叫潘明把我休了。"

潘母摇头说："不可能！你跟潘明只有你甩他的份儿，没他甩你的份儿。"潘父走过来，心里虽不十分高兴，但也是点点头说："对！对！"

柴禾妞更被感动得不知怎么才好，拭了拭泪说："我明天跟明明领登记证，领好证就把你跟妈接过去跟我妈见面。"潘家父母听说后很高兴。

翌日，柴禾妞跟潘明领了结婚证。给潘家父母道了喜，原本要回去庆贺一番的，不想此刻潘明接到崔院长的电话。电话里说近期伊甸园医院出现了人员短缺要潘明速速回伊甸园。

医场如战场，潘明打电话给父母说："接到医院的电话，要我快点回去。"他不好意思跟父母多做解释，说，"妈，我跟妞妞先回去，过几天再过来接你们去伊甸园。"潘家父母都是通情理的人，叫儿子好好照顾媳妇，过些日子或许他们自己就可以回去。

第二天晚上，潘明跟柴禾妞到达伊甸园，当夜被崔院长安排到伊甸园传染科病室做后援。

经过半个月的抗战，潘明、崔光北、苗大伟以及秋水二丫等人终于可以稍稍松口气了。柴禾妞打电话给潘明说疫情过后她想将双方老人请到伊甸园谈论他们的婚事，让叶佳彤能跟表弟闫平阳一起参加这次双方父母的见面宴，说白了也是两人的订婚宴。

潘明听后二话没说便答应了，跟柴禾妞说平阳可以趁此机会公开跟叶佳彤的关系，闫平阳听后拧紧了眉头："不行！这事儿万万不可！"

"为什么？难道她会让你丢脸吗？"潘明说。

闫平阳没好气地："说什么呢？只是我俩不能像你跟表姐这样，你看吧，虽说你们领了结婚证，但是想走到一起还真的不一定，我不想做这么冒险的事。"

"你的意思是如果佳彤爸妈或者你爸妈有一方不同意的话，你俩就……"潘明说到这里做了个"散伙"的手势，暗想柴母对自己的态度，不由得倒吸了一口凉气。

"可以这么说，因为伊甸园之梦就是要家人高兴，哪怕我们受点委屈，表姐的这种做法实在欠妥。"闫平阳说。

"难道了家人我们就要失去自我？这并不是我们需要的。我们也要快乐，难道为了别人的快乐要牺牲掉自己的快乐吗？这并不是我们要追求的。"潘明说，

"你这思想不对头，尤其将来你可能代理史爷爷园长的职务，更要放宽眼界，不然会让人笑是井底之蛙。"

闫平阳摇头说："我不是井底之蛙，我不过遵循了中国文化里面的精髓，这不是迷信，是自然规律。更何况如果父母不快乐，我们快乐得了吗？"

"这个……"潘明听闫平阳如此说后退了几步。

"好了不要这个那个的了，听我的，先不要公开佳彤跟我的关系。"闫平阳倔强地说。

潘明叹口气。

晚上，闫平阳去叶佳彤处看望，见叶佳彤对他爱搭不理地坐在沙发上玩弄着手里的遥控器问："你最近怎么啦？"

"听人说你不想公开我跟你的关系。"叶佳彤非常不高兴地说。

闫平阳没有说话。

"你走吧！"叶佳彤冷冷地说。

"我刚来为什么走？"闫平阳说。

叶佳彤冷笑一声。

"放心！你人见人爱，我爸妈不可能不喜欢你，倒是我……是的，我一连做了好几晚的梦都是你爸妈在骂我，那种不屑一顾的样子是让人无法形容的，总之特别难受，生不如死的感觉。"

"你很计较别人对你的看法。这个我知道。"

"我最怕的就是这个，害怕被你的亲人瞧不起，瞧不起我就是瞧不起你，懂吗？"

叶佳彤说："我不在乎！我只想你能对我好，在乎我，关心我，尊重我，其他的我不需要！"

"可现实不是你想的这样，我不想做个被人看不起的人。"闫平阳说，"何况叶老师的观点并没有转变。如果在这个节骨眼上过去，一点说服力都没有。"

"结婚不结婚是我俩的事儿。爸妈的意见不过是做一下参考。何况只要技术不转让，GDP 就掌握在我们手里。"叶佳彤说。

"那不过放赖！"闫平阳踱了会儿步，"孙明磊的某些观点的确有值得我们学习的地方，所以我觉得……"

"你要退让……"叶佳彤非常吃惊，望着面前的闫平阳呆呆地发着愣，很久，"你因为近段时间他们的制裁经济下滑得厉害，跟他们没了斗志了是吗？"

"说什么话呢。"闫平阳说，"我是打不垮的'小强'，所以不用担心！"

"既然这样，那你……"

"放心吧！孙明磊斗不过我的！"

叶佳彤微微一笑："既然这样那就公开我俩的关系吧，就算为了我，为了我可不可以不要在乎家人及外人的看法？"

"不行！"闫平阳当场否定了叶佳彤的话。

叶佳彤听到从闫平阳嘴里吐出"不行"两个字，心凝结得犹如成了"冷冻水饺"。接着脸色变得煞白："你……你把别人的看法看得……看得比你的命都重要，你……你心里应该谁都没有吧。"她说到这里捂住了自己的胸口。

"说什么呢佳彤，我是爱你的，而且这辈子我只会爱你这一个女人，我想这点你应该明白。"他的态度异常真挚，但却又说不出令叶佳彤悦心的话。

她望着他不断地后退，后退。继而觉得面前的男人异常可憎可恨。真想一脚将其踹掉寻找新的伴侣，但是不可能！

唉！想想男人说话都是这么口无遮拦，她喃喃地自语着："婚姻是我个人的事儿与父母无关，回去跟他们面见不过是听听父母的一些建议，难不成你要跟谁结婚必须还要征得家人的同意？"

"为什么不是？如果不是的话不是违背了伊甸园的宗旨吗？"闫平阳又将此话重复了一遍。

"这个……"叶佳彤果真一听这句话就闭了嘴。

这是很多像她这样的人的瓶颈。

一直在考虑这个问题，到底在很多人快乐自己不快乐的时候应该选择什么？是个人还是大家？

伊甸园的这个传统是不是真该消除？老是顾他、顾你的日子过得并不逍遥，这令叶佳彤觉得在违背伊甸园的宗旨，但是这东西伊甸园并没有定，不过是心里默认的一把锁罢了。

"如果没有这点牺牲精神的话，伊甸园就会失去应有的价值。正如婚姻并不单单是两个人的，而是两家人的。如果两家人中任何一分子出了问题都不会幸福，何况是养育了自己几十年的父母大人？"他说。

"那我们可以去参加表姐跟表姐夫两家人的庆宴吗？"她问。

"不行！"他果断地说。

她点点头，没好气地乜了他一眼。他耸耸肩知趣地笑了笑，却让她有些不寒而栗。她正想着该不该凡事都顺着他的要求做时，接到了父亲催她回家过国庆节的电话。她原本要答应回家的，但觉得此时说出这样的话，对她跟他的感情不利，也就忍了忍说："节假日车票难买，过年一块儿回吧。"

认为这样的回答肯定会得到他的肯定，不想此刻他瞪着铜铃般的大眼极度夸张地望着她："既然父母都打来了电话，那就回去一趟嘛，也正好顺便把我介绍给你的父母，我也把你在表姐跟表姐夫的订婚宴席上介绍给我的父母，两全其美何乐而不为呢？"

她惊讶他的想法，坚持去参加潘明跟柴禾妞订婚宴的事儿。母亲郝凤韵的电话铁锤一般砸过来。郝凤韵说："佳彤，你好长时间没有回家了，在你留伊甸园的问题上，我们已经做出了极大的让步，你还不满意，你到底要我们怎么做才可以见上你的面？"

"妈。"她想告诉母亲不是不想回去，而是此刻她正面临抉择。

"你不想回来是吗？好，那你不用回来了，我们去看你，去看你总行了吧。"郝凤韵说着话没好气地将电话扣上。

她拿着电话沉思了一会儿。他走过来，将她手里的电话放下，然后冲着她充满无限温柔地说："听话！回去看看他们，顺便把我俩的事儿跟两位老人家说一下。"

沉默了很久，她说："既然这样那好吧。放心，我一定会把咱俩的事儿告诉爸妈的，而且，我一定要他们接受你！无论如何！"她说话的用意并不是给自己打气，而是说给他听，意思是我的决心这么大，你呢？

他"嗯"了一声点了点头："我也是。"

听他这样说，她长舒了口气，心里好受了许多："希望你表姐跟潘医生的订婚宴能够顺利！"

"我也这样认为。"他望着她柔情地咧着方嘴笑起来。

"要是他们能够顺利拍拖的话那我俩的事儿才能顺理成章吗？"她不知道是跟他还是跟自己说。

"是！"他说。

"既然这样那就走自己的路让人家说吧。"她说着话沉重地起身往自己屋走去。

他望着她无奈的背影，竟然无力上前劝慰。

第30章　婚前准备流程

国庆节假期第一天的早上八点五十分，叶佳彤踏上了从伊甸园回苏的列车。

闫平阳送叶佳彤回伊甸园的路上接到了母亲李新梅的电话，李新梅说："儿子我跟你爸可能不去参加你表姐跟你表姐夫的订婚宴了。"

"为什么？这事儿说不过去啊妈？"闫平阳说。

"你爸不让去！"李新梅口气明显有埋怨的语气。当然不光是对闫爱军的，还有对居住在青岛的二姐李新民的，更有对柴禾姐和潘明的。李新梅说，"你二姨对建设伊甸园非常反对，因为这件事你二姨几乎跟你表姐成了敌人，为此还连累了你爸，说都是你爸挑的事儿，不然的话她女儿不会干出这么弱智、狗血的事儿！"

"唉！二姨总是把年轻人还有一些跟她政见不同的人说成弱智，其实那不过是站在她个人的立场上说话。当然了，每个人或多或少都会犯这样的毛病，总认为自己什么都对，别人什么都错。特别是一些上了年纪的人。"闫平阳说。

"是这样吗？"李新梅拧起眉，"我怎么觉得我们这代人把你们惯坏了，搞得你们很不懂事呢。"

"不是我们不懂事儿，不过想的问题不在一个高度上而已。"

"少给我拽文。"

"嘿嘿！"

"你跟你表姐说说我跟你爸不能过去了，除非……"

"除非什么？"

"如果你二姨来的话我肯定过去，你爸嘛……"

"知道了。"闫平阳说，"我马上打电话给表姐。"

李新梅"嗯"一声将手机挂断。

闫爱军听说李新民不想来伊甸园养老，非常生气，跟李新梅说："你二姐这人真矫情，还体制内人士呢，我看她连姐姐的觉悟都没有。"

李新梅说："什么体制内体制外的？现在人不都讲究自由平等嘛，倒是没想到这帮年轻人建设伊甸园的决心这么大，别的不说，单说那姓叶的女孩，没白没黑地工作，果真把这里当成家了一样。"

"那个女孩跟咱秋水比差远了，秋水这孩子怎么看怎么大样儿，真好。"闫爱军说到这里"嘿嘿"笑起来。

"好了好了，先别说这个了，先说说姐姐跟那位潘医生的事儿，他们准备国庆两家人聚一起吃顿饭，你看……"李新梅说到这里征询的眼神望向闫爱军。

闫爱军明显有嫌弃姐姐鲁莽的做法，说："这事儿吧也难怪二姐嫌，你想啊，姐姐怎么会找一个比自己小那么多的男孩啊，唉！这样的婚姻不可靠，目前看是没什么问题但是等姐姐结了婚生了孩子，不管怎么说这女人总是比男人老得快嘛。"

"我觉得小潘不是那样的人，他很爱姐姐，他为了姐姐来了伊甸园，而且一直把姐姐当宝贝一样，我觉得年龄不是问题，只要人家两个人觉得好，我们就不要多管闲事儿。"李新梅说。

"你懂什么？"闫爱军瞪了李新梅一眼，"何况二姐这人说话气人得很，总觉得伊甸园装不下她！认为自己比伊甸园人高贵。她不过从这里考去了青岛，便就高人一等啦，真是的，也不知她哪里来得那么多的自信？"

"她是我们家的骄傲。"李新梅说，"二姐不但人长得漂亮，也很聪明。记得她考上中专那年，咱县里镇里的领导都专程过来祝贺，还有史老园长，都对二姐翘了半天的大拇指。老园长别看慈眉善目的，但他打心眼儿里夸赞过谁呀！"

"这倒是真的！"闫爱军说，"记得当初跟你相亲的时候老爷子说娶到李家的人是你的福气呀，既聪明又识大体。"说到这里"嘿嘿"笑了起来，"我知道他是冲着李家考了个状元才这么说的。"

"当然了！"李新梅越发地自豪，"可见当初二姐的知名度有多大？！"

"可她出去后，整个人变了，变得瞧不起咱们伊甸园了，好像她本身不是伊甸园人一样。"

"是啊。"李新梅说到这里长叹口气，"时间过得真快啊，转眼二姐李新民考上青岛警校已经有四十年了吧。"

"是青岛那方润土娇惯了她！"闫爱军说，"也不知道怎么的，很多从伊甸园出去的人回来后竟然都厌恶自己的故土了，就像他们不是这里生的一样。很让人费解。"

"有什么费解的？不过嫌伊甸园穷嘛，当然这几年富了，但他们总是觉得不服气这里的人能富，根本原因不就是觉得这里的约束多些吗？"

"这人啊，怎么才算自由？事事顺着他那是放纵，而且通过这些年跟史爱香这些人接触，发现他们口里的自由不过是自己自由，对别人苛刻着呢，且一点儿爱心都没有。"

"是啊！"李新梅说，"你说孙氏置业的女老板真是史老园长的女儿吗？"

"我觉得她不像史老园长的女儿，虽然听人说她也是从伊甸园出去的，但是有人跟她相认时，她一副根本没在这里住过的样子。而且我跟她打过几次交道，那老娘们很凶的样子，一点儿没有老爷子的样貌！"

"我也觉得是别人瞎说。"李新梅说，"老爷子这么好的人怎么会有那样凶相的女儿？对了，老爷子的女儿走的时候多大了？"

"应该三四岁了吧。"闫爱军说。

"你们离得挺近的，你应该有点印象的！"李新梅说。

闫爱军说："伊甸园方圆百里呢，再说史老爷子是转业后才过来的。"

李新梅"哦"了一声，不再说什么。过了一会儿她说："妞妞的事儿该怎么办？"

闫爱军说："你看着办吧，总之叫你姐也不要干涉妞妞的事儿太多，不然徒增烦恼。"

李新梅觉得老头子说的有理，点了点头。

青岛是李新民的第二故乡，虽说李新民跟前夫柴大胜已经离婚十几年，但却离不了三面环水、一面环山的青岛。因为这里有独特的地理环境、得天独厚的风景人文景观，比26国还要多的建筑风格，还有她几顿不吃便想得慌的海鲜大餐。而伊甸园是个穷得兔子不拉屎的地方，虽说现在建得好些了，有楼房了有电灯了，有城里人想有的一切了，但也不能跟青岛比啊。

在李新民印象里，伊甸园没有柴禾妞说的春风依然沉睡的深山幽谷，更没有如叶佳彤说的玫瑰似的轻云安详地挂在空中。这里有的是一间间破旧的房子，一张张用泥土堆起来的桌子，同学们从家里带来大小不一破板凳，没有电灯，没有书本，甚至没有粉笔！这些都是她想都不愿想的。

记得小时候有的同学练习本上的字写得密密麻麻，写完了用橡皮擦掉，再用一次。还有的同学的笔用得只剩下手指头那么长了，还舍不得扔掉；有的同学的书包是妈妈用一些旧布头缝制成的；上有孤寡老人，下有弱小无知儿童。再次回到那里，让她情何以堪？让她如何在前夫柴大胜面前"显摆"她过得比谁都好的劲头儿？

恨不得此刻将柴禾妞撕个粉碎，但是……唉！更可气的还有呢，女儿竟然还告诉她要将已经重组家庭的柴大胜一家也接到伊甸园跟她还有潘家人住到一起，真是"是可忍孰不可忍"啊。

好在她打电话跟妹妹李新梅说起这事儿时，李新梅也觉得柴禾妞做事有些过分，虽然她知道柴禾妞这样做是在与人为善，是在助人为乐，但结婚是人生之大事，得先跟父母商量好了再说，何况二姐跟柴大胜离婚了还要住在一起是她冥思苦想了大半夜也想不出来的理儿。

李新梅要二姐别生气！说："孩子也没有坏意，不过觉得大家住在一起热闹，哪里会想到一伙人一条心，一条心一件事，一件事一起干有多难？放心二姐，我跟你妹夫已经商量好决定不去参加他们小两口的婚宴。但你要去，而且要让他们知道你为什么生气？如果你不去的话妞妞跟她对象还有他的家人反而认为我们不懂理。"

李新民觉得二妹说得对！人生三大事：金榜题名时、洞房花烛夜、久旱逢甘露。她就这么一个女儿，不希望女儿这么马马虎虎结婚让人看笑话。想到这里她微信给柴禾妞发了一段很长很长的文字。她说，虽然你跟那小子偷偷领了结婚证，妈可以原谅！但结婚起码的条件潘家必须要配合着做，不然她不想重回伊甸园。

柴禾妞说："结婚从简，当然不能少了结婚的基本流程。它们分别是两家成员同意，经济基础稳定差不多，双方不觉得对方讨厌。在这样的条件下我才会决定是不是真的要把两家人合到一处。"

李新民说："那你们确定婚礼预算，草拟客人名单了没有？还有要召集好朋友讨论婚礼计划，确定伴郎伴娘，确定主持人证婚人，成立婚礼筹备组，召开kick-offa 项目启动会，制定婚礼项目计划书，明确筹备组分工了没有？"

柴禾妞说："妈我们不要这么麻烦好不好？我不过结个婚，又不是大型的推介会。"

"你能听妈把话说完吗？"李新民说，"哪有结婚不办婚礼的？伊甸园的人就要不办吗？如果这样的话可能会有很多人因为这个而不去伊甸园。你是带头人，更应该婚礼办得像样，这样才热闹，如果你不喜欢听我说，那我发你结婚流程看看，这个前提条件满足的话我自然过去。"

柴禾妞无奈地说了句："好吧。"

李新民便把她在网上搜到的关于结婚的所有内容都发到柴禾妞的微信里。

柴禾妞看了看：婚礼前准备，要与婚礼的所有项目干系人沟通。根据准备情况就婚礼当天仪式进程与主持人沟通，确认帮忙的亲友、婚宴、车辆、摄影、化妆等细节准备情况。

确认婚礼当天要发言人的准备情况，主证婚人、来宾代表发言情况，抢亲时新娘提问准备，新郎新娘在仪式上或闹洞房可能会遇到的问题。

确认婚礼当天所有物品，试穿所有礼服，有新娘的新鞋，结婚证书，戒指，红包，要佩戴的首饰，新娘补妆盒，糖、烟、酒、茶、饮料、焰火道具……

柴禾妞看到这里头都大了，没好气地将手机扔到一边，不再理会。

潘明拿过柴禾妞的手机继续往下看，并且读出声来："彩带师到位气球到位，新郎背新娘出门，彩带飘飘，踩气球。小孩子滚床，伴娘准备好茶，新娘给男方父母敬茶，新郎新娘出发至酒店。"

"酒店要将糖、烟、酒、茶、饮料等带到酒店，最后检查酒席安排音响签到等细节，准备好新郎新娘迎宾香烟、火柴、糖，彩带师到位酒店门口。酒店迎宾，新郎新娘到酒店，彩带、签到处人员就位，引导人员门口就位，新郎新娘伴郎伴娘门口迎宾。婚礼仪式，主持人准备，音响准备，结婚证书、戒指准备，气球彩带到位，奏乐，新人入场，彩带，踩气球。主持人介绍，主婚人、证婚人致词，证婚人宣读结婚证书，新人父母上台，新郎新娘交换戒指，三鞠躬，新人给父母敬茶，双方父母代表讲话，双方父母退场。第三方代表讲话，新人开香槟，切蛋糕，喝交杯酒，游戏。"

"婚宴正式开始，新郎新娘退场，速食，新娘换礼服。新郎新娘逐桌敬酒。宴席结束，宾客与新人合影。下午休息，宾客离开或到棋牌室娱乐。新郎新娘进餐，休息，清点所剩烟酒糖等，统计晚餐人数。晚餐，通知酒店晚餐准备数量，请宾客进晚餐，清点所有物品，离开酒店。闹洞房，节目可自由发挥，宾客离开。摄像摄影，摄像a从新娘化妆开始全程拍摄新娘。摄像b从新郎抢亲开始全程拍摄新郎。摄像拍摄婚礼仪式全过程，摄影适时拍摄。摄像摄影人员红包，如此这般婚礼才算正式结束。"

看着上述这些未来的岳母发来的信息，潘明腿有些发软，豆大的汗珠不自觉地从脸上流下来。

柴禾妞躺在床上，没好气地冲潘明"喊"了一声说："看你没出息的样子！"

"为什么突然要结婚？你不是想……"潘明想说，"不是一直想就这样过下去吗？为什么突然跟我领了结婚证还要将两家人都接来伊甸园一起住？"

柴禾妞没好气地坐起身，眼望着潘明要他不要那么多废话，就是突然觉得该结婚了，没什么别的。"还有你不是一直要跟我结婚吗？为什么突然又变卦了？方非那天不是在用激将法逼我跟你结婚吗？我们都领结婚证了，你干吗说出这样的话？是被我妈吓着了对吗？"

　　潘明躺在床上看了天花板一会儿，嘴角不由扬起丝丝苦笑。她陡然非常失望，接着上前揪住他的衣领，咬牙切齿地说："难道你也嫌我吗？难道世上的男人都容不下我吗？我到底哪里做得不好让你们个个对我敬而远之？"

　　他极力地摇着头，希望她能够体谅他内心的苦楚。因为那么繁杂的结婚流程应该是他做不到十分之一的。他说："难道依未来的岳母大人说的去做，才能体现出对你的爱吗？"

　　她不说话了，不过明确说希望他不要说这样的话，毕竟女孩喜欢男孩美丽的谎言。他如果说："没问题妞妞，就算上刀山下火海我也不怕，何况才这点儿事儿？"但他没有这么说，竟然对母亲提出的这些要求感到厌烦，甚至想去逃避，这样的男人难道跟查若良、叶成功之流有什么不一样吗？

　　李新民的电话又打过来了，她冲柴禾妞说："伊甸园到底可以给你带来什么？名誉、地位还是金钱？"

　　柴禾妞看看恹恹的潘明，竟然往后退了几步，对李新民说："妈，你这人觉悟真低，也难怪会跟爸离婚。"

　　"既然这样找你爸去吧，你个没良心的，这些年对你的心白费了。"李新民气得嗓音都变了。

　　"哎哟妈，干吗这么小心眼儿啊，不过这么一说嘛。"柴禾妞回敬道。

　　"话这么一说，事儿这么一做。妞妞你在外面也这样吗？如果真是这样的话，我都不知道怎么会有你的今天，你领导是个糊涂蛋吗？"李新民没想到女儿竟然这般不听劝。

　　柴禾妞说："要说我就光说我，别扯到我们领导头上。"李新民说："好！我不说你们领导了，我就说你！请问你要在伊甸园扎根对吗？"柴禾妞说："对！"李新民冷笑一声："你竟然在我不同意的情况下自作主张把我接过去？想想你这不是白日做梦是什么？"

　　"哎哟我的妈，家长都很高兴跟孩子住一起，你怎么就这么难说话？难不成不愿意跟我住在一起？"柴禾妞努力让自己的心情恢复平静。

　　李新民说："我倒想跟你住在一起，但你有诚心吗？恐怕丝毫没有吧，不然的话你不会这么安排。"

"为什么不能这样？哎哟，妈凡事儿都想想对方，不要光想自己。"柴禾妞说。

"这话应该由我来说，多想想我这边的感受好不好？"

"我怎么不想你那边儿了？我考虑你的很多，潘明也是，他一再警告一定让他爸妈多迁就你，你还要人怎么做啊，难不成都跟你去青岛啊。"

"来青岛？那是他们做梦吧。"

"妈你不讲理！"

"我不讲理？哦，是，我要是生活在水深火热中，也会屁颠儿屁颠儿地依着你，因为你让我过上了好的生活。但是你现在是要我从美丽的天堂跌入地狱，这难道还要我笑脸相迎？哦哟，你这孩子，心可是够黑的。还有那个比你小十岁的小矬子，他家里为什么那么愿意娶你？还不是家里穷得叮当响，以后要靠你生存？天哪，一想到你将来变成了他家的挣钱工具，我就更害怕。不知道你这是哪里来的自信？往四十奔的人了，还把自己当成孩子？难道是忘了从前的伤疤？妞妞你告诉我，那个孩子到底谁的？"李新民说着说着不由得将女儿的老底揭开。

"好了，别再说了！"柴禾妞歇斯底里地吼着，脸上的青筋都暴了起来，接着没好气地将手机往床上扔去。潘明一蹲身将手机接住，然后直起身来看着柴禾妞。柴禾妞使劲呼了口气，转向潘明，觉得潘明好像没听到刚刚她跟母亲说的话。

是的，潘明的确没听见，因为他怕听到对自己不好的消息，所以尽管站在柴禾妞身旁，但却不自觉地捂上了自己的耳朵。

柴禾妞心情平复了一下跟潘明说："没事儿，我妈说话就这样，你不用担心，我不会凡事儿都听我妈的，毕竟这是我结婚，不是她。"

潘明很感动，望着柴禾妞眼泪都要流下来："妞妞。"柴禾妞说："别太过了，稍稍表现一下得了。"潘明拭拭泪，"以后无论发生什么，我都会对你好！"

柴禾妞说："我比你大十岁，亲爱的。跟我一起是不是觉得很亏？"

"不不！"潘明极力地摆手。

"在我之前你喜欢过别的女孩吗？"柴禾妞看看潘明。

"想听真话吗？"潘明近前一步，倒是想跟她说说自己此时的真实感受。

"当然！不过现在不想听，以后吧。"想起刚刚潘明对自己母亲提出彩礼问题的忧虑，内心极度郁闷。

潘明体会到了柴禾妞内心的不快，认为妞妞在生未来岳母的气，沉吟了片刻，点了点头。

第31章　追女达人

小桥，流水，人家，流溢在水墨江南里，看不明虚实，分不清究竟；凌波水韵，翰墨流芳。秋日草长莺飞，叶红轻染。轻烟淡水的江南，细雨霏霏的堤岸，伊人似雪，翩然娇纯。

夕阳把叶佳彤独自的身影拉得很长，落进路边的湖水里。她的影子在湖水的面上跟着碧绿的湖水微微荡漾，影子的波纹向外散着，一圈或是两圈，也可能是三圈或是四圈甚至千圈万圈。

叶佳彤望着泛着涟漪的湖水，再看看旁边的芭蕉树成荫，不觉贪婪地吸了口气，然后四处看了看，微微笑起来。

邻居张阿姨拿着空菜篮走过来。

"张阿姨好！"叶佳彤礼貌地冲着张阿姨打着招呼。

张阿姨笑得眼睛眯成了一条缝："噢哟，佳彤从伊甸园回来了啊。"仔细看看叶佳彤，"噢哟，佳彤，侬真是越来越漂亮了呀。"

"谢谢张阿姨。张阿姨，你去买菜啊？"叶佳彤对任何人都是这般礼貌谦逊，招人喜欢。

"是咯是咯，怎么？侬这是刚刚回来？对了，佳彤，我听说你在伊甸园搞了个什么养老的设计项目很好的呀。"张阿姨说。

"如果张阿姨感兴趣的话，过几天我派人过来接你过去看看。"叶佳彤嘴角上扬，脸上一直挂着笑。

"好啊好啊。那我走喽。"张阿姨说着跟叶佳彤挥挥手，然后恋恋不舍的样子往超市方向而去。

"张阿姨再见！没事过来玩咯。"叶佳彤礼貌地摆着手。

"好咯。"张阿姨回头朝叶佳彤笑了笑，提着篮子心情愉悦般雄赳赳气昂昂地离开。

叶佳彤推开叶家别墅的门已是下午时分。她从已经开始泛黄的莲叶的池塘边走到门前，敲门时母亲正巧将门打开。

郝凤韵先是一愣，但确认是女儿时，用她最亲切的话语表现着对女儿的埋怨："死丫头，回来也不打声招呼，真是欠打！"

叶佳彤望着母亲乖巧地"嗯"了一声，迷人地冲郝凤韵露出笑脸。凤韵将女儿的包接过，拉着女儿的手进屋。

此刻叶成功正在家里看电视，见女儿回来，也是愣了一下："噢哟，叶家公主真的回来了呀？"

"怎么？不希望我回来呀？"叶佳彤玩笑的语气说。

"怎么会呢。"叶成功站起来，往厨房看了看，"大概真是心有灵犀，我竟然煲了你喜欢喝的鸡汤。"

"真的吗？"叶佳彤将包往客厅的沙发上一放随着叶成功往厨房走。

郝凤韵将皮箱归置好，也跟着走进厨房。此刻的叶成功已经给女儿盛了一碗鸡汤放到桌上。鸡汤不温不凉的正好可以入口。叶佳彤端起来喝了一口，陶醉的样子摇晃着自己的脑袋，停下后朝父亲竖起大拇指："好喝！啊，好久没有喝到爸做的鸡汤了呀。"

"想喝的话就回来嘛。"郝凤韵边说边坐到叶佳彤的对面，给女儿加了一勺红糖放到汤里，"尝尝加进红糖的味道是不是更好？"

叶佳彤将红糖在汤里搅了搅喝了一口，吧嗒了一下嘴，"嗯"了一声说："果真比先前更鲜美！"

郝凤韵讨好的样子往女儿跟前凑了凑，脸上露出百分笑容："回苏州吧佳彤，我跟你爸会每天做你最爱吃的给你吃！"

"这么好呀！"叶佳彤望着郝凤韵眯起眼睛甜甜地笑了起来。

"那是当然！"郝凤韵说。

叶成功说："我跟你妈商量了，不逼你干你不喜欢的工作了。所以……"

叶佳彤："你们可不要反悔哦。别忘了我跟爸签的协议上面可是写得清清楚楚。"

郝凤韵"哎呀"了一声："那不过是一家人写着玩的，不可当真！"

"妈，你怎么回事？那可是我爸白纸黑字写出来的。"叶佳彤将勺放到一边儿，非常生气。

叶成功："尽管伊甸园看着比以前好了，但三年协议已经期满。"

叶佳彤："对啊，伊甸园现在变化很大，不但一座座高楼平地起，老百姓的收入也在一天天增加，GDP已经……"

郝凤韵："什么 GDP、GDP 的？那不过骗人的把戏。"

叶成功："哎呀也不能这样说嘛，但无论如何却都是这些投资者的努力改变了那里，所以从这里看还是我赢了。"

叶佳彤一愣，看看叶成功："您赢了？呵呵，爸说话真逗！"

叶成功说："是我说话逗还是你太天真？难道你不觉得伊甸园的堂皇、伊甸园的美丽基本都是投资者自身的财产营造出来的氛围？如果没有硬性的投资者自身的建设，伊甸园会显现出它的绿化与干净？能显现出它的富贵之处吗？就说说孙家庄园跟你们小区的比较吧。孙家庄园可以跟欧洲的一建高档建筑媲美，伊甸园1小区呢，不过简陋地盖起来，除了比以前的草屋显得高，并没有什么特点。当然从外观来看，几座矗立起来的高楼，整齐宽敞的街道，优美幽静的环境，倒是真可以把北上广的不足比下去。"

叶佳彤警觉地望着父亲："爸你今天要跟我说什么？说实话这些东西我都知道，所以我才握着手里的技术股不放，我讨厌投资者自我营造出来的优越感。一直觉得伊甸园是群众集体的功劳，反动资本家的丑恶嘴脸一天天显露。孙家庄园已经被很多百姓所不齿，占了伊甸园最好的位置，往伊甸园投资的同时实际在榨取伊甸园人的血汗。"

叶成功说："如果你是投资者你就不想从中获利？如果像你说的无私投入还有谁去投资？"

"但是也不能因为手里有钱就为所欲为吧。"叶佳彤说，"这表明了心里光有自己没有别人，伊甸园提倡的是以人为本，建立命运共同体，多边主义，'一带一路'倡议很好，就是大伙一同努力，一起吃饭，谁也别当谁的霸王。孙家庄园我已经上报给史老园长，但他近期身体不是很好，毕竟年龄大了，架不住事情多，所以他多次提议年轻人出来竞选园长。"

叶成功冷笑："我觉得他还是依赵市长说的办吧，只要 GDP 上去了，管他什么命运共同体不共同体呢。"

"对对对！"郝凤韵接过话。

叶佳彤叹口气。

郝凤韵说："如果待在伊甸园实在烦恼的话就回苏州，不想出去干活儿就在家待着。"

"说得是！"叶成功说。

"嗯嗯，你想要什么妈给你买什么，想要什么样的老公妈也可以给你找。"郝风韵说。

叶佳彤大概也觉得自己这样跟父母杠有些过分，缓和了一下自己的情绪，笑了笑说："怎么突然觉得家里变得很有钱的样子了？"

"我们家当然有钱了！"郝凤韵说，"你爸最近……"刚说到这里只见叶成功"嗯哼"了一声。郝凤韵看看叶成功马上便意识到了什么，朝女儿笑了笑，"现在跟你爸约稿的人越来越多，所以嘛，家里的经济明显好了很多。"

"是什么人约稿？爱民者吗？如果那样的话，爸你应该多写点儿。"叶佳彤抬头看了看叶成功。

叶成功说："哎哟，咱们不提这个，不提这个了。对了，我想把那张跟你签订的《独生子女是"巨婴懒"》的合同撕毁。想想也是可笑，咱们父女俩干吗要为伊甸园的事儿签订合同？"

"已经签了的合同怎么能反悔？不行！"叶佳彤果断地说。

"我不承认那张合同。"叶成功说。

"咱们可是刚刚都把火压下去哈。"叶佳彤说。

郝凤韵摆手："不谈这个了，不谈这个了！"话没说完，响起敲门声，三人互相看了看，郝凤韵要去开门，叶成功摆了摆手："我去！"

叶成功将门打开，见邻居张阿姨带着一个相貌平常、奇异肥胖的男子站在门外，不由一愣，"张阿姨，这位是……"

奇异肥胖的男子看见叶成功，深深鞠了一躬："伯父好！"

"你是……"叶成功看看来人，再望望张阿姨。再看她身旁这位男子的眼神中透露着十分的友好，忍不住冲着两人热情地："张阿姨，这位同学是……"

"呵呵，他说他是佳彤的大学同学。我呢，刚刚出去时碰到过佳彤，知道佳彤回来了，所以就把这个小伙子带过来了，没事吧，叶老师？"张阿姨笑着说。

"没的事儿，没的事儿。"叶成功说。

"那我就不进去了，家里还有事儿。"张阿姨说着话提着菜篮子要走。郝凤韵不知道外面发生了什么，走过来，见是张阿姨，"哟"了一声："张阿姨啊，好长时间没见你了，快屋里坐！"

张阿姨一乐，一副憨慈的模样："我刚买菜回来碰到佳彤大学的同学，就把他带过来了。"郝凤韵"哦"了一声，然后上下打量了一下面前这个一直堆着笑脸的男孩子几眼："你是……"

"伯父伯母好，我叫孙明磊，是佳彤的大学同学。"孙明磊非常礼貌地弯腰鞠躬给叶家父母施了一礼。叶家父母被孙明磊的突然到访搞得愣了一下。当明白是怎么回事时，两人扭脸互相看了看。郝凤韵小声说："难道您就是那位给叶老师寄稿……"说到这里被叶老师捏了一下手，忙"哦"了一声，冲着孙明磊说，"屋里坐！屋里坐！"

张阿姨笑笑，趁机说："你们聊！"提着菜篮子转身离开。

孙明磊被叶成功、郝凤韵夫妇热情地让进客厅。还没等孙明磊落座，郝凤韵冲着厨房喊："佳彤，你同学来了！"

叶佳彤坐在厨房喝着最后一口鸡汤，听妈妈在外面喊有同学来看她，认为可能是闫平阳，也或者是查若良突然回来了？想到这里忙不迭地将碗一放从厨房走出来。

从背影儿断定来者不是闫平阳，也不是查若良。"这位是……"她的脚步不由得和缓下来，然后走到孙明磊身后停下。

此刻孙明磊正在观看客厅那张叶佳彤从北京潘家园请回的《八骏图》。叶成功跟孙明磊介绍说："这张《八骏图》是由徐悲鸿赠送给援华飞虎队陈纳德将军的《奔马图》演绎而来，后来就传成《八骏图》。但据徐大师之孙徐骥讲，陈纳德当初将此图捐给了美国一个美术馆，后来去找说没有听过这张画，也没有听说谁捐过《八骏图》。由此可以推断根本没有《八骏图》，就算有的话，也是后来人PS 成的。"

孙明磊听叶成功如此介绍《八骏图》笑了笑："伯父，这是佳彤买来送您的对吗？"

叶成功说："是的，那是她存了半年的工资为我做的一件事儿。"

叶佳彤走过来，站到孙明磊身后故意干咳了一声。

"哦，佳彤来了。"叶成功说，"你俩聊，我去书房看会儿书。"

"您走好！"孙明磊谦卑地说着目送叶成功去了书房，转过身，望着面前的叶佳彤笑了笑。

叶佳彤说："你是追女达人吗？还是来这里有事儿？是谁这么多嘴告诉你我回苏州了的？对了，你怎么知道我的家？……"一连串的问题让孙明磊不知该先回答那个，只好耸耸肩选择了挑逗夸张式的闭口不答。

此刻郝凤韵走过来，他将脸转向郝凤韵，非常有礼貌且不卑不亢地自我介绍说："我是伊甸园技术建设部的总经理孙明磊。"

"技术建设部？你是孙氏置业的公子是吗？"郝凤韵眉毛挑动了几下后，上下打量了孙明磊一番，心想，"几年前开毕业典礼的时候见过你一次，你应该不会忘吧。"

孙明磊笑笑："伯母还记得我吗？"郝凤韵忙点头："记得记得，当然记得！你比以前又胖了点儿。"孙明磊摸摸自己的脸，"伯母见笑了。"郝凤韵忙摆手摇头，"嗯，不见笑，这样看着富态，伯母喜欢！"

叶佳彤见母亲跟孙明磊说得欢，有些不对头，冲郝凤韵喊了声："妈！"郝凤韵立马摆摆手："你们谈！你们谈！"然后朝叶佳彤一使眼色，离开了客厅。

叶成功跟随郝凤韵进了卧室。郝凤韵说："看起来这个小伙对女儿垂青已久，不然的话不会让我把你的文章以笔名的形式发到网上，然后又三倍于以前的稿费打到我的卡上。"叶成功疑惑地拧了拧眉："你刚刚说什么？"

郝凤韵"哎呀"了一声："家里这些年拮据，我把你第一稿的《后浪》用'楣梦'的笔名发到网上后，稿费很快打到我的卡上。起先我认为是网站打来的，谁知有一天接到孙公子的电话，他说他叫孙明磊，是佳彤的同学……"

叶成功听郝凤韵如此说什么都明白了，怪不得近些日子很多网站在连载他以前的文章，原来是这位孙公子在做网站的推手啊。他说："这么说……"

郝凤韵打了叶成功一下："没想到我们最终还是跟女儿沾光，哎呀，看这个姓孙的真是不错，虽长相奇异，但更给人气骨贯顶的感觉。尤其他的穿着，整个一名牌包裹，咖啡色'洛伊曼'眼镜，浅灰色'报喜鸟'西装，白色'杰尼亚'德比鞋，加上他不经意间晃动的那块价值过百万的瑞士手表……"她越说越喜，越喜越令紫青色的薄唇无法合拢。然后她心情愉快地又拉着叶成功出来。

孙明磊是个很会看人脸色的男人，见郝凤韵对自己异常满意，就说："这次来有些冒昧，没有给伯母带像样的礼物。"他说着话从口袋里掏出一红色的小礼盒，"一块红宝石而已，望伯母笑纳！"

"不不！"郝凤韵马上摆手，半推半就的样子说，"这礼物我不能要！"

"您是嫌弃吗？哦，都怪我！以为不会这么巧便找到佳彤。下次一定加倍补上。"孙明磊非常绅士地说。

郝凤韵听孙明磊这样说，马上开始不好意思起来："没有没有。哪里能有嫌弃的份儿呢？"她说着话将孙明磊手中的礼物拿过来，然后有些迫不及待地打开把弄着。

这是一颗淡红色的宝石，它圆圆身体的中央有个尖尖的小角，很透明，郝凤韵将它放到手上，宛如朝霞迎进万丈光芒。"红宝石？！"郝凤韵抬头看看旁边的叶成功脸上露出惊喜的表情。

"这个……"叶成功见孙明磊送郝凤韵"红宝石"内心显然有些欢快，心想果真是财贝找人比人找财贝好找，不然的话在稿约不景气的时候怎么会接连收到网站几百万的巨额稿费？怪不得这几天西沫来电话跟自己说话没有那么霸气呢。她说："要打破旧式伊甸园的模式向民主自由的模式迈进，像你的小说《后浪》那样，将伊甸园的军，搞乱他们体制，让他们四分五裂。"

起初不知道是怎么回事，现在知道原来是老婆将自己《后浪》初稿已经偷偷发到了网上："知道初稿有如此效应还接连改什么改？"想到这里眉心一喜，将郝凤韵拉到一边："既然是佳彤的同学来了，就该热情接待，我俩一起去市场买点菜，晚上好好招待一下小孙。"

见父亲这样的态度，叶佳彤知道是父亲心仪孙明磊，于是急赤白脸地跺了跺脚，喊了一声："爸！"

他冲女儿坏坏地笑笑："没事的，我们很快便回来。"话没说完拉着郝凤韵便往外走。

孙明磊做梦都没想到叶家父母会在这么快的时间做出如此有利他的举动，尽管他在此前做了很多铺垫，仍然没有十足的把握。但是今天，哈哈……望着愠怒中仍透着绝美唇形的叶佳彤，内心更加激荡，不由得挑逗式地朝她努了努嘴。

她被他激得起了一身的鸡皮疙瘩，下意识地摸了摸自己的身体，然后用力往外甩，好像身上被沾上了脏东西，要尽力甩掉一样。他没有在意，还咧开大嘴笑了一会儿，然后走到她近前。她机警地往后退了一步。

他耸耸肩，眉毛往上挑了挑说："我知道你很在意我跟小涵的事儿，但是跟你相比，我不过有个小涵，而你呢？"

听他如此说话，她忍俊不禁。

"你笑了！"孙明磊说，"其实我身边的女孩多得是，但我却怕她们缠上我而不能跟你一起。唉！想起这个，自己都为自己感动。"

"你的话我信！但是我却根本没有要跟你一起的想法，虽然你时不时找人来逼我，但越是这样我越烦你。"叶佳彤说到这里微仰起头，看着面前的孙明磊，"真的，感情需要两情相悦，跟你一起我没半点儿感觉，谈何相悦？"

"别装了！"孙明磊哪肯相信叶佳彤说的话，"谁有你这般幸运？不信的话你可以问问你周围的人，如果有像我这样的人追你是不是应该感到非常荣幸？要知道，我才是你的救世主，我不希望你刚出虎口又入狼穴。"

"刚出虎口又入狼穴？开什么玩笑？"叶佳彤转过脸，不服气地望着面前的孙明磊。

"你跟闫平阳不合适！"孙明磊果断地说，"是的，跟若良也不合适，因为他之前便有了丽娜。所以我很可怜你便过来拯救你！"

"痴人说梦吗？"叶佳彤冷笑一声扬起倔强的脸。

他"哈哈"了一声："知道你不信，可的确如此这般啊，因为他们都是在利用你，却唯有我不是！我不过教导你把向心力用到家里，不是外面，不然的话痛苦的人是谁？只你的父母吗？如果因为你的外向力而让你的父母流浪，失去做人应有的尊严，你心里高兴吗？"

这话的确戳到了她的心窝。是的，每每伊甸园胜利在望时她并没感到快乐，反而有隐隐的内疚，因为在某些方面是她堵住了父亲的财路，让家里的生活条件堪忧，但是回到家，见父母生活得滋润惬意，心莫名地放松不少。

孙明磊知道她心有所动，嘟了嘟嘴，朝叶佳彤的头发上吹了吹。

叶佳彤想往旁边闪，但人却被沙发挡住。

孙明磊轻蔑地撇了撇嘴说："你在怕？那就说明我很有魅力的啦。嗯，一定是这样的，你怕了，怕我轻而易举打败那个跌打大夫。"

"跌打大夫？你说的是平阳吗？"

"不是他是谁？现在若良已经退出，只有他尚有点资格跟我 PK，而我又不屑于跟他比拼，为了拉近跟他的距离，我在香港娶了小涵。"

"真有意思。"她冷笑说，"连婚姻你都没放在眼里。"

孙明磊耸了耸肩："因为有这个资本，没办法！"

"看不惯你这副高高在上、自以为是的臭毛病！"叶佳彤仰脸看了他一会儿，将脸转向一边，不想理会。

"我自以为是吗？"孙明磊说。

"知道就好。"

"哈哈。"

叶佳彤看着孙明磊好大一会儿，像是不明白孙明磊在笑什么。

他耸耸肩，不解地望着她娇小媚态的脸说，"伯父是英明的，他看问题的角度很到位，不像你！"

"我不赞同你的说法！"她说。

他听她这样说又是哈哈一乐，说："你也太不关心你爸妈的死活。是的，一个靠稿费打赏生活的家庭，会过得如此滋润吗？"

"你的意思是……"叶佳彤紧蹙双眉，望着面前的孙明磊在寻找答案。

"喜欢你的傲气，所以不想它丢失，但你知道一个人的傲气来自哪里吗？对，经济！所以嘛……"他望着她不再往下说，只是"呵呵"地冷笑。

她望着他，希望他把话说完，但他却闭口不往下说了。有些发蒙！想起前天跟闫平阳谈婚论嫁的情景，认为是不是跟她的傲气有关？想到这里她说："我会改的！"

孙明磊说："听父母的话总错不了，今天你应该看出你爸妈对我的态度。是的，你妈将你爸《后浪》的初稿发网上了，赢得了很多人的好评。他老人家因此还挣了一笔不菲的稿费。"

"你在说什么？"叶佳彤凝望着他，希望他说的话不是真的。

"那笔稿费是我打到叶伯母卡上的。"孙明磊淡淡地说。

叶佳彤眼前一黑，下意识地捂捂自己的胸，非常疼痛的感觉，汗珠不由得从额头上滚落。

"你怎么啦？"孙明磊一惊，喊道。

叶佳彤直了直身子，紧接着一屁股坐到沙发上。

他小心地坐到她身边："对不起！"她摆了摆手："你走吧！"

"我现在是单身，你也没有结婚，所以我有权利追求我的幸福！当我的追女达人！我也有权利改造你愚蠢的思想。"孙明磊说。

沉默。很久。手机铃声响起来。是叶佳彤的手机铃声，她看看手机见上面显示的是爸爸的电话，将手机滑开："爸，什么事儿？"

"你妈已经在附近的'云上天酒店'订了一桌，你马上带你同学过来吧。"电话里的叶成功说。

"爸。"叶佳彤想解释什么，但那端叶成功已经挂断了电话。

孙明磊笑起来："怎么样？叶老师都觉得你这样待客人不好吧，既然这样，那我们去吧。"

一路跟孙明磊无话，于是极力表现出跟孙明磊的疏远度，所以她一会儿打个电话给闫平阳，一会儿又打电话给柴禾妞。

让她备感失望的是两人在电话回敬她的话都很不客气。"哟，佳彤，真对不起！这边实在太乱了，我过会儿回你电话好不好？"柴禾妞话虽说得委婉，但语气明显有些烦乱。

而闫平阳，接到她电话关切地问询时，几乎是声嘶力竭地吼道："你能不能别再打电话了，啊?! 这边儿已经让我焦头烂额了，你就不要再添乱了行不行啊!"闫平阳的吼声透过叶佳彤的话筒传出来，飞进孙明磊的耳朵里又反弹在叶佳彤脸上，让叶佳彤恨不得找个地缝钻下去。

孙明磊忍不住露出得意讥讽的笑容，见叶佳彤脸有些挂不住，说："好啦，你就别再瞎痴情了好不好? 他那种人真的不值得你去爱的。"他说着想上前拉叶佳彤的手，却被她一个闪身避开了。

她急走了几步，想拉开跟他的距离。他知道她的心思，所以望着她的背影，先是摇了摇头，继而抖动着身子笑了一阵。好不容易止住笑，绅士般地捋了捋头发，急步追叶佳彤而去。

叶家父母对他友好的态度超出孙明磊想象中的几倍甚至是几十倍。他看到叶佳彤明明都独自走进酒店了，还被父母硬逼着出来接迎他。"父母之命不可违!"她咬牙切齿地来到他跟前，然后礼貌地指引着往酒店走进。

"谢天谢地!"坐在她身旁的他由衷地说。她没好气地"哼"了一声。他回敬了她几个白眼，然后冲叶父叶母堆起笑容："伯父伯母您二老放心，我一定会对佳彤好，并且会时时处处依随她的性子。"

"好咯好咯。"郝凤韵激动地说着话将头转向叶成功，"老叶，我的苦心终于没有白费，就知道她会找一个'乘龙快婿'孝敬我们! 哎呀，看起来你那张协议书没有白签，不然的话，她又怎么会再回伊甸园? 唉，说来也是咱们的错，人嘛就应该做些自己喜欢的事儿，这样才更有价值。如果佳彤现在仍在银行干啊，会有什么出息?"郝凤韵说到这里看看对过的叶佳彤跟孙明磊，高兴得泪都要流出来。

叶成功说："对对! 你说得对! 就是这么回事儿，当初也是该着应该这样，我们不让她去，她非去!"

郝凤韵："可不嘛，她又去伊甸园我还后悔呢，谁知女儿去伊甸园是有目的的。听说女儿手里的技术股啊非常值钱。"

叶成功不住地点头："对对! 是是!"

此情此景叶佳彤看在眼里又能再说什么? 唯有的只是先随意附和着孙明磊，然后回家再想办法跟父母解释这件事。不过她认为今晚愿意这样附和的用意最重要的是为了惩罚闫平阳对她的熟视无睹，没有像此刻这样讨厌闫平阳了。"自大狂! 神经病!"她在心里暗暗且狠狠地骂着闫平阳。

孙明磊跟叶家三口在"云上天酒店"吃完大餐已经是深夜了。叶佳彤去柜台交钱，矮胖老板说你男朋友刚刚结过账了。她没有惊讶，只是跟矮胖老板解释说他不是我男朋友。矮胖老板朝她诡黠地笑笑说："孙总不错的美女，千万不要去做捡芝麻丢西瓜的事儿噢。"

叶佳彤听矮胖老板如此说更觉得今晚这顿饭不能由他来请，但在他面前支吾着说话时，矮胖老板不时地摇着头，说："你太小气了美女，我想即使你不想跟孙总好，孙总也不会要女人请他吃饭的。孙总是多大的范儿啊，他哪是请别人吃饭的主儿啊，倒是你爸妈，还是挺能看开事儿的，一些问题回去多请教一下自己的爸妈吧。"

长长叹了口气！"算了，回家吧。"她想。

回到家叶佳彤见孙明磊在跟妈聊天，没有表示出反感，并还礼貌地跟郝凤韵说要去洗漱。孙明磊说："你去吧！我跟伯母聊会天就马上回家。"叶佳彤点点头，到自己房间，将衣服换下，推开卫生间的门打开沐浴冲洗起来。

孙明磊坐在客厅外面喝了几杯茶做出要走的样子。

郝凤韵说："今天你真是太客气了，本来要我们请你吃饭的，可你却……"说到这里不好意思地笑了笑。

孙明磊认为能请叶家伯母吃饭是他的荣幸，他往这儿寄的稿费是因为耳闻叶老师的大名，是心甘情愿的！所以觉得郝凤韵没必要为此事过意不去，相反他还应该感谢叶家父母给他这样的机会。

郝凤韵问："你看过叶老师的书吗？"

"我不但看过叶老师的书，我已经关注叶老师的公众号多年。我是叶老师的忠实粉丝。"孙明磊说。

"什么？"郝凤韵非常惊讶，"叶……叶老师的东西佳彤可是从来不看的，佳彤说叶老师的作品，带有极端抱怨的情绪，不利于青年的成长。"

"话不能这样说。"孙明磊说，"我虽不懂文学，但却知道世上不能只有一种声音，所以我认为伤痕文学也算是对当今社会的一种鞭策，另外来说也是文人应尽的义务。"

"对对对！你说得很对明磊，哎呀，我就知道佳彤这死丫头是喜欢你这种有思想的青年的。"冲着书房喊了一声，"老叶！"

叶成功正在书房里用小楷的形式书写李白的《将进酒》，他听到郝凤韵喊他，将笔放下，站起身从书房走出来。

孙明磊已经站起身来准备离去。叶成功热情地挽留："再坐会儿嘛，你伯母很久没跟人聊过这么长时间的天了。"郝凤韵说："叫你出来是想你跟明磊聊聊，既然明磊执意要走，那我们就不强留了，反正以后有的是时间聊。"

叶成功看看表，说了声："也好！"送孙明磊出屋。

叶佳彤洗漱完毕从卫生间出来，将头发擦干，躺到床上闭目养神了一会儿却并没有睡意，于是拿起床头柜上的手机刷了会儿微信，接着浏览了一下闫平阳的朋友圈，见他有两三天没发任何信息了，将朋友圈关闭，手机放在一边儿。

闭上眼睛好不容易让自己的心神安宁下来，准备好好睡一觉时，手机铃声响了起来。

"丁零零……"她慵懒地滑开那在黑夜闪着光亮的手机，欲将手机调到静音，却看到了手机上显示出"闫平阳"的名字。先是一阵欣喜，但想到白天电话里闫平阳对她的态度，赌气地将手机再次放下。

手机被铃声震得任性地在床头柜旋转。很久，叶佳彤将旁边的被子展开，蒙到头上。

第二天的午后，追女达人孙明磊的司机小五敲响了叶家的门。郝凤韵不认识小五，看着穿着黑衣黑裤，活脱脱黑社会老二的小五眨了几下眼皮。

小五两手提着大包小包的礼物先是对着郝凤韵毕恭毕敬地鞠了个九十度的躬，然后站直身子冲着郝凤韵说："我是孙总的司机小五。"

郝凤韵恍然大悟，往里退了几步，非常热情地伸出手臂冲着小五说："快请进！请进！"

小五提着大包小包的礼物进了叶家的门。

郝凤韵如刚发现小五带了许多礼物，"哎哟"了一声说："孙总太客气了。"要上去接。

小五说："不用了伯母，你就跟我说把东西放哪儿，我放下就行。"郝凤韵美滋滋地说："就放地上吧。"小五答应了一声将礼物放下，立起身，往外要走，被郝凤韵拦住了。

郝凤韵说："喝杯水再走嘛！"到饮水机前接水，接好回过头，小五已经开门离去。赶紧放下茶杯跑去门口。

小五正晃悠着往外走。郝凤韵想喊他的名字，又忘了他叫什么，只是"哎哎"了几声。见小五已经走出大院，只得回屋。

敲门声再次响起，郝凤韵认为小五返回，过去开门，却是孙明磊。郝凤韵脸上立时开了花，冲着叶佳彤的房间："佳彤，明磊过来了。"

叶佳彤听到了郝凤韵的喊声，但是她没有应声，因为此刻她正准备给闫平阳打个电话。是的，寻思了一晚，叶佳彤觉得还是给闫平阳回个电话比较好。突然想到闫平阳昨晚对她的不理不睬肯定是遇到了麻烦事儿。是柴禾妞跟潘明那边出了状况，还是知道了孙明磊来苏州的消息？

从闫平阳断续的谈话中得知他或许并不知道孙明磊来苏的消息，或许就算是知道了他也并没有介意，他不无担忧地跟叶佳彤说："表姐跟潘明父母的见面非常糟糕，佳彤。"

"怎么啦？两家打起来了吗？"叶佳彤听说柴副总跟潘明的情况一下子从床上坐起来。

"或许比你想象的还要糟糕，潘明爸妈倒还好些，但是二姨这边儿非要足够的彩礼才肯见面。"

"你的意思是现在……现在两家人还没有见面是吗？"

"没有，不过二姨倒是来了伊甸园，原本表姐挺高兴，谁知还不如不来呢。"

"怎么啦？"

"唉！二姨硬要彩礼，说哪有两手空空就要把媳妇娶回家的道理？"

叶佳彤听到这里"哦"了一声，心想其实女方家长这样想倒也情有可原，虽说伊甸园不同于别处，但见面礼一说应该不算过分。还有更重要的一点她看出来了，家长要彩礼不过想证明男方家庭对女方家庭的重视。现在的父母并没有自私到只想自己过得好。

"你怎么不说话？"闫平阳说，"你在想什么？"

"这个……"叶佳彤吞吐着正想着如何跟闫平阳讲为什么她回来时他就没想着要给父母买点东西的时候，郝凤韵便推门走了进来。她连忙捂住了话筒，没好气地跟母亲嚷道，"妈你干吗不敲门儿就进来呀？"

"小孙过来了，我在外面喊你，你根本就不听。敲门儿你也不理！"郝凤韵进来冷不丁被女儿呛促了几句内心非常不快，但又不能发火，摆了摆手，"明磊来了，快出去吧。"一转身走出去。

叶佳彤松开话筒对闫平阳说："一会儿我们再聊！"

那端"嗯"了一声将电话挂断。

郝凤韵在门外又喊了她一声："佳彤，快点儿！"

"来了，来了。"叶佳彤滑上手机的断开键，出屋，走到沙发前站住。

孙明磊见到叶佳彤，咧开阔嘴从沙发上站起来相迎，那殷勤小心的样子让叶佳彤十分不安，于是本能地表现出异常冷漠的表情。

尽管这样也未能磨灭孙明磊来此的热情，他绅士般地要叶佳彤坐下。

考虑到刚刚跟闫平阳的谈话，叶佳彤忸怩了一会儿说："今天天气不错，我们出去走走吧。"

"好啊好啊。"郝凤韵替孙明磊回答说，"不过别走太远，很快就到吃饭时间了。"

孙明磊说："放心吧郝姨，我跟佳彤就在附近转转。"说完看了看叶成功。

叶成功正在专心看球赛，根本不知道女儿跟孙明磊要出去。

郝凤韵戳了叶成功一下，叶成功回过神，看看郝凤韵。郝凤韵说："明磊跟佳彤要出去走走，你别看电视了，开始忙饭吧。"

孙明磊说："不用了阿姨，说不准我跟佳彤在外面吃呢。"

"那怎么好？"看看刚刚小五带来的礼物，"我们不能光叫你破费啊。"

"就是就是。"叶成功说，"一会儿回来，尝尝我煲的白萝卜汤。味道鲜美，让你回味。"

"这个……"孙明磊看看叶佳彤。

叶佳彤说："爸你就别麻烦了，你的萝卜汤是养生的，不是我们这个年纪想喝的，再说回来这几天每天吃你煲的烫都腻了。"

孙明磊认为叶佳彤在叶成功面前说的话有些过分，在想如果他这样跟母亲说话，说不定会被母亲打入小黑屋受罚，但是叶家……看叶成功对叶佳彤的顶撞好像还很幸福的样子，只是好意地冲叶佳彤"呸呸"了两声算是回敬。

叶佳彤朝孙明磊笑了笑，然后转过脸跟爸妈说："那我们出去了。"

"不回来吃饭了？"叶成功又问了一句。

"哎呀。"叶佳彤烦躁地喊了一声。

"好好好。不做了，你们去吧，去吧。"叶成功说着朝孙明磊笑笑。

孙明磊朝两位老人摆摆手。

夕阳已然西下。叶家别墅外不远处拱桥下面的河面被夕阳照得如同被染了七彩色。这里空气清新，和风习习。岸边绿树葱茏，青翠欲滴，整个河构成了一个灿烂的世界。

叶佳彤跟孙明磊漫步到拱桥中央停下，先是互相望了一眼，接着叶佳彤说："你如此锲而不舍地追求虽让我感动，但是……"

"但是什么？"孙明磊一看便知是在明知故问。

"但是我俩三观不同，根本利益也无法达成共识，谈何爱情、婚姻？真的，明磊，在我看来，爱情、婚姻、根本利益不能任性。"

"三观是什么？人生观、价值观、世界观，我想每个人的三观会随着生活的阅历，环境的变迁而改变的，是会随着时间慢慢完善，乃至重塑。所以你说的问题根本不是问题。有原则的包容可以使根本利益不完全相同的两个人共享彼此的人生阅历，交换对世界的看法，对生活的态度，彼此融合，打磨，建立出新的交流秩序。何况我俩的根本利益并没像你说的完全不同。比如建设伊甸园，比如我们都想让家长承认我们的能力这方面，我们都想灭掉家长说的一代不如一代的那句恼人的话，你能说我们的根本利益完全不同吗？"孙明磊说。

"我知道你比我能说，但是明磊我心中根本没你半丝儿，你的一切都牵动不起我的半根神经，包括父亲的稿费，我相信对你的感觉并不是因为心中有了平阳，而是跟你一起体现不了人生的价值。"叶佳彤说。

"在他那里你才体现不出人生的半点价值，当初跟他一起，你不过感到寂寞、无助。也怪我，当初不该赌气你的任性，玩弄感情还假意跟小涵结婚激起你的愤怒。"

"你想多了明磊，真的！"

"好吧。你说想多了就想多了吧。不过你放心！这次我不会像三年前那样拂袖而去，不想再犯小儿科的错误跟谁结婚来气你，更不想你继续堕落。"

"堕落？"

"不是吗？明明是在做自己的事儿，却要把自己说得跟董存瑞、黄继光一样。"

"你说的话有些意思！当然站的角度不同，看问题自然不同！"

"不想你生活在虚伪的世界。真的，人只要在自己喜欢的人或事儿上下功夫，不要半点儿放在其他与己无关的事物上面。否则就是脑残，傻瓜。"

"跟你讲话很费劲！"

"我也这么认为！"

"既然这样干吗还要谈？"

"因为我喜欢你啊！"孙明磊看着叶佳彤，脸上露出真诚的笑容。

叶佳彤被孙明磊的话激得脸红一阵白一阵，继而说："我们回去吧！"

孙明磊耸耸肩，看了看手表："今天不送你回家了，我还有事儿。"

叶佳彤"哦？！"了一声说，"不远处就是家，没必要送。"

孙明磊说:"保重!"接着冲叶佳彤摆了摆手。

黑色奔驰车过来,停到孙明磊身边。叶佳彤目送奔驰车离去,长舒了口气。往家走的路上,碰上邻居于奶奶,她说:"佳彤回来了呀,听张阿姨说伊甸园不错,改天过去看看。"

叶佳彤说:"于奶奶要是有时间,就跟张阿姨随我假期过后一块儿过去看看。"

于奶奶说:"不用啦,小孙说他要带我们过去。"

"小孙?"叶佳彤拧拧眉。

于奶奶说:"就是孙氏置业的那位孙总嘛。哎哟,佳彤你眼光真好,看中了一位有钱又懂事孝敬的男孩,奶奶都替你高兴。"说着话咧开嘴笑着走了。

叶佳彤一愣,这孙明磊真是厉害,来苏州也不忘宣传伊甸园,只是他不时还要宣传自己。想起闫平阳要跟孙明磊争园长还有做叶家女婿的事儿,不由得倒吸一口凉气。

无精打采地回家后躺在床上,想起跟孙明磊几天来的谈话,越发觉得阴森恐怖。在想闫平阳为什么就没有孙明磊这种追她的精神?其实他只要时常给父母点儿温暖,父母又何尝不会被其感动?

闭上眼睛寻思了一会儿,果断地拿起手机给闫平阳拨去电话,却一直显示"对方忙"。躺到床上,想起刚刚于奶奶说的孙明磊为伊甸园做的事儿,再想想孙明磊对父母的出手阔绰,内心更加烦躁。

第二天一大早,叶佳彤洗漱完毕决定背着父母迅速回伊甸园,给闫平阳面谈如何愉悦双方父母的事儿,却不想刚打开大门,便被"追女达人"孙明磊逮个正着,但见孙明磊"哈哈"了一声说:"不跟家长打招呼就要逃啊。"

叶佳彤惊得脸上顿时冒出了汗:"你……你怎么知道我要走?难道……难道你是……你是……"

"是的,昨晚我没有离开!我一直在外面等着你!我早就说过你逃不出我的手掌心的。"孙明磊说到这里扫视着叶佳彤不施脂粉仍似桃花放蕊的脸,放肆地笑了起来。

"你到底想怎么样啊?"叶佳彤柳眉一挑,将包一背准备打车。

孙明磊"哈哈"了一声,往远处吹了声口哨。

一辆黑色奥迪"派克峰"开到叶佳彤跟前。

"嗯?!"叶佳彤以不相信的眼神看看孙明磊,"又换了一辆车?"孙明磊笑笑说:"小菜一碟。"叶佳彤拭拭脸上的汗。小五下车,将车门打开。

孙明磊说如果她同意跟他谈朋友的话，豪华车任她来选。当然这并不是最重要的，重要的是以后孙家的钱也由她来管。不过她往各处投资的时候要想着钱是不是高兴，因为只有钱高兴了才可以生钱，孙家也才能够兴旺。他不希望固守着一大堆钱让其生锈。他说到这里得意地朝她笑着。

她听着他不紧不慢收买人心的话，不由惊恐地倒退了几步。他笑了，以至越看到她惊恐的样子笑得越厉害。她用力地呼了几口气，他做了个"请"的姿势让其上车，说："知道你不想我送你回伊甸园，但是送你去车站总可以吧。"她闷声寻思了一会儿，头一低腰一弯进车里坐稳。

他将门给她带好，咧嘴一笑，从另一面上车坐到叶佳彤的旁边。小五将车门带上，然后又将叶佳彤的行李拿到后备厢放好，回到驾驶座上坐好，踩上油门。

车飞一般地往前跑。叶佳彤看看坐在旁边的孙明磊，想说声"谢谢"，但嘴唇只是翕动了几下。

"不高兴？"他问。

"不敢！"她不冷不热地回道，眼睛不自觉望向车外。他"呵呵"了两声，仰脸躺到车上，闭上眼睛。

车很快开到苏州火车站。小五帮叶佳彤将行李拿下来，往车站走。孙明磊上前几步，接过小五手里的行李，看看身后的叶佳彤。叶佳彤紧赶几步，随孙明磊一起进了车站。接着孙明磊陪叶佳彤排队剪票，上电梯，然后走到7号车厢，将行李拿上去摆放好。

一切都做得那么暖心。可他越是这样，自己越想逃离。隐隐地觉得闫平阳根本不是孙明磊的对手，不管在金钱还是进攻女孩方面。"天哪！"她下意识地喊出了这两个字时，已经坐到车厢的座位上，孙明磊已经将行李给她放好，暖暖地挥手跟她告别。

她抬起僵硬的手，艰难地从嘴里吐出"再见！"两个字。

第32章　现实很骨感

下午六点十五分，动车正点儿停到伊甸园。

闫平阳没去车站接叶佳彤！这让她非常失望，好在闫平阳来电话解释说他正在劝说二姨接受潘明。想想柴禾妞跟潘明，很希望二人终成眷属，也就原谅了他，没有先回家，而是径直往公司而去。

　　进到公司，员工已经下班，但也总比回去见不到闫平阳失望的情绪好些。她走进自己的办公室，将办公室灯打开，坐到电脑桌前，在 corekraw x3 创建的工作表里胡乱地修改图样。此刻方非突然推门进来，也顾不得叶佳彤在做什么就说："伊甸园是个肮脏的地方，我想离开！"

　　叶佳彤将手中灵巧的鼠标放下，眼睛瞄向方非："离开伊甸园？为什么？"

　　"这个还要问吗？你不知道近期发生的事情吗？"方非不无讥讽地说，"是柴副总的亲妈亲自告诉大伙儿她女儿还生过一个儿子的事儿。我的天，大个十几岁就已经是新闻里的新闻，没想到柴副总竟然还有个儿子，听说……"

　　"听说什么？"叶佳彤扶扶眼镜，转过脸，看看方非，"这种话你不可瞎说的啊。"

　　"说实话这次还真希望自己是瞎说的呢。"方非叹了口气接着说，"但是柴副总已经两天没来上班了。"

　　"什么？"叶佳彤从座位上站起来。

　　方非说："没想到柴副总的妈为了我表哥跟女儿成不了，还整了一出柴副总有过孩子的新闻，也不知道是真是假。"

　　"这个……"叶佳彤拧了拧眉，冲方非摆了摆手，"你过来还有什么事？"

　　"说实话刚刚跟大伟吵了架，很想离婚，但是考虑到贝贝，忍了下来。"方非说。

　　叶佳彤坐下，头仰到老板椅的靠背上，闭目想事儿。

　　方非"哦"了一声，从口袋里掏出一串钥匙递给叶佳彤，说："差一点儿忘了，这是孙明磊分你的伊甸园 3 小区新居的钥匙。"

　　叶佳彤睁开眼睛："我不是拒绝接受了吗？不要，把钥匙拿回去！"

　　"你痴还是傻啊？"方非说，"那都是别人抢都抢不着的房子，你竟然往外推？"

　　叶佳彤说因为跟闫平阳的事儿还不确定，所以应该先将新房留给需要的人。

　　"你这是唱的那一出啊叶副总？我觉得闫平阳这人根本不可能跟你爸妈融到一处，就说……"方非说着话，叶佳彤将话插进，她说："你知道明磊去苏州的事儿对吗？"

方非说："我知道。是的，你不是很喜欢甜言蜜语，也并不贪钱。不过碰到嘴臭，又死抠儿的女婿，你觉得你爸妈会将你托付给他？你是个聪明人！相信你不可能作出错误的判断！3小区是伊甸园所有小区里最豪华、高档的，里面住的基本都是家境比较好的新伊甸园人，也就是说基本上属于来伊甸园的投资者。面积几乎是1小区的三至五倍大，地势有利，环境幽静……"

"别说了！"叶佳彤从老板椅上坐下身子，伸出右手。

方非见此咧嘴笑了，将手里的钥匙轻轻地放到叶佳彤的手心，然后用手帮她攥起来，转身冲叶佳彤摆了摆手，离开。

叶佳彤望着手里的钥匙先是发了一会儿呆，然后钥匙一攥，站起身，穿上外套，闭灯，离开公司。

她本想去孙明磊分她的新居看看的，但半路接到闫平阳打来的电话说："表姐失踪了！"

叶佳彤一惊："柴副总失踪了？"

他说："是的，已经失踪了两天了，仍没有她的消息。"

"大伙儿都知道这件事儿吗？"叶佳彤问。

"还不知道。我妈不让说，觉得这事儿挺丢人的！"闫平阳有气无力地说。

"天哪！"她喊叫了一声，"那你们几个都去哪儿找了？"

"我几乎找遍了整个伊甸园，对了，没去车站接你就是因为表姐失踪。"他不好意思地说。

"好了好了，别说了。"叶佳彤先是不耐烦的样子，接着又宽慰他说，"别着急！我马上回去！"说着调转车头往她跟闫平阳合租的住处开。

他显然在楼下等她很久了，见挺冷的天儿她没戴手套，将自己的手套摘下来给她戴上。她心中的气顿时消了，笑笑冲着他说："回来本来要回住处的，但手里有点活儿没干完。"他叹口气对她表示歉意，"这几天表姐的事儿实在闹心，二姨竟然把表姐以前的事儿通通抖搂给潘明。表姐因为羞愧已经两天没人见到她了。"

"天哪！"她喊了一声，脑子立时出现柴禾妞想不开自杀的情景，又连忙打打自己的头逼自己往好处想，但是……她叫他上车去柴禾妞去过的地方通通找了一遍，还去她曾经到过的伊甸园山顶的一座坟头，也没有见到柴禾妞的踪影。

此时天光大亮，他叫她回去休息。她耸耸肩安慰他也回去休息一阵。他点点头，跟她说，他分到了新住处，希望年前能跟她携手走进去。

她说："这事儿以后再说吧。"然后她跟他本要同回合租的地方，但寻思了一下又说，"我今晚有很多活儿要干，不行的话你回你新住处吧。"

他说："这样也好，不然的话妈不停地电话问我表姐的事儿也会惹你烦！"说着跟她摆了摆手，回了伊甸园6小区他的新住处。

伊甸园6小区的703是四居两厅两卫房。闫平阳推门进去，躺到床上刚想休息，手机响了。

是秋水打来的电话："哥。"秋水怯怯的声音。

"什么事儿？"闫平阳问。

"表姐……"

"我把伊甸园上上下下都找遍了，还是没有。"闫平阳有气无力地说。

"妈包了饺子叫我送来。"秋水说，"我已经到了门口。"

"你不是有钥匙吗？进来吧。"他说。

秋水"哦"了一声，提着一暖色的保温盒进来，眼望着他，满脸的关怀。"妈今天包的韭菜馅饺子，叫我别光顾着找表姐把身体搞垮了。"说着将保温盒放到屋里靠墙的木头四方桌上，将保温盒打开。

闫平阳"哦"了一声，双手交叉放到沙发枕头上面："我现在不饿！"说着话闭上眼睛。

秋水站在原地望着闫平阳呆立了一会儿："好吧，那你饿的时候别忘了吃。"说着话将保温盒盖上，准备往外走时，又停下脚步。

闫平阳躺在床上，眼睛似睁非睁着问秋水："还有什么事儿？"

"没……没什么事儿。"秋水说。

"没什么事儿的话就回去吧！"闫平阳说。

秋水"哦"了一声，乖乖地出门。走出去后回转身轻轻地将门带上。

有些后悔刚刚对秋水的态度，毕竟表姐失踪大家都很难过，而他好像一遇到不顺心的事儿总喜欢给她脸色看。长长叹了口气，望着秋水刚刚送来的用保温盒盛着的饺子，脑中闪现出小时候跟秋水的一些事儿……

那应该是二十年前的事儿了吧。记得那是一个秋天的傍晚。父亲闫爱军带着小学二年级的他，扛把锄头从果园干活儿收工的路上往家走。这时对面的自行车大概是踩不住刹车闸了，快速载着一大一小从上坡朝两人扑来，父亲吓了一跳，将锄头一扔顺势将小平阳推到一边，然后自行车"噔"的一声朝他轧过来。

等闫爱军醒来的时候已经躺在县医院的病床上，闫平阳的母亲李新梅此时坐在病床旁，告诉他昨晚发生的事儿说："撞你的那一家三口只抢救过来一个小女孩叫秋水，已经四五岁了，问她家在哪儿也不说，你说这事儿该怎么办？"

闫爱军在处理秋水这件事上显得异常果敢："既然这样，那就让这个小女孩先到家里住下！把家里最好的东西拿出来给她吃，给女孩扯两身漂亮衣服！"李新梅觉得闫爱军说得对！于是办理出院时连同小秋水一起带回了家。

此时的秋水已经懂事了，她知道亲生父母已经去世，收养她的人不但跟她一丝血缘关系也没有，自己还是导致闫爱军受伤的"凶手"。每每想起这一幕，秋水的小心脏便会"怦怦"跳个不停。

让她感到过意不去的是养父母收留她并不记恨她，反而将很多的爱都给了她，并跟闫平阳一样在县城最好的学校让她接受最好的教育。在闫爱军爱心泛滥和李新梅和风细雨的关照下，秋水健康地成长起来了。但如此这般却给原本"独生子"的闫平阳很大的冲击，因为稍有点好吃的好用的都会先尽着秋水。

闫平阳有一次带秋水去水库洗澡，回来后告诉秋水不准告诉爸妈，但是晚上吃饭时，被李新梅发现端倪，质问小平阳。小平阳怕被爸妈揍，咬牙不说。见儿子死不承认，只得审问秋水。

秋水觉得此事不能骗爸妈，于是原原本本跟李新梅说了。她说："哥很厉害，几次跳进很深的水库里又浮上来都没事儿，我不敢，只能在上面玩玩水。"

李新梅还没听完小秋水的话就将儿子薅过来暴打了一顿。问他还敢不敢去水库玩了？边训边揍，边揍边训。直到小平阳一个劲儿地认错："好了妈，别打了，以后再也不去水库洗澡了。"方才罢休。

第二天，闫平阳用自己的零花钱去伊甸园的小卖部买了奶油蛋糕，招呼秋水说我们出去玩。

秋水很高兴，跟着小平阳出去。小平阳带着秋水走着走着，走着走着。前面有一地窖，是冬天储藏白菜用的。因为是夏天，地窖成了地洞。

此刻，小平阳忽然停下脚步，然后一用力将秋水推进去，并迅速用干草将井口封住。

秋水在黑咕隆咚的窖下吓得哇哇大哭，眼看天就要黑尽，此时李新梅下地回家，走到地窖旁边，听到哭声，连忙将草扒开，秋水被李新梅从窖内救了上来。

原本李新梅想狠揍儿子的，但儿子此刻却用恶狠狠的眼神瞅向秋水，弄得秋水非常害怕，一个劲地往她怀里钻。怕儿子不懂事将恨报到秋水身上，那天，她没有跟闫爱军提闫平阳恶作剧秋水这件事，而是语重心长地跟儿子讲了一大通道理。

妈说:"秋水是你的亲妹妹,咱们闫家的人,她跟妈说你在水库里洗澡是怕万一你再去洗澡遇到危险。秋水不想失去哥哥,我也不想失去儿子。还有你把你妹妹扔地窖里是希望她跟你爷爷一样离开这个世界跟咱们永不见面吗?"

闫平阳使劲摇头,说:"只是想惩罚她,教训她一下。"李新梅说:"我知道你是恶作剧,但恶作剧也会闹出大事来的。"闫平阳跟母亲保证"再也不敢了!"可从此不知为何,内心隐隐对秋水有了排斥。

就这样,两人到了成人的年龄。这天,闫平阳接到了北京医学院的录取通知书。想到即将离开这个生活了将近二十年的伊甸园,竟然有些依依不舍起来,于是他走进妹妹秋水的屋,露出了跟秋水相伴以来最灿烂的一次笑容。

已经上高中的秋水望着面前的闫平阳神经陡然间莫名地震了一下。自此闫平阳的影子便再也没在秋水的心里消失过,特别是高考前夕闫平阳给她寄来复习资料的瞬间,使她坚定地认为闫平阳心里也是有她的。也因此她心里的那扇窗户便无所顾忌地将闫平阳迎了进来。

再后来,秋水考上了北京医学专业学校。

秋水考这所学校唯一的心愿就是想将来按照养父母的意愿协助闫平阳在伊甸园开个诊所,满足二老的心愿。不但可以实现"你将我养大,我陪你变老",还可以如父亲说的为伊甸园人解除痛苦,却不想闫平阳医学院毕业后,竟然不听从父亲的安排硬要留北京。

为此闫爱军没少找儿子的茬儿,但越是这样,闫平阳越是不听,并还公然跟父亲对抗起来。秋水知道两人都是刀子嘴豆腐心,但劝说的时候两人又犟得恨不得对方此生在自己身边永远消失。

李新梅很无奈,因为她了解闫爱军,犟起来十头壮牛也拉不回来。儿子闫平阳也好不到哪儿去,甚至可以说就是闫爱军的"再版"。不过有一点却是令李新梅欣慰的,对!热爱家乡!想把伊甸园建设成花儿般的世界父子两人却是不谋而合。

不同的是闫平阳想做成国际都市般的,而闫爱军却认为只要伊甸园的老人们特别是他辛苦寻回伊甸园的老英雄们不受罪,其他都可以不管。老园长史东方知道这事儿后,批评了闫爱军。

史老园长说:"不要用自以为是的眼光看现在的青年,记得长江后浪推前浪,一代更比一代强。"

闫爱军听罢史老英雄的话觉得有些道理！当然不是因为史老园长的话有些道理，而是他从心底对史老爷子的崇拜起了作用。看看倔强的儿子，内心也就对儿子有了些许欣赏。只是这欣赏只维持在内心，表面两人仍是一副水火不容的架势。

这很让秋水头疼！因为毕竟哥哥的叛逆是出了名的。

不知道用什么方法让哥回到自己身边，硬碰硬？显然不行！结果只会跟养父闫爱军一样，最终把闫平阳推到叶佳彤身边。但是如果一味地给哥哥和叶佳彤制造机会会不会就是弄巧成拙？

想着走着，走着想着。不觉回到网格办公室，推门进去，到写字台前端起杯子喝了口水，还没等放下杯子，便接到柴禾姐打来的电话。秋水惊喜地："表姐，你在哪儿？大家都在找你！你在哪儿？快告诉我！"

柴禾姐叹口气跟秋水说："现实很骨感！我已经跌进人生的低谷，根本没脸再活下去。你要好好照顾三姨、三姨父、平阳，对了还有叶佳彤，你一定要帮我好好照顾他们。"然后那边电话就挂断了。

"表姐表姐！"秋水一个劲儿地呼喊，"表姐，你在哪儿？"那端已经传来"嘟嘟"的声音。

第33章　苦果

黑色笼罩了房屋，大地沉睡了。微风轻轻地吹着，除了偶然一两声狗的吠叫。柴禾姐从山顶一座草屋中起身，从旁边拿起手机滑开看看时间才凌晨三点多一点，只好将手机再放回原处。

她缓缓地从草坪上坐起来。起身去卫生间解完手，随意擦了把脸，推开木门从草屋出来。

森林里静得连她走动的"沙沙"声都听得清清楚楚。双眼微眯，须眉微张，挺鼻轻嗅，唇角轻扬，若在思量。她放缓了脚步，觉得自己与自然融为了一体。

来到小小的"坟头"天已经放亮了。她蹲下身子，上了几炷香，嘴里默念了几句大概是保佑自己可以见到谁谁的话，然后说着说着眼圈红了。

"儿子，不是妈心狠，当初妈实在是没有办法才将你抛弃。儿子，我知道你恨我，所以这几天显灵了，叫所有人都来恨我。儿子，妈错了，妈当初不应该抛下你不管，妈应该……"柴禾妞蹲在那里搂着坟土，烧着纸钱，再也抑制不住泪水哗哗地流了下来。

不知道过了多久她才抑制住内心的悲痛，然后缓缓且吃力地站起身，转回身欲往回走。但走了几步又突然想起还没告诉儿子最近犯的几件错事儿。于是又折回身说："儿子，对不起！原谅我一直没跟你潘叔叔坦白有你的事儿，我怕他们听了不高兴，因为妈实在害怕失去。是的，你的亲爹叫叶成功，当初准备生你的时候跟他说了你的情况，他冷漠得连回我封信的勇气都没有。儿子，对不起！因为他不承认你，所以我没有能力将有你的事儿公布于众，但是现在，现在因为我要跟你潘明叔叔结婚，你姥姥不同意，竟然一气之下将我跟叶成功的事说了出来。对不起！众人都觉得我做了件丢脸的事，所以你潘明叔叔肯定也这样想……"

一阵脚步的沙沙声响起，柴禾妞认为有人过来，转过脸，却只见到轻微的风吹动草丛。夜有些迷幻，时不时某一个地方会发出微弱的光，让人有要逃脱这个世界的感觉。她想去看看苗大伟跟方非两人，为了离婚的事儿考虑了孩子的感受没有？如果没有的话，她绝对不会同意两人离婚的，因为离婚对孩子的伤害太大了，她不想贝贝蹈她的覆辙，过着父母离异后非常没有安全感的日子。

那样的日子十分恐怖！对面前的男人都充满了疑惑，充满了无尽的不信任。她为什么从来没让潘明碰过？原因不单单有初恋的阴影，更有父母离异对她的伤害！太怕失去家人的感觉了，却不知道越不想失去越会失去。

父母离异后，她莫名地喜欢比自己大很多的男人，就比如叶成功，他来理工大演讲的时候她上大三。当然她不是无缘无故爱上他的，是因为当初他讲的命题是《爱的归宿》，说一个人最终的归宿是家，如果没了归宿，那这个人就会活得凄凄惨惨戚戚。

觉得他的话说到了自己的心坎儿。于是在那一夜，她到宾馆找到他，跟他吐露了家庭的不幸，叶成功给了她无尽的安慰，还有了"一夜情"。

那是她做得最莫名其妙的一件事，在此之前有多少帅气张扬的男子追求，都被她置之门外，但那一夜却是她主动投向叶成功怀抱的。

叶成功的远见跟卓识很特别。他说他膜拜西方所有的一切，西方才是人间的天堂，才是神仙眷侣待的地方。西方爱情张扬，个性张扬，与人随意，一切随着自己的个性发展。"对了，你知道西方是怎么教育自己的孩子吗？他们可以把孩子放到原始森林锻炼他们的意志力，但是伊甸园人呢？不过放在嘴里怕化了，捧在手里怕摔了。所以嘛……"他说，"树苗要任由它自由生长，不能一味地用刀劈正，那样多疼啊。"

柴禾妞听着他的话，犹如被人抛到云里雾里。她说："您的《爱的归宿》里不是讲凡事儿要有规有矩的吗？怎么实际却跟你的书大相径庭？"他厚嘴唇不由抿了抿，接着往一边一咧，说："我需要生存！生存就需要部分的谎言。"

她有些听不懂他的话了。他笑笑说："你现在还年轻，所以根本听不懂我说的话。总之，想干的事儿就去干，想说的话就去说，只有这样才没白来这个世界一遭。"

听他说出这样的话，陡然间对父母的离异有了另外的想法。是啊，两个不和谐的人要演奏动听的乐章，实在有些强人所难。所以她开始膜拜他，如中了邪一样，但这膜拜的人一经跟她的身体接触，顿时便让她有龌龊不堪的感觉。不过她仍坚信自己的冲动，她说："我怀孕了！"

他一惊，手往外一推说："我已经有一个孩子，不能再要了！如果要的话就被会罚款不说，还将失去我现在的一切。那时我可能沦落成乞丐，你还会爱我吗？"

柴禾妞说："为了自己的孩子我什么都可以做！"因为此刻她已经体会到伟大的母爱，开始有当父母才有愧疚之心了。

他使劲地摇着头："不然我带你去医院将孩子打掉。总之我不能要这个孩子！"

她彻底绝望的时候想到死，却突然接到父亲柴大胜要来北京看她的电话。但是父亲的到来并不能帮她解决任何问题，父亲只是跟她说他又要结婚了，是个打工妹，对他很体贴，也很温柔！他与柴禾妞商量可不可以再为她要个弟弟或者妹妹。

柴禾妞说："你跟妈就没有和好的余地了吗？为什么别的家庭都可以为自己身边的孩子做出那么多牺牲，唯独你俩不行？你们到底在做什么你们知道吗？"

柴大胜说："孩子你怎么啦今天？发生了什么事儿？"

柴禾妞说："我怀孕了。"

"你怀孕了？"

"是。"

"怎么可能？不是什么男孩也不入你的法眼吗？"看女儿的神情根本没有跟他开玩笑的意思，他沉默了，然后悄悄离开女儿的宿舍。

三天后，李新民驱车来校将柴禾妞接去青岛。因为怕人闲话，李新民带女儿去了伊甸园找了一片原始森林搭建起一个小木屋住下。在那里柴禾妞生下一个白净可爱的婴儿后，被狠心的李新民扔在伊甸园医院不远处的厕所旁。

两个小时后，李新民看到有人将婴儿抱走，长舒了口气。然后她悄没声地回到小木屋。

柴禾妞醒来跟李新民要儿子，李新民将实情告诉柴禾妞，柴禾妞竟然也没有说什么。因为她知道自己现在最主要的任务是上学，为了生孩子她已经休学快一年了。

随着年龄一天天的长大，经常会梦见有婴儿在她身边哭。那天，柴禾妞去伊甸园，三姨说两年前伊甸园一对夫妇在医院门口捡了一个婴儿，但不幸的是这孩子七八岁时竟在一次流感中死了。

她听了"蓦"地一惊，觉得那孩子就是她亲生的儿子，但因为她的无情让儿子不幸夭折。

"很多人不会在乎你的从前的，或许听到你以前的事儿，更会引得大家对你的疼心，真的。"记得那天潘明忽然听到柴禾妞的母亲李新民说出真相时以异常真挚的态度对柴禾妞说。

柴禾妞想上前紧紧地抱住潘明，但又不敢！在疑心他是不是早已经知道了她以前有过孩子的事？

他看她窘迫的样儿笑了，说："现在是什么年代了谁还会去在意女人的贞操？我追求的是两情相悦，并不是你讲的三从四德。姐姐，伊甸园人并没有你想的那般狭隘，当然了，或许你被先前的人伤了脑筋。"

她疑似做梦，因为这不应该是他得知自己确切的从前所应有的态度，再说就算是他能够原谅，潘家父母能原谅她的从前吗？他说："其实凡事儿都是自我编织一套网罩着自己，我已经对自己发了誓，就算全世界的人都离开你了，我也不会！"

"不不，不能这样！不要说这样的话明明，我受不起，真的，别再说了，别再说了。"她边说边退，边退边说，以至后背碰到了墙边的写字台仍在不停地摇头。

她知道刚刚那些话不过是他对她的安慰。因为母亲将她的从前传播出来的时候，他对她有过足够的冷漠，包括她曾想近前跟他亲热，都被他拒绝了。然后她在沉闷的空气里生活了犹如三年的三天。

不能够在别人的怜悯中度日！因为讨厌祥林嫂，不愿意如个怨妇般地在叨叨着自己的过去不是自己造成的。觉得那不是自己，当初的所谓"一夜情"并不是叶成功强迫她的。所以她要承受，勇敢地承受！想到这里，走到衣柜前开始收拾自己的衣服。

"你这是怎么啦妞妞？哦，是我哪里做得不够好吗？告诉我还需要注意些什么？放心！我一定会改！坚决会改！"他说。

"别再说了！"她忽然将衣服往箱子里一扔，转过身子冲着潘明大喊了一声。他吓了一跳，眼睛瞪着她竟然不知道要说什么。"你还是个男人吗？"她歇斯底里地喊道，"我骗了你，我有个孩子，这个孩子如果活着的话应该有十多岁了。是的，那不是你的孩子，不是！"

一阵热血涌入潘明体内，他望着面前的柴禾妞，尽力让自己稳住心神，但是不知为何，浑身却不停地抖动。

柴禾妞拢了拢头发，仇视、鄙夷的眼神望向他。她咬牙切齿地说："我怎么会看得上你？因为论身份、论地位你在我眼里像个蝴蝶虫、蚂蚁卵，我不过把你当成个玩具，当无人解闷的工具，寂寞时拿你解忧的毛毛虫。"

他实在忍不住了，穷凶极恶地龇出他整齐的白牙，望着她狮子毛的鬓毛，心中再也没了礼义廉耻，再也想不起儒家思想，但见他近前几步，来到她的跟前，掐住她的脖子，将她摁到衣柜面上，用尽全身力气……

她没有呼喊，起初还咳了几声，但后来却没了声息，好在此刻潘母过来，见此情景，忙朝潘明屁股狠踹了几脚，然后朝他的头击了一下。

他好像被母亲打醒了，但见他一个后跳，松开自己的手，然后看着自己的手，犹如手上沾满了鲜血一般地蹲在地上号啕大哭起来。

潘母没有理会儿子，而是将柴禾妞扶到床上，使劲摩挲她的胸。很久，她才喘上一口气，然后止不住地咳起来。潘母备觉内疚，告诉柴禾妞一定好好惩罚潘明。她用力地摆着手，摆着手。然后站起身，朝潘母深深鞠了一躬，跟跄着往外走去。

她爬到曾经的小草屋内待了两天，并没有想出活下去的理由，一早去儿子坟前，忏悔着，孤独着，沿着带刺的已经凋落的玫瑰园往前走，一不小心，身子整个陷进去，然后感到了一阵恐惧，她闭上眼睛，"扑通"一声跌进谷底的黑河，瞬间，腾空了思维，没有了知觉……

午后。吕氏烤鸡店的老板吕中华回家的路上，因为堵车便绕道到黑水河边的小树林，他开车往前行时，竟然发现在他要过的小桥的桥洞里有一个人横躺在那里堵住了路。于是连喊了几声，但躺在地上的那人应也不应，仍是一动不动地躺在那儿。吕老板只好将火熄灭，然后推开车门下车，走到那人面前一看，不由吃了一惊！因为这个人明显被水浸泡了很久，脸上身上的皮都有些发皱，已经看不出年龄，更看不清原有的面目。

吕中华有些慌乱，想喊人时却见那人的身子动了动。他摩挲了下自己的胸，尽力让自己平静下来，然后半跪到那人面前，蹲下身子，拭了拭她的鼻息，好像还有气息……

是的，这个人还活着！因为尚有喘出来的气息，并且那弱弱的气息尚有些丝温度。他顾不得再想什么，一用力将其放到车的后座上，开车往医院的方向而去。不料此刻又下起倾盆大雨，路面上顿时涨满了水，发动机像是浸了水，车子熄火了。

"怎么搞的？"他想。四周看看，竟然有一草屋，披上雨衣推门进去，发现屋里有一张床，且像是刚被人打扫了一样，内心不由一喜。回身到车前准备将病人抱进屋时，雨竟然停歇了。

将病人安放到床上，马上便给基地的护士科打去电话。

是秋水接的电话。她听说有人溺水被吕老板相救，马上便联想到是不是表姐柴禾妞？此刻史老园长进来，秋水跟老园长说了情况。史东方叫秋水先去小草屋，他一会儿就到。

秋水很快便来到小草屋。见吕老板正急得不知怎么好，赶紧上前查看，一眼看见躺在床上的人头发上扎着一粉红色的皮筋，正是她前天买来送给表姐的，断定此人就是表姐柴禾妞。

吕中华听说是柴禾妞，连忙收拾了里屋的床铺。秋水替柴禾妞擦拭了一下身子，换上了一件干净的衣服，此时史爷爷急匆匆走进，给柴禾妞号脉……

史老园长的神情开始惊慌起来。他站起身，将吕中华拉到院子里，问他能否到三十里外的莲花山去帮忙采药，吕中华慷慨地说："这没问题啊，只是我的车子坏了。不过可以打电话叫潘明过来。"

潘明得知柴禾妞自杀的事儿非常难过，三步并作两步地来到小草屋，不容分说开车拉着老园长跟柴禾妞去了莲花山。在那里，"苦欺良"的野花竟然半棵都没有。而正当绝望之际，老园长说还有一种药可解妞妞身上的寒毒，那就是紫荆花。潘明听后不由得眼前一亮。是的，他相信史老园长能够鼎力回天，所以他在说这句话时，巴巴的眼神望着有"药神"之称的老园长。

史老园长当然不想自己的徒弟失望。几十年来，还没有哪种病能在他手里找不到解药的呢，尤其是关于体寒的解药，他已经找了不止十年，但是至今为止，他只用过这种叫"苦欺良"的花试解过，几乎是百发百好，但现在满山上根本就找不到这种花。

"紫荆花"倒是应该能找到，但是据说这种花药对不同体质的人要酌情处理，比如体质过寒的人还不能采用它。而柴禾妞恰恰是那种体质过寒的人，采回来后老爷子少量地给她添加"紫荆花"的剂量，却出现了全身疼痛的症状，手也无法伸展，而更加令人感到可怕的是，柴禾妞因为服用了它全身几乎出现了僵硬状态。

僵硬在床上的柴禾妞时不时会流露出生不如死的样子，这让潘明非常自责，也就默默地承担起了照顾柴禾妞所有的事项。可柴禾妞却不想潘明再对她散发爱意。

"好死不如赖活着！"是这句话才让柴禾妞坚持在史老园长跟潘明身边治疗了一段时间的。但是想到不久后还要死去，而且还是一点点儿地面临死亡，让她的内心更加充满了恐慌、危惧甚至是怨恨。

她又开始对潘明发脾气。唉！自己的臭脾气真是大，甚至动不动想摔东西什么的。

潘明没有对她发火，而是好脾气地来到她的面前，然后轻轻地将她揽到怀里，对她呢喃着说："有火就朝我发吧，我愿意充当你泄愤的工具。"

"你……"柴禾妞抬头看看潘明，"你为什么不打我或者骂我一顿？"

"我干吗要打你骂你？别忘了女人是需要男人来呵护的，不是打也不是骂的。"潘明怔怔地望着面前的柴禾妞，眼内所散发出来的全是关心、呵护、爱恋。

沉默。许久。柴禾妞抱住了自己的头，然后大声地喊着："快走！"潘明站在那里没有动。"走啊！"柴禾妞声嘶力竭地喊道。

潘明还是站着没有动。因为此刻的他觉得比她还要痛苦，也不知道为何，近些日子这种感觉越发明显。她疼他更痛！她哭他更苦！他还求她讲她以前的故事，不管查若良的还是叶成功的他都喜欢听。他告诉她听她讲故事的时候他的心会跟着澎湃，跟着荡漾。晚上还会不自觉地做一些跟柴禾妞莫名其妙的梦。

他跟她说自己坠入爱河了。柴禾姐的失踪让他觉得如丢掉了魂一样。他说给她按摩，陪她聊天，都是他心甘情愿的。他说着话向外看看天，跟她说："今天天气很好！所以我想推你出去晒晒太阳。"但他来到她面前，要将她抱起来时，却被她推开了。

"不要这样潘明，我真的不值得你这样！"她坐到床上仰望着面前的潘明哀求道，"是的，我是个快要死的人了，你干吗还要这样对我？求你让我死得痛快些好不好？真的求你了！"她的可怜巴巴继而转向痛苦的表情，"你知道我活在世上有多么痛苦吗？我受尽了你们男人的羞辱跟虐待，然后你又连死的权利都不让我有。"眼中溢满了泪，"难不成我上辈子真的做了什么大逆不道的事儿，老天爷才这样惩罚我吗？我不要！我真的不敢要了。"说到这里她再也抑制不住自己的情绪号啕大哭起来。

潘明想到她此刻所受到的病痛的折磨恨不得替她承受，可是又怎么可能呢？他于是只好当她的出气筒。当然这对一个男人来说是痛苦的！但他竟然有幸福的感觉。"如果我有一百块钱，我恨不得将它都花在你身上。"他对她这样说。

她没有被他的话感动，反而感到了一种负担，因为死前她不希望有任何的牵挂，所以听到他说这话时她显得有些无动于衷。

他根本不管不顾她的感受，仍然继续说："你很有魅力，真的妞妞，非常有魅力，起码对我而言是这样的。"

她对这样的话听着如耳旁风，这耳朵进，那耳朵出。这让他很生气，几乎要发出愤怒的怒吼了。但是很快他便归于平静，因为在他要喊的时候她露出了哀怨的眼神。

他见不得她这样的眼神，更确切地说这种眼神是他从前没有遇到的。当然他也认识交往过几个女性同学，但眼神里有如此动人且极具魅力的或许只有她一个人，这种眼神对他有摄魄性，愤怒中又不缺乏足够的温柔。

也或许正应了那句"刚柔并济"的话吧，他认为此刻她在拿捏刚柔的问题上应当是恰到好处的。也难怪他被她吸引，认为以前的几个男人的绝情是因为没有发现她的美。他说话的时候特别像个学过心理学的人。

她讥讽道："你可以去做孩子们的疏导员了，嗯，真是这样！"

"你的心情比我刚救你的时候好多了。"他说，"嗯，是的，记得你刚醒过来的时候根本听不进任何人的劝说，一个劲儿地寻死觅活。"

她目光游离了一会儿低下头。

"不要怕！"他说，"我为你所做的一切都是我心甘情愿的。你不要有心理负担，我不会做任何不利于你的事儿，这点你放心！"

听他说得这么动心，每个人都认为她会感动，但是没有。"不要对我这么好。"她喃喃地说着，突然间变得情绪失控，然后眼里流出泪，望着潘明不时地摇头，"真的不要对我这么好。"

柴禾妞这个举动，他已经司空见惯了，他说："要相信这个世界妞妞，也要相信男人，以前的那些遭遇是让你心理有了阴影，但是想想其实也很正常，因为你不知道你长得有多么动人。还有男人的私欲每个人都有，这点我想你不应该把它当成威胁。"他的话说得那么真诚。

"我是个被男人嫌弃的女人。"她抱着自己的双腿头俯在膝盖上。

他使劲地摇着头以给她足够的勇气："不是妞妞，不是的，坚决不是的！"他歇斯底里地说着后退着，"我不许你以后说这样的话，坚决不许，永远不许！"

她觉得他疯了。想到自己已经有必死的决心，不妨多给他点心理安慰，于是说："好吧，我以后不这样说了。"

他听她这样说，情绪慢慢变得好了，接着缓缓地来到她跟前，拉起她的手，跟她说："好好治病！然后我们如约结婚。"

她看了他一会儿，然后第一次冲人这般乖巧地点头。她跟他说："我很累！想睡会儿。"他听她这样说非常高兴，说他到外面给她采点无花果吃。然后扶她躺下盖好被子，看着她睡了才悄没声地出了门。

他采摘了大约两个小时才回来，认为她该饿了，于是将采摘的水果拿到草屋外面岩石的水流旁洗了洗。回屋又做了小米粥跟四个拿手小菜，胡萝卜土豆丝、一盘红烧肉，还有炸小黄鱼和豆芽炒萝卜，这些都是她极其喜欢吃的。

端菜进屋，见她坐在床上发呆。心想她大概有些饿了，于是将菜端到她跟前。

兴许真是饿了。因为她迫不及待想拿起筷子，但不想筷子像是在跟她开玩笑一般，拿了好几次都没有拿起来，而且此刻她的脸部也开始抽搐。

"妞妞。"他看到她的面部肌肉在抽搐，而且是右面比较明显，他慌着将吃饭桌搬到地上，然后掰着她的双肩摇晃着说，"妞妞，你怎么啦？发生什么事了这是？"

她哪里还能说得出话？

史老爷子听到了潘明的呼喊，快速走进来，只见妞妞已经口吐白沫，知道是吃了过量的药物的原因，于是急促地冲潘明喊了一声，"快送医院！"

她很快被送进当地一家医院，经过洗胃灌肠一顿折腾后，终于脱离了危险。

他听说她醒过来，推门进了病房，然后走到她跟前，拽起她的衣袖便狠狠地抽了她几个响亮的巴掌。"你这人怎么回事吗？"他气急败坏地喊了一声。

她没有觉得疼，流着泪看了看面前的潘明："为什么你连我死的权利都要剥夺？"使劲摇了摇头，"你真残忍！竟然拿我当实验品！"

"当实验品？天哪！"他情绪激动地转回身，然后在病床边踱了几个来回，再次来到她面前，指着她的鼻尖说，"我知道你已经失去了生活的希望，其实说实话我也活够了。"他说到这里从口袋里掏出一瓶安定片要往嘴里按。

"不要！"她喊道，极力地摇着头，"真的不要潘明，我错了，我再也不敢了，我再也不会死了，一定不会了好不好？求你！我求你把药瓶放下，放下好不好？以后我什么都听你的，我发誓！"她见他仍是坚决要吃药的样子，做出发毒誓状，"如果有一天柴禾妞有要死的念头的话就天打……"

他忙上前捂住她的嘴："好了，不要再说了，我们都好好活着。"他坐到她面前，流着泪，非常郑重地冲她说，"我俩都好好活着好不好？"

"好吧。"她说。

"说得有气无力的样子。"他仍是担心地望着面前的她，接着又看了看手里的药瓶。

她赶紧点头，"我会的，我一定会好好活着，好好活着。"她喃喃地说。

他这才露出了笑容，接着将手里的药瓶打开倒进垃圾桶里说："里面并没有安定片。"

"你……"她忽然如泄了气的皮球般，不过她没有恼恨，而是庆幸。

他笑了笑，将她揽到怀里，手抚着她长长的头发，喃喃着："不要折磨自己了好不好？不管怎么说这个世界上爱你的人还有很多，包括岳母岳父还有我爸我妈其实他们都很爱你！"

"你说的可是真的？"她头抬起，仰脸望着潘明。

潘明郑重地点着头，柔情得犹如晴空闪烁的星星："知道吗妞妞，你这些日子失踪把大伙儿都吓坏了。"

她没有说话，只是望着他，望着他，然后暖暖地贴到他胸前，靠着，倚着……

三天后，柴禾妞进入治病阶段，在这期间史老园长要求带她到叶成功跟查若良跟前。潘明听到这里不由一惊，冲着史老园长吼了一声说："师傅，这样不行！她几次跟我说要忘掉他们！所以你这样会加重她的病情，甚至会将她再次推向死亡。"

　　史老园长摆了摆手，异常自信的样子说："听我的！"见徒弟不相信自己的样子，语重心长地对潘明说，"女人是不能缺少爱的，缺少爱的女人即使再美也会很快凋零，但是有了男人滋润的女人却大为不同，不但会让花期延得无限长，甚至还能将她从死神那里夺回来！"

　　潘明顺从了老园长的话，将电话拨给叶成功，拨给查若良，叫两人跟柴禾妞谈话。当然起初柴禾妞是排斥的，但是当她跟两人说出心底的秘密时，两人都觉得很愧疚。叶成功说不知道当初的无情会造成她那么深的伤害。查若良要柴禾妞原谅自己处事的幼稚，他说他纯粹小孩子无意做的事儿，根本没想到会伤人。他要柴禾妞保重身体，既然成不了夫妻，成为朋友总是可以的吧。

　　查若良还说他现在正着手"一带一路"的事儿，过几天去伊甸园一定前去拜访。

　　陡然间心情放松了许多。更感谢潘明，他不但将她从死神手里夺出来，而且还十分懂她的心，他不是查若良，不是叶成功，他十分懂得把握住分寸地跟她聊天，该靠近时他自然会靠近，该疏远时他自然会疏远。

　　他笑起来："上天是在有意安排某一件事的，或许他老人家是在故意安排你来我身边也说不定呢。"

　　柴禾妞听潘明这样说"嗯！"了一声。

　　"你不要害怕，我知道你这一生遇到过很多对你还有你对他们一厢情愿的男人，但是我跟他们不同的是，我比他们懂得怎么去尊重你，也更比他们懂你的心！其他的我也就不想说了，总之你放心，一切听你的！一切都要你同意了我才去做，我不是怕你，只不过比他们懂得爱你！"

　　"你爱我？不不不！"她慌忙摇头。

　　"害怕了吗？哈哈，放心吧！我这人其实也很傲的，别人不喜欢做的事儿我永远不会强迫！"

　　感动、幸福、真诚、爱慕纠集在一起是一种什么味道？大概应该只有柴禾妞一个人知道吧。

第34章　情

李新民听说柴禾妞坠河自杀的事儿马上便后悔在女儿婚事上跟女儿的赌气了，她打遍了所有能认识女儿朋友的电话都说没看到。她"疯"了！

李新梅叫她去伊甸园"茔上"看看，说不定又去宝宝坟前了，近期经常看她去那里。

李新民就跑去"茔上"，却哪里有女儿的踪影？

"吕氏烤鸡店"老板吕中华得知同学李新民便是柴禾妞的母亲，过去看望并劝慰，李新民忽然见到三十多年未见的"发小儿"，再也抑制不住情绪，趴到吕中华身上号啕大哭。

吕中华像个父亲般地拍打着李新民的后背，轻轻地说："你终于又回了伊甸园。还记得小时吗？我逮麻雀用黄花菜包裹起来烤着给你吃。"

她抬起头，望着面前的吕中华，双眼通红，使劲点点头，说："吕氏烤鸡店的老板果真是你？前些天，我在你店门口跟当时还不知道是潘明的妈为了只烤鸡吵架。唉！想想都是我的错！因为我她逼潘家拿彩礼，并还把她曾经生过孩子的事儿说了出来。"她说到这里脸色越发愧疚，"我说出妞妞以前的不是并不完全让妞妞难堪，只是想试试潘家对妞妞是否真心。谁知没试到潘明，反而……反而搭上了妞妞的性命。"

吕中华说："过去的事儿就让它过去吧。好在有老园长在，所以你不用担心！"他安慰她说。

她长舒了口气，冲他投去感激的一瞥："很感谢你对妞妞的救命之恩，要不是你，我想妞妞……"说到这里她眼圈又开始发红。

他说："伊甸园人之间向来不说感谢的话，新民，这些年你跟这边儿的人接触得少了。"

她低下头。是的，他说得对！她不但跟伊甸园人越发疏远，反而以自己曾经是伊甸园人为耻。

他认为自己能够了解她的心情，所以听她这样说并没有怪罪，但是叶落归根，他坚信总有一天旧伊甸园人都会回来，包括那些一向离心离德、巴不得伊甸园解体完蛋的人。

她被他说得脸红，表示妞妞的失踪就是上天对她最大的惩罚，她从今往后再也不敢自以为是，再也不敢高高在上地去看人了。她不过离开了伊甸园，为什么会以离开故土而骄傲？她扇了下自己的脸说自己是鬼迷心窍。

"偏激自私的心思很多人都有过，特别是受了西方一些媒体的影响，一些把西方当成时尚、榜样的人更是如此，那个年代的人认为接受了西方的东西才是有头脑，以接受西方教育为荣，却不知因此把顾全大局、大公无私的美德消耗得精光。"吕中华淡淡地说。

李新民听后越发羞愧，想起当初吕中华没有考上大学，她表现得非常冷淡！更明确地说应该是对他的暧昧态度立时转向冷漠。她跟他说："既然你没考上，那我们分手吧！我好不容易跳出伊甸园的'农门'，你不能这般眼睁睁看着我好不容易飞出去再飞回来。"

他听到李新民如此绝情的话没有生气，因为来见她之前他已经做好了准备：他不能耽搁她大好的前程！

李新民考上了青岛警察学校，中专，户口从伊甸园的李家庄一步遥到青岛的县城。于是毕业后她很顺利地被分到青岛某县的检察院。然后有人给她提亲，就认识了档案所司机柴大胜。

柴大胜家里兄弟姐妹六个，柴大胜是老大，因此生活也很拮据。但有一点不同的是柴家全家都吃公粮。这在当时应该如现在的大款一般荣耀的家庭，所以很快俩人便开始谈婚论嫁，一年后生了妞妞。

生了妞妞的李新民跟柴大胜的关系搞得一点儿不好，三天一大吵，两天一小吵，还时不时动刀拿枪，有好几次李新民被柴大胜"蜷"到地上一顿暴揍。

李新民虽在伊甸园吃过很多苦，只不过是生活方面的苦，因为她成绩优异时时会得到父母的褒奖跟溺爱，所以她很快便跟柴大胜提出离婚。

娘家怎么会同意刚刚结婚才一年多的女儿离婚？李姥姥说："女人家家的离什么婚？你不为自己想总得为妞妞想吧。还有改改自己身上的臭毛病，家里人觉得你跳出'农门'很了不起！柴家可不这样想，人家父母怎么说也是吃公粮的，能娶你算不错了。"

李新民知道跟父母无法讲这方面的道理，而又的确跟柴大胜说不到一起，最终只有悄悄搬到女儿妞妞的房间跟柴大胜分居。

柴大胜见状很生气，说李新民没有女人味，简直不像个女人，娶她回来到底有什么用？是摆设吧，长得又一副"夜叉相"。

时间长了，李新民知道柴大胜在外面有了女人，她骂他是个畜牲！

柴大胜也有反驳的理由。他说："两人有夫妻之名无夫妻之实，家里除了火药味没别的，就连跟自己的孩子在一起都没了欢乐之感。"

李新民觉得柴大胜无耻之极，但为了孩子，她仍在忍气吞声，忍辱负重，直到柴禾妞高考结束，他们这段无性的婚姻才宣告结束。

柴大胜在跟李新民离婚的第四个月就跟一个比他小十多岁的打工妹结了婚，但却一直没有孩子。

李新民庆幸老天有眼，但有一天她去青岛的国货逛超市却碰到两人手里领着一个两三岁的孩子。这个孩子好像跟女儿丢弃的婴儿差不多一般大。这难道会是她丢弃到医院外的外孙吗？不，不会！怎么可能呢？不可能！天下怎么会有这么巧的事儿？怕自己再胡思乱想，只得双手合十："老天爷原谅我！当初实不应该如此做，但为了女儿的名声，更明确说是怕以后被人戳脊梁，怕柴大胜骂我教女无方。"

退休生活并不像她想的那般美好。为此常想去北京柴禾妞那儿住几天，后来听说柴禾妞要在她童年生活过的伊甸园实现她的理想，心凉了半截。

她是要脸面的人，不希望活在别人的嘲笑中，尤其不想被过去的伙伴笑话，包括吕中华。是的，她没有忘记吕中华，甚至或多或少还对他有些愧疚，谁知她重返伊甸园的第 N 天，就碰上吕中华。

这应该是无意识还是有意识的碰到？反正那天她闻到了一股熟悉的味道，对！就是少年时吕中华烤麻雀给她吃的那种味道。这味道是从吕氏烤鸡店传过来的，接着她回眸一看，竟然看到了那张熟悉的如济公一般的笑脸。

那笑她为什么会如此刻骨铭心？认为能带给她欢愉的心情。那种笑对人露着讨好、喜悦还有自尊。对，就是自尊。她往里看他，觉得他没有多大的变化，因为他以前也是这种深深的皱纹写满沧桑的慈眉善目。

天哪，这烤鸡店真的是他开的？以前在报纸上看还以为是重名重姓的呢。哦哟，该怎么办？跟他说什么？说她又回到了伊甸园？那不是自个打自个儿的脸吗？犹豫时，后面的潘母着急了，跟她说："这位大姐我今天还有急事儿，你能不能让我先买？"

李新民像没听见一样，眼睛还是往店里的那间屋里扫，她盼着吕中华能够出来，又想他不要出来。

此刻的吕中华正在忙着调料，哪里顾得上看外面一眼。

李新民说："那天因为你，我跟潘明的母亲吵了一架，再加上妞妞不听话，我便将妞妞以前那些不光彩的事儿一股脑儿地都说了出来。然后……然后妞妞就受不了了，坠崖自……"她说到这里再也说不下去了。

吕中华说："婚姻不幸可以造成一个人对事物看法的偏激。说实话，这事儿我听别人讲了，很多人会认为你不对，不该那样对待女儿的婚姻，我却觉得你这样做有你这样做的理由。"

"真的吗？"她问。

"当然！"他果断地说。

抬头，仔细观察对过的吕中华，见他五十多岁的年纪，中等身材，四方脸庞，精力旺盛，一双小眼睛闪烁着纯朴的光芒，眉毛浓黑，微笑时露出一口整齐微白的牙齿，穿一件银灰色西装，深蓝色牛仔裤，样子虽老了许多，但却更踏实。她望着他，脸上不由得露出舒心的微笑。

他宽慰着她："妞妞不会有事儿的，所以你不用担心。"

她低下头抿了抿嘴，竟然觉得有了踏实感，于是跟他提出去见妞妞。他摇头说："现在还不是时候，因为妞妞此刻的心情还不太稳定。"她心想也是，因为毕竟此刻女儿大概最不想见的就是自己。

他叫她不要着急，说："妞妞的情况我会随时告诉你！"她点点头，由衷地说了声："谢谢！"他露出了更加慈眉善目的笑容。他说，"想不想听我以前的故事？"她点点头说，"想听！"

他清了清嗓子，给她讲了他们分开这四十年来他的故事。他说两人分手后，吕中华在伊甸园过了几年脸朝黄土背朝天的日子，但随着改革开放的进一步落实，他决定走出家乡去别的城市打工。先去青海跟青海人学过拉面，干了两年后，又去福建跟福建人学做海鲜，差不多待了三年，又去北京学做炸酱面，然后一直在北京做建筑工人、环卫工人、卖报、卖碟、传销等直到十年前的阴历七月二十二。

那天他帮一家饭店送盒饭到西安大街，往回走的路上捡到一个牛皮皮包，打开见里面有手机、身份证、名片，还有足足十几沓的现金。先是照着名片打了电话，见手机在包里响，知道无法联系失主，只得站在原地等，可一直等到天黑了还没人来。

就在他着急失主还不出现时，一辆出租车过来停下。一位相貌平平的大约六十多岁的老者从车上下来，在地下四处打转："我应该就放在这里的啊，是，我跟他谈话的时候大概就是放在这里的呀？"老者摸着头，拧着眉，不时地嘟囔着。

吕中华立刻意识到是失主，上前几步问："大叔，你在找什么？"

老者说准备来北京进货的钱丢了。吕中华问是多少钱？老者说十一万四千八百六十七。吕中华听后问："你的手机是什么颜色？"老者说："是黑色大哥大。号码是 139……"

吕中华拿出身份证跟老者对了对，点点头，将包递给老者。老者激动地将包接过，并上下打量吕中华问："小伙子，你做什么生意？"吕中华说："什么生意也没做，就是帮人跑跑腿打打工，这不今天过来帮忙送盒饭。"

老者"哦"了一声："我姓吕，在天津开一家烤鸡店，如果兄弟不嫌的话……"吕中华说："我也姓吕，叫吕中华。"吕老板很高兴，过去拍拍吕中华的肩膀："放心吧，老弟，我不会亏待你！"

就这样他随吕老板到了天津在"吕氏烤鸡店"当起了学徒。吕老板无儿无女，见吕中华诚实守信，又是本家，不久便将手艺一股脑儿地毫无保留地传授给他。

他很聪明，不到半年的工夫便将吕师傅的手艺全部学到手。联想到小时候用黄花菜烤过的麻雀，然后在"吕家烤鸡"的基础上做了创新。在里面多加了几种原料，有玫瑰、芍药还有黄花菜等等。

烤鸡果真味道比先前的烤鸡更香更嫩。

吕师傅的几位朋友中有一位是天津消防研究所的。有一天，他将烤鸡带回去化验了一下，回来跟吕师傅说这种做法去除了原来烤鸡中的一些对人体有害的物质，不但味美而且营养更加丰富。

这一消息很快传遍了整个天津城，于是来"吕氏烤鸡店"买鸡的人越来越多。吕师傅很高兴，没几年的工夫便在各大城市开了几十家"吕氏烤鸡店"连锁店。

以后随着他年龄越来越大，联想到自己无儿无女，吕中华又小自己一辈，便自然而然把吕中华当儿子来待。吕中华聪明能干，做事又勤快，对吕师傅又照顾有加。于是吕师傅便在一次病重的午后约了一位律师，将全部家产连同"吕氏烤鸡店"整个交给吕中华。

大家都认为吕中华家是积了阴德，以后就算什么也不做，吕师傅留给他的财产三辈子也花不完。却不知吕师傅去世后，吕中华没有将吕师傅的钱归己所有，而是拿出一部分分给吕氏烤鸡店的员工，剩下的全部捐给伊甸园的"红十字会"，然后留一小部分钱继续经营吕氏烤鸡，不但在伊甸园，就连港澳台地区，内陆各大省份也都有吕氏烤鸡为主的菜系开的连锁店。

伊甸园英雄基地成立的那天，他向基地捐了五千万，汶川地震他捐了两百万。接着也就是 2014 年 3 月，他将吕氏烤鸡店总店迁到伊甸园。然后这个月的 9 号，他将"伊甸园吕氏烤鸡店"充公给伊甸园。

李新民欣喜得溢于言表："难道报纸上提过的吕氏烤鸡店的吕师傅，真的是你吗？"

吕中华点头说："是。"

李新民听后非常感慨："真好，好人有好报！不过让我想不到的是你好不容易出去了却又回到了伊甸园！"

"伊甸园是我们的根！"吕中华说，"我觉得你早晚会回伊甸园。"

"说来惭愧！总觉得好不容易逃脱出去，再回来的话会被人笑话。要不是妞妞，或许真的不想再回到这里。"

"你的心情我能理解！"吕中华说，"人往高处走嘛，但是现在这里不同了，2020 年全国全部脱贫，也就没有什么穷富之分了，所以你大可不必在意以后的贫困了。"

"是啊，说得不错！怪我以前总是瞧不起家乡人，这次过来看看，变化真的很大。"李新民的感叹应该大多来自吕中华，当然还有她这次来伊甸园的确看到伊甸园发生了天翻地覆的变化。

"家乡人都给力！"吕中华说。

李新民看看吕中华："造化弄人！这几十年变化真大，已经分不出农村城市了，这次回来看家乡人穿着都变了样儿，很激动。"

"不用多，再提前十年的话我都不敢想能跟你坐一起。"吕中华说。

"政策好，老百姓的日子才越过越好。"李新民说。

"对啊，所以我觉得妞妞做得对！"吕中华的微信铃响起，他看看李新民，不好意思滑开手机，接着他激动地从椅子上站起来，"妞妞好了，妞妞回来了！新民，你看！"说着话将手机拿给李新民看。

李新民见是潘明发给吕中华的消息，从座位上站起来："真的吗？"

他点点头："是的！只是呀新民，如果她这次回来呀你好好跟她讲话，妞妞要面子。"她点点头说:"我不该一味地按自己的个性做事。"说到这里眼圈发红。

这时,听到咚咚的敲门声。她看看面前的吕中华,狐疑地上前将门打开。

门外站着的果真是柴禾妞跟潘明。李新民望着女儿,激动得一时不知说什么好。还是吕中华过来打破了僵局,但见他热情地招呼两人进来,对潘明说:"一会儿我给你们做葱油饼。"

李新民嗯了一声,笑起来,几十年来,她第一次露出这么开心的笑容。

吕中华系上围裙,拉着潘明到厨房做饭。

做饭的过程中吕中华说:"两人相处不可能风平浪静,彼此之间也不可能毫无瑕疵,《梁山伯与祝英台》《牛郎织女》《孔雀东南飞》以及《白蛇传》等,哪一部的爱情不是曲折离奇,真挚感人?只要心中有她,幸福总会降临到头顶,就像我跟你民姨,此刻的重逢难道不是上天的恩赐吗?"

"是啊。"潘明说,"如果能跟妞妞在一起,什么社会舆论,爸妈的唠叨通通滚蛋去吧。"

"你爸妈是通情达理的人,尤其是你妈妈,对儿子的选择很是尊重,他们听说了妞妞的遭遇不但没有耻笑,反而被你对妞妞胜似亲情的经历而感动。"吕中华说。

"看起来你为妞妞的事儿做了不少工作。"潘明说。

"是的,当我知道她是我同学的女儿后,我便把她当成了我亲生的女儿般相待。"

"您真的可以把妞妞当成自己的亲生女儿一样吗?"

"为什么不能?不信你可以问问你爸妈,是不是也把妞妞当成了亲生女儿来待了?"吕中华眯着他细长的眼睛慈祥地说。

潘明回味着吕中华的话,使劲地点了点头。

有人敲门,李新民上前开门,竟然是潘父潘母,他们提着上好的酒跟菜,潘父对李新民呵呵笑着说:"一起过来跟吕哥拼个桌吃饭!"

吕中华听到有人说话,从厨房出来,见到潘父潘母,热情地让座:"客气了潘兄,哎哟,那既然这样我可就不客气了!"说着话的工夫,潘明已经将吕中华烙好的"葱油饼"端上来。

李新民见状将柴禾妞拉过来,柴禾妞叫了一声"潘爸爸潘妈妈"后,气氛更加热烈起来。

第35章 你是我的 come back

下班回家，叶佳彤洗完澡，准备好好休息一下时，接到母亲郝凤韵的电话，她说："佳彤，你不要错领明磊的好意，何况3小区那套房子也是你应得的。难不成你熬灯费油地为伊甸园，换来的都是别人的舒服快乐吗？"

"我也很快乐呀妈！"叶佳彤"呵呵"笑了两声说，"我觉得能为大众服务是我的荣幸，我有这个能力为什么不能为别人服务？难不成要学汶川地震的'范跑跑'，心里光有自己没有别人？当然这是他的权利，别人不能剥夺他向往自由的权利。但是他不能大言不惭地宣传自己为自己奋斗的自由啊。"

郝凤韵说："为什么不能自私地活着？我觉得这'范跑跑'说得没错！"

"好了妈，我们不要谈这个问题了，再谈又吵。近些日子我懒得吵。"叶佳彤说。

"懒得吵就听爸妈的话跟明磊好嘛。"郝凤韵说，"对了，明磊前天送了我一辆'宝马'车。"

母亲这样说，无意中对叶佳彤产生更深的刺激，联想闫平阳近些日子没有丝毫对父母表示的态度，更加心灰意冷。是啊，她跟闫平阳恋爱的这段时间，父母不但没听到他一句暖心的话，甚或连最普通的伊甸八件都没有收到。虽然伊甸八件甜而且腻，老人不见得喜欢，但有时老人不过要的是你的心，不是东西。

有心的东西并不一定贵重，所以也不喜欢孙明磊出手这般阔绰。毕竟婚姻并不是靠钱维系，如果那样的话，跟小涵一样自己会一点点失去做人的尊严。想到这里拿出手机将电话拨给了孙明磊。

"哈哈，终于接到你主动打来的电话了。"孙明磊电话中的语气明显带有一种得意，"对了，我给伯母买了辆'宝马'车，希望她老人家喜欢。"

"我话已经说得很明白了明磊。我俩不可能！绝对不可能！"

"话不要说得这么绝对！"孙明磊电话里分明充满了无限的自信。

"你这样做真的不好！"

"我并不是因为你才买的车啊，你多虑了佳彤。"

"明明是给我妈买的车，还说与我无关，你脑子怎么想的？"

"说跟你无关就跟你无关！"

"……"

"你知道的，我从小缺少父爱，所以很喜欢跟叶伯父交谈时那温温和善的样子，给叶伯母买宝马车是希望看着她高兴，少唠叨你爸。"孙明磊非常认真地在跟叶佳彤说这件事，语气分明饱含了真挚的情感。

"这事儿应该由我来做！"

"我做、你做有什么区别吗？"

"当然！"

"重要的是叶伯母高兴！"孙明磊说，"真没见过你这样的女孩，人家都巴不得男友送她礼物，尤其是送给自己爸妈，你倒好！"

"我不想跟小涵一样活着。是的，你用跟小涵一样的套路在一点点儿吞噬我的自尊！"

"没什么事儿的话电话挂了吧。哦，对了，后天我回伊甸园。"孙明磊说着话已经将手机挂上，根本不理会叶佳彤在说什么。

这让她很生气！但再将电话打过去时，那边却一个劲地将其挂断。她一时陷入了沉思，不知该如何办？接受孙明磊？不可能！因为她打心眼儿里讨厌他，厌倦他，排斥他的行为。

说不上为什么，反正就是这样！

叶佳彤忽然间很饿，想进"淘宝""淘"点吃的，但伊甸园小区附近大概只有"吕氏烤鸡"几家零星的饭店。

叹口气，推开卧室的门，来到电脑桌前呆坐了一会儿，看到电脑桌上放着的几个绿色苹果已经发皱。想起这是闫平阳给她洗的苹果，没吃是因为自己一个人不想吃。对，她喜欢什么都跟他分享的感觉，看书一起，吃饭一起，吃苹果一起……那是种什么样的感觉？幸福的感觉！对，幸福其实很简单，她想。

"咚咚咚！"敲门声响起，她浑身一激灵："是平阳过来了吧。"想到这里"噌"的一下起身，三步并作两步地来到客厅，将门打开。

外面站着一个穿着蓝翔校服的胖壮女孩，她朝叶佳彤使劲鞠了个躬说："对不起！你的晚餐晚了十分钟。"

"晚餐？"叶佳彤拧起眉，"是不是送错了呀，我没有点外卖！"

"你是叶佳彤吗？"

"是啊。"

"那就没错！请你签收一下。"胖壮女孩将一张单子交给叶佳彤。

叶佳彤狐疑地在上面签好了字，然后将单子交给她。

胖壮女孩朝她道了声"再见！"离开了。

她进门，将礼盒打开，先看到一张字迹工整的字条，上面很潦草地写了几个字："你是我的 come back！"拧了拧眉心想："大概是平阳觉得这些日子对不住自己赎罪的吧。"想到这里更是闻到了"红烧肉"扑鼻的香味。迫不及待地将整个包装撕扯开，"蒜蓉茼蒿""炒米饭""麻辣炒鸡"……

妈呀，都是她的最爱！

饿了的时候吃什么都是香的，这菜虽平常，但足够她一个人享用。但吃着吃着便觉得不对头了，不对！这不是伊甸园周围菜的风味，因为她自来伊甸园后吃的菜都过咸，除了吕氏烤鸡的菜以外。但这"红烧肉"不是吕氏烤鸡的，又是哪里的呢？或许是外面的？

嗯，说不准闫平阳认为伊甸园的外卖她经常吃，所以今天给她换个口味。他心细起来的确比谁都细，想到这里脸上溢出幸福的笑容，此时她的手机铃声响起来。

将盒饭放到桌上，走到床前拿起手机，笑笑地滑开手机说："平阳吗？我已经……"刚说到这里却听那端传来孙明磊的声音："怎么样？好吃吗？"

"明磊？！你……你……"她惊得一下子跌坐到旁边的沙发上。

"哈哈哈……"孙明磊的笑声从叶佳彤的手机里传出来那么刺耳，接着他说，"以后我会给你很多惊喜，我要让你觉得自己是世界上最幸福的女人！你是我的 come back！"

"comd back？"她忽然想起打开盒饭的那张字条，原来竟然是孙明磊所为？她哆嗦着嘴唇，嘴里尚有饭却难以下咽，只好使劲将饭吐到垃圾桶里，但是肚子里的饭怎么办？也吐出来？可能吗？

俗话说："吃人家的嘴短，用人家的手短！"此刻叶佳彤吃了孙明磊送来的晚餐，不可能像平时那样任性地挂断人家的电话，只能脾气很好地冲着手机的话筒说："谢谢！谢谢！"

"客气了佳彤！能做你的'及时雨'我很高兴，也很激动，希望你能让我继续做下去。"孙明磊说。叶佳彤用力地摆手："不不明磊，你别这样，别这样好不好？"

"你不喜欢？"孙明磊问。叶佳彤想说"很不喜欢！"但却说不出口，毕竟常人不打送礼人嘛。想到这里违心地说了一句："喜欢！"

"喜欢就不用废话了。"孙明磊得意地说。

叶佳彤已经感到孙明磊追求自己的决心，有些担忧。因为不知道从哪里堵住孙明磊往她这边走的步伐。有人说，这太简单了，他想送就让他送呗。这可不对，因为她不是这样的人。无奈只得打电话给母亲郝凤韵，请求她将"宝马"返还孙明磊。

郝凤韵怎么也不答应："你就这么怕我过上好日子啊佳彤？你到底是不是我亲生的？"叶佳彤无语了，只得给父亲打电话，"爸，你那里有多少钱？如果有八十万的话，先打给我，我把它交给明磊，我们不能随便要他的'宝马'。"

叶成功说："或许明磊是真的膜拜我才买的呢。这便是名人效应！不然的话怎么会有那么多人争着出名？出名有时可以不费吹灰之力得到想拥有的。"

叶佳彤说："爸你别再幻想了行不行？现在是网络时代，想出名很简单！听我的，加紧催下你后边的稿费。另外我这边儿也会想办法尽快把资金拢点儿，然后还你！"

叶成功："难道明磊没告诉你付我稿费的正是他？对了，我正要问你，为什么找人让我的《后浪》被禁？公众号被警告？你是成心不让我吃上饭对吗？既然这样干吗还好意思开口管我要钱？"

她说："文化市场早该出手整治！一味地崇尚西方不过是某些人想象的，说到底根本就不存在。"

"你一个人还孙明磊的钱吧，我这里一分没有！"叶成功说到这里"嘭"地将电话挂断。叶佳彤拿着电话愣愣地出神。

孙明磊后来听佳彤给他讲了这个经过后嘴角向上翘了翘说："你活得真累！"

"可人活着就是做事筑梦，过日子要细雨轻风，济困帮穷助学子，遵纪守法干事情。尽职尽责爱国家。立德立信为身心，创造文明献美丽，融会贯通异求同。"叶佳彤说。

孙明磊为其鼓着倒掌。

叶佳彤说："事物有真有假，现在才知父亲不过假民主自由，因为自身的那点名气金钱，任其践踏别人，骗了一时骗不过一世啊。"

"你在感叹伯父跟柴副总一事儿对吗？"孙明磊说。

"父亲没有深刻琢磨中庸一词。"叶佳彤说，"我知道很多人反对中庸，认为它显示一种圆滑，其实那不是圆滑，而是圆通。做人需要圆通非圆滑。"

"内圆外方，这个我懂！"孙明磊说，"史爷爷跟我讲过这个道理，他说伊甸园人最聪明，懂得什么时候应该团结，什么时候应该仗义执言！"

孙明磊说着这样的话，把叶佳彤弄得愣住了。孙明磊笑笑，拢了下自己微卷的棕发头发对叶佳彤说："史爷爷很喜欢讲这样的道理，跟他反驳吧，会以四两拨千斤之势回敬，今天听你这样说，忽然对他怀有崇敬之心了。"

叶佳彤长舒口气："你好像长大了明磊。"孙明磊一笑："我长大了？你什么意思？"叶佳彤说，"希望你多跟史爷爷接触。"

孙明磊摇头表示不需要！刚刚他不过对她宽慰，其实内心非常看不上史爷爷这种为了脸面而将家人置之不理的人。没小家哪来的大家？没小家的幸福，何谈大家的安宁？他希望叶佳彤好好跟叶伯父长谈几夜，将心谈透。

"我跟父亲谈心如跟你谈心一样，尤其当我知道他曾经对柴副总的伤害后，觉得跟父亲的鸿沟更加无法填平。"叶佳彤说。

"你需要一种管教！严厉的管教！我承认在感情方面你是我的 come back，但是在对待父母方面你欠缺顺从。"孙明磊说，"真的，犹如伊甸园有刁民，你其实是彻彻底底的叶伯父的'刁民'！"

"刁民？"第一次被人用这样的字眼儿说教，叶佳彤陡感难以承受，望着孙明磊冷僻的面容，不由自主地倒退了几步。

第 36 章　敬人不必卑尽

远山穿着黛青色的裙子，像一位亭亭玉立的少女凝视着伊甸园的早晨，山林中有几处飘荡着悠悠的白云，百鸟欢唱，有远有近，百花齐放。

急促的敲门声在叶佳彤门外响了足足有十来分钟。叶佳彤睁开眼睛，先是看了看旁边的闹钟，见才早上六点便又闭上眼睛。

敲门声再次响起，而且比刚才的声音还响："佳彤，佳彤。"

是柴禾妞的声音！

叶佳彤惊得半坐起身子，但因为浑身没劲、四肢无力又"腾"的一下躺下。

"咚咚咚……"

"咚咚咚……"

"蛹蛹"了一下身子还是不想动！不过紧接着她的手机铃声也响了起来。

真的讨厌！铃声干吗要设得这么响？想将手机挂断时却无意中摁上了接听……

"叶佳彤！"柴禾妞的喊声从她的手机话筒传到屋顶，震到她的耳朵里，一惊，下意识地从床上坐了起来。

"快开门！"柴禾妞的大嗓门儿再次从手机里传出来。

一个鲤鱼打挺从床上下来："来了！"穿着粉红色的睡衣，小跑着过去开门。

柴禾妞跟潘明在门外等得心都快从嘴里跳出来了。要不是因为叶佳彤尚未洗漱，柴禾妞大概恨不得将叶佳彤拉着往外跑，寻思了一会儿，还是急不可耐地走进来，冲着叶佳彤说："发现你的心真大叶总，嗯，是的，原认为你会因为脚踏两条船而睡不着觉，你倒好！睡得跟死猪一样。"

潘明觉得用"死猪"这词不妥，于是使劲拽拽柴禾妞的衣袖。

柴禾妞袖子一抖："哎呀，你干什么？你看她这状态，我说得不对吗？"

"有什么事儿这么早急着过来？"叶佳彤拢了拢凌乱的长发，慢条斯理去客厅的饮水机前接水。

柴禾妞走过去："一大早的我们不喝水！你不是问我们为何这么急着过来吗？我倒想问你，难道你不知道平阳出事儿了吗？"

叶佳彤听柴禾妞这样说，喝进嘴里的水全喷了出来，咳了两声，将杯子放下："平阳出事儿了？出什么事儿了？"觉得柴禾妞或许是在吓唬自己，于是自嘲地笑了笑说，"他怎么会出事儿？不会的！"

"你看看，你看看。"柴禾妞面对着潘明，"我就说她根本就不爱平阳吧。"

叶佳彤不喜欢柴禾妞说出这样愣头愣脑的话，再说闫平阳已经很长时间没来找她，忽然从柴禾妞嘴里蹦出这样的话，认为不可理喻，于是说道："如果没什么要紧的事儿的话你俩可以离开了。"望着柴禾妞打了个哈欠，"我想再休息一会儿。"

"叶总！"柴禾妞看看叶佳彤的脸厉声道，"你是觉得当初我硬拉你来伊甸园是因为我怨恨你父亲吗？"

叶佳彤耸耸肩："这话我并没说啊。是你自己说的。"

柴禾妞点点头："我承认当初的确想报复叶老师，但是现在……"她扭脸看看潘明，"但是现在不同了，我的确想你跟平阳在一起。"

"因为伊甸园吗？"叶佳彤边喝了口水边轻描淡写地说。

"我就不信你不爱平阳。"柴禾妞说。

"敬人不必卑尽，卑尽则少骨。"叶佳彤说，"请你留给我一丝尊严，因为我还要活下去！"

柴禾妞听叶佳彤如此说，不由一愣："你……难道你觉得我这样来求你还有什么尊严吗？我，一个被人唾弃的、笑料的……"

"不要胡说！"潘明打断了柴禾妞的话，脸转向叶佳彤，"平阳这两天一直在伊甸园两个支峰间练习走钢丝。"

"走钢丝？"叶佳彤先是一愣，接着看看潘明冷笑一声，"我过完新年都二十八了，请不要把我的智商看在三五岁孩子的年龄上。"

"你知道他为了融到一笔资金，竟然去走钢丝。是的，没错！就是报纸上登出的那位走钢丝被摔下来的'蜘蛛人'。"柴禾妞说。

"史爷爷、崔院长他们为了抢救平阳已经两个晚上没有合眼。这些日子他没来你身边，并不是因为他无情，而是因为他正准备跟孙明磊 PK 园长的事儿，他不想伊甸园掌握到孙家手上，你也看到了，孙家根本把伊甸园当成敛财的工具，只要过来干活儿的，都要从孙家手里过一圈，然后真正到劳动者手里几乎没有什么了。"

"可这跟我有什么关系？"叶佳彤说。

"当然有关系！"柴禾妞说，"希望你不要被孙明磊的花言巧语蒙骗！他接近你是有目的的！"

"请不要张口闭口的目的目的，难道潘医生给你的爱也是有目的性的？"叶佳彤说。

柴禾妞说："潘明跟孙明磊不同！"

"有何不同？"叶佳彤冷笑一声说，"在这件事情上我希望你不要独裁！"

"独裁？"柴禾妞疑惑地眨巴了几下眼睛，很不明白叶佳彤此话的意思。

"你认为自己此刻不是吗？"叶佳彤伶牙俐齿地回敬说。

"我跟明明不过知道平阳受伤过来告诉你，你看你……"柴禾妞显然有些生气，想走，被潘明拦住了。潘明说："浙江的一位富商说如果他能从伊甸园东顶走到支峰的西顶，他会投二十个亿给伊甸园。为了伊甸园，平阳就去做了，却不想快走到西顶时，身子突然失控，从半空跌落下来。"

叶佳彤听到此不由自主地“啊”了一声。柴禾妞过来将叶佳彤扶住。叶佳彤稳了稳心神身子立正，摁了摁头。潘明关切地语气说：“你没事吧叶总？”叶佳彤摆摆手：“没事儿！没事儿。”

潘明上前给叶佳彤试着脉搏：“平阳是个面硬心软的男人，他这样做不单单想保住伊甸园的文化，更不想失去你！因为大家都知道你在伊甸园的重要性。而光靠嘴说服你又不行，所以才去冒险一搏。”

柴禾妞说：“表弟就是这点儿让人讨厌，什么事儿总是不声不响地做，也不知道跟人表白。”

叶佳彤不说话了。

潘明跟柴禾妞也只是叹着气。

很久。叶佳彤说：“其实有时女人要的不过是一句好听的话，但他却吝啬到生怕带给心上人一丝的快乐！”摇摇头，“或许他的情操很高尚，所以无法高攀！”

“不不！”柴禾妞说，“不是这样！真的不是！不然我去说说表弟，我叫他过来跟你道歉！叫他跟你甜言蜜语！”

叶佳彤极力地摇着头说：“你这是在逼人，是的，你这样做对我不公！总觉得你偏袒你的表弟太多。是因为我是叶成功的女儿你就这样蹂躏我吗？我害怕！真的，我非常害怕。一个男人心里装着的全是伊甸园，为了伊甸园甚或连自己的生死都可不顾，这样的人你们不觉得可怕吗？不要再来这一套了！受够了！真的受够了！”叶佳彤歇斯底里地喊着，接着跑到门前将门打开，“你们走！快走！马上走！”吼叫的声音都嘶哑了。

柴禾妞、潘明被叶佳彤突然的狂喊吓呆了。柴禾妞一拽潘明的衣袖，对叶佳彤说：“对不起佳彤，是我不好！我不该对你要求这么多，是的，不该！非常不该！”她说到这里开始扇自己的耳光。

“你这是干什么？”叶佳彤上前阻止了柴禾妞的举动。柴禾妞愧疚地双手别在身后无力地倚到墙上，泪水不自觉地顺着脸颊“扑簌簌”滚落下来。

她经不起她的眼泪，想穿衣往外走，但柴禾妞极力地阻拦：“不要叶总，真的不要！”柴禾妞边说着话边往屋里推她。

她因为无力而被柴禾妞推到屋里的床上，躺下。柴禾妞将一床黄缎面的被子盖到她身上，然后直身拉潘明走出去。

躺在床上的叶佳彤想到刚刚柴禾妞来时说的话，想起身去医院，身子却极其乏力……

做了一个梦。梦中柴禾妞告诉她闫平阳因为失血过多，已经死了！

她几乎是从床上蹦下来的，趿着拖鞋便跑进了医院骨外科的病房。

病房里秋水正在一勺勺喂着闫平阳，如在喂食婴儿那般耐心。这情景……这情景不正是刚刚梦中的情景吗？想到这里不由一个跟跄。

闫平阳先是看到了她，将秋水端着的碗一拨拉喊了一声："佳彤？！"叶佳彤怔了一会儿，接着一转身，大步向外跑去。闫平阳身子动了动被秋水按在了床上："哥，别动！你身体还没有恢复。"

"不行！我得跟她解释清楚这事儿。"闫平阳说着还要下床。

"我帮你去追她！"秋水说着将碗不客气地搁到一边，便要往外走。

闫平阳没好气地摆摆手说："算了算了，不要追了，是我的总会回来，不是我的追也没有用。"

秋水见哥哥这样说，也就没有动。她其实本不想动，只是碍于哥哥的心思才要做的。是的，她不希望自己的最爱被人无端夺走。

她相信自己是美丽的！不然的话崔光北也不会那么死乞白赖地从北京追她到穷乡僻壤的伊甸园。坚信有一天她会将叶佳彤打败，彻底打败！她眼珠转了转，冲躺在床上的闫平阳笑了笑说："叶总太忙，所以这几天我过来照顾你！"

话说得有理！闫平阳想。叶佳彤的确不会照顾人！这是有目共睹的，再说就算叶佳彤真的会照顾人，他也不舍得她来做活儿。

认为叶佳彤能了解他的心思！再说秋水本就是他的妹妹，妹妹伺候哥哥天经地义！

柴禾妞闻讯秋水过来照顾闫平阳，觉得不太好，但过来劝说秋水时，发现秋水正在给闫平阳炖鸡汤滋补，联想叶佳彤连煤气都不敢开的窘态，上前拍拍秋水的肩膀，说了声："辛苦了！"

叶佳彤从医院"逃脱"，来到方非住处。小涵、肥肥都在方非这儿，听说秋水在照顾闫平阳，并没安慰叶佳彤。叶佳彤说："我是过来找安慰的，你们怎么幸灾乐祸的样子？"

小涵说："你叫我们怎么安慰你？好好的大路你不走，地狱无门你自去。有什么办法？"叶佳彤叹口气。方非说："也难怪你有如此幼稚的想法，我们都在寻找自己的爱情，天堂的爱情，适合自己的爱情，但是现实太骨感！"

肥肥说："'女人靠哄！'这话很有道理叶总，激情是短暂的！你跟闫副园一起不合适。趁现在还有点魅力赶快跟孙总拍拖。"

方非跟小涵齐齐地点头。叶佳彤一直没有说话。大家互相看看也不再说话。

叶佳彤从方非家出来已经凌晨了。联想这些年对伊甸园、对闫平阳付出的感情，回想秋水伺候闫平阳的情景，脑子更加烦乱。

或许冥冥中真有轮回。想来上辈子应该是孙明磊欠她的，这辈子来还的？不然的话怎么会演变成如此不靠谱儿的事儿？他闫平阳到底有什么值得她如此留恋的？孙明磊又是如何让她如见着瘟疫一样地躲避？

想到刚刚方非跟小涵的话觉得自己有些可笑。难道就因为孙明磊对自己的付出就要改变她爱的立场？但是不然要怎么样？因为那辆白色的 X5 宝马车的确驰骋在母亲郝凤韵的手里。

这是人情！必还的人情！但现在她竟然没有能力还上这笔人情。而父亲那边……唉！正如方非说的柴禾妞现在极力地撮合她跟闫平阳，还不是因为对父亲报复的快感？但是面对着潘明、柴禾妞真诚互敬的态度又觉得不像。

到底要怎么办？闫平阳走钢丝是为了帮她还孙明磊的人情，还是方非说的柴禾妞卑鄙的报复？

手机铃声响起来。是孙明磊打来的电话，他说："佳彤你最近心情还好吗？饭吃得及时，工作得还顺心吗？"

叶佳彤拿着电话没有说话，因为实在不知道要说什么。

孙明磊像是意识到了什么马上说："等我佳彤，我马上过去！"他说着话起身，很快便穿戴整齐推门而出。然后亲自驱车来叶佳彤住处，但敲了半天门也不开，只得打电话，却怎么也打不通。

自己都不相信为何会在叶佳彤身上下这么大的功夫。是叶佳彤长得美若天仙把他迷成这样的吗？他觉得应该不是！因为毕竟在他身边围绕着很多的俊妹靓姐，她们有钱有地位有亮点，但他就是不对她们着迷，甚至看都懒得看她们一眼。

大家都觉得奇怪。母亲史爱香看看儿子，嘴角微向上扬了扬，笑说："你很像你爸，骨子有种独一无二的征服欲！这点儿妈看好你！"

他的心思一度便被母亲看穿了。暗挑大拇指！也就体谅了母亲跟爷爷的斗争，应该并不是单纯的三观，而是骨子里的一种对事物看法的挑战！

跟母亲史爱香一样，他认为人有高低贵贱三六九等，所以世人应该把人与人的关系划分层次、高低、贵贱、贫富、势力、权贵显赫等等，现实当中虽说没有了划分界限，但事实上还会有等级的存在，高低贵贱之分，相互鄙视的存在。因为不同的阶层各自有看问题的不同点、出发点、关注点。审视的角度不同，立场的观点也就不同。

下午，查若良的母亲尹麦和父亲查理过来考察伊甸园关于利比利亚火腿销售。尹麦说他们要把伊甸园的特产，比如黄花、薏仁花、仲景花等提炼的药粉带去西班牙。

孙明磊对此很感兴趣，打电话问闫平阳能否派人陪同两位考察？尽管已经受伤住院，但闫平阳还是非常爽快地答应马上会派车过去！这很让孙明磊感到意外，但细想想又挺高兴，因为他已经感觉到闫平阳身上的棱角在被自己的势力一点点磨平。

查理夫妇对孙明磊安排的事儿很满意，要孙明磊加把劲儿争取快点把叶佳彤娶回家！孙明磊给查理夫妇挤了挤眼要两位放心。

不多一会儿，腿脚尚未完全恢复的闫平阳亲自开车过来将查理夫妇接走。大家当然客套了一番。闫平阳在对大家的关心表示感谢的同时说："我还年轻，身体恢复得快。"

尹麦说："不管怎么说你也是伤者，大家都是熟人，所以也不用这么客气，实在不行打'滴滴'吧。"

孙明磊说："既然这样那就叫小五开车一起去。"

查理说这个办法好。但刚要上车，孙明磊接到大李电话说史爱香也到了伊甸园。孙明磊忙跟闫平阳道歉。闫平阳摆摆手说："没事儿！你快回去好好招待孙董吧，考察药粉的事项由我来处理，你就放心吧。"说着"滴滴"到了。

孙明磊吩咐小五去孙家庄园。一进庄园的正厅，大李便迎上来，跟他汇报说已经按照孙董的吩咐以叶佳彤的名义推动爱心行动。说孙氏置业将叶佳彤一幅文莱村改造图样以六千万人民币买来后，将款项已经捐给伊甸园作为扶贫基金。

孙明磊得知后立马打电话给史东方，史东方闻此挺高兴，召开伊甸园部分成员会议，然后大家除了史老园长跟闫平阳外，一致决定孙明磊任伊甸园理事会主席、叶佳彤任理事会副主席兼 ML 总经理以及伊甸园技术方面顾问。

叶佳彤闻知后很震惊，去找孙明磊说明不合理性，孙明磊要叶佳彤少管，"其实事物的成否不过是个摆设，一切听我的指令绝没错！"

"你在重新布局伊甸园吗明磊？"叶佳彤摇摇头，"不会的！你不应该有这么非理的设想。"

"你太循规蹈矩了佳彤。这是什么样的时代？是个见钱眼开、不认真理的时代，听我的话，坐好你的主席、你的顾问、ML总经理的宝座！"孙明磊过去拍拍叶佳彤的肩膀，头一扬，往外便走。

"明磊。"叶佳彤好脾气地叫了孙明磊一声，"世上有很多人根本不懂别人的心思，只觉得自己有点钱或者有点地位便很了不起！"

"为什么会有这么奇怪的言论？"孙明磊停下脚步，转回身。

"凡事儿应当一步一个脚印，不喜欢被人抬举着走，否则总有一天会让自己身陷泥潭！"叶佳彤说。

"有那么严重吗？"孙明磊说，"当今社会谁不是靠关系上去的？就说我们伊甸园吧，他姓闫的有能力吗？还不是利用本地人的优势抢夺史老爷子手里的接力棒？"说到这里上下打量一下叶佳彤，"要自信！不然我会抛弃你，嫌弃你的！是的，我喜欢自信的女人，非常非常自信的，当然不是自负的，自负的女人不可一世，在我眼里属于乐色（垃圾）级别的。"

"我很自信！说实话，我觉得我是这个世界上最自信的女人，自信的都有些自恋了你懂吗？"叶佳彤抬眼望着孙明磊的眼睛一字一句地说道。

"嗯，喜欢！就喜欢像你这样有自恋症的女人！我孙明磊要娶的女人是这个世界上最优秀的女人。她谁也看不上，甚至连我也看不上才行，然后我再一点点去俘虏你，我喜欢这样的感觉！"孙明磊说这话时用嘴微吹着叶佳彤白净的脸庞。

叶佳彤用手护住自己的脸以避免吸到浊气。

孙明磊得意地笑着，她越发觉得面前的人可恶。她说："我有自恋症，我曾经因为查若良和闫平阳想改掉它。但是却因为他们的离去而葬送了这种念头。"

"不要改，就这样！这样才更有味道！"孙明磊说到这里扫了眼叶佳彤饱满的酥胸咧开大嘴乐起来。

"神经病！"叶佳彤骂了孙明磊一句然后转身要走，被孙明磊止住了："别忘了你欠我的！"

"我欠你的唯有金钱，其他没有什么。不过说实话，虽是这样，但却令你在我面前更加讨厌。是的，不经别人同意送别人礼物这一招儿不过是专权专利，这种思想很危险！希望你多看看老庄、孟子、孔老先生的书，还可以看看《三国演义》，那里面有许多中国的哲学思想，有许多为人处世的精髓，学到它们你会变得很有智慧！"叶佳彤说。

"哈哈。"孙明磊不但没有生气，反而乐起来，"我觉得你爸真的娇惯你太厉害，他老人家应当是学识渊博的人都没有你说话的语气，而且我未来的岳父说了，只有西方文化才能救伊甸园。"

"西方文化是表面的道貌岸然，它们不过非彼即此，非此即彼，你好我就坏，我坏你就好。你觉得这样的论述能够解释这个世界吗？不会的！凡事儿都是你中有我，我中有你，有好有坏，没有绝对的对！更没有绝对的错！"叶佳彤说。

"嗯，是这样的，你毕业以来一直在伊甸园待着，能不变痴变傻吗？这我可以理解，所以我要听伯父的指令改造你！"他说。

"既然这样干吗硬来伊甸园搞建设？"

"要不是当初你提出什么你把我养大我陪你变老的话或许还触动不了我的神经。我是在做好事！"

"神经病！"叶佳彤乜了孙明磊一眼，懒得再跟他理论，包一背，离去。

他望着她一颤颤的腰肢在微风中荡漾，心里倒是泛起了阵阵涟漪，但却不去追赶。她的走姿越发雄壮，最终勾勒出一副气势汹汹的背影。孙明磊不但没有生气，反而如快猎到猎物一般地兴奋。

"这是什么怪怪？"孙丽娜说，"别再瞎胡闹了行不行啊哥？"

孙明磊说："你懂什么？头发长见识短的家伙，是不明白猎人逮猛兽的乐趣的！"

孙丽娜说："你不觉得你是在玩火吗？对！你跟妈一样，总爱挑战些毫无意义的事儿，你们不觉得玩着玩着会把自己玩进去吗？"

"人跟人有的只有互相折磨，互相玩弄。一切的一切都是相互的。并且在相互过程中体会着痛苦跟不幸的那种愉悦……"

"如果叶佳彤真的来到孙家的话，那孙家不就整个完蛋了吗？恼人的叶佳彤，恨不得立时将其撕碎！"

打电话跟小涵"讨教"。小涵说："丽娜其实你多虑了，你知道什么最折磨自己什么最呵护自己吗？嗯，是的，都是最亲的人。说实话如果叶佳彤真嫁给平阳的话，闫家老两口如果有一天转变过来，那还不得把她捧上天？但孙家就不同了，你不是说她有能力让身边的人都听她的吗？那您也可以让家人都听从你的呀？何况把她留在你身边，是不是比放她在外逍遥要好上千倍万倍？"

孙丽娜听小涵说得有些道理，毕竟小涵更有理由讨厌叶佳彤。

"我俩以后便是一个战壕的战友。"孙丽娜说。

"当然了！"小涵说，"为了尽快让叶佳彤跟明磊结婚，我想尽快撮合秋水跟闫平阳结婚。"

"你想出了什么高招？"孙丽娜问。

"哎呀，其实吧……"小涵吞吐道。

孙丽娜说："小涵你吃我们孙家的喝我们孙家的，可不能跟叶佳彤一样当个白眼儿狼啊。"

小涵笑起来，"哎呀怎么会呢，您就光等着看好戏就行了！"

第37章 从跪地到站立的距离

茂密葱茏的竹子沿着柏油铺就的道路错落有致地分成两拨儿，翠绿的竹叶在顶端逐渐合围，形成一个圆拱形的屋顶，屋顶的上方有类似于被太阳照射进来的迷你的灯光。

开车缓缓地穿过竹林，可以看到一座欧式建筑，那便是刚刚竣工不到半年的伊甸园山腰的孙家庄园。

孙家庄园占地达三百余亩，园内环境清幽，鸟语花香，湖水洁净清流，碧波荡漾。蜿蜒曲折的伊甸河水缓缓流过庄园，微微的涟漪在碧绿植被和颜色鲜艳的建筑衬托下，仿佛把人们带到了异域他乡。

对，庄园内有九座经典的具有欧洲风格巴洛克式的建筑，月光如银枫叶林下，马迭尔悠扬的小提琴乐曲，像是莫斯科的缩影。

进入大门，先是一条用鹅卵石铺成的小路，小路的两旁是一排石凳，石凳上排列着形态各异的花木盆景，让人赏心悦目。小路往左一拐，是一扇月亮门，进入月亮门就是孙家庄园里其中一座别墅的院子了。

那院子很大，来自希腊的白色大理石构成了优雅的券柱式造型的庭院，庭院的中央有一最开眼的青铜雕塑喷水池，晶莹的滴溅落到六月的荷花上，在阳光下闪耀着迷人的光泽。

荷花池左拐是广袤的森林，穿过这片郁郁葱葱的森林，透过密密麻麻的树枝，可以看到在众多荆棘和蔷薇的环绕下，矗立着一座如城堡一般古老的大井。

井边用栅栏围绕着，栅栏上绕满了馨香的紫藤，再往里走可听到涓涓的细流声。

　　喷水池右拐是花园，沿着美丽的花园走差不多十分钟可以看到三层的小洋楼，进去，是黑色大理石铺成的地板、明亮如镜子的墙砖、华丽的水晶垂钻吊灯、玻璃的纯黑香木桌、进口的名牌垫靠椅、精美的细雕书柜的客厅。

　　客厅东边的大房是史爱香的房间，外面有个电梯，电梯旁有一玉木板式楼梯，顺着楼梯上去左拐左拐再左拐便是孙明磊的房间。小涵的房间在二楼红木梯旁第二间。

　　史爱香知道儿子不爱小涵后，并没有逼小涵离开，仍是将她当家人一样。这天，她听说小涵姑姑娄玉回归伊甸园的事儿，叫她去劝说姑姑娄玉从伊甸园回归新加坡"重新做人""改邪归正"。她跟娄小涵说："能救伊甸园的是外来文化和民主制度，并不是什么旧式的小脚老太太式的控制欲。走出伊甸园的人都富了，伊甸园人需要外人来致富，不是一味地贫穷、落后、个人崇拜。你姑姑现在回归伊甸园，将所有的资金都归公到伊甸园本身就是种错误。"

　　娄小涵听史爱香说得极有道理，到姑姑那里跟姑姑说明史爱香占据伊甸园的真正用意是为了自由者更自由，民主者更民主，不是专门的约束，不是一味地低三下四地讨好别人。

　　娄玉说现在的她过得很安逸、踏实，没有一味地逢迎，逍遥自在，怎么是专门的约束跟低三下四地讨好别人？真搞不懂史爱香的真实想法，时而觉得她很有善心，时而又觉得她在故意找碴儿，现在不是从前大家一味地认钱的时候，毕竟伊甸园崛起之势不可阻挡。伊甸园人越来越自信，把伊甸园的自信视为强势，这本身就一种西方式的傲慢与偏见。

　　娄小涵说："建设新的伊甸园用的是投资者的钱，所以听取投资者的话也情有可原，毕竟没钱什么事儿都办不了。姑姑当初是受了什么刺激而来的伊甸园我不知道，我只知道是史董救了我，姑姑呢？"

　　娄玉说："因为来了伊甸园跟哥嫂有了隔阂，没想到他们那么反对我回归伊甸园，所以也就断了跟你的联系，谁知哥嫂三年前双双病亡。唉！也怪我，当初觉得意见不一致，便把跟你们的所有联系通通删掉。"

　　娄小涵："原来是这样啊，我还认为姑姑被人胁迫而不要小涵了呢。"

　　娄玉上前抚抚小涵的头发，目光越发慈祥："小涵你到了该觉悟的时候了，真的，不要当钱的奴隶，活出自我！活出尊严！这才是每个人都要争取的自由。这几年你吃了很多苦，很让我这个做姑姑的过意不去，但你用不着非孙家才是你救世主的样儿。"

娄小涵沉默了。是的，自父母离世，她经历了贫穷，经历了下贱，经历了猪马般的生活，但是到伊甸园居住的这两年，大家对她都恭敬地说话，礼貌地跟她交换物品，把她当客人一样地相待。即使有一天她去跟闫爱军闹庄园福利的事儿，被闫爱军撵出门外，便马上接到他电话的道歉！闫爱军说："对不起小涵，史老园长批评我犯了自我主义的毛病，叫我跟你道歉，对不起！"

说实话陡然接到闫副园长这般谦卑礼貌的电话有些受宠若惊，前去找肥肥说道时，肥肥说："也情有可原，毕竟这几年你过山车的感觉太猛烈。当然，你因为格局太小，受了孙家的蛊惑跟欺骗。告诉你吧，钱能解决的事儿都不是事儿，可你却因为甘当钱的奴隶，便也就成了孙家的奴隶。孙明磊不爱你，你却死要绑到他的身上，搞得最终自己完全没了自尊。"

娄小涵说："我觉得这两年多在孙家过得有滋有味，吃的山珍海味，伊甸园人呢，吃的穿的用的能跟孙家比吗？"说到这里嘴已经撇到了脑门后，继续说，"别在我面前唱高调，虽说你曾是北京人，但我还曾是新加坡人呢。"

肥肥说："什么新加坡不新加坡？就像现在自以为是的舔美国的'高华'，以前大概人家会认为他们怎么怎么的，但是现在随着国人意识的增强，眼界的开阔，谁还把他们放在眼里？"

娄小涵："你这是羡慕、嫉妒、恨，你才是被人灌了迷魂汤，你个人崇拜。你傻帽、无知从繁华的北京来这里吃苦受罪。"

肥肥"呸"了一声说："要不是冲着你单纯幼稚，真想揍你一顿。对了，你听说过一位逢中必反、逢美必舔的'高华'何先生吗？伊甸园人，听说一直是洋人的忠实信徒，却不知出了伊甸园后，外国人奴隶般地待他，起初他觉得是应该的，直至有一天他病了，竟然他理想的王国因瞧不起他而将他搁置到一边，最终凄惨离世。所以说啊，孙明磊根本应该不是我们叶主任的菜。当然除非他改变观念，跟我们叶主任并肩作战不留一丝的欺骗，不然的话凭叶主任的情商、智商根本不会吃他那一套。"

娄小涵不服气地嘟着嘴说："你真能不遗余力地吹捧叶佳彤，她那人到底有什么好？叫我看，除了长得漂亮以外，没什么可值得炫耀的。"肥肥说："如果那样的话你就不会如此悲伤跟个哈巴狗似的做孙明磊的摆设了。是的，说你是摆设都高看了你，孙家把你当人看了吗？孙明磊不过想气气叶主任，然后将叶主任娶进孙家才是他的真意。"

"住嘴！"娄小涵再也听不下去了，冲着肥肥声嘶力竭地喊了一声，但见她怒目圆睁地望着她，黄卷头发都立了起来。

肥肥笑了，摆摆手表示不跟她争论这个问题。娄小涵越发觉得难堪，怒不可遏地上前，一把揪住肥肥的衣领。肥肥瞪眼说："你要干什么娄小涵？别人不知道你，我还不知道你。你从我这里要去叶主任的视频不就是为了模仿？可惜啊，任你再怎么模仿，思想模仿不了，灵魂的自信就更无法体现在自己的身上。说白了，这些事嘛住伊甸园久了自然而然就会生发，而且我还跟你保证只要你长住伊甸园，莫名的追逐者自然来临。真的，不信你可以试试。"

搞不明白肥肥是装神弄鬼还是什么，总之来伊甸园后，她觉得自己的确身心有了点变化。娄小涵"哼"的一声将手放开，然后悻悻地回到庄园。放眼四周的豪华空旷，忽然觉得孙家并没有给她带来有钱人的优越，相反还常被人拿来说教，这是何等的奇耻大辱？这跟原先她设想的"有钱能使鬼推磨！"的逻辑半点搭不上边儿啊。

倒是孙家，处处跟人较劲，优越感跃然脸上，变成了自负。你看伊甸园人，一副不跟人一般见识，处处跟他们透着谦卑的笑容。是因为伊甸园人贫穷？不！在与伊甸园人的接触中，他们哪有投资人想的那么自卑？只不过表面表现出来一种谦卑、一种礼让、一种无为的有为。

这样衡量起来还是孙家的气量小啊，也难怪叶佳彤对孙明磊不屑一顾，也难怪叶佳彤根本没有听查若良的摆布，因为她虽不是伊甸园人，但伊甸园人的思想已经深入到她的骨髓。

娄小涵开始反驳孙家的成员了，就如今早孙明磊命令她去给自己倒水，她冷笑一声："你认为你清高吗？其实没有！真正的清高不是以钱来衡量。所以有人说真正的高贵在内心，不是外部的炫耀，你没听史爷爷说过《三国演义》的关公吗？他没有钱却得到很多人的尊重，不过是因为他是个懂《春秋》，又见过世面的人，你不要认为有钱的是大爷。伊甸园人会认为有钱而被你们吓跑的。"

"你竟然敢这样跟我说话！"孙明磊说，"你疯了吗？"

娄小涵"哈哈"了一声："的确，如果你在下意识里将人分出层次，那我就疯了。但其实我没疯，倒是你，时而对穷人的怜悯不过是为了得到穷人更多的尊重，让自己高人一等。"

"你看得挺透彻！比叶佳彤那头蠢驴要好很多！说实话活在世上要学会对有钱人跪着，对穷人冷眉，这就是社会。"孙明磊说。

"其实这正是你的败笔！感觉到你在教训我时那丑陋的面孔吗？嗯，是的，你说的时候很痛快，别人听着却很难过而你却不明白。别忘了穷人富人都是人，为什么穷要顾富人的面子，看富人的脸色？"娄小涵抬眼望着孙明磊问。

"是因为钱！想挣到钱就要舍弃那些胡吃海塞的自尊。世界是公平的！不可以没有钱还想要自尊，这不过是妄想，是异想天开！"孙明磊瞪着他的大眼珠子厉声道。

娄小涵后退着点着头，然后不知是对他还是对自己喃喃着说："很羡慕叶佳彤，她过得并不富裕，却可以在男人面前耀武扬威，任性撒泼。"

"她家虽没有钱，但她有个聪明的父亲，而且叶家也算旧式的官僚。所以她在跪着跟站着间没有距离！"孙明磊说。

小涵长叹口气："都说世界可以平等！其实不然，穷人永远是穷人的特性，想发牢骚，敢吗？就比如你把我当成条狗使，我也只能笑脸相迎，不知道那位叶小姐碰到这样的事儿会怎么样？"

"她应该会去死吧！"孙明磊说。

"所以你在她面前碰壁了。"娄小涵说。

"当然！所以我恨她！但又因为她父亲的智慧而原谅她很多过错！"

"她父亲或许跟我一样，不过是你们的一条狗，当然因为他以前的名气所以显得略微比我高贵了一点儿。"

"算你聪明！"孙明磊说，"她父亲的确是条高贵的狗，他在为我们呐喊，拼力在维护我们的尊严，所以明确说叶佳彤是跟她父亲沾的光，不然她会跟你一样，过着人不人鬼不鬼的生活。"

娄小涵嘴一撇，说："我不信你的鬼话。"孙明磊冷笑一声："你可以当个好的观众，如果有一天叶佳彤的父亲背叛了资本，那我定会叫她下到十八层地狱。"娄小涵听着孙明磊咬牙切齿的话，浑身发毛。

孙明磊接着说："生活在底层的人不变聪明就得继续受穷！这是真理。你害怕穷！所以极力地不想从上等人这个层面掉下去。"

娄小涵说："是啊，却不知道父母离去让我受很大的损失，即使拼尽全力也逃不脱'小丑'的命运！"说到这里神情更加黯然。"以前总被父母管制得烦，现在才真正体会到父母的重要性。有父母的日子是官，没父母的日子跟外面的流浪狗有何区别？但是肥肥说孙家虽然有钱，精神方面却非常贫穷！所以说有钱人不见得就是富人！真正的富人是谦卑且与世无争的，他们不会因为一点小小的失落而恼羞成怒！所以世界对穷人极不公平，叶佳彤不过有个你看着顺眼的父亲，你便对她另眼相看。而我，因为父母双亡，就要遭你白眼儿。好在你妈还有恻隐之心，但遇到实际问题很自然就会联想到自己的身份地位，脸面荣耀！"

孙明磊望着面前的小涵，由衷地说："你话说得很斯文，一点没有人想象的穷人那土得掉渣的样子。"

娄小涵："即使这样又有什么用？这个社会总觉得只有富人们才可以斯文，如果贫贱，斯文了就会认为是做作！其实我父母从伊甸园去新加坡也有二十多年，他们也做到了高官名人，但因为他们的离世，我却又沦落成富人眼里的下等人。对了，你见过富人在网上的德行吗？简直就是一些骂大街的泼妇，有些人身居要职，骂起大街来周星驰得给他（她）们下跪。"

孙明磊听小涵这样说，非常惊讶，惊奇她一个贫贱的人，却有富人的思维。

小涵说："可能曾经也是有钱人的缘故吧，所以看世界更透彻。是的，世界娇惯了有钱人！看看伊甸园人，只要别人给口饭吃，这辈子便忘不了，即使把他们当猪当狗，他们也不会忘，但是一些有钱人却很奇怪，他饿的时候你给他口吃的，他也不知道三思。"

孙明磊眨巴下他的小眼，异常天真地冲娄小涵说："你说的都是些什么？我都没有听懂！"

娄小涵嘴一撇："这或许正是叶佳彤没有看上你的根本原因。是的，叶小姐本没有什么，不过她阅历多一些，因此在她眼里根本没把什么所谓的富人放在眼里，她讨厌父亲说的国外是天堂，港台是先进、富庶之地的说法。她认为随着中国的城乡发展，物质生活水平的提高，国人在逐渐自强、自信！"

孙明磊一愣："她会有这样的想法？"

娄小涵呵呵一笑说："为什么不会呢？可以说，她对你的不屑一顾恰恰因为你的俗气不堪，而并不是你认为的叶老师是你们同类的仁慈。我跟她不同的是，因为父母的离世所以要仰仗很多人。我要巴巴地求人，但却又被人瞧不起！"小涵用涂着鲜艳的口红的嘴唇往外吐着气，看着面前的孙明磊很无奈地耸着肩。然后看看桌上的瓜子抓了把往口中一填，接着很快从嘴里将瓜子皮吐出来。

"这样吃很不卫生的。"孙明磊说，"哎呀，你这人怎么这样啊，看着一点儿教养没有的样子？"

小涵说："你总是把我跟叶佳彤比，所以你看我哪儿都不会顺眼！"

"你以后少去伊甸园集市买这些不干净的东西回来吃。"孙明磊厉声说。

小涵往沙发上一躺，然后腿一跷。

"你不脱衣服就往沙发上躺，这衣服很贵的。"孙明磊喊。

"天哪。"小涵从沙发上蹦下地，瞪着面前的孙明磊说，"我现在已经跟你没有关系了孙总，你为了得到叶佳彤已经撕毁了那张红色的本本，所以你不能过多地对我进行干涉，虽然我现在仍居在你处，但我很快会搬出去，所以你不能对我管得太多。"

"你认为我想管你啊，我不过想通知你快点离开这里，别在这儿赖着不走，当你的家一样。"孙明磊恨不能娄小涵现在就走。

"你认为我真的不想走吗？"小涵说着话站到孙明磊跟前，怒目瞪着面前的他。

他耸耸肩，意思你走啊！小涵看着面前胖胖肥肥的孙明磊的饼子脸，忽然"扑哧"一下笑出声，然后又坐回到沙发上。

孙明磊骂了一句"脑残"，甩开膀子往外便走，但走到门口时，他突然又将脚步停住了。继而停留了一会儿，将脸转回来，凝重的面目没有了，然后不到几秒钟的工夫，他又走回来，坐到小涵跟前。

小涵从嘴里吐出瓜子皮到地上，对孙明磊说："我是个知道感恩的人。说吧，要我做什么，只要别伤害我，什么都会做！"

孙明磊嘴一撇："就你？除了添乱还能做什么？再说不过就是个叶佳彤，我就不信摆不平她！"他望着小涵咬牙切齿了一会儿，然后摇晃着膀子往外走去。

小涵被孙明磊突然的恶相惊出了一身冷汗。

第38章　那一年的那一天

伊甸园的傍晚，当晚霞消退之后，天地间就变成了银灰色。乳白的炊烟和灰色的暮霭交融在一起，像是给墙头、屋脊、树顶和街口都罩上了一层薄薄的玻璃纸，使它们变得若隐若现，飘飘荡荡，很有几分奇妙的气息。

小蠓虫开始活跃，成团地嗡嗡飞旋。布谷鸟在河边的树林里，用哑了的嗓子鸣叫着，又不知道受了什么惊动，拖着声音，朝远处飞去。

伊甸园素以它的美丽和云雾闻名于世，巍峨的云峰上，霎时峭壁生辉。

叶佳彤的办公室坐落在双子楼座的 16 层最东端，这里闲暇时往窗外看能见到伊甸园满山苍翠，掩映着雕檐玲珑的现代建筑群，偶一抬头，可以看到山顶上有云在飘，它们时而散得很快，时而抱成一团。

此刻桌上的电话响了起来，正在忙于文件整理的她摁开电话的接听键："有什么事儿？"尽管居于高位，她的声音仍充满着无限的柔情。

一个甜美的声音传出来："领导这么忙啊？"

"你是……"

"猜猜，"嘎嘎笑声从话筒里传出来。

"李宁吗？"叶佳彤想起一位叫李宁的跑保险的同学近几日常给她打电话。

"什么李宁？我是你理工大的同学！"话筒里传出清脆的声音。

"理工大？"叶佳彤将文件放到一边儿，用鼠标将电脑里的大学同学照片点开，浏览了一下，觉得有好多女生的名字都想不起来了。

"与你一宿舍的女同学你总不会忘吧。"那边的声音传进话筒里显然很失望。

"毛馨馨？"这个名字突然闪现在叶佳彤的脑海里，忽然一阵激动。

那端在电话里答应了一声说："没错没错！没想到你还没忘记我。"还没等她将话说完，敲门声响起。

叶佳彤一愣。电话里又传出毛馨馨的声音："快开门，我到你办公室门口了。"叶佳彤一听，笑起来，起身过去将门打开。

门外果真站着长得豆包脸的毛馨馨。叶佳彤望着毛馨馨激动地上前拥抱。毛馨馨更是将叶佳彤紧紧地搂住，使劲拍着她薄削的后肩说："你可想死我了！"

互相拍打着那么久才将彼此放开。叶佳彤"嘘"了一下。毛馨馨问："怎么啦？"叶佳彤龇牙咧嘴着说："刚刚你拍得太用力了！"

"哈哈。"毛馨馨再次张着她肥厚的大嘴笑起来，"原来你还这般林黛玉啊，还认为你这些年被有钱的男士宠得吃壮了呢。"

"开什么玩笑？"叶佳彤说着话将毛馨馨让到屋里的沙发上坐下。毛馨馨看看大约四十多平的办公室，点点头说："在伊甸园混得不错啊。"叶佳彤自嘲地笑了笑，然后说，"是笑话我对吗？"

"哪敢啊！"毛馨馨说，"现在炫富是时尚，为何会是笑话？"

叶佳彤没有说话，她怕自己此刻说什么都会被毛馨馨认为是"矫情"。

"很羡慕你佳彤，干什么后面都有一大堆男人排队来成就你的人生，不像我，想做点化妆品生意都做不了。"毛馨馨将她肩上黑色的皮包放到她坐着的旁边。

叶佳彤坐到茶几旁洗茶，笑笑说："学建筑的高才生竟然会沦落到去卖化妆品？开什么国际玩笑？"

"这就是现实！"毛馨馨说，"知道这样当初真不该上那么多的学，你知道这些年我都干过什么？跑保险，卖过煤，送过快餐，睡过桥洞……"

"既然这样干吗不来伊甸园？这里对无工作的人是免费吃住的。"叶佳彤说。

"不是还想要点脸面吗。"毛馨馨打打自己的脸，"你们都混得这般好，我总不能一副要饭的样子。"

叶佳彤想想也是，将一杯沏好的红茶端到毛馨馨面前。

毛馨馨端起来试着先喝了一小口，觉得烫又放下。她摆摆手说："不说我的事儿了，说说你吧。"

叶佳彤嘴角往上一抿说："我有什么可说的？"

"不想说是吧。"毛馨馨摆了摆手说，"算了不想说就算了。对了，你知道今天的同学聚会是谁发动的吗？"

"不知道！"叶佳彤说。

"是查若良！"毛馨馨说，"听说他想在伊甸园做关于肝菊粉的项目。同学说，他因为报孙家的恩才离开的你，不然的话……"

"好了，别乱嚼舌根了，他可是明磊妹妹的未婚夫！"叶佳彤说。

"我知道！"毛馨馨说，"不过情有可原！"

"你收他好处了吗？在这儿叭叭地替他说话？"

"好处倒没有，不过希望他留我去他公司上班。"

"我说嘛。"

"还记得当初若良为你在伊甸园累倒的情景吗？我们七个人，你、我、若良、明磊、费洪、王语佳、于虹来伊甸园山旅游，你崴了脚，若良就背你往山上走，一不小心摔进了山崖……"

毛馨馨的话让叶佳彤想起八九年前大一暑假七人自发的旅游。那天她因为崴了脚不能爬山，想到附近的村民家里休息。查若良觉得如果叶佳彤今天到不了山顶，便看不到伊甸山的全貌，也就勾勒不出伊甸园的全貌，提出背叶佳彤上山，却不知走到半山腰，脚下一滑，两人从山坡滚落下去。

两人醒过来时，夜幕已经降临。尽管暑天，但山里的风依然凉得瑟瑟。查若良见状，瘸着腿走到她跟前，将上衣脱下盖到她身上。然后他蹲在一边双手抱着肩膀在一旁瑟瑟发抖。她激动地起身过去抱住他已经被冻得冷硬的身体。一起取暖约两个小时的工夫天才放亮，一登山队路过，见两人已经奄奄一息，忙给两人拾木取暖……

还有一次，孙明磊请两人吃饭，饭局中为了保护叶佳彤跟孙明磊厮打起来。孙明磊不甘输，打了110，将查若良送进局子。查若良在局子里做出令叶佳彤感动终生的事儿，他跟孙明磊说誓死跟叶佳彤在一起！孙明磊恼羞成怒，只得跟警察通融多让查若良在里面多待些日子。好在国有国法家有家规，警察只是按照规定禁闭了查若良一整天。

谁知查若良竟然在情人节那天离开她回到孙丽娜身边。"所以不要相信男人的海誓山盟！"叶佳彤对毛馨馨说，"冲动的激情很短暂！"

"你对若良误会真的很深！当然或许当局者迷，旁观者清吧。"毛馨馨说，"若良一直在为你服务，如果不是的话，他何必非要来伊甸园做这笔肝菊粉的生意？"

不知如何回答毛馨馨的话，或许查若良只是在帮助孙明磊定局伊甸园园长的任务。因为跟丽娜的关系，他现在基本也算是孙家的人，当然希望孙家掌控伊甸园，只有这样他们才能更加为所欲为。

毛馨馨笑笑，"你真的很幸福佳彤，我要是能像你这样被几个男人追，死也瞑目了！对了佳彤，你知道肝菊粉吗？听说不过是从一些水果花里面提取的营养物质，据说可以延年益寿，帮助人体改善总体高分子结构。"

"真的假的？"叶佳彤心想前几天倒是听孙明磊提过此事，认为他是在试探她对他的感情，没有接话，另外她不明白肝菊粉是种什么物质，今天听毛馨馨说倒是有点懂了，但还是听不明白。

毛馨馨说："若良的母亲以前是学生物的，她对生物的生命科学很有研究，听说这项目是查若良无意将史爷爷提取中药成分研制时出来的灵感。"

叶佳彤点点头："原来如此啊，这么说如果这项目成功的话会给伊甸园带来不小的惊喜。"

"何止惊喜？简直可以说填补了世界医学界的空白，听我一位做'非典'医生的舅舅说，这有可能获诺贝尔奖也说不定呢。"

"这倒是件好事儿！"

"只是听说现在的诺贝尔奖含有政治因素，很多诺贝尔奖得主并不是真正的什么人才的高端，只不过……"

"不要想太多，我们也不见得非要冲刺什么诺贝尔奖，我想只要有利于大众，有利于社会，这事儿就可做！"叶佳彤说。

"说得是！不过，这次你得帮我在若良面前多说几句好话，叫他留我驻扎肝菊粉生物机构。"毛馨馨话没说完手机铃声响起来。她朝叶佳彤摆摆手，意思先接个电话，然后摁开接听键……

一个磁性的男中音从毛馨馨的手机传出了话筒："馨馨吗？我是若良。"

"若良？！哎呀终于接到你的电话了，天哪，真是国人不能提，我跟佳彤正在这儿说你呢。"

查若良"哦？！"了一声，"真的吗？那真的太荣幸了！没想到我查若良竟然会被两个美女提及。"

毛馨馨看看叶佳彤："少谦虚了老同学，这谁不知道你有貌赛潘安的魅力呢，要不是因为佳彤是我的好友，当初我正想狠狠地追你呢。"

查若良"哈哈"了一声："现在追也不晚啊。"

毛馨馨"呸"了一口："别认为我毛馨馨贱，说实话花心的男人我还看不上呢。"

"是是是！"查若良说。

毛馨馨说："说正经的吧，要不要跟佳彤说话？"

"当然要了。"查若良说。毛馨馨答应了一声要将电话给叶佳彤。叶佳彤连忙摆手，怎么也不接这个电话。毛馨馨无奈，只得跟查若良说，"佳彤太忙，没工夫接电话。"

查若良说："没什么，面见的时候再说。"毛馨馨"呵呵"了两声冲查若良说："也是，反正很快就见面了，对了，什么时候过来？"

"我今晚的飞机明天一早到北京，然后明天下午就能到伊甸园。"查若良说。

"OK！"毛馨馨说。

查若良"嗯"了一声："剩下的事儿可都归你了啊。"

"还用说嘛。不然的话我会提前这么早来伊甸园？放心吧，我马上就开始联系同学们。"毛馨馨笑笑说。

"好勒！"查若良兴奋的声音传到毛馨馨的手机话筒里。

毛馨馨滑上手机。

敲门声响起。毛馨馨过去开门。孙明磊站在门外看着毛馨馨疑惑地眨巴了几下眼睛问："你……你怎么来了？"

毛馨馨说："哎呀明磊你可真是贵人多忘事儿啊，我不是今早就打电话给你了吗？你说让我先跟佳彤说一声，所以我就先到了佳彤这里。"

孙明磊"哦哦"了两声，拍拍自己的大脑袋："都怪我最近事儿太多。"

"您当然事儿多啦，有道是能者多劳！"毛馨馨巴结的语气说。

孙明磊肯定不会被毛馨馨的几句话击晕，冲毛馨馨严肃地摆了摆手。

毛馨馨趁机跟孙明磊说："明天晚上同学聚会，你一定过来呀明磊。"

孙明磊说："明晚？明晚我参加不了，因为明天中午要开会研究伊甸园房产归属的问题，下午北京的领导过来视察伊甸园需要我陪同，晚上有个5G项目需要研讨。"

"你的意思是明晚你参加不了？"毛馨馨问。

"是参加不了。"孙明磊看看叶佳彤，"佳彤明天晚上……"他想示意叶佳彤也不许去，但又觉得万一被叶佳彤拒绝会很没面子。

世间万物，阴阳存在一体，如果阴偏盛，那它就会成为一生的败笔，他讨厌这样，尤其近期他忽然悟出了一个道理，那就是凡事儿少露面，多神秘，少讲话，多威严。认为只有这样才能显示出他崇高的地位和别人对他的恐惧感。

"恐惧？"想到这里自己也觉得可笑！不过事实真是这样，让别人对自己有恐惧感会显得更神秘，更无形，当然这恐惧不一定声言厉色，只是无形无影无踪。

"我有时间！"叶佳彤说。

毛馨馨一乐："对不住了明磊，那明晚……"巴巴地望着肚大腰圆的孙明磊说，"你真的不去啊？"

"好话不重复三遍，我没有时间！"孙明磊说。

毛馨馨摆摆手："不去不去吧！反正那么多同学都过去，对了，'二歪'教授也过来你也不去吗？"

"你们去吧！我实在没有时间。对了替我在任教授面前问个好！"孙明磊说。

"放心吧！只是你这样会让老师同学觉得你太没把大家放眼里！"毛馨馨说。

"是啊明磊，我们一起过去吧。"叶佳彤说。

孙明磊看看叶佳彤虽露微笑，却有一丝霸道地摇了摇头："不要玩得太晚！"他的话一点也没有顾及老师和同学的情谊，仿佛他眼里除了叶佳彤，谁都不想放在他心上。

叶佳彤心被"震"了一下，不过很快平静下来，装作看孙明磊刚刚拿来的文件没有理会。

毛馨馨"哈哈"了一声，站起身，跟两人做了个飞吻状，摆了摆手，离开。

　　叶佳彤仍在低头看文件，孙明磊两只手摁在桌子上就那么怔怔地看着叶佳彤，很长时间。叶佳彤实在坚持不住了，抬起头看看孙明磊，脸竟然不自觉地红了起来。

　　孙明磊先是拧了拧眉，然后咧开阔嘴笑了。他说："明天有很多男同学参加，可别太随意抛媚眼哦，不然的话，我会告诉伯父伯母请他们多训导训导你做人的根本。"

　　叶佳彤低下头，用双手抱住。他将她的手拿开，然后抬她的下巴颏怔怔地望着她桃花似的脸庞足足有七十九秒。她有种被羞辱的感觉，拿开他的胖手，但他的胖手却捏住了她的脖子。她不由自主地"咳咳"了两声。

　　他松开手，然后望着她咬了会儿牙，继而头发一甩，大踏步地往外走去。她看着他离去的背影，呆愣了一会儿，接着脚拿到椅子上，抱起双膝，头埋进去，竟然不想出来……

　　傍晚下班，叶佳彤想打扮一下去参加同学聚会，但想起毛馨馨说的是查若良组织的聚会忽然又不想打扮了。此刻孙明磊推门进来，走到正在镜前心不在焉地梳妆的叶佳彤面前，将其身子扳过来，上下打量了一下她，说："好好打扮一下！"

　　她愣了一下，抚了抚额前的刘海儿说："其实没必要！"说着拿包要往外走，被孙明磊一把拽住了，"听话！好好打扮一下给查若良看看！"

　　"明磊？！"她疑惑地眨巴了一下目盼星动的眼睛。

　　"听我的！"他将卫生间的梳子拿起来递给她。她只好接过梳子。一下，两下，三下……，继而将头发缓缓地扎起来。

　　他点点头，然后从口袋里掏出一个粉色的蝴蝶结递给她。

　　她看了看，将头发拢了拢，将蝴蝶结戴上，双手向外摊了摊说："这下行了吧。"

　　他将她扳过来，左看看，右看看，上看看，下看看，然后变戏法儿似的拿出一身白底粉色小碎花的旗袍，将一白色的克路驰白中泛浅蓝的坤包打开递给叶佳彤。

　　行头上身，果真跟以前大有不同，叶佳彤顿觉自信更满。再然后孙明磊又拿出一个纯白的毫无一点杂质的水白玉佛给叶佳彤挂到了脖子上。

　　一切都那么自然，来不得叶佳彤的一丝拒绝，也可以说是无缝隙可拒绝，她顺从地听任着孙明磊的摆布，虽有些勉强，但也有些感激，甚至有些沾沾自喜。

原因竟然是为了在查若良面前展现最美丽的自己。

是啊，父亲说得对！什么最能满足你的虚荣心？钱！它可以让你膨胀得成为疯子时还有很多的拥护者。她当然不想变成疯子，那样会招来灾祸跟别人的谩骂。

孙明磊将一个纯白的水白玉手镯戴到她手腕上，这才满意地点点头，将她半推半就到镜子前。

望着镜子里的自己，有种飘然若仙的感觉，又觉得有些扎眼，觉得同学聚会用不着这般嘚瑟。他捂上她的嘴，然后拉着她的手往外走。她问："你是不是也要过去？"孙明磊说："当然要过去，不然被姓查的把你抢走，我可就亏大了哟。"

竟然没有听见孙明磊说话，因为此刻浑身被孙明磊戴的珠光宝气使她有些喘不上气的感觉，想摘下来却被孙明磊的胖手摁住。看看孙明磊强迫威胁的眼神，想想时间已经过去了很久，顾不得思考又换上孙明磊给她买的那双"芙妮诗"高跟鞋。

孙明磊咧开阔嘴笑起来，说："真的成了仙女，哎呀，今晚小心男同学会因为你的到来，看得被墙撞死。"

"真能开玩笑！"叶佳彤看看腕上的玉镯，"放心吧，你的玉镯已经把我捆的结结实实。"忽然想起闫平阳，又想将其摘下，被孙明磊摁住了，但见他在她鼻端刮了下她尖削的鼻尖，笑笑说，"又开始内疚了对不对？放心！我不过怕你在若良面前丢面子才要你这样打扮的，那个跌打大夫不会像我这般懂你的！"

觉得他说得对！这些日子以来他像是失踪了一般，不再出现在她的视野之内，明确说是自孙明磊因她参与爱心伊甸园以来，闫平阳便总是躲她远远的，即使时而在会议上碰面，他也如没看见她一样。

叶佳彤重重地叹了口气！在想前段时间他当勇敢的"蜘蛛侠"从绳索上掉下来住院秋水款款照顾他的情景，还有她曾经梦见他要跟秋水结婚，难道是上天在给她点明应该离开他吗？

他跟秋水才是最好的一对儿！方非、肥肥，还有……对，小涵也觉得他应该跟秋水一起。但是昨天小涵找到她竟然又叫她离开孙明磊，她说："孙明磊是个畜牲，佳彤小心他对你下毒手！"

叶佳彤觉得小涵非常可笑，一会儿阴一会儿阳的，没句正儿八经的话。小涵说："也难怪，因为身边宠你的男人太多，闫平阳不知道乘胜追击，又一心致力于伊甸园，唉！其实也怪你太有小资情调，所以你根本无法果断地拒绝查若良、孙明磊之流男子的追求。明确说你不专一，真正伊甸园人喜欢的是像秋水一样的女人。"

她认为小涵分析得很对！小涵说："你想做个像秋水一样的女人已经晚了，因为你都快三十岁了，虽从现在学不晚，但最终你会成为'四不像'，所以我觉得你还是做现在的你，拿出你本有的魅力去吸引能帮助你完成大业的男人过来，但这个男人并不是孙明磊。"

听小涵的话总能让人想到叛离！对头，就是叛离！所以她不喜欢跟小涵在一起，认为跟她待在一起过长会变成假崇尚自由的走狗。这样胡思乱想着时，孙明磊的手机响了。这才发现她已经坐在孙明磊的车上，而孙明磊一直静静地待在她身边。见有电话，他胖胖的手摁开手机，冲着手机话筒说："妈，今晚我连陪领导吃饭的时间都推了，现在我正跟佳彤一起参加同学聚会呢。"

史爱香说："妈有要事儿找你商量，快回来！"孙明磊看看叶佳彤。叶佳彤吩咐小五停车，她下去打辆车就可以。孙明磊叫小五别停，说："伊甸园酒店马上就到，我们把佳彤送到酒店就回去。"

小五答应了一声，一踩油门往东而去。

穿着珠光宝气，但越发显得大气书卷气的叶佳彤来到酒店已经很晚了。

三十多个同学早已经等候她多时，见她进来，冷不丁将她抬起来要将她扔出去，被查若良上前拦住。

大家嬉笑着说："既然这样那佳彤的酒今晚也由若良代喝了？"

查若良说："没问题！谁让佳彤曾经是我的初恋呢！"说着一把将叶佳彤搂过来。大家佩服查若良的勇敢，叶佳彤却如吃了老鼠屎一般哽在咽喉，想吐却吐不出，只好端起酒喝了一口，麻醉自己臭得更加彻底。

奇迹竟然发生了。是的，她竟然觉得没那么恶心了，且还有些飘飘然的感觉。

随之她来到查若良跟前，默默地看了他一会儿，同学们开始起哄了，将查若良往叶佳彤跟前一推，然后将两人绑到一起，灌两人的酒……哪里还想什么"肝菊粉"？哪里还想什么"青蒿素"？哪里还想什么"果胶代谢"？

叶佳彤什么也不知道了，连手机不断地响也没有听到。

凌晨，酒店老板过来说要下班了，同学们大多都知趣地回了酒店，只有毛馨馨硬又嚷嚷着去外面唱歌，没走的几个同学附和着一起去。

叶佳彤的手机铃声再响起来。毛馨馨说："佳彤你的电话。"叶佳彤"哦"了一声，从坤包里拿出孙明磊为她专门定制的华为手机，"喂"了一声。孙明磊的骂声从手机里传出来："叶佳彤，你找死啊，干吗一直不接我的电话？难不成跟什么人睡觉去了？"叶佳彤对孙明磊这种污辱式的言语非常反感，她用力将挂断键摁上。接着电话再次响起。

知道还是孙明磊打来的，不想接，因为明知孙明磊说不出半句好话。但是孙明磊的电话催命般地往这儿打。只得摁开电话，"喂?!"了一声。

那端却"砰"的一下将电话挂断，她吓了一跳，看看毛馨馨，认为她会笑话自己被人训斥的狼狈，不想毛馨馨却将双手抱在胸前，用羡慕的眼神望着面前的叶佳彤说："佳彤，你真的好幸福哦。"

叶佳彤听着毛馨馨的话，觉得浑身起了鸡皮疙瘩，忍不住浑身抖动了几下。

查若良笑起来，说："大家都回去吧。"

半醉的叶佳彤竟然不想回。因为此刻的她很想知道那年的情人节查若良突然离去到底发生了什么？想到这里她说："我认识一家 KTV 的老板，一会儿我们去那儿。"查若良当然同意，立马招呼了几个同学驱车而去。

那夜查若良邀叶佳彤唱了很多歌。其中有《萍聚》《请跟我来》《吻别》《默》等十几首，别的同学因为他占着"麦"几乎都没怎么唱。而叶佳彤一直想问的问题却没机会说。

就这样一直闹腾到凌晨四点。大概是困了，叶佳彤想离开，查若良说他也有此意，众人见此也都没了趣，各自散去。

查若良负责把叶佳彤送回住处，因为路途尚远，毛馨馨先要叶佳彤到她住的酒店凑合到天亮，查若良说他还要跟叶佳彤讨论一下如何应对经贸往来的一些事儿，肝菊粉是在伊甸园注册公司还是在西班牙？

叶佳彤说："当然要在伊甸园了，毕竟这样的话对伊甸园更有利一些。对了近期这边的熔喷布有些短缺，你能否帮着进一批？"

查若良说可以啊，他的朋友是俄罗斯熔喷厂的翻译，估计这事儿可以做。叶佳彤说："既然这样那太好了，改天我叫闫副园跟你谈熔喷布的规格问题，然后如果可能的话就把合同签了。"

毛馨馨说："佳彤你真厉害，我还认为你真的是靠明磊爬上去的呢，原来你业务能力方面的确很强！"说到这里还伸出了大拇指。

"你可别瞎夸我，这可是我的短板，很多事儿我都是听朋友说的。"叶佳彤说。

"是听那位闫副园说的吗？我可听说最近闫家在忙着结婚的事儿呢。"毛馨馨说。

"结婚的事儿？"叶佳彤抬头看看毛馨馨，"你听谁说的？"

查若良一乐："这事儿恐怕全伊甸园的人都知道了吧。是的，听说闫副园不想跟他的妹妹秋水结婚，他的父亲生气了，便把他锁在屋内半个月，所以我想过来劝解一下。"

"劝解？"叶佳彤目光望向查若良，不知道他葫芦里卖的什么药。

查若良笑笑："很快你就知道了。"说着朝毛馨馨挥了挥手，以示"再见！"

叶佳彤见毛馨馨往酒店走，冲毛馨馨说："慢走！"

毛馨馨朝叶佳彤笑了笑："放心吧！"挥了挥手，往酒店走去。

车子在路上开了十几分钟的工夫，眼看拐进伊甸园小区时，查若良说："说实话，很后悔离开你，因为这七八年的时间，岁月不但没摧残你，反而越来越漂亮，越来越迷人了！"

她不想回答他的问题，甚或一点儿都不想，见车子快到小区门口说："停车吧！"将安全带摘下，打开车门。他说不再谈会儿了？她没有理会只顾自地下车，跟跄着走了没有几步，竟然被闫平阳挡住了。

叶佳彤抬头看了看，吓了一跳："平阳？你……你怎么在这儿？"

查若良"哈哈"一乐："好了，我的任务完成了！"朝闫平阳挥了挥手，上车，离去。

傻站在当地很久。闫平阳走过来。她望着他，看到的竟然是闫平阳充满怜惜、保护她的眼神，不由一震，然后懊悔地扇了自己一个响亮的嘴巴！

"你干吗要打自己？"闫平阳瞪着面前的叶佳彤说，"你这是犯病了是不？"

她痛苦地闭上眼睛。怨恨自己挣脱不了孙明磊曾经那双深邃幽远对她充满无限关爱的眼神，以及那双掌控她一切的大手。

闫平阳缓缓的轻柔的情意仍在撩拨她的心弦，想逃脱这磁场，于是转身，却被闫平阳一下子抓住然后用力一拉将她拉到怀里。

她闻到了闫平阳身上的味道，这种味道好像小时候父亲也有过，起初虽觉得有些苦涩，但闻着闻着便有了芬芳的感觉。她于是像是中了邪一样地趴到闫平阳怀里。

想不到会发生这样的事儿。秋水想不到！孙丽娜想不到！毛馨馨想不到！潘明、柴禾妞想不到！亲戚朋友想不到！通通想不到！

其实别人都想到了，她只在宽慰自己！因为她逃脱不了被罩在温室里舒适的感觉，怕一逃脱她所有的一切都将消失。

眼神因为跟闫平阳的激情比先前更加柔和美艳了许多。

孙明磊的车停在不远处，他坐在车里冷冷地乜视着闫平阳跟叶佳彤温文的笑容，牙不由咬得"咯嘣咯嘣"响。

第39章　梦非梦

"噼！哧！"

一声霹雳！将正在办公室打盹的秋水惊醒后出了一身冷汗。

压了压惊，搓了把脸，呼了口气，看了看墙上的钟，立马意识到该去给牛爷爷他们洗澡换衣了。可是看看窗外，两三点的下午昏黄犹如黑夜，心想外面还有晾晒的被子需要收回。秋水三步两步地跑出去，将被子收到储藏间，叠起，放到旁边的木板上。

外面的风卷起千浪般的花瓣将其扬向空中。

飞扬……飞扬……

下午四五点钟时，天竟然放晴了。秋水下楼，往智能养殖场走的路上被一辆黑色的大众车挡住了去路。那端传来"嘀嘀！"的摁汽车喇叭的声音。她认识那辆车，是居委会的一辆旧大众。以为是她哥在车上，走过去打招呼，不想从车上下来的人是小五。她一愣，冲着小五说："为什么开我哥的车？他人呢？"

小五没有说话，而是近她跟前提小鸡一样将秋水抓住扔进车里。然后将车门带上，上锁。接着着急地往前开。

她拼命地喊，疯狂地喊，以至都喊哑了嗓子，车才停下。然后小五下车，将门打开，拽着她大步流星地往幽深的树林里走。走了大约几千米的样子，小五手一松，将秋水扔到地上。

然后她看到了戴着墨镜穿着蝙蝠侠服装的孙明磊。是的，孙明磊看她的样子如有深仇大恨般，但见他圆润的"饼子脸"被太阳照得已经变成有棱角的"钢针"，再看他的眼睛在迷蒙的眼神里竟然幻化成了关公杀人般的模样。然后他上前揪住她的衣领，狠扇了秋水一个响亮的耳光。

她忙不迭地捂住自己的脸，忽然意识到自己挨了孙明磊的打："野……野蛮！"她愤怒地喊出了声。

"是你欠打！"孙明磊冷笑一声说，"明确说应当是你哥欠打，但我想打你应该更好一些，你不是号称他的老婆吗？那么你就该替他遭这份罪。"喘息了几声，"姓闫的也太小看我孙明磊的能量了。竟然连我的女人都敢玩耍。"

秋水马上明白了孙明磊将自己抓到这里挨打的真正用意。有些替自己叫屈，因为她也并不愿意闫平阳跟叶佳彤在一起。但是又觉得两人必须在一起！因为那个女人是哥哥喜欢的，而且听哥哥说这次查若良来是有意撮合叶佳彤跟哥哥一起的。原因嘛，好像怕孙家独霸伊甸园，将其改制。

说实话她早看不惯孙家在伊甸园的作威作福，就算叶佳彤不跟哥哥一起，她也要将叶佳彤从孙家拉到自己身边。想到这里她冷冷一笑，说："叶总是聪明人，她不会任由孙家摆布的！"

"你说什么？"孙明磊说着话疯狗般地朝秋水身上踢打过来。秋水伸拳一挡，差点把孙明磊掀翻。小五见孙明磊吃亏，急步上前，不到三个回合，就把秋水按压到地上。

"咚咚咚……""咣咣咣！""啪啪啪！"

拳头，脚，掌，雨点儿般地落在秋水的身上、手上、腿上、胳膊上……

秋水觉得自己快死了，她闭上眼睛，看见闫平阳笑着朝她招手，她非常高兴，展开双臂跟闫平阳拥抱，然后陶醉般地跟闫平阳裸露的身子扭歪到一起……

夜幕降临了。秋水苏醒过来，忽然发觉全身一丝不挂，慌忙穿上衣服，想着下午发生的事儿，立马便什么都明白了。她踉跄着站起来准备狠命撞向歪脖子树，却被陡然出现的崔光北拦住了："秋水！"

她用力将其推到一边，还要撞树。崔光北说："你为了你负情的哥哥值得吗秋水？"说着将其抱起来放到自己的车上。"天哪！"她喊，"我到底要怎么办？"

崔光北将秋水送到闫平阳的新住处，告诉他秋水自杀的事儿。闫平阳问秋水原因，秋水死也不说。崔光北冷笑闫平阳的无知："难道你不知道秋水的自杀是因为你三番五次的羞辱？"说完这话后扬长离去。

两个月后，秋水发现自己竟然真的怀上了孙明磊的孩子。恐惧中不知如何办时，闫平阳进来，跟秋水说："不要怕！一切有哥呢。"然后第二天，闫平阳告诉伊甸园所有人，他准备跟秋水结婚了。

叶佳彤得知此消息后不久，接到查若良的电话。查若良告诉她千万不要因为激愤而投入到孙明磊的怀抱。"孙明磊真的不适合你，以前是我错了佳彤。"她冷冷一笑，"怎么伊甸园人都有好自为大的毛病？离开我投入到孙丽娜身边是你做的，现在我跟你没半点儿关系了，你竟然还逼我嫁闫平阳！你是得了掌控症了吗？"

查若良说："我没有逼你跟闫平阳结婚，但是你更不能跟孙明磊结婚，我跟他自小一起长大，我了解他娶你的真正用意并不是爱，只不过施展他的淫威。"

她听他这样说笑了，冷冷地笑了，然后找出查若良的名字，在手机里将其设置成了黑名单。

没多一会儿，孙明磊进屋，说亲手煲了汤给她送来。

叶佳彤非常感动，提议去伊甸园园心，孙明磊表示赞同，但必须要他陪同。她点头同意，然后两人坐着小五开着的奔驰往山中开去后右拐，进圆心门，将车停下，两人下车，走进工地。

叶佳彤告诉他，这里原来是伊甸园水果厂的宿舍，盖起来有三十多年了。孙明磊四下看看，院子挺大，占地该有十几亩，围绕在十几亩的南北东西有一圈平房，大约有几十间，老英雄们一人一间住在里面。

其中东、西有办公室：分别是护士室、网格室、急诊室、业务室、抢救室……原本闫爱军提出去山顶靠近小区的公园旁建造新的园心，但史爷爷说他们这帮老兵住这里惯了，还是将其修建一下，继续住吧。

几位老英雄都点头称是。闫爱军无奈将几十位老英雄先请到伊甸园的养老院，然后叶佳彤带头，将这里改装一下，使里面的环境看起来更舒适，生活更方便。她进到一处住房，上面的顶棚上糊着报纸，工人小王想就此将壁纸直接糊上，叶佳彤觉得应该将顶棚处理一下，抹上腻子、胶、粉，干透再上壁纸。

小王当然不想干这么麻烦的活儿，在一边跷着腿不想动。孙明磊眼一瞪说："干吗不上去？"小王说："楼顶太旧，我觉得应该找专业人士过来。"

"混蛋！"孙明磊说，"我看是叫叶总把你们惯得不轻！"说到这里冲小王喊，"你上不上？"

小王说："不上！"

孙明磊火了，攥起拳头。这时小五过来，揪起小王的衣领，朝着胸前就是一拳。小王被打翻在地。人群慌乱了。

叶佳彤冲着孙明磊喊："明磊，你这是干什么？"

孙明磊说："他不听话理应受到惩罚，把他今年的工资全部扣掉！开除伊甸园。"

小王一听这个急了，呼地从地上站起来，从地上拿起一根木棍朝着孙明磊的头顶一下子砸下来。只听"咚"的一声，孙明磊实实在在被小王一棍子打得跌坐在地。血很快从他白胖椭圆的脸上流下，滴到地上。

叶佳彤惊恐万状地回过头冲进去，呼喊着孙明磊的名字："明磊，明磊！"脸上的青筋都暴了出来。小王慌了，看着面前的孙明磊，一下子瘫软在地。救护车"唔唔"的声响传进空阔的院落，震颤出来的声音很刺耳。

孙明磊被抢救过来已经是三天以后的事儿了。被抢救过来的孙明磊对叶佳彤为他流出的动人的眼泪显示出一种无动于衷的表情，看叶佳彤的眼睛也显得无神。这让给孙明磊主刀的彼得医生也感到了恐慌，于是将情况报告给了伊甸园医院高级顾问史东方。

史老爷子闻讯急急赶来，吩咐给孙明磊再做一次全面检查。检查的结果令人非常担忧，史老爷子要叶佳彤做好心理准备，说："明磊可能会成为植物人！"叶佳彤听到这个消息几近崩溃，哭号声震彻到整个伊甸园。

小王包扎着头赶过来，不时地对叶佳彤说着道歉的话，并要叶佳彤放心，说这次选举，他会发动他的兄弟都选孙总。望着语无伦次，不知该如何表达悔意的小王，叶佳彤内心更加烦乱，不由得自己狠狠打着自己的头。

一下，两下，三下……打得自己的头都觉不出疼了，手机铃声响了。是小涵打给她的电话。小涵安慰她说："不要怕叶总，一切会过去，会过去的！"

是方非的到来惊醒了她。方非说："现在什么都不要想了，多想想伊甸园，保佑孙总快点好起来是上上策。"她觉得她说得有理，拭拭泪，推开病房的门。

孙明磊的母亲史爱香跟妹妹丽娜推门进来。史爱香到病床前看到孙明磊呆呆的傻样儿，号啕大哭。

孙丽娜见状，将叶佳彤推到墙边，然后"啪啪"就是几个响亮的耳光。孙明磊醒了，看笑话似的望着面前的情景傻乐。史东方老爷子推门进来，冲着孙丽娜厉声喝道："住手！"

"爷爷你别管！"孙丽娜说，"是她害我哥哥成这样的，她该得到应有的惩罚！"

闫爱军走进来："什么惩罚不惩罚的？现在救人要紧！"

"这是我们家的家事？与你何干？"史爱香擦擦泪冲着闫爱军说。

"家事儿？什么家事儿？"看看叶佳彤，"她现在不还没跟你儿子结婚吗？再说结婚了就更不应该这样了。事情又没有弄明白！”

“是啊孙董，没有弄明白的情况下，不该这样！”史东方接过话来说。

“我就这样怎么啦？你管得着吗？”史爱香有意冲着史东方喊。

“史老爷子是救治病人的英雄，你冲老人家发什么疯？”闫爱军见史爱香跟史老爷子这样说话生气了，“再这样别怪我不客气啊。”

史爱香喘息了几口气，仍是狠狠地乜着史老爷子。孙丽娜见母亲被闫爱军数落，叉着腰来到闫爱军跟前说：“我告诉你姓闫的老头，我哥被救过来还好，万一有个三长两短的话，孙家会叫伊甸园吃不了兜着走！”

闫爱军“哟哟”了两声，眼珠子瞪得溜圆，上下打量了孙丽娜几眼，叉着腰：“我倒要看看你有这么大的本事没有？”

史老爷子拽了一下闫爱军的衣袖：“好了爱军，你要体谅他们此时的心情。”将脸转向史爱香，“明磊出了这种事儿大家都很难受，尤其佳彤，她已经三天三夜没合眼了。”

“就是。”闫爱军附和道。孙丽娜冲着闫爱军，“什么就是？”狠乜了闫爱军一眼，“就知道跟屁虫般瞎附和，智商还不如你儿子呢。”

“你说什么？”闫爱军瞪起他的环眼，恨不得抬手暴揍孙丽娜一顿。

史爱香见状将孙丽娜扯到身后，冲着闫爱军，“怎么？要打人吗？”冷笑两声，“我看你敢动手不？”

史东方见状赔着笑脸说：“爱军就是个直脾气，你大人有大量，不要跟他一般见识！”

史爱香没有理会史东方的话，但见她冲着闫爱军：“这事儿不是发生在你身上是不是？如果你的孩子这样你们还会这样说吗？”

闫爱军点点头：“我想我会这样说，如果你不相信我的话，你满可以相信史老爷子，他为了帮助别人忍受了家人多少白眼儿？”

“少跟我提这个！”史爱香陡然间变得更加疯狂，她走到叶佳彤跟前，“你是故意不让我儿子参选才这样的是吗？你是想愚弄百姓，做闫家专制的奴隶是吗？”

闫爱军说：“你这娘们儿怎么这样？”上前几步，做出继续要跟史爱香论理的架势。史东方吼了一声：“爱军。”闫爱军只得瞪了两眼史爱香走出门，史东方怕闫爱军有情绪也跟着出去。

史爱香越发张狂，冲着面前的叶佳彤喊：“一个妖精，一个祸害人的妖精真是！说实话，此刻我恨不得将你刀割了。"说到这里，还恶狠狠地咬着自己的槽牙。

"是啊，你到底对我哥施了什么魔法？让他这样为你玩儿命？"孙丽娜边说着话边用手指用力戳着叶佳彤的头。

叶佳彤什么也不敢讲，也不愿讲！她泪眼蒙眬地望着面前的孙丽娜跟史爱香，不时地摇着头，流着泪。

"你说啊，你再不讲话，我杀——了——你——！"史爱香愤怒的目光几乎要喷出火。眼看控制不住自己的情绪时，大李和查若良进来。

大李上前抱住还在发怒冲动的史爱香。查若良抱住踢腿骂人的孙丽娜。紧接着史东方、柴禾妞和潘明三人也进来了。

柴禾妞仇恨的怒火盯着面前的史爱香母女，说："这就是你们提倡的民主吗？你们心中的民主不过是对己民主，但对外人呢？稍不如意非打即骂，非踹就踢！"

孙丽娜见柴禾妞这般跟母亲说话，上前欲打柴禾妞，被查若良上前拦住了，"好了，丽娜，明磊还病在床上呢。"说到这里又看看柴禾妞，"此刻不是争论的时候。看看明磊，他还在恢复中，一切等他好些了再说好吗？"

大家听查若良这般说，也都不吭声了。史爷爷点了点头，跟柴禾妞说："你跟小潘先带佳彤回家。"

查若良跟老爷子说："爷爷您也回吧，这里有我跟李叔。"他说到这里乜了孙丽娜一眼。

大李说："是的，老爷子，您回去吧，这里有我跟若良没事儿。"

史爷爷寻思了一会儿，将脸转向史爱香。

史爱香也将脸转向他。两双眼睛融合到一起，如触电一般，都不由自主浑身抖动了一下。

史东方记得五十年前，他妻子领着女儿爱香离去的时候，妻子也是这样的眼神，那眼神里写着恨之入骨，怒气冲天……

不敢往下想了，莫非面前的史爱香真是他的女儿？如果这样那么这些年她在伊甸园做的很多天怒人怨、深恶痛疾、仇恨蔑视、冷漠无情的事儿是做给他看的吗？哎呀呀，女儿实在是误会了他，是的，他心里天天、日日、秒秒都在装着她们，不然的话他便不会这般烦闷忧虑了。

"一个天天装着全心全意为人民服务的人不配有家！"这句话从她切齿的嘴

里说出来后深深地绞痛他的心弦。

"不！不！"他极力地辩解着，"我只是想让你们过得更好，真的，难道你不觉得帮助人很快乐吗？难道你不觉得行善无我的境界很幸福吗？"

史爱香冷冷地笑了："不要假惺惺在我面前说什么以人为本的话，那不过往自己脸上贴金。人不为己，天诛地灭！你们在磨灭人性的初衷，明确是在扼杀人的本性，那是可怕的，是戴着天使光环的'魔鬼'！"

史东方说："中国的文化源远流长，它在不断地指导伊甸园往正确的方向前进，人不可能随意生活，如果那样地球将乱了套，人类最终会被自己毁灭。"

史爱香："那么人人为大众幸福，最终把自己家人饿死吗？你一年四季为人治病，又照亮了谁？别在我面前说什么'天道就是把多余的东西拿出来给缺少的人享用'的话，人的行事准则是把贫穷不足的人削弱来增强富足的人！这样才能激发人活着的斗志，才能优胜劣汰，世界才能进步！"

他认为面前这位五十多岁快六十岁的女人不是自己的女儿。是的，她很不讲理！再看她也着眼，拧着眉，哪里还敢再去想什么史爱香是自己亲生女儿的事儿？

"明磊是在伊甸园受的伤，他能好过来倒也罢了，如果万一醒不过来的话，伊甸园如何赔偿？"史爱香恶狠狠地说。

"这件事我已经电话跟平阳商量了，如果明磊身体出现了问题，那么伊甸园会负全责！"史东方说。

"用不着！"史爱香喊，"不要在我面前假惺惺的好不好？孙家已经将一半的财产投到伊甸园，你们却执迷不悟！走吧，我不想再看到伊甸园人！"

查若良认为史爱香这样的态度对待史爷爷十分欠妥，暗想自己离开叶佳彤还不是冲着史爷爷救自己的事儿吗？想到这里恨不得将实情透露出来，但这时大李大概也意识到史爱香说话的不着边际，于是过去扯扯她的衣袖。

史爱香见状，用力地呼着气，像是还有很多怨言没有说出来。

柴禾妞和潘明将叶佳彤送回伊甸园小区她的住处，安慰叶佳彤放心孙明磊的病情。柴禾妞说："相信史老园长的医术，明磊肯定会一天天好起来的。"

潘明也这样认为，他叫叶佳彤不要担心，跟史老园长这么长时间还没见过他老人家治不了的病呢，你看妞妞当初的病多重？但都被师傅妙手回春地治好了。他说到这里停顿了一下，看看柴禾妞。

柴禾妞点点头说："是的，叶总，所以你尽管放心！"

叶佳彤听两人这样说，心宽慰了许多。

柴禾妞说："平阳跟秋水本想去看你的，但怕你生气。"

叶佳彤非常生气地说："叫他们少在我面前出现。"

潘明叫叶佳彤少生气！说不定平阳跟秋水有不得已的苦衷，我不相信秋水会突然之间怀上平阳的孩子。

"别说了！"叶佳彤歇斯底里地喊着，然后她接到孙丽娜要跟她见面的电话。

她在电话里"哦"了一声："马上！"手机合上，没有跟柴禾妞和潘明说声"再见"便自顾自地离开。

孙丽娜跟叶佳彤在伊甸园医院不远处的咖啡厅见面，她谈到能否将手里的所有图样全部交给孙氏置业时，叶佳彤说："完全可以丽娜！你不用跟我客气！放心！只要有利明磊的事儿我都支持。他活我活，他亡我亡！"

孙丽娜吃了一惊，继而还是一副唯我独尊的模样："别净说好听的，没用！"

"不是好听的！是真心的，真的！"叶佳彤掏心掏肺地跟孙丽娜说。

"算你聪明！"孙丽娜咬着牙撇着嘴，继而拿起桌上的勺子往叶佳彤脸上扔过去。

叶佳彤头一低，顺势一挡脸。勺子从叶佳彤头顶飞过，打在墙上，反弹到地上，"当啷啷"了一会儿停下。叶佳彤拿开挡脸的胳膊，有些生气，但想想现在的状况，孙丽娜极端自私的个性，火往下压了压。

孙明娜站起来，将桌子一拍，咬牙切齿道："算你识相！不然要你的狗命！"扬长而去。

第 40 章　卑尽则少骨

这晚，叶佳彤做了一个奇怪的梦。梦中大概说她跟秋水去香港找孙明磊，下飞机的时候碰到闫平阳。她很高兴在这里碰到闫平阳，于是上前问他孙明磊住哪儿？怎么转来转去总是找不到他家？

闫平阳明显对她冷淡的样子，他说孙明磊为了救两个小孩差点儿淹死，正在医院抢救呢。

她和秋水听后都很着急，跑着去香港中心医院的病房时，有一大帮记者围着躺在病床上的孙明磊。

"请问是一种什么样的精神让你跳下水去救那两位落水儿童的？"记者问。

"没什么，不过是一种本能反应！"孙明磊酷且冷冷地说。

"不可能的！"记者往前递了下话筒："请说一下真实情况！"

"好了，你们别再采访了好不好？我本不是有意要救他们的，是我跟我一位朋友被一帮骗子推下了水。"孙明磊非常愤怒地说。

"请大家离开吧，病人需要休息！请大家离开！"一位粗腿短腰的护士走过来说。

记者们互相看了看，其中一位拿话筒的记者冲着孙明磊说："哦，我明白了，你是累了，那好，今天有点晚了，我们就不打扰你休息了。"他说着将话筒往袋里装，其他人被护士推了出去。

孙明磊疲倦地躺到床上闭上了眼睛，眼泪却不觉流了下来。

记者们被医院的保安往外面赶，一位护士说："你们要体谅伤者的心情，他有一个朋友……"

"有一个朋友？"记者听到护士这样说犹如蜂蜜闻到了花的香味，折回身又要采访孙明磊。被保安拦住。

于是秋水跟她一块冲进病房，却见孙明磊突然伤好了一样立起身非要出院。"我要出院，你们去找里院长，我要出院，马上出院。"

她不明就里，劝他好好养伤，跟孙明磊说："你能不能别胡闹啊？"孙明磊瞪着肿眼泡的眼，指着她的鼻尖说："都是你把平阳害死的，是的，是你！你天天咒他死，现在好了，他死了，你高兴了吧。"

叶佳彤说："明磊你别胡说，平阳他没死，他刚刚跟我们一块来的医院呢。"说到这里往后面看，却连闫平阳的半点儿影子也没有。她害怕了，出去找，找来找去找到一湖边，仍没有闫平阳的影子。

双手做喇叭状，想喊闫平阳的名字却怎么也喊不出来，不由"啊啊啊"地再喊，终于，她喊出来了，梦却醒了。

"天哪！"她拭了拭额头上的汗，拿起枕边的手机看看才不过凌晨两点。看看四周，今晚竟然没在医院。她想起来了，父母来伊甸园了，今晚母亲郝风韵在医院照顾孙明磊。

"梦是反的！"她安慰着自己，摩挲了会儿自己的胸，下床，去饮水机前接了点水喝了一口。

回到床边，想想刚刚的梦，仍心有余悸，想去医院，又觉得头疼，也就躺到床上，闭上眼睛。

眼前又幻化出孙明磊的样子。再一次的梦好像在伊甸园。她、孙明磊、闫平阳、秋水坐在一辆车里，往伊甸园山上开，车子开到半山腰的一座烂尾楼前，停下。秋水说："前面是伊甸园的东轴，我觉得如果把台商三年前搞得那座烂尾楼买过来的话可能就可以让孩子们有个好的环境。"

秋水说话的工夫，闫平阳将车停下。于是她、秋水、闫平阳从车上下来，孙明磊却没下来。她很疑惑，秋水说："明磊腿瘸了不能走，你去搀他一下。"

她"哦"了一声，去车里搀孙明磊，却见孙明磊没事人似的下了车往烂尾楼里走。她紧赶了几步才追上去，伊甸园希望学校陈校长走过来，但见他脸上的皱纹越发深陷出一道道壕沟。不到五十岁的年纪，两鬓却已经发白，眼神炯明，鼻子高耸，嘴角坚毅。

"陈校长，你把宿舍收拾一下，我想趁休养身体的时候过来带孩子们学习几天。"孙明磊说。

"真的?！"陈校长看看孙明磊被纱布缠着还露出血印的臂膀疑惑地神态表露出来，"我觉得你还是应该好好休息。"

"不！"孙明磊不假思索地回绝了陈校长的好意。

"明磊?！"叶佳彤拧眉看了一眼她旁边的孙明磊，犹如不认识他一般。孙明磊咧着大嘴朝她不怀好意地笑了笑，接着竟还给她抛了个飞眼。她不由"喊"了一声，被孙明磊半推着进屋到一张木板支的床上坐下，然后孙明磊冲着闫平阳跟秋水说："你俩回去吧，我真的很不喜欢你俩在我们身边。"

秋水跟闫平阳就走了，然后两人到了伊甸园的养鸡场。梦中养鸡场内甚辽阔，有草、山，还有小溪，放到笼里的鸡其实如散养一般，只是怕它们乱跑，时不时用高科技手段将它们包围，继而将它们收伏回笼。十几亩地的现代化养鸡场内有几十万甚至上百万只鸡。最南边有四间半新的大瓦房，是闫平阳的父亲闫爱军跟母亲李新梅经常露宿的地方，但从里面走出来的却是秋水跟平阳。

四人携手一同去吕氏烤鸡。闫平阳点了两个小菜，家常豆腐、炒椒炒肉，一个蘑菇汤，一人要了二两白酒。吕中华亲自掌勺，还亲自端过来，又额外加了两份烤鸡。

三杯酒下肚。孙明磊说："很关心伊甸园 5G 的事儿，因为这关系到伊甸园的未来。"闫平阳说:"你竟然一点不想跟我说你的历险记?我们可是很想听的呢。你是怎么受伤的?"孙明磊哈哈一笑:"这有啥可讲的,无非想去救一个美女!"

"天哪!"叶佳彤一听到这里就火了,"孙明磊,你个混蛋!知道这样我不会这般伤心。"

"你怎么还这副德行?"孙明磊使劲乜了叶佳彤一眼,"我也没说让你找我啊,是你……"

"啪!"叶佳彤站起来,冲孙明磊一记响亮的耳光。孙明磊捂着脸,指着叶佳彤的鼻尖:"你……"叶佳彤一生气,拎包要走,被秋水拦住。

闫平阳瞪着面前的孙明磊,想开骂。孙明磊冲叶佳彤笑起来:"刚刚我不过跟你开玩笑的嘛,我救的是个男孩,就是黄老板的儿子。"闫平阳点点头,"是的,叶总,孙总喜欢开玩笑,这你应该比我们更清楚。"

叶佳彤哪里能信?仍是做出要走的样子。

孙明磊"哎哎"了几声说:"你这人咋这狠呢,啊?你不知道我是死了又活过来的人吗?"

"死了又活过来?"叶佳彤问。

"可不是呢。"他说,"老爷子的治病方法很奇特。他不过天天给我炖鲫鱼汤而已,你知道吗佳彤?我被我妈喂鲫鱼汤的时候感觉非常幸福。佳彤,原来史爷爷真是我的亲爷爷。我妈跟我爷爷和好了。没想到我妈也会治病。嗯,玉米面泡鱼汤原来是我妈的拿手菜。"

叶佳彤惊奇孙明磊说的话,但很替孙明磊高兴。

急促的电话铃声响起。叶佳彤一个鲤鱼打挺起身,接到叶成功的电话说:"明磊好了,佳彤,被史老爷子的一碗玉米鲫鱼汤治好了。"

她几乎是从床上跳下来,穿上外套,飞一般地冲进病房。

孙明磊正被母亲郝凤韵扶着在地上歪歪扭扭地走,她抚了抚自己的胸,长舒口气,接着眼前一黑,一头栽倒在地。

醒来时已是深夜。孙明磊正担心地望着她,她朝他笑笑。他也朝她笑笑,然后伸出手将她的手握住。

夜深深,月影西斜。念想流转于风中,烟雨蒙蒙如画,带着些许的羞涩,倾吐着如兰的馨香。被摇曳的春风翩然看倩影儿,如丝如缕地飘荡下来,如灵动的琴声,拨动着你的情怀。

起风了，伊甸山里的风如同那湖中的水、天上的月一样让人感到清爽。孙明磊紧紧地咬噬着叶佳彤柔软的唇，犹如在吸吮奶汁，令叶佳彤更加疯狂，已经忘了全世界，忘了地球村，忘了伊甸园。

什么伊甸园？什么伊甸园的 5G？什么以人为本？什么世界大同？都统统忘了吗？没有！只不过这是两人的世界，疯狂痴迷的世界，似仙的世界，这是叶佳彤一直在追寻的，更是孙明磊所向往的。而如今她要因此舍弃这许多，跟孙明磊携手一同迈进那欧式的幽深的庄园。

"宝贝，以后再不气你了，你是我的最爱！"孙明磊喃喃地说着这句话时，已经拉她走进孙氏庄园两人的新房里。

叶佳彤说："你是我的唯一！"然后便了无声息，在孙家庄园里最豪华的新房里扭作一团，搅在一起。

第 41 章　精神殖民

"西方世界的殖民入侵一刻也没有停止过，只是武器不再是坚船利炮，而是思想文化，手段不再是物质掠夺，而是精神殖民。"这是方非自认为最能打动叶佳彤心坎的话。她说她能体谅叶佳彤被孙明磊精神殖民的快感，但是叶总，如果伊甸园被孙家殖民，建设伊甸园的初衷就没有了。

"精神殖民？干吗要用这四个字？难不成孙家没有为伊甸园做什么吗？"叶佳彤说，"你不是赞同资本灵活运用那一套吗？怎么现在来了个一百八十度大转弯儿？通过这些日子跟明磊的相处，觉得资本的运筹不是没有道理。"

"这要是在以前，我一定大加赞赏你的处事能力，但是现在……"方非说，"你知道吗叶总？在你住深宫庄园这几个月里，伊甸园的年轻人大多被孙氏置业招去云南的瑞丽开采什么孙家的翡翠矿了。还有大伟，他差点就死在那里。"

"你说什么？"叶佳彤说，"明磊不是说最近他在伊甸园峰顶搞科技建设吗？他说未来少不了科技，只有科技搞上去，伊甸园才能立于不败之地。"

"天哪！"方非喊，"难道这几个月你就是被他这么骗着过日子的吗？"长叹了口气，"看起来人真的不能与社会脱轨啊。最近在你身上都发生了什么，让你变成这样？是因为闫平阳吗？哦，对了，一定是！但是佳彤，我觉得秋水的孩子不是平阳的。"方非说。

"不要跟我提他！说实话他在我心里一文不值！我不过因为明磊救我而感动，因为明磊对爱情的专一而感动！"叶佳彤说。

"就他那样的公子哥儿会对爱情专一？快别逗了。"方非冷笑一声，"以前或许我羡慕嫉妒过你，但是现在，自从大伟去云南的瑞丽采矿差一点儿死掉以后，我看事物有了根本的变化。说实话，你现在很让我小看，明明心里爱着闫副园为什么不敢争取？就为他跟秋水同居，你便用同样的方法对付他吗？但是如果他不跟秋水住一起秋水怎么办？是的，我不相信孩子是闫平阳的。对！有可能就是孙明磊的。"

听方非这样说，叶佳彤更生气了，说："方非你怎么能这样说话？难道你见不得我有一天好日子吗？明磊怎么能跟秋水？不可能！"说着话"嘭"的一下将电话挂断。闭上眼睛，站在空阔的房间，喘息了好大一会儿，内心才稍稍平静。这时她转过身，却见孙明磊站在自己面前，不由摩挲了下自己的胸，说，"进来干吗不敲门儿？吓我一跳！"

孙明磊没有回答叶佳彤的问题，而是夸赞说叶佳彤最近的表现不错！竟然敢挂别人的电话了。

她拧眉"嗯?！"了一声说："你观察真细，竟然连这个也能看出来。"

他说："你所有的一切都是我所关心的，怎么会连这点儿都观察不到？"他说到这里点了点头，"孙家人就该有这样的气概，凡事儿没有唯唯诺诺。"说到这里坐到屋子的红木沙发上，盯着叶佳彤看了好一会儿。

她嘴微微翕动一下，没有说话。心想自己果真现在变成这样的人了吗？如果这样的话，那真的很可怕。

"你信方非电话中说的话吗？"他问。

她怔怔地望着他，很久。

"你竟然宁信外人的话也不信我的？"孙明磊望着叶佳彤从沙发上站起来，"你是我最爱的人，我不希望我最亲的人这般不相信我，如果那样，还不如死了的好呢。"

她听他这样说话，忽然感到非常内疚，转过脸来冲着他说："对不起！我只是想你做个称职的园长，不是美国表面的天堂，法国表面的文明，日本谎言的素质，西方荒谬的神话。"她语无伦次地说着这些不知道是不是由心里发出的呼喊，内心极想问他是否玷污过秋水的事儿，但又不知道从何下口。

"不知道你在说什么。"孙明磊用力地摆着手，"你累了佳彤。这样，如果你有兴致的话，我可以陪你下楼走走。"

她摇头，表示不想出门儿，因为不想碰到任何一个人，包括大李。就如昨日早餐，史爱香看了新闻上说的建立命运共同体的话题，嘴一撇，"什么命运共同体？不过一句骗人的话。"

本不想说话的，但又咽不下有人对此话的污辱，于是她顶撞道："提出这口号的人是有远大战略眼光以及过人智慧的。史爷爷曾说过，技在手，能在身，思在脑，佛为心，道为骨，儒为表，大度看世界。"

史爱香狠乜了叶佳彤一眼："以后吃饭时少谈关于他的事儿。难道你们不知道他是孙家的害虫吗？"

"可爷爷为了救明磊……"叶佳彤话没出口，脚被孙明磊放在餐桌下的脚踢了一下。看看孙明磊，只得住口，不想此刻大李却接过话，"史老爷子是位博览群书值得人尊敬的老者，非常值得我去学习，所以我还是认同佳彤刚刚的话。"

还没等大李说完这句话，史爱香便将筷子往桌上一搁，"腾"的一下站起来，指着大李的鼻尖："你这话是什么意思？你是要跟别人一起欺负我吗？"大李将脸望向史爱香，正要说两句什么，对过的孙丽娜也一拍桌子，冲着他说："李叔你现在废话越来越多了。"手指向叶佳彤，"你是被这个狐狸精迷惑了吗？"

大家将目光转向大李。大李的脸红一阵儿白一阵儿，最终看看史爱香，只得默默地低头吃饭。

叶佳彤实在看不下去了，站起身跟孙丽娜说："你怎么这样跟李叔说话？还有你为什么叫我狐狸精？"

孙丽娜筷子一摔："嗬，真是翻天了啊！"走到叶佳彤跟前，揪起叶佳彤的衣袖，凶神恶煞地将叶佳彤从饭桌前提起来。

"你这是干什么丽娜？"孙明磊站起来，冲着孙丽娜，"放开你嫂子！"

孙丽娜看看孙明磊，再看看母亲史爱香，见史爱香大概也对她刚刚的举动不满，于是"喊"的一声将揪着叶佳彤的手放开。

叶佳彤没好气地拽拽被孙丽娜揪过的衣服，想离开，被史爱香喊住了："站住！"叶佳彤将脚步停下。

史爱香说："过来吃饭！"

"我已经饱了！"叶佳彤气呼呼地说。

史爱香看看叶佳彤还有一块面包片没吃完："把它吃完！不然不许走！"

叶佳彤还是站着没动。

孙明磊急了，走到叶佳彤跟前，拉她走到桌前，然后强行将叶佳彤摁在桌前，"吃！"孙明磊命令道。

叶佳彤哪里还有食欲？孙明磊见状将盘子里的面包硬塞到叶佳彤嘴里。然后拉起她的胳膊往他们的屋里拉。进门后，孙明磊坐她旁边，跟她说了很多好听的话，"好了，别生气了，你也知道妈的脾气。"

"你妈的脾气我倒可以忍受，但是你妹凭什么动不动就打人？"叶佳彤说，"还有你，是的，方非说得对！什么建设伊甸园，奋斗伊甸园，那不过是孙家骗人的把戏，难怪醒悟的父亲打电话过来要我小心。是的，他或许应该最了解资本家的嘴脸。"

"你这人最容易被人左右！"他说，"你爸是因为近些日子被柴禾妞迷惑，当然更明确些说是对曾经的对柴禾妞所做的事儿感到内疚。"

"父亲的觉悟不正是你应该学习的样子吗？"叶佳彤说。

孙明磊嘴撇到了脑后："对自己的信念轻易动摇的人都是没出息的人，难怪他近些年没什么成就，也难怪他的公众号被封，更难怪他遭人的唾骂。希望这些日子别跟外人联系，更别听外人说些对孙家不利的话。"

她双脚放到沙发上，两只胳膊叠加放到膝盖上，望着地上的木地板愣愣地出着神，表示对他的话无视。

"你想改变孙家的观点很难！好了，别再想了，打电话问问叶爸爸跟叶妈妈何时来庄园？"

"你刚刚不是说了爸的一大通坏话吗？既然这样还叫他们来干吗？吵架吗？"

孙明磊点点头："你说得也是，不然就推后几天再说。"

叶佳彤不想回话。

伊甸园有个说法，错过了80年代的深圳，又错过了90年代的浦东，这个年代的伊甸园不能再错过了，21世纪是"一带一路"的世纪，是伊甸园式的世纪。

对于伊甸园来说，叶佳彤已经把其当成一个寻梦的地方，也是笼罩在浓雾里的谜团。近十年来，她跟柴禾妞、闫平阳、查若良、方非等人设想了很多关于伊甸园的"千年大计"，她认为他们的设计是开阔视野、恢弘大气的未来图景。所以她希望伊甸园的园长照着好的制度、好的规划前行，让伊甸园人不但精神生活过得充实，物质生活也要更上一层楼，脱贫一起脱！致富一块富！需要的是东方的文明，不是西方的神话。

记得二十年前，她陪伴父亲来伊甸园采风时，途经伊甸园的几个村镇，其中有史爷爷曾经战斗过的杨庄村、小柳庄、大营村……看到的景色是单层的老房中点缀着白墙，白墙上用红色大字写着各式各样的标语。"战略、规划、蓝图、建设"等关键词闪闪发光，都出自神医史东方之手。

在伊甸园看荷花，到伊甸园的容塔看当地手工的服装，到伊甸园办公室看看二层的旧式楼，旧式楼里有个小小的诊所，里面每天有史爷爷给人治病忙碌的身影。

一切的一切单调又乏味，好在有引人的伊甸园的原始风光，不然的话又怎么会惹得叶成功流连忘返呢？有风光必有风光无限。一天，他带女儿进了一片浓密的原始森林后，竟然迷了路，此刻天已过晌，两人饿得有些前胸贴后背。

正在这时，忽然前面飘来诱人的香气，抬头一看，前方二百米处竟然发现一家惠友购物广场，围绕它的四周形成了一条小小的商业街，一排小贩叫卖着各种北方小吃。连忙上前开吃了一顿，叶佳彤记住了那烤山鸡的野味，喷香，很甜……吃完，掏钱，店主竟然摆手……

叶成功疑惑地望着店主，店主大概太忙，没有理会他们去接待别的客人了。这时一辆三轮车过来，热情地跟他们打着招呼说，免费乘车……

免费的？

是的，这里的一切都是免费的！只要你需要，一切全免。

叶成功说："你们的钱从哪里来？"司机师傅指指前面的二层旧式楼说："大家需要什么都会去那里取，如果外地人来的话也可以去取。"叶成功听后不住地摇头，疑似做梦，但看看旁边的小佳彤，脸上露出了欢悦，不过再看这里的境况，不时地叹口气，他认为这是这里穷极的根源。

小时的叶佳彤并不明白父亲为何这样说。后来在理工大，听很多人说起伊甸园人的思维，也觉得有些可笑。但某一天，"二歪"老师罗列了关于伊甸园人的优越性。她说："伊甸园在经济、政治、社会以及文化等各方面的优越性是实现了集中力量办大事，具有强大的动员能力和组织能力，能够有效地组织人们进行生产建设以及处理一些突发性的事件，能够提高物资的调配效率，能够有能力进行各地的物资调配，避免不必要的内部壁垒。"

叶佳彤是个肯动脑的人，联想父亲发给她一些关于伊甸园的资料，跟查若良一起连续考察了伊甸园的地势风貌不下百次，才绘制出那幅关于伊甸园总体构想图。如此这般的大胆构想使闫平阳、秋水们如获至宝，叶佳彤也就自愿参加到这支队伍与之一起奋斗。

后来在柴禾妞的带动下，又加入了大量的"粉丝"。然后他们一点点，一点点一直奋斗到现在，突然出现了不同的声音。那就是孙明磊的声音，他带着的是一种对伊甸园人的轻蔑，带着对伊甸园人的一种施舍。

叶佳彤看不惯孙明磊的这种做派，拒绝他的"好意"，但他却逼她接受这种"好意"！一点点侵噬她，感化她，直至她认为欠他的！

方非将孙明磊的这种行为称之为精神殖民。叶佳彤不知道方非说得对不对？方非说当然对！别忘了旁观者清，如果没有孙总前期对你的感化，就不会有你现在的奴性，就如闫平阳，竟然也是觉得无地自容退出伊甸园园长竞选的。

叶佳彤沉默了。不过紧接着她又问："照你这般想，那么多外面涌进伊甸园的二十万人，如何生存？在伊甸园大厦附近落户的集团、电建、交建、金融房价飞涨，一些企业已经承租不起，大量企业入驻。电信、电科、百度、阿里、腾讯、移动、联通、各大银行和保险公司纷纷留名，要求现代化建筑和漂亮的绿化。资金从哪里来？"

"从群众中来，到群众中去呀！"方非说，"这是我刚从史老园长那里学到的东西，他说伊甸园是建立在历史唯物主义的群众观点的基础之上，同时又是辩证唯物主义认识论在实际工作中的具体运用。伊甸园一切实际工作，凡属正确的领导，必须是从群众中来，到群众中去，而不是独断专行，以自我为中心。"

"我知道了！"叶佳彤说。

方非点头："不怪我为平阳说话佳彤，实在是这些日子顿悟了许多道理。"

"平阳最近好吗？"

"还行！哦，对了，秋水的孩子叫铁蛋，我想告诉你的是他真的不是平阳的孩子。"

"别再说了！"叶佳彤说。

方非摆摆手："不说了，不说了。"

透过窗户，叶佳彤看到了夕阳下的孙家庄园，透着平静祥和。北方小镇应有的东西这里都有，不该有的气氛，庄园并没有突兀地出现……

孙明磊使劲敲了敲桌子，将叶佳彤的思绪带回到现实。叶佳彤这才发现刚刚又驰骋到伊甸园的世界畅游了。

她不好意思地朝孙明磊笑了笑说："什么事儿？"

孙明磊说，"中午出去吃饭！我们好久没出去吃饭了。"抬腕儿看看表，"抓紧打扮一下，不然迟到了。"

"你知道我不喜欢见生人的！"叶佳彤说。

孙明磊哪里容许叶佳彤说话？上前打开她的衣柜，将他给她买的礼服拿出来扔到床上，命令说，"马上穿！我去外面等你。"

她没有穿孙明磊给她买的这些如礼服般的衣服，觉得穿上很束缚人，将衣服挂回到衣柜里，将一身刚从网上买的紫绸旗袍拿出来套在身上，打开抽屉，拿出孙明磊婚礼上送她的翡翠手镯、翡翠项链缓缓地往手腕、脖子上戴，忽然觉得这些东西如同孙明磊将自己精神殖民了一般透不过气，连忙往下摘。

此刻孙明磊进来。说："你这人这几天怎么回事？是欠教训了还是怎么？哎哟干吗要往下摘项链？戴上！"

"不戴！"她果敢地说着话时，孙明磊走过来，"戴不戴？"说着话就往佳彤的脖子上戴。

她想咆哮孙明磊不要近前，更想咆哮孙明磊不但在精神殖民她，更在肉体毁灭她，又怕外人听见，尤其是孙丽娜听见过来发疯，只得忸怩着往下脱衣服……

这时孙明磊接到一个电话，看看叶佳彤，说："算了，就穿这个吧！"拉着她便往外走。

"哎呀，我还没换鞋呢。"她说。

孙明磊只得将她的手放开，跟她说："穿那双结婚时我给你买的钻鞋。"

想起那钻石水晶鞋足有十几厘米的跟，共有十双吧。哦，对了，是上次同学聚会穿的那双粉。结婚时穿的是红的，这一次嘛，她想穿那双粉的。但孙明磊叫她穿那双蓝色的，说粉的那双已经穿过一次就不要再穿了。

她很惊讶地望着他，觉得他太过浪费，伊甸园虽说现在不像以前那般缺钱了，但是听方非说很多伊甸园人还是觉得钱少。哦，对了，可以把花销不了的资源充公。

他哪里再容得她啰唆，说："对资本的欲望非常正常。所以我们找出无限的事物去不断挖掘他们的欲望。你就等着在家享用吧，孙家有用不完的钱供你享用。不要废话！"

她听后并没有觉得振奋，反而心情更加沉重。不知道自己是否已经沦落到跟父亲一样的境地？或者她连父亲当初的境界也达不到了吗？

孙明磊叫她别一个劲儿地发呆，让年轻的保姆进来给叶佳彤拿鞋。保姆连忙应声，到鞋柜前将那双浅蓝的镶有钻石的高跟鞋拿出，给叶佳彤穿上。然后叶佳彤机械地跟孙明磊一步一跚地走出去。

庄园里有一家豪华的酒店，基本只有孙家尊贵的客人才可能享用这里的服务的。看吧，那富丽堂皇的大厅、尊贵有礼的帅哥靓妹，跟伊甸园的外面完全是两个世界。

孙明磊带有某些得意的表情牵着她的手上了电梯，上到电梯的六层，出来，走进优雅舒适的单间包厢，身着短裙服饰的女服务员殷勤地为其倒水添茶，还有可口的山珍海味，都显示着请客者的身份和地位。

落座不久，响起敲门声，孙明磊忙起身站起，亲自上前开门。这让叶佳彤有些奇怪，因为明明服务员可以过去开门的。

史爱香在大李的搀扶下走了进来。叶佳彤条件反射般地站起身，叫了声"妈妈，李叔"。史爱香脸色威严地朝她摆摆手，示意她坐下。

她战战兢兢地将屁股沾到椅子边儿上，擦了擦脸上的汗。史爱香说："今天约你跟明磊出来，不过想谈些关于伊甸园的事情。"听说是关于伊甸园的事儿，想想史爱香一直想拥有伊甸园独一份的权力，叶佳彤低下头，叹了口气。

她如看透了她一般说："人类的自我中心和贪婪会永存的，所以西方的财团控制在有钱人手里，只有这样，市场、企业、个体商户才能活起来，生存下去，再发展起来，伊甸园才能更好！这才是真正的接地气，有担当！"

果真这话一出口就无法交涉下去，因为孙明磊跟大李明显是不能说话的。是的，今天与其说是一起吃饭，倒不如说是来听史爱香训导的。她知道史爱香的个性，向来说一不二，向来我行我素，把别人对她的一切反抗都会当造反般地镇压。

但是她不能任由史爱香睁着眼睛说瞎话，或许她可以趁机拼搏一下，说不定会有奇迹也说不定。

史爱香说："伊甸园在我的带领下才有了现在的繁荣、稳定局面。但是最近，听说以闫平阳为代表的一伙势力总在找我的碴儿，他们打着什么以人为本的旗号搞专制，让伊甸园人陷入贫穷的深渊不能自拔。"

"听说伊甸园有些人去了瑞丽挖矿，这根本不是在建设伊甸园，而是将伊甸园人作为奴隶来使，这跟我们以前的宗旨是相违背的！我觉得平阳挑头带领大家共同致富没有错！"叶佳彤说。

"你听谁如此胡说八道了？"史爱香乜了叶佳彤一眼，"不知道如何感恩对吗？我就说嘛，当初不该往伊甸园投资，那是一群忘恩负义的家伙，一帮狗屁不是的蛆虫！"

听史爱香说出脏话，叶佳彤不服气地看了她一眼。"你对伊甸园人有偏见妈妈！"叶佳彤努力让自己温婉地说着话。

"我过的桥比你走的路还多！实话告诉你孙家能娶你算是你烧了高香！"史爱香说。

"你只允许别人感恩，从来不要求自己！"叶佳彤说这句话后被孙明磊掌了一下嘴，她捂着脸不知道要不要再跟她纠缠下去，但是站起来走人更不可能！因为只要在史爱香跟前，所有人都必须听她的令，若有违抗，应该是"斩！"非常可怕的人！这应该什么样的信念才可以感化？她默默地祷告着她心里的魔咒快些消失，但这魔咒如何去？

史爱香说："一直以来我做的事儿无一例外是有错的，伊甸园人需要好好洗脑，需要将闫平阳等人彻底根除，不然就会干扰你的思维，干扰孙家的和谐！"

什么是理？道之理也，是非曲直也。大道无形生育万物，大道无情运行万物，大道无名养育万物，道之理者唯自然也。自然之理者，顺道者昌盛，逆道者衰亡。我们是谁？西方是谁？我们从哪里来？我们要到哪儿去？怀疑一切！建立以民族自尊为特征的自我意识。只有处理好这个问题，才能解决好她跟史爱香的问题。才能在精神上足够强大，打赢这场战争。

她看看史爱香，寻思着话从哪里入口时，门被撞开，两个蒙面人冲进来，还没等大家反应过来，上前便把叶佳彤跟史爱香抓到身边勒住她们的脖子后退到墙根，拿出匕首指着孙明磊跟大李。

孙明磊吓得裤子都尿了："你……你们想……想干什么？"举起手做投降状。大李机警地跳到窗前，一会儿看看这个歹徒，一会儿看看那个歹徒。两个歹徒一阵狂笑。其中一高个的歹徒说："我们不是暴徒，我们是正义的化身，知道这个酒店有很多爱国贼，所以我们把整个酒店都砸抢整了。"

"你们这是犯罪！"大李指着暴徒说，"将她们放开！来，放开！有本事朝我来！"他边说着话边冲两个歹徒做出过来的手势。

两个歹徒互相看了看，其中一个笑起来："我们不打外籍人，只打伊甸园的！"

孙明磊吓得腿已经站不起来，努力让自己镇静下来，冲着歹徒说："我们四个都……都是外……外籍……籍人。"

歹徒笑了："不可能！"说到这里勒了勒叶佳彤跟史爱香的脖子。

两人几乎被歹徒勒得没了呼吸。叶佳彤憋足了劲，忽地来一个"三分天下"。歹徒气一松，叶佳彤从歹徒胸前跳出来，歹徒上前去抓，叶佳彤却一个箭步跑到大李跟前。

大李将叶佳彤拉到身后，歹徒过来抓人，被后面的孙明磊一脚踢到屁股上，只听他"哎哟"了一声，仰面倒地。大李一个箭步上前，将歹徒一脚踩住。

孙明磊见状过去救母亲，高个歹徒将匕首摁进史爱香脖子的肉里。

大李连忙摆手，"不要！"手一松，矮个歹徒乘机从地上跳起来，在大李背后"咣"的一脚，大李一个嘴啃泥趴到地上，矮个歹徒上前将大李制住。

孙明磊跟叶佳彤见状不妙，准备上前解救两人时，又冲进两个蒙面人，上前将孙明磊跟叶佳彤摁住。然后四人被歹徒蒙上面，拽拉着他们出去，扔进一辆车里。

不知道车开了多久，车停下，四人被人拖拉着到一个地方停下后狠狠地扔在地上。继而进来一干人，吆五喝六地在四人身上分别踹了几脚。

史爱香疼痛的同时跟他们说："我有钱！如果你们把我们放了，我会给你们很多钱！"

没了动静。史爱香认为他们在商量钱的数目，但是过不多久，她听到一声熟悉的咳嗽声。史爱香一愣，接着她听到肆无忌惮的大笑声。"难道是……"史爱香不由得叫出声："菅嬷嬷？！"

"我姓孙！你应该叫我'孙魔头'，难道你忘了当初我俩改姓孙的事儿吗？哈哈哈哈……""孙魔头"笑得前仰后合，以至差点笑岔气。史爱香脸上惊出汗，"你……"

"孙魔头"说："是的，你为了永远抹掉你感到可耻可辱的史姓。而我，是为了感恩我真正的主人孙浩，要不是他，我们哪能过上那么好的生活？哈哈哈哈……"又是一阵大笑完毕后朝众人摆了摆手，有人过去将史爱香的眼罩撕下。史爱香眼睛被阳光刺得睁不开。

很久，史爱香眼睛睁开，才发现，大李、叶佳彤、孙明磊被人扔在茂密的森林中，"孙魔头"阴阴地朝她龇着大黄牙，上前踢打大李、孙明磊、叶佳彤。她觉得恶心，不想"孙魔头"碰他们任何一个，包括叶佳彤。

史爱香想反抗，但手被反剪着，"孙魔头"身边还围着二十几个蒙面的彪形大汉。"完了！"她想，做梦没想到竟然会落到她的手里。

想起二十年前，也就是明磊七岁那年，有一天因为没完成作业被英语老师骂，决定逃课。记得当初她对待"孙魔头"如自己的亲生母亲一样，她要孙明磊跟孙丽娜都喊"孙魔头"奶奶。不过随着史爱香对她的敬奉一天天增加，"孙魔头"的气焰涨了不少，还时不时会斥责下人并教他们做事。她对下人很苛刻也很严厉，动不动就会对他们拳打脚踢，下人惧怕挨她的拳脚经常贿赂她。

下人认为"孙魔头"并不喜欢钱，因为史爱香有什么好吃的好喝的好用的都会尽着她，无论何时，只要史爱香有的也会给她一份。有一下人琢磨她有喜欢虐待人的嗜好，经常会将犯错的人提到她面前教训。

"孙魔头"发现自己的确有这一嗜好，而且男女越是年轻的越好，认为自己最喜欢听男女孩子们的呻吟声，听到这个声音她心会发狂发癫，然后兴奋、痴迷以至产生性的幻觉去蹂躏他们……

她几乎将孙家年轻的下人都弄了个遍。这天，她见到小明磊，心有点痒痒，被大李呵斥退下。眼珠一转，计上心来，于是开始在大李身上打主意。

是的，大李三十多岁的年纪，浓眉大眼，鼻梁高挺，不但长相英俊，且年富力强。特别是他走路时，一副冷冷酷酷的样子正是"魔头"心里最中意的"对象"，想到这里，她龇着大黄牙"嘿嘿"地朝大李笑了笑，然后走上前，用她粗糙的手指在大李的全身挑逗了几下。

大李浑身突然有酥酥的感觉，接着他身不由己随着"孙魔头"往她的屋里走去。这时逃学的小明磊回家，为躲避母亲追问，往"孙魔头"住的后花园过来，恰巧碰到大李跟"孙魔头"往屋里走的一幕。

机灵的小明磊躲到树后，想等大李出来。史爱香走过来，见小明磊没去上学，不由分说一顿拳打脚踢。大李见状从屋里跑出来劝阻，史爱香瞪着大李将小明磊往地上一扔，不由分说上前撕扯大李的衣领。

大李动都不动，任凭史爱香发泄内心的不满。因为他知道此刻他即使有千张嘴也解释不清刚刚进"孙魔头"屋那丑陋的不切实际的一幕。他感到羞愧，因为他的确被"孙魔头"摸过他结实饱满的胸，好在最终他的意志力战胜了邪魔，一下子从"孙魔头"的床上蹦下来，冲了出去。

这一幕让史爱香对其无法原谅！他觉得这样很好！因为连他自己都瞧不上自己。他把自己关在屋里半个月没有出屋。后来他想离开，但架不住史爱香的"危言耸听"，她说："我已经把她赶去小黑屋了，希望你以后对我忠诚。"

他想说那天不知吃了"孙魔头"的一粒什么药丸，竟然让自己失去理智，不过看看史爱香，他没有说，因为他觉得这不过是在撇清他的恶念……想到这里大李长叹口气，冲着"孙魔头"说："要杀要剐，悉听尊便！只是我希望你放了他们三个。"

"孙魔头"龇着大黄牙笑起来："我为什么要听你的？你是我的儿子吗？哦，当然了，你如果承认是我儿子的话我可以考虑这个问题，要是不承认的话……说实话，现在你在我心中不过是已经皱巴的要扔的橘子。"

大李不说话了，眼瞪着"孙魔头"。"孙魔头"再笑，接着一努嘴，上来两个蒙面黑汉，架起史爱香往北而去。"你要干什么？"大李厉声呼喝着，被歹徒上前踢了几脚，接着往他、孙明磊、叶佳彤嘴里灌不知是酸是苦还是臭的黄汤……三人先是拒绝，后来眼前发黑，接着便头一歪，晕了过去……

史爱香被人推搡着来到一黑沉沉的地下室内，"孙魔头"坐在正中的一把太师椅上正喝着茶等着她。她看都不想看"孙魔头"一眼，将脸扭到一边儿，学着大李义正词严的样子说："想杀想剐随你便吧！"

"孙魔头"站起身，弯着腰来到她跟前，费力地抬头望着她。史爱香不去看她，但她却非要她看。无奈，史爱香只得眼睛望向满脸橘子皮似的黑脸上。"孙魔头"点点头，跟她说："其实这事儿吧犯不着这样动粗，但是你这人吧，不吓吓，你根本谁的话也不想听。所以呢……"她说到这里重新坐回到椅子上，喘了口气，"事情很简单，你不是讨厌伊甸园人吗？既然这样干吗要建设它？并且还对姓叶的那般客气？这一向不是你的风格啊。"

"这事儿用不着你来教！"史爱香说着话将头转向一边。

"孙魔头"哈哈笑起来："不用我教？是不用我教。但我却要告诉你别忘了是那个史老头才让你受那么多苦的，但你却心软要饶过他！"

"我没有饶过！我一直在想着如何侵蚀伊甸园，剥削他们的资本！这愿望马上就实现了。"史爱香哈哈笑起来。

"孙魔头"也在仰天长笑，但很快，她的笑声止住，脸转向史爱香用恶狠狠的语气说："还不够！"

"还不够？"史爱香望向"孙魔头"，仍然高傲冰冷的样子，"这些年虽说咱们有矛盾，有隔阂，但你也不能因此将我掳到这里折磨！"

"孙魔头"嘿嘿一乐，"知道你误会了我的好意。"说着指指身边几个穿黑衣的人，"他们可都是支持你将伊甸园剥夺过来蹂躏的忠实信徒！"

"忠实信徒？"史爱香看看"孙魔头"，一时没反应过来。"孙魔头"一努嘴，一黑衣汉上前给史爱香松绑，"孙总对不起，刚刚让你受惊了！"他说着话给史爱香鞠着躬，几十个黑衣人齐齐地给史爱香鞠躬。

史爱香眨巴了一下眼睛，确认"孙魔头"等人对她没有什么恶意了，舒展了一下筋骨。想往外走，被黑衣人上前挡住。史爱香"哦"了一声。黑衣人说："你得给我们个承诺啊，不然的话我们应该怎么做？""孙魔头"说："是啊，刚刚得罪了，希望主人不要责怪我们。"史爱香笑笑，"以后想站我这边儿不要用这种方式，不然的话误会起来伤人心的。"

"孙魔头"嘿嘿一笑说："不用这种方式，您又怎么会屈尊来我这个破地方？"史爱香想想也是，于是拿起桌上准备好的笔，在上面写："坚决支持打击伊甸园组织！"在后面写上年月日，签上自己的名字，将笔放下。

接着史爱香被"孙魔头"派了两名蒙面人客气地送回到孙家住处。然后她看到大李也回来了，就问他情况，大李说，"孙魔头"只放了他跟明磊回来，却把佳彤留下了。他说因为叶小姐坚决不从"孙魔头"破坏伊甸园。

"那真的该好好替我调理调理她。"史爱香说。

"我们应该想办法尽快将叶小姐解救出来，不然……"大李不无担忧地说。

"我很担心你的安危，你却不顾我的感受！一心想救那个小妖精吗？"史爱香刻薄的嘴又把不住门儿了。

"你明知道这不是你的真话，却为什么要这样说？你非把我逼到死地不可吗？"大李从来没有这样大声对史爱香说过话，搞得史爱香不由得一愣，她说："大李，你说话很过分！"

"是啊！"他长舒了口气，"我不是人，我该死！"他说到这里闭上眼睛，痛苦得难以言表，打了下自己的头，抬腿准备离开这里。

"你要去哪儿？"史爱香冲着他的背影喊道。

大李跟史爱香说他要去后山看荷花。

"跟谁？"史爱香明知大李不是去找叶佳彤也要这样问。说不上为什么，嫉妒吗？内心非常吃醋他关心异性的一丝。

他看着她足有二十三秒的工夫，陡然给史爱香深深地鞠了一躬，然后摇晃着离去。

陡觉一阵天旋！多亏面前有一棵梨树，她扶着它，镇静了许久，方才直起身，然后跟跟跄跄往自己屋里走。

屋里的空阔让她越发窒息，摁住胸前"扑通"一下坐到沙发上，有希望世界毁灭的感觉，因为此时此刻想不起任何一个给她能量的人。

本想控制宇宙，却不想被外人的思想干预，真的翻了天吗？

叱咤风云惯了，莫名地被翻云覆雨实在吃不消，也是她无法接受的！她讨厌跟她作对的人，尤其是那些她瞧不起的人。

大李她瞧不起吗？不不不！不是！不是！她喃喃着，心口越发疼痛。

第42章　花非花

月光如流水一般，静静地泻在伊甸园孙家庄园内荷塘的叶子和花上。薄薄的青雾浮起，仿佛在牛乳中洗过一样，又像笼着轻纱的梦。虽然是满月，天上却有一层淡淡的云，所以不能朗照。

大李把双手放在栏杆上看池塘里荷花的叶子，内心跟着它们摇曳的身姿荡漾。"今晚的夜色很好！"史爱香忽然间走过来，把正在欣赏月色的大李吓了一跳，连忙转回身，毕恭毕敬地给史爱香鞠了个九十度的躬。

史爱香摆摆手，轻轻地对大李说："这些年辛苦你了。"

大李不知史爱香此话的用意，连忙说："不辛苦！一切都是我自愿的！"

史爱香微笑着且带有某种诚意地说："大概因为你，明磊越来越像你了。比如在婚姻问题上，他表现得十分专情。"

"你不喜欢他这样对吗？"大李回转身，望着史爱香，生怕自己说错话，"是的，少爷不应该这样做，他应该拥有世界上最顶尖的女人。"

她说："这是你的真心话吗？"他知道她能看出他真正的心思，于是不说话了，只是怔怔地看着她。史爱香吸气到丹田，然后用力呼出，"我们去屋里喝酒吧。"大李在寻思如何应对，因为今晚的夜色虽美，但史爱香的心情并没随着美好的天气波动一丝。当然或许他没有猜透她的心思。

"走吧。"史爱香将身上的衣服往下拽了拽往屋里走。大李看了会儿史爱香的背影，觉得也有很多话想跟史爱香解释，毕竟他在伊甸园已经偷偷约见老爷子不止一次。认为老爷子不该受到女儿如此不公正的待遇，于是跟上去，想刨根问底探测史爱香个究竟，然后再把他真实的想法说出来。

史爱香在伊甸园庄园的房间布置得很漂亮，地是用木地板做的，墙上挂着一台五十英寸的液晶电视，几张米黄色柔软的沙发前放一张黄花梨木的桌子，黄花梨木的桌子上放着一瓶法国红酒，两只高脚杯是水晶的，衬得房间更宽阔，豪华，阔气。

这跟老爷子住了几十年的那张军用床，以及那张旧写字桌的腿还用铁丝缠住，旧笔筒、旧钢笔、手电筒形成鲜明的对比。

不知道如何形容自己的心情，因为他跟老爷子保证他的计划不过让史爱香意识自己的错处，却不知如何事情败露到"孙魔头"那里，于是事情来了个一百八十度大转弯，史爱香不但没被"孙魔头"怎么样，反而让叶佳彤在"孙魔头"手里被蹂躏。想到自己办事不力，孙明磊又身中"孙魔头"的毒无法解开，急得如热锅上的蚂蚁。

史爱香好像没有猜透他的心思，因为她根本没问自己这几天出外孙家庄园去伊甸园的路上被智慧监控逮到的事儿。随史爱香进屋，落座。史爱香将房间的灯关掉，只保留一盏黄的迷离的桌子上的 ups 灯。接着两人默默地注视着对方，端起酒杯轻且清脆地碰了一下，一个温暖的眼神后共同抿酒，放下。

屋子异常安静温暖，两人重复着喝酒的节奏，碰杯，对望着轻柔的眼神，抿一口涩酒，喝着喝着……然后史爱香站起身，往她床旁边的一张写字台走过去，打开抽屉，从里面拿出一张已经发黄的照片。

照片中有一个扎着小辫的小女孩坐在一个穿军装的英俊男人的腿上，旁边一位穿花格衬衫的女人幸福地将脸靠在穿军装男人的肩上。

大李仔细看看，然后将脸转向史爱香，意欲猜测史爱香此刻的想法。史爱香只顾看桌上的照片，淡淡地说："他是位抗战英雄，但他为了帮助别人把老婆孩子抛弃。"

"他们看起来那么幸福，怎么可能把老婆孩子抛弃？"大李知道这张照片里的军人是史老爷子，史爱香一家人，装作从来没见过照片的样子拿起来看了看。

"你知道吗大李？照片上的母女被那男的抛弃后非常可怜，天天乞讨为生。有一天照片上的那个女人病了，但是因为没钱，竟然……"史爱香不管不顾自顾自地往下说。

"我知道，我知道！"大李说着将史爱香抱住，"其实他老人家也很痛苦的，爱香。真的，你跟史老爷子能不能忘掉过去那些不愉快？别听'孙魔头'的，她是个地道的魔鬼，我不希望你变成第二个她。"

"我不可能变成她！她在我眼里不过是个蛆虫，你凭什么把我俩放在一起说？"史爱香说。

"是是是，对对对！我不该把你俩放在一起说。我该死！我有罪！"他说到这里使劲扇着自己的脸。

她说："好了，别再打了。"说到这里走到桌前坐下，吩咐大李也过来坐下。然后端起酒，"她有一件事做得还是让我满意的。那就是来伊甸园，控制穷人的私欲，统治他们愚蠢的世界，改造他们的人生观，人不为己，天诛地灭！人对物质不再奢求的时候自然转化为无私的奉献，就如我……"

他看看史爱香，在想是不是应该继续劝说？但忽然发现自己的确笨嘴拙舌，不但不能将内心真正的话完全表达，反而会最终被别人的思想干扰着往前走。他是头猪，他想。他辜负了史老园长的期望，也辜负了史爱香让他站到她队伍的期望。"他这样的人到底能干些什么？"想到这里很为自己的能力感到羞耻，端起酒杯狠喝了一口说，"我早跟你说不要让'孙魔头'这样的人来伊甸园，你为什么不听？"

"你说什么？醉了吗？怎么这样跟我说话？我让她来伊甸园自有来伊甸园的用处，不然的话，这仇难道要靠你来给我报？"史爱香说到这里哈哈笑了笑，"早知道你下不了手的。"

"你竟然甘愿她给明磊下药？你真狠心！"大李倒吸了一口凉气说。

"明磊不会有事儿的，让'孙魔头'往他身上注射点药是怕他犯傻病坏我们的好事儿，还有想让姓叶的多受点儿罪，不然怎么知道我的厉害？口口声声什么精神殖民，好吧，现在我就给她来个肉体殖民。"

"你现在为何变成了这样爱香？你以前应该不是这样的，对！一定是她连同你也使了魔法！我得去找她。"他说着话要往外走，被史爱香拉住了，"你是去救那个姓叶的丫头还是想去会那个老巫婆？她们都比我有魅力吗？"

他跺了跺脚："爱香，佳彤在那里很危险的！她已经嫁给明磊就是孙家人，你怎么还要折磨她？这事儿如果被明磊知道，他心里肯定会很难过，我们是伊甸园人，所以知道收买人心的真正办法不是强硬。老爷子说得对，一味的强硬只会招来灾祸！"

"不要跟我提他！"她说到这里咬牙切齿地望着面前的大李，"信不信你再继续信口雌黄我连你都会杀掉！"

大李看着她，不知道要说什么，更不知道如何解劝她心中的恶魔。

"我母亲不过一场感冒引起的脑炎，如果他在身边，我母亲不会死，因为他是位神医，众人眼里的神医，但他却只顾着救别人，根本不管我们的死活。"史爱香明显在给自己讲着情，完全不想知道大李救叶佳彤的真正缘由，仿佛只有狠，心才会安一样。

"伯母生病他老人家不知道，他很后悔！老人家跟我说你们走后，他很后悔，这几十年一直在找你们。我跟他说这事儿时，他很难受，也非常自责！"

"他不会的！他向来以别人的幸福为乐，自家人幸福为耻！"史爱香眼望着大李，歇斯底里的面部使得自来卷的头发快要立起来。

"不是这样的爱香，找个机会。是的，找个机会跟老爷子好好谈谈！"大李尽量好言相劝让史爱香心安。

"不可能！"她甩着她卷着的头发，像头愤怒的狮子，然后她手指着他的鼻尖，"你在帮他说话对吗？那么昨夜的闹剧是你安排的是吗？你想伙同一帮人将我跟明磊掠去，然后叫我投降伊甸园对吗？"

"爱香！"

"不要这样叫我！"她强力地摆着手，"你个忘恩负义的家伙，幸亏'孙魔头'是我的人，不然的话我就算死了都不知道是死在谁手里。"

"不是这样的爱香，真的不是！你知道我多想你跟老爷子团聚吗？"他望着她。很久。眼内流出委屈的泪，"你其实很想跟他老人家团聚，做个乖巧的女儿，可是你却被'孙魔头'洗脑。所以爱香……"他说到这里向前进了一步。

她制止了他的前行，跟他说："你这样做，越发让我觉出伊甸园的阴险、狡诈。是的，你们越是这样，我越会命令'孙魔头'折磨叶佳彤，直到她满地找牙，跟我求饶！"

"佳彤到底做错了什么？她不过是个孩子，为何要在她身上施法？她在庄园这一段时间对明磊非常用心，所以爱香你发发善心，我觉得只有这样才能真正救孙家于水火之中。"大李好言相劝。

史爱香冷笑一声："你为什么对他们这般好？难道你被那老头施了魔法不成？"

"我没有！"大李站起身，低头望着面前的史爱香，使劲地摇着头。

史爱香说："一直想问你对'孙魔头'的感觉，她那么脏，你竟然毫不嫌弃。"她说到这里朝大李冷笑了几声。

"不要提她，不要说她！"大李使劲摆着他硕大的手，"我求你！不要再提这件事儿，我不想跟她有关联，不想！"大李惊恐地望着面前的史爱香往后不住地退着，退着。

史爱香端着红酒站起来，然后一杯红酒泼到大李的脸上。大李低了会儿头，用手抹了把脸，这才缓缓地抬头看史爱香说："不要执迷了爱香，真的不要！"

"执迷？哈哈，我史爱香是执迷的人吗？"她得意地说。他立马就明白了，朝面前的史爱香点点头，继而闭上眼睛，努力让自己保持了一会儿镇静，然后朝史爱香深深鞠了个躬，离开。

史爱香见大李离去，到床上躺下，辗转了一会儿没有睡着。披衣下床，出屋，沿着孙家庄园走了大半个圈儿，仍没有让自己的心情平静下来。

凌晨，史爱香做了一个梦。梦中，在香港的卧室，她坐在写字台前，在给父亲写一封暖暖的充满爱心的信，大李笑意绵绵缓缓地冲她走过来。见是大李，她故意将脸转向一边儿，装作不理会他的样子。

大李站在她身边一会儿，然后将手里一份支持她当选伊甸园园长的协议放到桌上，接着转身要走，被她轻轻地喊住了："大李。"大李转过身。

"想跟你商量个事儿。"史爱香说。他问她什么事儿？她温婉地说，"你觉得佳彤怎么样？可以继承光大我们孙家吗？"他没敢回答。她叹了口气说："她要是能像你对我这般忠诚就好了。"大李说："像我？像我这般愚蠢，在你面前不敢说话吗？"

"对不起！我不应该怀疑你跟'孙魔头'有染，我更不该怀疑你跟史老爷子一伙骗我。我知道你不会，原谅我！"史爱香小女人般地往大李面前靠，让他越发害怕。

"不不。"大李摆摆手说，"不要这样爱香，我不值得你这样内疚，说实话我跟孙嬷嬷的确……"

"你没有，没有！"史爱香大声地喊。

大李被史爱香的情绪惊住了，他望着她。她也望着他，直至很久她才说："我们以后不要再提她了好吗？或许，或许我会想办法让她离开伊甸园，但是……"

"是的，老爷子不会同意！除非你将实情向他老人家说明，另外，'孙魔头'为何会对老爷子那般仇恨？爱香，以前听你说过她也是伊甸园的人，按理讲她应该感恩老爷子的，但是为何她……"大李说到这里拧起蚕眉，百思不得其解。

史爱香也很奇怪"孙魔头"对她父亲的仇恨，按理讲像史老头那般人只会对家人无情，却不知这"孙魔头"怎么一说起父亲的名头会这般咬牙切齿？"或者是她跟自己一样讨厌虚伪的人吧！"她想。

大李说："或许……或许两人有什么解不开的情仇？"他说到这里立马意识

到说漏了嘴，然后冒出了一身冷汗。

她竟然没有生气，还跟大李说从现在开始一定极力地改变自己："不要扔下我不管！不要嫌我自私！不要嫌我无法原谅父亲！不要嫌我瞧不起伊甸园人！因为他们有些地方的确不值得我尊重，还有……"

"如果要我不嫌的话，你要改掉你身上的这些缺点，然后说不定呢，我们就可以生活在一起！"大李上前抚抚她的刘海温文尔雅地说。

她使劲地点着头，表示以后要做个小女人，不再像以前那样累了。

大李说："是要跟史老爷子认错吗？"她说："是！"大李非常高兴，上前将她一下子抱起，旋转。旋转。旋转。

她被转得晕了。忽然大李将其扔到地上，然后起身往小黑屋的方向走去。

小黑屋是要路经孙家果园幽深如进入汪洋的林海的果园的。昏暗中但见"孙魔头"穿着黑色长衫一瘸一拐地往大李这边走来。

大李惊吓得忙将身形隐到粗大的树后再也不敢露出脸。

"老巫婆"听见了动静，乜着眼睛往大李这边看了一会儿，接着一瘸一拐地离去。

大李长舒了口气，摩挲了下胸，从树后走出来。可不等他喘口气，老女人竟然突然出现在他的身边，大李一个跳身，不想却被一块石头绊倒掉进了泥潭。

老女人望着大李的窘态，龇着大黄牙哈哈乐了起来，那笑声飞到树的上空，一下子便蹿到了九霄云外。

陷进泥潭里的大李在喊着"救命！"史爱香拼尽全力跑过去拉大李的手，却怎么也够不着。最终只能眼睁睁地望着大李在泥潭里越陷越深，越深越陷……

史爱香喊"救命啊"，却怎么也喊不出来，然后一个激灵，梦醒了。卧室外面的亮光让她感到刚刚不过做了个梦，心安稳了一些，但仍"咚咚"地跳个不停。没等一会儿，传来敲门声，"咚咚咚！咚咚咚！"

"天哪，这谁敲门这么大声？"她想。继而听到丽娜的喊声，"妈，不好了，不好了！"史爱香披衣起身，将门打开，"什么不好了，不好了？丽娜，我跟你说多少次了，大清早说话一定得注意！"

孙丽娜跺跺脚，"哎哟妈，李叔他……他……"她说着话指着大李住的方向，"李叔他……他……他上吊了！"

"什么？"史爱香一惊，接着一阵晕眩……

第43章　遗书

史爱香被医生抢救过来，已是上午十点多了，她看看旁边的丽娜，再看看悲痛欲绝的若良，再往后看，见大李果真没在身边，胸口又开始疼痛。

一位帅气的男子在给史爱香试着脉搏，然后开了一些中药递给查若良，查若良跟帅气的男子说："谢谢柳医生！"

柳杨回过身，出门口，冲查若良摆了摆手说："我刚加入伊甸园籍，还是史老爷子的徒弟，所以不要客气！"

查若良"哦"了一声点着头，脸上露出了欣慰的笑，朝柳杨抱了抱拳。

柳杨"嗯"了一声，"说实话很替李叔的死感到不值，当然我们无法了解他老人家内心真正的想法，但起码他是因为劝不动孙董而采取了一种极端措施。"

查若良点点头："是啊。所以我认为李叔的死没有任何价值，反而让熟悉他的人徒增悲痛。"

"谁说不是呢？"柳杨说，"他们上一代人做事总让我们感到莫名其妙，当然他或许已经劝说了孙董无数次都没有用，也或许他有不得已的苦衷。"

"李叔做事向来光明磊落！"查若良说，"或许他觉得只有用这种方法才可以让我岳母清醒地认识自己。"

柳杨看看查若良，还是一副不解的神情。此刻两人已经走到庄园的大门口，他要查若良留步，说："快回去照顾史伯母吧，我们以后再聊。"

查若良"嗯"了一声，朝已经走出去的柳杨挥了挥手。

回屋，史爱香已经可以吃点东西了。查若良长舒口气，去大李屋，见刘妈已经带领孙家园丁将大李的遗体安放在大李屋的正门儿。

没有再去打扰史爱香，怕她受刺激。当然或许她已经受到了严重的刺激，因为她脑子已经将大李洗劫一空，什么也不问，只是像个婴儿般静静地吃饭，静静地睡觉，静静……

查若良跟刘妈将大李的遗体安葬，回来告诉孙丽娜大李安葬的一些情况，孙丽娜不想听，也没心思听，因为她发觉母亲史爱香的状况非常不妙，想到这里她对查若良说："不然的话还是叫爷爷过来给妈诊断下吧。妈的表现很反常，这很让我害怕！"

"爷爷想来，但是……"查若良朝窗外看了看，摇了摇头，"刚刚柳杨说爷爷的情绪也很不稳定。时而痛苦，时而悲伤……"

孙丽娜叹了口气。

"别再瞎想了！"查若良说着话推门进到卧室，然后异常疲惫地躺到床上，闭上眼睛，想忘掉这突然发生的一切。

可他闭上眼睛眼前就会浮现大李为孙家跑前跑后的服务，慈祥地询问他伊甸园史老爷子的状况，说他的死如果能唤醒你孙妈妈心中的魔，那么他死有何惜？

不敢看李叔留下的遗书，因为刚看了几段便觉得李叔愚昧。不是吗？在遗书里他明确地表示自己背叛了史爱香，才导致史爱香凡事儿更加疑心，对人对事更加恐惧，尤其对身边的人。她拒绝史老爷子给她治疗，拒绝亲人对她发出友善的信号，她对身边的人统统恐惧，统统提防，不正是由于他对她的"背叛"引起的吗？

遗书写得愧疚、真挚，写得情满！但是李叔，既然你连死的勇气都有，干吗没有勇气劝说她？既然你知道她是被你娇惯着，干吗不拿出男人的样子说服她而硬是选择了逃避？

或许这不是逃避？这是最好的办法？"错了李叔！这样让人内疚的清醒太自私了，你有难处可以找我商量的，我就在你身边，干吗凡事儿你都喜欢孤军奋战？"

唉！他长长叹了口气，睁开眼睛，见孙丽娜站在自己跟前，样子非常丑陋，疑惑自己是不是置身在鬼屋中？抹瞪了一下眼睛，跟孙丽娜说："你很丑！是的，孙家的人都很丑！你看庄园里那些走在你面前时总是低着头装作没有看见你的人多丑？走路就跟幽灵般地在人面前飘荡，也只有叶佳彤时而会带给庄园些人气一般的声音，才知道这里并不是阴间地狱。但是你们却又将她送去'孙魔头'那里凌辱、折磨。在这样的氛围里生存让我觉得孤独难耐，苦不堪言。有些后悔当初为了建设什么伊甸园跟你结婚的事儿了。"

孙丽娜说："你要说什么你尽管说，不要这么曲里拐弯的，我很烦！"

"肯定烦啊，能不烦吗？你是恨伊甸园派，我是爱伊甸园派！你妈因为大李爱伊甸园将他整死了，因为叶佳彤爱伊甸园将她留在'孙魔头'那里遭受折磨，还有你哥……是的，她竟然连你哥都不放过，要不是柳杨时不时过来给他调剂，她就要这样要自己儿子不死不活的吗？"

"你真的该死了！"孙丽娜咬牙切齿地说道，然后上前一把将他揪起来，"你心疼你的情人了对吗？你想陪她一起去小黑屋对吗？"

"放开！"他大声地喊着并摇着头说，"非常不理解当今社会还有如你这般的女人，明明吃着伊甸园的，喝着伊甸园的，还要耀武扬威地骂着伊甸园。"

"不要跟我提伊甸园。我为自己住在伊甸园感到羞耻，我是香港人！"

"伊甸园、香港一样都是中国人！"

"哈哈。"

"这笑应该由我来！"他说到这里"哈哈哈哈哈哈"地笑着。

孙丽娜见此非常生气，"啪啪"地扇他几个耳光。若良从床上跳起来，将她推到一边。

"你敢反抗？"孙丽娜说着又要上前，被他狠狠地攥住了手腕儿，她无法动弹只得愤怒地瞪着他说，"伊甸园真的有那么好吗？值得你放弃最心爱的人跟我在一起建设它？"

"当然很好！它是每个人都向往的乐园。"查若良说到这里顿了一下说，"可是被像你这样的人玷污了圣洁。我最后悔的一件事就是为了报恩而抛弃佳彤跟你在一起！"

"你说什么？呵呵。"孙丽娜冷笑一声，"牲畜不如的东西！把孙家利用完了是吗？别忘了你是为了建设伊甸园才跟我一起的。"

"你说得没错！"若良不住地点着头。孙丽娜更气愤了，攥起拳头。他看看她的拳头轻蔑地将脸转向一边笑了。她再也控制不住自己的情绪，跳起脚一拳捣向查若良的鼻梁。查若良一闪："你想干什么？"

她没有回话，亮出她的绝招"大鹏展翅"，紧接着一个箭步，将查若良掴到面前，继而在他的胸前狠狠地戳了一下。查若良竟然一动不动地站住了，眼望着面前的孙丽娜，一副痛苦得不能自已的表情。

孙丽娜冷笑一声："今天本想让你几招，不想你不知好歹，忘恩负义，背信弃义，恩将仇报，以怨报德……"她气得不知要骂什么才觉得解恨。

"孙家处事很奇怪！我很不适应！"查若良说。

"你必须适应！这个社会有很多像你说的这种'奇怪的'人，就比如我干吗要对你'情有独钟'？按常人的目光我找个男人很简单的，但是我没有，而且认准你是孙家的女婿便竭尽全力去做，我哥也是，所以你们要懂得感恩，不然的话你就跟叶佳彤一样是个混蛋！”

"孙家是因为这个将她放在小黑屋吗？你们知道'孙魔头'身边都是些什么人？"

"这个你放心！'孙魔头'不会让那些臭男人沾她一点儿，她不过帮妈教训她一下，叫她凡事儿听妈摆布就是了。"

查若良极力地摇头："快将我放开！别忘了一会儿我还要去接柳杨过来给明磊治疗。"

"哥不过中了'孙魔头'的毒，那毒是有解药的，所以你根本不用操心，妈不过怕他去救她才同意嬷嬷对其施药的。"孙丽娜淡淡地说。

"你是个非常可怕的人，应该说你妈也很可怕！是的，你们时而对人非常关心，时而又对人牲畜一样百般凌辱……"他说到这里忽然浑身不由抖动起来，像是受到了什么惊吓，"快……快给我解开穴……"还没等把话说完"咣当"一下倒在地上。

"若良，若良。"孙丽娜惊愕地蹲下身子，使劲在他胸前戳了他的"神封"穴。被解开穴道的查若良浑身抖个不停，蜷缩在地上，使劲抱住自己的双腿，嘴唇发紫。"你怎么啦这是？莫非李叔的阴魂缠到你身上了？"孙丽娜喊道。

查若良身子更加止不住地抖动，抖动……孙丽娜害怕了，望着蜷缩在地上的查若良后退着，后退着，然后猛一转身往外跑去……经过后花园往北跑，孙丽娜来到池塘旁边，径直走进大李曾经居住的几棵杨树包围着的淡蓝色围墙里的一座平房里。

大李屋先是客厅，然后卧室。让人不敢相信的是大李的房间窗明几净，没有一丝杂物，干净的让你不敢相信这曾是单身男人住的房间。

淡蓝色的主调，房间连接着小客厅和浴室。

大李的床不大，但是很舒服。床上被子铺得很整齐，两个枕头并排放在床头，蓝色的床头柜上摆着几本书，大概是他睡前看的。

浅蓝色的窗帘被分挂在两边，露出大大的落地窗，阳光透过落地窗，轻轻悄悄地洒进来，给人的感觉竟然一丝灰心都没有。

书柜里的书不是很多，但都很厚，看着很难懂的样子，想不到大李还挺爱看书的呢，靠墙的大衣柜，还有挂在墙上嘀嗒作响的壁钟。一点儿没有到故去人房间的感觉，如果不是亲眼看见大李离去，还真认为他还活着。

卧室的里面还有一间，好像是盛杂物的，孙丽娜推开门，不由得吃了一惊，她做梦都想不到母亲史爱香会坐在这里，而且正用一根四指宽的软竹片用力抽打自己的后背，前胸，全身……

孙丽娜急了，上前夺下史爱香手里的软竹片，扔到地上。再见史爱香，全身上下青一块紫一块的伤，脸上耳朵后有一道深深的被竹签划过的伤痕："妈，你这是怎么啦？为什么要这样折磨自己？"

史爱香见有人发现她在这里自我折磨，趴到床上痛哭起来。孙丽娜半跪到史爱香身旁，将母亲搂到怀里不时地拍打着："妈，别伤心了，人死不能复生，节哀顺变。"

"你不知道丽娜，你真的不懂，是我害死你李叔的，我该受到这样的惩罚。"说着又拿起软竹片来抽打自己。

孙丽娜上前用力握住史爱香的手，然后将软竹片从窗户扔出去。

"你……你干吗这样？"史爱香红肿着眼睛说。

"李叔去世是罪有应得，这不是你的错！不是！"孙丽娜说，"背叛你的人都该受到报应，是的，应该这样！不然的话怎么显示我们的正确？"

"不不！不是这样的丽娜，或许你我错了，世界没有对错！大同不见得全部是错！是的，是这样的，有钱的人该小心着自己的言行，不该跪舔西方的资本耀武扬威地生活。"史爱香摇着头，说着自己都不知道是什么的话。让孙丽娜非常害怕，"不要自责妈！真的不要自责，我知道大李的死对你伤害很大，但是……"

"你不了解！"史爱香将女儿的手拿开，倔强地站了起来。

孙丽娜也跟着站起来，然后母女俩互相凝视着对方。

无尽的言语，无尽的状态，无尽的哀怨。

很久。孙丽娜说："今天你的表现越发体现了你的内心，你很爱李叔，只不过你把你的爱深埋您的心底。还有……"她说到这里看看像个疯子一样的史爱香，本想将话咽回去，但是寻思了一会儿还是说了，因为她知道母亲的性格，听不得人说她半句不好，她说，"当初你就知道史爷爷是我的亲爷爷，所以你开始不断地用资本吃掉伊甸园。最终你胜了，但是李叔却死了。如此这般，庄园成了伊甸园人认为的笑话，所以妈，在这场战争里，你，输了！"

"我没输！我不会输！永远不会输！"史爱香倔强地摇着头，"只有孙家才能救伊甸园。想要孙家过不好，伊甸园也休想好！"

"这话说得好！"孙丽娜说，"所以我对若良把你当帝国主义来看非常鄙视！他们要知道有钱能使鬼推磨的道理。跟你一样，我讨厌他们提什么'以人为本'，还有'地球人命运共同体'的话。"

"所以我们要将他们打败！"史爱香说到这里跟跄着站起身。

孙丽娜说："可是爷爷在这个问题上是不可能动摇的！"

"所以我才跟'孙魔头'联合，让他乱成一团，我要叫他尝尝抛弃我们母女的煎熬，我要让他后悔，要他从伊甸园消失！"

"爷爷曾经的'善举'会让你有如此大的仇恨吗？"

"他是个'假善人'，别忘了你奶奶是因他而死。"

"或许不是你想的这样妈。"

"是！"

"妈！"

"我不是你妈！"

"……"

"你已经被若良洗脑了是吧，或者说你们都被叶佳彤洗脑了。是，就是这样，所以我一定要打败她，一定！"史爱香喃喃着，以至于都不知道自己说了什么，接着她跟跄地直直身子，幽灵般地走出大李的屋子。

孙丽娜站在原地，只是呆呆地发愣。

史爱香走出去，在院里转悠了一会儿，进屋时，忽然又退回来顺着楼梯往楼上走。

她来到查若良和孙丽娜屋。查若良竟然好好地端坐在电脑前的椅子上，见有人进来，眼睛只盯着电脑却并没有打招呼。史爱香指着面前的查若良："刚刚你只是在丽娜面前装弱者对吗？"

查若良先是没有说话，停留了一会儿，然后缓缓地将转椅转过来，乜睨了史爱香一眼："此话怎讲？"

"刚刚你不是要死了吗？怎么现在好好的啦？"史爱香想起刚刚孙丽娜跟她说的他要死的情况说道。

查若良耸耸肩，一副神经兮兮的样子："我觉得你这样做无非在自我伤害，你明知道李叔很向往伊甸园生活，但你却任性地不顾他的一丝想法，任意妄为！"

"闭嘴！"史爱香蓬松着头发厉声说话的时候，像个不修边幅的鬼。查若良望着她一脸的不屑。她越发烦了，冲着他吼，"你对我很有意见？"他还是不说话。

"说话呀？"她的喊叫声几乎将房顶震破。"是你叫我闭嘴的，干吗又叫我说话？"查若良甩甩长长的头发，无所事事的样子说。

"天哪！你这是被什么附体了吗？"她再喊。

"应该是李叔附体！"查若良淡淡地说。

史爱香听查若良说出"李叔"两个字，浑身不由打了一个冷战。很久，她的身子才暖和了一些，但是说出的话还是那么火药味十足，说："你是因为谁在跟丽娜上火？因为叶佳彤吗？"

"是因为你们的自以为是，你们的居高临下！"查若良从椅子上站起来，一拍桌子，怒目望着面前的史爱香，大有她再说话他的拳头便会砸过去的架势。

"你想干什么？"史爱香说，"你这是想干什么？打人吗？哦哟，这孙家是怎么啦？怎么养了一群吃里爬外的畜牲？"

"你说谁是畜牲？"

"你认为呢？"

"你的嘴真是恶毒！丽娜这点非常像你！没有口德，还处处认为别人对她造成伤害，不知凡事有因必有果！"

"住嘴！"

"你不觉得李叔是被你害死的吗？他一直劝你，你却宁肯他死也不听！"

史爱香实在忍不住了，来到查若良跟前："给我滚出去！滚出孙家，孙家没你这样的人！"

第44章　魔

查若良站起身抖抖衣服想往外走，忽然想起前天他去跟史爷爷报丧大李去世时，爷爷叮嘱他好好照顾史爱香母女的话，长叹口气，看了看史爱香，然后说："我知道李叔离去你心里难受，但你知道他遗书是如何说的吗？她叫你赶快跟史爷爷合好，救孙嬷嬷于苦海当中。"

"不！这不可能！永远不可能！"史爱香说，"这是伊甸园的阴谋，他们把你们都收买了！"

查若良说："您真的误会了爷爷的用心，唉！想想你很可怜！"

"你才可怜！"史爱香歇斯底里地喊道。

查若良更加不解："您跟孙丽娜为什么都那么难以沟通？"

"难不成你跟叶佳彤都是他派来的间谍吗？"史爱香冲着查若良喊，"你要跟丽娜和我站在一起！"

"真没见过像你这般脑残的人！"查若良没好气地说，"明明大家都想跟你一条心，你却硬将人推到一边儿。"

"我脑残还是你脑残？天哪！你竟然这般说我？"史爱香在屋里来回踱了几步，忽然冲着外面喊："大李！"

没有回音！忽然意识到喊漏了嘴，于是歇斯底里地喊："丽娜。"

孙丽娜没有进来，刘妈进来，她偷看了查若良一眼，跟史爱香说："丽娜小姐出去了。"史爱香像是忽然明白了什么一样，"腾"的一下坐到椅子上。查若良给刘妈使个眼色，刘妈点点头，过来将史爱香搀扶起来往外走。

半夜。孙丽娜从外面走进来，满脸的快乐。查若良问她是不是别人又遇到什么倒霉事儿了才让你这样高兴？孙丽娜说："不愧是跟我同过床异过梦的人。是的，刚刚去小黑屋，看到叶佳彤被'孙魔头'折磨的惨相内心竟然说不出来的高兴！"

"神经病！"查若良忍不住骂了一句。

孙丽娜笑笑："知道你心疼了！但是跟你说若良，我没想到'孙魔头'调理人那么有办法！叶佳彤再也不是以前的叶佳彤了，她竟然说……竟然说……"她说到这里捂着嘴大笑起来。

他心不由一紧！脸上也不由流出汗，心扑腾腾地跳起来，接着看看孙丽娜，想问什么，怕再次出现剧烈的争吵，只好使劲抚着自己的胸，让自己平稳。

孙丽娜问："我哥现在怎么样了？今天怎么没见柳杨给他治疗？"

查若良不想回答这个问题。

"我跟你说话呢。"孙丽娜说。

"你刚从'孙魔头'那里回来，为什么还要问我？难道不知道问她给你哥要解药吗？"

孙丽娜"哦"了一声："你着什么急啊？妈不是这两天心情不好吗？不然我早问她要解药了。"

查若良说："你妈心情不好完全是自找的！她天天像个战士一样上着刺刀做出跟人拼命的架势，所以搞得自己紧张兮兮，无中生有。"

"这个世界就是这样，不是你死就是我亡！"孙丽娜说。

"别说了！"查若良外衣一脱，将自己摔到床上。

"为什么不说？说不过我吗？"孙丽娜诡笑的样子走到查若良跟前。

查若良说："你认为两个世界的人有争吵的必要吗？李叔死了，伊甸园人想进庄园吊唁，你们却不让人进来。"

"为什么要叫外人掺和孙家的事儿？他们没这个资格！"孙丽娜挥动她有力的胳膊冲查若良喊。

听孙丽娜这般喊叫，他的语调反而低沉下来，说："突然想起一句话，世界有言论的自由，所以我至死捍卫你说话的权利！"叹了口气说，"真没想到在一些问题的看法上我们会有这么多不同！"

"不要给我灌输这些东西！要知道在这个世上，只有孙家负天下人，天下人不许负孙家！"孙丽娜说。

"这是曹操的话！"

"说得对！"

"那你知道他最终的下场吗？"

"不管他什么下场，总之人活着就得有这样的气魄！"

"天哪！"查若良一个翻身转向里，给孙丽娜一个冷冷的背。

孙丽娜上前拉他，他没有理会，接着突然站起来，往另一间屋而去。

想命令查若良来她跟前，却突然困意上来，于是只是冲查若良的背影说："看我明天怎么收拾你！"便躺到床上。

查若良见孙丽娜已然睡去，到另一屋的床上躺下，却怎么也睡不着，不是别的，在考虑孙家为何会是这样的处事风格？这简直是人间地狱！

很想把叶佳彤救出来！但是孙家人，明确说应该是孙丽娜根本容不得他去小黑屋，因为李叔死后，全家人身上都装了监控，你去哪儿的踪迹都被人控制，尤其是他，更是被孙丽娜时时监视，稍不按她的计划便对其拳打脚踢，撒泼耍赖。

该如何拯救叶佳彤？是等孙明磊醒来，还是应该溜出庄园报信？孙明磊醒来要等到何时？出去报信的话只有史爷爷知道地形图。不管那么多了，打电话给史爷爷吧。但手机却怎么也找不着。忽然想起这几天因为太忙手机都没怎么用，于是踮脚去卧室找，但孙丽娜竟然从里面将房间门锁上了。

只好重新躺到床上。闭上眼睛眼前闪现出叶佳彤泪眼婆娑地求他一定救她！

有些躺不住了。起身，却像是被鬼附了体。喊话，也喊不出来。使劲运着气，让自己想些开心的事儿。什么事儿开心？想自己的父亲？母亲？

是！他们对他很关心！很宠护！但有一点儿，他们太过懦弱！总想别人的太多。比如对待史爱香，就因为史爱香曾经帮助过他们，他们便要自己的儿子永远要做出感恩戴德的样子。

他们跟史爱香一样过得累。一个是因为全世界人民都欠她的累，一个是因为自己欠别人的累。

想叹气，却不知怎么竟然没叹出这口气，这才明白浑身已经不听自己使唤了。运气。用力握拳。去想伊甸园。对！伊甸园！那是个美好的地方。是个可以实现命运共同的地方，是个生命至上、人人至上的地方，是个可以实现年轻人理想的地方。

全人类都在向往那里，包括史爱香应该也是，只是她想把那里变成西方，但是可能吗？不可能！因为没人愿意去破坏伊甸园杏花梨花葡萄满园，更没人愿意去破坏伊甸园人见到客人像对待自家人的热情。

伊甸园的人们希望自己过着丰足、安乐、祥和的生活。人与自然之间，人与社会之间，人与人之间及人的身心关系之间高度和谐。伊甸园人的自由全面发展，人类从支配自己生产和生活命运的异己力量中解脱出来，不再对所需具有所有欲，实现从必然王国向自由王国的跃迁，开始自觉创造人类自己历史的真正人的历史。伊甸园全面建设小康社会，以富带穷，开创中国特色社会主义事业新局面。他们坚持社会主义，但不排斥资本主义，坚持伊甸园的领导，但不排斥伊甸园派监督。适用型经济模式，世界罕见。

既不是公有制经济，也不是市场经济，这种混搭模式十分有效。全民爱伊甸园，十分罕见。他们也在内吵，但一遇外敌，没人号召，全伊甸园人一致对外。高层一心为民，去农税、扶贫、抗灾，古今中外绝无仅有，他们尽心尽力。伊甸园想做任何他们认为重要的事情，没有做不成的，因为他们可以不受任何阻挡地举全伊甸园之财力、人力、物力去办……

他想了很多，很多，脸上不自觉露出欣慰的笑容。随着鸡的鸣叫，查若良浑身不由自主地轻松了。抬抬胳膊，他这才长舒了口气，舒舒服服地睡着了。

睡到日上三竿。醒来，从床上下来，走进卧室见孙丽娜不在屋里，于是上前找手机，却发现床头柜被锁了。见鬼！在想自己并没有锁抽屉的习惯。寻思了一会儿以为自己可能把钥匙放写字台抽屉里，但拉开抽屉找遍里面的角角落落也没有找到钥匙。

查若良惊讶于近期的智商好像不如从前了。不过，他脑子真的应该还算清晰。的确，前天晚上他处理完李叔的丧事回到屋里，明明看到孙丽娜将一把钥匙放在桌头柜的最底层的。他记得她用一个类似钱包样子的蓝色包将钥匙放到里面的。

是，就是这样！可是蓝色包明明在床头柜里，难道钥匙被孙丽娜拿走了吗？可孙丽娜跟他说不会拿走钥匙的。他前天开始就没用手机。

记得前晚孙丽娜说："若良你要自觉遵守约定，不要动不动就跟伊甸园人联系，现在孙家很乱，因为李叔死了对孙氏置业是莫大的损失，所以妈才变成这样。"

查若良说："李叔突然离去大家都措手不及，我理解妈的感受，但丽娜你告诉妈妈不要把伊甸园当成敌人，那里的人是你的朋友，他们会帮助我们解除痛苦。你应该知道，融入集体的重要性。团结就是力量！是千古不争的事实！"

"妈对你说的这些话根本就听不进去，说实话我也不感兴趣，所以以后这些话少在家里说。"

"既然这样好吧！"查若良说。

"你是个守信用的人，要不是因为这个，我不会为你着迷到这样的程度，更不会为你牺牲这么多。"孙丽娜看看查若良，"好了，听话。"说着话在他粉红似桃花的脸颊上轻轻亲了一口。

想到这里查若良愣怔了一会儿，再找那套拴着红绳的小串钥匙，仍是没有找到。他焦灼地从床上站起来，往窗外看了看。孙家今天出奇地安静，院中驼背的汪妈妈今天也没在……

推门打开孙丽娜的房间，孙丽娜也不在。拧起眉发了一会儿呆，然后顺着蜿蜒的楼梯下来，偌大客厅没有一个人。不知道家里人都去干吗了，是家里又发生了什么重大事儿，还是……

不敢往下想了，因为再想又会出现昨晚的情景了，使劲摇晃了一下自己的脑袋让自己平静。

忽然清醒了许多。

有种想逃离的冲动！真的，特别像现在这样的境遇，往外联络的方式都让孙丽娜给他掐断了。

真是可恶！恨不得立刻就狠狠地教训孙丽娜一番，但此刻的她去了哪里？

不管那么多了。走到客厅的尽头一拐弯就是别墅的大门。想出去透透气！查若良想到这里浑身不由得跟着欢快起来，接着非常轻松地往门口走去。

他的脚步声被硬硬的木地板和木头拖鞋反弹得非常响。不由将脚步放轻，并又环顾了下左右，觉得没有危险的，他快步来到大门前将门打开。就在这时一声轻轻的咳嗽声传出来，他吓得胆都破了，小便也不由自主地流出一点儿。紧接着一个穿着黑衣且蒙着一只眼睛的老女人来到他面前，那老女人好像容不得他想什么便一个手势朝他的脖子掐过来。

眼看他生命攸关时，一声厉喝："住手！"那声音似大李活着时的喊声，那么响亮有力！

尽管受到惊吓，查若良仍是听得非常清楚，由于对那个穿黑衣的老女人和"大李"的呼喊声充满了好奇，于是在睁开眼的一瞬便回身去找寻他们的踪影。

哪里有什么半点儿人的身影？

用眼的余光搜寻了上下左右前后仍是没看到什么，想起以前叶佳彤曾经给他讲过的鬼杀人的片段，冷汗止不住从脸颊上哗哗地流了下来。然后鬼使神差般地到客厅里面的太师椅上坐下。

坐在太师椅上喘息了一会儿以为会恢复体力，却不知身子更加没劲。头无力地仰在椅背上，看看自己三楼的屋子哪里还有力气上去？

很久。他听见有脚步声。脚步声很清晰，所以他认为不是幻觉。但是此刻的他非常盼望有人来扶他上楼。因为坐在这把太师椅上他有种受刑的感觉，犹如"请君入瓮"般使他完全丧失了精神上的意志力。

终于听见脚步声，他长舒了口气。"吱呀"一声，孙丽娜推门进来。看到查若良惊恐的"坐姿"，孙丽娜先是感到可气，然后又觉得可笑。可气的是他没听她的话在屋里好好待着，可笑的是他被"粘"在椅子上欲罢不能的窘态。

她望着他呆立了半晌，淡淡地口气说："你这是在表演吗？"查若良哪里顾得上回答她的问题？伸开双臂，意欲孙丽娜过来搀扶。孙丽娜望着查若良从未有过的可怜相，有想过去抱他的冲动，但犹豫了一会儿，往前进了几步。

查若良使出吃奶的劲儿才从椅子上站起来，然后借力搂住孙丽娜的脖子，猛一下子站稳在地上。孙丽娜想问他今天为何这般狼狈？他示意她不要问他今天发生的事儿。说他一定要把今天发生的事儿忘记，"希望你今天心情好些，不要骂我，不要惩罚我，不然的话今天的事儿会让我刻骨铭心到恐惧的边缘。"

"这些天你不能瞒着我一丝事儿若良，你要谅解，因为大家商量来商量去觉得折磨叶佳彤最能唤醒妈体内那唯一的神经。"孙丽娜说。

"折磨？唤醒？为什么不好的事儿对象总要选择叶佳彤？"查若良望着孙丽娜似有丝丝的绝望，"难道就因为她是伊甸园的设计者吗？还有，爷爷难道因为对人施爱有罪吗？"

"他将这种爱留给家人不好吗？何必假惺惺地将无私的爱往外奉献？她如果快速将图样交给孙家又怎么会受这般酷刑！"孙丽娜说。

不明白孙丽娜如何蛇蝎心肠，真是讨厌！为什么会这样？或许真如娄小涵说的他们的方式方法有问题？

"近段时间你的表现越来越差！"孙丽娜说，"你对我完全没有对叶佳彤那么用心，这很让我失望，非常失望！"

"是你索取的太多丽娜，凡事儿不能要求事事如意，佳彤设计伊甸园没有错，她为了自己心爱的伊甸园跟爸妈有矛盾也没有错。"

"她这也没错，那也没错，难道会是我们的错？"

"李叔的死难道跟妈没有关系吗？"他说这句话忽然想起刚刚迷茫中看到的大李的背影，眉头皱了皱问，"李叔……"他说出李叔两个字忽然又觉得不妥，于是将话硬硬地咽了回去。

"李叔的死当然跟妈没有半点儿关系，只是他该死了，他走向了妈的对立面。顺我者昌，逆我者亡，难道不对吗？"孙丽娜说。

"有人说自卑的人才有暴虐的心理！"

"放肆！"

"大爱无疆，助人为乐，大公无私，尊老爱幼是件很快乐的事儿丽娜，我觉得你应该尝试着来做这样的事儿，这样你会生活得很快乐！"

"我不听你的胡言乱语！"

查若良耸了耸肩，做出无奈状，但腿却还是无力，只得搂住孙丽娜的肩当支撑物。

"你若胆敢跟人报告姓叶的状况，小心你的狗命！"孙丽娜边扶着他右手边做手枪状指着查若良的太阳穴。"不服是不是？"孙丽娜歪头望着查若良一副不可理喻的样子。

"想拿面镜子照照你现在的样子。"查若良耸耸肩，"可惜现在的我浑身还是没有力气。"

"那就老老实实的！"孙丽娜说。

查若良"嗯"了一声，乖巧地将身子倚向她。

孙丽娜扶着查若良往楼上走，一只猫窜过来，撞在查若良腰上。查若良立时觉得浑身有了劲儿，他看看孙丽娜，迅速将自己的身体从孙丽娜处移开。

第45章　酷刑

月黑风高的晚上。无边的浓墨重重地涂抹在天际，连星星的微光也没有。夜雾袭来，朦胧的月光下，天空并非纯黑色倒是黑中透出一片无垠的深蓝，一直伸向远处。

一黑面人用长绳捆绑着叶佳彤的双手往黑暗幽深的森林里拖。叶佳彤已经无力挣脱，想到近几日饱受无尽的折磨，只有孙丽娜过来看望并对她拳脚相加了一番，忍不住流下了绝望的泪水。

不知道黑面人此刻要带她去哪里？又是去小黑屋接受"酷刑"吗？

想到几天前在小黑屋，黑面人在她柔弱濒临死亡的身体上踢着打着，浑身没了力气任由黑面人拖拉着她往幽黑的原始山峦里走，由不得她半丝挣扎。

半盏茶的工夫，来到一空阔地。圆月逐渐升高，银盘似的脸，流露着阴郁的凶相。微风中，芦苇倒了。

岸上，小黑屋矗立在面前。四周草木葱葱郁郁，山花丝丝黑黑。月光中山峰若有若无，显得小黑屋险恶奥秘冷寂。

黑面人停下脚步，叶佳彤的身子也就自然躺在地上。接着黑面人走到叶佳彤跟前，一把将其揪起，接着就把她扔进小黑屋。

门"吱呀"一声带上，"咔嚓"一下上了锁。小黑屋里完全没了光线。黑咕隆咚很是恐怖。喘息声越来越响，接着从小黑屋里飘过一个幽灵般的"怪物"。那"怪物"浑身着黑，走到她面前像是能看到她一般低头"嘿嘿"地笑着。

她不相信世上有鬼，认为走到她近前的就是前天曾经打得她皮开肉绽的"孙魔头"吧。因为那"嘿嘿"的笑声充分证明了她的判断。近到跟前了。果真，"怪物"就是"孙魔头"！

镇静了一下。佳彤很快适应了里面的幽暗，就着一点阴光看清了"孙魔头"

的脸。但见"孙魔头"，身着黑衣，戴着黑帽，宛如伊斯兰教中的修女，想起前天曾经在这里被黑面人在伤口泼辣椒水的事儿，佳彤忍不住浑身抖个不停。

那伤处已经结了"黑痂"，但仍在火辣辣地冒着烟似的痛。

"孙魔头"此刻蹲下身子，变戏法般地变出了一支光亮的蜡烛，龇着大黄牙朝叶佳彤"嘿嘿"地笑着，鬼哭般地带着抖音说："没……没错！前……前天的辣……辣椒水是不是很……很过瘾？哈哈哈……"她说到这里仰天大笑，几乎将手里的蜡烛掉到地上，然后她望着叶佳彤，仍是皮笑肉不笑，还带些淫邪的样子说，"你……你知道吗？这事儿是你婆婆史爱香让我……我做的。她说你……你总不听她的话，所以一……一定要我把你……你的性子掰过来。哈哈哈。"

叶佳彤已经没了别的思绪，心只是惊恐地跳着，腿蹬了几下，如没了知觉一般。

"孙魔头"笑够了。站起来，将蜡烛放在一张黑灰的脏不拉叽的四角桌子上，然后来到一木头床前坐下，对叶佳彤说："这其实没有什么奇怪的，人就是这样，今天你们是好朋友，明天可能因为一件事观点不同就会成为仇人，比如我跟你婆婆，以前我救她的时候，我俩亲热得跟母女一样，可是当我们因某件事分歧的时候，她又恨不得杀死我，但是现在我俩又有一样的心思了，那就是在看待伊甸园这件事上，我们娘俩儿又出了奇地一致。所以你啊，老老实实把真图样拿出来，打个电话，叫他们的通信全部停工。如此这般，你也就能安全回到孙家，明磊的毒也就自然解了。"

不想回答真假图样的事儿，因为那或许是柴禾妞等人做的手脚。想到这里长舒口气，心想多亏他们帮了自己，不然依她对孙明磊的愧疚，心恨不得心掏出来交给孙家。"你竟然对明磊下了毒手？"叶佳彤故意转移话题，不往图样的事儿上谈。

"不然的话他能允许自己的女人被人这般折腾吗？哈哈哈。"她极其恐怖的笑声震彻屋顶。叶佳彤想捂耳朵，手却够不着耳朵。这才发现原来因为这几天备受折磨，浑身处处生疼。好在脑子还算清醒，于是拧起眉，想着"孙魔头"这样一个变态的人要怎样应付？

与前日不同的是"孙魔头"今天表现得还挺"慈祥"，她不时跟叶佳彤聊着"家常"。她说记得当初，孙母也就是史东方的老婆带女儿来香港是靠要饭度日的，当然他们还会到香港的一些电影院"捡钱"，就是史爱香母亲跟看管电影院的一个保安混得熟了，经常会在电影散场后让母女两人进电影院捡看电影人丢在电影座位上的钱。

这差事儿本来不错，但后来保安被另一个女人收买，将史爱香母女赶走。史爱香母女无奈又在香港要饭度日，后来一场感冒，史东方老婆病重，因没钱救治很快离开人世。

那时史爱香不过十几岁，找地方打工挣钱还不够年龄，只好去垃圾桶捡废品勉强度日。

有一天史爱香碰到捡垃圾的菅嬷嬷。是的，孙魔头实姓"菅"，她的孙姓是后来改的。她说因为捡垃圾的人越来越多，最终垃圾稀少得连史爱香也开始跟她争抢。为此两人没少打过仗。有一天，两人又因为争夺垃圾里的铜铁而厮打起来，最终菅嬷嬷被史爱香推到粪坑里。眼见菅嬷嬷生命攸关之际，史爱香心生恻隐之心将菅嬷嬷救上来，然后她又将"孙魔头"送到医院，用自己卖废品挣的钱将老人救了过来。

"孙魔头"醒过来，见史爱香为救自己已经将手里的钱都花掉，又听说史爱香是伊甸园人，还是史东方那个失踪多年的女儿，眼珠一转，提出要史爱香去自己的草屋跟自己相依为命。

"孙魔头"龇牙咧嘴跟叶佳彤说出这件事后，叶佳彤说："为什么你听说她是史爷爷的女儿会露出这般恐怖的笑？""孙魔头"阴森地笑了笑："因为我也是伊甸园人啊。"

"您也是伊甸园人？您是因为婆婆是史爷爷的女儿而救她的是吗？"叶佳彤天真地问着"孙魔头"这句话，人已经被"孙魔头"带进了她的思乡的情绪中。

她的大黄牙再次露了出来，仰脸哈哈大笑了几声说："你果真幼稚得可爱！是！我是因为她是史东方的女儿才救她，但却不是要他高兴，而是要他的女儿活得好好地去折磨他的。"

"什么？你刚刚在说什么？"叶佳彤拧眉望着面前的老巫婆，百思不得其解。

老巫婆说："你知道爱之深责之切的道理吗？是！史东方曾经是我的初恋！"她说到这里"哈哈哈"再次仰脸长笑。

她被她恐怖阴森的笑迷糊了一阵，一直认为只有年轻人配有爱情，丑陋跟老人没有，原来……唉！还是自己太不谙世故了。想到这里她明白了很多道理似的跟"孙魔头"说："老人家，你年轻时肯定很美丽对吗？"

"孙魔头"一说起这个，立时眉飞色舞的样子，但见她使劲撇撇嘴，扬扬眉，然后一字一顿地说："那当然！不信你可以问问伊甸园以前的老人，伊甸园的一枝花是不是我菅永芳？"

"菅永芳？"叶佳彤拧眉看看面前的"孙魔头"，"这个名字倒真经常听人讲过，可是……"

菅永芳说，尽管当初她是伊甸园一枝花，但因为家庭出身不好，常被"土鳖"的伊甸园人讥笑，"但我的同学史东方却从来没有，他常常去地里抓一些昆虫烧给我吃，还采一些可以让人变年轻的药草常会被他熬成汤两人享用。"她说这话时都是陶醉的语气。"那是我终生难忘的日子，觉得此生遇上他是我的福气。但是后来……后来他当兵走了，而且我听说他还当了军医，嫁他的愿望就更强了。不想十年后他回来，面对我时却只是发呆，他跟我说我们两人不是一路人，他是军人，他不能娶地主家的孩子，然后……"她说到这里忽然捂住自己的皱脸号啕大哭起来。

叶佳彤见状寻思了一会儿，跟她说："你是因为他没娶你而恨他吗？"

菅永芳说："当然！我等了他十年，整整十年，他却回来给我说了一句我们不是一路人。"她困兽犹斗的语气跟叶佳彤说，"记得他结婚那天我离开了伊甸园，要着饭来香港寻找我的金钱梦，却不知香港的世界根本不是人们描写的天堂，而是……而是……"

"所以你后悔离开伊甸园了是吗？要回来又觉得还没有混好。"叶佳彤说。

"我很好。我现在很有钱！"她说到这里举起手机，"你知道我的手机里有多少钱吗？二百亿！二百亿！"她说到这里又哈哈笑起来。笑声阴森恐怖，接着她使劲盯着面前的叶佳彤，一字一句，咬牙切齿地："记着孩子，将来如果有钱了谁也不要帮，因为在这个世上，心越善越有人欺……"

叶佳彤摇着头，非常用力。

菅永芳机械地摆了摆她犹如鸡爪般的枯手，肆无忌惮地蹲到叶佳彤跟前，仰起她干瘪的布满无数深沟的脏脸说："嗯，不错，公子果然有眼力！"接着便"嘿嘿"笑了起来，露出了她极其难看参差不齐的大黄牙。

"我们可以谈谈吗？"叶佳彤努力让自己镇静下来大着胆子说。

菅永芳站起身，露出了凶光，望着叶佳彤步步紧逼。叶佳彤坐到地上，不时地用胳膊肘往后退着，退着，直至退到墙根，再也退不动！菅永芳上前撕扯她的衣服，摸她的全身。叶佳彤想站起来，但却被菅永芳狠狠地摁到了墙角。

叶佳彤感到她的手很硬，且极其粗糙。在她身上划过时，她感到了一种被刀割一般的疼痛。菅永芳的手黑、粗糙还有裂纹。如此这般，叶佳彤哪里会是她的对手？但见菅永芳三下五除二便将她捆绑起来扔到坚硬的床上。

"救命！救命啊！"她绝望地喊叫着，那喊叫声带有极度的绝望跟恐惧，使她极度温柔的声音变得更加颤抖，更加迷人。

菅永芳笑声落到叶佳彤的耳里更加恐怖，叶佳彤浑身哆嗦个不停。菅永芳见此越发连口水都流了下来。然后滴到叶佳彤的身上让她几度呕吐。叶佳彤拼命爬起来欲到一个干净的地方，但她扫视了暗黑屋里一圈都奇脏无比。

"外面有个水池！"想到这里她拼着命想站起来，再一次被菅永芳轻轻地推到床上。完了，她想。是的，她本就是个有洁癖的女人，此刻不想会栽到一个如此肮脏的老女人手里，也算是上天对她最强有力的惩罚了。

不知道孙明磊现在什么情况，毒应该被解了吧。还有查若良，现在在伊甸园、西班牙还是香港？应该是在伊甸园吧，因为她被抓的时候若良跟丽娜明明都还在庄园。可如果在庄园的话为什么不告知其他人我被菅永芳施酷刑的事儿？

后悔跟孙明磊来庄园住没有丝毫防备，更没有想到史爱香会用如此下三烂的伎俩来逼她就范。应该怎么办？同意菅永芳提出的所有条件吗？如果这样的话，史爱香更会觉得史爷爷的所作所为是在跟她对着干，更会认为自己的想法合情合理，更不可能放过史爷爷。

想到史爷爷说的要争取任何可以回心转意的人，她的心安静了不少。

小黑屋阴暗潮湿，见不得一点光亮，里面有一股发霉且极臭的味道。这些叶佳彤都觉得算是好的了，毕竟她还是有些适应能力的，因为从她呕吐得连肠子都出来了之后，嗅觉好像变得不再灵敏了。但却更加难受，因为鼻塞的眼冒虚汗，头发晕。这还不说，竟然又被菅永芳捆个结结实实，并还把支撑床的铁架拿下来，只剩下一块坚实的木板还有绑着的绳子将她悬了半空，当她意识到这个问题时冷汗唰的一下出透了全身，继而抵挡不住惊吓而晕了过去……

等她醒来的时候已经是第二天的中午了，这个时间段是她根据小黑屋一个小窟窿透进的光线约莫出来的。此刻她仍躺在那张床上，只是床恢复了原样，坚实地放在地上。

她长舒口气，紧接着门"吱呀"一声推开，菅永芳端着一碗米饭走进来。然后不分青红皂白便逼她吃饭。叶佳彤本想拒绝的，可她哪有拒绝的机会？但见菅永芳硬是将一些烂臭的米饭往她嘴里塞，尽管此刻她看到了她黑且肮脏的手，并再次将嘴闭上，不想却被菅永芳狠狠地扇了一记耳光，接着过来撬她的嘴，她只得流着泪将嘴缓缓地张开……

这顿饭在菅永芳的逼迫下吃了大约一刻钟的工夫终于停止了。她艰难地将饭咽下，长舒口气时，菅永芳又将一碗滚烫的水往她嘴里倒。她机智地一个转身，热水流到床上，腿被烫得"啊"的一声尖叫。

她的尖叫没换来菅永芳一丝的同情，反而好像她越被折磨得厉害，菅永芳越会露出那黄牙的魔鬼般的笑容。

吃完饭，她认为菅永芳应该休息一会儿了，但却没有。她坐到她的床上，露出了贪婪的眼神，接着她将手缓缓地伸到了她的胸前，并放在她酥软的乳房上揉搓起来。那揉搓如一把锋利的刀子让她疼痛，忍不住发出尖厉的惨叫，再看她的身上果真布满了如刀片切割一般的细细伤口。

此刻有求饶的想法，忽然菅永芳不再折腾她了。被揉搓过的地方留下伤，菅永芳在伤口处滴了几滴不知是什么的透明液体，这显然不是辣椒水，因为上面有丝丝的凉意，挺舒服的感觉。刚庆幸"孙魔头"的仁慈，前天辣椒水的作用便"刺刺"地开始了。她不由发出"啊啊啊"的惨叫声。

不知道菅永芳的心是用什么做的，或许她本没有心吧。不然她不可能听到她凄惨的叫声会这么兴奋。但见她仰着双臂头仰向顶棚"嘿嘿""哈哈"地大笑，像是征服了苍天。对了，有点像古代帝王夺下天下的感觉，得意、狂傲，并还带着一股邪气淫毒。

不知道这所谓的折磨要待何时何地才能结束？不过此刻菅永芳倒是提醒了她一句说："你可以向我求饶啊，求饶的话或许就能早些对你结束惩罚了，哈哈哈……"她说到这里再次仰天大笑起来。

不能求饶！坚决不能求饶！不然的话智能高科技就会攥到他们的手里，如果那样的话，那伊甸园就整个被他们控制了，那时你能聆听天籁的痴情，享受一种短笛共流水的气息吗？能看到幽兰香溢空谷？

不会！

菅永芳说世上没有无私，人人向善不过是虚伪的表现，先己后人才是人真实的写照。叶佳彤并不这样认为，人之初，性本善是自古以来的真理，人会因为自己的无私而愉悦，因为自己的善举而心存感念。知恩图报是聪明人干的事儿，以怨报德是愚蠢人。这并不单单是劝人向善的话，而是教人如何高质量地笑着面对人生的哲理。有灾祸，你祷告，有正义你维护，有邪恶你抨击，才有活出真正人的价值，不然一切不过虚无缥缈的轻如鸿毛。

叶佳彤认为史爱香、菅永芳跟史爷爷之间的根本问题并不是谁是好人坏人，只不过世界观的差异导致的水火不容。所以她相信自己能够感化史爱香、孙明磊、孙丽娜，甚至于正在虐待自己的"菅嬷嬷"，以及唯唯诺诺的被人利用的父亲叶成功。

记得有一天刘冰冰来家做客，说过自己跟史爱香不同的地方是，史爱香的霸权思想很严重，很怕如果手中无权便没有她的立足之地，这应该是菅嬷嬷硬性灌输给她的，所以要史爱香清醒。

叶佳彤认为刘冰冰说得对！伊甸园的目的不过让大家拧成一股绳，面对世上困难带给人们的不安，它让人们更无忧无虑，不再担忧衣食，担忧天灾人祸，只有这样，才能攻坚克垒，战无不胜。要团结合作，坚持多边主义，促进互联互爱，坚持开放包容，这是应对全球性危机和实现长远发展的必由之路。每个人都希望自己有尊严地活着，谁也不想当谁的奴仆！大家是平等的，不是谁非要将谁改造成什么样的人！想做任何他们认为重要的事情，没有做不成的，因为他们可以不受任何阻挡地举全伊甸园之财力、人力、物力去办。

史爱香冷笑说："不用跟我一套套的，你刘冰冰才真正可以被人架空的，我不会！"

刘冰冰说："伊甸园好的决策代代相传，庞大的各方面的基础设施发展实力，谁亦无法撼动！伊甸园的可怕之处就在这里。如果伊甸园本身不出问题，试问谁能把它击垮？它的成长和壮大，谁也无法阻挡！"

叶佳彤附和着说，此刻是旧的秩序加速坍塌的一年，也是新的格局曲折酝酿的一年。不然的话她也不可能忍辱负重来孙家庄园劝说。史爱香听此有些心软，叶佳彤非常高兴，但忽然菅永芳上前将她的梦打断。她将叶佳彤拖拉到小黑屋另一间一个铁笼子旁，打开锁，将她狠狠地推到里面。她绝望地朝菅永芳摇头。

菅永芳只是冲她嘿嘿地笑。她站在里面，望着菅永芳老大一会儿，将脸转向一边儿。

不想求饶了！大不了一死嘛，她想。如果一死可以让菅嬷嬷迂腐肮脏的灵魂转变，何乐而不为？如此的想法真的过于单纯了，但见菅永芳上前撕扯她的衣服。

叶佳彤下意识地用手捂住了胸，继而崩溃般地跪下，头摇得跟拨浪鼓一样："别这样！别这样！您不是没有爱，您不过在发泄，对！您一时糊涂，或者您是因为遭遇太过奇特，放过我嬷嬷，伊甸园真的很美，尤其那里人都很善良，对人像自家人一样。"

"哈哈哈……"那带着淫威的笑声冲击到小黑屋的上空反弹下来后听着更加恐怖。

叶佳彤用手蒙着自己的脸，低下头，心想："难道果真是我错了？有些人至死也会捍卫她们认为的真理吗？可是她们……她们应该都有一颗善良的心，不然的话史爱香不可能救助一些需要帮助的人，比如孙家庄园的园丁基本都是因为贫穷吃不上饭而被她招来的。还有菅永芳，她不过因为曾经爱过史爷爷而对伊甸园的人产生了厌恶、憎恨，她相信菅永芳有爱心，不然当初她不会救曾经濒临绝望的史爱香。"

"以后还敢跟我们讲什么伊甸园以群众为基础推动发展吗？"菅永芳拖着长音，说话气力不足的样子更加恐怖阴森。

叶佳彤惊恐地望着菅永芳十年陈皮般的脸使劲摇头。

"还不认输？！"菅永芳的声音带着力拔高音成嘶哑的抖动音喊道。

一分一秒也不想留在这里，因为再留一刻她便有死掉的可能。有生的欲望，而且非常强烈。因为她发现菅永芳并没有一下将她置于死地的想法。这是最可悲的！痛苦不是痛快地死去而去一点点凌割你身上的肉，使你欲死不能，欲生剧痛。

人不人鬼不鬼的像个恶魔，美丽的样貌也已变形，变得不再可爱，不再怜人，不再气宇，就如同面前的菅永芳，哪怕她的五官再美再精致，又会有谁愿意为她生为她死？

所以她只能让自己变得强大，计谋去残害别人让自己得到快感。披着干巴的皮让别人怕她。有咒她快死的念头。菅永芳走过将她扔到床上，怕再受刑，她躺在床上温存乖巧了很久。菅永芳见此高兴了许久，她过去拍拍她的身，然后一瘸一拐地往外走……

长舒口气后，转过身去，两腿稍弯，双手叠在一起叉在两腿的膝盖处。大约过了两个小时。双眼皮打架，竟然迷糊地睡了过去。此刻"咣"地开门声将她惊醒，连忙睁开眼睛往门外看。

一个男人上前抱住了她，她不由一愣，连忙将那件被菅永芳撕扯过的衣服把自己丰腴的身体裹了裹。

"佳彤！"那声音带着磁性的温柔。

这声音听起来何等的熟悉？但却仍不能确认，因为她听出的声音是闫平阳，疑似自己在做梦。

"佳彤！"带有磁性的浑厚嗓音再次响在她的耳旁。她望向他，并且使劲揉了揉眼睛。"我是平阳。"闫平阳柔情带有疼惜的样子说，"我过来救你了！"

"平阳?！"叶佳彤望向他坚毅的脸，疑似做梦，"真的是平阳？"鼻子一酸，眼内不自觉地流出滚烫的泪。

闫平阳点点头，还没等她再问什么，便将她背起来："什么事儿回去再说！"说着话已经将叶佳彤背到身上。

第46章　拯救

已是下午，太阳的光亮没有那么耀眼了，但依旧将叶佳彤微微睁开的双眼刺得生疼。叶佳彤舒缓了口气，闭上眼睛，让自己的眼睛好好适应一会儿。

很久才敢将眼睛缓缓地睁开，但仍是不相信自己的眼睛，因为她觉得健硕的身子驮着她浑身不停地抖动，她感觉到了他在哭，而且哭得那么伤心，那么心疼，那么……

想起这些日子所受的磨难，叶佳彤鼻子不由得发酸，眼泪不由自主地扑簌簌往下滚落，接着用力将自己从他身上往下滑落。

闫平阳再有劲儿也无法将一个要离开他身体的人粘住。何况他因为救叶佳彤，从养鸡场抄近道到孙家庄园小黑屋的山路跑来已经快精疲力竭了呢。

叶佳彤滑落到地上后，转身要跑时腿脚不由一软。

他忙上前，将她羸弱的身体揽到怀里，流着愧疚的泪："对不起，佳彤，原谅我！一定原谅我！"他说到这里放声大哭，"是我不好！我不该对自己那么没有自信，我不该因为过多的情愫将你拱手让给孙明磊。爷爷批评得对！正是我跟若良这样的人才害了孙家，所以他不接受大家的好意，反而在怪罪我们。"

她闭上眼睛，趴在他宽厚温暖的胸前，听着他起伏的心跳说出爷爷如此内疚的话，内心还是不安。但她没有表示什么，只是无力地仰脸朝他微微地笑着，然后用衣袖去擦他脸上的泪。

他用力地抱紧她，说："要不是若良机智地用智能语音传播信息，或许我到现在也找不到你所处的位置，是的，若良是个好男人，他为了你几次三番往我那里输你的数字密码。要不是因为李叔自杀，或许我到现在也无法进入庄园。"

"你……你说什么？"叶佳彤大喘了口气，因为站不稳只好双手搂着他的脖子，"别吓我平……平阳。"

"你被关小黑屋这些日子，孙董一直在伊甸园施着她的淫威。比如把桃园、李园、杏梅园都归到庄园名下，且对人对事儿一反常态地暴虐。比如公开在伊甸园对你的奴役，还有公然挑衅史爷爷的底线。"他说到这里停顿了一下，然后接着说，"她公然把史爷爷叫到家里训斥，并要师傅跟她认错。史爷爷没有理会，她就将'孙魔头'虐待你的视频发出来大家看，她说孙家是不可能要叶佳彤这样的女人当儿媳妇的，只配做孙家的奴隶，孙家的使唤丫头都还怕脏了孙家。"

为此史东方非常痛苦，再加上大李的离世，他将自己关在屋里不再出门。

"没想到事情会这么复杂。"叶佳彤说，"菅嬷嬷竟然也是伊甸园人，而且她……她变成这样竟然因为……"她说到这里长叹口气。

他好像猜出来了，冲她点点头："这事儿我好像听我母亲讲过，几十年前，一位姓菅的奶奶看上了史老园长，但因为菅奶奶家出身不好，所以史爷爷这些日子非常痛苦。"

叶佳彤说："菅奶奶来伊甸园后，一直没有露面，我也是来伊甸园这三个月才刚见到她。没想到做好事儿的人不是完美的，因为竟然会伤害身边最亲的人。所以我在想，什么是对？什么是错？或许世上没有对错，只有尽力，不然的话哪会有这么多的烦恼？"

他说："不要感叹这么多了，不然的话，过了晌午，就找不着回伊甸园的路了。"

叶佳彤说："现在不想回家，你不是说明磊被菅奶奶使了毒吗？我们应该返回去找她要解药。"他说："现在的你最需要休养，解药的事儿由我来想办法。"说着话蹲下身子要来背她。她闪开了，并倚到一棵树下，望着他，尽力让自己内心平复。

他没有怪她任性，只是无奈地耸了耸肩。

她说："你跟秋水到底怎么回事儿？"他还是那句话，两人不过是兄妹，兄妹之间怎么会有夫妻的感觉？她便望着他，怔怔地，而且目光很犀利，就如要穿透他的内心深处。

他说："秋水是我的亲妹妹，当初她被明磊玷污不知所措的时候，唯有我是她最大的靠山，她是我的妹妹，我不救她谁救她？"

"你的意思是秋水被明磊玷污，这是真的吗？"叶佳彤想起跟孙明磊这些日子以来的共处，非常痛苦，"既然这样当初为什么不告诉我？我如果知道真相的话又怎么会甘愿去孙家的庄园？"

"说白了是因为师傅。我想你也应该体谅大家的心情，他为了咱们伊甸园的确牺牲了全家的幸福，你说这样的人的后代我们不去维护，怎么对得起自己的良心？"他说。

叶佳彤叹口气说："是啊，却不知明磊跟婆婆认为这些是他们自己的德行修来的，可悲啊，为什么人会那般贪得无厌？为什么谦谦的忍让最终会落得敌人的自以为是？这世上如果有一面照妖镜多好？它起码可以让人照出自己丑陋的面目后体谅别人的难处然后加以改进，最终过上幸福的生活。"

平阳听着她发自肺腑的话，不时地点头，看看天已近中午，觉得不能再在这里多待，因为离开庄园需要很长时间不说，如果走进刚刚经过的八卦村，没有导航仪的话……想到这里忙低头看手里的导航仪，"哇！导航仪竟然失灵了！"

"这……这怎么办？"叶佳彤听闫平阳这样说也慌了，"连你都找不着回去的路，那这里……"她朝四周看了看，更觉出了庄园的阴森恐怖。

"没事儿！"平阳话说得很轻松，使得她的心安稳了一些。他站起来，扶叶佳彤起身说，"我背你！"

她使出浑身的劲，也没有站稳，只得顺从地往他厚实的背上一趴。他掂了掂，使叶佳彤往自己背上再上一点儿，然后觉得"得劲儿"了，这才大踏步地往前赶。他驮着她走了大约半天的工夫，竟然又回到了歪脖子李树下面。

平阳停下了脚步，努力回忆来时的路。趴在他背上的叶佳彤抬头一看这棵歪脖子李树不由惊出了一身冷汗。是的，这说明闫平阳根本辨认不清方向。浑身已经没了一丝力气，再加上辨不清方向，双腿越走越软，最终两人一起跌倒在树丛中……

阳光温暖地照在叶佳彤修长、美妙的身躯上，树上落下几片树叶点缀在她周围，让她越发动人。

睁开眼睛，发现孙丽娜站在她身边冷冷地看着她。她疑似做梦，再次将眼睛闭上，仍是被人不停地踢打。难道闫平阳救她是假，孙丽娜过来踢打是真？想到这里她扫视了下四周，真的没有发现闫平阳在身边。

不想这是现实，更不想再一次落到孙丽娜手里被再次折磨。但是人生要面对的总是要面对，无论是好的、坏的、优的、劣的……想到这里，猛地睁开眼睛，认为会出现孙丽娜面目可憎的恶相，却发现此刻她仍在小黑屋附近。

天已过午，口渴难忍，再加上饥饿。眼睛搜寻着有没有可以喝水的地方。菅永芳近到跟前，上前试了试她的鼻息，然后站起身猿猴样地爬到树上摘下一塑料袋。

塑料袋里面已经盛了半袋水，她蹲下身子用长指甲在上面戳了个洞，然后水从小洞里滴到叶佳彤干裂的嘴里……

叶佳彤醒过来，菅永芳"嘿嘿"一笑，蹲下身子到叶佳彤眼前，刚伸出她粗黑的爪子往叶佳彤脸上摸。一声厉喝！一个黑衣蒙面人跳过来。

菅永芳吓了一跳，脸望向蒙面人，然后上前撕扯蒙面人的黑布。

蒙面人一惊，一个跃身跳到她跟前，然后一弯腰抱起叶佳彤飞奔而去。菅永芳追了一会儿，见蒙面人被一块石头绊倒在地，"嘿嘿"一乐，刚想过去抓他，他却神奇地消失了。

她转了一圈，又一圈，再一圈，一直没有看到蒙面人，连那块把蒙面人绊倒的石头也无半点儿踪影，正感奇怪时，头顶冷不丁被人敲了一下……

大概凌晨的时候，突然听到有脚步声。菅永芳想睁开眼睛，却很困难。突然，一双粗糙的大手向她身上袭来。她想来一个"鲤鱼打挺"，却不想已经被五花大绑在小黑屋的床上不能动弹："天哪！"她由不得自己喊叫了一声，暗恼自己为什么会被人绑到自己的床上？

夹杂着豁亮刺耳的笑声，一位粗壮的汉子从外面进来，走到她跟前，"啧啧"了两声，头摇得跟拨浪鼓似的："唉！真正的可悲啊！你说你这么丑是因为什么？"

"我不丑！"菅永芳喊。

"哈哈。"黑塔似的大汉大笑，"天下最丑的丑妇！"

"不！"

"别自欺欺人了行吗？你知道最美的女人是什么样儿吗？是像伊甸园里住的心存善念的人！她们为别人做事，事实在为自己修行！你曾经暗恋过史老爷子是吗？这就对了。可你知道每个人都喜欢他是因为什么？因为他在为人民服务，因为他心里一直装着人民至上，生命至上，他说是同舟共济的命运共同体……心里一直装着别人的人才最美，最伟大。像你……哈哈……你除了惹来别人讨厌还会惹来什么？"黑塔般的男人坦然说道。

"我没有恶行！我是讨人喜欢的女人！"她嘴里一直嘟囔着，念叨着。

又引来黑塔男人一番狂轰滥炸的大笑。"别逗了菅永芳，你知道大家背地里都叫你什么吗？"

"叫我什么？"

"丑妇！菅丑妇！哈哈。"

菅永芳一愣："你说的是真的？"

黑塔男人说："千真万确！其实我知道你不过狐假虎威，仗着史爱香的淫威过活儿。"

"大胆！"菅永芳厉声说，"当初我救她不过想让老史痛苦，我得逞了，哈哈。"她又恐怖地大笑，但是这位大汉却并不害怕。只是怔怔地看着她笑，继而也跟着哈哈笑起来。

他的笑声洪亮，传到上空犹如还倒传回来一般，继而将菅永芳的笑声带走，使得两人空气瞬时恢复到窒息。她大着胆问："你……你是谁？"他说："我是大李的朋友，我亲眼看到大李是如何死的，当然更了解你跟大李的一切。"

"大……李？你刚说什么？大李他……他死了？"菅永芳抖索着干瘪发紫的嘴唇，"是……是真的吗？"

"千真万确！"黑塔男人说，"为什么自己亲生骨肉都要害？为什么要将史爱香改造成像你这样的人？难道这样你心里就舒服吗？我看并不见得。是的，你有钱了，有了世界上该拥有的一切，但是你们却失去了人心，失去了做人起码的道德！"

"你是谁？你到底是谁？"菅永芳望着面前的黑塔男人，眼内露出了惊恐的眼神。

黑塔男人笑笑："我想如果你的儿子大李跟你亲近呢，你应该听他说过我的名字。"

"你是……"菅永芳听黑塔男人这样说拧起眉。

"我就是当初在香港曾经想将史爱香劫去当压寨夫人的李黑子啊。"李黑子说到这里大笑起来。

"李黑子？"菅永芳上下打量着面前的李黑子不时地点着头，"你跟大李一样蠢，竟然被史爱香使丫鬟似的也不明白。"李黑子说："你懂啥？说实话大李真是好样的，为了建设自己的家乡伊甸园，为了让伊甸园多几份干净，宁可把自己的性命牺牲。"他说到这里使劲摇了摇头，"倒是你们几个老娘们儿，内心怎么就这般肮脏？想想真替大李感到不值，是的，像他那般堂堂正正的男子汉怎么能遇上你们这样的亲人？"他说到这里实在不再想跟她啰唆了，但见他摆摆手，伸出手跟她说，"把解药快点拿出来吧，大家都等着救史老园长的孙子呢。"

"我没有解药！"她非常干脆地说，"史老头的女儿既然将我儿子弄死，我也得将他孙子治死！对！一报还一报，这样才公平。"她说到这里痛苦的表情露在她皱巴巴如橘子皮似的老脸上，越发让人看着刺眼。

李黑子哪有那么多闲工夫跟她闲扯？抬起掌想拍她时，身后传来一声厉喝，"住手！"

随着一声"住手"的喊声，闫平阳、查若良、苗大伟、方非等人从远处走过来，大李也过来了，是的，大李的确向她这边走来了，且走得很稳健，很和缓，很柔和……

他蹲下身子伸出他强有力的大手给菅永芳。

菅永芳望着大李疑似做梦。大李使劲摇头："这不是做梦，妈！"他说话的声音异常柔顺，以至把她干瘪的嘴都醉得丰满了。她抖索着嘴唇说你不是死了吗？

大李摇头，轻声细语地跟她说他没死，"我要是死了怎么拯救你跟爱香这颗已经死去的心？当然这点子是叶老师出的，嗯，是的，当初你那些所谓手下的打手是闫平阳安排的。他起初怕做得不像，跟我争过要不要保护你，我说不用，一切按你想的来。所以我的妈，以前是我不好，我不该死不承认你是我的亲妈，才让你受辱一般地活在美好的岁月。我有罪！我该死！"他说到这里使劲捶打自己的头。

她怎么舍得儿子痛苦？她将他的大手握住，凝望着他，再也顾不得什么死死地抱住儿子放声大哭。

哭声震破了天，响彻了整个伊甸园，站着的人却透出了笑脸，特别是闫平阳，更是高兴地将手递给了刚刚走过来的叶成功。

叶成功满脸羞愧的样子，不过被闫平阳热乎乎的手紧紧地握住，立时有一种热热的力量。史老园长此刻也走过来。叶成功跟史老说："请老爷子放心，以后决不做背弃伊甸园的事儿，大李假死就算是我为伊甸园做的一点小小的贡献吧。"

躺在病房的叶佳彤此刻已经听母亲郝凤韵断断续续地说了大李假死的事儿。

原来大李知史爱香执拗不可劝说，在跟史爱香分开的那夜将庄园智能监控系统搅乱，然后悄悄跑出庄园找到闫平阳。

闫平阳听说庄园发生的一切，尤其是听说叶佳彤被送去庄园的小黑屋饱受折磨，再也坐不安稳，连夜召开会议商量解救叶佳彤的事儿。最终商量来商量去只有硬闯孙家庄园。

　　此刻叶成功悄然进来，他是这些日子总也听不到女儿的音信而失眠的，这夜睡不着，去庄园附近，见大李一个人偷偷从庄园跑出来，尾随身后，隐约知道庄园里发生的一切。

　　听说女儿被菅永芳虐待，更是加剧了对孙家处事的反感，但听几个年轻人在一起商量如何救女儿时显现得并不机智，尤其是闫平阳，恨不能现在就飞去庄园将叶佳彤救出来才好。

　　他当然了解闫平阳的心情。闫平阳说史老已经将园长的位子让给了明磊，他干吗还这么胡来？叶成功说刚刚大李说明磊也出现了意外，所以这事儿根本原因不在个人身上，而是孙家有钱后身上的那股霸道一直在猖獗。是的，通过这件事越发意识到自己以前的错误。他说到这里显出异常羞愧的样子。

　　大李上前握握叶成功的手，表示大家不会介意他的从前，什么时候只要醒悟过来，能为伊甸园着想了都不晚。大家都点头表示同意。闫平阳说要是有一个办法能将孙家所有人感化更好。大李听后若有所思了一阵，然后看看叶成功。

　　叶成功朝大李点点头。大李马上就明白了。叶成功说："伊甸园里的刘妈是我姨家表姐。"大李很惊讶。叶成功笑笑说，"当初不跟她来往主要也是对世界的看法不同，让我想不到的是她在孙家这么多年，思想跟佳彤一样非常净化。"然后他趴到大李耳边跟他嘀咕着他的想法。

　　大李起初拧拧眉，但听着听着，嘴角泛起了笑容。

　　就这样他先是回去找到刘妈，将叶佳彤是叶成功女儿的事儿讲给刘妈听，刘妈一听也急了，问大李如何拯救外甥女叶佳彤时，大李告诉她自己回去后半小时就会上吊，你一定赶快过去将我救下。

　　刘妈听表弟叶成功给大李出了这样的损招，起初觉得半信半疑，不过想想史爱香对大李的情谊，也有些信了，但是她又怕时间长了大李吃不消，于是说："你就不要上吊了，你就回去睡一觉，然后早晨我打扫卫生的时候跟大伙嚷一下就行了。"

　　大李怕被人看出端倪，又一想孙丽娜、史爱香以及别的人都不可能不相信刘妈的话，只有查若良……

　　刘妈听大李这样说笑了，她说她会让查若良帮自己隐瞒孙家人。大李听刘妈这样说长舒了口气，于是他趁天还未亮悄然回自己屋，将门轻轻带上，然后在杂物间拿出一根绳子搭到房梁上……

郝凤韵将事情讲给女儿听时，在想着是不是还跟女儿说秋水的那个孩子并不是闫平阳的孩子？便试探性地问你见过秋水的那个宝贝儿子铁蛋吗？他长得真的跟闫副园一点不像。

叶佳彤摇头，叫郝凤韵不要跟她谈闫平阳的事儿，毕竟当初去庄园并不是明磊逼她去的。

"你不过感恩明磊，再加上你觉得平阳跟秋水住在一起有了孩子。"郝凤韵说，"没想到明磊会做出如此大逆不道的事儿。不过想想也能理解，毕竟天下的好事都被他占了嘛。好事占尽的人如果不知道自律，总会做出些连自己都不相信的事儿还觉得理所当然。唉！所以说否极泰来，泰来否极呀。"

叶佳彤不想听母亲叨叨些纷乱她思绪的事儿，毕竟仍在天真地幻想孙明磊会爱她一辈子的话。是的，那话她不止听了一次，而是上百次，甚至万次，但是……

郝凤韵说闫平阳跟秋水不过假结婚，所以说如果明磊不承认秋水肚子里的孩子是他的话，可以等他醒来做 DNA 检测。

叶佳彤接受不了这样的事实，认为母亲在编造谎言，然后从病床上下来朝孙家庄园走去。确实，她想亲自问问孙明磊，到底有没有对秋水非礼过？带着这样的问题她跑去孙明磊房间。孙明磊恰巧刚刚苏醒过来。第一句话便问叶佳彤这些日子可好？有没有人欺负你？

听着这样的话，她没忍心问他跟秋水的事儿，再一个他刚吃完解药，身体尚在恢复中，更不好说别的，只跟孙明磊说她很好，一切无事，倒是你！不要管我，好好养伤吧。

孙明磊呼吸十分微弱，眼望着叶佳彤伸出他胖胖的手充满无限关爱的语气说："没……没事就好，没事就好！"然后望着叶佳彤，咧开方正的嘴笑了。

叶佳彤哪里还能在房间待得下去？用尽全力从房间退出去，到自己屋将门带上，再也不想出来。

你错我错他错都是我的错，误会了就是一种错。陷得越深越是罪孽，逃离了命运才能飞越腾空那不叫"作"，人人都会有的错拿来自罚又是一种错。你疼我疼他疼都是我的疼，难耐的心里是一种疼。腾飞越高越能驾雾，消失的一切都等待。远离了尘埃才能飞跃幸福那不叫"作"，梦醒时的欢乐拿到手里的又是一种疼。欢笑的爱心里都记着。

庄园外传来伊甸园人唱的哀怨中带着向上、凄美带着欢乐的歌。那歌动人，委婉，迷离，还带有向上的氛围。她听后心情舒畅了一些，于是不由得将哀怨的身子动了动。

绿色，与花朵飘舞而至，目染一切花香树艳。阳光普照，与山与水与天互映，一股暖流，一丝爱恋，一种亲念。那山川，那小溪，那花海与那份剪不断理还乱的柔情，飘落在深山幽谷，同伊甸园人一起翩翩起舞。

后　记

小说初稿封笔于 2020 年 4 月 3 日"新冠肺炎"疫情期间。

几个月来看着那些奋战在一线的疲惫的"抗疫"战士，常常泪眼模糊得一塌糊涂！他们在疫情面前视病房如战场，视病人如亲人，临危不惧，恪尽职守，争当"最美逆行者"，但却有一些人看笑话似的说这是他们的职责，他们不是英雄，充其量不过是劫后余生。

心疼得滴血！

可怕的恶魔！

这世上果真有魔界！那魔界泛滥着猖獗着，瞪着眼吐着舌得意地朝着正义嘲笑，自私着自己的利益，踩躏着别人的善心，欲将三月的花海如狼猛蜂毒置之死地而后快。

有位德高望重的老者说，任何政权都不是十全十美的，任何政党都不可能完美无缺，任何政治制度都不可能没有瑕疵。否则就没有改革和创新，作为社会一员，每个人都有义务和权利监督社会。但是一个人如果满眼都是党和国家的不足，那他关注的焦点或许已经偏离了为国家好的初衷。

"偏离"一词用得多么巧妙跟善意。

这让我想到了《说岳全传》里的张邦昌，他为了个人利益竟然出卖自己的国家，最终得到了什么？最终还不是被金兀术在湖南长沙处死！当然我说的不是他的结果，而是做人的道理，真的不要在危难时落井下石行吗？

跟朋友探讨所谓的疫情进展问题，朋友说如果没有党的英明领导和全国人民的同舟共济，疫情战胜不了！有的人还能坐在家里喝着滋润的茶，看着、听着医院里危险的悲惨？这场疫情成全了某些人意淫的心愿，根本没有真正的悲悯之心。这跟在马路上遇见车祸不急于救人，反而忙着拍照发微信圈、发微博的"冷漠者"有什么区别？

我说是！所以我在群里回复了这类人，我说有些人挑别人毛病时就跟自己是"神"似的没半点儿问题，人家稍反驳他点儿吧，就很不高兴，"文阀"般地给人扣帽子，以至到了"就许他放火不许别人点灯"的地步！

那天我们聊了很多，疫情、人的生死以及做人的准则。对了，还有她的帅儿子准备疫情结束要开的"本原山舍"。她说"本原山舍"虽因疫情耽搁了开张时间，但想想那些奋战在一线的英雄，算什么？

还想说，但看看表，已是凌晨三点。敏感的朋友意识到了这一点，她说天快亮了，估计今天会有好消息，正义总能战胜邪恶！不管什么时候英雄永远活在人民心中！

图书在版编目（CIP）数据

后浪们的乌托邦 / 毕英丽著 .—北京：作家出版社，2021.9
ISBN 978-7-5212-1509-0

Ⅰ.①后… Ⅱ.①毕… Ⅲ.①长篇小说—中国—当代
Ⅳ.① I247.5

中国版本图书馆 CIP 数据核字（2021）第 163502 号

后浪们的乌托邦

作　　者：毕英丽
责任编辑：佳　丽
封面设计：周思陶
出版发行：作家出版社有限公司
社　　址：北京农展馆南里 10 号　　　邮　　编：100125
电话传真：86-10-65067186（发行中心及邮购部）
　　　　　86-10-65004079（总编室）
E-mail:zuojia @ zuojia.net.cn
http://www.zuojiachubanshe.com
印　　刷：唐山嘉德印刷有限公司
成品尺寸：170×240
字　　数：373 千
印　　张：22.75
版　　次：2021 年 9 月第 1 版
印　　次：2021 年 9 月第 1 次印刷
ISBN 978-7-5212-1509-0
定　　价：55.00 元